Câmara Cascudo e Mário de Andrade

Cartas, 1924·1944

Câmara Cascudo e Mário de Andrade

Cartas, 1924·1944

Pesquisa documental/iconográfica, estabelecimento de texto e notas Marcos Antonio de Moraes

Ensaio de abertura Anna Maria Cascudo Barreto
Prefácio Diógenes da Cunha Lima
Introdução Ives Gandra da Silva Martins

São Paulo
2010

© by Sucessores de Luís da Câmara Cascudo e Sucessores de Mário de Andrade, 2009
1ª Edição, Global Editora, São Paulo 2010

Diretor-Editorial
Jefferson L. Alves

Editor-Assistente
Gustavo Henrique Tuna

Gerente de Produção
Flávio Samuel

Coordenadora-Editorial
Dida Bessana

Assistentes de Produção
Emerson Charles Santos
Jefferson Campos

Assistente-Editorial
Tatiana F. Souza

Revisão
Jane Pessoa
Tatiana F. Souza

Capa
Eduardo Okuno

Fotos de *Capa*
Arquivo Mário de Andrade
Série: Correspondência de Mário de Andrade
Sub-série: Correspondência Passiva – IEB/USP.
Acervo Iconographia

Projeto Gráfico e Editoração Eletrônica
Eduardo Okuno

A Global Editora agradece a gentil cessão do material iconográfico pelo Instituto Câmara Cascudo e pelo Instituto de Estudos Brasileiros da USP.

Dados Internacionais de Catalogação na Publicação (CIP)
(Câmara Brasileira do Livro, SP, Brasil)

Cascudo, Luís da Câmara, 1898-1986.
  Câmara Cascudo e Mário de Andrade: cartas 1924-1944/pesquisa documental/iconográfica, estabelecimento de texto e notas (organizador) Marcos Antonio de Moraes; ensaio de abertura Anna Maria Cascudo Barreto; prefácio Diógenes da Cunha Lima; introdução Ives Gandra da Silva Martins. – 1. ed. – São Paulo : Global, 2010.

  ISBN 978-85-260-1481-7

  1. Andrade, Mário de, 1893-1945 – Correspondência. 2. Cartas brasileiras. 3. Cascudo, Luís da Câmara, 1898-1986 – Correspondência. 4. Escritores brasileiros – Correspondência. I. Moraes, Marcos Antonio de. II. Barreto, Anna Maria Cascudo. III. Lima, Diógenes da Cunha. IV. Martins, Ives Gandra da Silva.

10-03737   CDD-869.965

Índices para catálogo sistemático:
  1. Escritores brasileiros : Correspondência   869.965

Direitos Reservados
Global Editora e Distribuidora Ltda.
Rua Pirapitingui, 111 – Liberdade
CEP 01508-020 – São Paulo – SP
Tel.: (11) 3277-7999 – Fax: (11) 3277-8141
e-mail: global@globaleditora.com.br
www.globaleditora.com.br

Obra atualizada conforme o **Novo Acordo Ortográfico da Língua Portuguesa**

Colabore com a produção científica e cultural.
Proibida a reprodução total ou parcial desta obra sem a autorização do editor.

Nº DE CATÁLOGO: **1712**

Sumário

Ensaio de abertura – *Anna Maria Cascudo Barreto*   7

Prefácio – *Diógenes da Cunha Lima*   25

Introdução – *Ives Gandra da Silva Martins*   27

Esta edição – *Marcos Antonio de Moraes*   29

Câmara Cascudo e Mário de Andrade – Cartas, 1924-1944   31

Anexos

    O sr. Mário de Andrade – *Luís da Câmara Cascudo*   339

    O que eu diria ao sr. Graça Aranha – *Luís da Câmara Cascudo*   341

    Atos dos modernos – *L. da C. C. [Luís da Câmara Cascudo]*   343

    Álvares de Azevedo e os charutos – *Luís da Câmara Cascudo*   345

    Mário de Andrade – *Luís da Câmara Cascudo*   349

    Desafio africano – *Luís da Câmara Cascudo*   354

    Luís da Câmara Cascudo. López do Paraguai – *Mário de Andrade*   357

    Separatismo paulista – *Mário de Andrade*   359

    A música brasileira – *Mário de Andrade*   361

    Vaqueiros e cantadores – *Mário de Andrade*   363

    O desafio brasileiro – *Mário de Andrade*   366

Acordes, contrapontos – *Marcos Antonio de Moraes*   370

Créditos das imagens   384

Ensaio de abertura

Um amigo é uma alma em dois corações.
Aristóteles

*No que me tenho por mais feliz
É numa alma que se lembra dos bons amigos.*
Shakespeare, *Ricardo II*, Ato II

*Um amigo durante a vida é muito;
dois é demais; três quase impossível.
A amizade exige um certo paralelismo de vida,
uma comunhão de ideias,
uma igualdade de objetivos.*
H. Brooks Adams, *A Educação*

*Que belo é ter um amigo!
Ontem eram ideias contra ideias.
Hoje é este fraterno abraço a afirmar
que acima das ideias estão os homens.
Um sol tépido a iluminar
a paisagem de paz onde esse abraço
se deu, forte e repousante.
Que belo e natural é ter um amigo!*
Miguel Torga, 1907, *Diário I*

Bento XVI, na Encíclica "Deus Caritas Est" (Deus é Amor), se refere às três palavras gregas relacionadas com o amor – *eros*, *philia* e ágape. Quanto ao amor da amizade (*philia*), este é retomado com um significado mais profundo no Evangelho de João para exprimir a relação entre Jesus e seus discípulos.

Cascudo e Mário de Andrade eram duas almas solitárias dentro do universo social e cultural das suas relações. Encontraram-se, e diante das afinidades eletivas, lograram laço harmonioso de irmandade espiritual.

Todas as missivas de ambos são, na sua essência, o demonstrativo daquilo que Cristo nos ensinou: a graça de ajudar. "Quem admira e estima o seu próximo, e se encontra em condição de ajudar, há de reconhecer que é auxiliado ele próprio também." Esta tarefa – como demonstra o sábio Papa – é a graça de Deus.

Neste sentido, se pronuncia a Carta aos Gálatas: "Portanto, enquanto temos tempo, pratiquemos o bem para com todos, mais principalmente para com os irmãos na fé" (6,10). Cascudo, em carta de 9 de maio de 1929 afirma ao mano Mário, que "nunca ele [Jesus] esteve tão ligado a nós outros como agora. [...] Nós estamos longe de Cristo e a ele avizinhados é porque só ele nos reúne à linha da vida interior". Persiste: "Acima e abaixo da existência, outras direções de pensamento existem também. E o livro não me dá a serenidade que Ele me deu". "Mas isto" – lembra – "é fé e esta não se evidencia senão por si mesma. A libertação de Jesus é um regresso. A luta de hoje é para substituir um dogma de Deus por um do Homem. Do homem pouco humano. Bem liberto do esmalte que o ligou ao raciocínio e ao ritmo da ordem que é, se sabe V., um processo artificial de contenção. [...] V. não tem tempo para rezar uma ave-maria[...]", termina o mestre potiguar.

O Marquês de Maricá, no seu *Máximas*, já dizia que "a religião é necessária ao homem feliz para não abusar, e ao infeliz para não desesperar". E Jerold Douglas William, em *O Ducado do Diabo, I*: "A religião está no coração, não nos joelhos".

Criticando-se, apontando atalhos, iluminando veredas, tornando-se ponte a fim de facilitar passagem de confreires, incentivando o estudo e a pesquisa, norteando a técnica de escrever, burilando palavras e, de modo especial, assumindo afeição e ternura imensas, que lhes serviram qual farol no oceano de cobiças e ambições próprias de qualquer atividade humana, construíram relação nobre, profunda, rica. Sua importância para o cenário intelectual brasileiro ainda não foi suficientemente medida, avaliada e nem ao menos entendida.

Em cada frase reprisada, nas posturas, lembranças, conceitos, ironias, observações, há sempre lição de sabedoria que nos emociona e até extasia pela atualidade de sua mensagem. Sua leitura permite visão privilegiada e reconstituição dos bastidores fascinantes do trabalho intenso de ambos.

Emociona-me a confissão mútua dos problemas financeiros, a humildade de tentar acertar e a busca da verdade. Ganha luz na obra dos dois a férrea determinação, o apoio mútuo e com outras personalidades, neste hábil trato no mundo das letras. Destaque para o desapego, a generosidade, o altruísmo demonstrados. No mundo egoísta de hoje, parece exercício de ficção...

Reproduzindo a memória viva do meu pai, como testemunha insuspeita e confidente sintonizada, na legitimidade da relação diária, recordo uma frase muito repetida pelo seu coração que desconhecia rancor: "Os invejosos são o índice da ascensão do invejado".

Mesmo reconhecendo na própria carne a absoluta necessidade da moeda sonante para viver, Luís da Câmara Cascudo colocava, em primeiro lugar, a visão da obra publicada, "semelhante ao orgasmo, para o escritor".

Dizia-se pago pela alegria da intimidade laboriosa com o assunto estudado. "Antes até de pensar em publicar, penso em fazer" – dizia. E sentenciava: "O destino do mamoeiro é produzir mamão. Não lhe importa que a fruta apodreça ao pé da árvore, ou emigre como semente no papo de um sabiá. Ele permanecerá trabalhando até morrer".

Mergulhando na intimidade desses timoneiros da cultura, garimpeiros do imaginário brasileiro, dentro do caldeirão da inspiração dos dois gênios, encontramos a essência do povo e suas manifestações. Há também o descortino do cenário político e social municipal, estadual e governamental da época, além da trajetória existencial de diversos escritores, comentários ilustrativos dos problemas nacionais e internacionais. Enfim, é uma visão panorâmica da realidade do ontem, sob a ótica de mentes privilegiadas.

Incapaz de invejar, Cascudo admirava Mário de Andrade, e, com a espontaneidade que o caracterizava, no dia 25 de agosto de 1924 escreveu ao colega. Declaração de amizade, oferecimento de préstimos. Bem de acordo com a luminosa naturalidade e assumido encantamento.

Nas primeiras cartas, do início da camaradagem, sobressai o interesse em divulgar a nordestinidade, a declaração de brasilidade, considerações sobre o modernismo. O carinho pelos escritores menos conhecidos ou divulgados, como Jorge Fernandes, comentários sobre Ascenso Ferreira, Antonio Bento de Araújo Lima, Guilherme de Almeida, Manuel Bandeira, fixam uma espécie de pacto de generosidade.

Há imagens belíssimas sobre o sertanejo. Cascudo o considera "raça que não está cantada e sim fixada", afirma que "o sertão está morrendo engolido pela modernidade" (isso no ano de 1925), e sofre porque "o vaqueiro não sabe mais ouvir e nem aboiar" e pelo desaparecimento da vaquejada e com ela duzentos anos de "alegria despreocupada".

Início dos convites para Mário "ver, respirar o nordeste típico, autêntico, completo", incentivo para não deixar o assunto evaporar (a fala brasileira) e feitura de Congresso Regionalista. Cascudo solicita retrato, rabisco, caricatura. Era a necessidade de fixação dos laços e também o afã de colecionador. A Vila Cascudo – depois perdida no vórtice de negócios do meu avô – era quieta, rodeada de árvores, serena, com amplas janelas dando para morros verdes, cheia de sossego e paz. Acenava ao paulista com a tentação da pureza e do exotismo nordestinos.

Há joias emergindo das cartas, como a explicação sobre os bilros das rendeiras e os títulos dos seus papelões antigos, dada por Cascudo. Que texto! Cascudo observa que "os bilros, além de documentais, servem de jornal amoroso". Mário de Andrade, em 26 de setembro de 1924, trombeteia que está fugindo do regionalismo e não escreve português, mas brasileiro. "Deus me ajude! Você também está escrevendo brasileiro." E convicto: "tem momentos em que eu tenho fome, mas positivamente fome física, estomacal de Brasil agora. Até que enfim sinto que é dele que me alimento!" – Mário de Andrade, 26 de junho de 1925.

Os dois se analisavam e se cultuavam. Mário diz de Cascudo: "Trabalhe e mande as coisas que fizer. Me interessam formidavelmente porque são inteligentes, bem pensadas, ditas com leveza, graça". "A palavra na mão de você é feito guampa de marruá danado, chuça a gente direito mesmo! Se tem uma impressão até física, puxa!" Mário se emociona: "Quanto aos instantâneos de você dei um bruto dum abração em cada um e olhei muitas vezes o atarracado do nortista amigo querido meu". Logicamente há mudanças de opinião diante da palavra escrita de então e da vida de ambos na normalidade do cotidiano. Retribui Cascudo: "Você é essencialmente moderno e original pela sensibilidade e ineditismo da invenção, pelo cortante e incisivo da expressão". Vamos registrar: Cascudo, em 1989, disse a Veríssimo de Melo: "Você publicaria coisas que escreveu há 40 anos passados? Somente depois de deixar o planeta terra é que minhas cartas podem ser publicadas, se os netos permitirem". E Mário: "Criei para meu uso uma couraça de tatu onde os elogios resvalam".

Quem influenciou? Há opiniões desencontradas. Pessoalmente, considero que o entusiasmo, o estímulo, o impulso, o incentivo, foram de parte a parte. Não existiu ascendência, mas orientação, sugestão, conselho, sopros do paulista para o nordestino e vice-versa. Um transmitia ao outro a centelha, o lume, a luz que intuía no momento. Sem domínio, mas com contribuição e motivação.

"[Tenho por você] uma ternura particular e mais grata. Os outros... [escritores] são paulistas, são daqui mesmo e você é brasileiro; e de tão longe um dia me ofereceu mão, tão apertando que me deu confiança verdadeira." "Que Deus lhe pague, Cascudo, o que você vem fazendo por mim" (Mário de Andrade, 1926).

Cascudo envia para Mário pesquisas sobre a função literária da modinha, citando as modinhas imperiais. Na sua opinião, política e modinhas foram as únicas expressões intelectuais da província, que ele não poderia esquecer... Ambos professores de História da Música, Mário, professor de piano, Cascudo, um "pianeiro", apaixonados pelas notas musicais e dotados de ouvido sensível e especial, conheciam os clássicos a fundo, mas se encantavam com as melodias populares. O que resultou foi forjado na tradição, com abertura para o novo. Amavam a qualidade pura da sonoridade, mas sabiam reconhecer o tempero autêntico vindo do povo, que soava aos ouvidos como arte saborosa da história dos nossos antepassados. Cascudo chegou a afirmar: "Eu estou me convencendo de que de futuro escrever-se-á música exclusivamente, como expressão mental..."

Falando em música, comovente é o interesse do amigo paulista pelo jovem Conservatório ou Instituto de Música, sugerindo também ao maestro Waldemar de Almeida e ao Cascudo livros e peças. Sua opinião é que deviam "desenvolver no máximo o canto orfeônico, de caráter nacional, a forma primeira e última de música".

Terminando o estudo para *Na pancada do ganzá* e enviando *História da música* (2. ed.), pede a Eduardo Medeiros (autor da música "Praieira", junto com Otoniel Menezes, que fez a letra do hino romântico potiguar) a melodia exata da modinha, além de romances contemporâneos, toadas sertanejas, aboios, "de linhas admiráveis, muito originais tanto no arabesco como nas escalas estilizadas" (26-III-33).

Constatando que "por mais que estude o nordeste, não sou daí, não tenho o uso diuturno daí, aquela familiaridade de íntima que saberá dizer constantemente o certo", Mário apela para Cascudo e uns poucos mais que conhecem a matéria e poderão evitar os possíveis erros – ainda quanto à arquitetura de *Na pancada do ganzá* (10-V-34). Naquela época, sem a globalização da pesquisa, a preocupação com o autêntico dos dois escritores é algo a assinalar favoravelmente.

Cascudo era explosão, entusiasmo, orador perfeito de imagens arrebatadas, encantando ouvintes, tornando suas aulas e conferências sempre repletas e inesquecíveis. Mário de Andrade, mais introvertido, revelava: "Tenho péssima faculdade de elocução; sou incapaz de falar de improviso [...] por isso sou obrigado a escrever minhas lições, a fazer verdadeiras conferências [...]". As maiores afeições são resultantes de temperamentos contrastantes. Daí a impressionante vitalidade da obra do "provinciano incurável", que experimentava tudo o que lhe despertava curiosidade mental, viajando no tempo, procurando referências originais, pesquisando com a seriedade de um sábio, seguindo a trilha do seu talento refinado. Mário de Andrade, porém, o advertia: "Sem paciência e trabalho refletido, que só pode ser posterior ao momento da criação, não tem obra que seja grande. Todo trabalho deve ser pausadamente pensado, toda explosão estraga mais o explosivo que o alvo" – citando a filosofia de Souza Costa.

Escreveu *Macunaíma* – conta – um romance, em dezembro de 1926 na fazenda de um primo, aproveitando tradições, costumes, frases feitas debaixo de um caráter lendário. Conta como "misturou": "um dos meus cuidados foi tirar a geografia do livro. Misturei completamente o Brasil inteirinho como tem sido minha preocupação desde que intentei me abrasileirar e trabalhar o material brasileiro".

"Dos modernos do Nordeste é você incontestavelmente muito superior aos outros, sem mesmo, dentre os que eu conheço, possibilidade de comparação. [...] A fala serelepe de você dá na gente, espeta, pinga, chuça, faz cócega, é engraçada e sagüi. Me diverte e é verdadeira, por isso além de divertir comove."

E pede: "Você está na obrigação de trabalhar a sua poesia, que é boa. [...] Que custa agora fazer que eles [os poemas] fiquem mais artísticos, mais perfeitos se a inspiração vale a pena disso! [...] E mude sua opinião sobre maneira de fazer obra de arte, que sobre esse ponto de parir só e não educar depois está positivamente errada". O que Mário desconhecia era que Cascudo, profissional incansável e rigoroso, não apreciava seus próprios versos. No entanto, seu texto era incrivelmente lírico. Fez poesia na prosa... Lembro o crítico de arte Konrad Fiedler: "A obra de arte não tem normas ou ideias, ela é uma ideia". Observemos: Cascudo "doou" seus versos a Mário...

Dizer que Mário de Andrade impulsionou Cascudo para o folclore – opinião de Veríssimo de Melo – ou foi o mestre potiguar o responsável pelo conhecimento da cultura nordestina de Mário de Andrade – tese defendida por diversas Universidades – demonstra desconhecimento da obra anterior ao encontro dos dois gênios. Havia interesse e estudo nas áreas citadas, incluindo livros editados tanto em folclore por Cascudo como em nordestinidade por Mário, antes de serem correspondentes.

Luís da Câmara Cascudo era um furacão. Sua energia, incalculável. Dotado de curiosidade intensa e proprietário de base erudita, do mais alto nível de profundidade, se interessava e objetivava suas pesquisas por qualquer caminho da configuração humana e identidade simbólica. Procurava acompanhar o rastro indígena, europeu e negro dos elementos mágicos.

Embaixador da imagem brasileira, cultivava também a relva verde da convivência afetuosa. Daí o encanto – a inteligência e a calidez – que exerceu tal fascínio no paulista Mário de Andrade, muito invejado, e às vezes tratado com desdém pelos seus iguais. Escrevendo, de Belém do Pará, em 19 de maio de 1927, Mário chama Cascudinho de querido irmãozinho do coração, e afirma estar "jururu feito um socó" por não tê-lo encontrado. Mas, como a amizade verdadeira é moldada na argila da compreensão, ele entende que Luís andava "noivando [...] e com noivos a gente não conta mesmo". Contando que no Recife esteve com os amigos comuns Joaquim Inojosa (líder modernista nordestino) e Ascenso Ferreira (maior poeta modernista do nordeste), Mário de Andrade contemporiza que em "princípios de agosto [...] com noiva ou sem noiva você se deixe abraçar". (Cascudo e Dahlia oficializaram compromisso no domingo de páscoa, 17 de abril de 1927).

Belíssima a carta de Mário recebendo a participação do noivado do amigo, desejando sua felicidade e enviando "beijo pra boca do Potengi". (Luís e Dahlia casaram no dia 21 de abril de 1929). Impossibilitado de vir, Mário declara estar morrendo de saudade do Rio Grande do Norte, do irmão Cascudo, do bolo de macaxeira, dos cães Ariti e Giguê, da Vila, do Coronel Cascudo, de D. Ana, da rede, das pessoas da casa.

Compara, então, a vida de família antiga brasileira, observando as similitudes dos habitantes da Rua Lopes Chaves, São Paulo, e da Avenida Jundiaí, Natal, Rio Grande do Norte. Dentro da observação inicial – sobre a graça de ajudar – impossível não demarcar o quanto Cascudo demonstra apego e altruísmo, mediando notícias e divulgando pessoas e fatos. Exemplificando, seu interesse em divulgar a escritora Santa Guerra, a Escola Doméstica, os autores Jorge Fernandes e Barôncio Guerra – chegando a confessar ter forjado dedicatória de Mário para alegrar um camarada de letras. Há um derrame da poeira dourada da ternura nesta correspondência entre ambos! Feliz com a gravidez da esposa e a chegada do primogênito – o mano Fernando Luís –, Cascudo não olvida o "irmão", convidando-o para padrinho do primeiro filho, fato que emocionou imensamente Mário de Andrade.

Fatos históricos pulam das linhas. A indignação de Mário com o separatismo e preconceito quanto aos paulistas (na época, após a revolução) é exemplar. Os dois escritores concordam o quanto é triste que nosso País, de tamanha extensão geográfica e com unidade linguística, crie barreiras invisíveis, dividindo cariocas, paulistas, nortistas, nordestinos, já que somos todos brasileiros... Infelizmente constatamos que isso ainda existe.!.. Em carta de 4 de janeiro de 1933, Cascudo conta a Mário detalhes da infraestrutura local no setor político e faz revelações. Mesmo sublinhando o emocional, constatamos que o povo do Rio Grande do Norte apoiava o paulista e era contrário à ditadura e à repressão...

Papai possuía na sua biblioteca uma bandeira paulista bastante antiga. Perguntado, revelou-me ter recebido de "irmãos" nascidos em São Paulo. Sempre assegurou amar igualmente todo território verde e amarelo. A bandeira simbolizava a solidariedade e admiração? Creio que sim! Por conta de tal similaridade, Mário concluiu: "E me é doce ver como os passos da vida vão se fechando em torno de nós, a amizade vai se cerrando, os laços se amarrando e a gente pode nessas redes firmes sossegar um bocado do que vai lá fora" (18 de julho de 1931). E finaliza, coroando o paralelismo com esta frase que diz tudo: "[...] a palavra amigo não tem mais o sentido quotidiano em que todos a empregamos mas já vem de raízes inamovíveis" (Mário, 26 de março de 1932).

Em carta de 18 de junho de 1934, Mário de Andrade confessa que carecia de alguém que o estimasse, quisesse bem, "que não fosse dessa terrível piedade dos ditirambos elogiásticos sem nexo, que fizesse um minuto o exame de consciência de mim". E acrescenta: "[...] O retrato, você é retratista bom, está muitíssimo parecido e ponhamos que regularmente favorecido, o que vai em conta, não da amizade, o que era insulto, mas em conta de perfeita compreensão que entre nós existe, e que de dois literatos que se escrevinhavam cartas, acabou fazendo esta amizade de hoje, mais que admirável, verdadeiramente necessária pra mim".

Termina: "E lhe devo, Cascudo, outro favor enorme, uma nova faculdade de compreensão dos novos, que o excessivo rebuscamento de mim estava fazendo perder. Estou outro, estou mocinho, estou virgem, numa vibração nova danada. E até entusiasmado de mim, num entusiasmo novo, que o perene entusiasmo em que vivo me fazia não notar mais. Você me deixou profundamente generoso e profundamente humano, com seu escrito, isso é que é. E lhe sou comoventemente grato".

Saudoso, reclama (10 nov. 1934) que "[...] tenho que ver o Nordeste de novo, vou por fatalidade [...] porque estou vivendo pensando nos amigos daí, nos dias daí, no gosto que senti aí, vou por feitiçaria, por sortilégio dessa terra. O Nordeste marcou em mim, na minha vida, na minha obra, sim tudo isso prova muito, mas não prova nada diante das infantilidades em que eu vivo aqui por causa dessa encantada viagem que fiz e me deixou assim".

O professor e pesquisador Gilberto Felisberto Vasconcelos, da Universidade Federal de Juiz de Fora (MG), estuda em profundidade o ensaio de Luís da Câmara Cascudo na interpretação da cultura brasileira (*Revista Cromos*, Programa de Pós-Graduação em Ciências Sociais da UFRN, v. I, n. 1, 2000). Sublinhando o lugar proeminente do ensaio de Cascudo com o estilo original de escrever, ele acentua que o mestre potiguar assinala que "reler e lembrar foram os fundamentos. A feiticeira imaginação não colaborou. Nem a reminiscência erudita". (*Locuções tradicionais do Brasil*, 1. ed., 1970).

Assim, em *Civilização e cultura* adverte "que todos têm coração, mas o ritmo cardíaco é diferente em cada um", e que "o homem é universal fisiologicamente, psicologicamente é regional". Assumindo ser – no dizer de Afrânio Peixoto – "provinciano incurável" e até aceitando o epíteto, apaixonou-se pelo estudo da cultura popular em 1918, mas o folclore é que se interessou inicialmente por ele. Do folclore chegou à erudição, não o inverso.

Em 1964, entrevistado por Pedro Bloch, Cascudo conta: "Nunca me interessei pelo folclore. Ele é que se interessou por mim. Mário de Andrade não podia compreender. Pensava que eu tinha sido levado à cultura popular pela erudição. Não! A cultura popular é que me levou a esta. Por esta sala já passaram Juscelino e Villa Lobos. Mas aqui também vieram Jararaca e Ratinho"...

Sua adolescência no sertão do Rio Grande do Norte, "antes das rodovias e da luz elétrica", onde "as velhas estradas eram paralelas e não perpendiculares ao litoral" (*Tradição, ciência do povo*), demonstra que a cultura popular entrou em perfeita sintonia com a sua vida. Sempre disse que ouvir o povo equivalia a uma universidade. Em várias ocasiões contava que 40% aprendeu lendo, 60% ouvindo. Sem esquecer que o vocábulo tradução significa transmissão oral.

Excelente *gourmet* na vida real, sua paixão pela *"cuisine"* é demonstrada no panorâmico *História da alimentação no Brasil*. Menino rico, na mocidade fica pobre. Resolve estudar Direito (quando pretendia ser cientista) e ensinar. Trabalhava só, sem xerox, sem secretária, batendo direto na máquina de escrever. Eminentemente um professor, resumiu assim sua biografia: "ensinou e escreveu, nada mais lhe sucedeu".

Entusiasmado e emocionado com detalhes descartados pela maioria intelectual, traduziu em livros memoráveis algumas das suas fascinações: *Jangada, Rede de dormir, Religião no povo*. Mas todos os seus escritos transmitem calor, vida, sensibilidade: *Ensaios de etnografia brasileira, Geografia dos mitos brasileiros, Coisas que o povo diz*. Em *Vaqueiros e cantadores* (1939) afirma que o desafio repentista brasileiro vem dos gregos. Mário de Andrade discorda. Para ele, era de origem africana.

Em 1968, Gumercindo Saraiva coletou e publicou os artigos de crítica musical (*Cascudo, musicólogo desconhecido*), provando que desde a década de 1930 ele escrevia sobre Bach, Beethoven, Mignone e Heckel Tavares. Muito antes de publicar *Vaqueiros e cantadores*, Luís da Câmara Cascudo já era um excelente e interessado crítico musical.

Sem intenção polemística, mas acentuando sua ótica, escreve no prefácio de *Geografia dos mitos brasileiros*, 1940 (Prêmio João Ribeiro, Academia Brasileira de Letras, 1948), reforçando a descoberta anterior sobre o primado euro-ibérico, também quanto à contribuição étnica dos mitos pelo Brasil inteiro.

Em 1937, em *Novos estudos afro-brasileiros*, estudando catimbó, macumba e feiticeiros, celebrava a continuidade estabelecida da Grécia e Roma, fixando a contemporaneidade do milênio. E afirmava que os mitos vêm de três formas: Portuguesa, Indígena e Africana. A colocação é na ordem de influência, na sua opinião.

Destaque-se, outrossim, que Luís da Câmara Cascudo observou o predomínio da liturgia cristã, reforçando a ideia defendida no século XIX por Sílvio Romero (*Contos populares do Brasil*, 1985), já que a mentalidade popular reproduz a catequese. Em *Religião no povo* afirmou que "mães de terreiro e ba-

balourixás fazem questão de sepultura e exéquias católicas". E ainda: "Indígenas e negros não defenderam os santos de seu sangue e cor. Não houve mártires da fé, esculpidos em bronze e ébano. Mantiveram as defesas mágicas, e não os atos pragmáticos do culto tribal".

Em *Sociologia do açúcar* Cascudo revela que é mistério tudo aquilo que envolve o processo de aculturação no Brasil sob o "esmalte unificador do catolicismo", embora acrescentando a diferença específica entre o português colonizador, aqui, e em outros lugares em que esteve. "Nenhum outro povo nascera depois da vinda do colonizador, como o brasileiro de 1501, cujas mães ameríndias e pais portugueses assistiram juntos à missa de Porto Seguro, rezada por franciscano, antes que os filhos fossem gerados." Pois, se persistiu a religião católica, há, entre nós, "uma acomodação feliz no intercâmbio de elementos culturais" – a incorporação pelo colonizador da rede de dormir, da mandioca, do milho –, o que não aconteceria com a "repressão lusitana" em terras de Índia e África. Observemos que o título do ensaio é "Religião no Povo" e não do Povo, significando pesquisa e anotações durante quarenta anos.

Cascudo reflete acerca das permutas culturais antigas e modernas entre o Brasil e o mundo, observadas no cotidiano do folclore. Em *Folclore do Brasil* (1980) traça este panorama antropológico da cultura brasileira em sua órbita mundial, prevendo o advento da globalização: "Dar adeus e saudar com a mão agitada ou tocar levemente na fronte não tem idade. Uma estória ouvida de um indígena do Amazonas logo está em Nova Guiné. O andar rebolado das nossas damas é um produto de importação. Trouxe-o o africano banto que o teria da Polinésia, onde o chamam 'onioni', e é técnica de sedução ministrada regularmente. Esticar a língua é desaforo para os romanos, três séculos antes de Cristo. Leite de coco veio da Índia. Cuscuz é árabe. A cuíca também! Sarapatel é hindu. A dança que denominamos 'moçambique' não existe em Moçambique. O gesto feio de 'dar bananas' é europeu. França, Itália, Portugal e Espanha conhecem e usam. Figura num mosaico em Pompeia. Brasileiro é o nome, aplicado à música, banana, que, por sinal, é vocábulo africano".

Aquele que estudou como ninguém gestos e costumes, em *Rede de dormir* (Funarte, RJ, 1983), volta ao tema da síndrome colonizada: "Sempre esperamos valorização do nacional pela opinião estrangeira do alienígena. Se houver concordância é que estamos certos. Do contrário, é tempo de corrigirmos a usança, evitando o atraso, a retrogradação, a barbárie. Os nossos são padrões de gente de fora, embaixadores das terras ditas 'sábias' e dos povos considerados 'cultos'...". Era a semente que desabrocharia no pensamento aproveitado para a campanha de elevação da autoestima nacional, consagrando a frase lapidar: "O melhor do Brasil é o brasileiro!".

Em *Tradição, ciência do povo* ele ressalva: "A frase 'saravá' é salvai, português na prosódia sudanesa. Saravá, Egum". Reaparece o mistério do encontro feliz de etnias, simultaneamente a primeira anatomia do processo de aculturação, em *Sociologia do açúcar* (1970). Mostrando a África e o Brasil se aculturando nas bagaceiras... Transição do negro africano para o negro brasileiro, aqui amalgamando as tribos e religiões inamistosas da África, atravessando o oceano na ponte das canas-de-açúcar.

No capítulo intitulado "Sociologia da Alimentação" na *História da alimentação no Brasil* – como bem lembra o professor Gilberto F. Vasconcelos – Cascudo resume a tese da nossa diferenciada e original miscigenação: "A cozinha brasileira é um trabalho português de aculturação compulsória, utilizando as reservas amerabas e os recursos africanos aclimatados. Nas províncias ultramarinas não houve essa conquista". Foi real e misterioso o caráter da "vocação à unidade" que presidiu nossa colonização.

Luís da Câmara Cascudo pesquisou como ninguém os usos e costumes do povo brasileiro, buscando mentalmente os assombros e as crendices, a coexistência pacífica da cruz e da figa. Finalmente, Cascudo formula que, além do metassincretismo característico da nossa miscigenação simbólica, na nossa formação temos processo específico, de xifopagia a Cosme e Damião.

Não obstante o embaralhamento das etnias, permanecemos de modo inalienável, mantendo identidade cultural de branco, de negro e de índio de um modo mágico e especial. Coisas que só aconteceram nesta formosa terra brasileira, entendidas pelo grande sensitivo da nossa brasilidade.

Especial o registro de Mário (8 mar. 1928) sobre a questão dos sul-americanos contra os brasileiros: "Não podem se acomodar com gente nascida de outra base étnica e conservada unida por milagre de Deus". E atesta: "Na Sul-América nós somos um enorme estrangeiro"... (*Turista aprendiz*). Lembrei de tal afirmação quando visitava os "países Hermanos" Paraguai, Uruguai e Argentina. Bem tratados até declarar a nacionalidade, depois meu marido e eu constatávamos o ambiente frio e hostil que imediatamente se instalava... Mas não adianta – conforme declarei a papai, retornando de uma dessas viagens sul-americanas –, apesar da não retribuição, permanecemos ligados amorosamente aos vizinhos, mesmo sem haver reciprocidade... Pode-se lá discutir sentimentos arraigados?

Na procissão de episódios e eventos, complementares ou desconectados, que formam nossa atribulada existência, efêmera, mas repleta de contradições, peripécias, êxitos e tragédias, os dois amigos, por anos a fio, trocaram confidências e buscaram conforto e participação recíprocos diante das alegrias ou angústias experimentadas.

Em maio de 1935, Cascudo solicita sementes de verduras e hortaliças "paulistanas" para seu querido genitor, com tom alegre e brincadeiras. Já em julho, Mário envia uma linda carta ao irmão potiguar lamentando a morte do Coronel Cascudo e narrando a mudança feliz do seu estilo de viver após uma nomeação que lhe provocou "um turbilhão".

No final de 1936, denominando o amigo de tuxaua de ciências, o potiguar sugere datas, pede empréstimo de livros (era tudo muito difícil, nas plagas nordestinas) e indicação de endereços. Mário responde com aquela familiaridade que somente o convívio ou a afinidade permitem.

Num bilhete, Cascudo revela que, no bairro de Santos Reis, em Natal, no dia dos Magos (6 de janeiro), ele vai assistir o fandango de dia e a chegança de noite, além de Boi Calemba e Congos... E Mário de Andrade solicita um trabalho sobre a pronúncia potiguar, que Veríssimo de Melo, nas suas notas, comenta diferenciada dos pernambucanos, cearenses e paraibanos. Incrível a observação desta peculiaridade e o destaque!...

Durante todo o tempo da correspondência, o escritor paulista sempre se queixou da sua situação financeira. Conta o potiguar, cujo pai – meu avô, Francisco de Oliveira Cascudo – falira repentinamente, perdendo toda fortuna, incluindo a chácara, e em seguida falecera. Restara ao único descendente direto, além das recordações e da saudade, muitas dívidas e a obrigatoriedade de sustento da mãe, esposa e filhos. Morando em casa alugada, tendo de abandonar a Faculdade de Medicina e viver sem recursos, solicita – nunca dantes o fizera – qualquer serviço remunerado, já que o amigo ocupava cargo público, com condições de auxiliá-lo.

Na qualidade de filha, biógrafa (*O Colecionador de crepúsculos*: fotobiografia de Luís da Câmara Cascudo, Editora do Senado, dez. 2004) e confidente, não posso deixar de registrar total discordância quanto à hipótese – rebatida e impossível – de Cascudo ter "despertado" para o estudo da cultura popular, após a carta dura e ácida de Mário, em 9 de junho de 1937 (Veríssimo de Melo). O que Cascudo desejava era apenas oportunidade de demonstrar seu talento. Nunca pediu empregos ou benesses.

Anotei que antes, por muitas vezes, Mário se queixou da não aceitação dos seus projetos, da recusa de seus trabalhos, e do difícil relacionamento mantido com alguns "colegas de profissão". Sempre recebeu, de retorno, palavras afáveis, procurando reerguer sua autoestima de maneira suave e delicada. Era o apoio, o consolo esperado, diante das invejas e incompreensões...

Vamos citar Platão: *"O saber e a opinião são faculdades bem distintas..."*
As críticas não procedem. Cada escritor possui ótica e valores diferenciados.

O conde D'Eu é personagem histórico de relevância no contexto brasileiro. Comandante das tropas na última fase da guerra da Tríplice Aliança, foi depois uma das razões que inviabilizaram o Terceiro Reinado. Sua personalidade marcou a vida do Império. Os historiadores atuais, lembrando a vinda da Família Real de Portugal para o Brasil, resgatam a influência – já apontada por Cascudo – do francês, marido da nossa Princesa Isabel.

Polígrafo, Luís da Câmara Cascudo fez da vida brasileira uma das suas paixões. *O conde D'Eu, López do Paraguai* (1927), *O mais antigo marco colonial* (1934), *A intencionalidade do descobrimento do Brasil* (1935), *O brazão bolandês* (1936), foram objetos de análise e estudo em diversas publicações.

E permaneceu pesquisando. *"Considero um desserviço à minha terra, engolir notas preciosas, ou deixar que se escreva errado o que passou direito ou vice-versa"* (L.C.C, 1926).

O mestre potiguar foi torrencial na sua inspiração. Escreveu e publicou, entre livros, plaquetes e separatas versando sobre História do Brasil, doze teses!...

E essa pena privilegiada, sem situação financeira positiva, numa cidade sem bibliotecas e com outros interesses – como atesta o historiador Francisco de Vasconcelos, na sua *Tribuna Piracibana* de dezembro de 1991 –, "ao longo de mais de sessenta anos de vida intelectual, construiu uma obra majestosa e gigantesca de valor incomensurável, também a serviço da literatura, sociologia, geografia, Direito, crônica histórica, jornalismo multiforme e do americanismo, pela vertente histórica ou etnográfica".

Convivi com meu pai toda minha vida, até sua morte, e nunca senti nele o mais tênue traço aristocrático. Lembro das queixas maternas quanto a sua ausência total de preconceitos de classe e de cor, do quanto ele amava o povo e suas manifestações; da sua química equilibrada, sua bondade e seu jeito comunicativo. Queria bem e gostava de gente. Em fevereiro (1935), Cascudo contava guardar todos seus livros em caixotes (eram seu tesouro) já que, na pequena casa alugada, não existia lugar para sua biblioteca. Ainda se questionava se valeria a pena tanto esforço, leitura a fazer e reler, anotar, pelo ineditismo, havendo dificuldade de publicação – acrescentava trabalhar o dia todo e ter apenas as noites livres, apesar do empenho, esforço e desvelo. Não estava se embalando em nenhuma rede... Era um trabalhador incansável, um guerreiro...

Pedindo desculpas pelo desabafo, invejo a inteligente resposta, do dia 16 do mesmo mês, de Cascudo, agradecendo "a atitude fraternal e generosa" e desobrigando o amigo das publicações "materialmente intransponíveis". Acrescenta que não pode escrever uma só palavra justificativa de tudo quanto tem publicado. "Defender os livros seria autoelogio" e confessa não ter "a vaidade desse tamanho, não havendo compensação de ordem alguma para ambos". Cascudo dá o assunto por encerrado. Sem mágoas, mas também sem se humilhar nem demonstrar concordância... Novo convite para visitar o primogênito e solicitação para auxiliar um musicógrafo do Funchal, Ilha da Madeira, Portugal, [Carlos Santos] que desejava distribuir seu livro de pesquisas musicais no Brasil. Cascudo ainda pede nome e endereço de críticos para encaminhar o protegido que admira. Comunica convite do Liceu Literário Português no Rio de Janeiro, o lançamento de *Vaqueiros e cantadores* pela Editora Globo, estudo sobre mitos das águas brasileiras, outro sobre Jurupari, Anhangá; e livros sobre Montaigne e o indígena brasileiro, publicado em São Paulo, pela Editora Cultura Brasileira.

Em 1941, Luís da Câmara Cascudo (30 de abril) fundou a Sociedade Brasileira de Folclore, a primeira, no gênero, no país. Obviamente, com a fidelidade e o companheirismo que o caracterizavam, não esqueceu Mário de Andrade, que revelou "sua alegria em ser sócio fundador".

Em 17 de outubro de 1940, Cascudo recorda o convívio fraterno, em concerto no Museu de Arte Moderna, na Feira Internacional de Nova York, durante uma hora de música brasileira. Burle Marx regeu músicas de Villa Lobos, com orquestra de Romeu Silva, "Vadico" tocou um choro em sol menor (que lembrou Ernesto Nazareth) e de repente Candido Botelho cantou a "Toada para você", a favorita de Mário, Antonio Bento e Cascudo.

Em 1º de abril de 1941, ao comunicar que estava traduzindo *Viagem ao Nordeste do Brasil* de Henry Koster, que considera o melhor sobre o Nordeste, explica sua tradução dos instrumentais de então, indagando quanto a sua concordância no assunto. Também o tranquiliza sobre a primeira conferência enviada. O potiguar afirma não haver "leviandade", mas originalidade. Permanece a admiração mútua e generosa...

Viajando ao Rio, com trabalhos do Conselho Nacional de Geografia, lamenta não poder visitar Mário em São Paulo. Pede o endereço de Belmonte, desenhista, historiador e cronista. Há notícias de concertos de Mignone, assistidos com Sá Pereira, Renato Almeida. Terminada a tradução de Henry Koster (Ed. Brasiliana), já planeja a *Etnografia tradicional do Brasil*, e explica o "*modus agendi*" da Sociedade Brasileira de Folclore, já com diversas filiais no Brasil, e do Círculo Pan Americano de Folk Lore. Com sua habitual ausência de egoísmo, deseja ver a Sociedade de Etnografia e Folclore de São Paulo reestruturada e se oferece para ajudar.

Em 1942 envia cópia dos "Animais Fabulosos do Norte", publicado em 1921, e comunica a entrega à Editora José Olympio da *Geografia dos mitos rasileiros*. Ainda em 1942, incentiva a fundação do Clube Paulista de Folclore, para São Paulo ter sua voz "gritante e influente". Enumera as oito Sociedades de Folclore espalhadas nos Estados, animadas pela inicial. Explica o método financeiro de mantê-las. Assim, autos tradicionais, como fandango, boi calemba, lapinhas, congos, chegança e pastoril, são sempre apresentados e permanecem ensaiando, livres da morte por esquecimento, promete. As letras e músicas foram recolhidas para estudo; Cascudo mantêm secção "Etnografia e Folclore" no *Diário de Notícias* do Rio de Janeiro, incentivando criação de biblioteca do folclore brasileiro, traduzindo, reunindo trabalhos esparsos, reeditando, publicando originais sobre mitos, superstições, etnografia. Tem plano de coletar uma série de histórias infantis de cada estado. Sonhos...

Em Natal, um pediatra escreve sobre folclore médico; outro estuda tabus de alimentação entre os loucos; um terceiro reúne superstições no tocante à tisiologia; Waldemar de Almeida recolhe modinhas populares e seus acompanhamentos típicos. Cascudo escreve *Etnografia tradicional do Brasil*. Louvável a organização e o interesse em divulgar a cultura do povo.

Sua liderança nacional e internacional se impõe. Escreve em 1943 dizendo ter reunido contos, danças dramáticas ou autos populares. Na impossibilidade de conseguir o artigo sobre os Congos, de Mário, pede que o mande, via aérea. Termina assumindo a realidade: "Moro na província, e é atrevimento dedicar-me a esses estudos que exigem confronto permanente. Mais fácil seria o romance ou a crítica, bem pedante e superior; mas a gente é o que é". (Naquela época, sem internet, residindo no nordeste brasileiro, ele ter construído sua obra gigantesca e pioneira foi um autêntico milagre de persistência... e talento!...).

Há uma série de mal-entendidos sobre a repercussão dos novos volumes. Pontos de vista antagônicos. Mas – como atesta Cascudo – "não somos Padre e Sacristão para viver rosnando amém quando o outro diz qualquer coisa". E acrescenta que folcloristas brasileiros são três ou quatro; já os oficiais são quarenta. Ele é o único a não brigar nem mesmo quando se trata "da suprema tentação exibicionista de discutir escolas". (Como deve ter sido criticado e esquecido pelos "folcloristas oficiais" mantendo sua autenticidade!...).

Por diversas vezes já revelei que minhas cantigas de ninar foram os desafios dos violeiros, monótonos, rascantes, no colo do meu pai, ainda bem criança. Atesto a singularidade do cantador sertanejo, único a cantar sem acompanhamento. Silêncio que evidencia o sentido narrativo, evitando desvio de atenção do auditório. O cantador sertanejo canta imóvel, sem coro nem refrão, bem diverso dos coqueiros e sambistas. No litoral e nos brejos, há dança, coreografia, ganzás soando. Para o cantador sertanejo, só importa a narração. Indiferente a outras opiniões, mantendo a sua, mas sempre aberto à teoria ou ao conceito de Mário, Cascudo solicita sua apreciação de mais um livro, *Antologia do folclore brasileiro* (Livraria Martins Editora, São Paulo). Numa das derradeiras missivas encontradas (12 jun. 1944), Cascudo narra a morte de um cunhado (Gilberto Freire) e do sogro (José Teotônio Freire) e conta ter feito linda viagem Rio/Natal, em voo sereno, confessando-se "velho e certo amigo". Já do nosso acervo, Mário chama "Cascudinho, amigo velho" e diz que quanto mais a idade avança mais ele tem pressa de amar, no egoísmo de aproveitar o quanto possível o que resta da vida, em 3 jan. 1943, e revela não ter sido menino a quem contassem histórias.

Encontramos ainda cartas inéditas de Mário de Andrade, guardadas cuidadosamente. Na primeira, responde pedido de Cascudo sobre o escritor de Funchal, dizendo francamente não ter livrarias para recomendar, atestando a "indiferença reinante com exceção da Globo de Porto Alegre e a José Olympio do Rio". Em 29 de abril de 1941, o escritor paulista se confessa cansado e desanimado, embora encantado com os trabalhos recebidos pelo amigo/irmão. Explica que o violão, no início do século XIX, também era chamado de "viola de 12 cordas" e pede que Cascudo, indo ao Rio, passe por São Paulo para alegria dele e da sua genitora, "a porta estará sempre aberta em qualquer hora para recebê-lo...".

Em junho de 1942, já reclama da vida, inteiramente "disperso em obrigações de circunstância e de ganhar o esquivo pão de cada dia". Em julho do mesmo ano, narra os problemas administrativos com a Sociedade de Folclore de São Paulo e do seu sonho de organizar o "Clube do Folclore" com encontros descontraídos na sua residência. Tudo incentivado pelo correspondente... Afinal, em 13 de agosto de 1944, manda ao "Cascudote querido" notícias da leitura da prova da *Antologia do folclore* (Martins Editora) que considerou trabalho muito útil.

O jornalista Vicente Serejo diz: "A correspondência entre Cascudo e Mário é fundamental para se compreender o olhar modernista sobre a cultura brasileira. Encontram-se, nesse diálogo epistolar, um modernista precoce (que foi Cascudo) quando em 1919 – 3 anos antes da Semana de Arte Moderna – na coluna "Bric-a-Brac" já reclamava da vida literária afrancesada, defendendo a motivação brasileira, e Mário de Andrade, que fundou o Modernismo no Brasil. Não é à toa que Edison Carneiro no seu livro sobre o folclore brasileiro inverte o olhar: afirma que Cascudo influenciou Mário". (Serejo é pesquisador, estudioso da obra dos dois escritores).

Em *Religião no povo* (UFPB, 1974) Cascudo, no intróito, esclarece: *"Iniciei em 1918 as curiosidades e estudos atentos da Cultura Popular"*.

Com efeito. Em "Animais fabulosos do norte", publicado em 1921 na *Revista do Centro Polimático do Rio Grande do Norte*, já se sente a dedicação ao estudo de assunto novo – na época – o folclore.

O artigo "Aboiador", de autoria de Câmara Cascudo, foi escrito em julho de 1920 e publicado na *Revista do Brasil*, número 67, de julho de 1921. A revista tem como editor Monteiro Lobato.

Na *Revista do Brasil* em 1923, Câmara Cascudo publica outro artigo enfocando assunto igualmente original: "Licantropia sertaneja" tem como temática o Lobisomem. Ainda em 1923, na mesma revista, mais um documento: "Jesus Cristo no sertão".

No *Diário de Pernambuco*, Página Cultural, há um minucioso ensaio intitulado "Dos cultos esquecidos no Nordeste brasileiro". Tema? As superstições.

Registre-se que esses estudos da década de 1920 são de temática folclórica e demonstram seu interesse precoce no assunto.

Paciência de sábio, recolhendo tesouros da cultura popular, desbravando caminhos nunca dantes percorridos no desenvolvimento humano.

Assim, deixou monumentos em forma de livros...

Escreveu Cascudo para o amigo Mário: *"Fiquei e ficarei aqui justamente cascavilhando e anotando toda essa literatura oral que me fascina. Renunciando a tudo que uma ambição humana e idiota pudesse coçar a imaginação. Pensando reunir e salvar da colaboração deformadora o que será deformado pelo tempo"* (22-2-44).

E Mário de Andrade reconhece: *"Estive compulsando o seu trabalho antológico de folclore, na Martins. Um livrão, nos dois sentidos!... Franqueza: é excelente. Quanta gente agora vai bancar 'o científico' citando as fontes, através do canal que você lhes abriu...Vai ser uma inundação e gozaremos com os afogados"* (SP, carnaval de 1944).

Finalizando comentários sobre a correspondência ativa e passiva entre Luís da Câmara Cascudo e Mário de Andrade – logicamente o fiz com o olhar filial, às vezes levada pela emoção, mas procurando seguir a trilha lógica da crítica racional –, permitam-me falar mais um pouco sobre a figura de Luís da Câmara Cascudo, pai, mestre, amigo.

Jornalista, historiador, positivista, etnógrafo, orador, biógrafo, tradutor, folclorista, epistológrafo, escritor, professor, repórter, filósofo, religioso, doutrinário, era um perfeccionista em todos os campos de atuação. Pioneiro, lançou estilos, como a crônica histórica, nas deliciosas "Actas Diurnas" (publicadas diariamente, comentando fatos e vultos), inventou o conceito brasileiro para a literatura oral, deu foros de ciência ao folclore.

Escreveu sobre os mais variados assuntos, tendo se especializado em etnografia e folclore, preferindo a geografia, a história e a biografia. Entre os mais de 150 livros, plaquetes e ensaios, destacam-se: *Literatura oral no Brasil, Vaqueiros e cantadores, Canto de muro, Rede de dormir, Jangada, História dos nossos gestos, História da alimentação no Brasil, Civilização e cultura, Geografia dos mitos brasileiros, Anúbis e outros ensaios, Contos tradicionais do Brasil, Locuções tradicionais do Brasil, Lendas brasileiras, Superstições e costumes, Made in África, Sociologia do açúcar, Cinco livros do povo.*

O *Dicionário do folclore brasileiro,* que teve a sua primeira edição em 1954, foi a primeira compilação acadêmica de temas ligados ao folclore, que não tinha, nessa época, "status" de ciência. Essa obra, ainda hoje, é a primeira referência tanto em cultura popular como em sociologia e etnografia, tendo sido escrita numa pesquisa solitária de mais de dez anos, aliada à extensa correspondência mantida pelo autor com diversos pesquisadores do Brasil e do exterior, fornecendo ao *Dicionário* um caráter enciclopédico único no gênero, e, ao seu autor, o mérito da inovação nesta área.

Criou a Universidade Popular; foi intelectual do ano (1977, Prêmio Juca Pato, UBE); prêmio da Academia Brasileira de Letras pelo conjunto de sua obra; homem do século – em votação popular promovida pela TV Cabugi (Globo), proporcionalmente, uma das mais consagradoras do Brasil –; nove vezes inspirou selos dos Correios e Telégrafos; foi cédula de cinquenta mil cruzeiros (1990, Banco Central), cartão de telefone, bilhete de loteria (1998, Caixa Econômica Federal), nome de prêmios nacionais e internacionais; fundador da Academia Norte Rio-grandense de Letras (1936) e da Academia Brasileira de Arte, História e Cultura (juntamente com o gaúcho e amigo Dante Laytano); motivo de exposições nacionais; nome de colégio, peças teatrais e bibliotecas, elevado, pracinha, rua, avenida, faculdade, creche, memorial, museu, agências bancárias; e detentor de honrarias internacionais, nada lhe fez perder a simplicidade e a ternura.

No *Colecionador de crepúsculos* (2004, Gráfica do Senado Federal) revelo o motivo dele nunca ter aceitado se inscrever e certamente ser eleito para a Academia Brasileira de Letras, apesar de sempre instado unanimemente – para não ter de concorrer com colegas, ou, pior, ganhar de amigos. (Será que existe outra pessoa de coração mais doce e de tão bom caráter?) Revelo ainda que sua verdadeira vocação seria de cientista; por isso fez até o quarto ano de Medicina na Bahia, tendo de abandoná-la pela impossibilidade financeira, substituindo-a para ser professor e bacharel em Direito com a mesma dedicação de um sábio às suas invenções...

Sua permanência no tempo deve ser notada. "Princesa de Bambuluá" e "Hoje é Dia de Maria", ambos da TV Globo, foram inspirados nas suas obras. Seu texto, claro e enxuto, como exigem os cânones do moderno jornalismo, é citado como exemplo nas Universidades, quando estudam Comunicação e Cultura Popular. Câmara Cascudo também se revelou, surpreendentemente, um marqueteiro legítimo, garimpado pela Lew Lara Propaganda, que soube reconhecer a perfeição da sua frase "O melhor do Brasil é o brasileiro" – com a qual, segundo o Ibope, nove entre dez brasileiros se identifica – finalizando a campanha de autoestima da Associação Brasileira dos Anunciantes, hoje detentora da "Melhor Campanha de 2004" pelo voto popular, recebendo o "Prêmio Jeca Tatu" da Associação Brasileira de Propaganda.

Em dezembro de 2004, o Deputado Ney Lopes – seu ex-aluno na Faculdade de Direito –, chegando à Presidência do Parlamento Latino-Americano, teve o gesto iluminado de eternizá-lo em milagre de transcendência. Na solenidade do prêmio que levou seu nome e inspirou 78 trabalhos de professores e escritores da América Latina, sentimos sua presença marcante.

Distinguido em Núcleo de Estudos na UFRN, é surpreendente a quantidade e qualidade de inéditos de sua autoria que surgem diante de pesquisa local, nacional e internacional. Listando suas obras, em 1972, o pesquisador Itamar de Souza encontrou livros, plaquetes, antologias, edições anotadas, prefácios, recensões, traduções e milhares de artigos de revista e jornal. "Foram 26.396 páginas originais, nascidas do diálogo do seu intelecto com a máquina de escrever, tornando-o um dos mais completos gigantes das letras do século XX."

Já o prof. Francisco Fernandes Marinho continua encontrando inéditos em livros, artigos e conferências, que localizou em Portugal e na Península Ibérica. Separatas em revistas, artigos sobre assuntos diversos, derrubando barreiras e semeando ideias, são 39 até agora; livros inéditos, meia dúzia; e ensaios de escritores sobre sua personalidade e obra, treze. Com seu trabalho, pleno de determinação e tenacidade, construiu, ao longo de mais de sessenta anos de vida dedicada à cultura, uma obra gigantesca e variada. Ainda não verificamos o que haverá dele na África; posto ter entendido, como poucos brancos, em reflexão sistemática a partir do alimento, danças, lendas, hábitos, da filosofia do cotidiano, aquele Continente.

Ressalto, ainda, o prof. dr. Marcos Silva, livre-docente em Metodologia da História da USP, autor do *Dicionário crítico Câmara Cascudo*, que debateu academicamente, no Seminário Câmara Cascudo e os Saberes, na Biblioteca Mário de Andrade (IEB), de 15 a 19 de agosto de 2005, com âmbito nacional e presenças de estudiosos e autores, as novas abordagens da obra cascudiana. No Seminário foram analisados vários aspectos inéditos, tais como "Monteiro Lobato e Câmara Cascudo", "Câmara Cascudo e as transformações urbanas de Natal (1920/1940)", "Luís da Câmara Cascudo: historiador", "Câmara Cascudo e a busca do moderno", entre outros temas, demonstrando a amplitude e a atualidade de sua obra monumental.

Em 2007, durante o Simpósio Internacional dos Contadores de Estórias, em Belo Horizonte, Minas Gerais, foi eleito "Patrono das tradições culturais brasileiras", sendo distribuído santinho com sua efígie, oração e título "Santo Cascudo".

Em 2008 a Escola de Samba Nenê da Vila Matilde se inspirou na sua vida e obra e fez um carnaval que marcou época em São Paulo e no Brasil, cujos samba-enredo e fantasias, com alusão ao conteúdo e à importância na vida cultural brasileira, foram elogiados pelos críticos.

A Faculdade de Literatura de Cordel, Rio de Janeiro, tem Cadeira que o homenageia. Tomou posse em 2008 o escritor Joaquim Crispiniano.

O Festival de Folclore da cidade de Olímpia, em São Paulo, em agosto de 2008, reverenciou a figura imorredoura de Luís da Câmara Cascudo. Grande colar e medalha comemorativa foram chancelados, em colaboração com a Academia Brasileira de Arte, História e Cultura, Prefeitura de Olímpia, e Instituto Câmara Cascudo.

Pessoalmente constatei, na qualidade de Presidente de Honra do 44º Festival, na presença de 42 mil participantes de todo o Brasil, a concretização dos seus sonhos. Brasileiros dançando, cantando e festejando sua autêntica cultura!...

Reverencio a obra de Mário de Andrade, que estudei com amor. Emblemático e ícone cultural, mereceu o aplauso que recebeu em vida e por gerações será estudado. Sua semelhança com Luís da Câmara Cascudo surgiu do objetivo comum: valorização da cultura popular. De temperamentos bem distintos, estiveram, por décadas, ligados, numa dimensão maior, abordando estudos e pesquisas sobre práticas sociais e culturais, abrangendo produção do conhecimento. O opinar e participar de parte a parte auxiliou na difusão de suas ideias e ideais.

O panorama das manifestações culturais na obra de Luís da Câmara Cascudo possibilita aos estudiosos um repositório que percorre os domínios da cultura, do folclore (literatura oral) e do conhecimento erudito da tradição, tornando-o artesão da sociabilidade humana. Tinha o camoniano "saber de experiência feita" este filósofo da linguagem, intérprete de um pensamento universal que estudou a essência do ser humano.

Como terminar este ensaio de abertura? Repetindo Luís da Câmara Cascudo em *Antologia do folclore brasileiro* (Livraria Martins Editora): "Aos cantadores e violeiros, analfabetos e geniais, às velhas contadeiras de estórias maravilhosas, fontes perpétuas da literatura oral no Brasil, ofereço, dedico e consagro este livro que eles jamais hão de ler...".

Natal, 22 de agosto de 2008

ANNA MARIA CASCUDO BARRETO

Prefácio

Um homem é o que são as suas cartas.
Alceu Amoroso Lima

Este livro trata da correspondência de dois escritores conscientes de sua brasilidade. Mário de Andrade dizia a Luís da Câmara Cascudo: "Nós temos que dar uma alma ao Brasil". Cascudo, em toda a sua trajetória de pesquisador e escritor, procurou essa meta com renovado ânimo/*anima*. As cartas trocadas pelos dois amigos são documentos de fundamental importância. Elas têm, entre outras, a virtude de ser uma das fontes de duas décadas da história literária do país e, talvez, a primeira ligação intelectual entre o Sudeste e o Nordeste. Mário apresenta Cascudo aos grandes intelectuais do Sudeste, e é apresentado por este aos valores intelectuais nordestinos, como Ascenso Ferreira e Jorge Fernandes. São Paulo e Natal, a cidade grande e a província, são aproximadas com base na língua certa do povo, na cultura popular, sob o clima do advento do modernismo. Em carta de 26 de novembro de 1925, Mário de Andrade já afirma: "dos modernos do Nordeste é você incontestavelmente muito superior aos outros".

Câmara Cascudo dizia a Mário de Andrade que era preciso registrar a verdadeira identidade do Brasil. Nessa correspondência de duas décadas, eles pretenderam tornar ainda mais nítido o relevo de suas obras. Desde 1922, ano de *Pauliceia desvairada*, Mário de Andrade se propôs a renovar a literatura brasileira, afastando a artificial influência europeia. Em 1927, considera o regionalismo um elemento desintegrador na nação, porque pretendia "o Brasil inteirinho".

A amizade dos dois tinha bases muito sólidas. Em carta a Manuel Bandeira, de 19 de março de 1926, Mário dá o perfil do novo amigo: "Vou na Bahia, Recife e Rio Grande do Norte onde vive um amigo de coração que no entanto nunca vi pessoalmente, o Luís da Câmara Cascudo, é um temperamento estupendo e sujeito de inteligência vivíssima e inda por cima um coração de ouro brasileiro. Gosto dele".

A correspondência aqui reunida ocorreu entre 1924 (época da fundação da URSS e do manifesto do surrealismo de André Breton) e 1944 (ano do desembarque das tropas aliadas na Normandia). Nesse lapso de tempo, as cartas registram, como se marcassem datas históricas, o pensamento, os projetos, o dia a dia de dois dos maiores intelectuais brasileiros.

A amizade intelectual e a admiração recíproca foram crescentes. Câmara Cascudo era professor de sertão, do homem sertanejo, seus costumes, crenças, tradições, folclore, mitos e lendas. Em julho de 1920, ele escreve e publica no n. 67 da *Revista do Brasil*, dirigida por Afrânio Peixoto e Monteiro Lobato, um ensaio com a marca da sua identidade, sob a dolência rítmica do aboio e da vaquejada nordestina. Mário afirma, em 14 de agosto de 1924, que já conhecia o autor potiguar pelo seu artigo sobre o mito do lobisomem, publicado na mesma revista. Essa amizade, fundada na busca da identidade do homem brasileiro, nem sempre era concordante, havia advertências e reclamações de ambas as partes. Em 25 de fevereiro de 1944, Cascudo registra: "Não somos padres e sacristãos para viver rosnando amém". Mas prevaleciam a amizade e a reciprocidade da admiração. As louvações e os estímulos eram bem mais presentes. Para Mário, a erudição de Cascudo lembrava a Florença renascentista, e afirma, no momento em que escreve ao amigo: "estou que não posso dormir de felicidade". Em 1941, Cascudo fundou, com sede em Natal, a Sociedade Brasileira de Folclore e contou com o apoio de Mário para incentivar a criação de idêntica sociedade em Piauí, Paraíba, Sergipe, Mato Grosso, Goiás, Rio de Janeiro e Rio Grande do Sul. Cascudo estimulou Mário a fazer o Clube Paulista do Folclore.

Tenho muito orgulho de declarar que passei cerca de vinte anos frequentando, quase diariamente, a casa de Luís da Câmara Cascudo, na convivência de simpatia com a bondade de dona Dahlia e a inteligência de Anna Maria. Era a sobremesa do meu dia, a alegria do encontro, a aprendizagem festiva, o cultivo da terna amizade, a bem dizer, filial. Tentava retribuir ao Mestre com o que lhe pudesse ser útil: na busca de expressões populares, gestos, costumes, pesquisas em bibliotecas; retirada do seu salário de aposentado em banco; levar correspondência para o Correio. Cascudo dizia que a maioria de suas cartas, enviadas aos quatro cantos do mundo, eram perguntadeiras, pois o que ele desejava era compreender.

A respeito da publicação de suas cartas, Mário era radical: "Sou tão orgulhoso, que tenho sempre na minha pasta de escrivaninha uma carta pedindo, caso eu morra, que meus inéditos sejam destruídos". Câmara Cascudo era ciumento dessa correspondência. Autorizou-me apenas que publicasse as cartas de Mário "depois que para mim a noite chegasse". Dona Dahlia me autorizou a publicação sob o patrocínio da Academia Norte-rio-grandense de Letras, com anotações de Veríssimo de Melo. Essa publicação foi acordada logo depois que a Academia Norte-rio-grandense de Letras outorgou o título de sócio de honra a Ives Gandra que, por ser no Brasil nascido, honra a todo brasileiro.

Carlos Drummond de Andrade, em comentário ao meu livro *Câmara Cascudo:* um brasileiro feliz, adverte os pesquisadores para a importância da correspondência cascudiana. Na opinião de Afonso Arinos de Melo Franco, as cartas de Mário e Cascudo seriam tão importantes quanto as epístolas de São Paulo. A professora Edna Rangel, em sua dissertação de mestrado na Universidade Federal do Rio Grande do Norte, sob orientação do professor Eduardo de Assis Duarte, já fizera um estudo de inteligência superior. Essas cartas levam prazer, erudição e bom humor a seus leitores.

Sei que os mais notáveis estudiosos da obra dos autores destas cartas (como Gilberto Vasconcellos, Marcos Silva, Margarida de Sousa Neves, Humberto Hermenegildo, Vicente Serejo, Raimundo Arrais) terão boas informações culturais e emoções estéticas, este livro é livro de leitura e consulta necessárias.

Diógenes da Cunha Lima

Introdução

A Academia Rio-grandense-do-norte e a Academia Paulista de Letras (APL) firmaram, em 2005, convênio cultural, na sede da primeira instituição, em que foi contemplada a possibilidade de edições conjuntas, como forma de integração das culturas regionais de nossos estados.

Na ocasião, tendo sido recebido pelo eminente jurista e poeta Diógenes da Cunha Lima, seu presidente, e saudado pela preclara acadêmica Anna Maria Cascudo Barreto, ficou decidido que a primeira obra conjunta, para selar, na ação, o acordado no documento inaugural da parceria, deveria ser a troca de correspondências entre os dois maiores folcloristas do século XX.

Entramos, em decorrência, em contato com o Instituto de Estudos Brasileiros da Universidade de São Paulo (IEB-USP), que tem a incumbência de preservar a obra completa de Mário de Andrade, tendo também firmado, a APL e o IEB, convênio cultural do mesmo teor, e cuja primeira obra conjunta seria a edição da rica correspondência entre as duas estupendas figuras da cultura pátria. Seu então diretor, sr. István Jancsó, de imediato, aprovou a ideia, de tal forma que, após também haver firmado convênio semelhante com a Imprensa Oficial, preparou o terreno para o resgate, a ordenação e a inclusão no contexto cultural da época desta maravilhosa correspondência, própria do tempo em que as cartas tinham um sabor literário inigualável.

Diversas circunstâncias levaram, todavia, ao adiamento do projeto das duas Academias. Nesse ínterim, foi fundado o Instituto Câmara Cascudo, que retomou a iniciativa e, com a Global Editora, ocupou-se da ordenação dos escritos e da publicação da obra, que ora vem à luz.

A correspondência de Machado e de Eça, duas das maiores expressões do romance brasileiro e português, com as personalidades destinatárias, exteriorizam o momento em que viveram, sendo nela tratados os grandes temas literários, políticos, sociais, jurídicos e econômicos, para se dizer apenas daqueles mais relevantes.

A correspondência entre Câmara Cascudo e Mário de Andrade, na mesma linha, é esplêndido exemplo da época da frase bem torneada, da adjetivação precisa, da ênfase na exata medida do pensamento exteriorizado nos atributos necessários à epistolografia, arte e ciência tão cultivada naqueles tempos e tão desprestigiada nos dias atuais. Com efeito, hoje, as corruptelas eletrônicas da língua tornam os grandes pensamentos e a expressão dos maiores ideais mutilados, pela forma quase telegráfica com que são apresentados.

Câmara e Mário foram duas figuras tão notáveis, que a veiculação de sua correspondência marca, com rigor, um esplêndido momento da história cultural brasileira, sendo matéria permanente para reflexão por tantos quantos se preocupam com o destino deste país.

Quero realçar, todavia, nesta brevíssima apresentação, que o trabalho ora divulgado teve a indispensável e imprescindível colaboração de Anna Maria Cascudo Barreto, com a minuciosa seleção e com as primorosas páginas de abertura.

Parece-me, pois, que o sonho que acalentei de ver estas cartas disponibilizadas para o grande público brasileiro tornou-se realidade, graças ao trabalho, no passado, de todos os confrades e confreiras das duas instituições culturais do Rio Grande do Norte e de São Paulo e, no presente, à dedicação de Anna Maria Cascudo Barreto e de Daliana, do Instituto Câmara Cascudo, assim como dos dirigentes da Global Editora, permitindo assim que esta notável obra viesse ao público. Lembro, para encerrar, a frase de São José Maria de Escrivá sobre os ideais de expressão de sua obra: "Sonhai e ficareis aquém". É tão magnífica a obra agora veiculada, que posso assegurar que a realidade foi muito além do sonho.

Ives Gandra da Silva Martins

Esta edição

Os manuscritos da correspondência de Mário de Andrade (65 mensagens) e de Luís da Câmara Cascudo (94 mensagens) conservados, respectivamente, em Ludovicus – Instituto Câmara Cascudo, em Natal, e no Instituto de Estudos Brasileiros da Universidade de São Paulo (IEB-USP), serviram de base para o estabelecimento de texto desta edição. O volume preparado por Veríssimo de Melo, *Cartas de Mário de Andrade a Luís da Câmara Cascudo* (Belo Horizonte: Villa Rica, 1991), que reúne 57 cartas do escritor paulista, foi compulsado nos casos em que o atual estágio de conservação dos documentos não permite a recuperação de passagens, devido à oxidação da tinta e à consequente deterioração do papel; nessa circunstância, o texto de fonte bibliográfica apresenta-se inserido entre colchetes. O mesmo sinal, na transcrição das missivas de Câmara Cascudo, indica a leitura conjectural de palavras ou restaura letras e vocábulos suprimidos por furos de arquivamento, intervenções indicadas nas notas da edição. A expressão "[ilegível]" define a impossibilidade, no presente momento, de decifração de caligrafia dos interlocutores. Datas atestadas pela pesquisa vêm entre colchetes.

A transcrição das mensagens, bem como dos documentos de época a elas relacionadas, localizados por esta pesquisa (V. Anexos), levou em consideração a ortografia atual, conservando-se, contudo, idiossincrasias do autor de *Macunaíma*, resultantes de seu experimentalismo linguístico que acolhe a expressão oral ("pra", "pro", "tá", "sube", "suber", "desque", "desdo", "rúim", "inda", "cabou" etc.); igualmente permaneceram intactos os aspectos lúdicos da escrita dos carteadores ("vosseis", "pro morde", "maginando", "cumbersemos", "cumpanhero", "malinconia" etc.). Nessa mesma perspectiva (oralidade/lúdico), no que tange a nomes próprios, a edição considerou as formas "Osvaldo/Oswaldo" (Oswald de Andrade) e "Lourenço" (Lorenzo Fernandez); os nomes de pessoas foram normatizados (Luís, Dália, Valdemar etc.), seguindo a norma bibliográfica vigente. Designações de localidades foram atualizadas; assim como palavras de origem estrangeiras ("foot--ball" (futebol), "club" (clube) etc.), hoje dicionarizadas. Ostensivos erros ortográficos ou de datilografia passaram por correções conjecturais. As abreviaturas foram mantidas, pois exprimem o *currente calamo* do discurso epistolar. A pontuação foi conservada, exceto nas poucas frases nas quais a sua ausência provocava ambiguidade. Nas notas, utilizou-se o sinal "/" para indicar, na citação de versos, de textos em prosa com troca de parágrafos, e na transcrição de dedicatórias, a mudança de linha. Ao buscar o texto apurado, o trabalho fundamentou-se nas reflexões teóricas da crítica textual e de edição de manuscritos, promovidas pela Equipe Mário de Andrade, coordenada pela profa. dra. Telê Ancona Lopez, no IEB-USP.

O procedimento de anotação da correspondência, desejando-se tão exaustivo quanto possível, recuperou dados referentes a obras, personalidades, eventos históricos/culturais, assim como o significado de expressões de época e em língua estrangeira (antiga e moderna), hoje pouco usuais etc. Textos em periódicos e livros de difícil acesso foram citados mais extensamente. Essa orientação visa favorecer a compreensão mais aprofundada das alusões inerentes a toda correspondência, tendo em vista um amplo espectro de público leitor. As cartas transcritas nas notas de pesquisa, endereçadas a Mário de Andrade e a Luís da Câmara Cascudo, pertencem aos acervos dos escritores, nas respectivas Séries. A bibliografia utilizada aparece devidamente mencionada nas notas. Obras de referência consultadas: *Grande enciclopédia Larousse Cultural*, 24 v. (São Paulo: Nova Cultural, 1998); Raimundo de Menezes, *Dicionário literário brasileiro*. 2. ed. (Rio de Janeiro: Livros Técnicos e Científicos, 1978); Afrânio Coutinho e J. Galante de Sousa (Direção), *Enciclopédia de literatura brasileira* (Rio de Janeiro: FAE, 1989); Marcos Antônio Marcondes (editor), *Enciclopédia da música brasileira*: erudita, folclórica e popular, 2 v. (São Paulo: Art Editora, 1977).

No processo de pesquisa documental, de transcrição fidedigna dos textos e de anotação, pude contar com importantes sugestões de colegas da universidade e de fora dela. Em Natal, sou grato à eficiência de Daliana Cascudo que me mostrou a riqueza do acervo Câmara Cascudo; franqueou-me a documentação e colaborou, em muitos passos, na decodificação da difícil letra de seu avô. Em São Paulo, meu aluno Flávio Rodrigo Penteado concorreu, de maneira competente, no minucioso trabalho de revisão da transcrição das cartas.

Agradeço a Anna Maria Cascudo Barreto, Camilo Barreto e Carlos Augusto de Andrade Camargo pelo convite para realizar, em condições intelectuais favoráveis, esta edição das cartas trocadas entre duas figuras de proa da cultura brasileira; a Woldney Ribeiro de Souza, que me apresentou Natal de Cascudo: ruas e residências citadas nas cartas. O agradecimento estende-se à família Câmara Cascudo e família Mário de Andrade; ao IEB-USP e a seus diretores Profs. Drs. Maria Ângela Faggin Pereira Leite, Ana Lúcia Duarte Lanna e István Jancsó (in memorian), ao Ludovicus – Instituto Câmara Cascudo (Natal); ao Centro Alceu Amoroso Lima para a Liberdade (Petrópolis); às arquivistas, às bibliotecárias e aos técnicos do IEB-USP: Dênis Machado Rossi, Elisabete Marin Ribas, Flávio Gomes de Oliveira, Floripes de Moura Pacheco, Márcia Dias de Oliveira Leme, Maria Izilda Claro Fonseca do Nascimento Leitão, Maria Itália Causin, Maurício Mendes Vieira, Mônica Aparecida Guilherme da Silva Bento, Rosana Campos Nascimento e Renato Muñoz; à Equipe Mário de Andrade; aos professores doutores Afonso Henrique Fávero, Antonio Dimas, Fábio Lucas, Flávia Toni, Humberto Hermenegildo de Araújo, João Roberto Gomes de Faria, Manoel Mourivaldo Santiago Almeida, Marcos Falchero Falleiros, Marisa Lajolo, Marlene Gomes Mendes, Marta Amoroso e Telê Ancona Lopez; a meus alunos Aline Nogueira Marques, Paulo José da Silva Cunha, Genivaldo Vasconcelos; na Global Editora, a Dida Bessana e Gustavo Tuna; aos amigos Tatiana Longo Figueiredo, Ivan Fonseca e Jairo Carvalho.

Esta edição vincula-se a meu projeto de pesquisa "Correspondência reunida de Mário de Andrade", desenvolvido no IEB-USP.

MARCOS ANTONIO DE MORAES

Câmara Cascudo
e
Mário de Andrade

Cartas, 1924-1944

1 (MA)

São Paulo, 14 de agosto de 1924.

Luís da Câmara Cascudo.

Você há-de permitir à minha modéstia que confesse a alegria que me deu o seu artigo.[1] Muito obrigado. Sempre traz conforto à gente ver que de todo não é improfícua a empreitada que se deu de renovação, prolífera principalmente em desgostos, lutas, calúnias, desilusões.

Já o conhecia. O seu nome ficou-me dum artigo lido na *Revista do Brasil*.[2] O seu estilo atual, vivaz, serelepe dá alegria. Entretece a gente. É incisivo. Nós estamos num período de quinas e de pontas. Quem não sabe andar com flexibilidade vive a receber pontaços e machucões. Se se pudesse desnudar das suas sedas retóricas o cérebro dum passadista, meu Deus, quanta mancha azul. São os encontros que deu no estilo da atualidade que é o seu.

Acredite que não me esquecerei mais de você. Não tanto por agradecido. Isto é, sim: por agradecido. Gratidão maior que lhe tenho da revelação de mais uma inteligência viva e eficaz. Nunca fui caçador de elogios. Criei para meu uso uma couraça de tatu onde os elogios resvalam. Mas não há tatu, por mais ressabiado, por mais duro de costado que não tenho o seu... calcanhar de Aquiles. (Deixe passar a imagem! Dirigida a um tatu tem ares de novidade). Meu ponto vulnerável é a confirmação das inteligências fortes. Você tocou-me rijo.

Terei sempre interesse em seguir seus trabalhos. Quer mandá-los?

Um sincero aperto de mão.

Mário de Andrade

Rua Lopes Chaves, 108.

CARTA DATADA: "S. PAULO 14 DE AGOSTO DE 1924"; AUTÓGRAFO A TINTA PRETA; PAPEL VERDE, FILIGRANA; 1 FOLHA; 28,1 x 21,7 CM; RASGAMENTOS.

---

1 "O sr. Mário de Andrade", artigo de LCC estampado n'*A Imprensa* de Natal, em 11 de junho de 1924, elogia o "singular temperamento" do poeta da *Pauliceia desvairada*. Julga-o corajoso por "apresentar-se como é, sem máscara e dispensando o amável auxílio das citações". Para o articulista, que emprega linguagem sincopada e demonstra extensa cultura literária, "Mário de Andrade é o homem-busca-pé, o foguete, o ele mesmo". (V. Anexos).

2 Entre os números da *Revista do Brasil*, na biblioteca de MA, encontram-se os três textos de LCC divulgados no periódico de São Paulo: "Aboiador" (n. 67, jul. 1921), focalizando Joaquim do Riachão, vaqueiro de Augusto Severo; "Jesus Cristo no sertão" (n. 79, jul. 1922), registro de relatos sertanejos da tradição oral; "Licantropia sertaneja" (n. 94, out. 1923), estudo do mito do lobisomem.

25 de agosto de 1924.
Av. Jundiaí, 20
Natal

Mário de Andrade.

Não há de quê. Pelo contrário. Eu é que lhe estou devendo o pretexto, o motivo, o tema, o bombo, o [fazer]-barulho.[3] Vê então?...

Para que quer assanhar caixa de marimbondo? Conhecer-me? Pois aí vai o pedido audacioso, Lohengrin lascivamente novo num país de Elsas pouco curiosas.[4]

Mando os meus dois livros. O último *Joio* é a melhor parte que tenho realizado.[5] O *História*[6] é história. Publiquei em 1921 o *Alma patrícia* que João Ribeiro, Afrânio etc elogiaram e o Osório escoicinhou lindamente. Homem oportuno.

Pelo correio segue o meu credo artístico. Verá o que penso de artes embora seja mais amigo das *malas* (em espanhol?).

Ser seu admirador é hoje um lugar-comum. Muito me julgarei célebre se souber a sua opinião sobre os meus livros.

Hoje recebi uma carta do Lobato estranhando a gramática do *Histórias que o tempo leva...* (o meu filhinho histórico) Veja lá até onde chega o humorismo do Lobato...[7]

---

3 Leitura conjectural da palavra.

4 Em "O sr. Mário de Andrade", LCC compara MA a Lohengrin, personagem da ópera romântica homônima do compositor alemão Richard Wagner (1813-1883). Na Antuérpia do século X, o misterioso Lohengrin, apaixonado, assume a defesa de Elsa, injustamente acusada de assassinato, desde que pudesse conservar o nome em segredo. Casados, Elsa, dilacerada pela dúvida suscitada por inimigos, exige conhecer a identidade de Lohengrin. Revelando-se cavalheiro do Santo Graal, filho de Parsifal, perde o poder mágico e parte em seu navio guiado por uma pomba. Elsa, atormentada, paga o preço da curiosidade com a própria morte.

5 Na folha de rosto de *Joio*: páginas de literatura e crítica (Natal: Of. Gráf. d'A Imprensa, 1924), lê-se a dedicatória do autor: "A Mário de Andrade/ para realçar o trigo paulista,/ oferece/ LUÍS DA CÂMARA CASCUDO [Impresso] este Joio". MA assinalou no livro o título do artigo "O doutor João". Em uma ficha de cartolina, anotou: "- Joio – Boas páginas: 'Doutor João' excelente, bem descrito/ p. 19/ No fim do livro a nota sobre erros tipográficos/ Crônicas:/ Críticas: Roquette Pinto/ Menotti/ Elisio/ Livros e autores argentinos" (Arquivo MA, Série Marginália Apensa, IEB-USP).

6 O exemplar de *Histórias que o tempo leva...* (São Paulo: Monteiro Lobato & Cia, 1924), prefaciado por Rocha Pombo, estampa a dedicatória: "A Mário de Andrade,/ estas mal contadas/ histórias./ Luís da Câmara Cascudo/ Av. Jundiaí 20". MA sublinhou trechos em várias páginas. Deixa, por exemplo, traços simples e duplos às margens de "Os justiçados de Natal"; em "Reminiscências...", assinala a lápis, "d'imenso", "d'uma cidadela sitiada por uma arrancada mourisca", "como de um guerreiro medievo", "de leão enfastiado".

7 O escritor e editor Monteiro Lobato (1882-1948), em carta sem data, endereçada a LCC, deixa a sua opinião sobre o livro saído das prensas de sua própria editora: "A revolução me pegou fora de S. Paulo [...] Aproveitei a paralisação de tudo pª ler o teu livro, que é dos mais interessantes que conheço no gênero. Como V. é mto. pessoal, os episódios, apesar de serem vagabundíssimos como no geral todos os fatos de uma insípida história, ganham mto. valor e prendem singularmente a atenção. Pauto é certo que o que vale não é o fato em si e sim o estilo do cantador. Gostei

Aqui estou às suas ordens, meu caro amigo. Muito me julgarei honrado merecendo uma ordem sua. Na falta de ordem mande um retrato. Desejava dá-lo numa revista daqui do Norte. Eu sou "presentista". Amo a você (sentido figurado), detesto os seus imitadores. Destes o Norte está cheio. *Peccato!*[8]

Tudo quanto publicas na *Revista do Brasil* e *América Brasileira* do Elísio, é-me conhecido.[9] O que ainda não pude obter é o livro, o livro escândalo, o livro que eu li furioso... por não me ter lembrado de fazê-lo. E penso que os seus inimigos de pena (ou pena?) devem sentir isto.

   Com admiração
    seu
      Luís da Câmara Cascudo.

CARTA DATADA: "25-8-24."; AUTÓGRAFO A TINTA PRETA; PAPEL BRANCO, MONOGRAMA; 2 FOLHAS; 15,8 x 20,4 CM; 2 FUROS DE ARQUIVAMENTO.

---

mto. do retrato do Barata [...] e das reminiscências. Não há dúvida: és um escritor. E se te apurares na língua com o tempo, ficarás um grande escritor. Parabéns e abraço".

8 "Que lástima!" (italiano).

9 Entre 1920/1921 e 1923/1924, MA colabora na *Revista do Brasil* (São Paulo); entre 1923 e 1924, esteve nas páginas da *América Brasileira* (Rio de Janeiro), dirigida por Elísio de Carvalho (1880-1925). Na primeira delas assinou a série "A arte religiosa no Brasil", "Crônicas de arte", estudos e críticas que se concentram em temas e personalidades da vanguarda brasileira e europeia. Na revista carioca, propagou a série de dez "Crônicas de Malazarte", importante súmula de ideias e eventos do modernismo nacional.

3 (MA)

São Paulo, 26 de setembro, [1924].
Luís da Câmara Cascudo.

    Escrevo-lhe rápido porque tenho trabalheira danada pro dia todo. Li tudo o que me mandou. O artigo sobre o Graça, franqueza, não me lembro mais bem dele.[10] Foi a primeira coisa lida e muitas fortes preocupações se interpuseram entre mim e ele. Conservo a impressão de coisa mais ou menos justa. Mais que menos. Só me lembro mais vivo das suas palavras sobre imitação.[11] Levianas. Há imitação e imitação. Uns imitam por incapacidade. Outros para ensaiar asas. Estes saberão um dia voar sozinhos. Para eles a imitação é benefício. Dos livros: *Joio* assinzinho; as *Histórias* o tempo não levará. Acho desagradável essa mania de grudar crônicas em livro. Crônica é pra jornal. Livro é uma concepção mais inteiriça e completa. As *Histórias* são um livro. As suas crônicas ficaram muito bem num jornal. Em livro a maior parte delas perde 90% da graça e oportunidade. As crônicas estarão bem num livro póstumo, se o autor delas atingiu a celebridade. Então interessam por outro lado: evolução do autor, suas várias facetas etc. Só conheço pouquíssimos livros de crônicas de valor real: *A Semana* do Machado, o *De rebus pluribus* do Santo-Tirso[12] e poucos mais. Do seu *Joio* no entanto uma página me interessou vivamente: "Doutor João". Muito bem contado e caso interessantíssimo. Comoveu-me. Nas suas críticas há uma mistura de bom e mau que atordoa. Aliás isso não tem importância porque é opinião minha, pessoal. Em todo caso admirou-me a facilidade dos seus entusiasmos. A parte sobre a Argentina já é melhor.[13] A mim foi útil. Quanto às *Histórias que o tempo* leva, livro interessantíssimo sob todos os aspectos. Gozei de princípio a fim. Excelente

---

10 Em "O que eu diria ao sr. Graça Aranha", artigo sem data no Arquivo MA, LCC lança mão do recurso retórico da preterição (paralipse). Afirma que não vai dizer o que, na verdade, a crônica já está dizendo: formula crítica à dependência literária brasileira aos modelos europeus. "Tenha paciência. Não visto roupa feita comprada em Paris", assevera. "Antes a tanga, a moreninha, o moço loiro [...]". (V. Anexos). Humberto Hermenegildo de Araújo, em *Modernismo anos 20 no Rio Grande do Norte* (Natal: Editora da UFRN, 1995), transcreve o artigo, informando dados da publicação: *A Imprensa*, Natal, 24 ago. 1924. Graça Aranha (1883-1963), festejado autor de *Canaã* (1902), associa-se aos modernistas, participa da Semana de 22, desejando ocupar o posto de "filósofo"do movimento. Em 1924, rompe com a Academia Brasileira de Letras; entre modernistas, provoca dissensões.

11 Assegura LCC no artigo "O que eu diria ao sr. Graça Aranha": "Convenhamos que as ideias associadas de Blaise Cendrars e a prosa rítmica de Gustave Kahn não podem constituir moldes para mim, brasileiro, impulsivo, desigual, romântico, com o sangue cheio de pimenta, de azeite de dendê, de sambas, de choros, de iaiá. O primeiro dever de uma literatura é ter a sua característica. É o nariz".

12 Menção aos livros *A Semana*, obra póstuma de Machado de Assis (1839-1908), e *De rebus pluribus*, do português Visconde de Santo Tirso (1865-1919), livros na biblioteca de Mário de Andrade.

13 A terceira parte do livro, "Argentina intelectual", congrega os estudos "Benjamim de Garay", "O teatro de Moises Kantor", "Santos Vega", "Fernan Felix de Amador", "O romance de Hugo Wast", "Froylan Turcios", "Salvador Alfredo Gomis", "Ricardo Gutierrez", "Horacio Quiroga", "Arturo Capdevila". As outras duas primeiras partes do volume são "Páginas de literatura" e "Páginas de crítica".

No verso da foto, letra de Mário: "Igreja de Sto Antonio / Natal 29-XII-28".

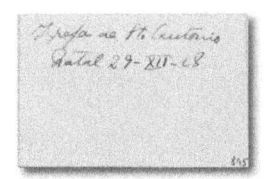

repositório de esclarecimentos. Utilíssimo. E sob o ponto de vista artístico boa [real]ização. O que mais me atrai nos seus escritos deste livro, e mesmo do *Joio*, Luís da Câmara Cascudo, é a sua despreocupação da *literatura*. Não há esse preconceito de fazer literatura que é a maior praga da arte de escrever. Nada de frases bem acabadinhas, ritmos preconcebidos, adjetivos para en[cantar;] linguagem direta, pessoal, enérgica, simples, [eficaz. Mui]to bem. Admiro o seu livro. Creia que sou si[ncero e não te]nho a mínima intenção de lhe ser agradável. Nem me importam teorias, modernismos etc quando aprecio ou renego. É lógico porém que mais aprecio o que mais vai comigo. O que não impede que eu ainda leia com prazer Matias Aires e Euclides por exemplo.[14] A sua dicção tem pontaria certeira as mais das vezes, Luís da Câmara Cascudo. Gostei imensamente disso. Não será mesmo essa a maior conquista dos modernos? Creio que sim. A literatura (mau sentido da palavra) nasceu no séc. XIX. Nós conseguimos (alguns) libertarmo-nos da literatura. Isso vai aos poucos naturalmente. Gosto sempre de fazer exemplo comigo mesmo, porque assim não parece que estou a atacar ninguém. Fui recheado de literatura. Reagi. Revoltei-me. Chamaram a isso de futurismo. Pouco me importam os batizados. A revolta tinha exageros enormes. *Pauliceia* ainda está recheada de literatura na sua parte poética. Há muito parnasianismo, muito simbolismo, muita ideia literária oculta lá dentro e que como era de esperar passou despercebida aos clínicos. Valeu como revolta. É um grito de coração. Evolucionei mais rapidamente e melhor na prosa. Aqui tive logo frutos: experiências de síntese, simultaneidade, rapidez, energia. Abandonei os ritmos de rede e os clangores sensuais da palavra. Criei porém uma linguagem demasiadamente pessoal que transparece na próxima *Escrava* que lhe mandarei, e nas Crônicas de Malazarte. Era ainda um erro. O homem não vive só. Agora me *humanizo*. O erro foi benéfico. Imensamente. Em todas as pesquisas o erro vem. Mas erro melhor do que a verdade: produz. É ativo. Em certos livros atuais, no romance *Fräulein* já estou melhorzinho. Vamos a ver onde vou parar. E tenho consciência de que fugindo ao regionalismo (um perigo) não escrevo mais português. Estou escrevendo brasileiro. Deus me ajude!

Você também está escrevendo brasileiro. Procure vivificar ainda mais esse propósito. Lembre-se que o português não pode ser, tal como ritmado e movido em Portugal, o nosso meio oral de expressão: outra terra, clima, novos costumes, preocupações, ideais. Aliás nós não herdamos de Portugal uma língua: herdamos uma gramática. Foi o que marcou por muito tempo a ideia de sermos sintaticamente/vocabularmente[15] nacionais. O preconceito ainda perdura mesmo nos mais fr[ancos]. Você mesmo a horas tantas no seu livro põe entre aspas a palavra "arremediado" p. [2]08, 2ª linha. Teve medo de

---

14 Referência a Matias Aires (1705-1763), autor das *Reflexões sobre a vaidade dos homens* (1752), e a Euclides da Cunha (1866-1909), criador de *Os sertões* (1902).

15 "Sintaticamente" e "vocabularmente", a primeira palavra escrita sobre a outra, inseridas entre chaves, indicando simultaneidade.

parecer ignorante? A mim me parece que você se esquivou de ser clarividente, com essas aspas malditas. [Sa]be [duma] coisa? As suas "Reminiscências" me causaram uma impressão profunda. [Não tenho] a menor hesitação em dizer que consider[o essa págin]a admirabilíssima. É uma realização quase perfeita e comove imensamente na sua sinceridade, no seu *vácuo*. Não tem nada lá dentro? É como esses silêncios noturnos das nossas terras do interior, você conhece bem isso. Silêncio, não há nada. De repente você percebe que aquela vacuidade está cheia de coisas, de barulhinhos, perfumes, vidas, vida. É estupendo. Assim é o seu vácuo infantil. Admirável e comovente. Disse que a realização era *quase* perfeita. Chamo a sua atenção para certas imagens protocolares que são insuficientes, literárias, eruditas e nada dizem. "Tínhamos o aspecto duma cidadela sitiada por uma arrancada mourisca"; "o busto largo e possante como um guerreiro medievo". O que quer dizer isso? Nada. Absolutamente nada. Já porém o "numa rápida carícia de leão enfastiado" é melhorzinha, embora ainda protocolar. Meu Deus! quando quiser comparar compare com as coisas que você vê, sente, toca, não com o que leu nos livros. Isso é vago e inútil. Aliás defeito de que me penitencio, também.

Agora uma pergunta, que não inclui censura: Você escreve a todo momento: "d'imenso", "d'agoiros" por "de imenso", "de agoiros". Essa elisão se faz aí no Norte? Interessa-me saber disso. É de uso popular ou costume seu pessoal? Responda-me que observo esses usos com atenção.

E agora um pedido. Tenho uma fome pelo Norte, não imagina. Mande-me umas fotografias da sua terra. Há por aí obras de arte coloniais? Imagens de madeira, igrejas interessantes? Conhecem-se os seus autores? Há fotografias? Acredite: tudo isso me interessa mais que a vida. Não tenha medo de me mandar um retrato de tapera que seja. Ou de rio, ou de árvore comuns. São as delícias de minha vida essas fotografias de pedaços mesmo corriqueiros do Brasil. Não por sentimentalismo. Mas sei surpreender o segredo das coisas comezinhas da minha terra. E minha terra é ainda o Brasil. Não sou bairrista.

Aqui vai o meu sincero desejo de o conhecer pessoalmente.

Abracemo-nos
    Mário de Andrade
    Lopes Chaves, 108.

Quanto a retrato, não mando. Tenho horror a essas coisas.

CARTA DATADA: "S. PAULO 26 DE SETEMBRO"; AUTÓGRAFO A TINTA PRETA; PAPEL VERDE, FILIGRANA; 2 FOLHAS; 28,2 x 21,7 CM.

4 (LCC)

Natal, 19 de maio de 1925.

Mário de Andrade.

Sua carta de 1º de maio surpreendeu-me. Que é isto? Escrevi duas cartas. Silêncio fero e mau. Mandei um postal. Silêncio de cemitério. Amuei. Recebi, li, treli e quase decoro a *Escrava que não é Isaura*.[16] Falei do livro para amigos meus n'Argentina. Desejava mandar a V. os *Versos de la calle*, do Yunque.[17] Escrevi ao Yunke pedindo o livro. E o tempo correndo. Estou trabalhando? História. Morte de Solano López. Só que de Assunção, gênese da história republicana do Brasil. Isto tudo muito fora da história oficial.

E sua carta afetiva (e efetiva) encheu-me de alegria. Creia que repito aqui seu nome e sua ação. Como uma bandeira vermelha. V. sabe o efeito do vermelho sobre a inteligência dos homens e sobre a ira dos bois. Não há hipóteses. Não há causas. V. conquistou um amigo. Fora de *blague*, *blefe* ou *bluff*.[18] Sinceramente, creia. E um dia pedir-lhe-ei café e um charuto aí nesta 108, Lopes Chaves.

O interessante é que recebi sua carta hoje, domingo. Passou o dia comigo o sr. Oscar da Silva,[19] pianista, estilizador de temas populares, sinfonista e português. Gostei imenso dele. E mais ainda das lindas coisas que tocou. Especialmente um Stojowski[20] que é o Malazarte fazendo música. O sr. Oscar da Silva tem páginas deliciosas. Ele irá até aí...

Agora mesmo ele está tocando Brahms. Eu detesto Brahms. Escreveu o que tentaria fazer, se pudesse. Calcule. Por que não se resolve a ver o Brasil que o Catete esqueceu? Inojosa[21] em Recife e eu em Natal seríamos os hospedeiros. Venha ver estas coisas. Casas, vaqueiros, lobisomens, matutos

---

16 LCC conservou em sua biblioteca dois exemplares de *A escrava que não é Isaura* (São Paulo: Livraria Lealdade, 1925). O primeiro, incompleto, perdeu as páginas finais (das 156, restaram 96); apresenta notas de leitura e dedicatória: "Ao/ Luís da Câmara Cascudo, /ingratão/ que nunca mais deu/ ar de si./ Mário de Andrade/ S.Paulo/ 31/I/925". O segundo traz apenas a assinatura "Mário de Andrade" na página de rosto.

17 Alvaro Yunke (1889-1982), escritor argentino, autor de *Versos de la calle* e *Nudo corredizo* (poemas, ambos de 1924) e *Zancadillas* (contos, 1926), entre outros. O primeiro deles chegou às mãos de MA, em 1925, oferecido por LCC: "Ao Mário de Andrade/ com um abraço/ Luís da Câmara Cascudo/ Natal – X-VI-MCMXXV".

18 Na carta: "buff". "Blefe" (inglês).

19 Oscar da Silva (1870-1958), compositor e pianista lusitano, autor das *Rapsódias portuguesas*.

20 Zygmunt Stojowski (1870?-1946), pianista e compositor polonês, radicado nos Estados Unidos.

21 Joaquim Inojosa (1901-1987), escritor pernambucano afinado com as proposições artísticas da Semana de Arte Moderna. Em 1924, publica o manifesto *A arte moderna* com o objetivo de arrebanhar adeptos modernistas no Nordeste. Ao receber o opúsculo, MA, em carta de 28 de novembro, aplaude a iniciativa e refere-se a LCC, mencionado no volume: "pelas próprias citações que você faz de versos daí do Norte bem se percebe que esta ânsia de renovação acentuada depois da guerra e alastrada por todo o mundo considerado como civilizado inquieta também essa mocidade nortista que eu tanto desejaria conhecer. [...] Só entrei em relações com o Luís da Câmara Cascudo, rico espírito rapidíssimo". (Joaquim Inojosa, *O movimento modernista em Pernambuco*. Rio de Janeiro: Gráfica Tupi, 1968, p. 339. v. 2.)

anedoteiros, governadores, capitães-mores, jornais – dente-de-cação, autos Fordes... venha!

E as igrejas da Bahia e Recife e Olinda... Tanta coisa. E teria raiva dos frades estrangeiros que estão vendendo mosaicos, obras de talha, velhos anjinhos bochechudos, cadeiras de mogno, jacarandás, para a Europa. E os projetos de Luís Cedro e de Augusto de Lima engasgados. Lástima![22]

E receba V. um longo abraço do
Luís da Câmara Cascudo.

CARTA DATADA: "NATAL, 19 DE MAIO DE 1925"; AUTÓGRAFO A TINTA PRETA; PAPEL BRANCO, PAUTADO, TIMBRADO: "A IMPRENSA"; 2 FOLHAS; 22,5 x 18,2 CM; 2 FUROS DE ARQUIVAMENTO.

---

22 O deputado pernambucano Luis Cedro, em dezembro de 1923, apresenta na Câmara dos Deputados o projeto de lei que favorece a proteção de monumentos artísticos e históricos brasileiros. No ano seguinte, o escritor e deputado por Minas Gerais, Augusto de Lima, submete o projeto que impede a evasão de bens culturais para o exterior. Disponível em: <http://www.monumenta.gov.br/site/?page_id=165>. Acesso em: 6 ago. 2008.

5 (LCC)

Natal
21 de maio de
1925.

Mário de Andrade.

Aí vão os juros do silêncio. Receba e mire o Rio G. do Norte. O vaqueiro legítimo, um cardeiro autêntico e virgem de *filmes* e a Fortaleza dos Santos Reis Magos cuja história V. encontrará no livreco que lhe mandei e que escrevi.

Mande notícias. Estou *folclorizando*. Seria difícil ver um número do *Ariel*?[23] Conheço alguns antigos. Antigos. Aí pela 2 *rapsódia* de Listz.[24] *Proh pudor.*[25]

Seguro e fiel
L da C. C.

CARTA DATADA: "NATAL./ 21-V./1925"; AUTÓGRAFO A TINTA PRETA; PAPEL BRANCO; 2 FOLHAS; 19,0 × 14,3 CM; 2 FUROS DE ARQUIVAMENTO. NOTA MA A LÁPIS AZUL: "RESPONDIDO".

---

23 *Ariel: Revista de Cultura Musical*, mensário paulista que teve duas fases e durou treze números. MA assume a direção da revista a partir do oitavo número, de abril de 1924. Em 11 de agosto de 1924, o novo editor escreve a Sérgio Milliet (1898-1966), em Paris, correspondente eventual da revista; comenta a mudança: "Tomei a direção da revista, porque o Sá Pereira não tinha coragem para piorá-la, torná-la acessível a este público bunda do Brasil. Pois eu pioro?, disse. Fiz revista informativa, mais variada, sem artigos pesados, cheia de notícias idiotas e elogio todo o mundo. [...] Vamos ver se a diaba vive". (Paulo Duarte, *Mário de Andrade por ele mesmo*. São Paulo: Hucitec/Secretaria Municipal de Cultura [SP], 1985, p. 298.) *Ariel* durou apenas até outubro desse mesmo ano.

24 Provável alusão ao sexto número de *Ariel*, correspondente a março de 1924, no qual encontra-se o texto "Como Liszt ensinava piano – recordações de estudante", assinado por Alexandre Siloti. Nesse depoimento, lê-se: "Havia duas músicas que eram absolutamente proibidas [aos alunos de Liszt]: a sua própria "Segunda rapsódia", por ser já demasiado tocada, e a sonata "Quasi una fantasia" ("Ao luar") de Beethoven, que Liszt tocara em outros tempos de uma maneira inimitável". (p. 210).

25 "Que vergonha!" (latim).

No verso da foto, letra de Mário: "Natal 30-XII-28 / Praia da Redinha no / fundo o forte dos Reis Magos. / Embocadura do Potengy".

6 (LCC)

Mário de Andrade.

Mando um exemplar do livro de Yunque *Versos de la calle*. Perdoe o papel. É a 2ª edição de 5 milheiros. E do ano passado. Esperando este livro demorei tanto a escrever-lhe que mereci um puxão d'orelhas. Yunque possui aquele "essencial expressivo" que V. encontrou em João Miramar.[26] Para Luis E. Soto,[27] Yunque é o sentido poético da cidade moderna. Melhor V. julgará. É o livro que expressa uma nova orientação mental n'Argentina d'agora. Verso da rua com tinta segura e sem nuança. É o tema solitário. E a propósito do tema – receba o "Shimmy" que segue junto a esta carta.

     Abraços do
     Luís da Câmara Cascudo.

10 de junho de 1925.

---

26 Juízo crítico utilizado por MA na resenha dedicada ao romance *Memórias sentimentais de João Miramar* (1924), de Oswald de Andrade: "Nessa maneira de manejar a frase atinge muitas vezes expressões excelentes. Sintético marcante abandona então todo pormenor, usando apenas o essencial expressivo". (*Revista do Brasil*, São Paulo, n. 105, set. 1924; V. Marta Rossetti Batista, Telê Ancona Lopez e Yone Soares de Lima. *Brasil: 1º tempo modernista – 1917/29. Documentação*. São Paulo: IEB-USP, 1972, p. 221.)

27 Luis Emilio Soto (1902-1970), jornalista e crítico argentino. Publicou *Zogoibi*, novela humorística (1927) e *Crítica y estimación* (1938).

Shimmy

Ao Mário de Andrade.

I

O Sol lhe bate de chapa
D'um besouro o brilho escapa
Branco-negro-ouro-mel
Rola, recua e se atira
Volta, se encolhe e se estira
O dorso da cascavel.

II

O corpo inteiro palpita
A pele se arruga e agita.
A língua fina dardeia
E freme e se estorce e avança
E estaca e demora e cansa,
Ondula, vaga, volteia.

III

Silva, ronca, bufa e soa
O maracá que reboa
E tudo dança sem dó
Alonga a beleza fosca
Da pele que vai e enrosca
E fica tremendo só.

IV

O dorso acurva, se enrola
Como o fio d'uma mola
Incha, engorda, sopra, cresce.
Sobe, para, volta, corre.
O brilho no lombo escorre...
Vibra, estala, espicha, desce.[28]

---

[28] Na carta: "treme, vibra, estala, desce" (rasurado).

V

Vai parando o movimento.
O maracá cede ao vento.
E fica soando mal
De pronto sacode o laço
Como uma mola de aço
Subindo n'uma espiral.

VI

Inda vibra, mexe e bole.
O corpo anegrado e mole
Sustém o compasso enfim.
Para a cadência da dança
Cede o surdeio, descansa
E tudo para por fim.

Luís da Câmara Cascudo.[29]

CARTA DATADA: "10/VI/25"; AUTÓGRAFO A TINTA PRETA; PAPEL BRANCO, PAUTADO, FILIGRANA; 1 FOLHA; 27,5 × 21,6 CM; 2 FUROS DE ARQUIVAMENTO. ANEXO: POEMA: *SHIMMY*, AUTÓGRAFO A TINTA PRETA, PAPEL BRANCO, PAUTADO, FILIGRANA; 1 FOLHA; 27,5 × 21,7 CM.

---

29 "Remeto duas poesias minhas [...] Uma para o meu (e de V.) Mário e outra inteiramente sua. Sacuda-as na página literária dos domingos em bom lugar", escreve LCC a Joaquim Inojosa, em 13 de agosto de 1926. Os versos, "Kakemono" e "Symmy" [sic], segundo o autor, pertenciam a "um livro que sairá para uso externo dos amigos. Chamar-se-á *Caveira no campo de trigo*. Tem coisas estupendas!" (Joaquim Inojosa, op. cit., p. 385-387.)

7 (MA)

Araraquara, 26 de junho de 1925.[30]

Luís da Câmara Cascudo.

  Estou sentindo uma dificuldade dos diabos escrevendo a mão. Máquina de escrever é um horror. Desde que comprei minha Manuela (nome da minha máquina de escrever) não peguei mais na caneta. Me acostumei. Agora que vim descansar mês e meio por estes lados cultivadíssimos [ilegível] Araraquara só cafezal cafezal não se vê outra coisa na paisagem com espigões cada nova carta que escrevo [ilegível], só vendo nem sei mais pegar na pena, ontem até me sujei com tinta que nem curumim de Grupo Escolar. Manuela ficou jururu lá na rua Lopes Chaves.
  Você nem imagina o gosto que me deu o campeiro vestido de couro que você me mandou. Andei mostrando pra toda gente e mais a fotografia do maravilhoso cacto. As três fotografias já estão bem guardadinhas na minha coleção. Se lembre sempre de mim quando vir fotografias da nossa terra aí dos seus lados. Meu Deus! Tem momentos em que eu tenho fome, mas positivamente fome física, fome estomacal de Brasil agora. Até que enfim sinto que é dele que me alimento! Ah, se eu pudesse nem carecia você me convidar, já faz muito que tinha ido por essas bandas do Norte visitar vocês e o Norte. Por enquanto é uma pressa tal de sentimentos em mim que não separo e nem seleciono. Queria ver tudo, coisas e homens bons e rúins, excepcionais e vulgares. Queria ver, sentir, cheirar. Amar já amo. Porém você compreende demais, este Brasil monstruoso tão esfacelado, tão diferente, sem nada nem sequer ainda uma língua que ligue tudo, como é que a gente o pode sentir íntegro, caracterizado, realisticamente? Fisicamente? Enquanto me penso brasileiro e você pode ter a certeza que nunca me penso paulista, graças a Deus tenho bastante largueza dentro de mim pra toda esta costa e sertão da gente, quando me penso brasileiro e trabalho e amo que nem brasileiro, me apalpo e me parece que sou maneta, sem um poder de pedaços de mim, que eu não posso sentir embora meus, que estão no mistério, que estão na idealização, posso dizer até que estão na saudade!... É horrível. Doloroso. Por vezes eu escrevo uma coisa simples, dita sem esforço até sem arte, ninguém sabe o que está ali dentro de grandeza de comoção, de viabilidade, de amor verdadeiro. Como eu vivo e vibro de ânsia brasileira! Veja se me compreende

---

30 Considerando-se a impossibilidade de leitura integral do manuscrito no estágio de conservação atual, inteiramente danificado pela oxidação da tinta, esta edição retoma a transcrição feita por Veríssimo de Melo nas *Cartas de Mário de Andrade a Luís da Câmara Cascudo* (Belo Horizonte: Villa Rica, 1991, p. 35-37), cumprindo, contudo, a atualização ortográfica e a correção de erros ostensivos de compreensão da mensagem ou falhas de digitação. Consultou-se o manuscrito em suas partes ainda legíveis.

este pequenino "Poema acreano" em que disse apenas que senti de repente e que é indescritível, inobservável em largas páginas psicológicas porque um desses momentos de angústia amorosa sublime em que é tão forte a corrente de comoção, tão ansiados os sentimentos, tão contraditórios, tão interpostos e simultâneos... E agora a gente descreve tudo isso com [vontade]. É melhor dizer simplesmente. [ilegível] for como a gente compreenderá o dizer:

Poema acreano

Abancado à escrivaninha em São Paulo
Na minha casa da rua Lopes Chaves
De supetão senti uma friagem por dentro
Fiquei tremendo muito comovido
Com o livro palerma olhando pra mim

Não vê que me lembrei que lá no norte, meu
                Deus! muito longe de mim
Na escuridão ativa da noite que caiu
[Um homem pálido, magro] de cabelo escorren-
        do nos olhos
Depois de fazer [uma] pele com a borracha
        do dia
[Faz pouco se] deitou, está dormindo.

Esse homem é brasileiro que nem eu.[31]

[Gosta]? Quero que você goste.
    Você há-de compreender a ânsia de compreensão, de união, e interpretação de tudo que é amor que essas linhas humildes eu não quis gritar. Essa ânsia dolorida já me teria feito andar por aí abraçando não sei se pudesse. Mas tenho que ganhar a minha vida aqui, sossegadinho, [ilegível], dando lição e mais [ilegível]. Porcaria! Ao menos me sobra esta certeza de que ninguém amou mais do que eu os brasileiros no Brasil. Se não faço nada por eles é porque Deus não me deu o destino dos fazedores. Assim mesmo vou trabalhando no meu canto e não tenho vergonha de mim.

---

31 Trata-se de versão de "I / Descobrimento", o primeiro dos "Dois poemas acreanos" de *Clã do jabuti* (1927), dedicados a Ronald de Carvalho: "Abancado à escrivaninha em São Paulo/ Na minha casa da rua Lopes Chaves/ De sopetão senti um friúme por dentro./ Fiquei trêmulo, muito comovido/ Com o livro palerma olhando pra mim.// Não vê que me lembrei lá no norte, meu Deus! muito longe de mim,/ Na escuridão ativa da noite que caiu/ Um homem pálido, magro de cabelo escorrendo nos olhos/ Depois de fazer uma pele com a borracha do dia,/ Faz pouco se deitou, está dormindo./ Esse homem é brasileiro que nem eu..." (Mário de Andrade, *Poesias completas*. Edição crítica de Diléa Zanotto Manfio. São Paulo: Edusp/Itatiaia, 1987, p. 203).

No verso da foto, letra de Mário: "Minha sombra e do / Cascudinho na água / Quixote e Sancho / Natal 7-VIII-27 / diaf 3-sol 1 das 13 e 20".

49

Até breve. Escreva e venha por aqui. Nos abraçaremos. Que bruta conversa que havemos de ter, nem é bom pensar!
Mário.

PS. [ilegível] os números que construí. E os anteriores também regularinhos. Gostei de saber que você (você = tu) está folclorizando. Isso mesmo. Trabalhe e mande as coisas que fizer. Me interessam formidavelmente porque são inteligentes, bem pensadas, ditas com leveza, graça. Só depois de tudo isso é que me interessam porque são suas, de amigo. Quando gosto, gosto primeiro pelo valor. Não misturo amizade com valor. Está certo. Olhe: quero que você leia o 3º número da *Estética* que não sei quando sairá. Conhece a revista? Terei lá um poema "Noturno de Belo Horizonte" e uma carta a Alberto de Oliveira sobre os quais me interessa a sua opinião franca.[32]

Carta datada: "Araraquara 26-VI-925"; autógrafo a tinta preta; papel pardo, filigrana; 21,3 x 16,4 cm; 2 folhas; documento bastante danificado pela oxidação da tinta.

---

32 *Estética*, "revista trimestral" carioca, expressão da fase construtiva do modernismo, dirigida por Prudente de Moraes Neto e Sérgio Buarque de Holanda, durou três números, entre 1924 e 1925. Nela colaboraram Graça Aranha, Renato Almeida, Guilherme de Almeida, Rodrigo M. F. de Andrade, Couto de Barros e Afonso Arinos Sobrinho, entre outros. O terceiro número (abr.-jun. 1925) acolhe três textos de MA: a resenha crítica de *Feuilles de route* (1924), sobre os versos de Blaise Cendrars, o poema "Noturno de Belo Horizonte", posteriormente inserido em *Clã do jabuti* (1927) e a "Carta aberta a Alberto de Oliveira". Este, polêmico, representa uma crítica severa ao papel dos parnasianos dentro da tradição lírica brasileira e leva a reboque a proposição artística nova: "A distância em que estamos hoje da Europa é estirão tão grande que nem se vê mais Europa. Quase. Temos mais que fazer. Estamos fazendo isto: tentando. Tentando dar caráter nacional pras nossas artes. Nacional e não regionalista. [...] Estamos reagindo contra o preconceito da forma. Estamos matando a literatice. Estamos acabando com o domínio espiritual da França sobre nós".

Natal, 12 de julho de 1925.

Mário de Andrade.

Sua carta de Araraquara está esplêndida. Vida, muita seiva, alegria, esperança e acima de tudo, amor pela nossa gente desconhecida e silenciosa. O "Poema acreano" sairá 4ª feira com um *habeas corpus* meu. E penso ter V. recebido umas duas cartas outras, antes desta que ora recebo. Creio que lhe mandei versos. E que versos!... E um livro argentino, pedindo, em troca, outro *Escrava* para um meu camarada argentino que nasceu na Colômbia e Luis Emilio Soto,[33] em tudo digno de nossa atenção e carinho.

Mando incluso o índice do meu livreco. Desde 1920 que lia e reunia notas, viajava e observava. Vamos ver [se] o *bicho* viverá...

Volto a insistir no desejo de ter um retrato, um desenho, uma caricatura, uns traços, umas rabiscas, algo que me dê o jeitão de Mário. V. já escreveu que a bondade era a virtude mais solar. Dê o exemplo, em nome do pregão.

De V. recordo pouco a fisionomia. Vi-o rapidamente em 22 quando aí passei uns dias absorvidos pelo Butantã, Penitenciária, Quartéis, General [Nerel], estátua de Bilac, Anhangabaú, Brizollara, fábricas, café, Santos e o sorvete do Pinoni. Lobato (o jeca-açu meu amigo) mostrou-me o terrível Mário, de bigodinho e claros dentes, numa rua que não sei se se chamava Líbero Badaró. Nesse recuado e pré-histórico tempo não comprei o *Pauliceia desvairada* cuja arlequinal e gritante capa assombrou-me no coração os manes de Casimiro de Abreu e de Vicente de Carvalho. Adivinhasse que depois havia de querê-lo tanto faria, em pleno triângulo, à cara do Jeca e às faces do meu querido Rocha Ferreira,[34] uma cena muito parecida com os dos 5ºˢ atos em 1840.[35] Fatalidade

---

[33] As cartas de Luis Emilio Soto endereçadas a LCC revelam o esforço do escritor norte-rio-grandense na difusão da moderna literatura nacional. Em carta de 8 de setembro de 1925, o argentino agradece o envio de *Espírito moderno*, de Graça Aranha, e de *A escrava que não é Isaura*, de MA. Em outra missiva, Soto avalia obras do modernismo brasileiro: "confieso que leí con preferente interés aquellos capítulos que versan sobre cosas brasileñas, tanto en el libro *A estética da vida* como en *Espírito moderno*: la condición de extranjero no se echa a un lado así nomás. Por lo que hace al estilo, me pareció de un admirable fluidez y a menudo de una musicalidad exquisita [...]. Em cambio no puedo expresarme en el mismo tono tocante al libro de Oswald de Andrade *Memórias* etc Y es que esse género de literatura no atrae mis mayores sufragios. [...] Gustosamente voy a escribir algunas impresiones mías sobre *A escrava que não é Isaura* de Mário de Andrade. Me interesó tanto ese libro que apenas lo tuve en mis manos, lo leí de una sola sentada. Tan pronto aparezca la nota en cuestión, me será grato enviársela a Vd. así como al Sr. Mário de Andrade". Em 3 de dezembro de 1925, Soto dirige-se novamente a LCC, comunicando ter enviado um artigo sobre "el interessante libro de Mário de Andrade" para a *Renovación* de Buenos Aires, texto não publicado até aquela data devido à morte de José Ingenieros, ao qual a revista deveria dedicar número especial, ficando a resenha para o seguinte. Comunica também a viagem próxima ao Rio de Janeiro e São Paulo, lastimando a impossibilidade de ir a Natal e a Recife, por dispor de pouco tempo.

[34] LCC incluiu em *Joio* "O poeta dos Céus [1921] e Sóis [1922]", estudo dos versos do escritor paulista Francisco da Rocha Ferreira (1897-?). Do romancista, MA teve em suas estantes *Morrer na véspera* (1926).

[35] As tragédias neoclássicas do fim do século XVIII e os dramas do romantismo, quando apresentam um quinto ato, este se mostra como desenlace de conflito que foi sendo urdido nos anteriores. São cenas violentas, de atribu-

atroz... Tenha V. a bondade de não reler o [que] acima escrevi e de mandar-me uma lembrança de sua *filuzumia*, como diz o meu vaqueiro. Terminei, há seis dias, duas monografias. Uma *Morte do Francisco Solano López* é uma recolta de leituras, depoimentos e críticas, para o VIII Congresso Brasileiro de Geografia que, mercê de meu gênio, sou delegado aqui. A outra é *Buda é santo católico?* Creio ser o primeiro a tratar deste assunto em idioma brasileiro e língua portuguesa (as colônias inclusive). Dei o meu depoimento completo, seguro e verídico. Da confissão resta V. abençoar a boa vontade, e com licença da palavra, o desejo de ser gente...

Francamente, Deus o livre de me ver aí. Não dormia uma noite nem parava nas primeiras 48 horas. Sou um grande palrador. E passo por mudo aqui, nesta sua casa, onde todos falam tanto que envergonham Isidoro (o papagaio) de sua taciturnidade. Isidoro não é de V. e S. Paulo.[36] Dei-lhe em 192? este nome porque foi um presente d'um Isidoro. E, sem pensar muito, cá e lá, ambos se assemelham.

Abraços do
Luís da Câmara Cascudo.

Crendices e Tradições

Tradições dos cultos esquecidos   *
A. Selenolatria sertaneja   *
B. Potamolatria sertaneja   *
C. Tradição do Fogo, do Sol e das Estrelas *
Lendas
A. Lendas de origem indígena   *
B.   "   "   " portuguesa (europeia)   *
C.   "   "   " negra   *
D.   "   " formação brasileira (adaptação) *
E. Lendas apologéticas e místicas   *
Parlendas e brincos infantis   *
Estórias tradicionais do sertão
A. Estórias de encantamento, de castigo e de astúcia
B. Estórias e tipos populares
C. Contos etiológicos   *
D. Moral e técnica das estórias sertanejas
Tradição dos Santos favoritos   *
Animais fabulosos do Norte   *

---

lações físicas ou de ação exuberante. Vale lembrar também que o melodrama, vigente nos anos 1840, embora não apresentasse forma fixa, podia comportar um quinto ato; se fosse um melodrama romântico, via de regra, punha em cena, como no drama, um final infeliz. (Agradeço a informação ao prof. dr. João Roberto Gomes de Faria).

36 Alusão ao general Isidoro Dias Lopes, nome ligado à Revolução Paulista de 1924 (também chamada "Tenentista", "Isidora"), que durou de 5 a 23 de julho.

A. Licantropia sertaneja *
B. Caipora, deus selvagem *
Festas do ritual e da tradição
Como se vive no Sertão *
Notas e adendos

Nota.
Os títulos sublinhados são estudos da crendice *coletivamente*. As letras marcam os capítulos especiais. As crendices e tradições abragem de Pernambuco ao Ceará, especialmente e caracteristicamente o meu Estado. Há muita novidade. O sinal * avisa os trabalhos terminados.

CARTA DATADA, COMPLETANDO DADOS IMPRESSOS NO PAPEL: "NATAL, 12 DE JULHO DE 1925"; AUTÓGRAFO A TINTA PRETA; PAPEL BRANCO, PAUTADO, TIMBRADO: "A IMPRENSA/ TRISEMANÁRIO MATUTINO/ GABINETE DO DIRECTOR/ NATAL"; 2 FOLHAS; 22,0 X 18,2 CM; 2 FUROS DE ARQUIVAMENTO. ANEXO: SUMÁRIO DE OBRA: *CRENDICES E TRADIÇÕES*: AUTÓGRAFO A TINTA PRETA; PAPEL BRANCO, PAUTADO; 1 FOLHA; 32,9 X 11,1 CM; BORDAS DIREITA E ESQUERDA IRREGULARES.

9 (LCC)

Mário de Andrade.

    Agora que estou adoentado tive em sua carta, alegria e surpresa. O dicionário é urgente. Dez anos? Faça pela metade. A primeira edição pode receber alguns desaforos saborosos e representará a recopilação inicial no assunto. Daí em diante far-se-á nova batida e novo plano. Não demore a resolver-se... Estou às ordens para abarrotá-lo de regionalismos, modismos característicos, etc. etc. Para começar registe este: Riquififi... Sabe que é? Uma coisa frívola e complicada, um estilo difuso e fútil, um vestido cheio de bordados, aplicações, rendas. Riquififi... É comum ouvir-se por aqui; F. escreve com tanto riquififi que não se entende o que ele quer dizer. Você use o "bicho". Lance... O *Escrava que não é Isaura* seguiu para a Argentina. De acordo sobre o Yunke. O desaforo deve ser uma irradiação personalíssima. Um alemão meu conhecido, depois de ouvir toda a sorte de insultos de um seu colega de trabalho, atirou-lhe esse: Macaca... E valeu por todos.
    O retrato ótimo. Sereníssimo. Não sei como meteu-se-me nos olhos a ideia de bigode. Intrigas... Pus o retrato em moldura séria e já está escandalizando um desenho que, segundo a etiqueta, devia ter sido Hugo.
    Brevemente mandarei a lindeza de minha cara.
    Escreva-me com ou sem tempo.
    Abração do
    Luís da Câmara Cascudo.

Vila Cascudo.
Av. Jundiaí, 20.
2 de agosto de 1925.

    Da *Estética* só recebi o 1º número. Esqueceram que depois do aperitivo a fome fica maior. Seja misericordioso e mande um exemplar que trouxer o "Noturno Belo Horizonte". Enfim, saindo algo de sua pessoa vá mandando. Outro abraço.
    Luís.

Carta datada: "IIº-VIII-25."; datiloscrito, fita roxa; autógrafo a tinta preta; papel branco; 1 folha; 27,5 x 21,6 cm; 2 furos de arquivamento. Nota MA a grafite, na margem esquerda: "É requifífe ou requifí? – Não é também empregado como adjetivo qualificativo?"; trecho sublinhado: "F. escreve [...] quer dizer".

10 (LCC)

22 de agosto de 1925.

Mário de Andrade.
        Muito saudar.

    Estou ainda agarrado à gripe. Ora aí está porque encho as minhas horas conversando com quem quero bem. Reli sua carta última. Ontem lera coisas antigas na *Revista* do Lobato. Desde o inicial "Debussy" ao inesquecível "Jacarés inofensivos".[37] Quanta ideia mudada... Voltando ao tema; recebi do sr. Manuel de Sousa Pinto[38] a preleção com que S.S. abriu o curso regular da Cadeira de Estudos Brasileiros, Faculdade de Letras, Universidade de Lisboa. Chamou-a "Língua minha gentil". Prega a homogeneidade do idioma. O sr. Sousa Pinto é muito gentil comigo. Estive escreve-não-escreve um artigalhão em cima do bicho. Seria pedantismo. Inútil. Só possuímos necessidade de uma documentação delimitadora dos nossos contatos. É o dicionário. É a gramatiquinha de falar brasileiro onde teremos registado o coleio dos modismos regionais e a técnica das adaptações. Isso de garafunchar papelório sobre idioma, a nossa língua, a perpetuidade do nosso vocabulário[39] e mais besteiras é a mais legítima expressão daquilo que um meu amigo (médico e palrador inteligente) diz ser a "jumentalidade" patrícia... e acadêmica. Já vê V. ...

    Remeto um convite para o Primeiro Congresso Regionalista do Nordeste. Se V. não tem tempo de rabiscar em cima de alguma tese, assinale uma ou umas. No mínimo como curiosidade pelo inédito-brasileiro. Esquecia-me: O sr. Manuel de Sousa Pinto pede livros do Brasil para melhor conhecimento da nossa *psyché*. O endereço dele é S/C Avenida da Liberdade, 178 – 4°. Lisboa. Não esqueça o homem. Por sinal ele deve ir a São Paulo em breves dias. Vem representando a Universidade de Lisboa com a Tuna (ou tina?) da capital portuguesa. A de Coimbra (detestável fadismo lamuriento...) passou em Recife semeando toda sorte de asnices. Os estudantes pernambucanos foram pródigos em atitudes imbecis. Não é catilinário. É raiva-amor pelos meus companheiros. Ódio. Ciúme. Especialmente cólera por encontrá-los tão grudados ao cartão-postal que se fez pensamento. V. não acha?

---

[37] Referência aos artigos de MA na *Revista do Brasil*: "Debussy e o impressionismo" (jun. 1921) e "Crônica de arte: os jacarés inofensivos" (abr. 1923). Neste, Mário lança um olhar sobre os debates em torno do modernismo, no calor da hora: "No momento em que escrevo (4 de abril) vai acesa a luta entre a arte moderna e a tradicional, em São Paulo. Curiosa esta briga pela modernidade! [...] Cronista de arte que sou, não deixarei de comentar este novo período da luta. Não defendo nem ataco ninguém? Sorrio apenas, dentro de meu espírito imparcial de cronista".

[38] Em 1925, Manuel de Sousa Pinto (1880-1934) prefaciará *Portugal-Brasil: orações de fé*, de Paulo de Brito Aranha (Rio de Janeiro: P.B. Aranha); publicará em 1934, em Lisboa, pela Academia das Ciências, o estudo *Pero Vaz de Caminha e a carta do "achamento" do Brasil*.

[39] Na carta: "vocabular".

Novidade-escândalo há uma: vou publicar uma revista de Arte Moderna. Sairá três números... É um grito. Um berro no meio do concerto bem afinadinho dos meus sonetistas e poetas-carro-de-boi. Verdade é que já arranquei das goelas do soneto muita gente séria. O livro-bicho, o prova, é o *Escrava que não* etc. Cômodo. Rapidez. Síntese. Simultaneidade. Cor. Justiça. Brilho. E mais partes.

Mando um discurso-apresentação. Goste. Verdade seja que V. tem de desculpar-me o *modus* de datilografar. Estou desasnando agora. Vantagens das convivências com o senhor dono de Manuela.

Escusado é dizer que espero sua colaboração para os três números da nossa revisteca. Deve ser um pacote. Não vê que eu desejo ler – Mário de Andrade – nos numerozinhos?... Quero versos. Quero prosa. Quero-quero tantas coisas... Aí vai um pedido seríssimo e quase urgente. Comprei dois *Pauliceia desvairada*. Confesso não ter sido pelos lindos olhos do autor. Li ambos e ambos dei. Estou irritantemente desarmado. Piedade de mim. Mande unzinho só. Mesmo velho e feio. Mande. Espero? E onde está a sua promessa de enviar-me os exemplares do *Ariel*? Um estudozinho que escrevi sobre as *Memórias* do sr. Oswaldo que não é seu parente parece que o Correio devorou. Não mais tive notícias de tê-lo Lobato recebido. Eu havia lido a sua crítica. E havia concordado pelo encanto daquilo que V. muito justamente chama o "essencial expressivo".

Não me esquecerei de seu pedido. Mandarei cópias do *Lendas e tradições*. E sabe que V. está citado? Pois é. Nas "Lendas de origem portuguesa" (quer dizer – europeia) cap. C, do estudo "Lendas do Nordeste", transcrevo o final de sua conferência no Automóvel Clube. Recorda-se? V. descreve a "Cathédrale engloutie" da Lagoa Santa, em Minas Gerais. Nós possuímos variantes (Carro caído de Extremoz, Capela afogada do São Francisco, etc.) e eu as registei.[40] E, com os diabos, duas horas da tarde... Aceite as minhas desculpas pela visita demorada e lerda.

Mande a *Pauliceia*. Mande o *Ariel*. Seria verdadeiramente maravilhoso mandar V. mesmo os presentes. A sua casa em Natal é tranquila e fora da "Cidade". Quieta, rodeada de árvores, serena, com amplas janelas para os

---

40 "Uma conferência/ 'Condescendência pra divertir os sócios do Automóvel Clube'", palestra de MA que ilustra a apresentação pianística de Sousa Lima e procura explicar a estética modernista; foi reproduzida na *Revista do Brasil*, n. 10, jan. 1925. No fim do texto, lê-se: "[Debussy] é o mais raro, o mais saboroso criador de ambientes harmônicos que jamais houve! Escutem primeiro o "La cathédrale engloutie". Reparem que força sugestiva nestes acordes que sobem como ecos de sinos. E o marulho crescente das águas... A catedral vai se erguendo do fundo do lago... Quando chegar à tona, arrebenta solene dentro dela o coral dos monges celebrando a missa do Natal... E a igreja começa a afundar outra vez... As águas vão se acalmando de novo... Lá longe o coral dos padres se repete no fundo das águas... Os sinos ecoam terminando o milagre... O encanto acabou. Tudo por meio de harmonias misteriosas, sugestionadoras. E nem é preciso que a gente se lembre do lago de Suíça ou de Bretanha em que o milagre se dá. A lenda corre por toda a parte e fui encontrá-la na boca dum barqueiro na Lagoa Santa de Minas Gerais. Passeávamos no lago. [...] Eu deslizava o olhar pelos nenúfares de folhas cor de vinho. Então o barqueiro me contou: / [...] – Pois não vê que no tempo da mineração tudo isto era terra firme. Como tinha muito ouro a vila foi crescendo, foi crescendo e ficou uma cidade muito bonita. A gente dela luxava que era uma sem-razão! [...] Então Nosso Senhor Jesus Cristo mandou uma chuva, grande mesmo! Afogou tudo e fez esta lagoa. Na noite de Natal a igreja catedral toca os sinos lá em baixo. A gente vê ela subindo, aparece que não aparece, até bolir com o cruzeiro da torre nas folhinhas do aguapé. Sempre tocando os sinos pra reza da meia-noite. [...]".

morros verdes, cheia de sossego e de paz. E sem crianças amigas de futebol. Deus me ajude e muito breve tenho uma surpresa a fazer-lhe. Não é o que V. está pensando. Ao contrário, muito ao contrário...
    Abração
        deste seu
            Luís da Câmara Cascudo.

Avenida Jundiaí, 20
Natal.

    P.S. Não se assombre com o envelope de Recife ir de Natal. Escreva-me, isto é, visite-me.
    P.S. número 2º.
    Há um erro de revisão: quis dizer, seria maravilhoso os presentes mandarem V. a Natal. Entendeu? A minha máquina tem o nome de Escrava Isaura. V. será o padrinho e breve (?)

<small>Carta datada: "Natal 22 de Agosto de 1925."; datiloscrito, fita roxa; autógrafo a tinta preta; papel branco; 1 folha; 27,5 x 21,6 cm; 2 furos de arquivamento.</small>

11 (LCC)

Mário de Andrade.

    Fechei a carta deixando o discurso fora. Não querendo romper o envelope preferi fazer outras linhas. Mando os índices das monografiazinhas que, dentro em breve V. receberá. A de Buda possui certas novidades para os curiosos do assunto. Sou o primeiro a tratar em idioma português e brasileiro. E, (que grande pedante) há umas interpretações sobre os nomes próprios inteiramente minhas. Mande a sua impressão do cardápio enviado pela minha desocupação à sua complacência.
    E adeus, paciente amigo mártir.
Luís.

Em 23 de agosto de 1925.

A morte de Francisco Solano López

/...(prefácio)
O lanceiro Chico Diabo.
O que diz o sr. Hermeto Lima.
Conta o general Cunha Mattos...
Um minuto de guerra.
Depõe Pereira da Costa.
Assis Cintra versus Mello Nogueira.
Apela-se para o príncipe Dom Luís.
Segundo Sua Alteza...
A parte de Francisco Isidoro Resquin.
Mossé e Godoy sobre a morte de López.
A verdade histórica de 1º de março de 1870?
O general Câmara contra o Visconde de Pelotas.
Rosário de histórias.
O Visconde de Pelotas e o Barão de Itaqui.
O exame cadavérico de López.
A certeza convencional do Visconde de Pelotas.
O combate de Aquidabã.
Mais três registadores.
As explicações do major Von Wersen.[41]

---

[41] "A crítica" (item rasurado).

A última ordem do dia do Conde d'Eu.
A crítica de um veterano.
A orelha de López.
As intimações brasileiras.
A morte d'"EL SUPREMO".

Buda é Santo Católico?

Em verdade vos digo... (prefácio)
Vida de São João Damasceno.
O livro *Barlaão e Josafá.*
A festa litúrgica.
Os apólogos de Barlaão
O apólogo das quatro caixas.
O rouxinol e o arqueiro.
O homem no abismo.
O nome "Chrysorrhoas"
Sidartha Gautama.
Os três encontros.
O caminho das lendas indianas.
São João Damasceno e a Índia.
Gênese da lenda do rei Josafá.
Coincidências litúrgicas.
A lição de Nachor.
Os nomes próprios.
A controvérsia erudita.
Existência de São Josafá.
Buda é Santo católico.

CARTA DATADA: "EM 23 DE AGOSTO DE 1925."; DATILOSCRITO, FITA ROXA; PAPEL BRANCO; 1 FOLHA; 32,5 × 21,7 CM; 2 FUROS DE ARQUIVAMENTO. ANEXO: SUMÁRIO DAS MONOGRAFIAS: *A MORTE DE FRANCISCO SOLANO LÓPEZ/ BOUDDHA É SANTO CATHOLICO?*; DATILOSCRITO, FITA ROXA; PAPEL BRANCO; 1 FOLHA; 32,5 × 21,7 CM; 2 FUROS DE ARQUIVAMENTO.

12 (LCC)

4 de setembro de 1925.

Mário de Andrade.

Perdoe V. o papel. Estou no meio de vaqueiros e cantadores. Não há luz elétrica. A coisa que me lembra, e detestavelmente, o progresso, é o meu Ford que está parado debaixo do telheiro. Não posso mandar-lhe fotografias dessa terra admirável. Deus inda há de fazê-lo vir até aqui para que V. fique sertanejo toda vida e mais seis meses. E que sensação de paz... à mesa de jantar sentamo-nos 30 pessoas. Os criados, vaqueiros, tangedores, os convidados, a *gente de fora* e o curador de rasto ficaram reunidos. Antes do prato de peixe, d'água do açude, o dono da casa rezou e aqueles homens se ergueram rezando também... E que noitada!... E as "prosas". Quanta coisa linda... Se V. estivesse aqui ouvindo o cantador e as histórias dos vaqueiros... E os cigarrões de palha e a tigela de café com rapadura do Cariri?

    Mando três poemas para V. Leia-os, rasgue-os, publique-os. Como quiser. Chamei-os 1, 2 e 3. Se gostar dê-lhes nome pela impressão que obtiver. São absolutamente flagrantes, autênticos, fiéis. São seus. Depois d'amanhã voltarei para Natal. Que pena...

    Há luar e eu trouxe charutos. Um luar que o soneto não maculou. Pense aí que orgia vou fazer... E não estar V. aqui. Quanta coisa tem V. de fazer ainda.

    Abraços e pêsames
do seu
Luís da Câmara Cascudo.

1

Tarde morrendo em vermelho
e o ouro
do Sol se refletindo no espelho
do açude.
A estrada é branca antes que a noite a mude.
Entre nuvens de poeira
surge o vaqueiro vestido de couro.
E o vento leva longe toda a poeira.
E o vaqueiro passou correndo, correndo...
Há somente a tarde morrendo
no vermelho
espelho
do açude...

Mário de Andrade.
No verso da foto, letra de Mário: "Bom Jardim / Açude".

2

Tardinha, tardinha
serenamente
cai a sombra do alto
céu azul.
Água quieta, água quieta,
e a longa sombra do arvoredo n'água
da lagoa...
E o sossego nos capoeirões.
E o aboio no ar...
Tardinha, tardinha
no silêncio, o grito
das seriemas fugindo...
E no galho escuro da oiticica
sinistra, solitária, branca,
a Mãe-da-Lua canta...

3

O chão é seco e vermelho, é vermelho
o caminho entre o amarelo do panasco.
As pedras brancas vão surgindo como frades
de pedra-branca na vermelha estrada.
Sol de chapa!
No horizonte azul que dói nos olhos
os cardeiros abrem as mãos
verdes, verdes, verdes...
Há uma transparência pelo ar
que treme, treme e, na poeira fina
e cinzenta, voam folhas secas
pelo ar...

Luís da Câmara Cascudo.

CARTA DATADA: "4/IX/25"; AUTÓGRAFO A TINTA PRETA; PAPEL BRANCO, PAUTADO; 1 FOLHA; 32,9 x 11,2 CM; BORDA DIREITA IRREGULAR. ANEXO: POEMAS: *TARDE MORRENDO EM VERMELHO; TARDINHA, TARDINHA; O CHÃO É SECO E VERMELHO, É VERMELHO*; AUTÓGRAFO A TINTA PRETA E LÁPIS AZUL; PAPEL BRANCO, PAUTADO; 2 FOLHAS; F.1: 33,0 x 11,0 CM; F.2: 33,0 x 10,9 CM; F.1 E 2: BORDA ESQUERDA IRREGULAR; F.2: RASGAMENTO BORDA DIREITA. ORIGINAL NA SÉRIE MANUSCRITOS DE VÁRIOS AUTORES, ARQUIVO MÁRIO DE ANDRADE, IEB-USP.

13 (MA)

São Paulo, 6 de setembro de 1925.

Luís do coração,

como você é tão bom pra mim! Cada carta de você é um carinho descansante pra mim, fico feliz. Deus lhe pague. Hoje é aniversário da minha prima Zilda.[42] Pois ela tem de me esperar se quiser que tome chá junto com os outros. Hei de responder primeiro a tudo de você que tenho aqui. Vamos a ver: Primeiro me diga uma coisa, qual a sílaba tônica de requififi? Palavra aguda ou grave, requifífe ou requififí? Outra coisa: é bem substantivo ou serve às vezes de adjetivo qualificativo também? Outra coisa do mesmo gênero: me diga se você já escutou por aí a palavra *pratita*, adjetivo qualificativo querendo significar pessoa cheia de enjoamentos, de não-me-toques. "Fulana é muito pratita" se fala por aqui.

Quem é esse Jorge Fernandes, hein?[43] A apresentação de você está engraçadíssima. E o tal de Jorge Fernandes me deixou com água no bico. É bom mesmo. Sensibilidade e inteligência, me pareceu. "Contrição" um pouco mal realizado desde o "Andou feliz a *sentida alma*" (sentida alma é horrível. E só pra rimar com calma! Diga pra ele que mande à merda essa rima e escreva "alma sentida" que é muito bonito) até "Aos pés". Essa partinha é um pouco corriqueira por demais. Resto bom. "Remanescente" estupendo inteirinho e o último verso é colossal. "Talvez na guerra contra o Paraguai"... que mundo está nesse verso![44] Que achado formidável. Dê um abraço no Jorge Fernandes. Puxa, que nome feio dele, não?

Recebi os índices.[45] Também me puseram água no bico. Confesso que o livro sobre *Lendas e tradições* me interessa mais porque me afeta nos meus assuntos e preocupações mais que os outros. Porém que venham estes e os devorarei. Não tenho nenhuma autoridade nem sabença em nenhum dos assuntos pra dar parecer. Digo só que são interessantíssimos. *Buda santo católico* me pa-

---

42 Zilda Rocha Mello (1896-?), prima em segundo grau de MA, do lado materno.

43 Em 14 de julho de 1926, MA escreveria a Jorge Fernandes (1887-1953): "Por intermédio desse queridíssimo Luís da Câmara Cascudo faz já um mundo de tempo que recebi uns poemas de você, entre os quais dois dedicados a mim. Só agora e como sempre de carreira venho lhe dizer o muito obrigado efusivo e a sinceridade enorme com que me agradam os seus versos. Tem neles um certo ar brusco meio selvagem, meio ríspido e no entanto coa de tudo uma doçura e um carinho gostoso. Tudo isso eu tenho apreciado e me tem dado vontade de ler mais coisas suas. Você é original, é incontestável e é duma originalidade natural nada procurada. Isso é dom preciosíssimo, meu amigo. Fique certo que ando guardando os poemas de você como dos mais interessantes de nosso Brasil de hoje. Veja se manda mais coisas". (V. "Introdução" de Veríssimo de Melo ao *Livro de poemas e outras poesias* de Jorge Fernandes. Natal: Fundação José Augusto, 1979, p. 12-13.) Em seu arquivo, MA conservou manuscritos de poemas do escritor potiguar, oito os quais textos inéditos em livro.

44 Verso da última estrofe de "Remanescente" ("Ah! Eu sou a remanescença dos poetas/ Que morreram cantando.../ Que morreram lutando.../ Talvez na guerra contra o Paraguai!"), poema que, em 1927, abrirá o livro de estreia de Jorge Fernandes (*Livro de poemas*).

45 Rasura: "prefácios".

rece francamente mais *boutade*⁴⁶ que outra coisa. O nome do livro é ativíssimo faz cócega na gente. Terá extração certa. O sobre López me ajudará na minha sabença de história pátria tão pouco aprofundada.

Tenho inda por responder uma carta açu (no sentido de beleza) que a gripe fez você escrever... Conte com minha colaboração pra sua revista e se quiser a de mais alguém escolha e diga. Tratarei de arranjar. Não sei como vai ser a revista e fiquei indeciso sobre o tamanho das coisas principalmente prosa a mandar. Por isso só mando versos agora. Se a revista for tamanho da *Revista do Brasil* podem sair todos num número só, se for menor escolha o que quiser. Mandarei a prosa depois que conhecer o tamanho da revista. E ainda se você quer prosa pro 1º número avise com tempo que mandarei. Estou você pra você, isto é, mande o que quiser. É como se fosse você mesmo fazendo.

Também fiquei entinado com a coimbrada romântica, puxa que gente espiritualmente tuberculosa! Não fui na cantoria deles (e parece que é o melhor que eles trazem) porém em tudo quanto era reunião a que ia, pronto: lá estavam os corvos. Que túmulos nesta vida tão cheia de vida do nosso Brasil! *Resquiescat in pace!*⁴⁷

O tal de Congresso Regionalista me deixou besta de entusiasmo.⁴⁸ Em tese sou contrário ao regionalismo. Acho desintegrante da ideia de nação e sobre este ponto muito prejudicial pro Brasil já tão separado. Além disso fatalmente o regionalismo insiste sobre as diferenciações e as curiosidades salientando não propriamente o caráter individual psicológico duma raça porém os seus lados exóticos. Pode-se dizer que exóticos até dentro do próprio país, não acha? É certo no entanto que regionalismo bem entendido traz benefício grande sobre o ponto-de-vista da própria discriminação dos caracteres gerais psicológicos e outros dum povo. Se a minha adesão vale de alguma coisa aí vai sincera com uma enorme sodade mandada pra esse Nordeste que amo como eu mesmo, que sou eu. Que pena eu não poder ir até aí! Se tivesse cobres e descobrisse tempo, ia de deveras. Como não vou mando estas rabugens pra você: Acho o programa um pouco acanhado e além de regionalista regionalizante o que é um perigo. Entre as teses dos "Problemas econômicos e sociais" vocês se esqueceram in-

---

46 "Frase espirituosa, cômica" (francês).

47 "Descanse em paz" (latim).

48 MA tem em mãos o "programa-convite" do 1º Congresso Regionalista do Nordeste, assinado por Odilon Nestor e Gilberto Freyre, documento que traz a súmula de assuntos previstos no evento: "I – Problemas econômicos e sociais / 1. Unificação econômica do Nordeste. Ação dos poderes públicos e dos particulares./ 2. Defesa da população rural. Habitação, instrução, economia doméstica./ 3. O problema rodoviário do Nordeste. Aspecto turístico, valorização das belezas naturais da região./ 4. O problema florestal. Legislação e meios educativos. / 5. Tradições da cozinha nordestina. Aspectos econômico, higiênico e estético.// II – Vida artística e intelectual/ 1. Unificação da vida cultural nordestina. Organização universitária. Ensino artístico. Meios de colaboração intelectual e artística. Escola primária e secundária./ 2. Defesa da fisionomia arquitetônica do Nordeste. Urbanização das capitais. Plano para as pequenas cidades do interior. Vilas proletárias. Parques e jardins nordestinos./ 3. Defesa do patrimônio artístico e dos monumentos históricos./ 4. Reconstituição de festas e jogos tradicionais". (Neroaldo Pontes de Azevedo, *Modernismo e regionalismo*: os anos 20 em Pernambuco. 2. ed. João Pessoa/Recife: Editora Universitária UFPB/ Editora Universitária UFPE, p. 155.) O Congresso foi levado a termo em Recife entre 7 e 11 de fevereiro de 1926. A pesquisa não localizou o "programa-convite" do evento no Arquivo MA.

Jorge Fernandes.
No verso da foto, letra de Câmara Cascudo: "Jorge Fernandes (incógnito)".

teiramente do Brasil o que acho positivamente um erro. A primeira de todas as teses devia de ser: Contribuição do Nordeste para a constituição da Brasilidade psicológica, econômico-social, linguística e artística. Pras pessoas que veem muito largo ou veem amorosamente como é o meu caso, isso está implícito no programa geral. O malentendido nasceu de haverem mais noventa-e-nove pessoas que se ajuntaram à primeira. Noventa-e-nove malentendidos quase sempre é a porcentagem. Veja se corrige isso com tempo. Se eu pudesse estudar mais seria essa a tese que escolheria ou então furava o programa falando sobre o "Conceito de regionalismo". Na "Vida artística e intelectual" quase com a mesma intenção nacionalizante em oposição à regionalizante das teses teria incluído: Caracteres gerais psicológicos do Brasileiro refletidos ou organizados tradicionalmente nas artes nordestinas. II: Contribuições linguísticas do Nordeste para a língua geral do Brasil (lexiologia, fraseologia sintática, modismos expressionais). III: Folclore nordestino. Não vejo bem aonde a gente poderia tratar disso nas teses do Congresso a não ser de folclore no tratar de festas e jogos tradicionais. E assim mesmo... Aliás reconheço que nessa parte de vida artística e intelectual vocês se preocuparam mais com lados práticos que propriamente[49] ideológicos. Em todo caso tudo é prático em última análise entre os temas que apontei. Porém de qualquer maneira que seja o Congresso é interessantíssimo e desejaria estar aí. E a sua casa que você não se cansa de me oferecer em Natal... Como você é bom pra mim! Se fosse possível não imagine que eu esperaria repetição de[50] convite não. Iria mesmo. Aliás o convite está aceito. Quem sabe o que virá um dia! Se arranjar jeito irei na certa passar uns dias com você. Seria só engrandecer esta felicidade de quem como eu já é monstruosamente feliz. E você faz parte da minha felicidade, Luís.

    Te abraço.

        Mário.

Mandarei *Pauliceia*.[51] Briguei definitivamente com *Ariel*. Vou ver se dou um jeito de arranjar os números dela. Vou ver se arranjo também um exemplar do *Pau Brasil*, um delicioso livro de poesia do Osvaldo que não é meu parente.[52] "Se arranjo", porque quero com dedicatória dele e é o sujeito mais atabalhoado do mundo. Promete tudo de coração, se esquece tem dez milhões de negócios

---

49 No datiloscrito: "propriamentes".

50 No datiloscrito: "e".

51 *Pauliceia desvairada* (São Paulo: Casa Mayença, 1922) chegou a Natal com dedicatória: "Pra/ Luís da Câmara Cascudo/ inteirinho/ da cabeça aos pés/ corpo e alma/ Natal/ Rio Grande do Norte/ Eu/ Brasil/ Nós/ Brasil/ **Brasil**/ Brasil/ of./ o/ Mário de Andrade/ S. Paulo/ 7/ IX/ 925".

52 Oswald de Andrade (1890-1954), poeta, romancista, autor de peças teatrais, homem de imprensa, nascido em São Paulo. Cosmopolita, polêmico e iconoclasta, tornou-se figura central do modernismo brasileiro. Sinalizou caminhos da vanguarda artística ao assinar os manifestos *Pau-Brasil* (1924) e *Antropofágico* (1928). MA rompe a amizade com Oswald em 1928, mas continuou acompanhando a atuação literária dele. LCC conservou em sua biblioteca o romance *Marco Zero II. Chão*. (Rio de Janeiro: José Olympio, 1944) e *Um homem sem profissão*: memórias e confissões. (Rio de Janeiro: José Olympio, 1954), este com dedicatória: "Ao Luís da Câmara/ Cascudo/ o cordial abraço/ do / Oswald/ 1954".

complicadíssimos vai-se embora pra Europa sem a gente saber. Duma das últimas vezes eu o tinha numa fazenda quando recebi carta dele de Paris! Chegou ontem mesmo de Paris. Viaja hoje não sei pra onde. Estará no Rio na semana que vem. Está em véspera de nova viagem pra Europa. É fantástico. *Pau Brasil* que já conhecia e reli hoje de manhãzinha é pra mim o melhor livro dele. Poesia genuína no sentido de lirismo. É lógico: a feição dele é o lirismo meio cômico, às vezes cômico por inteiro, divertido alegre de sujeito que come como você não imagina, passa bem é feliz dentro de todas as vicissitudes macotas que lhe têm enriquecido a vida. Porque também ele é um pouco malabarista das vicissitudes. Brinca com elas e se diverte. A primeira parte são frases tiradas de cronistas e arranjadas juntas. É um dos achados líricos mais soberbos e ricos que nunca se fez. Que coisas lindas conseguiu construir com frases de Gandavo, de Fernão Dias, de Frei Vicente...[53] Você verá. Ciao.

E mandarei uns exemplares da *Escrava*. Distribua se quiser.

CARTA DATADA: "S. PAULO 6-IX-925"; DATILOSCRITO, FITA VERMELHA, AUTÓGRAFO A TINTA PRETA; PAPEL CREME, FILIGRANA; 2 FOLHAS; 33,0 × 21,7 CM; RASGAMENTO NAS BORDAS; RASGAMENTO NO CANTO INFERIOR ESQUERDO.

---

[53] A parte inicial de *Pau Brasil* (Paris: Sans Pareil, 1925) de Oswald de Andrade intitula-se "História do Brasil".

14 (MA)

São Paulo, 4 de outubro de 1925.

Camaradão,

bom dia. Nem bem mandei a minha última carta pra você recebi mais uma cheirando couro de boi, cheirando caatinga, cheirando vastidão de campo grande comprido comprido comprido que não acaba mais. Que carta desesperante, puxa! Todo esse luar inda não maculado pelo soneto, essa paz esse silêncio que você sentiu e devorou e despejou com amizade na carta tudo me encheu duma dor funda uma dor que foi peleleim... peleleim... badalando através da terra grande nossa e encheu todo o Brasil. Fiquei pequenininho de tanta vontade, mas sou uma besta, Luís, pra não dizer um frouxo. Não tenho coragem de mandar trabalhos e todo o resto à merda e ir viajando por onde me chama esta sodade misteriosa das coisas que inda não vi. Não pensemos mais nisto. Seus poemas. Bons. Enérgicos retos. Mas tenho umas observações a fazer. Primeiro que tudo: pelo amor de Deus quando me escrever palavras brasileiras escreva com bastante clareza pra eu poder ler certo. Fiquei na dúvida com uma porção das palavras dos poemas de você. "E no galho escuro da"...? Da o quê? É oiticica é? Você escreveu de tal jeito que não se sabe se é oiticica, sitecica ou siticica. Em todo o caso essa palavra não me deixa muito atrapalhado não porque sei que oiti ou oity é uma espécie de figueira e cica é resina mais ou menos, em tupi. Mas tem outras palavras que desconheço nunca vi empregadas ou se vi me esqueci. Você fala nuns "cardeiros que abrem as mãos"... É cardeiros mesmo? Vem de cardo por acaso? E o que me deixou mais com água na boca foi a palavra fanasco ou panasco ou farrasco ou ainda parrasco que não sei absolutamente o que é e que meus dicionários não registram. Me esclareça sobre isso, faz favor e desculpe a ignorância. As observações que tinha a fazer são estas: Às vezes tenho impressão que você escreve um pouco depressa os seus versos e deixa como saíram sem se importar mais com eles. Tem algumas coisas por exemplo nestes três poeminhas que se você os lesse em voz alta e se preocupasse um pouco mais com a rítmica (veja bem que não falo métrica) creio que você mesmo corrigiria. Principalmente em vista da naturalidade que é a melhor coisa deste mundo. Você é tão natural tão verdadeiro nestes poemas que a gente quase que não escuta a dicção de você porque ela desaparece e fica a impressão o quadro que você descreveu vibrando sozinho desimpedido e bonito. Por isso o mau efeito de expressões como "antes que a noite a mude" em que o *mude* rima com *açude* e chama a atenção da gente pro poeta. Rúim isso. Ainda no finzinho desse nº 1 vem "Há somente a tarde morrendo/ no vermelho/ espelho do açude..." Está muito bem, só que mudava pra "no espelho/ vermelho" com o qualificativo depois do qualificado. Fica muito mais naturalmente rítmico assim e muito mais brasileiro. Você já reparou nessa tendência do brasileiro pra botar o qualificativo sistematicamente depois do substantivo qualificado? Repare. Eu já ando sistematizando isso na minha escriturada. No segundo poema não tenho nada que dizer, está excelente como expressão. É o melhor de todos a meu ver. O terceiro, não sei adonde que você ou antes o lirismo de você estava com a cabeça, de certo tinha entrado por demais nalguma abrideira bem gostosa, o certo é que a versificação livre saiu bêbeda duma vez. Noto aliás ainda uma certa indecisão no conceito de verso-livre de você. Não é bem verso-livre é verso arbitrário sem justificação nenhuma nem mesmo psicológica. Nos dois primeiros poemas já tinha encontrado certos casos aceitáveis porém um pouco forçados. Em todo caso iam. Porém este terceiro começa logo com um: "O chão é seco e vermelho, é vermelho". Ora todo bom ledor de verso-livre entenderá que você reafirmou que o chão é vermelho duas vezes, e gosta disso que é boa maneira de expressar. Depois porém tem um desaponto bruto porque você continua: "o caminho entre o... etc." mostrando que o "é vermelho" nº 2 corresponde ao substantivo do verso seguinte. Ora não tem nenhuma razão que justifique isso nesse lugar. Você não está adquirindo saliência pra coisa nenhuma, está falando calmo, observando verificando, sem nenhuma ironia, sem nenhuma exacerbação de comoção de maneiras que não tem razão pra esse corte puramente arbitrário e que vai contra as leis psicológicas que regem o verso-livre. Falando:

"O chão é seco e vermelho
É vermelho o caminho entre o amarelo do (panasco)."

fica excelente. Não acha que tenho razão? No quarto verso desse mesmo nº 3 vem uma "vermelha estrada" por estrada vermelha que também me enquizila, franqueza. Ficava tão bonito: "De pedra-branca na estrada vermelha." O final também tomou cachaça:

"Há uma transparência pelo ar
que treme treme e, na poeira fina
e cinzenta, voam folhas secas
pelo ar..."

propunha:

"Há uma transparência pelo ar que treme treme...
Na poeira fina e cinzenta
voam folhas secas
pelo ar."

Ou:

"Na poeira fina e cinzenta voam folhas secas
pelo ar."

Sem excesso de virgulação. "Pelo ar" ficando sempre bem destacado e sem perder o ritmo natural prosaico do lirismo porque já pela distinção que fiz entre prosa e poesia na *Escrava* (distinção aliás que não é minha) o ritmo prosaico não impede que se tenha boa poesia ou então os famosos tropários bizantinos, os salmos judaicos com os versetes em ritmo prosaico seriam prosa e não poesia.[54] E são poesia da mais pura que a gente encontra no mundo, meu caro. Eu ainda proporia melhormente esses versos finais. Assim:

"Na poeira fina e cinzenta do ar
as folhas secam voam.
Há uma transparência pelo ar que treme treme..."

Agora sim o que tem de mais valor, a linda expressão e impressão forte: "Há uma transparência pelo ar que treme treme..." ficando no fim dá uma valorização extraordinária pra descrição comovida. E "as folhas secas voam" inda podia ficar mais simples: "voam as folhas secas". À vontade. Não zangue não de eu estar propondo mudanças no poema que é seu. O Manuel o Drummond e uma porrada de outros amigos fazem isso comigo e eu com eles sem nenhuma cerimônia. É lógico que nenhum tem obrigação de aceitar tudo o que os outros propõem. O certo é que eu mesmo devo muito pra eles principalmente pro Manuel, que me querendo muito bem é absolutamente impiedoso comigo, não deixa passar nada.[55] Assim também faço com você. Prova de amizade que não obriga você a coisa nenhuma,

---

54 Na "Segunda parte" da *Escrava que não é Isaura* (Discurso sobre algumas tendências da poesia modernista), MA toca no assunto: "O que interessa sob o ponto de vista formal na constituição das artes do tempo é o ritmo.// Ritmo não significa volta periódica dos mesmos valores de tempo. [...]// Ritmo é toda combinação de valores de tempo e mais os acentos. Por isso convém que a oração (na prosa) tenha ritmo, mas não o metro, pois, se tornaria então poesia (Aristóteles, *Retórica*, Livro III, Cap. VII).// Dirão que isto é cair na prosa... [...] Mas o que distingue a prosa da poesia não é o metro, com mil bombas! [...] O verso continua a existir. Mas corresponde aos dinamismos interiores brotados sem preestabelecimentos de métrica qualquer. E como cada transformação (1) [Sensações, associações etc.] é geralmente traduzida num juízo inteiro (tomo juízo na mais larga acepção possível) segue-se que na maioria das vezes o verso corresponde a um juízo.// Nem sempre.// [...] Verso, se quiser dar uma definição descritiva que não implique propriamente delimitação formal, pode-se dizer: Verso é o elemento da Poesia que determina as pausas do movimento rítmico. Ou, porque isso não inclui bem o verso livre (arrítmico pelo conceito universal de ritmo): Verso é o elemento da Poesia que determina as pausas de movimento da linguagem lírica. Ou: da expressão oral lírica. Ou ainda: Verso é a entidade (quantidade) rítmica (ou dinâmica) determinada pelas pausas dominantes da linguagem lírica". (*Obra imatura*. 3. ed. São Paulo: Martins/Itatiaia, 1980, p. 227-229.)

55 A correspondência de MA com dois dos poetas mais representativos do modernismo brasileiro, Manuel Bandeira (1886-1968) e Carlos Drummond de Andrade (1902-1987), favoreceu o fecundo diálogo no campo da criação literária. Ao poeta de *Libertinagem*, em carta de outubro de 1922, MA define o contrato de amizade intelectual: "Para mim a melhor homenagem que se pode fazer a um artista é discutir-lhe as realizações, procurar penetrar nelas, e dizer francamente o que se pensa". (Marcos Antonio de Moraes (Org.), *Correspondência Mário de Andrade & Manuel Bandeira*. São Paulo: Edusp/IEB, 2000, p. 72.)

está visto. E que só serve pra gente ir ficando cada vez mais cutuba e destorcido na arte que escolheu, não acha? Refletir nunca fez mal pra ninguém. Bom, até logo. Me escreva contando coisas e abraçando o camarada velho que aqui sempre pensa em você.

 Sodade comprida
     do
       Mário.

CARTA DATADA: "S. PAULO — 4-X-925"; DATILOSCRITO, FITA VERMELHA, AUTÓGRAFO A TINTA PRETA; PAPEL CREME; 1 FOLHA; 33,0 × 21,7 CM; RASGAMENTOS NAS BORDAS; RASGAMENTO NO CANTO INFERIOR ESQUERDO.

15 (LCC)

Natal, 12 de outubro de 1925.

Mário de Andrade.

Sua carta de 6 do passado vai ser agora respondida. Demorei porque andei bestando atrás dum rol de coisas históricas para um diabo chamado *Potiguarania* em que penso há tempos. Riquifífi é que é o tal ditinho mandado. Quanto ao Congresso... que tenho eu com ele? As suas ideias ficaram justinhas na minha cabeça. Como se diz por aqui – direito que nem dedo em venta. E os livros... Alegrão e leitura vagarosa, mastigada, pautada a refresco de abacaxi, sob árvores. O *Gota* é gotinha mesma.[56] Anuncia o rio. Ameaça. Rosna. É meio fora do diapasão carioca. Verdade. Há quatorze meses que eu lera o *Pauliceia*. Reli. Reli com um pavor de não gostar. Meu amigo, seu Mário, que coisas grandes e terríveis ali dentro... O "Tietê". Eu pensara aquilo mesmo. Estilo-kodak. O "Rua São Bento"?... Releia *Pauliceia*. É impossível que Você não esteja doido de pedra. Há sangue, grito, rebelião, ternura e o inesquecível carinho pelas coisas irremediavelmente perdidas. Numa noite aí, eu, o Jeca-Lobato e um primo que se arrasta como ajudante de ordens dum senhor que é secretário de Segurança, passamos muitas horas vivendo plagiadamente o "seu" "Noturno". Não há cidade no Brasil que me dê a impressão heterogênea de São Paulo. O Rio é rítmico dentro de seu policolorismo. Pauliceia é atordoante. Cidade-mayonnaise.[57] Todo este atabalhoante minuto está no seu livro. No seu livro? Se V. escrever *nu* também está direito. Fosse eu e o *Pauliceia* estaria filmado como o melhor retrato daí. E V. não escreveu à Yunke. Nem pensou. Daí o encanto. Naturalidade. Instantâneo. Foto. E por falar em foto – breve lhe mando o meu retrato. Eu estava demorando porque esperava ir este ano até aí e fazer uma bruta fita na Lopes Chaves. Mas, não posso ir... Para o ano é certo. Aí em julho ou agosto. Vá com toda a antecedência preparando as costas e o café. Mil e duas novidades não são ditas numa semana. Aí vou eu em jornada romântica e passível de éclogas e oaristos.

Esquecia-me de dizer que riquififi pode ser qualificativo. O sr. Coelho Neto[58] usou-o numa sua quase esquecida comédia *Fogo de vista*. Diz apenas, "vestido cheio de riquefifi".[59]

---

56 Provável alusão ao primeiro livro de poemas de MA, *Há uma gota de sangue em cada poema* (1917).

57 No datiloscrito: "mayonese".

58 Do polígrafo e prolífico Coelho Neto (1864-1934), tido como antípoda dos modernistas, LCC adquiriu expressivo número de obras, três delas com dedicatória: *A capital federal* (romance, 5 .ed., 1924): "A Câmara Cascudo/ of./ Coelho Netto/ Rio, setembro, 1925"; *Às quintas* (crônicas, 1924): "Lembrança de Coelho Netto a Câmara Cascudo/ Rio – setembro – 925"; *Fogo de vista* (teatro, 1924): "A Câmara Cascudo/ Lembrança de/ Coelho Netto/ Rio, Setembro – 925".

59 No princípio da cena 1, no segundo ato de *Fogo de vista* na edição do acervo de LCC (Rio de Janeiro: Oficina

A sua carta ao Alberto de Oliveira é intensa e nobre. Não sei se realmente os parnasianos foram criadores ou influenciados pelo ambiente saturado de Leconte, Heredia, Sully[60] e mais bichos. Falarei da carta na próxima. O "Noturno de Belo Horizonte" se não é a maior e mais bela, é com certeza uma das mais lindas páginas destes últimos dez anos. Será assunto para a próxima. Hoje tenho vivido pessimamente de saúde. Não sei onde terminar esta série de enxaquecas passadistas e teimosas. Dei-me a imbecilidade de ler as palavras-fiadas do futuro Presidente e tive esse resultado. É pouco para eu não ser jumento.

    Perdoe V. o tom bilioso destas linhas e escreva pelo amor de Deus. Abraços, abraços, abraços.

Avenida Jundiaí, 20

    Luís da Câmara Cascudo.

CARTA DATADA: "NATAL 12 DE X DE 25."; DATILOSCRITO, FITA ROXA; PAPEL BRANCO; 2 FOLHAS; 32,0 x 21,8 CM; 2 FUROS DE ARQUIVAMENTO; MARCA DE GRAMPO. NOTA MA A GRAFITE, TRECHO SUBLINHADO: "DIREITO [...] VENTA".

Gráfica do Jornal do Brasil, 1924), localiza-se a palavra mencionada: "Mathias, de costume de brim branco; Justina, de vestido de cassa, aos folhos, ancho tundá. Coque com invisível. Marocas, vestido de filó cheio de requififes; anquinhas. Cabelos encrespados: grande beleza na testa. Justina e Marocas sentadas, de mau humor; Matias perlongando vagarosamente a sala, a fumar", p. 31. *Fogo de vista*, comédia em três atos, foi representada pela primeira vez no Trianon, no Rio de Janeiro, em 10 de outubro de 1923.

60 Leconte de Lisle (1818-1894), José María de Heredia (1842-1905), Sully Prudhomme (1839-1907), poetas de expressão francesa, representantes do parnasianismo.

16 (LCC)

Recife, 20 de outubro de 1925.

Mário de Andrade.

  Escrevo a V. de Recife. Patifarias do exame. Nada de sonho. Escrevo às pressas. Na carreira. Encontrei Recife cheio de ideias novas. Inojosa quer fundar uma *Modernicéa*, revista. Há briguinhas e esperanças. Eu, eleito sócio duma porção de Institutos históricos (Paraíba, Ceará, Pernambuco). É verdade. E de um centro aí de Campinas.
  Mando umas maravilhosas fotografias. Arquive e goze. São inéditas. O meu amigo José Maria Cavalcanti de Albuquerque e Melo possui a melhor e maior coleção do Norte. 6000 chapas. Ele é o fotógrafo e revelador. Percorre 30, 40, 50 léguas a pé fixando milagres. Não vende. Dá aos amigos. É diretor da *Revista do Norte* que é e vai ser do Sul também. José Maria tem raridades. Casas desaparecidas. Joias. Casa mortas. Arte religiosa. Santos em madeira. Coisas lindas. E admira muito V. Estes postais vão para abrir caminho à camaradagem. É o próprio José Maria que manda. Endereço dele – Rua Numa Pompílio 536 – Recife. José Maria é esquésito. Ele mesmo. *Camelot dos Reis*. Católico e monarquista. Está terminando uns grandes (em beleza e raridade) detalhes tipográficos. Quer editar "livros belos". Coisas magníficas de impressão e tipagem. Antigas. Coloniais. Lembrando velhices inesquecíveis e evocadoras. Escreva umas linhas a ele. Os postais valem uma visita. Agradeça-os porque ele é que me pediu para que eu mandasse para Você. E decerto mandará outros. Centenas.[61] E adeus. Escreva para o antigo endereço de Natal. Av. Jundiaí. Mandar-me-ão as cartas.
  Abração.
  Luís da Câmara Cascudo.

CARTA DATADA: "RECIFE. XX-X-25."; AUTÓGRAFO A TINTA PRETA; PAPEL BRANCO, FILIGRANA; 1 FOLHA; 28,0 x 21,4 CM; 2 FUROS DE ARQUIVAMENTO.

---

61 Anos depois, em 7 de junho de 1933, Manuel Bandeira escreve do Rio de Janeiro a MA, recuperando outros traços biográficos de seu conterrâneo: "Quem anda por aqui e vai até aí [São Paulo] para estudar organizações bibliotecárias é o Zé Maria de Albuquerque, aquele que fazia a *Revista do Norte*. É revolucionário de 30. Perdeu um irmão no ataque do Derby, e hoje é diretor da Biblioteca do Estado, onde tem feito ótima administração". (*Correspondência Mário de Andrade & Manuel Bandeira*, op. cit., p. 560.)

17 (MA)

S. Paulo, 26 de novembro de 1925.   (não reli, estou exausto)

    Luís, eu sou tão feliz! Puxa! que camaradão amigo mesmo de verdade eu arranjei dentro de você... Recebi sua carta de dez de outubro, recebi fotografias de coisas de Iguarassu, e recebi finalmente o álbum comemorativo do *Diário de Pernambuco*.[62] Não respondi antes, questão de doença que não mata mas maltrata. Me obrigaram a ficar imóvel e deitado o mais que posso, imagine! Agora mesmo estou estendido e por isso que escrevendo a lápis. Só me levanto mesmo por causa de alguma lição mais bem remunerada. Estou carecendo de arames pra pagar o médico... Então me levanto, ganho um pouco e zaz! cama outra vez. Que merda de vida levei este ano, é incrível. De primeiro foi um esgotamento físico e uma fadiga intelectual horrorosos que fui arranjando, disfarçando até as férias de junho. Então descansei bem de seis meses de esforços martirizantes, e sarei. Agora bateu mais esta rebordosa! Fiquei abatido, palavra. Comendo arroz sem sal e no azeite e quase que nada mais. Ũa miserinha de bolachas e leite. Agora vou melhorando, como um pouco melhor e mais gostoso. Se por acaso você tiver um encontro ou pessoal ou por carta com o homem das fotografias, fale pra ele que ainda não respondi por causa de doença. Na semana que vem talvez eu me sente à máquina e mande pra ele minha gratidão e o entusiasmo baita que tive por Iguarassu. Que maravilhas, seu Luís! E inda no álbum do *Diário de Pernambuco* vem uma rua de Iguarassu vigorosamente riscada pelo M. Bandeira, que me encheu as medidas. E quem é esse M. Bandeira desenhista, hein?[63] Olhe que o tal risca muito bem, traço enérgico, pureza de sentimento da paisagem, boa acentuação do tipo da paisagem e sobretudo, como falei vigor de mão masculina. Gostei. Aliás o álbum tem muita coisa interessante. É verdade que ainda não li nada por causa do tamanhão do álbum que não se ajeita com o meu corpo horizontal, porém os desenhos e a coleção dos assuntos me interessou vivamente. Inda hei de dar pra você uma opinião mais exata quando ler o tal. Recebeu umas rabugens minhas sobre aqueles três poemas que você me mandou? Olhe, Luís, acho sinceramente que você carece aproveitar aquilo. São três poeminhas deliciosos. Se fizer alguma modificação

---

62 Trata-se do *Livro do Nordeste*, número comemorativo do primeiro centenário do *Diário de Pernambuco*, trazido a lume no Recife em 7 de novembro. Organizado por Gilberto Freyre, reuniu, em 190 páginas, "um grupo de estudos e de opiniões autorizadas fixando ou comentando aspectos e tendências da vida brasileira em geral e da nordestina" (p. 3). Nessa obra, que traz ilustrações de Manuel Bandeira, estampa-se, entre tantos estudos históricos, econômicos e culturais de amplo (e original) espectro, o importante ensaio de Gilberto Freyre, "Vida social no Nordeste (1825-1925)" e o poema "Evocação do Recife" do homônimo do artista plástico.

63 Manuel Bandeira (1900-1964), pintor e desenhista pernambucano.

neles me mande que quero tê-los comigo e talvez aproveitar um dia, se por aqui sair alguma revista interessante. A *Estética*, me mandam dizer os companheiros do Rio, que vai morrer. Custa caro e tem pouca saída. Ainda se luta muito e o público é mais difícil de se afeiçoar a uma transformação de sensibilidade que a qualquer coisa prática. Nos meios literários, não: estamos cada vez mais divulgados e apreciados. No Rio então, volta e meia os jornais estão falando da gente. Eu sabia que a *Estética* durava no mínimo oito números, foi o que me escreveu o Prudente duma feita, e pretendia mandar poemas de você pra lá. Estava justamente imaginando mandar esses três. Agora, de supetão, mataram a revista,[64] só sai mais um número talvez e não sei o que você fez dos poemas. Mande-os de novo e mande mais. Dos modernos do Nordeste é você incontestavelmente muito superior aos outros, sem mesmo, dentre os que eu conheço, possibilidade de comparação. Não é elogio que estou fazendo, é verdade. Se não achasse isso era incapaz de falar. Mande coisas e cartas. A fala serelepe de você dá na gente, espeta, pinga, chuça, faz cócega, é engraçada e sagui. Me diverte e é verdadeira, por isso além de divertir comove. Ando esperando os livros de você, sobretudo o sobre lendas e tradições. Qualquer dia de janeiro ou fevereiro estoura por aí também o meu livro novo, *Losango cáqui* já se imprimindo. São versos, porém sem o aspecto e o gosto dos de *Pauliceia*. Outro aspecto e outro gosto. Livro íntimo, sensações delicadinhas, coisa mais sutil talvez. Não sei se é bom, se é rúim, mais diário de sensações que poesia propriamente. E já estou tão longe dele! Agora ando inventando um livro novo, de que não escrevi nenhuma linha ainda porém que me parece meu estado atual de sensibilidade e ideia. Veremos. Talvez se chame *Livro de Amor*, não sei... É ũa misturada de versos e prosa, mais ou menos no gênero da *Vita nuova* de Dante. Não repare na vaidade de modelo tão grande. Não implica que eu me compare a ele, Deus me livre, cada macaco no seu galho.[65] E a revista de três números que você pretendia lançar? Mande notícias. Gostou do que mandei? Se não gostou fale que mando outra coisa. Faça de mim o que você quiser. Na nossa amizade, Luís, me parece que já passamos o tempo do aperto de mão e do "você" apenas... Já estamos no período mais amigo em que a gente pode passar dez minutos um ao lado do outro, sem falar, sem procurar assunto, vivendo apenas a vida uma só de dois iguais e bem se conhecendo: É doce viver a existência

---

64 Rasura: "e não".

65 "Vou fazer dele um livro no gênero *Vita nuova*", confidencia MA também a Manuel Bandeira em carta de novembro de 1925. "Prosa e verso de mistura, enfim contando as aperturas que passei com a tal Maria. Sem imitação nenhuma de Dante. Os capítulos serão 'Carta I', 'Carta II', etc. sem no entanto as frases protocolares do gênero epistolar. Prosa muito calma e bem pensada contrastando com os poemas que são como você sabe. A prosa explica minhas vicissitudes psicológicas e os poemas que vêm no meio dela porém com seus títulos e portanto formando como na *Vita nuova* uma continuidade descontínua. Estou entusiasmado e escrevi ontem a 'Carta I'. Ainda não reli, não sei se está boa." (*Correspondência Mário de Andrade & Manuel Bandeira*, op. cit., p. 254.) MA não conservou o manuscrito desse texto inspirado no livro de Dante Alighieri (1265-1321) o qual, através de poemas e prosa intercalados, expressa o amor por Beatriz.

do amigo... Às vezes me ponho matutando no que você estará fazendo, de certo acendeu o cigarro, não, está bebendo refresco de abacaxi debaixo das árvores. Pronto, sosseguei de novo, deixo você procurando uma nota qualquer pra *Potiguarania* e vou trabalhar. Os espaços não são nada quando a gente se sente assim... Deus te pague. Olhe você arranje pra estar em S. Paulo depois do 15 de julho próximo ouviu?

    Um abraço esperando,
    Mário.

CARTA DATADA: "S. PAULO 26-XI-925"; AUTÓGRAFO A GRAFITE; PAPEL CREME, FILIGRANA; 1 FOLHA (DOBRADA EM DUAS); 33,0 x 21,7 CM; RASGAMENTO NAS BORDAS.

18 (LCC)

9 de dezembro de 1925.

Em Natal.

Mário de Andrade.

Voltando ontem de Recife encontrei um monte de cartas e uma pilha de livros. Livros mandados vir de Paris e outros presenteados pelos camaradas argentinos. E uma carta sua. E hoje recebi outra a lápis. E me esqueci de olhar o resto da correspondência. E fica S.A.R. e I.[66] o sr. D. Pedro de Orleans Bragança esperando que eu responda a um outro príncipe mais amigo e mais meu. Fiquei desolado com a notícia de sua saúde. Se fosse possível viria V. descansar aqui. Enfim, o futuro esconde uma porção de sonhos. Vamos em partes. *Panasco* – capim ondulado, a primeira obra do inverno. Oiticica – a maior das árvores sertanejas. Fronde imensa, tronco vastíssimo. Sombra infinita. Cardeiro – a floração típica do Sertão. Cactus-símbolo da resistência sertaneja. Elegi-o para meu *ex-libris*. Quanto ao escrever bem, Deus me livre! Escrever clara e asseadamente, nítida quanto à expressão ortográfica é uma calamidade. Um desaforo. Uma traição. Uma pouca-vergonha. Escrever é que significa retratar. Quer que lhe diga? Teimo em não usar máquinas para V. ter os meus gatafunhos. Vá ao sr. dr. Escragnolle Taunay. Vá ao Museu. Não escrevo bem. Escrevo o que escrevo e como escrevo. Se gostar recebe cartas e não gostar continua a receber cartas porque eu, decididamente, estou disposto a ser seu amigo. A revista gorou. O meu ex-estro voou nas asas do folhetico. Engoli a inspiração para descomê-la em prosa. V. é um assassino. E inda lhe devo o favor. Foi, como naquela estória persa, o menino que viu o Rei nu. E eu andava certíssimo de estar vestido tão bem. O que me enfureceu foi o conselho de "modificar". Pois modificar o que não significa que um traço, um rabisco, um desenho japonês dizendo coisa alguma que não seja evocação? V. inda apresentou emendas ao projeto... E técnicas. Bandido complicado em erudito. Fiquei furioso. Aqui pelo Norte nós somos furiosamente, liricamente talentosos. Apontar uma falha é desmantelar o castelinho. E o meu veio abaixo como se fosse de poeira. Estou desanuviado. Mais lépido. Com a impressão de ter vencido. E venci uma convicção às avessas. Devo a V. Meti o livro de versos [num][67] envelope e sepultei-o no "inferno" da biblioteca. Creia

---

[66] Sua Alteza Real e Imperial.
[67] Leitura conjectural de parte da palavra suprimida por furo de arquivamento.

que estou sinceramente grato.[68] Até cabeleira eu estava usando... Conheci o sr. Guilherme de Almeida[69] em Recife. Dª Baby falou em V. E disse coisas suas a meu respeito. Tome um abraço mesmo que V. esteja deitado ou mastigando o arroz com azeite (horrível, parece um livro de Pitigrilli[70]). Gostei do dr. Guilherme. Não falamos e não pude dizer-lhe nada. Estava (eu) de mau humor e o dr. Guilherme tem um ar de quem está com um automóvel à espera. Fez uma conferência e disse o poema "Raça". Gostei do último. É, ao inverso do que ele (o poeta) pensa, mais regional que brasileiro. Fala de casas de azulejos e Bom Jesus de Pirapora, das Bandeiras e de procissões. É uma evocação do *Meu* país que o cantor não conhece todo. Criminosamente esconderam Recife. Ao sr. Guilherme foi oferecido estas duas coisas intoleráveis – chá e *diseuses*.[71] Por que, deixe que eu faça esta confissão – o nível mental do Recife é inenarravelmente baixo. Zero à sombra. Congelação. Paisagem mental de inverno. Sem chaminés fumegando e trenós. Inverno esquimó. Guarde segredo. Em desequilíbrio os camaradas são corteses, delicados de espírito, polidos e amigos. Atuação nenhuma. Fazem versos pa[ra][72] o salão. O dia em Recife é de 4 horas. O resto é silêncio. E passo em silêncio o seu encandaloso julgamento sobre o meu espírito. E, meu querido Mário, fiquei triste. Calculei pelo meu desnível julgado altitude o que, aos seus olhos limpos de inveja e plenos de saúde mental, deveria ser a gente moderna do Norte... Passei dois meses em Recife com dinheiro, curiosidade e amigos d'alta sociedade. Deduzi o que vem a ser o "intelectualismo" de lá. É unicamente elegante, brunido, bebedor de chá, lambedor de sorvete, dançador de fox e guiador de automóvel. Nada íntimo, intenso, sentido, subjetivo, real, integralizando o sonho no trabalho. V., seu Mário, é ali em Recife, um ser anormal, enorme, gigantesco, temido, apavorando tudo. Só ouvi a seu respeito exclamações de medo à *espantosa cultura*, ao *curioso estilo*, ao *singular temperamento*. Juízo propriamente não

---

68 Em 10 de abril de 1928, MA escrevendo no *Diário Nacional* de São Paulo sobre Ismael Nery, pintor paraense radicado no Rio de Janeiro, recupera o trecho desta carta de LCC: "[Nery] tem o apressado infeliz da gente do norte. [...] Uma feita eu aconselhei a um amigo do Rio Grande do Norte que consertasse uma passagem dum poema dele. Me respondeu na carta seguinte: 'O poema foi pra cesta'. E em resposta à pergunta minha, explicou assim: 'Nós aqui no norte somos terrivelmente talentosos, o que não sai bom da primeira vez, joga-se fora'. Não acredito que todos os nortistas sejam assim, porém Ismael Nery é. Principia e termina os quadros duma vez só. Jamais volta pra terminar ou corrigir um quadro no dia seguinte. [...] tem um talento vasto de pintor, porém com exceção duns poucos quadros, toda a obra dele se ressente dum inacabado muito inquieto.//Mas é pesquisador da mais nobre seita". ("Ismael Nery". In: *Brasil: 1º tempo modernista – 1917/29. Documentação*, op. cit., p. 174.)

69 Guilherme de Almeida (1890-1969), poeta e jornalista atuante em São Paulo. Autor de vasta obra poética, publicou *Meu* e *Raça*, em 1925. Nesse mesmo ano, teve papel preponderante na difusão do ideário da vanguarda literária, empreendendo viagem a Porto Alegre, Recife e Fortaleza, onde profere a conferência "Revelação do Brasil pela poesia moderna". Casou-se com Belkiss Barrozo do Amaral (Baby). No atual acervo da biblioteca de LCC, Guilherme está presente nos versos de *Cartas do meu amor* (São Paulo: Martins, 1941) e de *Camoniana* (Rio de Janeiro: José Olympio, 1956), este com dedicatória: "A Luís da Câmara Cascudo/ – esta presença lírica de minha/ constante e crescente admira-/ção/ GuilhermeAlmeida/ S.P. 8. V. 56".

70 Pitigrilli, pseudônimo do escritor italiano Dino Segre (1893-1975), autor de extensa obra, entre as quais os textos em prosa *La cintura di castità* e *Cocaína*, em 1921.

71 "Declamadoras" (francês).

72 Leitura conjectural de parte da palavra suprimida por furo de arquivamento.

ouvi. Com exceções (fortuitas e raras) estamos ainda na fase da interjeição. Fase do berro. Do guincho. Do Carlos Gomes em *Guarani*. Jamais em *Condor*. Os "verdadeiros", *los raros*, vivem como esse maravilhoso M. Bandeira, um Gilberto Freyre[73] e mais dois, cercados pelo ódio e pelo respeito de um mundozinho de literatelhos grasnadores. Olhe que é uma quase ingratidão minha. Sou festejado. Querido. Meio incensado. Quero, a V. que é uma minha figura, tão intensamente minha que está desdobrada e vive aí pelo meu anseio de encontro, quero dizer a verdade. A um falta o livro. A outro, emoção. A quase todos sensibilidade. O que não rareia é a coragem. Há derredor do seu nome um grande respeito supersticioso. Quer um depoimento? A *Escrava* foi lida e relida. Leu as impressões? Perceberam? Há neles a mania da "escola". Entretanto Austro-Costa é poeta. Góes Filho é alma. Inojosa é atitude. Dustan é frivolidade elegante à Álvaro Moreyra. Valdemar de Oliveira é Paul Géraldy.[74] Já falei muito dos outros. Falo de mim.

Terminei os exames com felicidade. Fui "orador oficial" do Instituto Arqueológico nas festas do Centenário de D. Pedro II. Fugi 24 horas antes de uma festa oferecida ao meu "maravilhoso espírito sedutor". Esperava a morte da *Estética*. O Rio lê Costallat...[75]

O argentino-colombiano Luis Emilio Soto leu o *Escrava* duas vezes e está suando de entusiasmo. Mandei seu endereço para que ele enviasse a crônica a respeito do livro.[76]

Para meu foro íntimo pergunto a V. o estado e a forma do sentimento religioso que possa existir em sua alma, coração, espírito e consciência. É um inquérito que ficará em V. Os versos mandados agradaram-me sobremodo. O rondó é delicioso. Vão sair aqui mesmo nas *Letras Novas*, revista em que *soy algo de espiritu*.[77]

---

[73] Do sociólogo pernambucano Gilberto Freyre (1900-1987), LCC recebe carta, sem data, comentando o livro *Joio* (1924): "Há umas boas páginas mas no conjunto me parece um livro apressado que não justifica o subtítulo Literatura e crítica. É antes, jornalismo posto em livro. Prefiro as *Histórias* onde há páginas bem interessantes como aquela sobre a morte do holandês. Acho que a sua veia é mais histórica do que crítica. E é por isto que espero um trabalho sugestivo sobre estes cem anos de vida de Natal. Não estranhará V. a franqueza – sabendo que sem ela eu não sou eu". Freyre ainda sugeriria na carta a remessa do livro *Histórias que o tempo leva* para Mr. Francis B. Simkins, nos Estados Unidos.

[74] Referência aos escritores Austro-Costa (pseudônimo de Austreliano Ferreira Quirino), Góes Filho, Joaquim Inojosa, Dustan Miranda e Valdemar de Oliveira, atuantes em Pernambuco. Os três primeiros estiveram reunidos nas páginas da revista *Mauriceia*, entre 1923 e 1924. Álvaro Moreyra, poeta e teatrólogo radicado no Rio de Janeiro, parece estar associado à feição mundana de *Fon-Fon*, *Ilustração Brasileira* e *Para Todos*, periódicos cariocas que abrigaram o nome dele; ao francês Paul Géraldy (1855-1983), LCC vincula a poesia amorosa de apelo popular.

[75] Benjamin Costallat (1897-1961), escritor carioca, autor, entre outros livros, do romance *Mlle. Cinema* (1922) e dos contos reunidos em *Mistérios do Rio* (1924).

[76] Em 22 de dezembro de 1925, de Buenos Aires, Soto dirige-se a MA: "En setiembre último, más o menos, recibí de nuestro excelente amigo Câmara Cascudo, un ejemplar del libro de Ud. *A escrava que não é Isaura*. Como me interesase sobremanera esse eficaz alegato, cuyo aspecto teórico no le impide ser vehemente, escribí el artículo adjunto".

[77] *Letras Novas*, periódico de Natal, sob a direção de Luis Torres, publica, no número duplo 4-5, de outubro-novembro de 1925, os poemas de MA, "Madrigal", "Rondó da Pensão azul" e "Momento". O três poemas, reelaborados, ganham as páginas de *Clã do jabuti*, em 1927: "Madrigal", iniciado pelo verso "Teu amor provinha de desejos irritados" é trecho do poema "Carnaval carioca"; O "rondó" ressurge sob o título "Acalanto da Pensão Azul/

Que pedaço de prosa para um convalescente? Vale uma visita de nortista. Prolongada, faladinha e lenta.

Abraço grande do seu
Luís.

Uma revista de Habana (*Cuba Contemporânea*) disse mil coisas do *Joio*. Comeram-no por trigo. E fiquei desvanecido com o apetite. Ciao!

Carta datada: "9-XII-25/ Em Natal"; autógrafo a tinta preta; papel branco, pautado, filigrana; 5 folhas; 21,5 x 15,1 cm; 2 furos de arquivamento; marca de grampo.

(Campos do Jordão)"; "Momento", como "Paisagem nº 5". (Mário de Andrade, *Poesias completas*, op. cit., p. 166--167; 177; 200.)

30 de dezembro de 1925.

Mário de Andrade.

Hoje é o meu aniversário. Preciso conversar com V. antes de fugir. Ultimamente a minha cidade lê jornais e revistas e se interessa por mim. Consagra-me. Eu vou passar o dia (são 24 ½ horas) no Jaguarari onde V. em 1926 comerá uma feijoada. Sua carta a lápis é um instantâneo de alma. Finalmente. Finalmente o intelectual deixou cair a folharia que o estava disfarçando. Ficamos amigos! Amigo do homem. Eu tenho, Mário, um grande ciúme das relações de espírito. Tremo pensando que o Homem é sempre excluído. Que não adoece. Que não adoece. Que não pode ficar doido, bêbado, mau, burro. Que só poderá merecer a piedade – horrível pá de terra quando o afeto está morto. Eu quero que V. seja amigo do homem. Do mais desvalorizado fator. Do homem que V. não conhece. Se amanhã eu ficar hemiplégico, de boca torcida, olho parado, andar às avessas, tarmudeando jumentices, quero que exista a chama serena e fiel, ardendo, ardendo. E que nunca lembrança de que eu escrevi e pensei justifique a luz tranquila deste carinho. O espírito mata – Mário. Antes a letra, como nas Academias das ditas. Não se espante. Estou ansiado, triste e só. Há poucos meses é que o meu Estado iniciou um movimento de atenção em derredor de mim. É terrível. E estou ficando velho. Velho sem ter aqueles olhares de inimigo. O inimigo era o meu ritmo. Britava por ele as minhas asperezas angulares. Esse olhar de atenção curiosa que [se] cerca está me hebetando, mastigando. Estou, moralmente, de sobrecasaca. E de lenço vermelho. E jogando gamão debaixo de árvore. E me interessando pela política. *Me miserum*...[78]

Mandei para o Gilberto Freyre (o organizador do álbum do *D. de Pernambuco*) uma cópia do período a respeito da publicação. O *Diário* havia publicado uma nota – breve trecho de carta do sr. M. Bandeira – elogiando o autor d'igual nome e de lápis na munheca. E o Bandeira-poeta falava em V. Eu vivo espreitando as letras de seu nome.[79] Se é de bem ajudo a queimar o foguete. Se é de mal... lasco o marmeleiro.

O *Potiguarania* está pronto. Infelizmente o Estado está horrível de finanças. E eu não quero obrigar o meu amigo dr. José Augusto (que o governa) a publicar. Fica o livro por aqui. Até que N. S. Jesus-Cristo dê bom tempo e dinheiro do algodão mocó. Eu tenho (pronto há 15 meses) um livro de contos do sertão. Estou balançando a cabeça feito lagartixa entre estes dois nomes –

---

[78] Heu me miserum! "Pobre de mim" (latim).

[79] Em 12 de dezembro de 1925, o poeta Manuel Bandeira endereçava carta a Gilberto Freyre, texto provavelmente divulgado no jornal: "Passei toda a tarde com o Mário metido no Álbum do *Diário*. [...] Que prazer tive de olhar os desenho do Bandeira! Quem é esse estupendo xará? É Manuel também? Ele está juntando um tesouro! [...]". V. Silvana Moreli Vicente, *Cartas provincianas*: correspondência entre Gilberto Freyre e Manuel Bandeira. Tese de doutorado. Departamento de Teoria Literária e Literatura Comparada. Faculdade de Filosofia, Letras e Ciências Humanas, Universidade de São Paulo, 2007, p. 195-196. v. 1.

Vaqueiros e cantadores e *Sertão de inverno*. Que acha V.? Que quer V. que eu faça de mim para ir a S. Paulo em julho? Seria possível V. vir. Pense. É fácil arranjar passagem de vinda e ida de Santos até aqui. Aqui V. é meu. Meu hóspede e minha vítima. Se V. quer aqui faz uma conferência. Sobre literatura. Sobre música. Mesmo porque eu fui convidado para *ensinar* História da Música. E fiquei pensando que o convidador estava mangando. Agora o bicho insiste. Eu de História da Música conheço dois livros de Mauclair, um de Combarieu[80] e uma conferência de Mário de Andrade.[81] Ora já viu V. que patifaria?... Vamos (o plural é para criar o efeito moral) fundar uma coisa parecida com, com, com um vago e tênue conservatório. Pois aí está outro *tema* para V. Música do Brasil. Com Villa-Lobos e Tupinambá. Vamos ao nosso plano. O Inojosa quer convidá-lo para *Recifar* (de Recife). Eu em abril volto para lá. Já devo ter *conversado* com V. por cartas. Ajustamos tudo e V. aproveita as férias (que são as minhas também) e vem descansar aqui. Pense nisto. Uma hora de prosa no Recife. Três ou quatro dias lá. Algum dinheiro para nivelar a despesa de hotel e voa comigo para aqui. Ou então não fica em Recife. Vem direto e volta direto. No mínimo V. não teria a despesa de Santos-Natal e vice-versa. Pense. Pense. Perdoe, meu amigo, esta ideia de dinheiro e passagem. Significa somente o grande desejo que eu tenho de vê-lo perto de mim e à distância de um abraço. Você sabe o que é o Norte em questão de espírito. Espírito só o do vinho. O que eu quase garanto é o equilíbrio nas despesas de viagem e estada. Fosse eu rico, V. vinha no *Flandria* ou no *Gelria*. Enfim, Deus pode e eu sou moço. E V. também. Pense nesta jornada romântica. Escreva. Avise se devo consentir que o Joaquim Inojosa lhe escreva convidando (ele não sabe que eu quero que V. venha até aqui). Escreva. Mando uma crônica sobre o José Maria – o tal que lhe mandou as fotografias.[82]

Grande abraço, meu amigo, grande abraço. E se V. estiver com a cara limpa um beijo também. Escreva.

Luís.

CARTA DATADA: "30-XII-25/ EM NATAL"; AUTÓGRAFO A TINTA PRETA; PAPEL BRANCO, MONOGRAMA; 2 FOLHAS; 20,4 X 15,7 CM; 2 FUROS DE ARQUIVAMENTO; PERFURAÇÕES POR INSETO.

---

80 Referências aos críticos e musicólogos franceses Camille Mauclair (1872-1945) e Jules Combarieu (1859-1916), autores de histórias da música.

81 Trata-se, possivelmente, de "(conferência literária)", texto que permaneceu entre os Manuscritos de MA, em pasta de cartolina com sobrescrito do escritor "Artigos meus sobre música (publicáveis em livro?)", sem indicação de data e local de publicação. Em certo passo da elocução, o autor sintetiza o assunto: "A música, pela desintelectualidade dela, não se presta somente pra representar o estádio particular de cada civilização. Tem ainda uma evolução mais universal e geral, em que vai num contínuo acrescentamento de meios expressivos, determinados pelos seus fatores diretos, ritmo, melodia, harmonia. Esses fatores se sucedem na ordem acima e preponderam durante algum tempo, dando pois o caráter das fases gerais da evolução psico-histórico da música". Na sequência, se detém em cada uma das fases previstas em sua periodização: "rítmica", "melódica" e "harmônica". (V. "Anexo VI", *Correspondência Mário de Andrade & Manuel Bandeira*, op. cit., p. 696.)

82 MA conservou em seu acervo o artigo "José Maria, soldado de Cristo", recorte sem indicação de local de publicação ou data. Na crônica, LCC informa aos leitores que José Maria Carneiro Cavalcanti de Albuquerque e Melo, "bacharel e diretor da *Revista do Norte*" possui uma "coleção de fotografias [...] maravilhosa. Oito cópias deslumbraram Mário de Andrade, sujeito muito difícil de arregalar o olho admirativo".

20 (MA)

Ano-Bom de 1926.

Luís,

Deus te dê ano bom. Afinal vou responder à última carta de você. Vou passando bem melhor e a vontade de trabalhar principia outra vez. Começo por cartas aos amigos. A última carta de você importante grande amiga duma vez, me encheu. Merece comentários. Porém antes que me esqueça te conto que recebi anteontem uma carta gentilíssima do Soto com o artigo sobre a *Escrava* saído em *Renovación*.[83] Deus lhe pague o que você vem fazendo por mim. Vou esperar mais uns cinco ou seis dias pra responder pro Soto, porque assim posso mandar pra ele o meu livro novo que está sai-não-sai. Você já sabe qual é, o *Losango cáqui*, versos líricos, coisa íntima, coisa de coração moderno. Não tem o caráter humanitário nem nacionalista dos meus últimos versos. Vamos a ver se você gostará. Mas, olhe, se não gostar fale e os reparos que descobrir fale também que você encontra em mim um sujeito que jamais se ofendeu com censuras e que a si mesmo se vive censurando numa conta. Infelizmente seria indiscreto fazendo censuras e críticas dos meus próprios livros... Isso me lembra o que você fala na sua carta sobre a poesia de você. Você vai-me tirar imediatamente do "inferno da biblioteca" como escreveu, os seus livros de versos e vai relê-los e trabalhá-los. Ou então primeiro mande-os imediatamente registrados pra mim. Quero lê-los e conversar sobre eles com você. Isto não é pedido social não, é ordem de amigo, coisa que se cumpre num átimo sem raciocinar. Deixe-se de preguiça e de tolice, escrever sem consertar depois o que a própria rapidez e veemência de inspiração enfraquece não dá coisa boa quase nunca. Se o gênio não é uma longa paciência como queria o outro,[84] é incontestável que sem paciência e trabalho refletido, que só pode ser posterior ao momento de criação, não tem quase obra que seja grande. Sobretudo se for longa. Com exceção de minhas cartas não tem trabalhinho meu que não seja pausadamente pensado. E assim é que deve ser. Você está na obrigação de trabalhar a sua poesia, que é boa. E se não fosse boa pode ter a certeza que eu não falava que era. Os três poeminhas que você me mandou e que aqui estão guardados e relidos são muito bons. Que custa agora você fazer que eles fiquem mais artísticos,

---

83 Em 22 de dezembro, Luis Emilio Soto, escreve a MA: "En setiembre último, mas o menos, recebí de nuestro escelente amigo Câmara Cascudo, un ejemplar del libro de Vd. *A escrava que não é Isaura*. Como me interesase sobremanera ese eficaz alegato, cuyo aspecto teórico no le impide ser vehemente, escribí el artículo adjunto". Na carta, ao aludir à contingência que provocou o atraso da publicação do texto em *Renovación*, Soto elogia o ensaio de estética modernista de MA: "es privilegio de los buenos libros sobrevivir al instante de su aparición, siendo objeto de comentarios cuando dejaron de ser vient de paraître y esa es la mejor razón que justifica el citado artículo, pese a su extemporaneidad".

84 Alusão à máxima atribuída ao escritor e naturalista francês Georges Louis Leclerc Buffon (1707-1788), autor de *Discurso sobre o estilo* (1753): "Le génie n'est qu'une plus grande aptitude à la patience".

mais perfeitos, se a inspiração vale a pena disso! Você está na obrigação de me mandar logo os seus versos pra que eu os leia, tenho vontade deles. E mude sua opinião sobre maneira de fazer obra-de-arte que sobre esse ponto de... parir só e não educar depois está positivamente errada.

A sua opinião sobre a mentalidade de Recife... engraçado é que eu vinha tendo faz muito tempo já a mesma sensação. Você compreende: por enquanto não posso ter opinião porque não vi não li, porém tenho a mesma sensação pelo pouco que sei e vi. E sobretudo me parece gente sem sensibilidade nova, sem esta agilidade intelectual desabusada que é tão característica do nosso tempo e que você tem. O próprio Inojosa que conheço um pouco mais, me parece pessoa inteligente, é incontestável, aproveitável, muito, trabalhador mas... Mas falta a tal coisa de não só saber porém sentir sem querer, inconscientemente: sentir. E, é lógico, agir por essa sensibilidade. Me reserve esta opinião dentro de você. Pode ser falsa, devido ao conhecimento falho ou mesmo sendo verdadeira, não adianta nada. Reparos de técnica, reparos de inteligência organizadora podem valer de alguma coisa e jamais deixei de dizê-los porém reparos sobre sensibilidade criadora são inúteis porque ninguém pode consertar assim, por apontar defeitos, a sensibilidade alheia, não acha? Acho mesmo que a sensibilidade independe da gente. É verdade que uma boa vontade, aspiração grande de compreender faz muita coisa até na sensibilidade da gente porém sobretudo sobre o ponto-de-vista compreensão. Sobre o ponto-de-vista criação, não. Quando eu principiei a estudar música aos dezesseis anos, me lembro que entusiasmo eu tinha por Wagner, como defendia Wagner, como gostava entregadamente e sem critério de tudo o que era de Wagner, só porque pela pobreza dos livros que tinha então a última moda inda era Wagner e eu achava intuitivamente que a arte devia sempre de progredir. E te garanto que tive brutas comoções escutando obras de Wagner, comoções erradas certamente sobre qualquer ponto-de-vista porém imensamente sinceras. Depois progredi... Ao menos me parece e agora a última moda não me agrada de antemão, agrada e só agrada quando me parece boa por sensibilidade e inteligência. É incontestável porém que aquela boa-vontade dos dezesseis anos ajudou muito pra que eu chegasse aonde cheguei. Eu tenho por isso muita esperança nessa gente do Norte; mais dia menos dia de tanto ouvir e de tanto matutar hão de ficar em dia com o tempo, você vai ver. O diabo é que também talvez então o tempo já esteja se modificando!... Diabo de pressa!

Mando aqui pra você ler dois artigos meus saídos o-a-máquina num jornal do Paraná e o outro n'*A Noite*, do Rio de Janeiro.[85] Lhes dou alguma importância na evolução do meu modo de pensar, por isso que mando. Mande opinião. *A Noite*, do Rio, organizou uma coisa engraçada: um Mês Modernista, cada dia um artiguete de meia coluna assinado por um modernista. Seis mo-

---

85 Trata-se da entrevista de MA, em *A Noite*, em 12 de dezembro, com o "cabeçalho horrível", "Assim falou o papa do futurismo. Como Mário de Andrade define a escola que chefia." Nesse texto, o escritor objetiva o seu pensamento sobre a agitação modernista: "A revolta é uma quebra de tradição, revolta acabou, a tradição continua evoluindo." (*Brasil: 1º tempo modernista – 1917/29. Documentação*, op. cit., p. 235.) A pesquisa não localizou o outro texto mencionado por MA, artigo ao qual MA, em setembro desse ano, fazia alusão em carta a Manuel Bandeira: "preciso escrever um artigo pro Paraná". (*Correspondência Mário de Andrade & Manuel Bandeira*, op. cit., p. 234.)

dernistas, um pra cada dia da semana, repetido quatro vezes. Pensei em você porém a coisa foi organizada com afobação e você mora tão longe! Está saindo gostoso. Os colaboradores somos: Manuel Bandeira e Prudente de Moraes Neto (Rio) Martins de Almeida e Carlos Drummond (Minas) Sérgio Milliet e eu (S. Paulo). Mais pândega que coisa séria. Quisemos rir um poucadinho e sarapantar o público. Antes do Mês saiu a minha entrevista com esse cabeçalho horrível me dando a chefia do Modernismo, contra o que protestei em carta publicada no mesmo jornal. O engraçado é que Graça Aranha pisou nos calos e foi protestar também na redação contra a tal chefia falando, segundo me mandaram contar do Rio, que a chefia era dele![86] Esse Graça Aranha por causa do desejo de nos chefiar anda e andou se metendo em intrigas bestas e separatismos que causaram o desprestígio quase que total da palavra e ideias dele no meio modernista. Escrevi sobre isso um artigo forte contra ele que deverá sair dia 10 na *Manhã* do Rio. Mandarei pra você e se houver escândalo mandarei contar também.[87] Aqui em São Paulo estão cuidando de fundar um jornalzinho quinzenal moderno. Não serei do corpo de redação embora toda gente dele seja minha amiga. Deverei manter no *Terra Roxa e Outras Terras* uma crônica musical. Tratará de mais ou menos tudo, com leveza e rapidez. Sei que você vai ser convidado pra colaborar. Assim que saia mandarei o 1º núm. pra você pautar a sua colaboração pelo gênero e tamanho de *Terra Roxa*. Como sei que querem dar importância a trabalhos sobre história, sobre tudo o que é Brasil enfim, você tem campo largo nas suas especialidades. Um cap. do livro sobre tradições ou do sobre López que tenha referência ao Brasil será ouro sobre azul.

Me escreva como quiser, lápis pena máquina, contanto que me venha sempre escritura de você. Com paciência e espertaza chego a adivinhar os gatafunhos de você.

Ciao.

Fica pra outro dia a questão religiosa. É assunto por demais importante, o mais importante incontestável da vida, pra ser tratado num dia como o de hoje em que estou com mentalidade de farra.

Me abrace.
Mário.

Carta datada: "Ano-Bom de 1926"; datiloscrito, fita preta; autógrafo a tinta preta; papel creme, filigrana; 1 folha; 33,0 x 21,7 cm; rasgamento nas bordas.

---

86 Em 14 de janeiro, no último dia da empreitada jornalística, uma nota da redação comunica: "Não é verdade que o escritor Graça Aranha tenha vindo a esta casa protestar por termos dado ao sr. Mário de Andrade e não a ele o papado do futurismo no Brasil. [...] O caso [...] não passa de pilhéria, pilhéria inocente, das muitas que surgem nas rodas literárias e das muitas que surgiram com a criação do 'Mês modernista' feita por nós." (*Brasil: 1º tempo modernista – 1917/29. Documentação*, op. cit., p. 279.)

87 Divulgada em 12 de janeiro, em *A Manhã* do Rio de Janeiro, a "Carta aberta a Graça Aranha" mostra-se polêmica e inçada de ásperos julgamentos: "[...] você falha como orientador porque em vez daquele que imagináramos no começo, sujeito de ideias largas, [...] você pela preocupação excessiva de si mesmo, pela estreiteza crítica a que essa preocupação o levou, está hoje sobrando em nosso despeito apenas como dogmático irritante, passador de pitos inda por cima indiscretos, e um modernista adaptado ao Modernismo apenas pelo desejo de chefiar alguma coisa".

21 (MA)

São Paulo, 3 de fevereiro de 1926.
Luís.

Aqui vai uma porrada de coisas pra você. Livro,[88] jornal e brigas. Desejo que o livro te agrade. Também se não agradar fale e nada de delicadezas comigo, hein. Não é por causa duma opinião contrária a um livro meu que diminuirá um minutinho de minha amizade por você. Como a *Pauliceia*, está causando uma trapalhada medonha. Uns acham loucura, outros confundem com o desvairismo de *Pauliceia* o que é construído até com excesso de teoria, outros acham incompreensível, outros acham a melhor coisa que jamais fiz, melhor mesmo que as últimas. Tudo isso me parece exagero sobre exagero. O *Losango* não é mais que um livro de passagem. Tem coisas dentro dele de que gosto deveras porém é um livro sintomático de passagem. Era lógico que pra um espírito curioso e sério como o meu o intuitivismo de *Pauliceia* em que eu acertei às vezes por acaso, não me podia contentar. A necessidade de me fundar em normas e teorias bem organizadas me fez fazer todos aqueles estudos que deram teoricamente na *Escrava* e praticamente no *Losango cáqui*. Ambos da mesma época, repare, 1922. Da época em que nasceu se ressente o *Losango* de um pouco teórico por demais. Fiz simultaneidade, fiz notações sensacionistas, fiz harmonismo, fiz psicologismo com aquelas tentativas de sistematização de associações por constelação de que falei num dos apêndices da *Escrava* ("Flamingo", "Tabatinguera", "Jorobabel", "Escrivaninha"), fiz uma porção de coisas, me conservando mais dentro do lirismo que da Poesia propriamente dita. Assim não posso dar ao *Losango* o valor mais construtivo, mais livre e muito mais poético do "Noturno de Belo Horizonte" e da série de versos a que pertencem os poemas publicados em *Letras Novas*. E mesmo desta fase que estará expressa no livro *Clã do jabuti*, já me afastei! Agora estou noutra inda menos sensacionista e mais espiritual. Não sei francamente onde irei parar porém você pra quem vivo dando minha alma por cartas sabe perfeitamente a enorme sinceridade minha e que essa mutação constante não é mais que a sede clássica de perfeição. Perfeição propriamente não, expressão de mim mesmo.

Quanto a *Terra Roxa* embora o 1º n. tenha saído fraco a nosso ver, tem causado algum barulho. Você me mande qualquer coisa pra ela sem no entanto exceder no tamanho como aconteceu no 1º n. com o Thiollier e o Couto de Barros[89] E responda à enquete por favor.[90] Dirija pra mim a resposta que eu

---

[88] *Losango cáqui* (São Paulo: Casa Editora A Tisi, 1926), dedicado: "Ao Luís da Câmara Cascudo,/ com tudo o que sou/ eu./ Mário de Andrade/ S. Paulo/ 3/ II/926".

[89] Os longos artigos de A. C. Couto de Barros (a primeira parte de "Profetas e profecias") e de René Thiollier ("Nós, em S. João D'El Rey", trecho do livro *O homem da galeria*) ocupam a quase totalidade das páginas 2 e 3 da revista. Em uma pequena coluna da página 3, MA ainda encontrou lugar para a divulgação da pintura do jovem Gastão Worms.

[90] Na primeira página do número inaugural de *Terra Roxa e Outras Terras*, lê-se: "Nossa enquete/ Mas afinal o que é o espírito moderno./ Toda a gente fala em modernismo, em mentalidade moderna. Existe ou não esse espírito, essa mentalidade?/ Existe!/ Não existe!/ *Terra Roxa* resolveu, por intermédio de seu colaborador Rubens de Moraes, fazer uma grande enquete para esclarecer ou obscurecer ainda mais o problema".

encaminho. Você reparará também certo passadismo em algum... É questão de finanças, meu caro. E aliás o passadista do número é sujeito de muita inteligência, muito meu amigo porém que não devia escrever. Deu pra escrever... paciência![91] No 2º número você se admirará talvez de encontrar uma descompostura minha no Menotti. É verdade. Esse homem está cada vez ficando mais pedante e como arranjou um grupinho de sequazes que como ele deram pra patriotas[92] por não poderem compreender a elevação de ideia em que estamos alguns fazendo brasileirismo sem nacionalismo, resolveu, se imaginando forte, me atacar. De supetão publicou um suelto brutal sobre o *Losango* que ele evidentemente não estava em condições de compreender porque não tem sensibilidade nem cultura pra isso. Respondi com muito mais violência.[93] Vou tomar assinatura talvez por três vezes em cima dele, depende. Inda não sei porque me parece que é dar muita importância. No 3º número de *Terra Roxa* porém explicarei pela primeira vez minha atitude e a orientação de meus trabalhos. Isso é preciso pra que não me confundam com essa corja de nacionalisteiros de última hora que por aqui andam ganindo.

Menos susto deve causar em você a minha "Carta aberta a Graça Aranha". Também trabalho de higiene. Não nego o valor de Graça nem o papel de protetor nosso e os benefícios pra nós que disso derivaram, porém o Graça anda fazendo um poder de coisas inconfessáveis, de politiquices literárias, atacando os que não se sujeitam à canga dele e o que é pior, atacando só por indiretas. Chegou a ponto de se servir do meu nome sem autorização pra afastar o Osvaldo que ele sabe meu amigo pessoal, da revista *Estética*. Fiquei indignado como você bem há-de imaginar e mandei aviso pra ele que não era solidário com ele porém com o movimento que ele não podia representar sozinho. Vai ele deu pra Jeremias e andou se queixando pra quem queria escutar que os modernistas ingratos de S. Paulo tinham se afastado dele apesar do que ele tinha feito por nós. É a razão dessa "Carta aberta". Ele não respondeu porém um pobre dum mocico da roda dele respondeu com uma porção de falsificações dos meus escritos. Sai hoje na *Manhã* do Rio a minha resposta pra esse peralta mentiroso.[94] Mandarei também pra você com a nova *Terra Roxa* por sair.

---

91 O número inicial da revista, além da colaboração de René Thiollier e de Couto de Barros, conta com a participação de Paulo Prado, que assina, na primeira página da revista, "Uma carta de Achieta". O artigo, apelando para o sentimento paulista, convoca "governo ou particular" a adquirir em "dinheiro do Tesouro ou subscrição pública" a missiva do jesuíta, à venda na livraria londrina Maggs Bros por 200 libras ("o valor de trinta sacas de café"). No mesmo número, o frágil conto ("Um homem bondoso") de Carlos Alberto de Araújo (pseudônimo do poeta penumbrista Tácito de Almeida (1899-1940), possivelmente o "passadista" mencionado na carta), António de Alcântara Machado, Sérgio Milliet e o cronista de futebol, Teillin.

92 Rasura: "sem".

93 Menotti Del Picchia traz a público no *Correio Paulistano* de 24 de janeiro de 1926 uma agressiva crítica a *Losango cáqui*. A resposta de MA, "Feitiço contra o feiticeiro" (*Terra Roxa e Outras Terras*, n. 2, 3 fev.), é igualmente hostil. Reproduz o início da crítica de Menotti para replicá-la, com violência, parágrafo por parágrafo. Nesse diálogo tipograficamente justaposto os escritores forjam o contraponto. Para Menotti, *Losango cáqui* além de "absurdo, injustificado, irritante e pedante" peca pelo anacronismo. MA retruca o arbítrio "enfatuado, chocho, ridículo pedante" do resenhista. Os amigos da primeira hora modernista ofendem-se com qualificativos grosseiros: "pedante imprestável", "cigano mental", "o dó de peito da ignorância', "cínico", "narciso", "bobão" etc. ("Artigo de Menotti Del Picchia/ Resposta de Mário de Andrade", p. 4).

94 Em 7 de setembro de 1926, Manuel Bandeira pergunta a MA: "Estamos aqui sem ecos das suas campanhas. Quedê o artigo de resposta ao T.[eixeira] Soares?" (*Correspondência Mário de Andrade & Manuel Bandeira*, op. cit., p. 272.)

Como vê isto aqui está uma gostosura de atividade e luta. Imagino como você não havia de gozar, você que também é tão combativo e tão vivo nos ataques. Falar nisso, os "Atos dos Modernos" que você publicou em *Letras Novas* são um achado.[95] Está finíssimo como invenção. De *Letras Novas* tenho a dizer que se nota nela um esforço grande pra se modernizar, já estão alguns empregando o verso-livre. Porém não passa de esforço por enquanto. De moderno mesmo só você. Pela sensibilidade pelo inédito da invenção, pelo cortante e incisivo da expressão. Gostei de verdade dos "Atos dos Modernos". E você me conhece suficientemente pra saber que se eu não gostasse falava mesmo, sem salamaleques nem pedir desculpas, falava. O que falta a essa gente é coragem e um pouco mais de estudo bem digerido de coisas modernas. Em parte são perfeitamente desculpáveis devido a dificuldade de se adquirir coisas modernas europeias. Porém isso só desculpa em parte porque, que diabo! se tivessem mesmo coragem pra coisa podiam achar expressões modernas mais fáceis de aquisição no próprio Brasil, Graça, Ronald, Guilherme, eu, Manuel Bandeira, você mesmo que está juntinho deles, felizardos. Porque eu confesso egoisticamente que queria você pertinho de mim. Me mande dizer alguma coisa certa sobre aquele poeta "dos poetas que morreram talvez na guerra contra o Paraguai". É invenção de você ou existe realmente? Olhe que esses dois versos são duma ingenuidade tão comoventemente lírica que se mesmo inventados por pândega por você não deixam de ser estupendos. Se existe e não presta ao menos esses dois versos ele escreveu. Se existe me mande mais alguma coisa dele. Se não existe e é invenção de você fique sabendo que é uma invenção grande, você deve firmar a psicologia dele e fazer dentro dessa psicologia ao menos uma plaquete. Garanto que saía interessantíssimo.

Tenho estado com o Luis Soto aqui vindo pra ver coisas. Rapaz sério de voz cortante que bate na gente e dói. Espírito combativo muito construído. Me pareceu um pouco cheio desse bolchevismo idealista que a mocidade inventa pra poder amar ou atacar as coisas. E tem por Ingenieros[96] uma admiração certamente exagerada, meio parecida com a que muita gente aqui no Brasil teve por Rui Barbosa, se lembra? Rui Barbosa e Ingenieros são mentalidades grandes porém não sei o que é admiração incondicional e nem mesmo o que é admiração grata e mística. Já estive com ele duas vezes e uma delas muito tempo umas quatro horas aqui em casa. Trouxe um amigo muito inteligente e vivo, um tal Vignale,[97] conhece? Passei ontem onde eles estão hospedados mas não os encontrei. Reparei que são rapazes mais ou menos pobres e se vexaram de me contar onde estavam. Talvez mais os tenha assustado a minha sala de estudos que parece de gente rica, cheia de quadros e de livros luxuosos. Mal sabem

---

95 "Atos dos modernos/ Capítulo I" (*Letras Novas*, n. 4-5, Natal, out.-nov. 1925), bem-humorada paródia dos versículos bíblicos assinada por LCC, texto no qual, ao retomar a querela modernistas *versus* passadistas, ventila-se nomes da literatura local afinados com o modernismo (V. Anexos).

96 José Ingenieros (1877-1925), filósofo positivista argentino.

97 Pedro Juan Vignale (1903-1974), escritor da vanguarda argentina que, em 1925, publicou *Naufragios (y un viaje por tierra firme)*, obra presente no acervo de MA, com dedicatória: "A/ Mário de Andrade/ con gran simpatía/ intelectual y personal/ Vignale/ 1926- São Paulo".

eles que tudo isso ou é dado ou é adquirido com sacrifício imenso. Também tive a impressão que estavam desapontados com o Modernismo brasileiro. Julgaram naturalmente encontrar uma coisa e encontraram outra. Com esta minha franqueza imediata lhes disse logo o que pensava do universalismo idealista em que estão. E qual a razão por que devemos nos esforçar cada qual em ser nacional de seu país. Concordaram porém tive a impressão que meio desiludidos. Quanto à roda em que caíram foi a pior possível. O Menotti, pelo que eles me referiam caçoando, lhes falou uma porção de burradas: que nós temos os melhores pastos do mundo, que os nossos cafezais são os melhores do mundo, que a baía do Rio de Janeiro é a mais bela do mundo etc. de nacionalismos patrióticos bestas. E sei por eles mesmos que a desilusão que tiveram com o Rocha Ferreira poeta foi absoluta e total. Como me parece que estão um pouco desiludidos comigo também, creio que levarão de S. Paulo má impressão. Má impressão que me parece, isto é que é cômico, um pouco patriótica também. Talvez me engane e isto seja perversidade do meu temperamento... Vou oferecer para eles mais uma reuniãozinha depois-de-amanhã. Com Guilherme Baby, Tácito, Couto, Alcântara, Di Cavalcanti etc.

    Quanto ao convite que você me faz pra ir até aí Deus te pague antes de mais nada. Estou muito tentado a ir. Mas é tão difícil pra minha vida e atrapalharia tanto as coisas!... Vou pensar melhor e criar coragem. Eu poderia por exemplo criar coragem e arranjar uma licença pra junho e julho. Me mande um projeto de viagem com estadia também em São Salvador. Não irei pro Norte sem visitar a Bahia. Com duas conferências, uma em Recife, outra em Natal. E muito você junto de mim. Até você podia dar também um pulo de Recife até a Bahia e visitarmos juntos a S. Salvador maravilhosa. Mande o projeto pra eu criar coragem e arranje com o Inojosa pra me convidar do Recife pra conferência lá. Você acha que essas conferências me poderiam equilibrar um pouco as finanças? Olhe que as despesas da viagem são grandes e poderei quando muito arranjar de mim pra ela aí por um conto e quinhentos. Se as conferências renderem uns dois contos creio que bastará isso, não? Fale franco pra eu poder resolver franco. Se não bastar o dinheiro adio a viagem pra junho do ano que vem.

    Ciao. Um abraço enorme e saudoso, imensamente grato e amigo do Mário.

E seu retrato, homem!

CARTA DATADA: "S. PAULO – 3-II-926"; DATILOSCRITO, FITA PRETA; AUTÓGRAFO A TINTA PRETA; PAPEL CREME, FILIGRANA; 1 FOLHA; 33,0 x 21,7 CM; RASGAMENTO NAS BORDAS.

22 (MA)

São Paulo, 19 de fevereiro de 1926.

Luís

te escrevo rapidamente só pra mandar *Terra Roxa* e um recado. Não posso decididamente ir no Norte este ano. A ocupação é demais e nem nas férias poderei sair daqui este ano. É sobretudo questão de orgulho pessoal, sei, porém não tem nada de mais importante que o orgulho pessoal. Tomei por obrigação botar na rua este ano a minha *História da música* e o mais tardar no começo do ano que vem há-de estar escrita custe isso o que custar. Se tivesse tempo falaria porquê. Enfim é por causa do escândalo do *Losango cáqui*, não só absolutamente incompreendido, mas que deu razão a uma tempestade de insultos mais perversa e tão forte como a que veio com *Pauliceia*. A essa estupidez humana eu respondo com orgulho pessoal: mais um livro de estudo pra desnortear inda mais esses filhos-da-puta. Não tenho sofrido muito apesar de tudo, um certo malestar só, e um certo cansaço físico que durou uns dias e já passou. Já estou caminhando fortinho e com saudades de você. Luís, por favor, arranje um jeitinho de vir você este ano como pretendia de primeiro. Te juro que pagarei a visita o ano que vem em junho. Vou desde já dispondo tudo pra isso, terei mais cobres, irei mais livre e seremos felizes. Mas venha este ano.

Em *Terra Roxa* você encontrará a descompostura no Menotti. Foi o diabo! O pererreca pararaca desembestou tirica pelas colunas do *Correio Paulistano* que não foi vida. Me insultou a mais não poder, saiu inteiramente do terreno literário, voltou pra ele, já está achando de novo que minha prosa é boa (dias antes do meu artigo chamara *Pauliceia* de genial) enfim o coitado não sabe o que fazer. Eu pretendia continuar e já tinha escrito uma escachação mestra sobre *Chuva de pedra*[98] porém mudei de tática. Menotti morreu pra mim e nunca mais sujará minha pena literária. Fiz com ele o mesmo que com todos os inumeráveis insultadores que tenho tido.

Bom, ciao.
Olhe, não se esqueça de mandar um artigo pra *Terra Roxa*. Prosa naturalmente. E mande logo.
Um abraço enorme
do amigo certo.
Mário.

---

[98] O livro de poemas *Chuva de pedra* (São Paulo: Editorial Hélios/ Novíssima Editora, 1925), na biblioteca de MA, traz a dedicatória do autor: "Ao/ Caríssimo Mário/ de Andrade – um dos/ caciques da nossa Taba – com o abraço do/ Menotti./ S. Paulo 14-12-925". MA fixa restrições à obra em suas notas de leitura às margens das duas páginas do "Prefácio".

E o retrato?

Deliciosa a foto do Tabugi. As juremas assim que eu puder entram na minha poesia. Me diga uma coisa: jacaré dorme de dia, não é? A pergunta parece pândega mas não é. É por causa dum verso que escrevinhei.

Ciao.

Não relida.

Carta datada: "S. Paulo 19-II-926"; autógrafo a tinta preta; papel creme; 1 folha; 17,9 x 13,0 cm; rasgamento na borda esquerda.

23 (LCC)

9 de março de 1926.

Em Natal.

Mário de Andrade.

Recebi as cartas, açu e a mirim. Item os dois números da *Terra Roxa* e o *Losango cáqui*. Muito breve falarei a respeito do último. *Terra Roxa* assim, assim. Pé no mato, pé no caminho. V. magnífico em musicalerias e coragem.[99] Só não gostei das pedras ao sr. Menotti. Que diabo quer dizer uma defesa do papai? V. é mudo de ofício. Trabalhe. Responda pelo monte de coisas realizadas. E deixe a récua de zés bocó grudada às plantas dos pés. Adiante. Parar, responder, analisar, discutir, vai isto, V. é aquilo, o simultanismo, o sr. Eglenger, e aquilo outro, perde-se tempo, cimento, areia e sangue. Todo o material que V. sacode na cabeça do interlocutor podia estar servindo pr'outra coisa. Parabéns lhe mando a minha curiosidade vermelha pela *História da música*. Não esqueça a *Gramatiquinha*.

Mande a sua resposta ao sr. Teixeira Soares cuja vida em espiral[100] deve ter dado urucubaca à *Estética*. E deixe lhe dizer que o seu "Noturno de Belo Horizonte" é simplesmente maravilhoso. Reli agora e estou mastigando um surdo entusiasmo feito de inveja e de admiração. Aprovo sua ideia sobre o sr. Menotti. Esqueça. O velho Andrew Lang[101] diz que um ano é o cesto de papel de outro ano. É mesmo. Os doze meses peneiram, catam, escolhem, apartam. Confie em V. no seu sangue, vontade, desejo e alegria de viver. E pise tudo quanto seja grilo azucrinante que é barulho sem tema fixo. Escreva, publique e ria de todos. O melhor que tenho tido em minha vida é não esperar senão bonde e missa. Ideias, elogios, rapapés, pechisbeques literários, vou pondo contra o provável. Tradução – a única maneira d'eu desconfiar de V. e de seu talento seria um livro compreendido inteiramente. Compare o sr. Manuel Bandeira[102]

---

[99] No primeiro número de *Terra Roxa e Outras Terras* (20 jan.), MA, assinando como "Pau D'alho" o artigo "Chaminadismo", acusa "a incultura profunda e logicamente pedante [...] caráter mais pomposo da musicalidade paulista. Por enquanto". No segundo número (3 fev.), em "Germana Bittencourt", o articulista aplaude o recital da cantora que privilegiava o repertório brasileiro, abarcando o temário indígena, popular e erudito. "Um programa assim é dessas invenções raras que um molengo não cria."

[100] Referência à ficção "Vida em espiral" de Teixeira Soares, publicada em capítulos nos três números de *Estética*.

[101] Andrew Lang (1844-1912), escritor escocês, publicou *Modern mythology* (1897).

[102] O testemunho da amizade duradoura entre Manuel Bandeira e LCC reflete-se na presença das obras do poeta na biblioteca do folclorista: *Poesias* (Rio de Janeiro: Revista de Língua Portuguesa, 1927), dedicado:"A Luís da Câmara/ Cascudo,/ com o grande/ apreço e/ afeto de/ Manuel Bandeira/ Natal, 1927"; *Poesias* (6. ed. aumentada. Rio de Janeiro: José Olympio, 1955): "A Luís da Câmara Cascudo/ com um abraço e as saudades do/ Manuel Bandeira/ Rio 1954"; *Poemas traduzidos* (3. ed. revista e aumentada. Rio de Janeiro: José Olympio, 1956. Coleção Rubáiyát): "A Luís da Câmara Cascudo/ com as saudades/ do/ Bandeira/ 1956"; *Antologia poética* (Rio de Janeiro: Editora do Autor, 1961): "A Luís da Câmara Cascudo/ com o melhor abraço do/ Bandeira"; *Poesia do Brasil*. Seleção e estudos

com o sr. Olegário Mariano,[103] *marrom-glacê* lírico e cheirador de rosas murchas? V. lembre que a herança de D'Annunzio[104] no Brasil é folha seca e bombo. Engasgações e náuseas de duas gerações. E vai V. citar o *Losango* contra um *fidus achates*[105] do bestalhão sonoro do Fiume.

Sua carta ao sr. Graça Aranha é um jogo de florete em um boneco. Não pense que V. vencerá o sr. Aranha. Ele é invencível – não tem ideias próprias. Toda gente encontra no sr. Graça um traço seu. Espelho-retrato do último que o olhou. V. conhece um artigo do Henrique Castriciano[106] sobre o sr. Graça? Onde Henrique acentua as coincidências espírito-verbais de Malazarte e de Tobias Barreto. Se não conhece mandarei uma cópia.

Sobre o *Potiguarania*, estou alargando o livro. Agora é a lírica sertaneja, é a sátira, é a paisagem poética etc. Variantes eruditas e adaptações. Coisas. Remeto um livreco meu.[107] O primeiro. Não leia. Registe e mande um abraço pela minha grande prova de amizade.

Fiquei desolado sobre a sua não vinda. Tantos planos... já estava o quarto separado e um programa estupendo de ver-se. V. verá Natal mesmo, o homem e a terra vermelha do Sertão tal qual vivem. Não os disfarçarei como fizeram em Recife com o sr. Guilherme de Almeida. A quem, diga-se de passagem, estou muito desvanecido pelo silêncio com que agradeceu o *Joio*. Enfim, só não perdoo a quem é jumento. O sr. Guilherme tem licença pra tudo, a impolidez inclusive. Tenho-o em conta do Poeta mais legítimo que possuímos desde 1870. Desde Paraguai. E por falar em Paraguai: Jorge Fernandes existe. É homem retraído, altivo, amigo de três ou quatro e com uma presciência das

---

da melhor poesia brasileira de todos os tempos, com a colaboração de José Guilherme Merquior na fase moderna (Rio de Janeiro: Editora do Autor, 1963): "A Luís da Câmara/ Cascudo/ com as saudades/ do/ Bandeira".

103 De Olegário Mariano (1889-1958), poeta epígono de dicção parnasiano-simbolista radicado no Rio de Janeiro, LCC teve, em sua biblioteca, com dedicatória, a terceira edição de *Canto da minha terra* (Rio de Janeiro: Editora A Noite, [s.d.]): "A Câmara Cascudo,/ abraço comovido do/ seu confrade e amigo/ Olegário Marianno/ Rio, nov. 946" e *Toda uma vida de poesia*, em dois volumes (Rio de Janeiro: José Olympio, 1957): "Ao meu querido Câmara Cascudo / – espírito e coração de quem não o esquece./ Olegário Mariano/ Rio, dez. 57".

104 Gabriele D'Annunzio (1863-1938), poeta italiano de expressão simbolista. Considerado "herói nacional" ao chefiar, durante a Primeira Guerra, em 1919, a tomada da cidade portuária de Fiume, no Adriático.

105 Expressão latina utilizada por Virgílio na *Eneida*, ao se referir ao leal amigo de Eneias ("o fiel Acates"). Por extensão, significa "o amigo fiel". (V. Paulo Rónai. *Não perca o seu latim*. 3. ed. Rio de Janeiro: Nova Fronteira, 1980.)

106 Henrique Castriciano de Sousa (1874-1947), político e escritor norte-rio-grandense. LCC inclui ensaio sobre Castriciano no livro *Alma patrícia* (1921); debruça-se também sobre ele no estudo biográfico *Nosso amigo Castriciano* (1965). MA, na crônica "Natal, 23 de janeiro" de "O Turista Aprendiz", no *Diário Nacional* de 8 de março de 1929, mostra suas afinidades com Castriciano: "é que nem eu, a respeito do Brasil, e temos conversado horas úteis para mim. Talvez ele seja apenas um espírito menos prático que o meu mas pra compensar tem uma erudição e um conhecimento tradicional excelentes das coisas do Brasil e do mundo. Como cultura brasileira franqueza: é um dos poucos nordestinos com quem tenho privado cujas reações intelectuais funcionam em relação ao Brasil". (Mário de Andrade, *O Turista Aprendiz*. Org. Telê Ancona Lopez. São Paulo: Duas Cidades, 1983, p. 301-302.)

107 *Alma patrícia*: crítica literária (Natal: Ateliê Tip. M Victorino [A. Câmara & C.], 1921), contribuição de LCC para uma síntese do "movimento literário norte-rio-grandense", reunindo crítica "impressionista e admirativa", dedicada a dezoito autores conterrâneos, assim como "notas bibliográficas" ("Em vez de prefácio"). O livro mostra a dedicatória em que o autor aproveita o próprio nome e o título do volume impressos: LUÍS DA CÂMARA CASCUDO "diz:/ Mário de Andrade, aí tem V. o meu/ primeiro livro de leitura. Está esgotado e é o meu remorso. Passí-/vel de corrigenda somente o erro tipográfico./ Abração/ de quem escreveu ALMA PATRÍCIA/ CRÍTICA LITERÁRIA/ 8/3/26". MA deixou nas páginas do livro trechos sublinhados e anotações de leitura.

coisas da Arte. Remeto alguns poemas dele publicados n'*A imprensa*. Endereço do Jorge – Rua Vigário Bartolomeu 605 – Natal.

Quanto à consulta. Sim senhor. Jacaré dorme de dia. Logo que o sol esquenta. E dizem que dorme d'olhos abertos. Ca[lha][108] dormir no meio do rio, nos balseiros,[109] nas pedras emergidas ou nas margens lodosas. Quem me afirma é um primo com seis anos de Amazônia e dr. em caça ao jacaré em Marajó e Xingu. Pode escrever. O nome do cerro é Cabugi e não Tabugi. Vantagens da minha caligrafia wagneriana.

Veja se é possível mandar-me um *Raça* do sr. Guilherme. À minha terra só vem Costallat, Orestes Barbosa[110] e mais celebridades autênticas.

Um abraço
    do seu
        Luís.

O retrato deste Cascudo irá quando eu for pra Recife. O Foto daqui é passadista. Só retrata perto duma cadeira e com um ar de quem jantou em casa alheia.

CARTA DATADA: "9/ 3/ 26// EM NATAL"; AUTÓGRAFO A TINTA PRETA; PAPEL BRANCO, MONOGRAMA; 2 FOLHAS; 20,4 x 15,7 CM; 2 FUROS DE ARQUIVAMENTO.

---

108 Leitura conjectural de parte da palavra suprimida por furo de arquivamento.

109 Na carta: "balcedos" (rasurado).

110 Orestes Barbosa (1893-1966), jornalista, poeta e compositor carioca. Atuou, polemicamente, em diversos periódicos. Publicou, entre outros livros, *Penumbra sagrada* (poesia, 1917), *Bam-bam-bam* (prosa, 1923), *O português no Brasil* (1925) e *Samba*: sua história, seus poetas, seus músicos e seus cantores (1933), obra na biblioteca de MA. Tornou-se conhecido, principalmente, como letrista e cantor, tendo gravado, em 1937, "Chão de estrelas".

24 (MA)

São Paulo, 12 de março de 1926.

Luís,

que é isso, Luís! Mandei meu livro pra você, escrevi carta comprida, mandei pedir um escrito pra *Terra Roxa* e você não me responde nada! Está doente, é? Ando meio inquieto. Todo santo dia penso em você porém como a carga de trabalho é por demais agora vou deixando pra escrever no dia seguinte e esse dia seguinte nunca que chega. Afinal resolvi que chegasse hoje, roubo tempo de mim pra dar pra nós dois. Que vida, Luís!... Você nem imagina. Oh! Que desejo me dá às vezes de ir parar numa terra mansa como a de você, sem esta agitação louca e interesseira de cidade grandona... Às vezes penso que vou arrebentar. E tenho convicção que isto não pode continuar da maneira que vai. Nem posso mais pôr mão nos meus trabalhos de verdade, nos trabalhos que não dão dinheiro mas dão vida superior. Não faço nada que valha. É só dar lições de piano e de História da Música. E inda por cima as tais lições de Estética (não sei se já contei pra você que agora comecei um curso de Estética geral, comparada e histórica de todas as artes pra um grupo de moças da nossa alta sociedade) essas lições estão me tomando um tempão imenso pois que as escrevo. Tenho péssima faculdade de elocução, sou incapaz de falar de improviso, atrapalho tudo e as ideias saem chatas e mal expressas, por isso sou obrigado a escrever minhas lições, a fazer verdadeiras conferências com todos os caracteres de conferência que você sabe muito bem que são pouco artísticos e pouco científicos, conferências que me tomam às vezes três dias da semana pois as aulas são semanais. Além disso estou como crítico musical dum jornal novo que principiou por aqui, *S. Paulo Jornal*.[111] É concerto sobre concerto e inda por cima de vez em quando um artigo pra público... É horrível! Também a *Manhã* do Rio de Janeiro me convidou pra lhe dar um artigo semanal...[112] Aceitei como aceitei a crítica e as tais aulas de Estética, porque careço de ganhar[113] dinheiro

---

111 Jornal "dirigido por Oduvaldo Viana e Quadros Júnior, passando depois à propriedade de Sílvio de Campos e Marcondes Filho e, finalmente, dirigido por Alberto de Sousa" (Nelson Werneck Sodré, *História da imprensa no Brasil*. 3. ed. São Paulo: Martins Fontes, 1983, p. 365). MA guardou apenas três exemplares do periódico, correspondente aos dias 1 jun., 18 jul. e 19 jul. 1926, o primeiro deles, incompleto. Nessas edições que tiveram como "diretor-proprietário" J. Quadros Júnior, não consta colaboração assinada pelo escritor paulistano.

112 MA, segundo se depreende dos recortes jornalísticos que conservou em seu arquivo, colabora em *A Manhã*, a partir de 12 de janeiro, divulgando a "Carta aberta a Graça Aranha". Outros artigos coligidos pelo escritor: "Meu despacho com Graça Aranha" (3 fev.), "Música brasileira" (24 mar.), "Música brasileira" (15 abr.), "Ribeiro Couto – um homem na multidão" (18 set.), "Ribeiro Couto – um homem na multidão II" (25 set.), "Clara Argentina" (26 out.), "Walkyria ontem no Municipal" ([s.d.]). É preciso ainda computar "Anita Malfatti" (31 jul.), recorte não conservado pelo autor. (V. Telê Ancona Lopez, *Índice da produção jornalística de Mário de Andrade*, Arquivo MA, IEB-USP.)

113 Rasura: "dar".

pra dar um pouco mais de largueza pra minha vida do momento que já estava se tornando angustiosa de tão apertada. *Terra Roxa* é de amigos, escrevo nela sem ganhar nada nem ela pode pagar artigos a coitada. Me lembro que na carta anterior eu te falava que não partia este ano pra aí porque carecia de acabar a minha *História da música*... Estou vendo que não pegarei nela por todo o ano porém repito o que afirmei: o ano que vem irei visitar o Norte na certa, suceda o que suceder e com a vontade de Deus. E você? Não se resolveu mesmo a vir este ano até aqui? Me mande contar isso bem certo porque careço de saber o tempo exato em que você estará em S. Paulo pra estar aqui também. Como você sabe em julho e junho tenho mais ou menos um mês de férias que às vezes aproveito pra dar uma chegadinha nas fazendas dos amigos. Se você vier é lógico que não irei. Isso não me causa desarranjo nenhum e mesmo que causasse só a vontade imensa de abraçar e conversar você pagaria de sobra todos os desarranjos. Querer bem paga todos os desarranjos. Falar nisso você inda não me mandou o seu retrato, hein! Nem mandou me contar se o tal poeta "remanescente dos poetas que morreram talvez na guerra contra o Paraguai" é verdadeiro de carne e osso ou ficção de você. Escreva, homem e mande coisa! Faz favor, Luís, me mande o tal livro de versos que você estava escrevendo pra eu ler. Juro que tenho interesse não só de amizade mas intelectual nisso e terá ida e volta se você mandar os originais e não cópia. Mande tudo tudo, tenho fome de ler o que você fez em poesia. Agora mesmo escrevi um artigo pra *Mocidade* sobre as Tendências da Poesia Modernista no Brasil,[114] só citei dois poemas e um deles é o primeiro daqueles três que você me mandou, se lembra? Acho mesmo que você devia de continuar essas impressões de agreste tão sugestivas e tão simples. Que acha você de dar a todas elas o nome genérico de Agreste? Ou fazer como eu com os meus "Momentos" e "Paisagens": "Momento n.1", "Momento n.2", "Paisagem n.5" e assim por diante. Mando pra você um programa de concerto que fez sucesso aqui. De fato o programa é extraordinário como importância, não acha? Faz matutar. O Luis Emilio Soto foi-se embora. Gostei dele de verdade. Um pouco misterioso. De repente desaparecia. Esteve mais de mês aqui em S. Paulo. Desconfio um poucadinho que veio em alguma missão que não sei o que é. Possivelmente bolchevista... Não sei e não quero fazer mau juízo de ninguém. Peço mesmo pra você que ignore isto que estou falando porque pode ser falso. Em todo caso é bem esquisito isso de virem dois homens da Argentina, passarem por literatos e desaparecerem de vez em quando dos meios literários, andarem ninguém sabia adonde, passarem um mês inteirinho em S. Paulo, não irem pro Rio (pelo menos pelo que contaram) só o Soto na véspera da partida pra Buenos Aires foi passar dois dias no Rio que no entanto como Brasil e como meio literário é muito mais importante que S. Paulo. Só disso é que não gostei muito.

---

114 Em 19 de março, MA escreve a Pedro Nava, mencionando o artigo dirigido "pra *Mocidade* revista daqui e que está tendo larguíssima circulação no Brasil. Vai publicar um número especial sobre Estética e pra esse número é que me pediram um artigo sobre Tendências da Poesia Brasileira Moderna. Fiz. Ora nesse artigo citei por inteiro a 'Ventania' de você [...]". (Mário de Andrade, *Correspondente contumaz*: cartas de Mário de Andrade a Pedro Nava, 1925-1944. Ed. prep. por Fernando da Rocha Peres. Rio de Janeiro: Nova Fronteira, 1982, p. 65.)

No resto boa gente divertida inteligente e bastante livre. Me deram uns oito livros argentinos modernos que por sinal não puderam me interessar muito não. Se o modernismo argentino é isso o nosso é bem mais forte. Mando também *Terra Roxa* pra você. Veja se se diverte um pouco com ela, cria saudade de mim e me escreve. Um abraço daqueles.

Mário.

Carta datada: "S Paulo – 12-III-926"; datiloscrito, fita preta; autógrafo a tinta preta; papel creme, filigrana; 1 folha; 33,0 x 21,7 cm; rasgamentos nas bordas, rasgamento no canto inferior esquerdo.

25 (MA)

São Paulo. Dia de Tiradentes [21 de abril] – 1926.

    Luís, boa-noite. 120 quilômetros por hora, que inda tenho de ir ajudar o Guilherme de Almeida e mais o irmão[115] que também é meu amigo a passarem uma parte desta noite dura pra eles. Perderam o pai[116] e estão acabrunhadíssimos. O que aliás não impede que tenha havido séria indelicadeza no Gui não agradecendo o livro que você lhe mandou. Gui é muito leviano mesmo, tem dessas e creio mesmo que por causa dessa leviandade nunca chegamos a uma amizade largada que nem a que tenho com você com o Osvaldo com o Manuel Bandeira e com o Drummond de Minas. Você tem perfeitamente razão nas censuras que me faz sobre o caso Menotti. Não devia ter respondido. Devia ter cortado relações isso não tem dúvida porém discretamente deixando que ele falasse o que quisesse por seu lado. Se algum dia inda voltar a falar nele pra você talvez que então eu explique claramente a opinião que tenho sobre ele. Literária bem entendido. Desde já porém carece que você saiba que embora reconheça que ele é o dó-de-peito da ignorância não acho ele de todo rúim não. Porém como caráter moral é um crápula. Outro dia ainda estavam comentando Menotti numa roda de gente limpa e eu naturalmente não entrei na conversa porque podia parecer suspeito no assunto: o resultado foi que Menotti está dando nojo com os manejos literários dele. E basta.

    Me espere então o ano que vem. Guarde todos os projetos intactos pois farei certamente a viagem até aí. Só se Deus não quiser porém me parece que ele há-de querer. Estou louco e sonhando você e essa terra. A história do jacaré inda não ficou bem esclarecida pra mim e a culpa é minha. Então jacaré dorme na tona da água? Eu pensava que ele dormia no fundo do rio e o meu verso é "Os círculos dos jacarés que afundam pra dormir".[117] Não se esqueça ainda de me esclarecer sobre isso. São os inconvenientes de quem escreve sobre o que não conhece. Também não é por pretensão, não pense, que andei falando em jacaré na minha poesia. É uma evocação muito legítima de manhã simultânea brasileira e os jacarés me vieram no lirismo sem culpa minha. Agora faço questão que fiquem jacarés porque eles me parecem muito bem dentro da poesia porém quero que sejam jacarés

---

115 Tácito de Almeida.

116 Estevão de Araújo Almeida, advogado e professor de Direito.

117 Em "Louvação Matinal/ (Dezembro de 1925)", poema de "Marco de viração" de *Remate de Males* (1930), o verso aludido será parcialmente modificado: "E quando lá no Amazonas as águas vadias se listram/ Com os círculos dos jacarés que afundam pra descansar,/ Vida de trabalho brabo, vida de todo dia" (v. 20-22). (Mário de Andrade, *Poesias completas*, op. cit., p. 256.)

de verdade bem brasileiros e vivos e não jacaré Fafner[118] de drama lírico wagneriano. Por isso é que estou caceteando você com esta perguntaria que não acaba mais.

Mando pra você um artigo de sátira contra o Lobato que vai deixar você tiririca.[119] Não se zangue comigo não. Bem reconheço que Lobato tem valor porém andou falando umas merdices sobre os "futuristas" e por isso é que desanquei nele. Como o artigo saiu hoje inda não sei se fará escândalo e terá resposta. Depois mando contar o resto.

Você afinal inda não me mandou nada pra *Terra Roxa*. Mande pedaço de livro se não quiser escrever artigo porém faço questão de ver você em *Terra Roxa* camaradando comigo. Citei um dos poemas de você num artigo sobre Tendências da Poesia Modernista Brasileira que deverá sair em *Mocidade*. Quando sair mando. E repito o ultimatum: você está na obrigação de continuar a escrever versos e se não quiser, está duma ou doutra maneira na obrigação de mandar ou originais ou cópias dos versos que já tem feitos. Dou minha palavra que nada publicarei sem licença de você. É pra meu gozo pessoal. Recebi *Alma patrícia* que está longe de me desinteressar como você imagina. Já careço muito de passado pra não aceitá-lo como é. Livro em que já se percebe o que você está sendo e inda virá a ser. E quanto a informações sobre gente do Norte têm valor inestimável pra mim.[120] Que horror! Você fala de pessoas e cita versos legítimos que me dão a impressão de ser de algum país desconhecido e que eu estava longe de imaginar. No entanto são iguais aos daqui e são legitimamente da mesma pátria, nem melhores nem piores... Também creio que em parte a culpa foi minha de ignorar tanta gente minha, vivi tanto de minha vida na Europa!... Em todo caso tive a coragem e a franqueza de me penitenciar e começar minha vida legítima a tempo não acha?

Quanto a Graça Aranha continuo aliás a admirar Graça como admirava dantes. O que fiz foi acabar com as intrigas que ele estava fazendo. Parece que parou e está convencido que não pode mesmo representar o papel de pai--de-todos no nosso movimento coletivo mas sem chefe.

Ciao Luís do coração. Me escreva dessas cartas nortistas tão de você e tão queridas que você me escreve sempre e perdoe esta resenha de pensamentos que aqui vai. Minha vida agora é um monstro de ferócia e trabalho. Será

---

118 Dragão da mitologia nórdica, presente na ópera *Siegfried* de Richard Wagner.

119 "Post-Scriptum pachola" de MA, em *A Manhã* de 13 de maio de 1926, apresenta-se como resposta a "O nosso dualismo", texto jornalístico do autor de *Urupês*. No artigo, se lê: "Monteiro Lobato carece se convencer duma coisa: [...] é inútil insistir sobre a palavra 'futurismo' [...] e que a coisa é um movimento heroico, sincero, nobre, legitimamente brasileiro que pôs a gente em dia com a atualidade universal e botou de banda [...] os regionalistas prejudiciais e inconscientemente separatistas". (V. Vladimir Sacchetta, Arqueologia de uma polêmica. *Cult. Revista Brasileira de Cultura*, ano V, p. 63, maio 2002.)

120 Entre os dezoito autores focalizados no livro, MA deixou notas de leitura em "Sebastião Fernandes", "Francisco Ivo Cavalcanti" e "Ferreira Itajubá". Em *Alma patrícia*, MA pôde encontrar uma boa síntese biobibliográfica de autores como Auta de Souza, Segundo Wanderley, Henrique Castriciano e Palmyra Wanderley.

assim até dezembro. Depois tratarei de minhas artes. Por agora é só corrida pro ganha-pão.

    Com um baita abraço do sempre.
    Mário.

    Falar na sua colaboração pra *Terra Roxa*: porque não manda alguma coisa do livro sobre tradições. Conte tradições daí, is[so me in]teressa[121] muito.

    Esperava comprar a *Manhã* com o meu artigo contra Lobato ao sair, na cidade. Veio a *Manhã* mas sem o artigo. Mando pois a carta e o embrulho. Artigo irá quando sair.
    Ciao.

CARTA DATADA: "SÃO-PAULO, DIA DE TIRADENTES — 1926"; DATILOSCRITO, FITA PRETA; AUTÓGRAFO A TINTA PRETA; PAPEL CREME, FILIGRANA; 1 FOLHA; 33,0 × 21,7 CM; RASGAMENTOS NAS BORDAS.

---
121 Trecho rasgado.

26 (LCC)

Natal, 28 de abril de 1926.

Mário de Andrade.

  Quando eu li Ridder Haggard[122] encontrei uma figura que é V. inteiramente. É o "Silencioso". V. tem rivalizado com todos os taciturnos da História e da Lenda. Que faz V.? Mandei livro. Silêncio. Mandei carta. Silêncio. Que diabo. Estou com saudade. Com medo. Escreva.
  Luis Emilio Soto escreveu-me. Encantado com V. Meu livro vai se arrastando. Foram surgindo notas e mais notas e eu fui aproveitando, aproveitando, desdobrando, cotejando e o livro crescendo como rabo de orçamento. E fiquei desmoralizado por ter dito aqui nesta sua casa que receberia uma carta semanal. Desmoralização. Bandido.
  Em breve mandarei o retrato. V. prepare vista pra boniteza.
  Abração.
    Luís da Câmara Cascudo.

Av. Jundiaí, 20.

  CARTA DATADA: "NATAL 28 DE ABRIL DE 1926."; DATILOSCRITO, FITA ROXA; AUTÓGRAFO A TINTA AZUL; PAPEL BRANCO; 1 FOLHA; 27,5 x 21,3 CM; 2 FUROS DE ARQUIVAMENTO. NOTA MA A GRAFITE NO VERSO: "ARRANGE/ ARRANJE".

---

122 Henry Rider Haggard (1856-1925), escritor inglês, autor de livros de aventuras ambientadas em terras africanas. Publicou, em 1885, *King Solomon's mines*, onde, no capítulo XIII da versão portuguesa de Eça de Queirós (*As minas de Salomão*), depara com a figura citada por LCC na carta: "[...] o que mais nos surpreendia era, do outro lado da vasta cova, um grupo de três objetos, que se destacavam como três pequenas torres ou três marcos colossais. [...] e bem depressa percebemos que o grupo era formado por três imensas estátuas. Conjecturamos logo que deviam ser os Silenciosos, esses ídolos tão temidos pelos Kakuanas, e a quem ofereciam os sacrifícios sangrentos" (Porto: Chardron, 1902, p. 254).

27 (MA)

São Paulo, 10 de maio de 1926.

Luís,

recebi cartica de você ontem, como é isso? Então você não recebeu uma porção de coisas que mandei pra você? Mandei sim, até iam umas coisas pro Jorge Fernandes também e eu prometia um artigo contra o Lobato que afinal até agora não saiu porque a *Manhã* não tem dado suplemento paulista. E a *Terra Roxa*? me diga até que número já recebeu pra eu mandar mais. O que falta. Ando com a cabeça no ar e mando tanta coisa pra um pra outro que não sei mais o que mandei pra um e pra outro.

Do que gostei mesmo foi de ver uma carta datilografada de você, puxa! Como sua máquina é legível. Li derrepentemente correndo sem ter que imaginar dois anos sobre cada palavra. Em todo caso não se amole com isso, se quiser escrever manuscrito escreva porém escreva mesmo de qualquer forma e mande contar coisas. Por aqui vida besta. Trabalho trabalho trabalho, ganho mas por enquanto dinheiro escoou pelos dedos, não sei mais onde está. Em todo caso tenho duas roupas novas, uma capa impermeável e um sobretudo batuta que me deixa lindo que nem um inglês. Comprei alfazema inglesa de 25 paus o vidrinho e ando cheirando gostoso. Mandei fazer mais um armário pra livros, enorme e batuta como o sobretudo e que me vai deixar mais sossegado pelo menos algum tempo, sem precisão de estar botando livro até em cima do lavatório. Trabalhar em coisa séria, isto é, no que não é sério, é arte, não tenho trabalhado porém todos estes arranjos me estão deixando com vontade de trabalhar. Desconfio que vai sair alguma porcariada devido à alfazema e ao sobretudo. Como hoje não tenho muito tempo pra estar conversando assim você vai me desculpar esta deixada à pressa. Vou na cidade ver se consigo pôr[123] uns livros do Manuel Bandeira em consignação no Garraux[124]. Depois tenho que pensar num artigo a escrever. Depois venho pra casa depressa pra curtir um resfriado novo que apanhei no sábado. Ciao.

---

123 Rasura: "deixar".

124 Manuel Bandeira, em 12 de abril, escreve a MA: "Mandei a você (frete pago, não vá pagar!) 50 exemplares das *Poesias*. Faça como achar melhor mas não perca tempo que não paga a pena. Faço isso menos pra vender que pra me ver livre do lastro. Lealdade tem vantagem de propaganda no catálogo pra pedidos do interior. Parece que basta colocar em 3 livrarias, não é? Lealdade, Tisi e Garraux [na Rua XV de novembro]. Enfim como for mais cômodo pra você". (*Correspondência Mário de Andrade & Manuel Bandeira*, op. cit., p. 284.)

Este abraço longo e pernilongo do
Mário.

Não repare na sobrecarta.

CARTA DATADA: "S. PAULO — 10-V-926"; DATILOSCRITO, FITA PRETA; AUTÓGRAFO A TINTA PRETA E A LÁPIS ("NÃO REPARE NA SOBRECARTA", NO VERSO DA FOLHA); PAPEL CREME, FILIGRANA; 1 FOLHA; 16,8 X 21,7 CM; BORDA INFERIOR IRREGULAR.

28 (LCC)

Mário de Andrade.

  Hoje é que recebi e li a sua carta e *Raça* do sr. Gui. Pêsames a ele e agradecimentos a V. Estive vinte dias em Recife. Inojosa irá em julho ou agosto praí. Felizardo... Estou arrastando os livros porque me meti com meu Pai em comércio. Necessito Ipirangar minha vida. É provável que em janeiro vá a São Paulo. Avisarei antecipadamente.
  Jacaré: dorme de dia. Dorme trepado nas ilhotas. Dorme na margem do igarapé. Dorme metido no balcedo. Dorme nas pedras emergentes dos estirões. Estirão é a reta fluvial. Diz-se assim no Amazonas. Está satisfeito? Pode ir repetindo o que desejar em assunto jacareico. Não incomoda. Lisonjeia. E muito.
  Meu pai (eu estava em Recife) entregou o *Losango* ao Jorge Fernandes. Inda não vi o Jorge. Cheguei fatigado e não quero descer pra cidade agora. Pra breve mando dois ou três poemas pra V. deliberar e rir. Por enquanto mando os nomes; "Feitiço" e "Não gosto de sertão verde". Este dedicado ao poeta Manuel Bandeira, meu mata-borrão lírico. Mata-borrão no sentido de fixar coisas e ideias indecisas e fluidas. A tinta é o que às vezes escrevo. Fixá-las e torná-las nítidas. Claras. Mais possíveis à expressão.
  Como anda o curso de estética?...
  Dê cá um abração.
  Seu
    Luís da Câmara Cascudo.

18 de maio de 1926.

CARTA DATADA: "18 DE MAIO DE 1926."; DATILOSCRITO, FITA ROXA; AUTÓGRAFO A TINTA PRETA; PAPEL BRANCO; 1 FOLHA; 27,5 x 21,2 CM; 2 FUROS DE ARQUIVAMENTO.

29 (LCC)

25 de maio de 1926.

Mário.

Não tenho máquina em casa. No escritório é que ela reside. Tenha paciência por esta vez. V. já deve ter recebido uma carta minha avisando o recebimento que o Jorge fez ao *Losango*. Jorge viajou pro sertão. Foi ver o mercado de cigarros e fumos. É o gerente duma velha fábrica daqui. Incluo um retrato dele, versos e um poeminha meu. Remeto pelo correio um número da *Escola Doméstica*, revista sonolenta que se arrasta por aqui. Há nela um meu trabalho que V. terá o bom gosto de não ler.[125] Da *Terra Roxa* li 3 números. V. esqueceu os restantes ou eles não saíram? Parabéns pelo sobretudo, pelo impermeável, pelo incenso e estante. Vamos ver que sai disto tudo. Já lhe disse que o Bispo de Natal pediu-me que não publique o *Buda é Santo Católico*? Pois, é. Resta o *Solano López*. Vai breve. *O Tradições* está correndo – coerentemente – parelhas com o título. Já é uma tradição e uma conveniente ameaça. Vantagens do trabalho vagaroso. Não esqueça de mandar impressões se o Marinetti chegar até aí. Inútil Marinetti. Especialmente pra nós. E ponto! V. tem sido telegráfico. Cartas de aperitivo. E eu que sou um esfomeado. Daí...

  Abração
    do
      Luís.

19 e ½ horas.
Luar de Knut Hamsun.[126]

---

[125] MA conservou em seu acervo o terceiro número de *A Escola Doméstica* ("Órgão do 'Grêmio Lítero-musical Auta de Sousa'"), correspondente a abril de 1926. A revista ilustrada, dirigida por Jacira Barbalho, traz, nesse número, na quarta página, o sentido pedagógico da instituição que patrocina a revista: "Quereis educar vossas filhas? Serão perfeitas donas de casa e distintas moças de sociedade sabendo organizar uma cozinha como dirigir um salão, se as matriculardes na ESCOLA DOMÉSTICA [...]". LCC estampa no periódico o seu estudo histórico "A cidade do Natal", texto que iria "agradar" MA (V. carta de 8 ago. 1926).

[126] Knut Hamsun (1859-1952), escritor norueguês, prêmio Nobel em 1920, em cuja obra avulta o sentido de exaltação da natureza. LCC teve em seu acervo *Germinación* (Buenos Aires: Ediciones Argentinas Condor, [1922]) e *Pão e amor*: romance norueguês (Lisboa: Parceria Antônio Maria Pereira, 1942).

Pra Manuel Bandeira é este

Não gosto de sertão verde

Não gosto de sertão verde
Sertão de violeiro e de açude cheio
Sertão de rio descendo
    l
     e
      n
       t
        o
largo, limpo.
Sertão de sambas na latada,
harmônio, bailes e algodão
Sertão de canjica e de fogueira
– Capelinha de melão é de São João
Sertão de poço da ingazeira
onde a piranha rosna feito cachorro
e a taínha sombreia de negro n'água quieta
onde as moças se despem
    d
     e
      v
       a
        g
         a
          r
Prefiro o sertão vermelho, bruto, bravo
Com o couro da terra furado pelos serrotes
hirtos, altos, secos, híspidos
e a terra é cinza poalhando um sol de cobre
e uma[127] luz oleosa e mole
    e
     s
      c
       o
        r
         r
          e
como o óleo amarelo de lâmpada de igreja.

Luís da Câmara Cascudo.

CARTA DATADA: "25-V-26"; AUTÓGRAFO A TINTA PRETA; PAPEL BRANCO, PAUTADO, FILIGRANA; 1 FOLHA; 21,3 × 14,9 CM; 2 FUROS DE ARQUIVAMENTO. ANEXO: POEMA *NÃO GOSTO DE SERTÃO VERDE*, AUTÓGRAFO A TINTA PRETA, PAPEL BRANCO, PAUTADO; 1 FOLHA; 33,0 × 11,2 CM; BORDA ESQUERDA IRREGULAR.

---

127 No manuscrito: "um".

São Paulo, 4 de junho de 1926.

Luís,

se quiser volte a escrever a mão porém não mande carta mais tão curtinha como a última. Então Inojosa vem pra cá? E você também em janeiro? Taratá! Toca a banda do Fieramosca! Tara-ta-tchim! Toca a banda da Polícia! Pa--pa-pa-pum! Estou contentíssimo com a vinda de você. Avise com antecedência, hein, porque quero arranjar as minhas coisas e não nos desencontraremos. Não sei como será então, se terei muito trabalho porém quero que minha vida seja de você e por isso faço questã (conhece o questã?) do aviso bem antecipado. Mas olhe, Luís, não deixe de vir ouviu! Isto aqui anda digno de se ver e eu também ando digno de ser abraçado por você. Minha viagem pra aí em junho do ano que vem está mais que certa. Até já pedi licença pro Diretor do Conservatório[128] e a obtive. Venha ver a gente e eu vou pagar a visita, é uma ideia colossal!

O Marinetti esteve aqui e no Rio fazendo conferências e cabotinando numa conta. Os jornais falaram que fui no Rio esperá-lo. É mentira, não fui não. Pretendi ir depois desisti e estou convencido que fiz bem. Aqui em S. Paulo só estive duas vezes com ele e a desilusão foi grande. Nunca me interessei pela obra dele que acho pau e besta porém esperava um sujeito vivo e mais interessante. Me deu a impressão dum sujeito que fala de cor, tudo o que me falou já está nos manifestos de 1909. O sujeito está marcando passo ridiculamente. A segunda vez que o vi foi num chá no salão moderno de dona Olívia Penteado.[129] Esteve absolutamente chato. Não o procurei mais e meio que banquei o indiferente. Me contaram que foi-se embora indignado conosco. É melhor assim. No Rio foi apreciadíssimo dos modernos e teve as honras não me parece merecidas de ser apresentado no teatro pelo Graça e na conferência do rádio pelo Ronald. Não posso compreender o entusiasmo que tiveram por ele, principalmente o Manuel Bandeira. Às três conferências daqui não assisti. Estava avisado que se aparecesse no teatro teria uma manifestação toda especial pra mim e não vejo necessidade dum sujeito se expor a toda uma série de desacatos de estudantada manejada pelo ódio de três ou quatro a não ser que queira bancar o mártir. E na primeira noite foi de fato um horror vergonhoso. Mal o pano subiu e Marinetti apareceu foi bombardeado por todas as espécies de projéteis, ovos, batatas cenouras e até bombas de parede. E isso durou por espaço

---

128 Conservatório Dramático Musical de São Paulo, onde MA leciona piano e História da Música desde 1913.

129 Mecenas e curiosa da vanguarda, Dona Olívia Guedes Penteado (1872-1934) manteve um salão em sua casa, na rua Duque de Caxias, em São Paulo, onde se reuniam os modernistas. Na conferência "O movimento modernista"(1942), MA se recorda dessa senhora culta, representante da aristocracia cafeeira: "[...] conto entre as minhas maiores venturas admirar essa mulher excepcional. [...] A sua discrição, o tato e a autoridade prodigiosos com que ela soube dirigir, manter, corrigir essa multidão heterogênea que se chegava a ela, atraída pelo seu prestígio, artistas, políticos, ricaços, cabotinos, foi incomparável". (*Aspectos da literatura brasileira*. 4. ed. São Paulo: Martins/MEC, 1972, p. 239-240.)

de duas horas até que ele se [saiu] sem poder sequer principiar a conferência. E apedreja[ram o hotel em que ele estava, fizeram toda casta de] provincianismos. Ele foi espantoso de calma e firmeza de si, as bombas arrebentavam aos grupos em torno dele sem que se mexesse sequer pra olhá-las. Também essa é a vida dele desde quase vinte anos e já deve estar acostumado. Na segunda conferência inda houve vaia e aplausos. Na terceira... havia no teatro umas cincoenta pessoas que aplaudiram. O Rio se portou muito mais espertamente e civilizadamente; houve muita vaia mas em geral levaram o homem de caçoada e só a história ficou meio séria quando ele quis fazer o elogio do Fascismo. Depois dele estar já três dias em S. Paulo é que fui visitá-lo. Não podia deixar de ir embora esse fosse o meu desejo porque ele desde a Itália e desde muito que tem sido gentil pra comigo. Fui e a primeira coisa que falei pra ele é que tinha deixado de ir à conferência porque discordava dos *meios de propaganda* que estava usando. Ficou sem se desapontar e pôs a culpa no empresário. E falou falou dizendo coisas que eu já sabia e me cansando. Me despedi e espero que se tenha desiludido do Mário que ele imaginava futurista e espero também que as nossas relações terminem pra sempre.[130]

Agora nós. Acho que você é injusto pra com o Guilherme. Gosto muito de *Raça* e embora a observação de você quanto à racialidade de *Raça* seja justa não se esqueça que o problema era ingente por demais e que se o poema não resolve o problema da raça e não a sintetiza com exatidão nem por isso deixa de ser um poema muito bonito. Aliás me parece que o defeito principal de certos livros modernistas ultimamente aparecidos *Raça, Toda a América*[131] e agora o *Estrangeiro* de Plínio Salgado[132] é que os seus autores estão se dando problemas grandes por demais pra resolver num momento em que nada está artisticamente fixado ainda e não sendo eles gênios com a visão de futuro tão firme e segura como a de Whitman.[133] Daí os livros deles prometerem mais do

---

130 Em 11 de fevereiro de 1930, MA narra, em crônica do *Diário Nacional*, a visita de Filippo Tommaso Marinetti (1876-1944) a São Paulo, assegurando que o capo do futurismo "foi o maior de todos os mal-entendidos que prejudicaram a evolução, principalmente a aceitação normal do movimento moderno no Brasil". ("Marinetti". In: Telê Ancona Lopez (Org.), *Táxi e crônicas no Diário Nacional*. São Paulo: Livraria Duas Cidades/Secretaria da Cultura, Ciência e Tecnologia [SP], 1976, p. 191. No acervo da biblioteca de MA há dois livros com dedicatória de Marinetti. Em *I nuovi poeti futuristi* (Roma: Ed. Futuriste, 1925) aparece: "A Mário de Andrade/ simpatia/ futurista/ F. T. Marinetti"; em *Prigioneri e vulcani* (Milão: Vecchi, 1927): "a Mário de Andrade/ Futurismo!".

131 *Toda a América* (Rio de Janeiro: Pimenta de Melo e Cia, 1926), livro de poesia de Ronald de Carvalho. O exemplar especial em papel de Hollanda, rubricado pelo autor, no acervo de MA, apresenta dedicatória: "A Mário de Andrade/ ao seu profundo espírito criador/ com a velha amizade/ do/ Ronald de Carvalho/ Rio. 926 [sic] jan."

132 Plínio Salgado (1895-1975), escritor, político e ideólogo do integralismo. Atuou entre modernistas de São Paulo, seguindo a vertente nacionalista conservadora. LCC teve em seu acervo dois exemplares de *O estrangeiro*. Um, a segunda edição, trazendo o subtítulo "crônica da vida paulista" (São Paulo: Editorial Hélios, 1926), com dedicatória: "A Luís da Câmara Cascudo, – Espírito e Visão nova do Brasil – off./ afetuosamente/ Plínio Salgado/ S. Paulo/ 7/10/926."; o outro, em terceira edição (Rio de Janeiro: José Olympio, 1936).

133 Walt Whitman (1819-1892), poeta norte-americano valorizado pela vanguarda do século XX, autor de *Folhas de relva*. Dessa obra, MA teve em sua biblioteca quatro edições: a inglesa (*Complete prose works: Specimen days and Collect, November boughs and Good bye my fancy*, 1920), a tradução alemã (*Gesänge und inschriften Walt Whitman*, 1921), a tradução francesa (*Feuilles d'herbe*, 1922) e a portuguesa (*Folha de erva*, 1943). LCC, em 18, 24 e 25 de abril de 1945, publicará, em *A República* de Natal, traduções de três poemas de Whitman ("I hear America singing", "The base of all metaphysics", "For you, O' Democracy!", depois reunidas em plaquete da *Imprensa Oficial* do Recife, em 1957. (Zila Mamede, *Luís da Câmara Cascudo*: 50 anos de vida intelectual. Natal: Fundação José Augusto, 1970, p. 640. v. 1, parte 2.)

que dão e a gente ter depois de lê-los essa impressão desagradável do desiludido. Afora isso acho que tanto *Raça* como *Toda a América* são admiráveis. Nisso acho que ando mais acertado que eles: me dou problemas mais modestos ou nenhum problema e os nomes dos meus poemas e livros não prometem mundos e fundos, não acha?

Bem, agora vou na estação me despedir dum amigo que passa de Santos pro interior, sofrendo. Escreva e conte coisas. Não foi pra você que mandei o *Estrangeiro*? Agora já me esqueci se foi pra você ou pro Manuel. Por mim acho o livro inferior porém tem sido apreciado e posso estar errado. Se não mandei mando. Abraço grande do
Mário.

CARTA DATADA: "S PAULO 4-VI-926"; DATILOSCRITO, FITA PRETA; AUTÓGRAFO A TINTA PRETA; PAPEL CREME, FILIGRANA; 1 FOLHA; 32,2 x 21,7 CM; RASGAMENTOS NAS BORDAS.

31 (LCC)

26 de junho de 1926.

Em Natal.

Mário de Andrade.

Sempre lhe direi que recebi sua carta e que outro leu por mim o sr. Plínio Salgado. Estou ciente da defesa ao sr. Gui e com a agravante de não ter sido atacado. Direi a V. que *Raça* é tronco de raminho fino. Laranja muito doce fica seca. *Raça* é um coração num corpo sem pernas. E se V. entender penas em vez de pernas, não se engana muito. Se o sr. Gui quisesse reconstruir devia conhecer uma raça que inda não está cantada e sim fixada – o sertanejo. E era pra vir dentro duns trinta meses porque o sertão está morrendo engolido pelos açudes, pisado pelo Ford, cego pela lâmpada elétrica. A menina qu'eu vi reparando na gente pela fricha da porta, vive na capital, usa sapatinho vermelho e está ensinando *shimmy* às primas da fazenda.

A casa grande derribou-se. Agora inaugura-se o estilo bolo de noiva com requififes e pendurucalhos nas paredes. Vaqueiros? Sumiram-se. Estamos comprando zebu, caracu, hereford[134] etc. Bicho de comer em cocho e beber parado. Não sabe ouvir aboio nem corre no fechado da caatinga. Morre a vaquejada e com ela duzentos anos de alegria despreocupada e afoita. E é pena que o sr. Gui, vindo ao Norte, fique nas unhas de meninas recitadeiras e de garotos mastigadores de pós de arroz...

Se V. vier... Com os diabos! Não há literato que lhe ponha um dedo ou lhe cite um livro. V. vem comer, beber, respirar e ver Nordeste. Típico. Autêntico. Completo. Depois pode V. retomar o passo lerdo pra ouvir besteiras e safadices dos nossos jumentos e guaxinins poetadores.

Verdade. V. foi terrível com o Lobato. Impiedade aquele nome a 1800 e punhados.[135]

Estou solidário quanto ao sr. Marinetti. Este senhor está parado em 1909.

Eu tenho a impressão que existe certas imobilidades leves e que parecem demorar pouco na inércia. Uma mulher parada, um aeroplano pousado, uma galinha presa por um pé, têm o aspecto de passo, de voo, de salto quase imediato. Outras coisas não. Um Buick, um Cadilac, um Paige, atolado na lama dão a ideia de não sair mais nunca. O sr. Marinetti atolou-se num "estado imóvel". Quando sai é guinchando nas rodas e barulhando pelos palcos a tanto *per capita*.

---

134 Na carta: "haresford".

135 No "Post-scriptum pachola", artigo que termina com um histriônico necrológio do autor de *Urupês*, MA lamenta o "passamento" de "Bernardo Guimarães de Monteiro Lobato". Troca, assim, matreiramente, o prenome de Lobato, José Bento, pelo nome do escritor romântico, criador de *A escrava Isaura*.

A vaia de S. Paulo é idiota. Foi às avessas daquela de 22 na "Semana de Arte Moderna". Tempo turuna! Quando cheguei aí S. Paulo cheirava a pólvora e a capa arlequinal do *Pauliceia desvairada* era uma bandeira esfregando as ventas da Villa... como se chamava? Ah... Kyrial?[136] Ou Mariana?

Agora... Marinetti, tempestade prevista pelo Observatório Viggiani[137] é, apenas, um *rastá*[138] pisando o secular *faire l'Amérique*.

Quando V. publicar artigos em qualquer jornal e sobre qualquer tema, mande-mos se for possível. E a *Gramatiquinha da fala brasileira*? Não deixe este título se evaporar. Faça a gramática. E deixe o bilhostre quadrupedar pela jumentice alheia.

E aceite os bons dias! O clarim do Esquadrão de Cavalaria está tocando alvorada. São 4 horas da loira madrugada e Febo[139] desperto mandará Aurora dos róseos dedos levantar a fímbria do horizonte numa leve carícia luminosa. Famoso!...

Abraços do
    Luís.

V. recebeu versos e revistas?
Não sei se lhe mandei o artigo incluso.

Carta datada: "26-VI-26/ Em Natal"; autógrafo a tinta preta; papel branco, pautado, filigrana; 4 folhas; 21,3 x 14,9 cm; 2 furos de arquivamento; marca de grampo.

---

136 Villa Kyrial, residência (e salão literário) do político, mecenas e poeta simbolista José de Freitas Valle (1870- -1958), situada na Rua Domingos de Morais, 10, na Vila Mariana. (V. Márcia Camargos, *Villa Kyrial*: crônica da *belle époque* paulistana. 2. ed. São Paulo: Senac, 2001.)

137 MA, em carta a Manuel Bandeira, posterior a 14 de maio de 1926, alude ao empresário Nicolino Viggiani que o convidara para "apresentar o Marinetti no teatro": "Não se iluda com o Viggiani, não. Aqui em São Paulo, conferência dele [Marinetti] foi imposta pelo embaixador da Itália, pois que o Viggiani estava sem teatro na mão e o Cassino em que o Marinetti falou, ontem, é da empresa Bonnachi, inimigo mortal do Viggiani. É preferível pois ficar de sobreaviso. Viggiani veio me convidar pra apresentar o Marinetti no teatro. Me recusei e parece que todos se recusaram como eu". (*Correspondência Mário de Andrade & Manuel Bandeira*, op. cit., p. 560.)

138 Corruptela da palavra "rastaquera", de raiz francesa *rastaquouère*, significando pessoa que "chama a atenção por seus gastos luxuosos e ostentações; rasta" (*Dicionário Houaiss de língua portuguesa*).

139 Na carta: "Phebus".

32 (MA)

São Paulo, 22 de julho de 1926.

Luís,

sim: recebi carta versos revistas, recebi e li tudo, adorei tanto o "Não gosto de sertão verde" que roubei ele por minha conta e já que você não quis mandar nada pra *Terra Roxa* dei o poema pros redatores que por sinal se entusiasmaram também.[140] Aconselho apenas o escrever aquelas palavras "escorre lento" e a outra que não me lembro agora, naturalmente em horizontal. Essas ideografias na verdade são falsas e também caí nelas e errei. Na verdade não dizem nada mais que o que a imaginação do leitor inteligente bota de si no poema. Quanto aos instantâneos de você dei um bruto dum abraço em cada um e olhei muitas vezes o atarracado do nortista amigo querido meu. Li também os artigos e vou gozando. Aquela síntese histórica de Natal está simplesmente estupenda como estilo vivaz e eficiente. A palavra na mão de você é feito guampa de marruá danado, chuça a gente direito mesmo. Se tem uma impressão até física, puxa! O outro sobre tradições[141] está um pouco atabalhoado, tome cuidado que esta nossa mania de escrever vivo conduz mesmo muitas vezes a isso. Eu tenho cada página tão complicada e misturada no *Amar, verbo intransitivo* que às vezes até eu mesmo fico meio atrapalhado pra compreender. Em ficção inda não faz muito mal, dá caráter e quem não quiser entender que vá à merda porém em crítica e é o caso de você uma maior ordenação lógica de períodos e de ideias não faz mal, antes é muito melhor. Cuidado, tome bem cuidado porque tenho a impressão pelo lido e se você colher com paciência o maior número de lendas possível e as der no livro, tenho a impressão que a obra fica um monumento. E é mesmo por isso que sou severo assim. Como artigo o pedaço que você me mandou impresso inda passa e quem não quiser entender que não

---

140 O poema "Não gosto de sertão verde", única colaboração de LCC em *Terra Roxa e Outras Terras*, aparecerá na última página do sexto número, lançado em 6 de julho de 1926. As palavras "lento", "devagar" e "escorre", permanecerão em "letras espaçadas e oblíquas espaçadas", como desejou o autor. Há pequenas variantes, no que tange à pontuação, entre o poema remetido e o que veio a lume na revista modernista de São Paulo dirigida por A. Couto de Barros e Antônio de Alcântara Machado.

141 Possível referência a "Sistematização", artigo em que LCC lança um olhar sobre o folclore nacional: "Reunidas, as histórias populares, constituem o grande documento vivo sobre o passado religioso da raça. Em conjunto podemos dividi-las em lendas de origem negra, portuguesa, indígena e de formação brasileira. As verdadeiramente típicas são as indígenas. As de formação brasileira dizem antes um trabalho de adaptação que de originalidade". O recorte, sem data ou local de publicação, conservado por MA em seu arquivo, informa que o texto faz parte "do livro *Crendices e tradições potiguares*". MA deixou marcas de sua leitura no texto jornalístico: trechos assinalados a lápis vermelho e nota a grafite. Esta anotação, "A mãe de M. na véspera de morrer", liga-se ao parágrafo "Há mesmo casos de miragens. Na estrada do Macaíba, entre Guarapes e Peixe Boi, no lugar Água Doce, surgia, vez por outra, um cenário esplêndido. Extenso laranjal perfumado. Galinhas gordas. Sombra cheirosa e tépida. Quem o visse, teria, minutos depois, a certeza de jamais revê-lo". A observação de MA constitui-se, certamente, como uma das matrizes de sua rapsódia *Macunaíma*, em elaboração em 1926.

entenda porém como livro exijo e sei que você pode dar coisa fortíssima. Toca o bonde! Fica entendido: todo artigo meu publicado mandarei pra você. Escrevi agora um sobre Anita Malfatti, pintora e amiga querida minha, amiga dos tempos duros de *Pauliceia desvairada*.[142] Não se amole muito com a chuçada que dei no Lobato. Ele estava carecendo por causa dum artigo besta que escreveu sobre nós. Nem por isso deixo de reconhecer o valor dele embora também reconheça e com raiva que ele não está fazendo valer bem o valor e a influência que tem. E uma coisa que não perdoo mesmo pra ninguém é desperdício da inteligência natural. Pessoalmente sou obrigado a confessar pra você que não posso dar ao Lobato a mínima importância ou validade moral. Porém isso são casos muito pessoais entre ele e eu e não quero ferir os sentimentos delicados de você.

Então: está se aprontando pra vir mesmo por aqui em dezembro? Não deixe de vir hein! Conto com você e embora não tenha as mesmas possibilidades que você pra mostrar coisas novas sempre havemos de viver. Manuel Bandeira também está com ideias de vir por aqui no fim do ano. Será uma festa imensa pra mim ter comigo os meus dois amigos longínquos. Aliás, estive bastante com o Manu o mês passado. Fui no Rio por quinze dias e gozei pra burro, puxa! Foi uma festança que não acabou senão na manhãzinha em que voltei tendo apenas tempo pra passar no hotel buscar a mala e disparar pra estação com o trem quase não me esperando. Depois inda passei doze dias na fazenda dum tio e agora só é que estou de novo na Pauliceia e escrevendo estas conversas pra você.

Creio que pra setembro terei o *Primeiro andar* pronto e pra outubro o *Amar, verbo intransitivo*. Tinha dedicado a você um dos contos do *Primeiro andar* porém acabo de tirar a dedicatória. Espero em Deus que hei de ter vida e forças pra te dar coisa mais valiosas e guardar o nome forte da nossa amizade em qualquer coisa de vida maior. O *Primeiro andar* é uma merda e nem sei porque mesmo não sai da minha cabeça esta intenção de publicá-lo. É verdade que uma dedicatória vale pela intenção e não pelo valor da obra dedicada e é mesmo por pensar nisso que mantenho as outras dedicatórias do livro porém é também natural que eu tenha pra com você uma ternura particular e mais grata. Os outros são paulistas[143], são daqui mesmo e você é brasileiro; e de tão longe

---

142 A amizade entre MA e Anita Malfatti (1889-1964) inicia-se em dezembro de 1917, ocasião em que a artista mostra telas de tendência expressionista e cubista, arte vivenciada em ateliês de vanguarda na Alemanha e nos Estados Unidos, provocando a crítica conservadora de Monteiro Lobato, a qual favoreceu a reunião dos modernistas em torno da pintora. Em 1922, Anita expõe vinte obras na Semana de Arte Moderna, entre as quais O homem amarelo, comprada por MA. Retorna à Europa em 1923, onde permanece até 1928, como bolsista do Pensionato Artístico do Estado de São Paulo e lá visivelmente recua nas suas convicções artísticas modernistas, encaminhando-se para a temática intimista, religiosa e ingênua. No artigo Anita Malfatti, *A Manhã*, São Paulo, 31 jul. 1926, MA sintetiza a trajetória da amiga: "abandonando o Expressionismo por um realismo plasticamente expressivo, sem abandonar as conquistas das teorias modernas [...] realizou um progresso enorme. [...] Achou de novo a mão perdida e principia depois do turtuveio longo e tão dramático um período novo de criação". (Marta Rossetti Batista, *Anita Malfatti no tempo e no espaço*: biografia e estudo da obra. São Paulo: Editora 34/Edusp, 2006, p. 339.)

143 Em *Primeiro andar* (1926), em sua edição *princeps*, MA dedica "Conto de Natal" a Joaquim A. Cruz; "Cocoricó" a Herberto Rocha; "Caso pançudo" a Pio L. Correia; "Por trás da porta" a Joaquim Inojosa; "Galo que não cantou" a Rubens de Moraes; "Eva" a Martim E. Damy; "Brasília" a Sérgio Milliet; "História com data" a Antonio V. de Azevedo; "Moral cotidiana" a Tácito de Almeida; "O besouro e a rosa" a Luis Emilio Soto; "Caçada de macuco" não apresenta dedicatória.

um dia me ofereceu mão tão apertando que me deu confiança verdadeira. Ora eu não sou paulista embora tenha nascido em S. Paulo e é tão fatal em mim esta incompreensão dos limites estaduais, se acirra tanto em mim a irregularidade perniciosa disso que até meio que ando antipatizando com os paulistas. O que é profundamente besta, reconheço.

Bem, adeus e escreva sempre uma letrinha mais amável que a da última carta, puxa! Palavra que vou comprar uma lente só pra ver se posso entender com mais facilidade o que você escreve a duzentos quilômetros por hora. O Jorge Fernandes é lacônico mas é batuta. Cartas deste tamanhinho porém manda versos e essa é uma felicidade pra mim.[144] Acho ele um bruto poeta. Com o abraço do
Mário.

Carta datada: "S. Paulo – 22.VII-926"; datiloscrito, fita preta; autógrafo a tinta preta; papel creme, filigrana; 1 folha; 33,0 x 21,7 cm; rasgamentos nas bordas.

---

144 Em 1º de julho desse ano, Jorge Fernandes escrevia a MA: "Mostrei a sua carta ao Cascudinho e ele bateu palmas de contente ao ler as suas manifestações a meu respeito. O Cascudinho é um Bentivi de alegre cheio daquele espírito claro e impressionante". Nessa missiva, Jorge enviava "algumas impressões [juntadas] entre serras do meu Estado", certamente os versos de "Poemas das serras" e outro, intitulado "III", iniciando-se por "Casa dos mocós... das saramantas...", ambos, em 1927, depois de modificados, inseridos no *Livro de poemas* do autor. Apenas três cartas (a primeira delas em 12 jun. 1926) e um cartão de visita do "Engenheiro-Arquiteto" Jorge Fernandes compõem a correspondência dirigida ao escritor paulista. Em contrapartida, no arquivo de MA, há expressivo número de textos do poeta norte-rio-grandense. São manuscritos e recortes jornalísticos, vindos em cartas do autor ou naquelas do conterrâneo, tendo alguns dos manuscritos acolhido anotações de MA e de LCC. Recortes, sem data e local de publicação: "Briga do Teju e a cobra" (inserido em *Livro de poemas* [*LP*]), "Homem do sertão" (em *LP*, renomeado "Manoel Simplício"), "Poemas de Jorge Fernandes dedicados a Mário de Andrade": "Caranguejo. Crustáceo feio", "Chegou do mar!" (este, "Pescadores", em *LP*) e "Água de Charco. Lama...". Manuscritos: "Relógio..." (datado de 20/5/1926; incluído em *LP*), "Rondó das rendas..." (20/5/1926), "Canção ao sol", "Nordestinas/ (Avoetes)" ("Avoetes", em *LP*), "Nordestinas/ II" ("Mão nordestina..." em *LP*), "Primeira chama de vida – rubro sangue", "Sertão". (V. Márcia R. J. Machado, *Manuscritos de outros escritores no Arquivo Mário de Andrade: perspectiva de estudo*. Pós-graduação em Literatura Brasileira, FFLCH-USP/CAPES, 2008, p. 121-125).

33 (LCC)

8 de agosto de 1926

Em Natal.

Mário de Andrade.

    Cheguei ontem do Sertão onde fui no séquito do José Augusto[145] receber o sr. W. Luís.[146] Trouxe muita poeira e uma impressão que V. lerá depois. Tive, depois do banho e do jantar, o prazer do fumo e de sua palestra. V. teve razão do "atabalhoado" da "Sistematização". Para equilíbrio não o [possui] sobre o oblíquo das frases que escrevi. E por sinal – V. é um grande traidor. Versos como aqueles não se publicam, seu Mário, guardam-se ou esquecem-se. Estou oscilando entre a cólera e o agradecimento. Vou explicar porque escrevo certas palavras em letras espaçadas e oblíquas. Por ideografia pictorial (?!) V. continua a esperar a colaboração do leitor ao jeito de Baudelaire e Conrad?[147] Eu, dentro do possível, tento despertá-lo por uma visão gráfica, uma sigla que o ajuda na associação das ideias a pensar no objeto descrito. *Devagar*, *lento* e *escorre* escritos desta maneira traduzem o tema numa expressão quase sensível. V. não tem feito outra coisa com o seu estilo tamanduá-bandeira senão "obrigar" o leitor a "ver" menos do que concordar (que é uma questão secundária).

    Mando uns recortes. O "Dom Pedro II" é o começo do artigo cuja segunda parte versa sobre a *Escrava que não é Isaura*, de Débora Rego-Monteiro.[148] Deus lhe pague o catálogo de dona Tarsila com o formosinho açúcar-cândi Cendrars.[149] Hoje (domingo) o sr. W. Luís tomou conta das horas. Tive almoço a 150 talheres, tive recepção, passeio fluvial, visitas e às 7 um jantar horrendo entre pessoas graves e analfabetas. Tenho fugido o que posso das festas. Não sei se V. é assim. Detesto-as cordialmente. Multiplique o horror pelo número dos discursos. Pense que o chamaram (ao W. Luís) – Bandeirante

---

145 José Augusto Bezerra de Medeiros (1884-1971), governador do Rio Grande do Norte entre 1924 e 1927.

146 Washington Luís (1870-1957), governador de São Paulo entre 1920 e 1924. Em 1926, assumiu a presidência da República, tendo sido deposto em outubro de 1930, em decorrência do movimento revolucionário.

147 Charles Baudelaire (1821-1867), poeta francês; Joseph Conrad (1857-1924), romancista inglês de origem polonesa.

148 Débora do Rego Monteiro, escritora e jornalista pernambucana; publicou os contos de *Chico Ângelo* (1918) e *Missangas* (1922).

149 O catálogo da exposição de Tarsila do Amaral, realizada entre 7 e 25 de junho, na Galerie Percier, em Paris, traz seis poemas de Blaise Cendrars, sob o título geral de "São-Paulo", instantâneos líricos emprestados do livro *Feuilles de route* (V. I. Le formose), de 1924. (V. "Documentação". In: Aracy Amaral (Org.), *Correspondência Mário de Andrade & Tarsila do Amaral*. São Paulo: Edusp/IEB, 2001, p. 197-210.)

da Política Brasileira – e esta frase está impressa num botão de celuloide com o retrato bigodudo e duro do ex-donatário da Pauliceia.

O estudo que lhe agradou – sobre Cidade do Natal – pertence a um livro de reconstruções históricas. Chamar-se-á *Figuras de velha memória* se Deus for servido. Estou muito triste por não poder realizar o meu trabalho de imaginação. O acaso tem-me fornecido notas de tal maneira preciosas que sou um dos raros conhecedores do velho passado potiguar. É um desserviço à minha terra engolir estas notas ou deixar que se escreva errado o que se passou direito e vice-versa.

Não esqueça de ir pensando na *Gramatiquinha da fala brasileira*. O Sertão está morrendo de progresso e os termos bons e saborosos vêm à tona como náufragos teimosos. V. deve recolhê-los repetindo Noé. V. sabe – não faltarão animais de toda casta em casal de cada família segundo sua espécie. A *Gramatiquinha* será – no mínimo – um berro de alarme. E aqui se diz – por falta dum grito perde-se a boiada. Estamos arriscados a perder muito mais do que chifres e cascos, coices e caudas.

V. fala de *Amar* e de *Primeiro andar* e onde paira o *Clã do jabuti* bicho de minha especial deferência e estima? V. é um anunciador de títulos despertadores de crônicas. Cada um deles vai pedindo um artigo. Vez por outra escrevo um e guardo. Na outra carta V. não fala no livro e eu rasgo o artigo. E sucessivamente...

Não tenho visto Jorge Fernandes. Vem raramente aonde o posso encontrar. Conversamos pelo telefone. Jorge está tratando do livro que V. receberá no original para ver o que sai. Depois publicar-se-á para escândalo dos manes do Segundo Wanderley.[150] O sertão deu-lhe uma boa parte do trabalho.

Não pense em mim nas dedicatórias. Distribuas em troco miúdo da estima impressa entre os mais apressados. Eu tomo o que é meu em V. – uma parte grande de espírito e de pensamento. Nós, de bem e de mal, estamos independentes de provas tipográficas para endosso à aliança. V. entendeu? Pertenço aos de casa. Primeiros no coração e últimos na mesa.

E dê um abraço a
   este seu
   Luís da Câmara Cascudo.

CARTA DATADA: "VIII-VIII-MCMXXVI/EM NATAL"; AUTÓGRAFO A TINTA PRETA; PAPEL BRANCO, FILIGRANA; 2 FOLHAS; 22,1 x 16,5 CM; 2 FUROS DE ARQUIVAMENTO.

---

150 Segundo Wanderley (1860-1909), poeta, autor de teatro, médico e político norte-rio-grandense. Entre outras obras, publicou os livros de versos *Estrelas cadentes* (1883) e *Gôndolas* (1903).

34 (MA)

São Paulo, 10 de agosto de 1926.

Luís.

  Esta é só um pedido. Desculpe. Você por acaso conhece a melodia de alguns aboiados aí do Norte? Com letra se possível, ou melhor as sílabas com que os vaqueiros entoam as suas frases musicais. Veja se me arranja alguns, me mande todos os que puder, por mais insignificantes que sejam. Você naturalmente encontrará aí alguém que saiba o pouquinho de música suficiente pra anotar esses aboiados. Ficarei contentíssimo se você conseguir isso pra mim. Estou em estudos sérios sobre fórmulas melódicas brasileiras. Não é estudo pra publicar já pois demanda muita pesquisa e comparação porém será trabalho útil, não acha? Se você tiver amigos aí no Norte, Pará, Amazonas, Sergipe etc. que se possam interessar por mim veja se arranja com eles também alguma coisa. Conheci o Antônio Bento de Araújo Lima[151] que está morando em S. Paulo e é companheiro batuta. E no mais, te espero e
    abraço rijo
      Mário.

CARTA DATADA: "S. PAULO 10-VIII-926"; AUTÓGRAFO A TINTA PRETA; PAPEL CREME, PAUTADO; 1 FOLHA; 22,0 X 16,5 CM; BORDAS SUPERIOR E ESQUERDA IRREGULARES.

---

151 Ao paraibano Antônio Bento de Araújo Lima (1902-1988) MA dedica os versos de "Coco do Major" de *Clã do jabuti*. Esse poema, segundo relata o poeta a Moacir Werneck de Castro, em carta de 13 de agosto de 1942, foi "total e integralmente plagiado, como corte estrófico, somas silábicas e tônicas dos versos, de um coco norte-rio-grandense, 'O vapor de seu Tertuliano' (o major Venâncio da Silva), que o Antônio Bento me cantava". (V. Moacir Werneck de Castro, *Mário de Andrade*: exílio no Rio. Rio de Janeiro: Rocco, 1989, p. 194.)

Mário de Andrade e Antonio Bento de Araújo Lima.
No verso da foto, letra de Mário: "Na Vila Cas- / cudo – Natal / 15-XII-28".

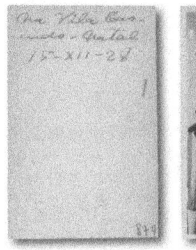

35 (LCC)

Recife, 24 de setembro de 1926.

Mário.

   Apresento a V. o Ascenso Ferreira,[152] poeta e velho camarada meu. Encontrei-o em 1924 soneteando imperturbável e lindamente. Ascenso é do tamanho dum bonde da Light e com um'alma maior que o Capibaribe. São, forte, bom, inatual pelo caráter, moderno pela sensibilidade. Nome do ex-livro – *Rosas de cinzas*. Nome do livro no prelo – *Catimbó*. Deduza. Ascenso conhece bem o sertão. O sertão de Pernambuco possui a desvirtude de uma influência estrangeira mais intensa que o meu. Ascenso quer ser seu amigo porque está teimando em continuar admirador. Mando versos do Ascenso. Endereço – Tesouro do Estado – Recife. Pernambuco.
   Fique escrevendo para Natal. Enviar-me-ão a correspondência. Eu mudo de residência cada semana e não quero perder carta. Embora cartas rareadas e pequenininhas. Ingratidão!... Assunto novo: A dona Ângela Vargas excluiu totalmente os poetas modernos do seu programa dela. Riscou Ronald, riscou Guilherme, riscou Bandeira. O Ascenso e o Dustan Miranda artigaram pelos jornais e a dona Vargas não gostou. Saiu zinindo de Recife.
   Abraço de
     Luís.
Os versos são mandados especialmente para V.

<small>Carta datada: "Recife 24-IX-26."; autógrafo a tinta preta; papel branco, pautado; 1 folha; 23,9 × 16,1 cm; 2 furos de arquivamento.</small>

---

152 Personalidade expansiva e bonachã, o escriturário do Tesouro do Estado de Pernambuco, Ascenso Ferreira (1895-1965), criou uma poesia despojada que se alimenta da cultura popular do Nordeste. Ao receber os versos de Ascenso, MA lhe escreve em 2 de novembro de 1926: "Os versos [..] são simplesmente estupendos, muito caráter muita força expressiva, uma expressão que não podia ser de ninguém neste mundo senão de brasileiro". (Joaquim Inojosa, *O movimento modernista em Pernambuco*, op. cit., p. 335. v. 3.) Casou-se com Maria Stella de Barros Griz em 1921. *Catimbó* (1927), *Cana caiana* (1939) e *Xenhenhém* (in: *Poesias*, 1951) são livros de feição modernista assinados por Ascenso.

36 (LCC)

Cartão-postal da Ponte da Boa Vista, no Recife.

Ascenso trouxe carta. Ótima. Estão V.V. casados. Ótimo. Estarei aqui até princípio dezembro. Parece que suas cartas engalharam em Natal.
    Abraços.
    Saúde e fraternidade.
                      Luís.
Um acocho no Antº Bento.
Ad Mário de Andrade
    Com
Abraços do
Luís da Câmara Cascudo

3 ¼ de meu horizonte em Recife.

8 de setembro de 1926. Ou
20 de novembro de 1926.

        Bilhete datado: "8. Setembro de 1926. Ou/ 20-XI-26" [sic]; autógrafo a tinta preta; suporte: cartão-postal; 8,3 x 13,0 cm.

37 (MA)

São Paulo, 1 de março de 1927.

Luisico! Mas que foi que sucedeu que você não me escreve mais mesmo! Ora se é zanga desembucha logo por que está zangado que me desculpo logo se estiver culpado ou passo uma bruta de caçoada em você. Deixa disso e escreve homem! Ando sapeando correio todo dia pra ver se topo com a letra miúda do amigo, vai letra miúda não aparece mesmo e já estou meio desapontado. Só uma desculpa você pode ter, já se sabe: amor. E assim mesmo só se for amor feliz porque noutro caso escrever estudar ler é ainda o jeito mais fácil da gente mandar a imagem da marvada passear. Pois é: ando desapontado com a indiferença de você. Escrevo, eu que tenho três vezes mais que o dia de que fazeres, escrevo assim mesmo roubando tempo da vida e você nem pio... Isso não se faz Luís. Estou ficando com vontade de zangar porém inda estou indeciso, e não sei se zangarei não. Creio que não, não tenho jeito pra isso e depois essa história de zangar e explodir, eu tenho a mesma filosofia de Sousa Costa: já sei que toda explosão estraga mais o explosivo que o alvo.[153] Bem: cumbersemos coisas sérias. Hoje é dia de carnaval, terça, e imagino que gostosura de carnaval de cantigas você está tendo por aí... Aqui em S. Paulo inda não escutei nem sequer algum maxixe novo, maxixe do ano! Qual o quê! Os maxixes vêm do Rio e a gente aqui inda vai esperar no mínimo um mês pra saber quais as músicas que pegaram de verdade. Sei que está se cantando muito lá um maxixe "Braço de cera" bastante engraçado e bem anegrado na melodia.[154] De certo será o canto do dia. Aqui carnaval é uma merda. No domingo inda me diverti muito porém não desse divertimento unânime que nem deve de ser divertimento numa festa destas, não, me diverti, nos divertimos, Osvaldo e sua mulher Tarsila e a enteadinha Dolur, Guilherme de Almeida e sua mulher Baby, Couto de Barros, a cantora Germana Bittencourt e um francezinho surréaliste de luvas, numa cadilaque ceia brincadeiras e cá pra nós uma bebedeira mestra que inda está durando. Está visto que as mulheres inda souberam se portar porém homem é homem, você sabe etc. e tal.

Da última frase pra esta passou-se um dia. Já é quarta-feira e nem bem me levantei já fui falando: acabo a carta senão não tenho tempo depois.

---

153 Alusão à personagem aristocrática de *Amar, verbo intransitivo* que contrata a governanta alemã Fräulein Elza para as lições de amor do filho, Carlos. No trecho, o pai, irritando-se com o ostensivo "sempre-juntos" dos dois, em passeio da família, sente-se contrariado: "Se Sousa Costa explodisse, explodia ali mesmo. Mas porém era filósofo brasileiro, sabia que a explosão prejudica inda mais a brasilite que os trastes do arredor, olhou pro filho com uma raiva". (*Amar, verbo intransitivo*. Estabelecimento de texto Marlene Gomes Mendes. Agir: Rio de Janeiro, 2008, p.111.)

154 Menção à composição musical de Nestor Brandão, em 1927: "Mulher, vem o Carnaval /Festa de alegria que a ninguém faz mal /Mulher, tratemos de gozar /A morte é traiçoeira e pode nos carregar // Não me fio nas mulheres /Nem quando elas estão dormindo /Os olhos estão fechados /Sobrancelhas estão bulindo [...]." Disponível em: <http://www.geocities.com/aochiadobrasileiro/Cronologia25/cronologia1927.htm>. Acesso em: 1º out. 2008.

Tomei meu mate e cá estou. Good morning. Segunda passada o Andrade Murici[155] veio aqui em casa me visitar e sube que ele conhece você. Me falou que você não pode se adaptar em parte nenhuma só aí no Nordeste, é verdade? Achei isso como traço psicológico adorável. Bem conversemos coisa mais séria. Estou pra pedir uma coisa pra você e ando me esquecendo. Se trata disto. Não sei se já te contei ou não mas em dezembro estive na fazenda dum tio e... e escrevi um romance. Romance ou coisa que o valha, nem sei como se pode chamar aquilo. Em todo caso chama-se *Macunaíma*. É um herói taulipangue bastante cômico. Fiz com ele um livro que me parece não está rúim e sairá em janeiro ou adiante, do ano que vem. Minha intenção foi esta: aproveitar no máximo possível lendas tradições costumes frases feitas etc. brasileiros. E tudo debaixo dum caráter sempre lendário porém como lenda de índio e negro. O livro quase que não tem nenhum caso inventado por mim, tudo são lendas que relato. Só uma descrição de macumba carioca, uma carta escrita por Macunaíma e uns dois ou três passos do livro são de invenção minha, o resto tudo são lendas relatadas tais como são ou adaptadas ao momento do livro com pequenos desvios de intenção. Por exemplo a lenda da Velha Gulosa que vem no Barbosa Rodrigues[156] está sutilmente deformada no livro pra se perceber que é uma caftina. Um dos meus cuidados foi tirar a geografia do livro. Misturei completamente o Brasil inteirinho como tem sido minha preocupação desde que intentei me abrasileirar e trabalhar o material brasileiro. Tenho muito medo de ficar regionalista e me exotizar pro resto do Brasil. Assim lendas do Norte botei no Sul, misturo palavras gaúchas com modismos nordestinos ponho plantas do Sul no Norte e animais do Norte no Sul etc etc. Enfim é um livro bem tendenciosamente brasileiro. Ora o que eu quero de você é isto: você tem recolhido lendas e tradições aí do Nordeste. Meu livro já está escrito porém tenho ainda um ano pra matutar sobre ele e modificá-lo à vontade. Eu queria botar uma lenda aí do Nordeste nele, você não pode me ceder uma das que recolheu? Quero uma bem lírica, sentimental se for possível. Enfim o mais lírica possível. Escolha das que você tem umas duas ou três e me mande. Botarei uma só e guardarei cuidadosamente as outras pra você mesmo. Falar em lenda quando estive na fazenda um senhor me contou que entre as tradições a respeito da Cobra contam que quando se vê um arcoíris por cima duma cascata falam que é a Boiúna que está bebendo água, você já conhecia essa tradição? Eu confesso que nunca tinha escutado falar nisso e no entanto o fulano que me contou isso é do Tietê e de Brasil me parece que conhece pouco.

      Bom, careço ir acabando. Meu Deus! como tenho que fazer hoje! Minha *História da música* está se adiantando. Está uma merda francamente,

---

[155] José Cândido de Andrade Murici (1895-1984), romancista e crítico paranaense, ligado ao modernismo em uma linhagem espiritualista; fundou, com Tasso da Silveira, no Rio de Janeiro, a revista *Festa* (1927).

[156] Menção ao historiador, linguista e etnógrafo carioca João Barbosa Rodrigues (1842-1909), autor de *Poranduba amazonense ou Kochyma Uara Poranbud*: 1872-1887 (Rio de Janeiro: G. Leuzinger e Filhos, 1890), obra na biblioteca de MA.

escrita assim muito afobadamente não pode sair coisa que preste porém tenho que entregar os originais pro editor nos princípios de junho e de verdade mesmo só agora é que principiei ela. Falava falava porém só tinha os dois capítulos iniciais escritos. Tenho trabalhado que é uma loucura, vamos a ver o que sai. Porém como espero que o livro tenha mais duma edição terei depois tempo de sobra pra fazer uma edição definitiva em seguida bem melhorada e mais calma. E você? E OS LIVROS DE VOCÊ! Me mande contar alguma coisa que diabo! E veja se se lembra ainda suficientemente de mim pra me dar um acocho [de][157] quebrar ossos.

    Mário.

Recebeu os livros?[158]

    CARTA DATADA: "S.PAULO – 1-III-27"; DATILOSCRITO, FITA PRETA; AUTÓGRAFO A TINTA PRETA; PAPEL CREME, FILIGRANA; 1 FOLHA; 27,5 x 21,2 CM.

---

157 Na carta: "que".

158 Exemplares, com dedicatória, do idílio *Amar, verbo intransitivo* (São Paulo: Casa Editora Antônio Tisi, 1927): "Pro/ Luís da Câmara Cascudo/ com a amizade/ velha/ e a/ admiração/ do/ Mário de Andrade/ S. Paulo/ Janeiro/ 1927"; e dos contos de aprendiz reunidos em *Primeiro andar* (São Paulo: Casa Editora Antônio Tisi, 1926): "Luís da Câmara Cascudo/ Luís do coração/ Leia assim/ como o *Amar*... e depois em-/preste pro Jorge Fernandes./ Estes livros não são editados/ por mim e nos poucos exem-/plares que o editor me deu/ não couberam todos os amigos./ Tive que restringir dolorosa-/mente as ofertas. Senão gasta-/ria pra mais de trezentos paus!!! Era impossível positivamente. Me perdoem/ pois e acreditem no carinho do/ Mário de Andrade/ S. Paulo/ Janeiro/ 1927// Não tenho escrito só por causa dos quefazeres. Você nem/ imagina que horror. Porém/ ando contente só de pensar/ que raiou o ano em que vou/ pro Norte. Carecemos de com-/binar nossas datas desde já./ Irei no fim do ano por outu-/bro ou novembro como vocês/ preferirem e os seus exames/ [ilegível, trecho rasgado] escrava sobre [isso]/ porque careço de ir determinando as coisas. Creio que/ passarei uns 3 meses por aí./ Se puder vou até Manaus. Pra/ que você não vai comigo também?/ Escreva Escreva Escreva!!!".

38 (LCC)

Mário.

    Carta de 1º chegou-me há dois dias. Não zangue. Estou cada vez mais o mesmo. Fixe. Firme. Estou relendo *Amar*. Depois conversa-se. O caso do arco-íris é conhecido por aqui. E também na Grécia, Roma, Europa, França e Bahia. Vou esco[lher][159] uma lenda bem boa para V. Todo este silêncio maroto era raiva. V. não mais escreveu. Verifique a correspondência e veja que é V. quem está em atraso. Já lhe falei no Manuel Bandeira em Natal? Bicho admirável. Fez-me agente da Agência[160] dele apesar de eu ser da United Press. Gostei imensamente dele e V. foi um assunto saboreado devagar.[161] Os meus livros vão como a Deus é servido. Espero mandar publicar o tal de folclore no Rio ou em S. Paulo, por minha conta. Poucos números. Uns 600 ou 800. Se isto acontecer tudo espero de V. aí para a última vista dolhos nas páginas, escolha de papel e acima de tudo, capa. Uma capa simples, sólida e bonita. Bem espessa. Quer fazer-me isto, Mário?
    Esta semana pode esperar uma carta ao velho estilo – larga e longa.
    Abraços deste invariável e seguro
    Luís da Câmara Cascudo.

Natal, 28 de março de 1927.

CARTA DATADA: "NATAL 28 DE MARÇO DE 1927."; DATILOSCRITO, FITA ROXA; PAPEL BRANCO, PAUTADO; 1 FOLHA; 23,0 x 16,0 CM; 2 FUROS DE ARQUIVAMENTO.

---

159 Na carta: "esco-/ uma lenda".

160 Agência Brasileira, empresa de notícias criada em 1926, no Rio de Janeiro, pelos escritores Américo Facó e Jaime Adour da Câmara. Estabeleceu filial em São Paulo, "num ponto central da cidade (rua Xavier de Toledo)" e "foi se tornando um centro de reunião de intelectuais e de figuras políticas dos mais variados matizes. Entre os seus visitantes, apareciam elementos nitidamente trotskistas e também da linha socialista católica". (Raul Bopp, *Putirum*. Rio de Janeiro: Leitura, [s.d.], p. 234.) Conforme se depreende de carta de Manuel Bandeira a MA em 9 de abril de 1927, o acordo comercial que envolvia LCC não se efetivou. (*Correspondência Mário de Andrade & Manuel Bandeira*, op. cit., p. 338.)

161 Em 5 de março, Bandeira escreve a MA, do Recife: "Em Natal também não tive sorte. Na ida passei lá de noite; na volta idem, mas vi a entrada ao crepúsculo, que bonito! Há um pedacinho à esquerda – uma igrejinha com um vasto renque de casinhas de operários – que parece um quadrinho de Tarsila. Tive vontade de pintar. Jantei com o Cascudo (Recebeu os seus livros). Cascudo... é engraçado. Falador, reclamista, chamador de atenção: de repente a gente faz uma pilhéria muito besta e ele cai numa gargalhada de menino tão boa, tão ingênua, que reconcilia a gente logo. Está bancando o historiador, que poeta nada! Não insulte! Vi uns poemas dele. Tenho visto que está muito generalizado por demais os jogos verbais do Guilherme sobre gostosas vozes negras e índias. [...] Ah! me esqueci de contar que Cascudo depois do jantar tomou comigo o automóvel e fomos desencavar o Jorge Fernandes, gripadíssimo, sujeito simples, muito simpático, a quem dei o seu abraço". (*Correspondência Mário de Andrade & Manuel Bandeira*, op. cit., p. 338.)

39 (MA)

São Paulo, 5 de abril de 1927.

Luís.

    Você não me escreve mesmo, não é? Pois amor de paulista não quebra assim à toa não. Venho te contar uma quase verdade já. Desconfio que parto no mês que vem pra esses nortes de vocês. Imagine que parte daqui uma comitivinha dumas oito pessoas, pretendendo subir o Amazonas e subir o Madeira até a Bolívia. A organizadora da viagem é muito amiga minha e tem insistido por demais pra que eu vá. Creio que não resisto mais. É gostoso como companhia. É sublime como viagem. É verdade que tenho pouco tempo pra conversar com você... E não poderei desta feita assuntar bem cocos e bumbas-meu-boi... Meus estudos se prejudicarão... Porém fica bem mais barato e mais fácil. E verei tanta coisa que me interessa tanto! Acho que faço a burrada: vou. Se for mandarei logo contar o vapor em que vamos porque faço questão de ver você logo no cais quando chegar aí. E as horas que passar em Natal serão mesmo só de você, vocezinho seu ingrato e infido amigo.[162]
    Com um acocho arrochado do
Mário.

CARTA DATADA: "S. PAULO 5-IV-27"; AUTÓGRAFO A TINTA PRETA; PAPEL CREME; 1 FOLHA; 27,5 × 21,1 CM; RASGAMENTO NA BORDA DIREITA.

---

162 Em 19 de março, MA contava ao amigo Manuel Bandeira: "estou com viagem marcada pro Norte. Vou na Bahia, Recife e Rio Grande do Norte onde vive um amigo de coração que no entanto nunca vi pessoalmente, o Luís da Câmara Cascudo. É um temperamento estupendo de sujeito, inteligência vivíssima e inda por cima um coração de ouro brasileiro. Gosto dele". (*Correspondência Mário de Andrade & Manuel Bandeira*, op. cit., p. 278-279.) No dia 6 de abril, MA retoma o assunto com o amigo: "Creio que vou embora pro Norte mês que vem, numa bonitíssima duma viagem. Dona Olívia faz tempo que vinha planejando uma viagem pelo Amazonas a dentro. E insistia sempre comigo pra que fosse no grupo. Eu ia resistindo, resistindo e amolecendo também. Afinal quando quase tudo pronto, resolvi ceder mandando à merda esta vida de merda. Vou também. Isto é, inda não sei bem se vou, só falta saber o preço da viagem. [...] Parece que a viagem dura três [meses]. Se durar e achar jeito, na volta me desligo da comitiva pra parar um pouco mais com o Cascudinho, em Natal, e no Recife e na Bahia". (Ibid., p. 340-341.)

17 de abril de 1927 – Natal – Domingo de Páscoa.

Mário.

    V. já deve saber que não o esqueci. E que estava doente. Gente qu'eu quero bem fico querendo toda vida. Sem escorrego, sem tropeço, sem queda. Fique manso. V. queira ou não queira, é meu amigo até o dia em que possa ler o meu necrológio. Daí em vante pode biografar.
    Estou esperando sua vinda. Ou melhor, sua passagem, seu orgulhoso itinerante de comitivinhas emigradeiras. V. deve ter notado o "silêncio" sobre os livros. Não quero dar um artigo. Nem uma nota. Desejo bater um ensaio, livro bem vivido, com traços pessoais de correspondência, de observação e de lembrança física. Um ensaio "para fora". E por falar "em fora", V. gosta do Eugenio D'Ors?[163] Quer acamaradar-se?
    Mando junto um artigo do Zé Lins sobre Bandeira. Foi publicado n'*A União* da Paraíba. Espero que V. o lerá. Farei todo o possível para ficar em Natal durante maio. Lembre-se que – exceto para hidroaviões – Natal é pouco visitado pelo Lloyd & Lta. Veja bem se o navio toca mesmo aqui. Se V. quiser avisar-me com antecedência dos nomes dos companheiros eu preparo o Omar O'Grady para recebê-los e mostrar a cidade. Omar é Prefeito e velho camarada.[164] Digo que V. vem (ou V.V. vêm) em turismo, viagem de conhecimento patriótico etc e arranjo o efeito cênico. Se quer vir quietinho é só dizer. De qualquer maneira V. vem consignado a mim e vai ouvir e ver através do que lhe mostrar e disser.
    Recebi uma linda carta do Ribeiro Couto. Quase me põe bom da pseuda colite que eu estava inventando ter.[165]

---

[163] Eugenio d'Ors y Rovira (1882-1954), escritor espanhol, defensor da cultura catalã. Publicou, entre outras obras, *La ben plantada* (1911), *El valle de Josafat* (1921) e *Goya* (1924). Desse autor, MA possui em seu acervo *Du Barroque* (Gallimard, c. 1935), versão francesa de *Lo Barroco*.

[164] Omar Grant O'Grady (1894-1985), prefeito de Natal de 1924 a 1930. (V. George Alexandre Ferreira Dantas, "A administração Omar O'Grady (1924-1930) e a modernização urbana de Natal". Disponível em: <http://www.natal.rn.gov.br/semurb/nossa_cidade/Natal_Nao_Ha_Tal.pdf>.

[165] O poeta Ribeiro Couto (1898-1963), de passagem por Campos Gerais, "cidade do Sul", em 28 de março, escreve a LCC: "Muito obrigado pelos lindos poemas que me mandou para a antologia ['panorama geral'], assim como pelo livro de histórias do Rio Grande do Norte. V. é um homem que faz a gente ficar querendo bem ao Rio Grande do Norte. Essa faculdade de comunicar simpatia aos assuntos e ao cenário não é das menos valiosas da sua personalidade de escritor. Até agora li só alguns capítulos. Aquele velho pendor teatral de amadores, nos saudosos tempos, é um capítulo cheio de vida. Aquele da fuga do preso é outro. Estou a escrever de memória: pois me acho longe do livro [...]. O seu livro comecei a lê-lo antes de vir. Na volta vou concluí-lo. Foi uma amostra esplêndida do seu talento, da sua vivacidade, da sua imaginação reconstrutora. Só tenho a pedir a V. que escreva sempre, que escreva muito, porque isso aumenta as possibilidades do meu prazer: quanto mais livros seus vierem desse Rio Grande do Norte, mais contente ficarei, porque certamente serão mais belos. Os seus poemas me anunciam um livro lírico de primeira ordem. Aquele batuque ficou melhor sem o estribilho. Eu lhe mandei dizer que sem o estribilho ficaria melhor? Foi a impressão que eu tive, ao receber a primeira cópia. [...] Estou com um material rico para a antologia. Prestará serviços, esse livro. É uma exibição conjunta. Chama-se (por essa, entre outras razões) *Circo de cavalinhos*.

Jorge Fernandes está bem e voltou do sertão. Escreveu coisas espantosas. Nunca vi gente daquele quilate. O Ezequiel Wanderley, poeta velho e sincero passadista (?!) chamou ao "Argos"[166] de *Cisne*. Jorge gruniu dois dias e acabou escrevendo dois poemas interessantes sobre o avião. Comparou-o (no original secreto) ao *vira-bosta*.[167] V. conhece o vira-bosta? É um besouro graúdo e negro cujo rumor surdeado e contínuo semelha o avião. E voa em retas e curvas alongadas. E desce como se [emanasse][168] estilo Pinedo ou Beires.[169] Pense V. no efeito aqui, depois do *cisne*...

Estou animando (ou mimando) o Jorge para ele imprimir o livro. Mandaremos uma cópia para V. catrapiscar as molezas e enrijá-lo mais. Jorge é seco. Poeticamente falando. Duro. Daí parecer-se melhor com o sertão qu'eu gosto. Muito sintético. Demasiado. Poesia dele é quase uma larva, quero dizer, um ástomo, [sime-ser] pela infixabilidade do contorno. Jorge fixa, imobiliza o tema e passa adiante. Inda não encontrei parelha para ele. Adeus, Mário de Andrade. Lembre-me aos livros cujas lombadas espero em Deus visitar durante este século.

  Abração

    de

      Luís.

CARTA DATADA: "17-IV-27–NATAL – DOMINGO DE PASCHOA"; AUTÓGRAFO A TINTA PRETA; PAPEL BRANCO, TIMBRADO: "A IMPRENSA"; 2 FOLHAS; 27,4 x 21,2 CM; 2 FUROS DE ARQUIVAMENTO; MARCA DE GRAMPO. NOTA LCC: A LÁPIS PRETO E VERMELHO: RISCO ANULANDO TIMBRE.

[...] O Bandeira saiu encantado com V., com o Rio Grande do Norte, com o José Augusto, com tudo aí!/ Disse que Natal é adorável. Inclino-me mais a crer que vocês é que tornam Natal adorável. Os homens comunicam simpatia às coisas – quanto a têm para comunicar". "[...] desse Rio Grande do Norte da tristeza desbordesvalmoreana da Auta de Sousa, nunca me veio uma impressão tão violenta como do inquieto Luís da Câmara Cascudo, o homem que viu o sertão com uma luz oleosa e mole a escorrer do sol de cobre. Aí, batuta, era disso que o Rio Grande do Norte precisava: de um poeta que visse. Chega de chorar as morenas! O sertão bravo deve ser tão belo!"

166 Argos, "hidroavião, asa alta, com dois motores em tandem, isto é, conjugados. Sarmento de Beires, Jorge de Castilho e Manoel Gouvêa realizaram a primeira travessia aérea noturna do Atlântico Sul. O 'Argos' foi assim batizado em homenagem à nau do mesmo nome, utilizada pelos argonautas gregos à procura de ouro (lenda grega). A viagem iniciou-se com a decolagem no Rio Tejo, em Lisboa, a 2 de março de 1927. Alcançaram Natal a 18 do mesmo mês [...]". (Nota explicativa de Fernando Hippólyto da Costa, in: Luís da Câmara Cascudo, *No caminho do avião...* notas de reportagem aérea (1922-1933). Natal: Editora da UFRN, 2007, p. 24-25.)

167 No *Livro de poemas*, Jorge Fernandes inclui três poemas com o título "Aviões", numerando-os. No primeiro deles, na estrofe inicial, promove o ajuste vocabular que evita o escatológico: " – Besouro roncando: zum... zum... umumum.../ Aonde irá aquele Rola-Titica parar!" (v. 2-3).

168 Outra possível leitura da palavra: "amarrasse".

169 Francesco de Pinedo e Sarmento de Beires, aviadores que estiveram em Natal.

Omar O'Grady, prefeito de Natal.
No verso da foto, letra de Mário: "Omar O'Grady ante praias / natalenses / Natal, Avenida Atlântica / 7-VIII-27 / diaf. 1 – sol 1 das 12 e 15".

41 (MA)

São Paulo, 30 de abril de 1927.

Luís,

esta vai na disparada só pra contar que parto daqui pra aí no navio do Loide chamado creio que Pedro 1º ou Pedro 2º, não sei bem. E também não sei se ele porta em Natal. Pra você será mais fácil de saber isso. Partimos dia dez, do Rio. Você faça o impossível pra me ver porque se desencontramos palavra que dou um tiro nos miolos. Estou desesperado para encontrar você. Se o navio não porta em Natal há-de portar por aí perto e você afinal faça um sacrificiozinho e vá se encontrar comigo, faz favor. Estive conversando hoje com a sra. Guedes Penteado, dona da expedição e incontestavelmente a grande dama paulista do momento. Ela me falou que você pode sim avisar e preparar o prefeito daí. Não é prefeito esse sr. O'Grady de que você me fala? Tenho uma ideia vaga que já vi esse nome numa revista que você me mandou. Era fácil procurar porém agora estou afobadíssimo. Será delicioso que ele nos faça as honras da cidade dele porque ninguém como ele nos abrirá as portas do que tem de mais interessante por aí. E como eu pretendo escrever um livrinho sobre a viagem, você compreende que isso até bem fará pra todos.

Agora o que me entristece nisso tudo é que se vamos assim andar de cá pra lá em visitas todos juntos não poderemos nós viver sossegadinhos e juntos como eu desejava. Porque nós temos tanto que conversar entre nós, Luís... Como é que vai ser? Enfim como você pode fazer tudo de maneira que a gente esteja junto e eu não posso nada, me ponho nas mãos de você. Quero por força estar algum tempo com você e com o Jorge Fernandes pra conversarmos sobre esta nossa vida e estes nossos ideais de literatura. Esta deve de chegar aí pouco antes de mim. O Jorge que bote mãos à obra pra me entregar o projeto do livro dele na minha passagem. Porque assim eu levaria o livro pela viagem e como vamos ter na certa muitos momentos de nada que fazer no meio do riozão, eu leria com vagar e já que ele quer, chamaria atenção pro que não me parecesse muito bem no livro. E você também prepare os originais do seu livro que quer editar aqui. Estou inteiramente às ordens na vida como na morte. Conversaremos sobre isso quando eu passar. Só que desde já vou avisando: exijo que a cópia a editar seja datilografada por causa de eu aqui não ficar duvidando da ortografia dessa letra mais que infame de você. Datilografada e bem certa sem erro. Prepare tudo e espere um bocadinho que já chego aí pra arrochar você nestes traços simiescos do
        Mário.

São três da madrugada e pendendo mesmo de soneira venho contar mais isto pra você. Venho de uma festa e estive com dona Olívia Guedes Penteado. Ela me perguntou se você não quereria ir também com a gente pro Amazonas, fazer a mesma viagem. Vamos, Luís. De Belém a Belém, viagem até Iquitos no Peru pelo Amazonas, viagem até Guajará-mirim pelo Madeira, visita à ilha de Marajó e mais viagem pelo rio Negro. Ficará tudo quando mais por uns dois contos pra você. Isso no máximo dos máximos. Creio mesmo que ficará bem mais barato. E são dois meses ao todo. Vamos? Decida e vamos sim. Será uma gostosura! Não carece responder, quando a gente passar por aí você entra no grupo. Tá feito?[170]
Mário.

Carta datada: "S. Paulo. 30-IV-27"; datiloscrito, fita preta; autógrafo a tinta preta; papel creme; 1 folha; 27,6 x 21,2 cm; rasgamento na borda esquerda.

---

[170] MA embarca no Loide Pedro I, a 7 de maio, na "viagem pelo Amazonas até o Peru, pelo Madeira até a Bolívia e por Marajó até dizer chega", expressão que parodia, em seu *O Turista Aprendiz*, o título do livro do avô, J. A. Leite Moraes (*Apontamentos de viagem*. De São Paulo à capital de Goiás, desta à do Pará, pelos rios Araguaia e Tocantins, e do Pará à Corte). A comitiva, após algumas deserções, ficou reduzida a ele, Dona Olívia e a sobrinha dela, Margarida Guedes Nogueira, mais a filha de Tarsila, Dulce do Amaral Pinto.

42 (MA)

Belém, 19 de maio de 1927.

Cascudinho do coração.

    Andei assuntado mares, portos e ruas desdo Recife, com esperança de enxergar você num automóvel, num cais, numa lancha, num barco-veleiro azul e mesmo nalguma jangadinha. Nada do irmãozinho e estou meio jururu feito um socó. Afinal tenho que dar razão pra você: me contaram que você anda noivando aí em Natal e com noivos a gente não conta mesmo. No Recife até pouco estive com o Inojosa amando. Quem conheci mesmo gozado foi o Ascenso, que bichão querido não? Agora só falta você. Quando partir de Belém de volta pro Sul, ali por fins de julho ou princípios de agosto hei de tomar algum vapor que pare em Natal. Então telegrafarei pra você praquê de qualquer jeito, com noiva ou sem noiva você se deixe abraçar.[171] Quanto a impressões de viagem nem te conto o êxtase que vai por aqui. Te abraço feito doido
Mário.

CARTA DATADA: "BELÉM 19-V-27"; AUTÓGRAFO A TINTA PRETA; PAPEL CREME, FILIGRANA, TIMBRADO: "GRANDE HOTEL/ PRAÇA DA REPÚBLICA"; 1 FOLHA; 26,9 x 21,2 CM; RASGAMENTO NA BORDA INFERIOR.

---

171 Retornando da viagem, MA anota em seu diário, no dia 3 de agosto: "Recebo telegrama de meu amigo natalense Luís da Câmara Cascudo, que jamais vi na vida e gosto tanto. 'Prefere recepção com discurso? Abraços'. Respondo: 'Sem. Abraços'.". Dias depois, 7, MA historia o encontro: "Estamos enfim no Rio Grande do Norte, propriedade do meu amigo Luís da Câmara Cascudo, quem será? São dezenas de barquinhos se aproximando do Baependi. Nisto vejo um rapaz gesticulando imensamente, exatíssimo no estilo das cartas do Cascudinho, era ele. E era mesmo. Em terra, apresentações, o simpático prefeito O'Grady, o Secretário Geral do Estado. Autos. A praia maravilhosa de Areia Preta, Petrópolis, Refoles, Reservatório. Encontro o poeta Jorge Fernandes na casa dele, encorujado. Cerveja no restaurantinho. E o jantar na Escola Doméstica, Butantã de Natal. Sem discurso. Partimos já era bem dentro da noite". (*O Turista Aprendiz*, op. cit., p. 187; 191).

Câmara Cascudo e Mário de Andrade.
No verso da foto, letra de Mário: "Cascudinho no fim / da Avenida Atlântica / Natal 7-VIII-27 / diaf 3 – sol 1 das 12 e 15".

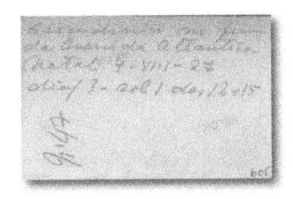

Mário de Andrade.
No verso da foto, letra de Mário: "Reservatório / Natal 7-VIII-27 / diaf 1 – sol 1 das 13 e 20".

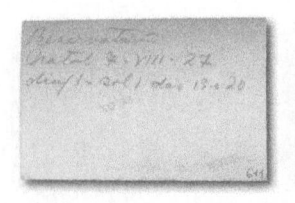

134

43 (MA)

São Paulo, 29 de setembro de 1927.

Luís,

afinal venho dar daqui um abraço em você por tudo o que fez por mim aí. Mais uma vez, Deus lhe pague. O dia de Natal foi uma gostosura daquelas meladas mesmo que a gente nunca esquece mais. E se eu sinto não ter podido ficar por mais tempo na companhia de você e do Jorge Fernandes isso nem se pergunta. Aquele momentinho vivido naquele sótão de vocês, foi vivido mesmo, que ritmo harmonioso de nós três apesar de tão distantes um do outro como psicologia, você pegando fogo, eu gozado, o Jorge Fernandes calmo... Ah, vida vida, vida comovida!... Ventura fugindo que nem bem se toca pronto... já estou falando vulgaridade, me desculpe. Como vai sua mãe?[172] Ela me ficou aqui nos olhos, boa mesmo, me livrando da poeira de Pauliceia. Também foi chegado aqui que recebi sua participação de noivado, seu noivo. Noive, noive à vontade e case se quiser, mas seja feliz. Seja feliz é o que vai sussurado com mais carinho nesta carta. E também inda a respeito de você li uma nota do João Ribeiro a respeito do livro novo de você, o *López*. Não sei o que você está fazendo que inda não me mandou ele. Será que você estava esperando carta minha? Maluco! Pois fique sabendo que peguei um tombo danado e levei na cabeça, isto é, no caso levei no braço: trinquei um osso do braço esquerdo bem na articulação do cotovelo e andei curtindo as dores do martírio em plena felicidade. Até hoje inda sofro bastante e o braço inda está mais curto que o outro uns dois centímetros. Diz o massagista que não sou capaz de voltar ao normal. Eu digo que sou. Vamos a ver quem tem razão. O fato é que me revoltei contra o tratamento que estavam fazendo em mim. Imagine! Uma miséria de movimentos forçados que de tão dolorosos todos os dias me davam ameaços de vertigem, olhos turvos, suor fantástico pernas bambas e além de tudo era obrigado a gritar mas gritar de deveras, o que inda me acabrunhava mais. Afinal protestei em nome da minha dignidade e não fiz mais o tratamento, mudei e estou me tratando eu mesmo. Mas mesmo que não fique bom de todo e sobre um pouco de defeito, prefiro isso a andar assim acabrunhado como andava, num estado de nervos terrível por causa das dores, três horas antes da massagem só pensando nela e duas horas depois sem me mover bobo sentado numa cadeira até o ânimo chegar de novo. Isso não se atura, que eu me falei e recusei o tratamento. Vamos a ver no que isto

---

[172] Ana da Câmara Cascudo (1871-1962) "foi, como ela dizia, mulher de sua casa, a família, o jardim, os pássaros", escreve LCC em suas memórias. "Era pequenina, gorda, pés e mãos minúsculos, olhos verdes [...]." (Luís da Câmara Cascudo, *O tempo e eu*: confidências e proposições. Natal: EDUFRN, 2008, p. 47-48.)

dá. Em todo caso não se trata de nada grave, uma caceteação apenas mas uma caceteação que ia me botando infeliz.

O mar de trabalhos que encontrei aqui nem se fala. Entrei como crítico musical dum jornal novo[173] e inda nem pus mão nos meus trabalhos particulares. Tenho vivido sem vida pessoal por enquanto. Quero ver se agora, depois de acabar com a porrada de cartas de agradecimento que tenho de mandar aí pro Norte, vou ficar mais meu e mais pessoal. Em todo caso não conte esta entre as cartas de agradecimento. Esta é pra te escrever e nada mais, para me lembrar pra você que safadamente anda me esquecendo.

Agora também pra vingança só escreverei depois que vier o *López*, que venha logo.[174] Abrace sua mãe por mim e o Jorge Fernandes também. Quando é que este me manda os versos prometidos? Estou esperando. E você seu cujo trapalhão, veja se rouba um pedaço da parolagem e escreve pra este seu sempre e mais que sempre

Mário.

CARTA DATADA: "S. PAULO – 29-IX-27"; DATILOSCRITO, FITA AZUL; AUTÓGRAFO A TINTA PRETA; PAPEL CREME, FILIGRANA; 1 FOLHA; 27,5 x 20,9 CM; RASGAMENTO NA BORDA SUPERIOR.

---

173 Em 20 de agosto de 1927, MA inicia a colaboração no *Diário Nacional* de São Paulo, órgão do Partido Democrático, oposicionista. Até o fechamento do periódico, em setembro de 1932, o escritor deixará vasta produção, abrangendo amplo espectro cultural. (V. Mário de Andrade, *Táxi e crônicas no* Diário Nacional, op. cit.)

174 *López do Paraguai* (Natal: Tip. d'A República, 1927), na biblioteca de MA, sem anotações de leitura, traz dedicatória do autor: "Este é o do Mário/ Luís".

44 (MA)

São Paulo, 26 de outubro de 1927.

Cascudinho.

Escrevinhei uma coisa besta sobre o livro de você.[175] Também praquê que você foi escrever história? É coisa de que sei como brasileiro honesto só, não sei a fundo e me limitei a dar notícia. Você quer me mandar alguma coisa sobre lendas daí pro *Diário Nacional* publicar na seção literária dos domingos? Manda, faz favor! É um pedido e uma ordem de amigo.
Um beijo pra boca do Potengi e saudade pra todos.
Mário.

CARTA DATADA: "S. PAULO 26-X-27"; AUTÓGRAFO A TINTA PRETA; PAPEL CREME; 1 FOLHA; 27,1 x 21,2 CM; RASGAMENTO NA BORDA ESQUERDA.

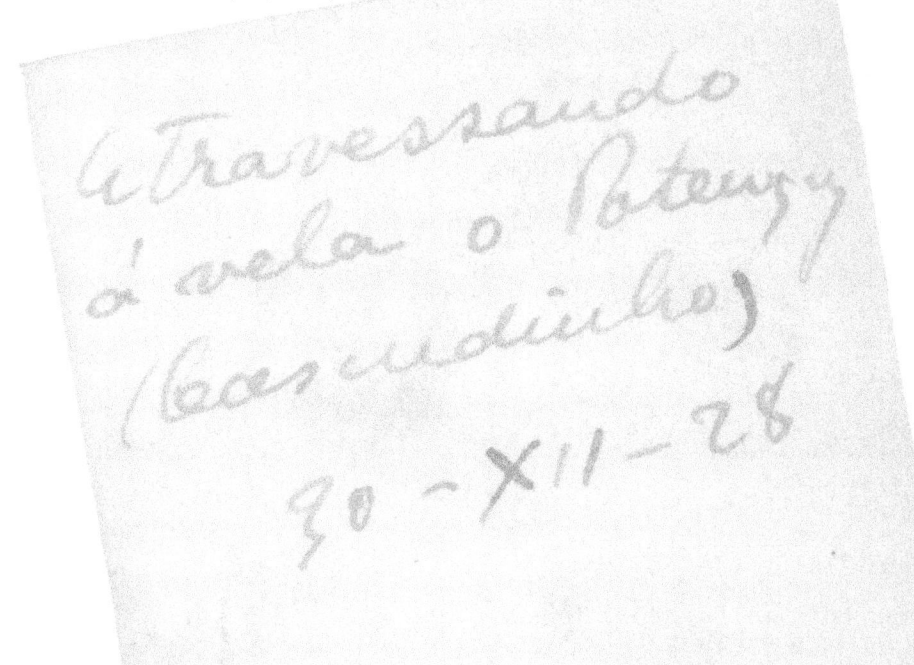

---

175 Na coluna "Livros e Livrinhos", de 25 de outubro, MA resenha, em tópicos, *Casa destelhada*, poemas de Rodrigues de Abreu, a revista *Verde* e o estudo *López do Paraguai*. Sobre este, sentencia: "Luís da Câmara Cascudo, uma inteligência forte que solariza as dunas do Rio Grande do Norte, reúne neste *López do Paraguai*, o resultado das suas leituras sobre as relações de 'El Supremo' com o Brasil. É um livro másculo de divulgação em que sobretudo a morte de López, onde a documentação é dada com simultaneidade eficaz, chega a empolgar a gente." (V. Anexos).

Câmara Cascudo.
No verso da foto, letra de Mário: "Atravessando / à vela o Potengy / (Cascudinho) / 30-XII-28".

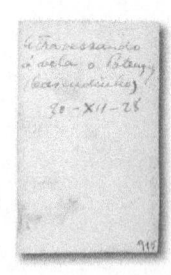

45 (LCC)

Natal, 1º de janeiro de 1928.

Mário de Andrade.
Amigão.

Estou devendo a V. três cartas. Melhor, uma carta e dois bilhetinhos estilo cabograma. Estou devendo o registo do *López* e a transcrição do "José Bonifácio".[176] Muito obrigado. O registo parece, com licença da palavra, programa de cinema. Lê-se esperando "ver" depois o resto. E o resto não chega. A transcrição foi maldade. Pense V. que aquela história foi uma conferência na Faculdade em Recife. Coisa para estudante vadio e professor idiota. V. é malvado, Mário. Quando fui para Recife viajei com Antônio Bento. Voltando, agora em dezembro, encontrei-o e estivemos sempre juntos. Toninho traz umas cantigas deliciosas mas todas de cor o que é um perigo. Como se foi com o Ascenso se é que ele andou aí? Jorge terminou o livro. Eu continuo tomando notas para uma História do Rio Grande do Norte em três volumes. Divido-os assim: Expansão geográfica, conquista, colonização, povoamento, fixação do contorno territorial. Segundo volume: Administração, política, expressão econômica, história da sociedade (genealogia das principais famílias, núcleos de irradiação política, indumentária, culinária, costumes, festas, música, religião). Terceiro volume: História da Literatura. Gosta do plano? Quer sugerir alguma coisa? Devo dizer que cada volume compreende desde a conquista até atualmente.

Por que V. não me mandou nenhum daqueles instantâneos tirados aqui? Dona Olívia não me mandou notícias. Sei que tem feito umas "ausências" amáveis de mim. Affonso de Taunay escreveu-me falando nisto.[177] Deus lhe pague. Comece a pensar em vir este ano para aqui. Desta vez sem roteiro nem kodak. Traga olhos e ouvidos. E prepare-se. Estou escrevendo de casa, no Tirol. Toda família está em Areia Preta, aquela linda praia em que V. prometeu carreiras e cocos futuros. Hoje há um grande baile pela posse do novo

---

[176] Atendendo ao pedido de MA, em 27 de novembro, o *Diário Nacional* publica, de LCC, o artigo "José Bonifácio – o moço", texto biográfico, datado de 8 nov. 1927, remetendo ao centenário de nascimento de José Bonifácio de Andrade e Silva: "foi tanta coisa na vida que não chegou a especialização de nenhuma. Foi cadete, deputado provincial, deputado geral, tribuno, meio-chefe político, professor de Direito em Recife e São Paulo, ministro, conselheiro, senador do Império, recusou presidência de gabinetes, jornalista e poeta. Que foi José Bonifácio, o moço? Inteligência sem ponto de fixação".

[177] Carta não localizada pela pesquisa. Contudo, a missiva de 4 de dezembro de 1929 de Taunay testemunha os laços de amizade intelectual: "Meu bom amigo, homem da cordialidade, homem da afetuosidade, homem da generosidade!"

presidente, Juvenal Lamartine.¹⁷⁸ Como estou só peguei a conversar, matando hora. Anteontem o Antônio Bento passou o dia comigo. Era meu aniversário. Festão de violeiros, cocos, emboladas, maracás e saúdes à lei seca. Um dia que se estirou comendo a noite até depois de duas da madrugada. E na praia. Faltava V. para ficar tudo no ponto de subir para o céu. Jorge, eu e o Antônio gastamos seu nome como sabão em unha de lavadeira¹⁷⁹ do Oitizeiro.

    Grandes abraços deste seu
                Luís.

Mamãe muito se recomenda e agradece ter-se V. se lembrado dela.

CARTA DATADA: "NATAL 1º DE JANEIRO DE 1928"; DATILOSCRITO, FITA ROXA; PAPEL BRANCO, FILIGRANA; 1 FOLHA; 33,0 x 22,1 CM; 2 FUROS DE ARQUIVAMENTO.

---

178 Juvenal Lamartine de Faria (1874-1956), senador da República, entre 1927 e 1928, e governador ("presidente") do Rio Grande do Norte, entre 1928 e 1930. Na crônica "Um agressor de Luís do Rego" (*Diário Nacional*, 21 ago. 1930), LCC complementa o perfil do político "influente e poderoso": "é um sertanejo que conhece como poucos sua terra e sua gente. Sabe tradições, lendas, contos, genealogias, histórias maravilhosas que não foram escritas".

179 Na carta: "lavandeira".

46 (MA)

São Paulo, 22 de janeiro de 1928.

Luís querido,

isto aqui se chama carta às escuras. Já são quase dezanove e não pude mais com a cama. Resolvi escrever pra você. Cama porque estou com um desgraçado dum terçol mais alto que o Tabugi. Ôh raio, não lembro bem se é Tabugi ou Cabugi. Não faz mal você me entende. Pois é, terçol com lenço de atravessado sobre o olho direito. Crepúsculo. Quase não enxergo nada. Vou tapotando de oitiva nas teclas e pra ficar mais engraçado não corrigirei depois nem lerei. Guarde pra análises psicológicas se quiser. Meu Deus que sodade besta que trago daí! Até dói às vezes. Sodade de você, do Jorge, de sua mãe e sobretudo de tudo misturado com Areia Preta, forte dos Reis Magos, prefeito, moçada bonita de escola, passeios bons perspectivas praceanas agradáveis, eta bolo natalense que nunca sai do meu goto! Falar nisso, as fotografias você não imagina, só mandei até agora tirar cópia pra ver, umas saíram boas, outras rúins, outras não saíram nada, nunca mais não peguei nelas de tanto que tenho lerdeado. Mas vou principiar cuidando disso e mandarei pra você as que prestam. Infelizmente, a que eu fazia mais questão, se lembra? Nós três, Jorge você eu não saiu nada de nada, deu um escuro e diz-que a gente está por detrás da escureza.

Você fez uma observação muito engraçada sobre o artigo meu sobre o *López*. Tem razão. Porém que que você queria que eu falasse, lá sei história então pra comentar um bicho feito você! Deus te livre! Me limitei falando umas bobagens, no fundo era só desejo de chamar atenção sobre o livro, mais nada. Praquê que você em vez de dar fim pras *Lendas e Tradições* já encaminhadas se mete fazendo mais projeto de livro e inda mais o enorme do livrão em três volumes que projetou? Que o projeto é cotuba nem se discute porém o que vejo nessa porrada de projetos encolarados[180] é o espírito dispersivo se intrometendo na dança e não deixando você puxar fieira direito. Tome cuidado com isso. Não posso discutir se um livro valerá mais a pena fazer que outro, ambos têm interesse brasileiro igual. Pra mim que só conheço História pela rama prefiro o das tradições. Você me contou na carta curta uma notícia que me deixou espevitado. Então o Jorge cabou o livro? Queria tanto ver isso! Acho que deve publicar logo. O momento é o mais propício pra poema assim de caráter tão nacional que nem o dele, não acha mesmo? Faça ele me mandar

---

[180] Nota MA, a lápis, logo abaixo da assinatura: "verbo que vem de colar".

o índice pelo menos do livro. Jorge não escreve mesmo nem sequer secunda as cartas da gente, que tipo!

Quanto ao Ascenso esteve aqui, matamos saudades bem.[181] Agora falta você me visitar no meu rincão. Infelizmente não tenho prefeito pra mostrar as coisas da terra pra você porém tenho eu na minha prefeitura de amizade com gordura e que a gente diverte isso garanto que divertirá. Não há esperança pra breve duma chegadinha aqui? Eu estou forçando pra no fim deste ano lá por dezembro aparecer aí e creio que apareço mesmo. Faço assim: vou primeiro pra aí pegar reisados e bois e depois não tenho programa direito, irei protelando a vida pra pegar o carnaval do Recife, que acha?

E recebeu meu *Clã*?

Um baita abraço do sempre amigo que te quer bem e um beijo pras mãos de sua mãe. Me lembro sempre dela, tão boa.

Mário.

Afinal acabei corrigindo isto 24-1-28.

CARTA DATADA: "S.PAULO, 22-I-28"; DATILOSCRITO, FITA AZUL; AUTÓGRAFO A TINTA PRETA E A LÁPIS; PAPEL CREME; 1 FOLHA; 27,5 × 22,0 CM; RASGAMENTO NAS BORDAS, BORDA INFERIOR IRREGULAR.

---

181 Dessa viagem a São Paulo, um pequeno conjunto de dezesseis fotos guardadas por MA documenta a passagem de Ascenso Ferreira, em 18 de dezembro, pela "chacrinha de Santa Teresa do Alto", de Tarsila do Amaral e Oswald de Andrade, passeio que reuniu, entre outros, MA, Manuel Bandeira e João de Sousa Lima.

47 (LCC)

Natal, 2 de fevereiro de 1928.

Mário.

    Voltando às 2 horas da manhã encontrei o *Clã do jabuti*.[182] Às 2 e 40 estava o livro lido e às 6 relido. Amém. Jorge recebeu o dele. Dentro de vinte dias sairá o *Livro de poemas* de Jorge Fernandes.[183] Edição ruim mas, com a graça de Deus, esperamos dar melhor feição mais tarde. V. remeta uns 6 nomes de gente sua para receber o livrão. Tenho dito. *López do Paraguai* vai sendo discutido. Verdade que contra o ponto de vista brasileiro. Não há um só escritor sul-americano (exceto alguns argentinos) que esteja de acordo comigo, graças a Deus. O curioso é que esta gente não responde aos documentos apresentados mas às "possíveis" ideias do pobre López. Desta maneira, está se formando uma mentalidade adversa no Brasil, baseada na inversão da História. Este mês ainda mandarei um artigo para o *Diário*. É uma resposta ao Dr. Carbonell, reitor da Universidade de Caracas. Também, março seguramente, enviarei os 25 temas dos congos velhamente prometidos. E uns sambas, cocos e zambês. Está satisfeito, seu ingrato?

    Clã do Jabuti é o seu melhor livro de poemas, como brasilidade pura e sensível. Não sendo livro de tese nem de pessoísmo estético (*Losango cáqui* e neste *Clã* os poemas das páginas 37 e 93)[184] *Clã* é bandeira de tribo. Cada um encontra cheiros da terra conhecida. V. foi feliz no título. É livro de Clã. Clã dos Estados brasileiros. O espírito brasileiro e, em V., milagroso de compreensão e de adaptação. Seria fácil sentir-se cor e vistidinho no Brasil. Raro é usar parecendo não ter feito outra coisa (71, 85).[185] Manu não é deste jeito. Manu imobiliza tudo. Estiliza. Manu é miniaturista. Japonês. Espécie de Albert Roussel. V. é assim um Manuel de Falla.[186] De tudo em tudo. Os poemas grandes do *Clã*, "Carnaval" e "Noturno" pedem "plaquete". Uma "plaquete" ilustrada e, se possível, musicada. Penso que V. deveria musicar

---

182 *Clã do jabuti* (São Paulo: Eugênio Cupolo, 1927), exemplar com dedicatória: "A/ Luís da Câmara Cascudo/ com a velha amizade/ e a admiração/ do/ Mário de Andrade/ S. Paulo 26 XII 27". O volume apresenta anotação de leitura; fragmento de fotografia permaneceu colado na p. 5.

183 O *Livro de poemas* (Natal: Tip. d'A Imprensa, 1927), de Jorge Fernandes, chega a São Paulo com dedicatória: "Ao meu grande Mário o meu livro todo errado. 14 mar. 1928. Jorge". MA refere-se ao livro no *Diário Nacional*, em 15 de abril, julgando-o "notável", trazendo "coisas admiráveis [...]; cristalizações, essências duma precisão que só Manuel Bandeira consegue às vezes".

184 Na p. 37 da primeira edição de *Clã do jabuti*, lê-se o poema "Lembranças do Losango cáqui"; na p. 85, "Paisagem n. 5".

185 O poema "Toada do Pai-do-mato" figura na p. 71 da edição mencionada; na p. 85, "Coco do major".

186 Menção aos compositores Alberto Roussel (francês, 1869-1937) e Manuel de Falla (espanhol, 1876-1946).

o "Carnaval carioca". Uma porção de coisas ali estão literárias porque não foram "ouvidas". Seis toadas típicas, esparsas no poema criariam o ambiente. O ambiente inacessível às ouças mineiras, gaúchas, goianas *et sa suite*. Eu estou me convencendo que de futuro escrever-se-á música exclusivamente. Como expressão mental. E melhor porque cada um entende como quer e o Pai do Mato se reserva ao direito de não gostar. Verdade, sendo eu sertanejo e amigo teimoso das cores primitivas, amo o "Noturno de Belo Horizonte". As razões são mais emotivas e evocadoras do que intelectuais. Isto tudo só conversando perna com perna. Quem quiser escrever trabalho sério e sereno sobre V. tem de passar uns tempos pertinho. Espiando V. como quem namora de longe. Quando daqui a 50 anos V. morrer nenhuma pessoa, conhecendo "apenas" os seus livros, poderá estudá-lo. Este paradoxozinho vai explicado depois. Quando V. voltar a querer bem aos velhos amigos, os anteriores à pseuda Isaura.

 Grande abraço deste seu seguro e fiel amigo.
            Luís.

V. mandou os livros ao Couto & Manu?

<small>Carta datada: "Natal 2 de Fevereiro de 1928."; datiloscrito, fita roxa; papel branco, filigrana; 1 folha; 32,1 x 23,0 cm; 2 furos de arquivamento; rasgamentos nas bordas superior e direita.</small>

48 (LCC)

Mário.

Quando penso receber carta sua, recebo um tico de bilhete que mais parece nota policial que bilhete. Jorge remeterá para V. os livros. Sairão esta semana. O Antônio Bento voltará para aqui como promotor público. Aí tem V. sua encomenda. Sua "carta" foi recebida hoje.

Bertholina (moradora em Tibau, praia de Mossoró)
Angélica (item em Touros, praia e município do Estado)
Iracema (Muriú, praia no M. de Ceará-Mirim)
Maria José (Rocas, em Natal)
Firmina (Rego-Moleiro, M. de S. Gonçalo)
Geracina (Ponta do Mangue, em Natal, está viva)
Chiquinha Queiroz (Solidão, huge Tirol, Natal)
Maria Domingos (item, item)

Exceto Geracina todas as outras estão mortas. O resto do nome é impossível achar-se. As rendeiras da praia são as melhores e guardam, como herança, os "papelões" com desenhos de velhas rendas, passadas de pais a filhos. Estes cartões têm nomes e estes denominam as rendas. Ex: *Meu coração é teu*, *Rosa dos Alpes*, *Por ti padeço*, *Ninho de abelha*, *Singeleza*, *Renda de Sol*, *Flor de guabiraba*. Às vezes o número dos pares de bilros batiza a renda. Assim, *Cinco Pares*, *Seis Pares*, a célebre *Oito Pares*, etc. A rendeira tem um ciúme feroz dos seus "papelões". A belíssima *Ninho de abelha* foi muito tempo monopólio das rendeiras de Muriú. Assim *Renda Sol* em Touros. Outra coisa. Os bilros servem de jornal amoroso. V. encontra raramente um bilro sem inscrição e desenho recordador entalhado a canivete. Datas, letras, riscos, monogramas lembram fatos e homens.[187]

---

[187] MA aproveitará esses dados, transfigurando-os na rapsódia *Macunaíma*, que sai do prelo em julho de 1928. No capítulo III, "Ci, mãe do mato", lê-se: "Todos agora só matutavam no pecurrucho. Mandaram buscar pra ele [...] em Pernambuco as rendas 'Rosa dos Alpes', 'Flor de Guabiroba' e 'Por ti padeço' tecidas pelas mãos de dona Joaquina Leitão mais conhecida pelo nome de Quinquiria Cacunda". No cap. XIII, "A piolhenta do Jiguê", a retomada das informações de LCC: "Macunaíma nem bem Jiguê virou a esquina ajudou Suzi abrindo os embrulhos e botando uma toalha da renda famosa chamada 'Ninho de Abelha' cujo papelão fora roubado em Muriú do Ceará-Mirim pela danada Geracina da Ponta do Mangue. Quando tudo ficou pronto os dois pularam na rede e brincaram. Agora estão se rindo um pro outro". (*Macunaíma, o herói sem nenhum caráter*. Edição crítica de Telê Ancona Lopez. Paris: Coleção Arquivos, 1996.)

Quer mais, seu "vexado"?
Grande e descansado abraço

Natal, 7 de março de 1928.
Todos daqui muito se recomendam a V.

Luís.

Carta datada: "Natal 7 de Março de 1928."; datiloscrito, fita roxa; papel branco; 1 folha; 31,9 x 21,8 cm; 2 furos de arquivamento; borda direita irregular. Nota MA a grafite: "Os grifos já usei". Expressões circundadas: "Muriú [...] Mirim"; "Geracina [...] está viva"; "Rosa dos Alpes"; "Por ti padeço"; "Ninho de abelha"; "Flora de guariroba", "'Ninho de abelha'".

49 (MA)

São Paulo, 8 de março de 1928.

Luís,

recebi carta e como consequência natural: alegrão baita nesta casa que você se obstina em não vir entrar nela. Bom. Gracias pelas palavras a respeito do *Clã*. Palavra de honra que acho que você tem razão, também imagino que é a coisa melhor que escrevi. E creio que em poesia, seu Luís, não faço mesmo mais nada que preste. Isto é tenho umas coisinhas já de dois ou três anos que me parecem prestar, principalmente as que sairão no "Tempo da Maria". Mas o que faço agora em poesia não presta mesmo. Ando fazendo e como digo pra todo mundo, o meu ideal é a poesia pau, meia esquisitona, poesia de lampejos no meio de pensamentos comuns, meia incompreensível, meia besta e sobretudo cacete. Isso que ando fazendo. E creio que é o esgotamento final da veia poética. A prosa me interessa bem mais, agora, que a mocidade dos anos vai passando.

Ando esperando ansioso o artigo pro *Diário* e sobretudo, SOBRETUDO,
S O B R E T U D O
os cocos zambês etc. Sei que zambê é dança porém mande mais explicações pra meu governo. Como você fala na carta que tudo isso vem neste março, é bem possível que chegue com tempo pra sair no meu primeiro trabalho de registração de melodias nacionais. Com efeito me mandaram convidar do Rio pra tomar parte com algum trabalho na Exposição Internacional de Arte Popular de Praga que é este ano. Vou contribuir com um "Elementos melódicos brasileiros" em que sairão as melodias que já tenho aqui (e as de você se vierem com tempo) e que são já umas setenta inéditas. Como vê ao menos por elas o trabalho terá sua importanciazinha, não acha?[188] Mandei sim o livro de você pro Manu e pro Ribeiro Couto. Não escreveram sobre? Quanto à questão dos sulamericanos contra nós é coisa que eu mesmo já tenho observado de perto. Na viagem no Peru e na Bolívia. Falarei até sobre isso no Turista Aprendiz. Tenho no entanto amigos bons uruguaios e sobretudo argentinos porém isso não faz verão não, os povos sulamericanos não podem mesmo se acomodar com gente nascida

---

[188] Em 31 de março, MA partilha o desenvolvimento da pesquisa em processo, com Manuel Bandeira: "Eu estou esperando hoje o Antonio Bento que me traz do Rio [de Janeiro] o resto do Boi norte-rio-grandense. Tenho trabalhado em folclore musical que você não imagina. O Renato [Almeida] me mandou convidar pra escrever uma memória sobre isso pra exposição internacional de arte popular de Praga. Peguei no trabalho, em toda a coleção de cantos que eu tinha ajuntado, e fiz uma exposição de 'Elementos melódicos brasileiros'. Uns oitenta e tantos documentos. Pura exposição, sem crítica, a não ser umas observações leves *en passant* porém depois sube que a memória em vez de ser publicada no Brasil será publicada nos Anais da Exposição e congresso anexo. Me parece que assim o trabalho perde o valor documental pros brasileiros que tinha não acha?". (*Correspondência Mário de Andrade & Manuel Bandeira*, op. cit., p. 382-383.)

de outra base étnica e conservada unida por milagre de Deus. Creio que essas são as razões principais. Na Sulamérica nós somos um enorme estrangeiro. Falo isso num estudo sobre Literatura argentina que sai breve e que como é mais ou menos volumoso mandarei pra você.[189]

Minha viagem pra aí no fim do ano está cada vez mais firme. Em dezembro se Deus não mandar doutro jeito te abraçarei em Natal. Mas daí sem acompanhamento e disposto a ficar por aí pra escutar e registrar coisas e passear e conversar com você com o Jorge com o Antônio Bento e escarafunchar depois o mais possível Rio Grande do Norte e Ceará. Em março próximo findarei a viagem por Pernambuco, visitando o sertão dele e esperando o carnaval em Recife. Que tal o projeto?

Lembrança pra sua mãe que não esqueço, tão boa.

E o abraço mais carinhoso do

Mário.

CARTA DATADA: "S.PAULO, 8-III-28"; DATILOSCRITO, FITA AZUL; AUTÓGRAFO A TINTA PRETA; PAPEL CREME, FILIGRANA; 1 FOLHA; 27,5 x 21,2 CM.

---

[189] MA assina quatro artigos no *Diário Nacional* sobre o tema: "Literatura modernista argentina" I (11 abr. 1928), II (29 abr.), III (13 maio) e "Literatura moderna argentina" (20 maio). No primeiro deles, MA, recusando a ideia de uma "unidade psicológica ou étnica continental", pondera: "socialmente, no rincão da Sul-américa o Brasil é um estrangeiro enorme. O homem de outra raça, outro passado, e outra fala – razões de incontrastável afastamento, no mais!". (Raúl Antelo, *Na Ilha de Marapatá*: Mário de Andrade lê os hispano-americanos. São Paulo: Hucitec/Pró--Memória/Instituto Nacional do Livro, 1986, p. 166.)

50 (LCC)

Princesa Isabel 160.

Recife, 1 de outubro de 1928.

Mário de Andrade.
Querido amigo.

    Em Natal não pude ler *Macunaíma*.[190] Li, verdade seja, trechos às pressas. O bastante para dizer que V. pode fechar o firo brasileiro. Porque todo Brasil está ali. Vou aos poucos lendo os registos sobre o livro. Farejo que eles não assuntam a dispersão propositada do tema. O hábito de ver é diferente do de rever. *Macunaíma* é revisão do Brasileiro. Reúne-o. Catar um detalhe para análise é besteira grossa. Demais, querido Mário, eu vou achando um sabor de canto cíclico, de canção de gesta, uma coisa à saga, reconto de hierodrama. O que ataranta é o linguajar brasileiro. E a mistura que V. fez de temas. A mistura deu o retrato dos instintos. Enfim, muita coisa para conversar pessoalmente. Escreva. Ficarei aqui até princípios de dezembro. Não é esta a época de sua vinda? Não está combinado que V. irá diretamente a Natal, depois Paraíba (capital) vindo carnavalar em Recife? Bento é que disse esta história. E até combinamos programas.
    Afetuosamente
    Luís da Câmara Cascudo.

CARTA DATADA: "RECIFE 1–X–28"; AUTÓGRAFO A TINTA PRETA; PAPEL BRANCO, PAUTADO, FILIGRANA; 1 FOLHA; 21,5 × 15,3 CM; 2 FUROS DE ARQUIVAMENTO.

---

[190] *Macunaíma: o herói sem nenhum caráter* (São Paulo: Eugênio Cupolo, 1928), com a dedicatória: "A/ Luís da Câmara, Cascudo/ no López do Paraguai/ cara de Capei [pene-]/rando lá em riba/ da geografia, em Natal,/ com um abraço do/ Mário de Andrade/ S.Paulo 14/VIII/28."

51 (LCC)

Princesa Isabel 160.
(até 10 de dezembro)

Recife, 13 de outubro de 1928.

Mário querido.

    Recebi de Natal a correspondência e nela sua carta que me deu um alegrão danado. Ascenso Ferreira deve ter escrito a V. explicando tudo.[191] Eu voto contra a viagem de terra. 100$, poeira, cansaço, fadiga e nada de interessante. Que caatinga? Não há caatinga. V. verá caatinga é depois. Eu estou aqui para colar o desgraçado grau de bacharel. Bento está no *la-cochila* assembleia. Eu desejava que V. viesse como desejasse. Se teimar em vir por terra inda em dezembro eu esperarei aqui. Mas é melhor ir direto a Natal.

Mário de Andrade e Câmara Cascudo no sertão nordestino em janeiro de 1929.

---

191 Em 9 de outubro, Ascenso Ferreira escrevia a MA: "Cascudo está aqui e não acha bom V. ir por terra pra Natal. O vapor demora sempre aqui no Recife um dia. [...] Trens pra Natal às 3as 5as e domingos. Passagens menos de 100$".

Sair dele em meados de janeiro para Paraíba e cair aqui no carnaval que será 9, 10, 11 e 12 (penso) de fevereiro de 29. Ascenso prepara um programa muito chué. Tudo coisa de batuque e bangalafumenga. Enfim como se V. fosse um avançaraz nas mulatinhas jambo e sapoti. Eu pensei que V. deve reparar também no aspecto social e administrativo destes três Estados. Aqui em nosso Rio Grande V. visitará comodamente tudo que se fizer. Arranjei uma vaquejada típica. Infelizmente o meu cantor-rei, Fabião das Queimadas, teimou em morrer. Mas eu cato outro bem macota e linheiro. Não esqueça de lembrar que V. leva daqui (Natal) cerca de 1000 temas. Pernambuco perde longe... Ascenso está sempre comigo e leu uma bruta carta para V. Gostou muito do *Macunaíma* e deu na veneta explicar. Ora já viu?...[192] Eu vou bem. Meio indigestado de Código de Processo e métodos empíricos para classificar a membrana hímen.
    Ciao! Abração do
    Cascudinho.

CARTA DATADA: "RECIFE 13-10-28"; AUTÓGRAFO A TINTA PRETA; PAPEL BRANCO, PAUTADO; 1 FOLHA; 22,5 X 16,1 CM; 2 FUROS DE ARQUIVAMENTO. NOTA LCC: QUADRINHAS POPULARES E EXPLICAÇÕES DE TERMOS, A LÁPIS, NO VERSO DA CARTA: "—A MULHER DE LAMPIÃO/ QUASE QUE MORRE DE DOR/ POR NÃO FAZER UM VESTIDO/ DA FUMAÇA DO *VAPOR**// *TREM, COMBOIO, VAPOR-DE-TERRA"; "OS OLHOS DESTA MENINA/ SÃO OITICICAS DO RIO/ DÃO *RANCHO** P'RA *COMBOEIROS***/ *COITO*[***] P'RA CABRA VADIO.// *DESCANSO, AGASALHO.// **TANGERINOS, PORTADORES DE CARGAS, (DE "CAMBOIO" QUE PARA O SERTÃO É A FILA DE ANIMAIS CARREGADORES); [***] ESCONDERIJO, REFÚGIO, ABRIGO".

---

192 Ascenso Ferreira, em 19 de novembro, dirigindo-se a MA, refere-se ao estudo que divulgou na imprensa (texto não localizado pela pesquisa): "Há um ponto do artigo que talvez desgoste Você: a questão do simbolismo. Parece-me que fiz confusão. O que queria dizer era que o livro é um livro de parábolas, como a Bíblia./ Se Você achar, portanto, que esse meu pensamento não está ali muito claro, autorizo-o a substituir a palavra simbolismo por parabólico./ Queria me destender mais na questão das pornografias, não houve jeito, porém. Era um nuncaacabar.../ Todo mundo gostou aqui muito do artigo, bem como tem gostado do livro".

52 (LCC)

30 de outubro de 1928

Princesa Isabel 160
Recife.

Mário querido.

      Estou ciente. Li ontem uma sua carta compridona e linda. Stella deu'ma para ler. Gostei. Ainda mais porque Macunaíma *sem caráter* tem *caráter* nordista. Conversas para perto. Sobre a viagem escute: eu terei exames em dezembro e desta complicadíssima forma. Cinco provas escritas e uma oral respondente a cinco cadeiras. Total de seis dias. Os exames começarão a 3 de dezembro. 8 é dia santo. Somente a 10 ou 11 estarei bacharelando. Falta a colação de grau. Pretendo colar grau sem solenidade. Pelo regulamento só o poderei fazer *depois* ou com a turma inteira. Fazer colação *antes* da turma só é permitido com um aviso ministerial. Escrevi a gente graúda e miúda do Rio pedindo que arranjem este aviso do Ministro da Praça Tiradentes. Estou esperando... Se não conseguir o *aviso* ficarei obrigado a esperar pela festa sorumbática e sonolenta da colação cerimoniosa e oca, tipo besta. Isto me dá uma fúria grande e sonorosa mas inócua e lírica. Eis aí, Mário, o meu "negoço". Deve ser um parto aí pelos meados de dezembro. Isto em coisa alguma embaraçará V. Bento está a postos e mamãe já dispôs o seu quarto, aquele mesmo que V. escolheu, em nossa e sua casa. Aqui Ascenso e Stella dispuseram tudo. O que eu não vejo é a utilidade estética e pictórica de vir por terra. Um horror, Mário. Pior que o [directo][193] mineiro. Pior que uma sessão de posse no Gabinete Português de Leitura. Mas se V. se dispuser a vir mesmo não serei eu, velho e leal escudeiro do mui nobre e esforçado [pagador],[194] que abandone o chefe numa emergência perigosa e atrevida. *À la grace de Dieu!* Bento continua em êxtases na Assembleia. Homem feliz.
      Ciao
      Luís.

A sua carta foi recebida e saboreada. De Natal, como mandei dizer, mandaram a outra.

      CARTA DATADA: "30-X-28"; AUTÓGRAFO A TINTA PRETA; PAPEL BRANCO, PAUTADO, BORDA ESQUERDA PICOTADA; 1 FOLHA; 27,4 × 19,7 CM; 2 FUROS DE ARQUIVAMENTO; RASGAMENTO NO CANTO INFERIOR ESQUERDO.

---

193 Leitura conjectural da palavra.

194 Leitura conjectural da palavra.

53 (MA)

[11 jan 1929]

Alô, Juda farso crué em crimi, cuma tu não veio, ti speramo tudo, amando, salve seja, sem piruage di forma arguma, chicoantonisados[195] no maió sarapanto da doçura do mé das altes populá, tu num veio, ingralto!... Muita sôdade só pra temperá aligria, é pena. Lembrança muita de todos e pra dona Ana, prá coroné Cascudo, Cotinha, os ôtro, num isqueça Ariti[196] nem o bolo di mandioca. E pra ti intão, amô qui mais amô! Té-já.
    M.

BILHETE POSTAL, 8,9 × 13,6 CM, AUTÓGRAFO A TINTA PRETA, ENDEREÇO: "LUÍS DA CÂMARA CASCUDO/ AVENIDA JUNDIAHY/ NATAL"; CARIMBO POSTAL: "11 JAN 1929", SELO 100 RS E CARIMBO.

---

195 MA presenciou a atuação do cantador popular norte-rio-grandense Chico Antônio (Francisco Antônio Moreira, 1904-1993) em Natal, em 10 de janeiro de 1929. Comovido ao vê-lo tirar cocos ao som do ganzá, julgou que ele valia "uma dúzia de Carusos": "Que artista. A voz dele é quente e duma simpatia incomparável [...] O que faz com o ritmo não se diz!". Chico Antônio, na obra de MA, além de contribuir para o desenvolvimento do acalentado estudo de folclore musical "Na pancada do ganzá", ainda ganharia relevo na "Vida do cantador", série de seis rodapés jornalísticos na *Folha da Manhã* de São Paulo, entre agosto e setembro de 1943; o cantador vingaria também como personagem no romance inacabado *Café*. (Mário de Andrade, *O Turista Aprendiz*, op. cit., p. 273; 277.)

196 Ariti, com Jiguê, cães de estimação da família Cascudo, tiveram seus nomes colhidos na obra de MA. Ariti, do poema "Toada do Pai-do-mato", em *Clã do jabuti* ("Ariti, me dá uma fruta [...] Pensa que sou ariti?/ Eu sou o Pai-do--Mato!" v. 15; 21-2); Jiguê, o irmão de Macunaíma, já "na força do homem" (*Macunaíma*, cap. 1).

Câmara Cascudo.
Dedicatória feita a Mário por Cascudo: "Ariti / afilhada do Mário. / Luis et sa suite".

54 (MA)

São Paulo, 6 de março de 1929.

Cascudinho.

Estou em S. Paulo faz uma semana porém só hoje principio berrando pros amigos esta saudade pelo Norte, e a recordação danada que está roendo este pobre coração do Mário.[197] Não posso mais. No Rio topei com o calorão de Caicó. Porém não tinha você aqui pra dizer que estava gostoso e me abati como um burro. Depois veio S. Paulo onde encontrei a família em que nasci, foi bom. Foi bom ficar conversando horas com Maria Luísa minha mãe,[198] como era isto, como era aquilo, descrevendo você na rede, a lei do pijama, a bondade que nunca dorme de dona Ana, os casos que ninguém sabe contar no mundo tão bem como o coronel Cascudo...[199] E Cotinha tão mana da gente, e as outras duas pequenas tão cuidadosas... Falei, falei, estava mesmo excitado. Contei Ariti, bolo de macaxeira, filé à Vila Cascudo, caju de seis meses. Acabei só quando o egoísmo me pediu que não sofresse mais de saudades tamanhas. Vocês foram rúins pra mim... Vou trabalhar, não sei o que dá em mim, paro no meio e estou lembrando aí. Esta vida é uma resposta que diz "não" pra gente. Eu viveria tão melhor em Natal. Não pode ser porque 35 anos já pesam por demais pra eu recomeçar a vida. Viver aí não poderei porém não desisti de ter minha maloca numa praia natalense. Se não mando a procuração dentro desta é porque não sei o nome todo do coronel Cascudo, – pra ele me requerer o terreno e o resto. Você, cumpanhero, vai me responder por avião mesmo, dando norma da procuração, nome de seu pai e quanto tenho que enviar pros movimentos regulamentares de fixação pra mim do terreno, etc. Espero resposta logo, hein!

E depois virá a construção do tejupá. Mandarei linhas gerais, irei fazendo a coisa como puder e um dia matarei saudades, vai ser tão bom!... Você, sua dona, a filharada, dona Ana querida, o coronel Cascudo, Cotinha, as meninas, Ariti, Jiguê, virão na minha casa almoçar. Cotinha me levará de presente um, já se sabe, um bolo-de-macaxeira. O coronel Cascudo me levará uma garrafinha bem enorme

---

197 MA parte para o Nordeste em 27 de novembro de 1928; de volta, desembarcará no Rio de Janeiro em 24 de fevereiro de 1929. Visitará Pernambuco, Alagoas, Paraíba e Rio Grande do Norte, em busca de expressões culturais populares (música, religiosidade, danças dramáticas, imaginária, arquitetura etc.). Seus apontamentos serão publicados em setenta crônicas no *Diário Nacional* de São Paulo, entre 14 de dezembro de 1928 e 29 de março de 1929, na série intitulada "O Turista Aprendiz". (V. *O Turista Aprendiz*, op. cit.)

198 Maria Luísa Leite de Moraes (1859-1949).

199 Francisco Justino de Oliveira Cascudo (1863-1935), "um dos três maiores conversadores de Natal", segundo LCC em *O tempo e eu*. O tenente e delegado militar era "alto, robusto, de proporções harmoniosas quando moço, pele clara e fina, fisionomia tranquila de energia e mando, avivada pelo fulgor imperioso dos olhos azuis"; "sempre de traje branco, colete com a corrente de ouro prendendo o Patek-Phelipp, o chapéu do Chile, a bengala de jucá [...]". Em 1914, fundou o jornal *A Imprensa*, que teve em suas mãos até julho de 1927 (*O tempo e eu*, op. cit., p. 43; 45-46).

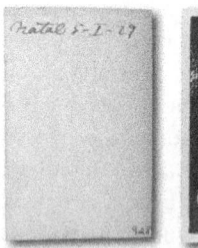

Mário de pijama, com cachorro.
No verso da foto, letra de Mário: "Natal 5-I-29".

daquela pinga boa pra nós fazermos parede. Você tocará no meu piano o "Paulista de Macaé".²⁰⁰ E ficaremos tempo, muito tempo revivendo nada de viagens nem de notícias, revivendo a nossa vida em comum – vida de família antiga brasileira, que deixada em novembro passado aqui na rua Lopes Chaves, fui encontrar de novo, poucos dias depois na avenida Jundiaí, Vila Cascudo, Natal. Estou cheio de felicidades falando assim... "Beim, mai!" Abraço todos, num abraço fechado de coração que sabe mesmo querer bem. E então você... gema neste acocho de tamanduá que te mando.
Mário.

CARTA DATADA: "S.PAULO 6-III-29"; AUTÓGRAFO A TINTA PRETA; PAPEL CREME, TIMBRADO: "VIA AÉROPOSTALE"; 2 FOLHAS; 20,4 × 13,5 CM; RASGAMENTOS POR OXIDAÇÃO DA TINTA.

---

200 Composição carnavalesca de Pedro Sá Pereira, "Paulista de Macaé" (1927), tomando por tema o presidente Washington Luís, eleito em 1926. Fluminense de Macaé, W. Luís desenvolveu, contudo, atuação política em São Paulo. No refrão, avulta a crença popular no novo governo, após as atribulações do mandato de Artur Bernardes: "Paulista de Macaé,/ O homem de fato é./ E no Palácio das Águias, olé/ Com o povo ele pôs o pé."
Disponível em: <www.franklinmartins.com.br/som_na_caixa_gravacao.php?titulo=paulista-de-macae#>.

55 (LCC)

10 de abril de 1929.

Mário.

    A demora em responder foi devida minha atarantada atividade. Todos os meus negócios paradinhos desde setembro de 28 reativaram-se ferozmente. O casamento será no domingo 21 do corrente – de mais a mais fui nomeado Diretor do Atheneu.[201] Leia: dois expedientes, 8 às 11 e 13 às 16, todos os dias. Mamãe abençoa-o e diz que o quarto do filho grande está esperando o dono. Anália e Maria falam sempre em *seu 'otô Máro* e na *falta de bondade* dele. Papai não esqueceu as suas conversas. Toda a noite temos um minuto para falar no Mário... Com uma saudade tipo graúdo, seu mano. Antônio Bento continua. Cada 24 horas vai para o Rio ou para França. Ora Recife, Mala Real; ora Natal em aviso da C.G.A.[202] via Dacar. No mais tudo o mesmo. *All right*!
    Remeto a minuta que V. deverá tirá-la em *cartório*. Mande por avião. Logo-logo. Queremos aproveitar o expediente de abril para aforar na praia e tratar dos quatro coqueiros e do cajueiro ornamental.
    Descobrimos um novo quitute. Batizei-o "Tapioca Tarsila". Tem um gosto que lembra o azul e o róseo infantis da senhora do poeta Pau Brasil.[203] Tapioca de goma (caroço grosso) coco ralado e leite do mesmo, açúcar e canela, a forno meio quente e 10 minutos para *corar* em fogão fechado. Maravilhoso! Não tive ainda tempo de mandar uma crônica da coluna para V. conforme prometi. A primeira seria uma *tunda* no sr. Assis Cintra para ele deixar de tapear a gente com Histórias mal contadas.[204]
    Mamãe e papai mandam abraços para V. e mamãe muito agradece o postal cuja gravura é um [ilegível]. Cotinha envia saudades na impossibilidade de mandar o bolo de macaxeira. Anália e Maria e Bibi lembram-se do *seu otô Máro*. Ariti e Jiguê [abanam] o rabo.
    Tenha V. três costelas partidas por um acocho, sequaz.[205]
    Luís

---

[201] Atheneu Norte-Rio-Grandense, colégio público fundado em 1834 e extinto em 1852; retoma as atividades em 1859, cumprindo suas funções educacionais até a atualidade. (V. *História do Rio Grande do Norte*. Fascículo 14 – Educação e Cultura. A tradição e a renovação. "Evolução do Ensino e das Escolas no RN". Disponível em: <http://tribunadonorte.com.br/especial/histrn/hist_rn_14a.htm>.). Entre 1859 e 1954, funcionou na Avenida Junqueira Aires.

[202] Compagnie Générale Aéropostale D'Enterprises Aéronautiques, correio aéreo francês fundado em 1925 por Pierre George Latécoère; recebeu licença para atuar no Brasil em 1928.

[203] Oswald de Andrade, casado com Tarsila do Amaral entre 1926 e 1929.

[204] Provável referência ao historiador paulista Francisco de Assis Cintra (1887-1937), que, em 1928, publicou *Histórias que não vêm na história*.

[205] Na carta: "saquaz".

Câmara Cascudo.
Dedicatória feita a Mário por Cascudo: "Rin-Tin-Tin, Arity e eu! / ao Mário".

Meu grande parabéns pelo seu lindo gesto de defesa ao nordestino que V. enxergou de perto e muitíssimo bem.[206]

No domingo 21 de Abril V. deve vestir-se, ir para o espelho e cumprimentar *à la bonne façon* de Brummel.[207] Caso-me! 16 horas! *Te Deum*.[208]

CARTA DATADA: "10-4-29"; AUTÓGRAFO A TINTA PRETA; PAPEL BRANCO, TIMBRADO: "VIA AÉROPOSTALE"; 2 FOLHAS; 20,2 x 13,0 CM; 2 FUROS DE ARQUIVAMENTO.

---

206 Diante de "dez meses de seca anual" e do descaso do governo, os mais resistentes entre os nordestinos pobres migram para o Sul. MA, em sua crônica "Caiacó, 21 de janeiro, 20 horas" de "O Turista Aprendiz", no *Diário Nacional*, em 1º de março de 1929, encara o problema e propõe soluções: "Isso pra nós sulistas é um benefício enorme, recebendo essa emigração de moços fortes, selecionada pela própria energia de partir sem sentimentalismo. Porém graças a Deus que não sou nem paulista nem patriota. O que vejo mesmo é a seleção depauperando o nordeste. E o sofrimento do homem. O Rio Grande do Norte mesmo tem vales magníficos [...]. Era preciso canalizar esses sertanejos pra esses vales, pro litoral, e atarrachá-los aí por meios suasórios que ao mesmo tempo terminassem com o regime latifundiário que inda subsiste colonialmente por aqui". (*O Turista Aprendiz*, op. cit., p. 299.)

207 Alusão ao dândi inglês George Bryan Brummel (1778-1840).

208 *Te Deum laudamus* (latim): Louvamos-te Deus.

56 (LCC)

Ao Mano Mário

Dália Freire Cascudo
e
Luís da Câmara Cascudo
Casados em 21 de abril, oferecem
Sua residência

Jundiaí, 586
Natal, 1929.

BILHETE SEM DATA; IMPRESSO, AU-
TÓGRAFO A TINTA PRETA; CARTÃO
DE ANÚNCIO; PAPEL BRANCO, BOR-
DAS IRREGULARES; 9,0 × 14,0 CM;
2 FUROS DE ARQUIVAMENTO.

No verso da foto, letra de Mário: "Portão Vila Cas- / cudo / Natal 5-I-29".

57 (LCC)

Natal, 9 de maio de 1929.

Mano Mário.

　　Sua carta chegou aqui justamente 24 horas depois do meu casamento. Li com todo cerimonial requerido. O telegrama nos alegrou muito. Em preliminar receba vastos caçuás de abraços e saudades desta sua gente daqui. O quarto de Seo Ôtô Máro continua esperando. Substabeleci a procuração para papai que se chama Francisco. Remeto duas crônicas para cumprir a promessa. O preço é de reclame. Zero por si mesmo. Dou-me por feliz vendo-as aí. Se puder mande o jornal que as publicar. Uma das crônicas vai sem título para que V. a apadrinhe. Estou ficando com ciúme do Antônio Bento no tocante às novidades intelectuais. V. não diz nada do que levou, do que encontrou em Paraíba e Recife. Tenho noções vagas dadas pelo Bento e sem maiores detalhes no ponto técnico.

　　Não posso esconder que fiquei triste com o seu "Morto e deposto" que o *Movimento Brasileiro* publicou.[209] Mesmo escapulindo para as exceções o seu Jesus merecia aquilo mesmo. Nunca ele esteve tão ligado a nós outros como agora. Eu sempre ponho fora da cogitação o fenômeno Igreja para crer no fundador. Esta parte que V. parece ter confundido (propósito?) é de função social, humana, falível e possivelmente errada. Nós estamos longe de Cristo e a ele avizinhados é porque só ele nos reúne à linha da vida interior. Acima e abaixo da existência outras direções de pensamento existem também. E o livro não me dá a serenidade que Ele me deu. Mas isto é fé e esta não se evidencia senão por si mesma. A libertação de Jesus é um regresso. Tenho a impressão que a luta de hoje é para substituir um dogma de Deus por um do Homem. Do homem pouco humano. Bem liberto do esmalte que o ligou ao raciocínio e ao ritmo da ordem que é, sabe V., um processo artificial de contenção. Sem dizer mais besteira, fiquei triste. V. não tem tempo para rezar uma ave-maria seu mano? Eu rezarei até que V. consiga sair do livro e da superstição de liberdade, igualdade e fraternidade.

　　Se V. encontrar aí o livro do Afonso Arinos sobre as tradições e lendas brasileiras e mo mandar eu darei três saltos de puro gozo.[210] Aqui

---

[209] "Morto e deposto", crônica no quarto número da revista carioca *Movimento Brasileiro*, em 1929, depois reescrita, integrará as páginas de *Os filhos da Candinha* (1943). No texto, Mário reflete sobre a "exacerbação espúria do individualismo" e o declínio da civilização cristã: "a morte de Jesus se torna cada vez mais insofismável. A humanidade de contemporânea, como coletivo, se afasta cada vez mais da imagem de Jesus. A morte Dele é um enterro anônimo que atravanca as ruas, tem um rito impossível. [...] É que Jesus não está morto apenas, está morto e deposto. [...] A humanidade de hoje, apesar de todas as ligações que ainda a prendem à Civilização Cristã, tem outra maneira concreta de ser, outra moral prática, outros sentimentos, ideais e paixões imediatas".

[210] Afonso Arinos (1868-1916), escritor mineiro, ligado à vertente regionalista. Publicou, em 1898, *Os jagunços*, romance tematizando a guerra de Canudos, e o livro de contos *Pelo sertão*. LCC teve em mãos a segunda edição das *Lendas e tradições brasileiras* (Rio de Janeiro: F. Briguiet & Cia. Editores, 1937). Na p. 35, ao lado do texto de 1915 que empresta o nome ao título do livro, o estudioso da cultura brasileira deixa, a tinta preta, um traço acompanhado

em Natal só existe um exemplar que pertence ao Grêmio Auta de Sousa. Imagine!... Estou catando documento e publicando uma série hiper besta de artigos arqueológicos sobre a história do Atheneu. Sai cada um... Eta bicho macota no falá-bunitu! Gustavo Barroso[211] esteve aqui em casa. Passou um dia com a mulher e os garotos. Ficou contente como o diabo porque eu lhe disse que V. considerava os trabalhos dele insubstituíveis para o conhecimento do folclore do Nordeste brasileiro. Mamãe e papai mandam todos os seus melhores cumprimentos para a senhora sua mamãe, mana e mano.[212] Eu beijo a mão de dona Maria Luisa. Cotinha e as pequenas lembram-se a V. Dália recomenda-se.

Maurilo Lyra escreve-me comprido de Paris. Conta o berreiro contra Villa-Lobos e um meio entusiasmo que o maestro está despertando. Penso que a história combina com a nota do *Movimento*.[213] Diz Maurilo que o folclore dominou. Melhor é dizer alagou Paris. Desde o vibrofone até as seções de T.S.F. que são registadeiras de música irradiada.

Endereço de Igor Stravinsky,[214] rue du Faubourg Saint-Honoré 252. Repito o número – 252. Paris. Catuca o bicho com um ou dois dos achados. O hipolídio de Paraíba. O coco do Jurupanã. Mãe Santíssima!

Adeus, mano querido. Guarda um tempinho para mim na semana. Ou no mês. Escreve. Com mil demônios, escreve, burguês proprietário.

Luís.

Hoje papai e dr. Lamartine escolheram o terreno para V. É ótimo. Grande, amplo, pertinho do mar. Fica vizinho do O'Grady.

CARTA DATADA: "NATAL 9 DE MAIO DE 1929"; DATILOSCRITO, FITA ROXA; AUTÓGRAFO A GRAFITE; PAPEL BRANCO, TIMBRADO: "VIA AÉROPOSTALE"; 1 FOLHA; 20,2 x 26,0 CM; 2 FUROS DE ARQUIVAMENTO; RASGAMENTOS EM TODAS AS BORDAS. NOTA MA A GRAFITE NO ANVERSO: "DAR AS ESTROFES DA 'ROSALINA' DO BOI PRO CASCUDINHO VER SE ME ENCONTRA O RESTO DO ROMANCE".

---

de cruzeta, sinalizando o seguinte trecho: "A desventura alheia nos aconchega uns aos outros. Aproveitemos desse momento ["nestes dias de eclipse da grande civilização do século XX"] para nos conhecermos./ Durante um século estivemos a olhar para fora, para o estrangeiro: olhemos agora para nós mesmos".

211 Gustavo Barroso (1888-1959), escritor e jornalista cearense. Atuou em cargos públicos em sua terra natal e no Rio de Janeiro. Associou-se ao movimento político integralista.

212 Maria de Lourdes de Moraes Andrade (1901-1989) e Carlos de Moraes Andrade (1889-1969).

213 Em *Movimento Brasileiro* (n. 4, 1929), a resenha "Villa Lobos" aborda a execução do "Choro nº 8" do compositor brasileiro em Paris, nos concertos Lemmoureaux.

214 Igor Stravinsky (1882-1971), músico russo naturalizado francês.

58 (MA)

Luís.

Então você não escreve mesmo mais pra mim, é. E o pedido de artigo sobre folclore rio-grandense pro *Diário Nacional*? Enquanto você não manda publico as coisas de você que encontro, taí![215] Esta prova saiu mão ruim e não tenho outra aqui em casa. Vai assim mesmo. Lembrança pra sua mãe. E um acocho
    do
        Mário.

CARTA SEM DATA; AUTÓGRAFO A TINTA PRETA; PAPEL CREME, BORDA SUPERIOR PICOTADA, 1 FOLHA; 14,3 × 10,5 CM; RASGAMENTO NO CANTO INFERIOR DIREITO.

---

215 Em 16 de junho, o *Diário Nacional* estampa o artigo "Versos políticos" de LCC, breve estudo sobre a decadência do caráter satírico da poesia popular que retrata eventos da vida política nacional: "De Alagoas até Rio Grande do Norte e vezes até Ceará, sabia-se a história política de Pernambuco pela literatura oral. [...] A versalhada recifense ia servindo para foguetear o ataque aos executivos federais. Mesmo esta função impagável do folclore vai se arrastando". Embora o bilhete de MA não esteja datado, pode-se levantar a hipótese de que o texto aludido no bilhete seja aquele que o remetente divulga na imprensa à revelia do autor.

59 (MA)

São Paulo, 6 de agosto de 1929.

Cascudinho, Cascudão,
Olhai pro céu, olha pra... mim,

   bom-dia. Hoje enfim vos escrevo porque daqui a pouco, saio, vou no Conservatório,[216] pego minha mensalidade, o Correio é a dois passos, dou os passos (dois), lá vão meus úteis quinhentos paus, fechar meu terreno do futuro papiri e amores de potiguar. No mês que vem principio ajuntando arame pra editar as *Histórias de Belazarte*, livro engasgado na minha vida e que carece de sair pra eu andar mais sem tropeço. Depois então falaremos mais tecnicamente na construção do papiri.
   Muito obrigado pela oferta dos esclarecimentos que eu precisarei pra meu *Na pancada do ganzá* sair menos imperfeito. Gosta do nome? Você compreende, maninho: não moro aí, por mais literatura que tenha daí não poderei fazer uma obra completa. Aliás você mesmo viu a afobação e disparate com que andei colhendo os meus tesouros de documentos. Estou cada vez mais convencido de que são tesouros porém sou obrigado a confessar que não são perfeitamente sistemáticos. E a própria afobação da colheita fez com que houvesse falhas nela. Por exemplo *Folclore musical nordestino* ficava meio importante demais pra esta minha curiosidade simples e humilde de só mesmo saber mas muito amar. *Na pancada do ganzá* além de título bonito como o quê, é modesto, me permite contar que em dois meses e pico de passeio e amigos, inda achei tempo de amar a vida nordestina e revelar tesouros dela. E nada impede que o livro saia, como pretendo, com muitíssimas, o mais que me for possível, informações firmes sobre tudo. Mas não obriga a coisa completa e isso é que me agrada principalmente nele, pois seria até ridículo imaginar que vou dar coisa completa. Estou convencido que vai ser coisa grande e mesmo indispensável pra quem quiser saber de certas coisas. Mas definitivo não pode ser. Mas hei--de fazer livro obrigatório pra toda biblioteca que se disser brasileira. Pois irei perguntando aos poucos o que me interessar e desde já agradeço as cantigas e danças de Dália.[217]
   Quanto à arquitetura do *Etnografia tradicional do Nordeste brasileiro* achei muito boa, sempre contando com o livro *Literatura oral* que virá completá-lo depois. Será o seu monumento, mano e só pensar nisso já vou

---

216   Na carta: "Conversatório".

217   Parcela expressiva da vasta documentação coligida por MA para o livro *Na pancada do ganzá* será editada postumamente, sob responsabilidade da discípula do estudioso do folclore, Oneyda Alvarenga. Orientada pelo projeto de MA, trouxe a lume *Música de feitiçaria no Brasil*, *Danças dramáticas do Brasil*, *Os cocos*, *As melodias do boi e outras peças*.

Chico Antonio e Antonio Bento de Araújo Lima.

ficando feliz, feliz, é bom ter manos!... Está claro que darei os esclarecimentos que você carecer. Darei hoje mesmo ordem para seguirem o *Arabesco* e Brahms. Quanto ao *Tupi na geografia nacional*, acabo de achar um, segunda edição. Mas agora justamente até o meu exemplar está... à sua disposição porque ninguém mais carece dele. O que é egoísmo misturado com coincidência! Acaba de sair num número da *Revista do Instituto Histórico da Bahia*, o livro do Teodoro Sampaio na íntegra e correto e aumentado. Não sei se você recebe aí a *Revista*. Se não recebe, e tem dificuldade de a obter, me avise que mando daqui.

E por hoje acho que é só. Trabalho como um boi e penso em Natal. São duas espécies de polos da minha vida, você já sabe disso. A mecânica da vida pra S. Paulo, e o sonho aí com vocês. Mande me dizer se o xale de dona Ana inda não chegou. Estou inquieto porque já faz mais de mês que foi entregue ao portador. É verdade que ele não prometeu partir logo porém estou inquieto e queria solução logo pro meu presente tão bem feitinho na carícia e na gratidão desta minha gente de cá pra essa minha gente daí. E adeus. Adeus pra todos. Um abraço pro nosso querido coronel, lembranças gratidão pra todos, um beijo pras minhas mãos de dona Ana, mais uma vez uma gratidão especial pra Dália, uma vontade de bolo pra Cotinha, etc. etc. E pra você, seu mano, nada menos que os meus setenta-e-cinco quilos atuais de quem está mais magrinho, o pobre! É sodade, é sodade!...

Mário.

CARTA DATADA: "S.PAULO 6-VIII-29"; DATILOSCRITO, FITA PRETA; AUTÓGRAFO A TINTA PRETA; PAPEL CREME, FILIGRANA; 1 FOLHA; 33,0 x 21,7 CM; RASGAMENTO NAS BORDAS ESQUERDA E INFERIOR; FURO CAUSADO PELA OXIDAÇÃO DA TINTA; RESÍDUO DE COLA DO ENVELOPE.

60 (LCC)

Natal, 3 de setembro de 1929.

Mário.

Sua carta chegou aqui numa minha moléstia de rins. Li-a diante da tribo reunida e foi um sucesso. Mamãe remete umas linhas. Papai abraça-o. Minha mulher e Cotinha enviam lembrançonas. Eu mando um beijo. Ariti e Jiguê continuam ótimos. Especialmente Jiguê que é imponente. Ganhei mais dois cães. Um tenerife, Bob. Uma policial inglesa, Soviet. Não sei se Tonho Bento vai ficar satisfeito. Preparei para resposta o fato do cachorro de Victor Hugo chamar-se Senado. E o melhor parelheiro de Epsom[218] é King George. Verdade que sem número mas pode ofender ou orgulhar cinco reis ingleses de nome Jorge. *Hic et passim.*[219] Amém!

Recebi os 500$. All right. Mandei cercar o terrenão. Cento e vinte estacas de primeira, quase iguais, arame farpado e pixamento em tudo para não enferrujar. Fica o matuin delimitado e feito gente grande. Um primor. V. é vizinho de Omar O'Grady e do mano de José Augusto, Silvino que é desembargador. Neste setembro o serviço de cercar e "aramar" e pixar fica pronto e planto logo-logo os quatro coqueiros e os três pés de cajueiros de seis meses. V. mande um croquis dando as coordenadas geográficas para localização dos coco-caju. Lembra-se da bebedeira de Brejo do Cruz?[220] Pois aqui estou eu falando bonito que é um gosto. Vá pensando nas economias. Por ora estou fazendo 1100$ por mês. Posso ir adiantando arame para não parar o serviço. A questão é V. mandar dizer; dê tanto. E com o juro de V. ficar calado e não agradecer esta besteirinha do cão. Vá se dispondo a separar dinheiro para esta casinha, mano-Mário. V. precisa ter um quichó onde mande deveras. At home. Com mil diabos. Já tem a planta? Não para agora mas para eu ir vendo como vai ser e ir sugerindo mudança, retoque, detalhe. Isto é mais gostoso que morar na "casinha piquinina". Toda Areia Preta está se valorizando muito. Na praia vizinha, Praia-do-Meio, há uma feira-livre semanal. Está-se descansado de mandar até a cidade buscar coisas. V. já escreveu ao Dr. Lamartine a respeito do terreno? Se se lembrar mande duas rabiscas dizendo sua impressão de proprietário and farmer.[221]

---

218 Alusão à corrida de turfe na Grã-Bretanha (Derby de Epsom).

219 "Aqui e em toda parte" (latim).

220 No diário de "O Turista Aprendiz", em "Automóvel, 20 de janeiro", MA relata a "bebedeira": "18 e 30. Brejo do Cruz – O sr. tem alguma coisa pra beber? – Tenho cerveja. – Venha cerveja. Bebo duas garrafas, ali no sufragante, quase sem respirar. Levo outra pro automóvel. Os amigos fazem o mesmo. Estralo de sede. Todos principiamos achando uma graça enorme na sede minha. Nem bem damos as costas pra cidade, fome nem me amolo com ela! é sede. Bebo rindo a terceira garrafa. Esta vida é uma gostosura gente! Quá, quáquá!..." (*O Turista Aprendiz*, op. cit., p. 291).

221 MA agradece: "S. Paulo, 3 de junho de 1930./ Dr. Juvenal Lamartine/ Acabo de saber pelo Cascudinho que afinal o meu terreno de Areia Preta virou casa e apresso-me em lhe comunicar que o sr.... tem uma casa às ordens. É

Todo meu ultra lindo livro sobre Olinda parou.[222] Estou advogando seu Mário! Um encanto. Ai! a praxe forense! Que livrão a gente contar o que vem a ser o foro e suas inacreditáveis asnidades... Hoje tenho umas "razões" para escrever. Razões! Imagine V. A "espécie" é simples, meretíssimo julgador. Uma locomotiva grudou um homem na tromba e espatifou-o. Vou provar que tenho direito a uma indenização da parte da família do morto. Não é que o malandro partiu um freio-de-breque da máquina? Pois o trabalho do maquinista não deu este resultado? E demais o morto quando vivo estava "fumado"... Estava all right. A dirimento não servindo para um vai servir para o outro lado. Pense.

Recebi a revista do Instituto de Bahia. O dr. Bernardino de Sousa mandou. Estou desta forma com o *Tupi* em casa. E V. livre de pedidos. Jorge de Lima escreveu-me contando conversa com V.[223] Que inveja. Consolei-me dizendo: "V. conversou com Macunaíma mas eu é que moro na terra dele, taí."

Tudo brigando? Por quê? Ou melhor, para quê? Esta gente decididamente não vive. Que expressão pode ter certas atitudes? Como vou ficando subjetivista e palerma acho graça em vez de indignar-me. Quando leio notícia de movimento intelectual, nomes difíceis e fáceis, dou para rir. Acaba sistematicamente em zanga, briga e afastamento. Não. Melhor é casar, morar em Natal, assinar revistas, pensar em livros, cumprimentar por carta toda gente e morrer aos cem anos. Mas V. felizmente não pode fazer assim. Está agora atolado neste combate. A coisa mais rara deste Brasil é um jornal em edição de domingo não citar V. Cita infalivelmente. Às vezes às avessas do que V. pensa. Mas cita. O que é a glória. Oh Glória, és bem uma palavra feminina. Não é Shakespeare. Sou eu. Mas enfim o Jorge de Lima mandou contar todo bafafá pólista. Dá-me vontade de dizer aquilo que V. conhece tão bem mas nunca pôde ter talento bastante para executar "au piano". "Eu já sei por que é..."[224] Pólista de Macaé.

---

espantoso, porém se explica o milagre por quem já tem feito bastantes milagres pelo também 'meu' Rio Grande do Norte.// Fico-lhe imensamente grato pela generosidade tanto mais admirável que espontânea; e, sem ter a mínima pretensão de solucionar minha dívida, continuarei procurando fazer jus a sua simpatia, trabalhando do meu jeito pelo Rio Grande do Norte.// E se por acaso este ano, por dezembro, não for ainda visitá-lo pessoalmente, acredite que será unicamente pela enorme soma de trabalho a que está me obrigando o meu livro sobre folclore musical nordestino, no qual, o sr. sabe, o Rio Grande do Norte terá a parte do leão.// Sem mais, peço-lhe aceitar com a mais viva simpatia, a homenagem e gratidão imensa de// Mário de Andrade". (Oswaldo Lamartine de Faria, *De Cascudo para Oswaldo*. Natal: Sebo Vermelho Edições, 2005, p. 29-30).

222 Referência ao livro *O marquês de Olinda e seu tempo*. V. adiante.

223 De Maceió, em carta de 24 de agosto de 1929, o escritor e médico Jorge de Lima (1893-1953) dirige-se a LCC: "Estou esperando sua nota [...] Há um mês em São Paulo falei pra danar com o Mário sobre você. Obrigado pelo quarto do Macunaíma. Aceito. E quando você menos esperar, bato em sua casa. Pelo que vejo Mário tem tudo aí: quartos, amigos, terra! Ora, veja! Em São Paulo o pessoal brigado: Mário, Osvald, Alcântara, Yan, Paulo Prado (na Europa) etc. No meio disto tudo Tarsila bonita e brilhante. Deu-me um quadro que é um colossinho!// Você faça a nota olhando a relatividade, o ponto de vista do autor dos *Novos poemas*. Como ele quis pegar as 4 dimensões do nordestino. Como ele quis ver o que o nordestino via. Mas você é um Proust. Disse-me o Mário que você era um cocktail. Toca todo apito. Faz tudo".

224 O samba "Já sei por que é" (1928) de Eduardo Souto alude à intenção do presidente Washington Luís em trocar o mil-réis pelo cruzeiro, lastreando-o, em parte, pelo ouro do Tesouro Nacional: "Eu já sei porque é/ Dinheiro em papé/ Já não vale nada/ Seu dotô Óxiton/ Que é de bom tom/ Mudou a parada// Veio agora o Cruzeiro/ O dinheiro para o Brasil inteiro// Eu já sei porque é/ Eu já sei porque é/ Eu já sei porque é/ Eu já sei porque é// Ômi de Macaé/ Batuta que é/ Mandô vir o ôro/ Tirô lá dos vapô/ E tudo arrumô/ Dentro du Tesouro// Veio agora o Cruzeiro/ O dinheiro para o Brasil inteiro// Eu já sei porque é" etc. Disponível em: <www.franklinmartins.com.br/som_na_caixa_gravacao.php?titulo=ja-sei-por-que-e#>.

Câmara Cascudo de pijama com
cão de estimação.

Mário de pijama.
No verso da foto, letra de
Mário: "Natal 5-I-29".

Vale a pena pensar V. que possui casa-montada em Natal e que querendo Deus terá outra na praia. Uma casinha que é um desaforo lírico. Até cheira a Soares de Passos.[225] Coisa linda! Deixe de ideias falazes e malsãs de viajar por terras estranhas e de estranhas gentes. Volte para o bolo de macaxeira, para o pijama and caju. Deixe de Mário de Andrade. Uns mesisinhos vire Mário Sobral.[226]

Prepare-se para ter casa, escrever, casar, morrer velhíssimo e com bons rins (oh! pensamento augusto!) e ter um funeral de viking. Eu mesmo não sei como é totalmente funeral de viking. Brandés[227] diz que é cremação com um cachorro aos pés. V. escolha um bom "amigo" para eu nomeá-lo cachorro.

Adeus querido. Perdoe este humor acre de bom jantar. Estou bem-humorado. Não saí de casa e devorei um livrão sobre regimes comunais depois do século XII, Emile Gebhard. Uma maravilha. Não sei ainda é o que é regime comunal. No mais o livro é um encanto. Erudição danisca como diz o Jorge Fernandes que lhe manda um abraço.

Lembre-me aos nossos e aos meus de sua casa.
Seu mano
Luís.

CARTA DATADA: "NATAL-3-9-29."; DATILOSCRITO, FITA PRETA; AUTÓGRAFO A GRAFITE; PAPEL BRANCO; 1 FOLHA; 32,7 x 21,4 CM; 2 FUROS DE ARQUIVAMENTO.

---

225 Antonio Augusto Soares de Passos (1826-1860), poeta romântico português, autor de *Poesias* (1855).

226 Pseudônimo sob o qual MA assinou os versos de *Há uma gota de sangue em cada poema* (1917).

227 Possivelmente, referência ao ensaísta dinamarquês Georg Morris Cohen Brandés (1842-1927). MA teve em sua biblioteca dois de seus estudos, em inglês, *Anatole France* (1908) e *William Shakespeare* (s.d.).

61 (MA)

São Paulo, 24 de abril de 1930.

Cascudinho,

  mas, meu Deus! meu Deus! meu Deus! o que foi que sucedeu que você fez greve de me escrever? Já nem sei mais quantas cartas vão daqui e você, danado de ingrato, num responde nem com um Amém pra me sossegar! Ingrato! Cara de Nise! Coração de Márcia! Peito duro! Peito duríssimo de rochedo! Tá bom, te amo assim mesmo.
  Aqui tudo na mesma. Trabalho, sempre trabalho. Meu livro sobre aí avança lerdo, é uma desgraça. Porém as ocupações aumentam duma maneira tão prodigiosamente prodigiosa que você não pode fazer uma ideia do rodamoinho que sou eu agora. Faço 50 coisas inuteizinhas por dia, o que quer dizer que nada de importante pode avançar. E ainda os amigos se queixam que não apareço nas festas! Pudera! Nem tempo pra cinema tenho mais e passo mês quase sem ir nele que adoro. E não há rompimento possível com o ramerrão porque ou são favores inalienáveis ou é a medonha questão de ganhar dinheiro, ganhar dinheiro! A vida aqui, apesar da crise, está duma careza que não se imagina e agora até ando ajudando a minha boazinha de mãe daqui, pra que ela viva mais folgada. – Mário, não careço disso, fique pra seus gastos. – É, eu sei que você não carece, mas não me ponha mais esse chapéu na cabeça, isso é uma vergonha! – Então você tem vergonha de mim, é! – Não tenho vergonha da senhora, não. Tenho vergonha é do chapéu, tire isso! E também compre umas meias e não dê mais pra minha irmã não! é pra você mesmo, não quero que use mais meias de algodão, desaforo!
  Ela acha que eu sou filho bom, eu acho que ela é boa mãe, e felizmente que assim, entre desgraça e tristuras da vida, a gente conserva a felicidade morando em casa, e isso é bom que dói. Também agora mandei fazer seis camisas que até parece seda, logo fiquei me lembrando de dona Ana que gosta de ver a gente bem vestidinho. Fiquei lindo. Então, tem uma, meia arroxeada que eu uso com uma gravata de xadrez em que o amarelo e o verde-limão dominam, você nem imagina, até parece a voz de Chico Antônio, se Deus quiser. Este sou eu e agora se você não me contar o que é o você de agora, zango mesmo. Abrace por mim um por um os entes adorados dessa chacra. Todos, todos, até os cajueiros. Depois beije a mão de dona Ana por mim e a da sua metadinha. Depois venha me dizer que cumpriu com o dever gostado e nos braçaremos infinitamente. Ciao.
  Mário.

<small>Carta datada: "S.Paulo, 24-IV.30"; datiloscrito, fita preta; autógrafo a tinta preta; papel creme, filigrana; 1 folha, 16,6 x 21,6 cm; borda superior irregular.</small>

62 (MA)

São Paulo, 29 de abril de 1930.

Cascudinho.

  Diário Nacional quer colaboração semanal de você, é possível? *Condições*: Você toma um dia da semana pra escrever. Colaboração *obrigatoriamente semanal*, pois. Qualquer assunto, espinafração e louvor livres. Só não é absolutamente permitido assunto qualquer político nem de louvor nem de ataque. Os colaboradores dessa sessão (que será diária) não tomarão absolutamente cor política, nem pró nem contra democracia. Colocação do artigo: página de honra do jornal (a terceira) canto direito do leitor. Tipografia: corpo 8, normando, duas meias colunas mais ou menos, no alto. Paga-se 200$000 mensais, indiferentemente, sejam 4 ou 5 os artigos, porque pode calhar nalgum mês serem 5 os dias semanais dum colaborador. Você ficaria com as quintas, porque assim podia mandar os artigos por avião e chegar aqui com bem antecedência (cartas daí chegam aqui nas segundas, por avião).
  Mando esta por avião e se aceitar mande 1º artigo já, por avião, será sinal que aceitou. Pagamento, tomo conta disso, fique sossegado. Eu ficava muito alegre vendo você colaborar aqui. Esta vai de avião.
  Ciao.
    Abraços pra todos
          Mário.

CARTA DATADA: "S.PAULO 29-IV-30"; AUTÓGRAFO A TINTA PRETA; PAPEL JORNAL; 1 FOLHA; 33,0 × 22,3 CM; RASGAMENTO NAS BORDAS ESQUERDA E INFERIOR.

63 (LCC)

Natal, 9 de maio de 1930.

Mário, bestão querido.

Colaboração.
Aceito. Dou-lhe mil e um abraços. Mando duas crônicas para 15 e 22.[228] Aceito as quintas e os 200$. Aceito o procurador para receber os "arames". Mande-me um exemplar de cada *Diário Nacional* que publique coisa minha. (Coisa, *minha coisa* está na moda. Vide Graça Aranha.)

Ingratidão.
Improvada. A sua última carta pedia esclarecimentos à respeito de Pé-quebrado e lhe enviei notas e exemplos vários.[229]

Confissão.
Terminei o meu *Marquês de Olinda e seu tempo*.[230] Está uma maravilha. Esperando que Nosso Senhor dê bom tempo. Findei duas plaquetes – *Quatro cardeais* e *Sobre o senhor dom Pedro II*. Extra mercado. Sairá este ano. Se...

Cotação.
Continua ao par. Sua carta foi lida aqui com a entoação "ad hoc". Vivi o diálogo do chapéu que é um encanto de naturalidade. Continuo diretor do Atheneu e advogado da Great Western. Agora entrei para o quadro o que me dá certas garantias embora diminua o ganho mensal com os descontos para a Caixa de Aposentadoria e Pensões. O Estado está com seis meses de atraso... Continuo colaborador pago d'*A República*. Voilà!

---

[228] Em 15 de maio, ao divulgar "Razões de cavalo" de LCC, o periódico comunica aos leitores: "Mais um colaborador se alista hoje entre os que o *Diário Nacional* convidou a ilustrarem semanalmente esta coluna, abordando assuntos de preferência literários: é o sr. Luís da Câmara Cascudo, conhecido escritor rio-grandense-do-norte, que uma grande parte do nosso público letrado já conhece, através de seus escritos em revistas desta capital.// Todas as quintas-feiras se o correio não nos pregar peças, terão os leitores, neste lugar, a prosa interessante, viva, nervosa, do festejado escritor". Na semana seguinte, no dia 22, o jornal estampa a segunda colaboração de LCC: "Conversa de cachorro".

[229] Nos manuscritos de seu *Dicionário musical brasileiro*, MA determina como fonte principal do verbete "pé--quebrado" a definição que, em 1939, LCC incorpora em *Vaqueiros e cantadores*: "O pé-quebrado é uma quadra, quase sempre de sete sílabas, rimando o 2º com o 3º verso e o 4º com o 1º da quadra imediata. O quarto verso tem um número inferior de sílabas métricas, daí dizer-se que tem o 'pé-quebrado'" (p. 14). (Arquivo Mário de Andrade, Série Manuscritos, IEB-USP. V. tb. Mário de Andrade, *Dicionário musical brasileiro*. Org. Oneyda Alvarenga e Flávia Toni. São Paulo: Ministério da Cultura/IEB-USP/Edusp/Itatiaia, 1989, p. 391.)

[230] *O Marquês de Olinda e seu tempo (1793-1870)* (São Paulo: Companhia Editora Nacional, 1938). No "Prefácio", o Conde Afonso Celso (1860-1938), autor de *Porque me ufano do meu país* (1900), avalia a empreitada de LCC: "No grupo [de escritores do "Norte"] dos que melhor aptidão têm revelado, e mais amplo conhecimento manifestam das nossas coisas, fruto opimo de acuradas pesquisas históricas, sobre as quais elaboram ensaios, tão recomendáveis pela substância quanto pelo apuro da forma, está o dr. Luís da Câmara Cascudo, residente em Natal". O exemplar conservado no acervo bibliográfico de MA, sem anotações de leitura, foi adquirido na Livraria Universal da capital paulista e não tem dedicatória do autor.

No verso da foto, letra de Mário: "Areia Preta – Natal 7-VIII-27 / Diaf. 3 – sol 1 das 12 e 30".

O décimo mandamento da lei de Deus.
Peccavi! Aquela história da camisa arroxeada com gravata verde-limão deu-me na fraqueza. Fiquei com muita inveja. Um pouco menos que da voz de Chico Antônio, Deus querendo.

O ogum Antônio Bento.
Sumido. Engolido. Desaparecido. Nem notícia a não ser referências dos manos que me contam a vidinha amável desse malandro.

A santa tribo.
Em paz. Alguma saúde. Papai mais ou menos. Os demais ótimos. Mamãe envia uma bênção especial e afetuosa. Dália e Cotinha se recomendam. O bolo de macaxeira espera-o fumegante e tremendo. O filé idem. O quarto de "seu ôtô Maro" também. Todos esperam.

A história de "Charlie's mask".
Está na munheca de Celestino Pimentel[231] que se encarregou de fazer a versão.

---

231 Celestino Pimentel, professor do Atheneu Norte-rio-grandense.

A CASA DE MÁRIO DE ANDRADE EM AREIA PRETA!
Segure as[232] fotos que lhe mando e cante; V. está vendo esta casinha, simplizinha que parece de sapê? Diz que ela vive no abandono, não tem dono, e, se tem ninguém não vê!

Pois é sua, bestão querido e oxalá. Estou "oficialmente" autorizado a mandar-lhe as fotos da casinha. Dr. Lamartine já tem a escritura que eu receberei na próxima semana e mandarei registar em cartório. Para sossegar-lhe o ânimo susceptível devo dizer-lhe que o governo não figura em ato algum. Tudo se passa diretamente entre Mário de Andrade, professor, brasileiro, morador em S. Paulo por seu bastante procurador bacharel fulano de tal e o ex-proprietário, Francisco Azevedo. A casa foi feita em outubro de 1929. É pequena, limpa, a dois passos de mim. Umas duas pessoas é que sabem. Não disse a viva alma a não ser os de casa que me ajudaram. Especialmente papai. Os 500$ entram agora em fogo. Vão servir para um muro de arrimo contra o morro que eu chamo muito inocentemente "Morro de Ci".

A casinha é uma delícia de originalidade e feiura. Mas é sua para sempre. A história do terreno que vira casa é o seguinte. O primeiro palmo de terra que escolhi foi anulado pelo "master-plan" de sistematização da cidade. Outro escolhido pediram uma fortuna. Dr. Lamartine quis pagar mas não consenti. Em fevereiro fui passar um mês em Areia Preta e topei com a casa. Achei graça. Estava dentro de suas instruções. Falei ao Dr. Lamartine que imediatamente aceitou e autorizou-me as marchas. Sempre em seu nome e não do governo. Agora tudo ficou concluído. Fui pedir-lhe instruções para passá-las a V. Disse-me: Escreva ao Mário dizendo que apareceu essa casinha no terreno dele e como o acrescido pertence ao dono da coisa que se acresce, a casa é dele e espero que ele venha matar saudades nossas e pode ser que da parte dele também!

Tal é o caso singular e verídico em que V. figurou sem saber e acabou dono dum mocambozinho. Mande as ordens. Lá mora um casal que Azevedo (que é muito de nossa casa) cedeu a casa sem que fosse pago de aluguel. Não sei se V. quer que eu deixe o pobre rapaz, mulher e dois piás em "sua propriedade". Mande as ordens, seu Kulak, burguês, ricaço!

Abraço muito afetuoso deste seu

Luís.

CARTA DATADA: "NATAL 9 DE MAIO DE 1930."; DATILOSCRITO, FITA AZUL; PAPEL BRANCO; 1 FOLHA; 32,7 × 21,6 CM; 2 FUROS DE ARQUIVAMENTO. NOTA MA A GRAFITE, SUBLINHANDO TRECHOS: "V. ESTÁ VENDO [...] NÃO VÊ!"; "ESCREVA AO MÁRIO [...] DELE TAMBÉM!".

---
232 Na carta: "os".

64 (MA)

São Paulo, 20 de maio de 1930.

Cascudinho.

Acabo de receber seu tele. São 23 e trinta, estou chegando fatigadíssimo dum trabalho de estudo. Recebi sim artigos 1º já saiu, outro sai depois-de-amanhã. Vá mandando. Não esqueça coisas daí de vez em quando e história. Vai bem. Não respondi logo porque queria tempo e sossego de espírito pra contar o prazer enorme da minha casa aí. É linda e a minha gratidão sem limites. Só espero é que o meu livro tenha suficiente valor pra provar essa gratidão. Meu Deus o que tenho trabalhado e me resta trabalhar pra fazer dele uma coisa séria!... Abandonei tudo. Tinha e tenho um romance que me interessa pra burro mas deixei pra depois. Só mesmo quando em fins de 1931 (dezembro) escrever o livro sobre aí (porque escrever é fácil; estudar, criticar, compulsar é que é o difícil) então ficarei livre pra viver mais, sentir melhor e com tempo pra ficção. Mas, como dizia, estava esperando mais sossego pra contar minha alegria e gratidão. Vão agora da mesma forma, sem sossego. Porque recebi encomenda duma antologia de Modinhas de Salão Imperiais, com prefácio e notas e só vendo o trabalhão que está dando. Todo o tempo disponível foi pra isso estas 3 semanas mas também só um quinau que dou na musicologia portuga valeu todo o trabalho. E descobri um gênio, um modinheiro do Primeiro Império, totalmente ignorado no valor e que se não é gênio, pelo menos uma modinha genial escreveu.[233] Etc. Quanto à casa: Deixe a família morando nela, está claro. A cerca, as casas aí não são separadas por cerca, não sei se conviria... Não choca por demais os hábitos da terra? Converse aí e resolvam se se faz ou não. Em todo caso quereria que fosse baixa, se for feita, pra todos os nordestinos poderem entrar. Minha casa não é senão de todos os nordestinos, principalmente dos *outlaws*,[234] cantadores, coqueiros, dançadores de Bumba e Fandango, catimbozeiros e cangaceiros. A respeito das duas últimas classes me arranjarei com o chefe de polícia e com o presidente, que são camaradas e entendem as coisas.

Não sei se convinha agradecer de novo ao Dr. Juvenal Lamartine o que você acha? Fiquei tão contente, mas tão!... Imagine que dias antes, verdadeira coincidência, escrevendo um prefacinho maluco pra uns contos de 1925 a 27 que tenho e sairão este ano, fazendo a distribuição do meu ser,

---

[233] Em 11 de fevereiro desse ano, MA partilhava o mesmo projeto editorial com Manuel Bandeira: "Aqui nas horas vagas, ando relendo também umas Modinhas antigas. Achei editor pra um álbum de Modinhas de Salão do Império. Você não imagina: há coisas deliciosas, amaneiradas, molengas, duma sensualidade peganhenta, é engraçado. E nos salva um pouco da síncopa e mais ritmos batidos que agora, com a Música Brasileira dos nossos músicos, não acaba mais. Escrevo um prefacinho dumas três páginas apenas, e reproduzo um atilho dumas doze modinhas das mais gostosas. Não acha boa a ideia? Mas não conte pra ninguém por enquanto [...]". (*Correspondência Mário de Andrade & Manuel Bandeira*, op. cit., p. 441).

[234] "Fora da lei, proscrito" (inglês).

No verso da foto, letra de Mário: "Cajueiros monstros / Cabedelo 8-VIII-27 / diaf. 2 sol 1 das 7 e 16".

dizia "meu coração caiu no Nordeste e se Deus me der dinheiro é lá que hei--de morrer"![235] Agora já tenho onde, oigalé! Levo pra aí minha rede de tucum do alto Solimões, uma viola de Sabará, e Chico Antônio cantará o "Jurupanã, coco Sinhá!" Será uma gostosura de morte... Mas é bom não pensar nisso porque está longe ainda, se Deus quiser! Mas... e os meus coqueiros da frente da casa? Aí é que está a complicação do com cerca ou sem cerca, porque faço questão deles. Sem coqueiros não posso viver no Nordeste. Com cerca ou sem ela mande plantar meus coqueiros e avise o inquilino que não deixe o filho dele estragar as plantinhas novas. Mande fazer um cercado pra cada uma delas e passe pito no menino. Esse menino é um perigo, meu Deus! Que derrubem a casa, se quiserem, mas me deixem os coqueiros de pé e bem vivos. Agora ciao. Os artigos de você seguirão por mar. Abrace todos por mim e diga ao dr. Lamartine este estado de besteira cor-de-rosa em que fiquei. Minha vida agora anda pisando mais firme no chão.

    Abraços, abraços, abraços pra todos.
    Mário.

CARTA DATADA: "S.PAULO 20-V-30"; AUTÓGRAFO A TINTA PRETA; PAPEL CREME, FILIGRANA; 1 FOLHA; 21,7 x 16,6 CM; RASGAMENTO NA BORDA ESQUERDA.

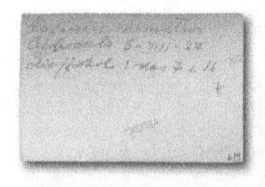

---

[235] V. "Prefácio inédito", manuscrito de MA em seu arquivo (IEB-USP), reproduzido em *Os contos de Belazarte* (São Paulo: Agir, 2008, p. 147; estabelecimento de texto Aline Nogueira Marques): "Meu desejo ficou no Nordeste e se Deus me der dinheiro é lá que hei-de-morrer".

65 (LCC)

Natal, 30 de maio de 1930.

Mário.

    Estou ciente de suas instruções. O inquilino já se retirou da casa. O muro (e não cerca) será na parte posterior da casa, para arrimo contra a possível invasão das areias. Os coqueiros não podem ficar na frente da casa porque a prefeitura não deixa. Ficarão na parte posterior. E terão um lindo efeito.
    Creio que V. deve escrever ao dr. Lamartine. Ele lhe deu um terreno que virou casa.
    Remeto uma crônica e peço que V. mande dizer quais os dias em que minha colaboração é publicada.[236] Isto para que eu faça os meus cálculos e possa escrevê-las.
    Todos aqui estão com esperança de V. vir até Natal este ano. Passar ao menos um mês. Mesmo em janeiro serve. A questão é não fazer tantas saudades como tem feito.
    Do Zeppelin nem lhe quero falar. Tive a honra de cumprimentá-lo a dez metros de minha cabeça e num voo maravilhoso.[237]
    Dá cá um abraço. Mande dizer os dias. Ciao.
    Cascudinho.

CARTA DATADA: "NATAL-30-V-30."; DATILOSCRITO, FITA AZUL; PAPEL BRANCO, TIMBRADO: "VIA AÉROPOSTALE"; 1 FOLHA; 20,2 x 13,5 CM; 2 FUROS DE ARQUIVAMENTO; BORDA ESQUERDA IRREGULAR; RASGAMENTO NO CANTO INFERIOR ESQUERDO.

---

236 "Cangaceiro, vítima de justiça" de LCC, no *Diário Nacional* de 3 de junho, terça-feira, procura definir a "gênese" do cangaceiro: "Aqui no Nordeste brasileiro nós sabemos que o cangaceiro não é uma formação espontânea do ambiente. Nem sobre ele influi a força decantadamente irresistível do fator econômico. Nas épocas de seca a fauna terrível prolifera, mas nenhum componente é criminoso primário. Os bandos têm sua gênese em reincidentes, trânsfugas ou evadidos. Nunca a sugestão criminosa levou um sertanejo ao cangaço. É cangaceiro o já criminoso. E criminoso de morte. [...] Mas qual seria o fator psicológico na formação do cangaceiro. Para mim é a falta de Justiça, que para mim no Brasil é corolário político".

237 Em 23 de maio, MA, no *Diário Nacional*, dedica crônica ao dirigível alemão Graf Zeppelin que, no dia anterior, ao chegar ao Recife vindo da Europa, passou a sobrevoar, pela primeira vez, terras brasileiras: "Por enquanto essa máquina voadora ainda é muitas coisas pra brasileiro. É um susto pra alguns. Pra muitos será um monstro de feitiçaria [...]. Pra algumas será apenas um balão a fogo, antecipando a descida de S. João pra namorar no randevu das cacimbas. E é preciso não esquecer que patrioticamente, seguindo o versinho tradicional, Zeppelin será neto do santista Bartolomeu Lourenço de Gusmão e filho do mineiro Santos Dumont. Enfim pra uns poucos será apenas um dirigível.// Mas será principalmente pra todos [...] um tumulto de ideias. [...] E já estou vendo daqui todo o Nordeste cantador, botando o Zeppelin em toada de romance, em dança e nos reisados de Natal". ("Zeppelin". In: *Táxi e crônicas no* Diário Nacional, op. cit., p. 199.) LCC, em suas "notas de reportagem área", testemunha, em 28 de maio: "O dirigível alemão 'Graf Zeppelin' voa sobre Natal desde às 13 horas e 55 minutos até 14 horas e 10 minutos, sob o comando do dr. Hugo Eckner.// Ao passar [...] sobre a estátua de Augusto Severo, deixou cair um ramalhete de flores artificiais, enlaçado com as cores da Alemanha e do Brasil e com os dizeres: 'Homenagem da Alemanha ao Brasil na pessoa de seu filho Augusto Severo.' [...]". (*No caminho do avião...* notas de reportagem aérea (1922-1933), op. cit., p. 60.)

66 (MA)

São Paulo, 2 de junho de 1930.

Cascudinho.

Sua carta de hoje diz que o inquilino saiu da casa. Mas eu não mandei isso não, Deus me livre! Se saiu por bem muito que bem, quis sair, saiu, mas tirar a coberta de ninguém isso não faço porque sou homem bom.

Fica mesmo lindo os coqueiros por detrás arripiando a cabelaça. A regra prefeitural é discutível mas não tenho a mínima intenção de requerer *habeas-corpus*, tá bom assim.

Se em dezembro puder partir pra aí, vou mesmo. O que me põe dúvidas e me prende aqui é "aí" mesmo. Você sabe a trabalheira prodigiosa que está me dando o livro sobre o Nordeste. Trabalho, trabalho, é fato que a coisa avança. Mas é imensa e avança lerdo. Mas eu sou dos homens que acreditam no poder do tempo e do estudo, melhor demorar mas fazer coisa boa. Pelo menos o melhor que posso.

———————
———————

Conhece a expressão "dar chifre enfiado" ou "de chifre enfiado"? É popular?

———————
———————

Vou escrever ao dr. Juvenal Lamartine.

———————
———————

Fica tudo decidido assim: sua colaboração no *Diário Nacional* sai às quintas-feiras. Não deixe de mandar sempre com bom cálculo pra que o jornal não quebre a linha. Imagine só: foi reservado o canto de cima, direita do leitor, diariamente pro que no *Diário* estão chamando "o primeiro team". Somos: você, Manuel Bandeira, Ronald de Carvalho, Alcântara Machado, Carlos Drummond de Andrade, e eu. Cada um tem seu dia certo e quando falha, você compreende: é um desastre. Escangalha a página, a sensação do leitor fino que só procura a gente no jornal, é o diabo. A seção está fazendo furor, comentada, lida, aplaudida. Não esqueça de quando em vez um bocado de história daí que o público daqui gosta muito. O artigo do cangaceiro está ótimo. Agora vou sair um bocado de S. Paulo porque não posso mais. Minha cabeça já não funciona mais direito de tanta fadiga. Meu alemão não dá e fui obrigado a tomar professor outra vez! Vou pro Rio onde tenho que fazer umas consultas na Biblioteca Nacional, pro livro nordestino, já se sabe. Você deve mandar as crônicas pro dr. Paulo Nogueira Filho – Diário Nacional – Praça João Mendes, 8.

São tarde, companheiro, são meia-noite e não posso mais! Depois de semana no Rio, vou pescar no Mojiguaçu. Só volto lá pra meados de julho. Então enviarei ajuntados os cobres de você, com o jornal daqui.

Estou caindo. Ciao. Sua gente... minha gente... Você sabe que eu quero bem todos. Bem que agora não digo porque o gostoso mesmo era deitar esta cabeça fatigadíssima no colo carinhoso de nossa mãe daí pra dormir, abanado pelos anjos que andam em volta dela. Assim seja.

Mário.

Carta datada: "S.Paulo 2-VI-30"; autógrafo a tinta preta; papel branco, filigrana; 1 folha; 21,7 x 16,6 cm.

67 (LCC)

Natal, 6 de junho de 1930.

Mário do coração natalense.

Que diabo é isto? Já lhe mandei três coisas e V. apita que estou deixando esfriar? Mando mais três.[238] Entre elas uma zinha que reúne o que é possível saber-se agora sobre Pedro Álvares Cabral. A importância dessa besteirinha é esta; resume o que há espalhado em um potici de livros sisudos.[239] Então? Escreveu ao presidente?

Perdoe o tamanho do "biête". É que estou até os olhos. Até uma história da *República* (jornal oficial fundado em 1889) tenho que fazer. E depressa. Candidatei-me a um prêmio sobre a história política do Estado e estou trabucando uma história do Rio Grande do Norte para as escolas. Magine aí...[240]

Pelino Guedes? Não conheço nenhum aqui. Houve com este nome um alto funcionário do ministério do interior e justiça. Era homem seco, sério até a melancolia, gravebundo e austero. Usava óculos pretos e era calvo. Bigodinho a nanquim. Corre uma anedota ter ele começado a morrer desde que Herculano de Freitas foi ministro.[241] Guedes habituado com a bezerrice dos velhos ministros desfaleceu ouvindo o ministro perguntar-lhe se certa senhora... como direi... V. entende. Será esse o tal Pelino Guedes que V.

---

[238] Da remessa enviada, "Versos clássicos no sertão", apresentando exemplos de trovas cultas portuguesas, em "sua viagem maravilhosa, de memória em memória té os sertões esquecidos do nordeste brasileiro", será divulgada em 10 de junho. "Fridjof Nansen", no dia 19 do mesmo mês, é o necrológio do diplomata, escritor e cientista norueguês, prêmio Nobel da paz em 1922, falecido em 13 de maio de 1930. "O dinheiro fabuloso que ganhou com seus livros de viagens polares serviu para aparelhar institutos de técnica. E passou a vida a fazer amizades e a receitar bom-humor às caras patibulares dos seus sapientíssimos colegas na Liga das Nações."

[239] "Pedro Álvares Cabral", em 26 de junho, no *Diário Nacional*, reúne informações genealógicas e biográficas, "o quanto [pôde] descobrir sobre o Descobridor" das terras brasileiras. Bom historiador e hábil retratista, LCC fixa a imagem de Cabral, após a sua mais importante proeza exploratória: "Cabral sempre se mantivera como um grã-senhor, faustoso e de gestos largos./ Era homem agigantado. [...] A fonte iconográfica que supre quase toda representação física do almirante é o retrato que há nos *Retratos e elogios* dos varões e donas que se publicou em Lisboa em 1817. Por ele vê-se Cabral como um homem robusto e maciço, largo de ombros, barbado e de aspecto sombrio. [...] Temperamento frio, resoluto, raciocinador, destemeroso. De sua alta e firme figura ornamental ficou-nos o detalhe da sepultura ter treze palmos de comprido..."

[240] *História do Rio Grande do Norte para as escolas*, "original perdido no Palácio do Governo" norte-rio-grandense, de acordo com a informação de LCC (Zila Mamede, *Luís da Câmara Cascudo*: 50 anos de vida intelectual 1918/1968, op. cit., p. 645. v. 1, parte 2).

[241] Herculano de Freitas, ministro da Justiça e Negócios do Interior, na presidência do marechal Hermes da Fonseca (1910-1914).

procura?²⁴² Lima Barreto disse-me uma vez que Pelino Guedes estava em vários livros seus.²⁴³

Abracemo-nos. Quando vem por cá?

Luís.

CARTA DATADA: "NATAL–6-6-30."; DATILOSCRITO, FITA AZUL; PAPEL BRANCO, TIMBRADO NO VERSO: "VIA AÉROPOSTALE"; 1 FOLHA; 20,2 x 26,4 CM; 2 FUROS DE ARQUIVAMENTO.

---

242 Possível referência a Pelino J. da C. Guedes (1858-?), autor de *Biografia de Amaro Cavalcanti* (1897), *O marechal Carlos Machado de Bittencourt* (1898) e dos *Pareceres do diretor geral da diretoria da justiça* (1919). Lima Barreto, em carta a Mário Galvão, em 16 de novembro de 1905, refere-se, com ironia, a Pelino: "bem sabes o que é a dor de escrever. Essa tortura que o papel virgem põe n'alma de um escritor incipiente. É uma angústia intraduzível, essa de que fico possuído à vista do material para a escrita. As cousas vêm ao cérebro, vemo-las bem, arquitetamos a frase, e quando a tinta escreve pela pauta fora – oh que dor! – não somos mais nós que escrevermos, é o Pelino Guedes". (Lima Barreto, *Correspondência ativa e passiva*. Prefácio e notas de Antonio Noronha Santos. São Paulo: Brasiliense, 1956, p. 134. 1º tomo.)

243 Na crônica "Lima Barreto", nas páginas do *Diário Nacional* de 13 de julho de 1926, LCC relembra três encontros, no Rio de Janeiro, com o autor de *Vida e morte de M. J. Gonzaga de Sá*, que lhe fora apresentado por Elísio de Carvalho. Para o cronista, o carioca Lima Barreto (1881-1922) constituiu-se como "o Balzac das famílias pobres, dos funcionários, dos aposentados, dos militares reformados, dum mundo estranho que ele conheceu e privou admiravelmente". LCC propõe a síntese biográfica do criador de Policarpo Quaresma: "Aquele homem escuro, malvestido, de rosto inchado, hirsuto, olhar triste, de andar variado, distraído, alheado, ingênuo, explorado pelos jornais, com uma capacidade de produção espantosa, falando aos tropeções, incapaz dum período longo, meio inculto, cheio de raivas, de preconceitos, cercado pela inveja, pela indiferença ambiente, foi uma grande atitude de trabalho mental e hoje um dos mais legítimos orgulhos nossos".

68 (LCC)

Natal, 1 de agosto de 1930.

Mário, bestão querido.

    Recebi sua carta-mirim. Tudo na graça de Deus e com imensas saudades suas. Creio que V. deve pensar seriamente em vir a Natal este ano. Preparo um cardápio danado de bom. Prometo não citar a obra de Marden[244] nem os romances do sr. Costallat. Minhas notícias são as seguintes. Vou bem. Acabei um livrão sobre o marquês de Olinda e seu tempo. O conde de Afonso Celso prefaciará. Acabei um resumo da história do Estado que sairá breve. Pra uso das escolas. Estou estrumando dois livros. Um sobre o movimento republicano aqui e outro idem-idem sobre a abolição.

    Minha mulher vai um pouco melhor da gripe teimosa que a agarrou. Continuo advogado, agora do "quadro dos ferroviários" da Great Western. E no Atheneu. Verdade... também fui eleito deputado estadual. Bento que não figurava na chapa graças a Deus já está eleito também. A filha do dr. Lamartine fora indicada pelas eleitoras e não aceitou. Bento voou[245] na vaga...

    De "aramas" do *Diário Nacional* não recebi nada. Mandei onze.[246] Incluso remeto quatro[247] que farão o mês de agosto.[248] Um deles, o sobre o agressor de Luís do Rego foi uma descoberta.[249] Perfazem um total de quinze crônicas. Agosto tem quatro quintas e eu me apresso mandando os artigos para as ditas.

    V. pode perfeitamente receber e passar recibo por mim. Espero que o gerente não faça estrilo por causa disto.

    Abração deste seu cada vez mais o mesmo
        Luís.

CARTA DATADA: "NATAL-1-VIII-30"; DATILOSCRITO, FITA ROXA; PAPEL BRANCO, TIMBRADO: "VIA AÉROPOSTALE"; 2 FOLHAS; 20,2 x 13,4 CM; 2 FUROS DE ARQUIVAMENTO.

---

244 Possivelmente menção ao escritor norte-americano Orison Swett Marden, autor de *Crime do silêncio* (1925) e *O poder da vontade* (1932).

245 Na carta: "vou".

246 Em julho, o *Diário Nacional* divulgou "Os poetas do pé" (dia 3), "O ensino de história" (10), "Lima Barreto" (13), "Colombo português" (17), "Lourival Açucena" (24).

247 "cinco" (rasurado).

248 Em agosto, LCC teve quatro artigos estampados no *Diário Nacional*: "Antonio de Souza" (dia 7), "Cônsul por engano geográfico" (14), "Um agressor de Luís do Rego" (21) e "Carlos Quinto e os reis portugueses" (28).

249 A crônica, ao trazer à tona o testemunho da família de Juvenal Lamartine, esclarece os incidentes ligados à emboscada sofrida pelo general Luís do Rego Barreto, governador de Pernambuco, atingido por três tiros, em 1821. Se a história pôde fixar o nome de um dos dois agressores, LCC revela, então, a identidade daquele que logrou fugir: "O outro rapaz era Antonio Pires de Albuquerque, de velha e boa estirpe pernambucana. Entrou na conspiração e foi sorteado, com João de Souto Maior, para matar Luís do Rego, quando este passasse a ponte de Boa Vista". Pedindo guarida no comboio do capitão-mor de Manuel de Medeiros, a caminho do Rio Grande do Norte, o ex-rebelde instalou-se na Fazenda Remédios, "atual povoação de Cruzeta, no município de Acari", deixando descendência.

69 (LCC)

12 de setembro de 1930.

Mário querido.

O transtorno em minha colaboração vem dum imprevisto. Minha mulher adoeceu e durante três meses, desde junho, ando para cima e para baixo, catando melhoras para ela. Agora é [que] a gripe se aquietou e eu começo a respirar.
Recebi 400$ e Deus lhe pague. Remeto dois[250] artigos e terei cuidadinho na assiduidade.[251] Não esqueça, Mário, de mandar-me ao menos um exemplar do *Diário Nacional* que publicar meus troços.
Como vai V. e que faz? De minha parte terminei o Marquês de Olinda, abandonei por inexequível o Charlie's Mask, findei um resumo da História do Rio Grande do Norte e mandei fazer uma versão italiana de um ensaio sobre os quatro cardeais secretários do Vaticano (Antonelli, Rampolla, Merry del Val e Gasparri). Assim Deus me ajude o folheto sairá breve e fora do mercado.
Lembre-me aos daí. Aqui em Natal houve muita curiosidade sobre sua opinião à respeito da ortografia acadêmica.[252] O Governo do Estado mandou "consentir" nas escolas e o Departamento de Educação (estadual) recomendou. Meu resumo foi escrito "academicamente". Mas nas "fôias" não uso o bicho...
Todos os desta sua amada tribo se recomendam com uma saudade bruta. Adeus, bestão querido.
Seu
    Cascudinho.

CARTA DATADA: "12-9-30"; DATILOSCRITO, FITA ROXA; AUTÓGRAFO A TINTA PRETA; PAPEL BRANCO, TIMBRADO: "ATHENEU NORTE RIO GRANDENSE"; 1 FOLHA; 25,5 x 16,2 CM; 2 FUROS DE ARQUIVAMENTO; RASGAMENTO NA BORDA SUPERIOR.

---

250 Na carta: "três" (rasurado).

251 Em setembro, o *Diário Nacional* divulga dois artigos de LCC: "O governador holandês do Rio Grande do Norte" (dia 18) e "Clemenceau apud Jean Martet" (25).

252 MA, em 7 de dezembro de 1929, na crônica "Ortografia", no *Diário Nacional*, emitia a sua opinião sobre o assunto: "A Academia Brasileira de Letras acaba de refixar a ortografia de seus Membros e propor ao Congresso uma lei que unifique a ortografia dos brasileiros. Foi uma coisa excelente e Deus queira que vingue! O caos ortográfico em que estamos agora e em que sempre tomei parte com uma volúpia digna de mim, é irritante [...] e tem que parar. Só uma lei mesmo, exigindo unidade de grafia escolar e oficial, nos levará a uma fixação ortográfica, porque o individualismo entre nós é incomensurável. A lei, pelo sim pelo não, nos levará insensivelmente à unidade". Outros artigos de sua lavra ("Ortografia – II", 8 dez. 1929; "Ortografia – I, 18 jan. 1930"; "Ortografia – II", 21 jan. 1930) procuravam deslindar aspectos polêmicos da questão. Assinala, por exemplo, que "a Academia andou tão afobadinha que deixou os acentos ao deus-dará, feito aquele legislador que, ao elaborar um projeto de constituição, esqueceu o Poder Judiciário". (*Táxi e crônicas no* Diário Nacional, op. cit., p. 165; 186.)

70 (LCC)

Mario queridão.

Recebi as *Modinhas imperiais*[253] que fiz minha mulher tocar e cantei maravilhosamente bem. Informo a V. que a "Busco a campina serena..." é tradicional aqui. A música é que tem uma variante mais bonita. Estou na Assembleia e Bento inda não deu ar de sua graça. Agenor informou-me de sua vinda dele em outubro. Não sei como será. Dos trabalhos vou indo na graça de Deus. Acabei um "resumo didático da história do Rio Grande do Norte". A minha história da república no R-G-N está na página 164. Depois farei a da abolição. Tudo este ano para imprimir em princípios de 1931.

Mando duas crônicas. Corresponderão a 2 e 9 de outubro.[254] Espero em Deus sustentar o firo na altura das circunstâncias...

Todos mandam um putici de saudades. Lembre-me a todos os seus.

Um grande abraço deste seu

Cascudinho.

26 de setembro de 1930.

CARTA DATADA: "26-IX-30."; DATILOSCRITO, FITA PRETA; PAPEL BRANCO, TIMBRADO: "VIA AÉROPOSTALE"; 1 FOLHA; 20,3 x 13,4 CM; 2 FUROS DE ARQUIVAMENTO; BORDA ESQUERDA IRREGULAR.

---

253 *Modinhas imperiais* (São Paulo: Casa Chiaratto [L.G. Miranda], 1930).

254 Dos artigos enviados por LCC, no mês em que estoura a Revolução de 1930, o *Diário Nacional* publicaria apenas "O conde d'Eu em Natal" (2 out.).

71 (LCC)

Natal [4 nov. 1930]

Todos bem grande abraço
Cascudinho.

<small>Telegrama assinado: "Cascudinho"; autógrafo a tinta azul; impresso "REPARTIÇÃO GERAL DOS TELEGRAPHOS"; 14,0 x 23,9 cm; 2 furos de arquivamento; rasgamento na borda esquerda; borda superior irregular; carimbo.</small>

São Paulo, 18 de novembro de 1930.

Cascudinho,

afinal sosseguei com o telegrama de você e agora mando carta sossegada. Vou primeiro abraçando um por um, sua mãe nossa, seu pai, sua mulher, você, as meninas, os cachorros, as árvores, "meu" quarto, a feijoada, o bolo de mandioca, a chacra, a avenida Jundiaí, Natal, o Rio Grande do Norte, o vento, meu Deus, o vento sublime batendo na gente com mão de amazona amorosa e guerreira, machucando que até fazia bem. Quanta saudade e quanta fome de rever e regozar!... Ai! até meio que fico triste e não vale a pena a gente ficar triste das invenções da saudade, quando já este mundo só por si nos dá tantos milhões de tristuras. Assim eu com esta revolução.[255] Primeiro foram as tristezas do abatimento, nesta cidade envergonhada que era o foco do perrepismo, você sabe. Meu mano preso,[256] inquietação nas mulheres da família que apesar de enérgicas não chorando, bem mostravam pela largura dos olhos o terror que ia por dentro e os pasmos da irresolução. Não era possível acalmá-las, inda por cima com a casa cheia de visitas que, apesar da intenção boa, só serviam mais inquietar mais as pobres. Sofri bem, companheiro, foi terrível, dentro de casa esse pasmo angustioso com sabor de morte pelo mano sequestrado, fora de casa seguido por secretas, perguntado sobre os caminhões que paravam na nossa porta e a paúra perrepista imaginava cheios de armas, de traições e perigos. Um inferno.

Mas a vitória enfim foi nossa, está claro que foram momentos sublimes de prazer e principalmente o bem-estar de quando a esperança faz pouso dentro da gente. Não tem dúvida, muita felicidade mas sempre felicidade, assim feito árvore carregada de ninhos de japins: umas pesadas bolsas negras gordas dos filhotes da inquietação. Tenho felicidade pelos amigos que venceram, mas resta sempre o sofrimento pelos que estão sofrendo agora. Penso constantemente nos amigos daí que caíram. Eu pessoalmente nada tenho contra eles e não sei de nada. Minha esperança é toda pra que neste momento de inquéritos

---

[255] O pano de fundo da disputa eleitoral pela presidência entre o "perrespista" Júlio Prestes e o candidato da oposição, pelo Partido Democrático, Getúlio Vargas, era uma estrutura política oligárquica amparada pela economia agroexportadora do café, fragilizada pela crise de 1929. Tornavam mais complexos esse momento a industrialização incipiente, os movimentos operários e sindicais em organização e as sequelas do movimento "tenentista" de 1924. Com a vitória fraudulenta do candidato do presidente Washington Luís, Getúlio, com o apoio do Rio Grande do Sul, Minas Gerais e Paraíba, recusa o resultado, partindo para uma ofensiva. Em 3 de outubro explode o movimento que se arrasta até a deposição de Washington Luís, no dia 24, quando uma junta militar assume até que Vargas chegue ao Catete, em 31 de outubro.

[256] Carlos de Moraes Andrade, um dos fundadores do Partido Democrático, em 1926, atuou na Constituinte em 1934, cumprindo mandato de deputado em 1937 e 1946. A firme posição democrática e constitucional lhe valeu a prisão na Revolução de 1930 e no Estado Novo.

e responsabilizações possam todos eles sair de cabeça levantada que é sempre ainda o melhor que nos fica das riquezas desta vida. Penso no dr. Lamartine, penso no Omar, muito do Cristóvam[257] que fiquei especialmente querendo bem e foi tão bom pra mim, penso no Adauto,[258] penso, penso... E a noite vai caindo sobre mim numa tristeza desolada.

Você vai me escrever, Cascudinho, uma carta que não exijo longa mas quero bem explicativa. Conte de um por um, todos como estão dentro da ordem nova de coisas e me conte especialmente de você e dos seus, se não lhes sucedeu nada, se nada perderam. Quero saber de tudo pra me confortar e achar assim as minhas alegrias atuais numa base mais segura dos meus carinhos pessoais.

Me lembre a todos os seus com o melhor carinho e acredite neste companheiro velho de guerra, que aqui vai inteirinho num abraço acochado que não para mais.

Mário.

CARTA DATADA: "S.PAULO, 18:XI-30"; DATILOSCRITO, FITA PRETA; AUTÓGRAFO A TINTA PRETA; PAPEL JORNAL; 1 FOLHA; 32,5 x 22,2 CM; RASGAMENTO NAS BORDAS ESQUERDA E INFERIOR.

---

257 Cristóvam Dantas, "secretário geral do Estado". (*O Turista Aprendiz*, op. cit., p. 349.)
258 Adauto Câmara, "chefe de polícia". (Ibid., p. 263).

73 (LCC)

Natal, 5 de dezembro de 1930.

Mário.

Sua carta deu um alegrão indizível. Todos desta sua casa festejaram as notícias e participaram da agonia por que passou V. e os demais "nossos" daí. Vamos sem novidades maiores. Papai continua sendo o fornecedor de carne-verde para as forças armadas e eu estou no Atheneu como interino de História. A diretoria passara-a em setembro a Celestino Pimentel enquanto ia para Assembleia. A revolução manteve Celestino o que demonstra que eu havia escolhido bem. Mas sem a gratificação de diretor e minha seção de colaboração histórica (exclusivamente) n'*A República* perdi 500$ o que é mau para mim. Daí perguntar a V. se o *Diário Nacional* inda aceita colaboração ou a suspende. Eu tenho esperanças de arranjar, pelo tempo adiante uns jornais cariocas e paulistas onde escreva. V. quando surgir ocasião aja em meu nome, mano! [...] Por ora só. Jorge Fernandes é o mesmo e Barôncio Guerra[259] bacharela-se neste dezembro.

Recebi da gerência do *Diário Nacional* a nota de três artigos mas não o vale-postal. Creio ter sido esquecimento.

Agora lhe dou notícias dos meus trabalhos; – Feitos, datilografados e brochados tenho:
Marquês de Olinda e seu tempo.
História da República no Rio Grande do Norte.
História da literatura norte-rio-grandense.

Gostou? E espero melhores tempos para tentar a publicação. Na *História da Literatura* que lhe mandarei o índice incluí uma "função literária da modinha" onde tive o prazer [de] citar o *Modinhas imperiais*. Como a política e as modinhas foram as únicas expressões intelectuais da província eu não poderia esquecer. E lá estão...

Mamãe, papai, Dália, Cotinha, cães e papagaios, livros, jardim, bolo de macaxeira, ares e sombras, bois e nuvens todos, a uma, perguntam quando é que V. volta a esta casa, a esse quartinho, a sombras destas árvores que são suas?

Também comunico que em meses de 31 espero a honra do primeiro herdeiro do solar dos Cascudos... Já pensou em minha alegria?

Adeus, Máro, abração deste mano
Luís.

CARTA DATADA: "NATAL–5-12-30."; DATILOSCRITO, FITA ROXA; PAPEL BRANCO, TIMBRADO: "VIA AÉROPOSTALE"; 2 FOLHAS; 20,2 x 13,4 CM; 2 FUROS DE ARQUIVAMENTO.

---

[259] Na crônica de "O Turista Aprendiz", no *Diário Nacional* de 27 de janeiro de 1929, MA anota: "Meu amigo Barôncio Guerra, sertanejo de nascença, natalense de carnaval carioca, tipo acabado de alegria, dirige a felicidade com uma perícia incomparável. Segurança de rédea, como a dele nunca vi". (Ibid., p. 255.)

74 (MA)

São Paulo, 23 de dezembro de 1930.

Cascudinho,

esta vai às pressas, só pra não acabar o ano sem mandar pra aí o meu abraço. Aliás, como boas-festas você já deve de ter recebido mais um livro meu, o mais difícil, o mais sutil talvez como poesia. Confesso também que sem ser o mais espontâneo é o que mais gosto. Mais ordem, mais arte, mais serenidade.[260]
Mas não vim falar sobre ele não. Vou hoje mesmo ao *Diário Nacional*, tratar do seu caso e ver se querem continuar a colaboração. O *Diário* aliás mudou de direção, está agora nas mãos dum Lima e Castro e dum Pedro Ferraz[261] que talvez você não conheça. Não são meus amigos e confesso que me sinto um bocado deslocado lá dentro. Me tratam sempre muito cordialmente mas, não sei, eu é que me sinto mal. Antes eu chocava dentro do jornal, agora me firo, o que é positivamente a mais desagradável das situações. Se me conservo lá dentro é em parte por causa da crise que me deixou quase sem alunos particulares. Faz um ano que a coisa vinha diminuindo, diminuindo e agora chegou, espero que no cúmulo, dois alunos só nestas férias! E o mais desagradável é que só por causa deles não posso ir descansar nalguma fazenda de amigo. Enfim aproveito o tempo vazio pra ir ler os livros nos jardins, sentado nos banco entre soldados do Sul e desocupados da Europa. Por sinal que tenho me lembrado de você. Você não está fazendo um estudo, livro, coisa assim sobre a medicina popular brasileira? Não se esqueça que Spix e Martius, *Reise in Brasilien*, têm muitas observações sobre isso pelo livro todo. Especialmente um grande apêndice de capítulo, Vol. I, p. 255, descrevendo e enumerando plantas medicinais usadas aqui. Também o Raimundo de Morais em *No país das pedras verdes*, p. 227 descreve plantas curadeiras dos pajés amazônicos.
Estive com o Cristóvam Dantas que encontrei na rua. Ainda não o fui visitar porque a coisa fica dificílima pra mim, ele estando na Agência Brasileira

---

[260] Em 15 de julho de 1930, MA partilhava com Manuel Bandeira o projeto de reunião de poemas para um livro novo: "Este livro me assusta, palavra. Tem de tudo e é a maior mixórdia de técnicas, tendências e concepções díspares. Mas gosto disso bem. 'Eu sou trezentos, sou trezentos e cinquenta' como digo num dos poemas. Terá 'Danças', 'Tempo da Maria' (alguns só), 'Poemas da negra', 'Poemas da amiga' e uma série de poesias soltas que ainda não denominei e estou achando dificuldade pra batizar. Há no livro alexandrinos parnasianos, decassílabos românticos, simultaneidade, surrealismo quase, coisas inteligibilíssimas e poemas absolutamente incompreensíveis. Talvez uma exabundância excessiva". (*Correspondência Mário de Andrade & Manuel Bandeira*, op. cit., p. 452.) *Remate de Males*, segundo o colofão, sairá do prelo em 15 de dezembro de 1930, sob a chancela de Eugênio Cupolo.

[261] Pedro Ferraz do Amaral (1901-?), em 1926, figurava como redator-chefe do *Diário da Noite*, em São Paulo. Com a fundação do *Diário Nacional*, em 1927, assume o posto de secretário. (Nelson Werneck Sodré. *História da imprensa no Brasil*. 3. ed. São Paulo: Martins Fontes, 1983.)

que me desagrada de pisar.²⁶² Fiquei satisfeito de vê-lo mas triste por ele, por todos e pelas coisas que me contou. Está bem menos otimista que você sobre as coisas daí.

Mas me sossega saber que você não perdeu posição embora os cobres tenham diminuído. Não há nada mesmo como a gente andar direito, isso a consciência fica esportiva, ginasta boa como o quê, uma felicidade. É aliás o que me dá mesmo esta prodigiosa felicidade interior que ninguém não tira, sou são. Sou "são", não São de santo, mas de saúde intelectual, lépido como tira de relho.

Bem, seu Cascudo, ciao por esta. Fiquei com dia-santo sabendo da sua livraria pronta e tão útil. Louco de curiosidade pra ler essas coisas.

Abraços pra todos. Pra todos, pra todos, até um abraço antecipado pro futuro herdeiro, a que todas as fadas do Brasil por meu mando darão dotes fabulosos de inteligência e grandeza moral, que são mesmo as coisas humanas mais prezáveis desta vida. E pra você o abraço sempre amigo e verdadeiro do
Mário.

CARTA DATADA: "S.PAULO, 23-XII-30"; DATILOSCRITO, FITA PRETA; AUTÓGRAFO A TINTA PRETA; PAPEL JORNAL; 1 FOLHA; 32,3 X 21,6 CM; RASGAMENTO NAS BORDAS SUPERIOR E DIREITA.

---

262 Em 1927, a Agência Brasileira abriu sucursal em São Paulo, sob a responsabilidade de Jaime Adour da Câmara, escritor ligado ao grupo da *Revista de Antropofagia*, com a qual MA rompeu ligações em 1929. Em vista disso, talvez se possa entender o mal-estar referido na carta a LCC. Recupere-se ainda o tom sibilino da missiva de MA a Manuel Bandeira, de 11 de maio de 1929, mencionando a empresa: "eu não sou senão um dos elementos desse caso que está preocupando o Brasil. Os Antropófagos mesmo falaram que têm a Agência Brasileira na mão e se servirão dela pra nos desmascarar. Não sei se já se serviram, sei que de toda a parte me chegam cartas perguntando o que sucedeu. Vou dizer que não sei e que não me tratem nunca mais do assunto"(*Correspondência Mário de Andrade & Manuel Bandeira*, op. cit., p. 418).

75 (LCC)

Natal, 7 de janeiro de 1931.

Meu querido Mário.

  Amanhã eu vou pra Recife tentar uma licença na Great Western onde sou advogado da seção Rio Grande do Norte. É certo que arranjo. Volto. As malas estão arrumadinhas. Vai começar a aventura geográfica, uma geografia sentimental, através do Brasil. Daqui vou direto a Manaus e depois de terra a terra até Natal. Todo o Norte. Depois subindo até Rio. Daí Mato Grosso e Goiás. Depois o "resto" grandão do Brasil. E São Paulo, Minas, Rio Grande do Sul. Todo o Brasil com um conto de réis mensal, passagem e hotel pagos e a esperança de ficar rico no finzinho.
  É certo que com novecentos mil réis não vivo. Advocacia não dá coisa alguma senão aos aparentados do Presidente. Outrora e agora? Mesma coisa. Sigo o carro. Apareceu Augusto Bacurau, fiscal do selo, veterano de Plácido de Castro, homem moreno, seco, ríspido e meu compadre. Casado com uma irmã de Juarez Távora. Bacurau quer ficar rico sem pedir favor e com honestidade. Arranjou um sócio capitalista que "entra" com cem contos. E resolveu "fazer" um livro comercial-industrial-histórico-revolucionário-etc de "todo-o-Brasil". Também um "indicador comercial" tipo *Thomas' Register*[263] e mais coisas. Os Távoras munem o cunhado de cartas de apresentação e de recomendação. Fernandes Távora é Interventor no Ceará e Juarez é Delegado Federal no Norte. Este é que dará apresentações para o Sul e o mano para o Norte além das amizades pessoais de Bacurau e minhas. Assim lá vou eu com o ouro da tarde pagar para subir o Amazonas.
  Se o negócio não der ganhei a viagem bonita como quê. E pelo sim e pelo não é que estou dispondo minhas coisas para ficar em duas amarras no caso de falhar o sonho que é grande. Só pensar em ir ver Marajó e Amazonas, Mário de Andrade e Mato Grosso, Iguaçu e Goiás, o Paraná verdinho e o churrasco no pampa guasca, vale a pena arriscar a preguiça e voar feito bandeirante à velha boa maneira seiscentista.
  A viagem é em meados de janeiro para o Norte. Se Você responder de avião inda leio sua letra.
  Bacurau insiste que eu seja o diretor-artístico-literário-histórico--escrevente-revisor dos trabalhos com igualdade nos ganhos. Que acha Você?
  A ideia material é de conseguir fazer o trabalho tipográfico na Imprensa Nacional mas eu estou torcendo para instalarmos uma pequena oficina com duas linotipos, máquina de impressão. Na parte paulista pensei muito em V. e possivelmente farei Você ganhar uns continhos que não lhe farão mal. E

---

263 Referência ao *Thomas Register of American Manufacturers*, guia industrial e de serviços norte-americano, criado por Harvey Mark Thomas.

Câmara Cascudo e a família Barôncio Guerra.
No verso da foto, letra de Mário: "Redinha (Natal) / 31-XII-28 /Família Barôncio Guerra".

com linotipos e máquina de impressão tanto fazer várias coisas aqui no Norte e mesmo no Sul se o Indicador pegar porque neste caso daremos uma edição de dois em dois anos além de podermos imprimir revistas de informação comercial, especialmente livrescas e musicais. Nisto aí é que Você entrará como o diretor das ditas com tantos por cento. Vê que tudo é sonho... Mas feche os olhos e espere que eu bato aí na Lopes Chaves para comer e ouvir piano. Fui a Recife ouvir os Cossacos do Dom para fazer parelha com as Ucranianas de boca-fechada. Que me diz Você de tudo isto? Atordoante? Não é?

      Mamãe, papai e minha mulher ficaram de acordo. Minha mulher, coitadinha, no sexto mês, bem triste. Mas eu volto em março e só depois é que irei viajar. Espero um filho que se chamará Fernando Luís e que Mário de Andrade levará para o senhor Bispo passar os santos óleos da crisma. Desta forma prendo Você a uma entidade viva e humana, afora Macunaíma-o-eterno.

      Recebi *Remate de Males*[264] e farei a distribuição hoje. Você disse bem que ele era o mais sutil, o mais difícil como poesia mesmo perdendo aquele

---

[264] *Remate de Males* (São Paulo: Eugênio Cupolo, 1930), exemplar com dedicatória: "A/ Luís da Câmara Cascudo,/ com um abraço de/ amigo velho,/ o/ Mário de Andrade/ S. Paulo 1930".

cheiro de espontaneidade bruta que há em *Clã do jabuti*. Só não li os "Poemas da Amiga". Estou também com os nervos gritando porque agora (15 e meias horas de seis de janeiro) dez hidros italianos passaram roncando por cima de nossa casa. Essa esquadrilha de Italo Balbo[265] não terá a honra de minha visita. Nem saí de casa. A culpa tem-na Alain Gerbault[266] de quem li três livros. Aquelas viagens solitárias arrastaram de mim todo fanatismo aéreo. Se me virem berrando num cais é porque o "Firecrest" vai chegar, pequenino e audaz.

No *Remate de Males* achei muito do que gostar. Gostar como sinônimo de ter-coisa-por-sua, de si-mesmo. Pra admirar quase tudo mesmo o seu lirismo que é um lirismo sutil, de nervos a dentro, misterioso e evocador de coisas palpáveis e invisíveis. Mas as louvações são doidas de boniteza. A "Tarde" é uma delícia e os "momentos" também. "Improviso do mal da América" também. E especialmente as bodas da Germaninha, um milagre de alegria pela alegria irresponsável, interesseira e animal dos outros, alegria-pura, irreprimível, "acima dos resultados" e possivelmente do desejo das "torcidas". A "Cantiga do ai" me agradou imenso porque estamos nós no Norte ali dentro com violão, peixe frito e cachaça.[267] Achei um Mário com a marotte nos vulcões, bailando sobre vulcões que não sei que é.[268] Assim como o trezentos que não entendi.[269] V. não teria posto em prática o surrealismo da praia da Redinha como explicou a Barôncio e a mim entre cajus e vinho branco?

Como poesia *Remate de Males* completa Você. Creio que Você não poderá ter livro maior nem menor que ele nem tomar outro caminho. Aqui risca o definitivo poético, o real-imediato como inspiração-aproveitada.

Quando eu passar por São Paulo levarei todos os meus inéditos para que Você os veja se não os preferir Você ler antes porque neste caso mando um deles pelo correio. Um meu ensaio sobre Mário de Andrade está sendo estrumado e desejo dar uma edição de cem exemplares fora do mercado. Falta-me apenas biografia e, como diz aqui um pedagogo agora altíssimo, "leituras primevas". Com a presença a gente fala e toma notas bebendo café na Lopes Chaves.

Falta falar-lhe sobre a sua (ex-sua-nossa) casinha da Areia Preta. Pude rapidamente passar o registo para seu primitivo dono. Primeiro o dr. Lamartine, sem que me falasse, não a tinha pago e segundo não queria eu que Você ficasse enrolado nos jornais daqui como recebendo presentes do Estado. Ele

---

[265] Italo Balbo (1896-1940), aviador italiano que aterrissou em Natal; ocupou o cargo de ministro da aviação em seu país em 1939. (V. *No caminho do avião... notas de reportagem aérea (1922-1933)*, op. cit., p. 33-34.)

[266] Alain Gerbault (1893-1941), aviador francês.

[267] Referência aos poemas "Louvação da tarde", "Louvação matinal", "Momento/ (novembro de 1925)", "Momento/ (16-IX-1928)", "Improviso do mal da América", "A cantiga do ai" e "As bodas montevideanas (15-I-1928)" que, em uma primeira versão, trazia a dedicatória à cantora Germana Bittencourt, retirada na edição do livro em 1930.

[268] Alusão aos versos de sentido hermético em "A adivinha (Janeiro de 1928)": "Pôs a boca no mundo e cantou todo o dia,/ Porém a voz se fatigou talqualmente os vulcões/ E não ficou mais que o instrumento." (v. 10-12).

[269] Menção ao poema "Eu sou trezentos.../ (7-VI-1929)", que repete, no primeiro e oitavo versos, "Eu sou trezentos, sou trezentos-e-cincoenta".

era natural e Você o recebera sem saber. Testemunham isto todos nós. Não faltaria acusador de feiuras inexistentes e para que não ficasse uma suspeita intolerável entre nós ambos e o público desfiz o negócio que como já lhe disse estava neste pé; – Francisco Azevedo, o dono não tinha recebido nem um níquel e andava atrás de mim pedindo quatro contos que nunca pude ter nem V. também. Fui à recebedoria e declarei desfeita a compra e como nem escritura, como vim a saber depois, havia sido lavrada por descuido (felizmente) do dr. Lamartine, facilmente arredei V. e a mim de negócios com o Estado. O atual interventor daqui, Irineu Joffely passa o tempo em desfazer atos do passado governo e até cobrar as passagens fornecidas pelo governo. E quem as recebeu pague, possa ou não possa. Fui nomeado a 26-12-1929 para acompanhar em Recife o "Curso de Aperfeiçoamento" da diretoria técnica de Educação durante o mês de janeiro de 1930. Pois a passagem de minha mulher tive que pagar... Demais não há para quem apelar porque não possuímos um só norte-rio-grandense ao lado do Interventor. Todos, sem exceção, todos os Departamentos são dirigidos por paraibanos trazidos e mandados buscar de Paraíba. Já vê V. que nesse regime de Alsácia Lorena o melhor é aceitar a viagem comercial e passar uns meses fora de Natal esperando que acabe o interdito sobre os meus patrícios.

  Escreva-me. Aceite abraços de todos os desta sua casa, papai, mamãe, Dália, Cotinha, toda a tribo.

  Abraços deste seu
    Cascudo.

Câmara Cascudo e a filha de Barôncio Guerra. No verso da foto, letra de Mário: "Redinha / (Natal) / 30-XII-28".

CARTA DATADA: "NATAL –7-1° 1931."; DATILOSCRITO, FITA ROXA; AUTÓGRAFO A TINTA PRETA; PAPEL BRANCO, FILIGRANA; 2 FOLHAS; 32,7 × 22,0 CM; 2 FUROS DE ARQUIVAMENTO. NOTA MA A GRAFITE, VERSO F.2: "CASCUDO".

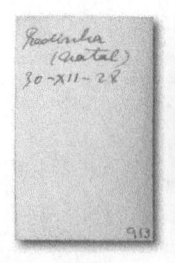

76 (LCC)

Natal, 22 de janeiro de 1931.

Mário rei Mano bestão querido.

Está tudo direito. Aceito tudo. Não há dúvida que a revista não invalida coisa alguma e que invalidasse valia a pena. Especialmente com gente como Paulo Prado e Alcântara Machado eu faço de escocês, escocês! Ombro a ombro, e vou até o inferno. E não falo em V. porque não é necessário. Basta que seu nome esteja no meio da coisa para que eu também me meta até os ouvidos.[270] Quer então o *Marquês de Olinda e seu tempo*? Seja. Mas escute. O livro foi escrito à máquina mas justamente agora estou revendo o bicho e abotoando direito umas tantas besteiras. Acabarei neste janeiro e então enviarei. Mando para V. porque não tenho cópia. Vai o livro datilografado e brochado. V. dispõe e não deixa perder porque eu fico sem uma obra-prima... *Irribus*! Para não demorar a composição remeto pelo correio um ensaio sobre "A escravaria na evolução econômica do Rio Grande do Norte".[271] Inédito. Inda demorarei uma semana aqui fazendo os questionários e mais cangaços técnicos. Ciente quanto à inconveniência de junho-julho. Nem pense que seja possível minha ida nesses dois meses. Estarei pelo Rio Grande do Sul se andar depressa. Pensei também que talvez a revista preferisse um trabalho de assunto novo, por exemplo, a literatura de cordel sobre João Pessoa e sua repercussão popular. Por causa desses folhetos estou em dívida com Alcântara Machado e sem a mínima culpa. Pediu-me ele livretos sobre Lampeão. Aqui não os há e pedi por intermédio da Agência Pernambucana toda a coleção lampeônica. E inda estou esperando e comigo Alcântara que deve estar fazendo uma porção de juízos ruins a meu respeito e eu danado com isto pois o Alcântara é muito gentil para comigo.

Fico às suas ordens para a propaganda durante minhas viagens pelo Norte, Centro e Sul do país. V. não pode calcular a sede que tenho de ver ouvir e cheirar Mato Grosso e Goiás. É mundo novo seu Mário! Um encanto pra aqueles que como eu não conhecem mato fechado senão besteiras de carrascos e caatingas ralas nos taboleiros daqui.

Como vai o mano ilustre? E a santa tribo? Já dei o *Remate* pra o Jorge Fernandes. Continuo no Atheneu. Mas se o meu negócio der eu largo tudo

---

[270] A *Revista Nova*, dirigida por Paulo Prado, Antônio de Alcântara Machado e Mário de Andrade, distancia-se do caráter essencialmente artístico das primeiras revistas do modernismo, para se empenhar na consolidação de um "repertório do Brasil". Nesse sentido, a preponderância de colaborações eruditas nas seções de ensaios, "etnografia", "notas bibliográficas/ brasiliana", determina a sobriedade intelectual da revista. O periódico paulista durou de 15 de março de 1931 até o número triplo 8-10 de 15 de dezembro de 1932. Nesse número, uma nota comunica o afastamento de MA da direção do periódico.

[271] "A escravaria na evolução econômica do Rio Grande do Norte" aparece no primeiro número da *Revista Nova* (15 mar. 1931), p. 62-69.

porque a liberdade é bem instintivo e a ausência de dono-burocrático justifica todo sacrifício e trabalheira. V. não acha?

Papai, mamãe, Dália e Cotinha retribuem todos os cumprimentos que V. mandou. Estamos todos esperando V. a cada minuto e todos os anos na esperança idiota que V. venha. V. inda tem uma casa em Areia Preta, a nossa. Toda vez que quiser vir ela fica pintadinha de branco esperando pelo dono. É feia e boa. Na[272] foto que lhe mandei da sua ex-casa a nossa está visível à esquerda da foto. Esta, pelo mesmo teor do bem-querer, é sua desde a soleira até o telhado. Amém...

O piá está impossibilitado de agradecer visivelmente ao padrinho Rei Mago o gesto da primeira bênção.

Estou me emocionando que é um despotismo...

Ciao. Abraço de todo tamanho.

Luís.

A Melhoramentos de São Paulo, casa editora daí, fez-me uma proposta tão irritante que nem resposta dei. O sr. Clóvis de Gusmão[273] também queria que eu fizesse um romance estilo Cruls, Menotti, Wells, Verne, Salgari *et sa suite*.[274] Gostei muito do sr. Gusmão que foi extremamente gentil para mim. Mas nada posso fazer porque a proposta não é viável... para mim. Vê se V. dá um jeito no *Diário Nacional* enviar 300$ que já me acusou o crédito em *memorandum*. Pedi em carta-expressa o envio do dinheiro em vale-postal. Há um mês... e nada!

> CARTA DATADA: "NATAL – 22-1º-1931."; DATILOSCRITO, FITA AZUL; AUTÓGRAFO A TINTA PRETA; PAPEL BRANCO, TIMBRADO NO VERSO: "VIA AÉROPOSTALE"; 1 FOLHA; 26,9 x 20,2 CM; 2 FUROS DE ARQUIVAMENTO.

---

272 Na carta: "No".

273 Clóvis de Gusmão, em 1929, teve seu nome ligado à *Revista de Antropofagia*, assinando alguns de seus textos sob pseudônimo. (V. "Entrevista com Geraldo Galvão Ferraz". Maria Eugênia Boaventura, *A vanguarda antropofágica*. São Paulo: Ática, 1985, p. 209.)

274 Referência a autores nacionais e estrangeiros que exploraram o universo da fantasia (ficção científica, aventuras, experiências exóticas etc.) e das viagens exploratórias: Gastão Cruls, Menotti Del Picchia, H. G. Wells, Júlio Verne e Emilio Salgari.

10 de abril de 1931.

Mário querido da revista e meu.

Recebi o 1º da *Revista Nova* que é deliciosa.[275] Saiu tudo bem e bom. A carta do Ramalho um encanto.[276] Eu estive assombroso e V. inimitável.[277] Vou assinar a revista depois daquela declaração inicial que, polêmica à parte, é sossegadora e doce. O espírito da revista é que me parece susceptível de mudança. Creio que melhor seria ela reunir elementos díspares, mesmo coordenados pela redação, e levá-los para diante. Revista com doutrina própria não vive. Dá impressão de "órgão" de qualquer coisa. Mas eu nada tenho com isto. O principal é aplaudi-la e desejar-lhe os anos fartos de alguns centenários.

Vamos todos bem. Minha mulher "descansará" inda neste abril, se a Deus for servido. Estamos tentando uma Escola de Música em Natal, com Valdemar de Almeida,[278] Babi, José Galvão e eu, ensinando História da Música. Declarei a adoção do seu compêndio e escrevi ao Ernani Braga[279] perguntando por que o Conservatório de Pernambuco não o tinha feito já. Ernani disse-me que a cadeira não estava criada. Eu julgo-a urgente porque dispensa o raciocínio e a vida interior para os alunos. Essa coisa de vida interior dá muito trabalho a conseguir-se. Melhor é engoli-la já pronta. Bento caiu-me dum avião. Almoçamos juntos. No outro dia tocou para João Pessoa. Chega amanhã e voará para o

---

275 A direção da *Revista Nova*, no número inicial (15 mar. 1931), assume o elitismo, ao destiná-la "a uma minoria" ("fazendo tudo quanto lhe for possível para engrossá-la"), e pretende, no campo das ideias, "a procura de discussão". Assume o caráter polêmico, "quer dizer: combatividade, agitação de ideias, choque de correntes, procura e discussão. Ficando bem entendido entretanto que a revista só fornecerá o espaço para a polêmica. Esta ocorrerá livremente por conta e risco dos colaboradores".

276 "Carta a Eduardo Prado" apresenta a missiva do escritor Ramalho Ortigão, enviada de Lisboa, depois de sua viagem pela América do Sul (Argentina, Uruguai e Brasil), em 1887, momento em que visita São Paulo. Ortigão deixa suas impressões sobre a sociedade brasileira, aludindo a um projeto de publicá-las em livro.

277 MA assina o ensaio "A poesia em 1930", estudo de "quatro livros de poetas na força no homem": *Alguma poesia* (Carlos Drummond de Andrade), *Libertinagem* (Manuel Bandeira), *Pássaro cego* (Augusto Frederico Schmidt) e *Poemas* (Murilo Mendes).

278 Valdemar de Almeida (1904-1975), pianista e compositor norte-rio-grandense; estudou no Instituto Nacional de Música do Rio de Janeiro (onde foi aluno de Luciano Gallet), na Alemanha e na França. Em 1936, divulgou sua obra "Dança de índios", música orquestral; em 1940, a "Dança de mamelucos". (Marcos Antonio Marcondes (Ed.), *Enciclopédia da música brasileira*. Erudita folclórica popular. São Paulo: Art Editora, 1977. 2 v.)

279 Ernani da Costa Braga (1888-1948), pianista, compositor, estudioso do folclore e professor nascido em São Paulo, tendo se formado musicalmente no Rio de Janeiro e na Europa. Ajudou a criar no Recife, em 1930, o Conservatório Pernambucano de Música, instituição na qual também ocupou o cargo de diretor. Em fevereiro de 1929, Ernani Braga avista-se com MA, de passagem pelo Recife, rumo a São Paulo. Desse encontro resultará uma reportagem na coluna Vida Musical, em *A Província*, no dia 21 desse mês. (*O Turista Aprendiz*, op. cit., p. 377-381.) Em 12 de agosto de 1929, Manuel Bandeira escrevia a MA: "Mando-lhe um retalho da *Província* com a notícia sobre a *História da Música*. O Ernani Braga que a escreveu, está sempre fazendo referências a você (simpáticas); é raro o artigo dele em que não aparece o seu nome". (*Correspondência Mário de Andrade & Manuel Bandeira*, op. cit., p. 431.)

Rio. Que demônio de homem... E V. bestão de amor natalense, siamo alora tutti bahiani, hein?[280] Felizmente nós estamos livres do domínio dos bahiani daqui. O meu *Marquês de Olinda e seu tempo* está no Rio com o conde de Afonso Celso que escreve uma preliminar. Mas V. se deve lembrar que eu tenho um ensaio sobre *Buda é Santo católico?*, assuntinho inédito para o Brasil. São 22 folhas escritas à máquina, fora uma conversa-prefácio-desculpa dumas três ou quatro folhas. Servirá para "duas" revistas? Sobre Álvares de Azevedo tenho um estudinho sobre charutos cantados por ele com reportagens fumantes. Servirá? Pelo correio mando o relatório da Santa Guerra que voltou da Bélgica onde fora estudar a organização das escolas domésticas.[281] Santa já era professora da nossa Escola Doméstica onde V. escreveu que se sentia "liricamente feliz", bandido cínico...[282] Agora é a diretora. A *Revista* poderia registar? Creio que sim porque a Santa Guerra não deu ao trabalho a feição de relatório. Parece antes uma impressão literária. Qualquer linha a este respeito animará muito as meninas e prestigiará a Escola que é a única até aqui...

Adeus seu Mário. Lembranças e saudades grandes agora que não tenho esperanças de vê-lo comer o bolo de macaxeira nesta sua casa tão cheia de V.

Abraços deste seu

Luís.

Carta datada: "10-4-31."; datiloscrito, fita azul; autógrafo a tinta preta; papel branco, timbrado: "VIA AÉROPOSTALE"; 1 folha; 27,1 x 20,4 cm; 2 furos de arquivamento.

---

280 Alusão ao fim da crônica de MA, "Suzana e os velhos", no *Diário Nacional* de 7 de setembro de 1930: "Anche noi, duce Getúlio, siamo tutti baianni!". O texto aborda a "comovente mensagem que os estudantes da nossa Faculdade de Direito enviaram ao dr. Getúlio Vargas, pedindo pra que não se fizesse uma exceção a S. Paulo e se organizasse [...] uma governança paulista". Nessa análise de conjuntura político-social, subsiste uma ponderação sobre a "invasão atual dos estaduanos", em decorrência da Revolução de outubro de 1930. (*Táxi e crônicas no* Diário Nacional, op. cit., p. 285-286.)

281 *Ensino doméstico na Bélgica*: estudo em poucos dias (Natal: Imprensa Diocesana, 1931), opúsculo de Santa Brito Guerra. No livro, visto como uma "satisfação à ilustrada 'Liga do Ensino'", que a enviara em missão à Europa, a autora exprime seu ideal pedagógico: "trabalhar pelo ensino doméstico é fazer muito pelo presente e mais ainda pelo futuro. É, de modo geral, trabalhar pelo aperfeiçoamento moral e físico da humanidade". ("Por que escrevo", p. 11.)

282 No diário de "O Turista Aprendiz", "Natal, 16 de dezembro", MA apresenta aos leitores do *Diário Nacional* a cidade que o hospedava, localizando na paisagem urbana "a praça vasta [onde] senta a Escola Doméstica, orgulho do ensino profissional norte-rio-grandense". (*O Turista Aprendiz*, op. cit., p. 233.)

78 (MA)

São Paulo, 27 de abril de 1931.

Cascudinho,

    recebi sua carta uma semana faz e merecia resposta imediata. Desculpe se a minha imediateza tem a elasticidade duma semana inteira. No momento tem mesmo. Ando atravessando crises horríveis, desastres grandes de dentro e em torno de mim, ando sofrendo, companheiro, a vida meio que parou, isto é, anda turtuveante, buscando trilhos, alguma picadinha solista num mato trançado de clamores. Bom, antes de mais nada: você diz que vai mandar assinar a *Revista*, o que é besteira. Está claro: nós não pagamos artigos porque isso é mesmo de todo em todo impossível, mas ao menos somos suficientemente... distintos pra presentear os nossos colaboradores com a anuidade da revista. Não tem que agradecer. Sua colaboração apreciada, até na Argentina, donde acabo de receber uma carta do Luis Emilio Soto me pedindo que saúde você e o abrace.[283] Queremos logo, logo o artigo sobre Álvares de Azevedo e o fumo. Engraçado que várias vezes pensei também em escrever sobre isso. Caiu a sopa no mel, assino de olhos fechados o seu artigo. Quanto ao Buda, por enquanto, pra orientação brasileirista da revista não interessa bem, viria descaminhar muito essa orientação, que aliás é a única bem fixa pro corpo dos artigos: coisas que interessem diretamente ao Brasil. Você não sei onde, descobriu no artigo de boca, que a revista tem doutrina própria. Não tem não senhor. Aceita todas as doutrinas, todas as controvérsias, contanto que tenham algum interesse mais ou menos imediato pra cultura e conhecimento do Brasil. O que você devia ir pensando é no estudo que estava fazendo sobre medicina popular brasileira. A documentação que você já arranjou é suficiente pra um estudo interessantíssimo sobre o assunto. Não se preocupe em ser completo, que não é possível ser completo. E aliás é sempre possível em publicação futura de livro, completar o que já publicou em revista. E me diga uma coisa: você não conhece aí pelo Nordeste gente bem abalizada em qualquer assunto, gente bem taco que pudesse escrever alguma coisa pra nós. Sobretudo sobre costumes do Maranhão ou do Piauí, sobre os quais a lacuna é tamanha em nossa literatura. Pode convidar em nosso nome, mas sempre tomando cuidado que seja gente taco.

    Inda não recebi o livro de Santa Guerra, não terá se perdido pelo Correio? Na certa que merecerá uma nota da *Revista*, eu mesmo a farei, se Deus quiser. O Antônio Bento nunca mais que deu ar de si. Não sei se zangou comigo

---

[283] Em 16 de abril, de Buenos Aires, escrevia Soto a MA: "Tengo vivísimos deseos [...] de recibir pronto nuevas de Vd., tanto para saber de su persona como para enterarme de sus actividades de orden intelectual. Por lo que veo a través de *Revista Nova*, hay en São Paulo un saludable resurgimiento, con irradiación hacia los más activos centros y espíritus de todo el Brasil. Si tiene oportunidad de escribirle a Câmara Cascudo, trasmítale a este excelente amigo, mis mejores saludos y la expresión de mi entusiasmo al encontrarlo en la flamante revista de Vds., com tan maduro aporte".

No verso da foto, letra de Mário: "Crias da família / Cascudo / 5-I-29 / Natal".

por alguma coisa, sei que não acusou recebimento nem das *Modinhas*, nem do *Remate*, nem respondeu a umas duas cartas minhas. Parei discreto, à espera de saber o que está se passando com ele. Mas estou sossegado, deve ser muita preocupação pessoal, que ele não é sujeito pra briguinhas e coisinhas. Gostei da ideia da formação dum conservatório aí, parabéns e pra frente!

Você se refere a um artigo meu, do tempo em que eu caçoava bem-humorado da avança indecentérrima que os brasileiros, especialmente nordestinos estavam fazendo em S. Paulo.[284] E conclui a carta, embora brincando,

---

[284] Além de "Suzana e os velhos" (7 set. 1930), MA publica outra crônica no *Diário Nacional* sobre o assunto, "São Paulo do Brasil" (1 fev. 1930). Nesse texto, o articulista julga que a "vinda de estaduanos pra São Paulo" estava "realmente se tornando um problema importante". Pergunta-se: "quem que vem? Vêm [...] os que querem progredir a todo custo, os que querem enriquecer; vêm os médicos, os engenheiros, os jornalistas, os advogados. [...] é certo que fazem benefícios enormes pro Estado. [...] Mas os outros Estados é que se despovoam dessas inteligências ativas, [...] pra se arriscarem na aventura e na improvisação". (*Táxi e crônicas no* Diário Nacional, op. cit., p. 330.).

dizendo que agora perdeu a esperança que eu volte pra aí. É bom encontrar um homem como você, que soube ser eficaz na sua própria terra e aí ficar vivendo, pra comentar um bocado essa coisa horrorosa que está se passando por aqui. Está claro que pretendo e sempre pretenderei voltar ao Rio Grande do Norte, onde tenho família, e foi dos lugares mais saborosos que encontrei nas minhas viagens. É certo que minha psicologia, que é uma segunda sabedoria sempre se enriquecendo com o avanço do tempo, hoje está me pedindo mais a Amazônia pra acabar os meus dias, mas isso não impede nada, nem o prazer que acho entre potiguares nem o bem que quero a vocês. Mas também por isso mesmo que me sinto brasileiro, pela mesma razão por que quando o nordestino foi injustamente atacado aqui, me achei no direito de o defender, é que me sinto com direito de sofrer por S. Paulo agora. É afinal das contas uma amargura mais dos brasileiros que de S. Paulo, verificar por exemplo, a doida estupidez de não sei quantos milhões de brasileiros tendo adquirido a noção de que a Revolução foi uma vitória do Brasil contra S. Paulo. Isso é inconcebível, é uma prova pavorosa de ignorância social, de lesa-nacionalidade, de burrice apressada, mas é a pura verdade. E nessa verdade verdadeiríssima, que chegaram mesmo a me confessar no Rio, o que a gente percebe é o ódio, a inveja individualista medonha contra essa afinal das contas única coisa magnífica e apresentável da falsa civilização brasileira, S. Paulo. Você sabe perfeitamente que pelo meu conceito de civilização, a de S. Paulo é falsa, mas nem por isso deixa de ser a civilização que conta no país, influi nas nossas relações comerciais e espirituais com o mundo. Enfim S. Paulo é o único elemento brasil que verdadeiramente pesa na balança do mundo. Bom, mas parece que estou pleiteando por S. Paulo contra você, e dizendo coisas que afinal das contas são banalidades de tão sabidas. Ora essa erupção de ódio, de despeito, de inveja contra S. Paulo, a que os brasileiros deram largas depois que a revolução expulsou um fluminense do Catete e nos livrou de Júlio Prestes, me fere como a coisa mais inominável, mais infamante, mais suja da nacionalidade. E que esses filhos-da-puta, odiando e maldando, se assanhem como cachorrada diante do angu, num desespero de arranjar emprego em S. Paulo, isso então não tem limite na minha raiva e no meu nojo, palavra. S. Paulo está dominado agora por um pernambucano[285] e por um gringo. O gringo é só infame, nada mais. O pernambucano é mais discreto e dizem que tem boas intenções. Dizem isso só porque ele tem trabalhado e feito alguma coisa aparentemente em benefício de S. Paulo. Mas toda a gente se esquece que quando uma região chega a certo estado de civilização e de progresso, por mais que o chefe seja rúim, sempre alguma coisa ele tem mesmo que fazer. Não por ele, não porque queira fazer, mas premido, levado pelas próprias circunstâncias do lugar. Júlio Prestes foi o mais infame dos presidentes paulistas. Mas fez também algumas obras importantes. Fez porque não era possível não fazer, as coisas se faziam por si. Da mesma forma, era impossível o João Alberto não

---

[285] De 26 de novembro de 1930 a 25 de julho de 1931, o coronel recifense João Alberto Lins de Barros (1897-1955) cumpriu a interventoria em São Paulo. Disponível em: <www.galeriadosgovernadores.sp.gov.br/07govs/govs.htm>.

tomar disposições sobre o café, está claro. Também lhe era impossível não se contrapor ao cão do Chico Campos,[286] que na reforma de ensino estava dando jeito pra acabar dois dos maiores padrões da cultura brasileira, a Politécnica e a Escola de Medicina de S. Paulo. Talvez você não saiba disso, pois fique sabendo. Escolas como não há outras no Brasil, duma organização de fato magnífica, a de Medicina com um edifício que é das maiores arquiteturas atuais do país, e única coisa que se poderá opor à América do Norte. Enfim, Cascudinho, não é possível estar assim enumerando as causas de amargura e de despeito que os brasileiros estão me dando agora, raça infame, raça desgraçada, raça minha que sou obrigado a olhar com repugnância. Onde vamos? O separatismo grassa intenso. Não apenas aqui mas por toda a parte. Também é incontestável que tudo nos separa porém as razões dessa separação me parecem indignas de ser pensadas num momento em que a indignação as justifica detestavelmente, fazendo do separatismo não um fruto de razão, mas uma explosão de sentimento. Por isso desprezo e combato o separatismo, mas hei mesmo de achincalhar essa brasileirada empregada-pública, que não contente com a indiferença com que os paulistas sempre pagavam estranhos pras suas instituições porque eles tinham mais em que trabalhar, se aproveita dum estado de insânia geral, pra chover sobre o estado como praga de gafanhoto, invadindo tudo, todos os empregos, todos os locais, chupadores, mamíferos. É horrível.

Me desculpe estas expressões grosseiras, mas com você eu posso falar porque certamente você não verá nelas a indignação dum paulistanismo, dum estaduanismo que nunca tive, sempre me repugnou e todos os meus trabalhos contradizem. É mesmo até por ser excessivamente brasileiro que me desespero contra os brasileiros, que, meu Deus! inda são piores que os paulistas. Com tudo isso, você compreenderá que a situação política aqui está cada vez mais rubra. Recomeçaram as inquietações de família por causa de meu irmão, recomeçaram os secretas tomando nota dos nossos atos, recomeçou tudo o que era detestável do regime passado, e estou revivendo as amarguras que vivi no prestismo. Isso... afora as coisas que cada um tem por si e sabe sozinho. Me queira bem sempre e abrace a todos aí com a maior saudade
    do
    Mário.

CARTA DATADA: "S.PAULO, 27-IV-31"; DATILOSCRITO, FITA PRETA; AUTÓGRAFO A TINTA PRETA; PAPEL JORNAL; 1 FOLHA; 32,3 × 22,2 CM; RASGAMENTO NAS BORDAS SUPERIOR, INFERIOR E ESQUEDA; RASGAMENTOS POR OXIDAÇÃO DA TINTA.

---

[286] Francisco de Campos (1891-1968), político e jurista mineiro, foi o primeiro ministro da Educação e Saúde no Brasil, nomeado por Getúlio Vargas.

79 (LCC)

Natal, 27 de abril de 1931.

Mário tutti bahiano do coração tabatinguera.

    Vou sem maiores novidades mas não quero passar sem dar um ar de minha graça pra V., mano. *O Marquês de Olinda e seu tempo* mereceu uma crônica do conde de Afonso Celso no *Jornal do Brasil* de 11 do corrente. Sobre o *Buda é santo católico?* é que não recebi resposta sua e o folheto aqui está aguardando. Vou confessar um crime de estelionato cometido por mim. A vítima é V. Não sei se V. já recebeu uma carta do Barôncio Guerra agradecendo logogrificamente o envio do *Remate de Males*. Há neste até uma dedicatória de V. para ele. Eu sou o culpado de tudo mas não quero que Barôncio esmoreça no amor furioso que ele tem por V. Pra manter esse fogaréu escrevinhei o seguinte corpo de delito: PRO BARÔNCIO – e adiante risquei um M com um traço. Só e só. Barôncio ficou alegríssimo e o amor ativou-se duma maneira abundante. Eis aqui o crime. Ele está certo que V. mandou o livro e que aquele M com um risco quer dizer Mário.[287]

    Remeto dois poemas de Jorge Fernandes. Se V. puder dar divulgação a eles dê.

    Abraços e beijos. Minhas lembranças a todos os seus. Mamãe e papai, Cotinha e minha mulher, todos abraçam V. desejando felicidades e a pronta saída de João Alberto...

    Ciao.

    Luís.

CARTA DATADA: "NATAL 27 DE ABRIL DE 1931."; DATILOSCRITO, FITA AZUL; PAPEL BRANCO, FILIGRANA; 1 FOLHA; 32,8 x 21,8 CM; 2 FUROS DE ARQUIVAMENTO; RASGAMENTO NA BORDA INFERIOR.

---

287 Chega na Lopes Chaves, 108 de MA a carta de agradecimento, redigida em 13 de abril, em estilo telegráfico: "Pro Barôncio Guerra – Mário de Andrade – *Remate de Males* – Poesia. São Paulo – 1930. Está em cima de minha banca. Versos encrencados mas que não se misturam com os mualos. Vão para estante, em lugar bem seguro. Preciosidade. Lembrança grata de um dia de praia, de uma noite de boi calemba. Caju. Aguardente. Rede. Soneca. Assuntos musicais. Banhosalgado. Cascudinho. Jorge. Fotografias mignons. Vatapá. Peixe com coco. Pudim de coco. Doce de caju em mulambo. Novas amizades. Mais tarde em Recife: visita ao estudante. Caixão para se sentar. Apologia do paço... e nunca mais. Fotografias e *Remate de Males* – recordação. Quando outra vez? [...] Hoje: – Revolução. Seca. Fome. [...] Barôncio põe no dedo o anel de bacharel, não sei para quê, ou "pra quê" [...] Futuro: crítica do nordeste. Aproveitamento de motivos regionais. Trabalho de Mário de Andrade. Volta a Natal em melhores tempos [...]".

80 (LCC)

Natal, [8 maio 1931]

Leal abraço solidário deste mano potiguar
Cascudinho.

> Telegrama assinado: "Cascudinho"; autógrafo a tinta azul; impresso "REPARTIÇÃO GERAL DOS TELEGRAPHOS", borda inferior picotada; 14,0 x 23,8 cm; 2 furos de arquivamento; borda superior irregular; carimbo.

81 (MA)

São Paulo, 29 de maio de 1931.

Cascudinho, tenho uma carta última sua em que você pergunta o que resolvemos a respeito do *Buda, Santo Católico* que você nos oferecia pra *R. Nova*. Isso quer dizer que você não recebeu uma carta minha em resposta da em que vinha a proposta. Nessa carta eu comunicava que achamos o assunto, por enquanto, pouco propício pra nós que inda não estamos definitivamente fixados e queremos de todo em todo caracterizar a revista como órgão de interesses e pesquisas de ordem intrinsecamente nacional. Na mesma carta eu pedia que nos mandasse já o artigo sobre Álvares de Azevedo e cigarros, ou charutos, ou que nome tenha o artigo. Esse sim, aceitamos e nos interessa enormemente pois que o número sobre Álvares está com todas as probabilidades de sair importantíssimo. Não só reuniremos os especialistas em Álvares, como inéditos importantes deste. Portanto esse artigo seu fica reservado pra nós. Na mesma carta ainda eu comunicava a você ter recebido notícias do Luis Emilio Soto, que me escreveu e enviava lembranças a você e parabéns pelo trabalho da *Revista Nova* nº 1.

E só por hoje, a não ser o interesse crescente em que estou pelo seu curumim. Recebeu meu telegrama de bênção? Pretendia escrever naqueles dias um acalanto pro piazote, mas tais foram e tão dolorosos os sucessos de minha vida desde então que tudo quanto não foi sofrer abandonei por uns tempos e inda não entrei direito no ritmo da vida completa, sinto mesmo um tal ou qual desajeitamento em recomeçar a sorrir. É que perdi um amigo muito querido e em condições muito trágicas, tendo ele metido uma bala nos ouvidos. Era muito moço, apenas 23 anos,[288] estava apenas principiando a aparecer, com a firmação aqui duma crítica musical bastante sólida como bases gerais. Era poeta também e poeta suavíssimo da mais requintada solidão, com as suas tendências firmes pro Sobrerrealismo. Foi-se embora e perdi não apenas uma das pessoas em que depunha as maiores esperanças, como uma amizade que de tamanha até me surpreende. Saio arrasado dessa experiência duríssima e carecendo enormemente de paz. É o que irei buscar na fazenda assim que as férias chegarem, 15 próximo.

Até logo, mande o artigo e abrace aí todos por mim que de ninguém esqueço. Um beijo pras roupinhas do pequeno que criança não se deve beijar; e pra você, seu pai, a amizade velha do
Mário.

CARTA DATADA: "S.PAULO, 29-V-31"; DATILOSCRITO, FITA PRETA; AUTÓGRAFO A TINTA PRETA; PAPEL JORNAL; 1 FOLHA; 32,3 x 21,7 CM; RASGAMENTO NAS BORDAS INFERIOR E ESQUEDA.

---

[288] José Antonio Ferreira Prestes, jovem crítico de arte paulista. Em carta de 13 de julho de 1929 a Manuel Bandeira, MA desvelava o temor de um trágico desfecho deste que seria "talvez um futuro. Se não se suicidar, o que ainda é mais provável que o futuro..." (*Correspondência Mário de Andrade & Manuel Bandeira*, op. cit., p. 428.)

8 de junho de 1931.

Mário.

Respondo à sua carta no dia do primeiro mês do Fernando Luís. Batizar-se-á este mês. Meu pai é o padrinho e minha sogra a madrinha. Você necessita vir este ano a Natal, uma semana ao menos, para levar o piá à crisma. O guri vai bem e é do tamanho dum bonde.
Eu tinha lido sua carta anterior. Você estava zangado com um bando de nordestinos esfomeados que caiu sobre os empregos paulistas. Não tem culpa a terra dessa gente pulha. São Paulo sempre foi um orgulho brasileiro para não dizer o orgulho brasileiro. A récua que está aí comendo está aqui também mastigando as migalhas dum estado pequenino. Paulista não pode governar? Pois assim estamos também e assim está o Piauí. Todos os lugares de representação foram distribuídos a elementos alienígenas. Inda hoje apenas aqui o interventor é patrício mas está controlado inteiramente por uma parelha de tutores.[289] Nem um norte-rio-grandense está dirigindo repartição. Aqui a prisão é menor. Sente-se mais as grades... Recebeu meu telegrama enviando um abraço do mano potiguara? Passei no mesmo dia em que recebi sua carta desesperada.
Esta semana mandarei o artigo sobre os charutos e Álvares de Azevedo. Tenho um trabalho que possivelmente servirá para a revista. É um ensaio sobre a "Poética sertaneja". Umas 50 folhas. Com documentação inédita e original. Até aqui Você deve ter notado que os folcloristas revelam a poesia sertaneja sem a menor explicação de sua evolução e técnica. Não conheço nenhum trabalho divulgativo na acepção de fazer troco miúdo e pôr aquilo compreensível e lógico. Só se fala em martelo e colcheia e ninguém diz o que é e como se formou. Metrificação, tipos, nada está fixado. Eu tentei fazer uma coisa assim. São 50 e poucas folhas à máquina. Servirá para sair em duas vezes ou três. Depois, quando eu tiver uns cobres, farei uma separata. Tenho também (30 e poucas folhas) um outro ensaio sobre Gastão d'Orleans, conde d'Eu, marechal do exército brasileiro etc. Uma espécie de reinvidicação à justiça tardia que se está fazendo ao meu pobre... príncipe.[290]

---

289 Entre 29 de janeiro e 31 de julho de 1931, figurou como interventor do Estado o tenente Aluísio de Andrade Moura (1905-1973), que, segundo algumas vertentes historiográficas, foi seguido de perto pelo tenente Ernesto Geisel, futuro presidente do regime militar. Disponível em: <http://www.culturanatal.com.br/gov9_aluizio.php>.

290 *O Conde d'Eu*: 1842-1922 seria publicado em 1938 (São Paulo: Companhia Editoral Nacional). MA recebeu um exemplar, com dedicatória do autor: "Ao querido Mário, com um abraço do Luís". No livro, estampa-se o fac-símile de carta do Conde d'Eu (Luís Felipe Maria Fernando Gastão d'Orleans), "marechal efetivo do Exército Brasileiro", a Luís da Câmara Cascudo, datada de 4 de julho de 1921.

Seu telegrama-bênção foi relido milietas de vezes e quase cantado em coro. Uma novidade: – temos dois cinemas sonoros, falados, sincronizados, bailados etc. Ai de mim... até Al Jolson[291] chegou a Natal. Agora me ocupo nas férias em estudar feitiçaria e pajelança. Tenho aqui um Antônio Nagô que conheci no Rio e que se destina ao Pará. Alguma coisa de interessante surgirá.

Pense que meu filhinho deve ser crismado e que você é a única pessoa que escolhi. Veja se pode vir até aqui durante este 1931, mesmo dias. Dezembro-janeiro serve. Pense. Como se chamava o seu amigo que se matou?

O negócio de Buda era apenas besteira minha de querer ser o primeiro a publicar um ensaio sobre este tema em todo Portugal-Brasil pois não tenho conhecimento de comentários em idioma português. Aí está. Com um forte abraço e abençoe o Fernando-Luís...

Luís.

Todos os seus daqui se recomendam.
Por que você não faz uma canção de acalanto, música também, para o piazinho?

CARTA DATADA: "8-VI-31"; DATILOSCRITO, FITA ROXA; AUTÓGRAFO A TINTA PRETA; PAPEL BRANCO; 1 FOLHA; 22,0 x 22,6 CM; RASGAMENTOS NAS BORDAS ESQUERDA E DIREITA.

---

[291] Al Jolson (1886-1950), cantor e ator russo radicado nos Estados Unidos. Em 1927, atuou em *The jazz singer*, no albor do cinema sonoro.

83 (MA)

São Paulo, 18 de julho de 1931.

Cascudinho.

Andei na fazenda descansando de tudo: e só agora respondo. A ideia de ficar compadre de você, crismando o Fernando Luís, me iluminou. Principalmente nesta escureza de dias que estou vivendo. E me é doce ver como os passos da vida vão se fechando em torno de nós, a amizade vai se cerrando, os laços se amarrando e a gente pode nessas redes firmes sossegar um bocado do que vai lá fora. Farei o possível pra ir este ano mesmo, no dezembro, até Natal. Acho isso um tanto difícil por muitas razões daqui, mas tudo muda tanto num dia que até lá não digo nada que não vou. Digo que vou e vou preparando as coisas pra ir, que é o melhor jeito de ir mesmo.

Você como que desculpa o Nordeste dos nordestinos que voaram pra cá em busca dos empregos públicos da... Revolução. M[eu Deu]s! Cascudinho, pra mim você não carece desculpar [nada], nem cedeu um momento a fúria do amor que tenho aí não só pelas terras do Nordeste como pelo povo daí que é o melhor que há. Também não careço dar provas que isso escrito é exatamente o meu pensamento e o meu sentimento. Mas aqui vão algumas: Esperneei, ridiculizei esses "empregados públicos" (essa é a terra deles) exaltei S. Paulo, atucanei o brio paulista, é certo. Mas ainda no artigo de 12 passado no *Diário Nacional* me declarei brasileiro e não paulista.[292] Agora, cessada nesta semana a interventoria João Alberto, desde ontem deixei no *Diário* o artigo de amanhã, mostrando que essas coisas não passavam duma simbologia falsa e desumana e declarava não pactuar com ela.[293] Lastimo, mas o Alcântara é testemunha, que meu artigo sobre os *Estudos*, do Tristão,[294] que devia sair no 2º *Revista Nova* e foi tirado na última

---

[292] "Nestes tempos tragicômicos em que tanto se exalta e se achincalha o 'paulista', não fica mal que um brasileiro impenitente que nem eu, estude a palavra 'paulista'", declara MA no início da crônica "Semântica do paulista", em 12 de julho, no *Diário Nacional*. Antes de buscar os significados da palavra em estereótipos vigentes em outros estados do país e na literatura de viajantes estrangeiros, MA define uma posição ideológica: "Eu nasci em São Paulo, sei, porém não sou tão paulista assim. Já tenho e não quero abandonar, e me sinto (apesar de tudo) bem dentro dele, já tenho todo um passado brasileiro". (Ibid., p. 395.)

[293] "Simbologia dos chefes", artigo de MA, em 19 de julho, avalia a significação da "saída" do interventor de São Paulo: "João Alberto era [...] um símbolo insuportável pras nossas virtudes populares burguesas de liberdade e justiça, que, bastou ele sair [...] e toda a gente se declarou satisfeita, ninguém não se lembrou mais que o lema era 'São Paulo pros Paulistas', e que toda a fúria regionalista que os brasileiros pela segunda vez tinham despertado em nós provinha exatamente da comilança brasileira dos empregos públicos paulistas, e não do lugar do chefe do nosso Governo estadual". Conclui a crônica observando que o paulista, ao ver "suas reinvidicações satisfeitas, já vai rápido se esquecendo do mais ou menos idiota 'São Paulo pros Paulistas', abre os braços com razão a todos os brasileiros que vieram enriquecer a nossa vida paulista. Só porque foi respeitada a simbologia idealista!/ Mas está claro que por mim pessoalmente, eu não pactuo nem com as virtudes nem com a ideologia com que nós encurtamos assim nossa definição de humanidade". (Ibid., p. 398.)

[294] A resenha dos *Estudos – 4ª série* (Rio de Janeiro: Centro D. Vital, 1931) de Tristão de Ataíde, assinada por MA, sai no terceiro número da *Revista Nova* (15 set. 1931).

No verso da foto, letra de Mário: "Rio Grande do Norte / Areia Branca 6-VIII-27 / diaf. 3 – sol 1 das 7 e 30".

hora por excesso de matéria, lastimo o artigo não ter saído porque num passo dele eu esculhambo o separatismo que está grassando aqui. Me recusei a fazer parte da Liga de Defesa Paulista, só e exclusivamente porque cheirava a separatismo. Engraçado, inda na fazenda duns primos em que estive numa conversa sobre a vida afirmei que o meu desejo era acabar meus dias no Norte. E é verdade. Sim, meu trabalho é aqui porém meu sentimento se choca nesta brilhação falsa daqui. Meu sonho me puxa, não sei explicar, sei é que minha vista vê com fome tal largo de Belém, a praia de Tambaú, as rochas de Areia Preta, a largueza largada da avenida Jundiaí, tal igarapé do rio Madeira. Outras coisas lindas e amenas tenho já visto aqui no Estado, pelo Rio e em Minas que conheço bem. Nada disso me puxa, apesar de sublime também. Mas o Norte faz de tal forma coincidir meu corpo com minha alma que só aí eu poderia ter a verdadeira paz de mim que eu carecia e ingenuamente penso que mereço. Essa é a verdade. E aliás minha obra se eu a construir mostrará esse apelo do Norte, que o Graça Aranha foi bastante fino pra perceber em mim e o dizer numa carta que guardo.[295]

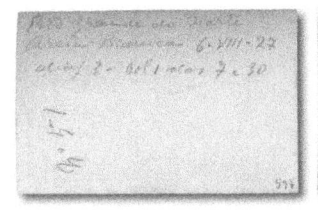

---

295 Em 27 de agosto de 1928, Graça Aranha expressa em carta a sua "grande admiração" pela rapsódia *Macunaíma*: "Admirei-lhe a maravilhosa fantasia, a força da criação [...] a aplicação feliz das lendas, das expressões, dos cantos, dos fatos, a vastidão interior da poesia, a ligação dos mitos e dos costumes, a fusão das espiritualidades raciais, a fascinação do Amazonas e do Norte".

Mande o mais depressa possível o artigo sobre Álvares de Azevedo que encerraremos a 15 de agosto a colaboração do número pra não se dar os apertos de matéria que sucederam com o número 2. O trabalho sobre "Poética sertaneja" que você oferece foi aceito com entusiasmíssimo. É nosso e zangaremos que você falte à oferta. Você já deve ter reparado a importância que damos pra etnografia. Queremos fazer da revista um repositório etnográfico de primeira ordem, que seja pro Brasil mais ou menos o que é a *Revista Lusitana* pra Portugal. Está claro que o trabalho sobre o conde d'Eu nos interessa também, mas não prendemos você por ele porque isso seria também muito abuso. Se você não o publicar antes, mais tarde, publicado o "Poética sertaneja", na certa que o reclamaremos.

O estudo que você fez ou está fazendo sobre pajelança me deixou com água na boca. A pajelança não [está] ainda estudada, creio, e é importantíssima. Mande [dizer] como vai a coisa e se foi bem sucedido com o [Antônio] nagô.

Engraçado: você pergunta porque não faço uma canção de acalanto pro Fernando Luís. Pois juro que quando recebi seu telegrama foi na primeira coisa que pensei. Fazer a música não pensei. Pensei nos versos. Pensei tempo. Depois fui abandonando a ideia por dois respeitos: respeito ao Fernando Luís que é um anjo e diante de criancinha eu não sou rei mago, me ajoelho e adoro só. Tudo da minha boca e do meu pensamento me parece impuro, injusto, satânico pra uma criancinha. Você quer saber que quase absolutamente nunca me atrevo a beijar recém-nascido? Não é questão de higiene não, é questão da parte física de Deus que a criancinha traz em si. Diante de cada piazote fico besta de alegria e de pavor. E então diante do Fernando Luís, que amo como o sol, então é que irrompem todas as trombetas, iluminam-se todas as tochas, rebrilham todos os tronos, venta o vento, ruge o mar, os sentidos cessam, é o Fernando Luís, sem mais nada, inatingível, soberano, formidável, Deus te livre! Uma coisa incomparável. O segundo respeito é pelo acalanto popular. Sim, fazer o acalanto do seringueiro, pra um marmanjo é fácil e o sentimento pode literarizar, mas pra piá? Quem atinge o "Dorme, filhinho" que saiu do coração das mães? Deixei de pensar no acalanto. Mais tarde, quando ele for grandote, então será mais fácil entregar pra ele a minha vida e experiência de presente. Por enquanto o presente será uma roupinha de tricô de seda que minha tia Ana Francisca[296] vai fazer. Será só seda por causa do calor daí.

Te abraço. E me lembre a todos, dessa sua [casa] minha e família minha.
Mário.

Carta datada: "S. Paulo, 18-VII-31"; autógrafo a tinta preta; papel creme; 1 folha; 32,3 x 21,7 cm. Rasgamentos.

---

[296] Ana Francisca de Almeida Leite Morais, a "Tia Nhanhã" (1862-1947), vai ser inserida por MA no terceiro capítulo de *Macunaíma* ("Ci, Mãe do Mato"), quando as icamiabas se lembram de buscar para o herói recém-nascido em "os famosos sapatinhos de lã tricotados" por ela.

84 (LCC)

1 de agosto de 1931.

Mário.

Recebi sua carta. Fernando Luís, depois de algumas crises que alarmaram a casa, aquietou-se e vai passando admiravelmente. Forte, gordo, risonho e guloso. Se V. vier para cá em dezembro será uma pura maravilha. Já soube que o Ascenso Ferreira tivera de V. uma carta avisando a vinda. Estou muito esperançado.

De 13 de julho até 30 de julho fui... Diretor da Imprensa Oficial! O interventor Aluísio tentou reagir contra a tutela paraibana expulsando a dupla dos tenentes tutores. Chamou Nestor Lima, Régulo Tinoco e eu para auxiliares. De minha parte ignorava até a crise e fui literalmente tirado da cama para ir dirigir *A República* numa campanha horrível de difamação e de mentiras. V. deve saber o resto porque o Rio Grande do Norte constituiu um "caso" e a imprensa paulista dizia ser certa a saída de Aluísio porque "o Povo estava com ele". E assim mesmo aconteceu. Pedi minha exoneração assim como todos os outros e voltei para o Atheneu. Não escrevi durante esta fase de peçonha nem uma palavra de insulto. Fiquei como um homem armado de florete contra uma malta de capoeiras armada de banda de tijolo.

O Comte. Cascardo[297] chegou, viu e assumiu. A expectativa é simpática porque o secretário geral e o diretor da Instrução pertencem ao rol dos honestos e limpos, Antônio de Sousa e Felipe Guerra, velhos e bons. De minha parte recebi frases de carinhos do interventor e pretendo ficar integralmente distanciado desta porcaria. Vi todo um Estado ser anulado por três ou quatro nulidades. Assisti a teima elevada a dogma político e casmurrice criando escola. Deus me defenda de servir durante o período dos demissíveis *ad nutum*.[298]

Bento foi-nos admirável. Era o correspondente do jornal. Adauto da Câmara foi absolvido pelos Sansões da Junta.

Remeto o livro prometido. V. poderá fazer outra divisão e colocar a documentação onde queira. O *Marquês de Olinda* está nas mãos do conde de Afonso Celso que sobre ele escreveu um artigo assinzinho. Livro de tantos anos de trabalho tenho a mais certa certeza de que está limpo. Benfeito materialmente agradará. Mas. *No money*...

---

[297] O militar carioca Hercolino Cascardo (1900-1967) assume a interventoria em julho de 1931, permanecendo no posto por sete meses. Disponível em: <www.cpdoc.fgv.br/nav_historia/htm/biografias/ev_bio_hercolinocascardo.htm>.

[298] "Às ordens (de alguém)" (latim). Referência à "demissibilidade de um funcionário não estável, dependente do juízo exclusivo de seu superior". (V. Paulo Rónai, *Não perca o seu latim*, op. cit.).

D'A *República* saí sem saudades. Vinha para casa pela madrugada. Declarei que de forma alguma continuaria à frente da Imprensa Oficial mesmo que Aluísio continuasse. Só não deixaria enquanto a solução não fosse dada. E a solução foi a que V. sabe...

Assumi ontem minha cadeira no Atheneu. Como nota de psicologia vá esta: todos os adversários entendem que foi uma "injustiça" a minha saída do jornal. E eu estou literalmente aos pulos. Agora posso dormir, comer e cheirar meu filho, coisas que fazia imperfeitamente desde 13 de junho.

Fernando Luís aguarda V. para a crisma. Todos nós ficamos satisfeitos demais com a sua promessa. Cotinha promete bolos de macaxeira. Tome V. um forte abraço deste seu...

Luís.

E aí? Continua a Legião dispondo dos netos bandeirantes?...

Mando *Poética sertaneja* no único exemplar que possuo. Se ele se perde... adeus!

Junto encontrarás o artigo para a *Revista*.[299]

CARTA DATADA: "1-8-31."; DATILOSCRITO, FITA PRETA; AUTÓGRAFO A TINTA PRETA E A LÁPIS; PAPEL BRANCO, BORDA INFERIOR PICOTADA; 2 FOLHAS; 27,1 x 14,3 CM; 2 FUROS DE ARQUIVAMENTO; MARCA DE GRAMPO.

---

[299] "Álvares de Azevedo e os charutos", artigo no terceiro número da *Revista Nova*, São Paulo, 15 set. 1932 (V. Anexos).

85 (LCC)

Meu caro Mário.

Pelo correio envio uma coleção dum diário vespertino, política e economicamente independente. É dirigido por amigos meus e se destina a divulgar assuntos políticos, econômicos e financeiros sem prejuízos de mentalidade partidária. Faço na *Tarde* a seção de finanças e economia. Todos os rapazes conhecem V. e muito o admiram. Poderia V. auxiliá-los em alguma coisa? Eles não poderão pagar monetariamente uma colaboração valiosa como a sua. De outro lado todos os rapazes da *Tarde* desejam, e o faço em nome deles, ver V. escrevendo, ao menos uma vez por mês ou, se possível, quinzenalmente na *Tarde*. Uma pequena crônica sua sobre tema paulista, informando aos leitores nortistas os verdadeiros aspectos do grande São Paulo nos será de ótima vantagem. Para começar V. bem poderia mandar um artigo sobre a lenda do separatismo paulista e arranjar duas palavras do dr. Moraes Andrade sobre a participação do Partido Democrático nas futuras eleições e as forças que ele conta. Outro assunto seria um período de sua parte ou do seu mano sobre a reunião do P.R.P. que está anunciada. V. estará disposto a fazer tudo isto, Mário? E *A Tarde* coloca em suas mãos uma série de crônicas sobre o que V. desejar. Vez por outra uma meia entrevista com um prócere paulista muito nos interessaria. E *A Tarde* só obterá estas vantagens por seu intermédio. Responda-me que muito e muito me interesso por sua resposta para com os rapazes da *Tarde*.

Foi um alegrão para todos nós sua promessa de vir em dezembro. O Fernando Luís está esplêndido. Começou bebendo 30 e agora está engolindo displicentemente 200 gramas de leite Klim de 3 em 3 horas...

O Ascenso Ferreira mandou-me um recado já anunciando sua vinda. O quarto está pronto e o bolo de macaxeira espera o contato da fome histórica dos bandeirantes...

Enviei tudo quanto prometi. Artigo sobre Álvares de Azevedo e o livro sobre a *Poética sertaneja* para a nossa vitoriosa *Revista Nova*.

Adeus, Mário bestão querido.

Lembranças de todos os desta sua casa e abençoe o pequeno Fernando Luís que o espera.

Afetuosamente,

Luís.

15 de agosto de 1931.

Arranje-me o endereço do dr. J. C. Macedo Soares,[300] é possível.

> CARTA DATADA: "15 DE AGOSTO DE 1931"; DATILOSCRITO, FITA ROXA; AUTÓGRAFO A GRAFITE; PAPEL BRANCO; 1 FOLHA; 32,9 x 21,9 CM; 2 FUROS DE ARQUIVAMENTO; BORDA ESQUERDA IRREGULAR; RASGAMENTO NA BORDA SUPERIOR.

---

300 José Carlos de Macedo Soares (1883-1958), professor, político e diplomata paulista. Atuante na Revolução de 1930, coube-lhe a secretaria da Justiça e do Interior do Estado de São Paulo. Em julho de 1934, Getúlio Vargas o nomeou ministro das Relações Exteriores.

86 (MA)

São Paulo, 14 de agosto de 1931.

Cascudinho,

bom dia. Acabo de devorar o tudo mandado, carta, charuto do Álvares e mais o Ensaio. Este é simplesmente magnífico e fico a me lamber de gratidão. Você dantes nesta vinha já mandava, agora basta aspirar, que se obedece. Falo na casa da *Revista Nova* está claro, que na outra você é rei de todas as liberdades. O trabalho sobre a charutaria do Álvares também está muito interessante e tão mesmo que por causa dele é que escrevo agora já. Achei que só mesmo por esquecimento é que você deixou de citar aquela delícia de passagem da *Noite na taverna* em que um dos convivas faz um brinde "ao fumo das Antilhas e à imortalidade da alma!". Não pude resistir e com esta liberdade que me faz te insultar chorando de amor etc. acrescentei a citação no lugar adequado, certo de te acrescentar e certo de que você fazia o mesmo comigo com a mesma liberdade e fraternidade. Acho que fiz bem, a coisa não se desnaturou em nada e enriqueceu. Mas venho comunicar por desencargo de consciência. Como o número da revista só sai a 15 do próximo, tem tempo pra você me escrever se não quiser. Por temor não poderá ser porém poderá ser por recato mas garanto que é besteira. Está claro que todas as pessoas nosso-gênero podem acrescentar ou discordar de coisas alheias, e imagine o que você não fará no meu *Na pancada do ganzá*, que aliás não publicarei sem seu imprimatur primeiro. Mas sempre a gente respeita, está claro, e eu faço. Mas no caso a citação vinha tão a propósito, o esquecimento era tão visibilíssimo e eu sou tão você que não creio você possa se magoar ou recatar por isso. Mas mande sempre falar qualquer coisa. E é só por agora que estou com dez milhões de serviços. As agulhas de Ana Francisca já estão trabucando em linha de seda uma glorificação bem reluzente pro Fernando Luís, quero que saia coisa linda e vai sair. E ciao, que estou escorraçado pela vida. Lembranças pra todos, um grande abraço e gratidão do
Mário.

Quanto às suas peregrinações por empregos, se fique no Atheneu que é inviolável, nesta terra de mil e um terremotos. O mesmo fiz eu faz pouco recusando umas reluzências no Rio, pelo meu Conservatório imutável.

<small>Carta datada: "S.Paulo, 14-VIII-31"; datiloscrito, fita preta; autógrafo a tinta preta; papel jornal; 1 folha; 32,2 x 21,9 cm; rasgamento nas bordas esquerda e direita; rasgamento por oxidação da tinta; furo parte superior.</small>

87 (LCC)

Natal –
26 de agosto de 1931.

Mário.

  Eta besteira do compadre Mário! Uma carta explicando uma coisa que está convencionada entre nós dois. Eta pôlista danado de protocolar! Pois, homem de Deus, V. tem todos os direitos de alterar quanto mais de contribuir. Mesmo que V. alterasse a fisionomia do artigo seria porque V. aí está vendo o fato melhor que eu e, irmamente não ia deixar o mano escorregar em fofice sem necessidade maior. Pois não é? No caso vigente V. contribuiu inda mais para densificar a coisa charutosa que mandei pra *Revista*. Reincida tantas vezes possa e queira. E não me manda contar que é meu amigo. Por mim mesmo já contratei e dou fé.
  Gostou da *Poética sertaneja*? Estimo. Não conheço em folclore coisinha parecida com aquele jeito. De negócios vou indo. Continuo de pedra e cal no Atheneu. Fique tranquilo.
  V. deverá ter recebido uma singular carta minha pedindo artigos e artigos. É letra feita ante quem não podia recusar e como sei de cor e salteado a sua fobia pela politiquice aldeã faça-se de desentendido ou faça pela terça parte o que peço por inteiro.
  Fernando Luís vai esplêndido. Forte, grandão, 62 centímetros aos três meses e meio, alvo e risão como um dentadura. Também é um despotismo de carinhos recebidos de toda gente e de toda parte. Falta crismar o piá e eu estou fazendo promessa a Santa Terezinha para empurrar em dezembro o padrinho Mário lá das bandas de San-Pôlo.
  Bem. Amor com amor se paga. Cartinha-mirim, resposta-ninica.
  Abraços do
    Cascudo.
O povo daqui manda um caçuá de abraços.

<small>Carta datada: "Natal–/ 26-8-31"; datiloscrito, fita preta; papel branco, borda inferior picotada; 1 folha; 27,5 x 12,0 cm; 2 furos de arquivamento.</small>

88 (MA)

Cascudinho.

Aí vai o primeiro artigo pra *Tarde*, veja se está bom.[301] Está claro que tenho o maior prazer em colaborar com vocês, pra um jornal batuta da *nossa* Natal. Se demorei uns dias pra escrever foi por esta minha trapalhada vida. E aliás o *acidente* do centenário do Álvares está me ocupando toda a vida disponível! Aliás, se não fosse ele, era outra coisa! um inferno! Proponho o seguinte: escrevo um artigo especial pra *Tarde* por mês e mando outro da minha série dominical do *Diário Nacional*, mando por avião pra que saia simultaneamente aí e aqui, portanto igualmente inédito ao especial. Fica assim assegurada uma colaboração quinzenal e roubo mais uma hora de vida pra mim. Veja se concordam aí na *Tarde*, e me responda sobre, pra que eu me regulamente. Adeus, retorno ao Álvares, *amico mio*.
Com um abraço pra todos do
Mário.

27 de agosto de 1931.

CARTA DATADA: "27/VIII/31"; AUTÓGRAFO A TINTA PRETA; PAPEL CREME, TIMBRADO "VIA AÉROPOSTALE"; 1 FOLHA; 27,2 × 20,3 CM; RASGAMENTO POR OXIDAÇÃO DA TINTA. NOTA LCC: "EDITORIAL" [RISCADO] / "1ª PAG."/ FINAL: "S.PAULO. 27 AGOSTO". NA MESMA FOLHA, O MANUSCRITO (DATILOSCRITO, FITA PRETA; AUTÓGRAFO A TINTA PRETA) "SEPARATISMO PAULISTA" DE MÁRIO DE ANDRADE.

---

301 "Separatismo paulista" representa o esforço de compreensão sociológica da gênese da ideia de independência paulista, nascida no bojo da Revolução de 1930. Para MA, "é preciso combater os separatistas episódicos do Brasil" (V. Anexos).

Natal, 8 de outubro de 1931.

Mário.

    Recebi hoje o 3º da *Revista Nova*. Um bom número. Bem ruim o dr. Afrânio.[302] V. ótimo no "Amor e medo".[303] Curioso é que eu andava mastigando esse mesmo tema. Achava delicioso o respeito romântico pela mulher, o pavor sexual dos nossos velhos-moços. Agora já não falarei.

    Verdadeiramente o que me encantou foi o registo ao Tristão de Ataíde.[304] Há em seu artigo uma dolorosa síntese de minha crise atual. O brasileiro é aquilo e nós quando notamos o estado psíquico do nosso povo é que estamos... fora do catolicismo como religião. A religiosidade brasileira é física de gesto, mesura, hábito. Como elemento nada vale porque como povo não há pensamento. O pensamento católico está pertencendo a uma elite e V. sabe historicamente que uma religião deixa de ser força quando é raciocínio. Uma elite católica é apenas um pretexto, um tema, uma libertação. Interiormente nós ficamos Maurras e Comte,[305] um Comte deísta como é o meu caso. Falar do Brasil católico e da historicidade católica do Brasil é um juízo unilateral. Um bando obstinadamente católico como os Bandeirantes destruíram todo edifício social católico que os grandes jesuítas plantaram n'alma guarani. Nós somos como diz o Jorge Fernandes – "Sois maçom? Sim, pela graça de Deus" uma mistura de catecismo com rituais maçônicos.

    V. lembra que nos Bumba-meu-Boi a cena ritual é a vinda do padre para confessar o boi. E o reverendo já não quer vir a pé nem no vapô do ar... tudo isto não é irreligiosidade mas denúncia que não somos católicos intrinsecamente. O que há é um esmalte lustroso que nós julgamos resistir às pinceladas que pomos nos nossos vizinhos. Tudo isto é triste. O pior é que eu, sem

---

302 "A originalidade de Álvares de Azevedo", artigo assinado pelo escritor e médico Afrânio Peixoto (1876-1947).

303 O projeto do ensaio "Amor e medo", divulgado na *Revista Nova* (15 set. 1931), desenha-se em carta de MA a Manuel Bandeira, em 20 de março de 1931. Nessa pesquisa, buscava os "sequestros causados nos românticos pelo tema do 'Amor e medo' que foi por todos glosado à farta. É um caso interessantíssimo de que espero, em memória de Álvares de Azevedo, escreverei umas coisinhas interessantes. É mais frutífero e importante que o caso de Mãe e Irmã que estive revendo e me dou pouca matéria. Mas enfim também vou escrever sobre ele e creio que dedicarei meu ano aos românticos". (*Correspondência Mário de Andrade & Manuel Bandeira*, op. cit., p. 490.) O ensaio seria posteriormente coligido em *Aspectos da literatura brasileira*.

304 Trata-se da resenha crítica de MA ao livro *Estudos – 4ª série* de Tristão de Ataíde (*Revista Nova*, n. 3, 15 set. 1931), texto depois congregado nos *Aspectos da literatura brasileira* (1943). No ensaio, MA, refletindo sobre o sentimento católico no país, conclui que "muito embora ache pueril tirar destes exemplos extraídos dos nossos costumes sociais populares qualquer afirmativa definitiva de falta de Fé, mesmo católica, o que me parece é que o Catolicismo, se existe generalizado no país como consolação individualista [...], não parece assumir entre nós os valores sociais duma religião".

305 Menção ao positivista Auguste Comte (1798-1857) e ao teórico político Charles Maurras (1868-1944), franceses.

querer, automaticamente, caio numa deriva lenta, numa aproximação abstrata para o palavreado do Bento, de quem não tenho novas nem mandadas.

Perdoe a verbiagem mas seu registo é a melhor página que já se escreveu em resposta à firmeza mártir do sr. Tristão. Tenho anos de ensino de História e a minha classe é justamente a do 5º ano, os rapazes que vão para as Faculdades. Neles tenho notado, não falta de respeito, mas uma curiosidade sexual (?) pelos erros dos padres. Um episódio em que entra um padre obriga-me a fazer força na retórica para conseguir um ambiente de seriedade. O padre, folcloricamente, é fator de comicidade. V. sabe que nas anedotas picarescas o padre é o atrevido castigado... Tudo isto é triste. E como V. tem razão falando nos não-sei-quê que povoarão as terras da pátria...

Bem... E Fernando Luís? Está com 63 centímetros de alto e quase sete quilos. E quero crismá-lo. Aí tem V. outro automatismo católico que age dentro de mim. Não há jeito para que me considere feliz se o piá não tem a testa lambuzada de óleo e com a pata leal do Mário de Andrade posado no ombro direito do curumim... Já pensou em vir? Quando? *A Tarde* tem publicado o que V. manda e em lugar de honra.

Abençoe o Fernando Luís. Se lhe for possível mande-me o Stálin *Em marcha para o socialismo* (Edit. Marenglen. S. Paulo) que por aqui não acho.[306]
Abraços.
Luís.

CARTA DATADA: "NATAL —8-10-31"; DATILOSCRITO, FITA PRETA; AUTÓGRAFO A GRAFITE; PAPEL BRANCO; 1 FOLHA; 32,0 x 12,6 CM; 2 FUROS DE ARQUIVAMENTO; RASGAMENTO NA BORDA INFERIOR.

---

306 *Em marcha para o socialismo*. Relatório do Comitê Central ao XVI Congresso do P.C. da U.S. (São Paulo: Editorial Marenglen, 1931), livro na biblioteca de LCC. Trata-se do relato oral (estenografado) de Stalin (secretário geral do partido), na reunião do P.C. em julho de 1930. A "Advertência Editorial" resume: "Stalin, à boa moda leninista, faz uma análise profunda da situação mundial, comparando-a com a situação da U.R.S.S. Balanço de dois mundos que se defrontam – o velho mundo burguês em decadência final e o novo mundo soviético em ascensão impetuosa". Nesse livro que solapa o nome do tradutor, LCC deixou expressivo número de anotações de leitura. Na p. 213, por exemplo, sublinha o trecho final do período: "Entramos já, evidentemente, no período socialista, pois que o setor socialista tem nas mãos agora todas as alavancas da economia, embora estejamos ainda longe da sociedade socialista e da abolição das classes". A conferência de Stalin recebeu uma pequena nota no terceiro número da *Revista Nova* (15 set. 1931), assinada por O.G. [Orestes Guimarães].

90 (LCC)

Mário camaradão.

Escrevi há dias uma carta muito sibilina para V. Questão de descarga nervosa. Ou falava ou morria... Como vamos de planos de padrinhamento do Fernando Luís? Dezembro mesmo? Que todas as forças lógicas da vontade empurrem V. para cá.

Escute uma coisa: seria possível V. arranjar-me aí um *Código de processo civil e comercial de São Paulo*?[307] Citam-no aqui com insistência e eu tenho um exemplar pertencente a um colega. Melhor é possuir o dito. Seria possível? Creia que é material de primeira água para os meus esboçados e teimosos trabalhos de foro.

Vamos sem novidades. Boato, boato, boato. Deixe que lhe diga que seu mano Moraes Andrade é um homem com todas as letras e com dois tt. V. podia estar desconfiado disto mas fique certo. O homem é feito em linha reta, obstinado, nítido e claro e com uma coragem que está faltando a 40.000.000 de brasileiros republicanos.

Propósito de pergunta: Que há com o Juan Pedro Vignale? Germaninha morreu? Que embrulho. V. podia mandar dizer alguma coisa para eu trocar em miúdos com o pessoal de casa?

E só. Não esqueça o Código que careço muitíssimo.

Abraços deste seu –

Cascudinho.

23 de outubro de 1931.

E o *Poética sertaneja*? Sai mesmo? Ciao!

CARTA DATADA: "23-10-31."; DATILOSCRITO, FITA PRETA; AUTÓGRAFO A TINTA PRETA; PAPEL BRANCO, FILIGRANA; 1 FOLHA; 26,6 x 22,0 CM; 2 FUROS DE ARQUIVAMENTO; BORDA INFERIOR IRREGULAR.

---

307 Trata-se do *Código do processo civil e comercial do Estado de São Paulo*, de acordo com a Lei n. 2.421 de 14 jan. 1930.

91 (MA)

São Paulo, 11 de novembro de 1931.

Cascudinho,

o que tanto torcemos, tanto torcemos, você inda pra desafiar a sorte mandou nestas duas últimas cartas perguntar se era verdade mesmo, pronto, botamos caguira na coisa e não pode acontecer mais. Resolvi não ir mais pra aí este ano. Explico. Ademar Vidal[308] esteve dois dias deliciosos aqui com a gente e houve uma baita combinação interessantíssima: no fim do ano que vem vamos um grupinho gozado passar três meses no Nordeste mais pra leste, isto é, R.G. do Norte, Paraíba e Pernambuco. Por enquanto certos somos, Alcântara Machado, Lolita Bicudo, que mais tarde explicarei quem é, basta por enquanto dizer que é prima de Tarsila do Amaral, e eu. Muito provavelmente irá pelo menos mais Tarsila, se ela estiver aqui. Inda não se pode contar com ela porque está na Europa e não foi consultada. Pura viagem de camaradagem, ninguém fará conferência, se Tarsila for arranjaremos, quem sabe? uma exposição só pra verem os trabalhos dela por aí, sem vender quadros, pura gratuidade de camaradagem. Mas isto são projetos e vamos ao certo. O certo é a viagem. Desembarcamos no Recife, alugamos o auto ou autos pra viagem toda, iremos pegar o Ademar aderido na Paraíba, começo de dezembro de 1932, iremos a Natal, de lá, zona de engenhos e salinas e o carnaubal do Assu e a serra do Martins (espero que sem tempestade)[309] e de lá sertão da Paraíba (tudo depois do tempo de festa, está claro, que é pra ver Pastoris, Cheganças, Bumba) e pelo sertão da Paraíba em viagem que espero acidentadíssima iremos a Paulo Afonso, donde desceremos até os carijó que já estão preparando um Toré pra nós, e finalmente o carnaval do Recife. Que tal? Não é um prodígio de maravilha? Pra mim pessoalmente isso até é melhor porque indo agora com meu trabalho sobre a cantoria daí em meio ia colher mais documentação que me obrigava a muito retrabalho e o que tenho

---

[308] Em março de 1929, recém-chegado do Nordeste, MA escrevia a Ademar Vidal (1899-?), que o acolhera em João Pessoa, na Rua das Trincheiras: "Desço do bonde, bato palmas, só mesmo por bater, vou entrando, [...] me instalo e trabalho, nem dou satisfações. Foi assim. Tomei posse da casa de você, do piano, da mesa, da tinta [...]. Mandava vir café quando queria. Tudo isso aliás você sabe porque viu e deixou. Agora tem que ouvir e tem que deixar mais esta coisa: é que eu fiquei amigo de você". Depois da Revolução de 1930, Ademar transferiu-se para o Rio de Janeiro, vindo frequentemente a São Paulo ver o amigo e, acompanhado de Alcântara Machado, "não tinha hora para [ir] à Rua Lopes Chaves. Até pela madrugada adentro". (Ademar Vidal, Mário de Andrade e o Nordeste, *Revista do Livro*, n. 31, 1967.)

[309] "Automóvel, 19 de janeiro", crônica de "O Turista Aprendiz" encontra-se o relato do "momento da morte pertinho", na serra do Martins: "[...] a noite cai rápida trazida pelo vento de tempestade. Estamos subindo a serra e já chove ali na esquerda, cada clarão! Os trovões são desta grossura! [...] E a tempestade nos pega. Dentro do automóvel relampeia, chove, o trovão estronda. [...] Estamos num perigo desgraçado muito sério. [...] O automóvel enveredou pro abismo, inconscientemente torci pra esquerda e atrapalhei a manobra do chofer, quase que fomos!/ Afinal a ventania foi levando a tempestade pro outro lado da serra. Conseguimos derrapar até o arruado de Boa Esperança". (*O Turista Aprendiz*, op. cit., p. 291.)

ainda por fazer é monstruoso. Como espero dedicar mais todo o ano que vem pro que já tenho, no fim do ano só levarei pra aí coisas que careça esclarecer melhor, perguntas e documentos se carecer. E não colherei nada a não ser coisas de grandíssima importância documental se achar.

Resta o afilhadinho já tão querido que esperará um ano pra crismar... E a roupinha dele que já está feita e até embrulhada. Esta é fácil, vou comprar uma caixeta de pinho e mando pelo correio. Pra crisma temos duas soluções: ou mando autorização, por exemplo, pro meu nunca esquecido coronel Cascudo, que bancará o padrinho de apresentação por mim, ou, como é crisma, que traz a centuplicação das luzes espirituais, o pecurrucho espera pela minha presença real. Foi aliás apenas essa crisma que me fez entristecer um bocado de não ir já, mas de fato pra mim isso é também melhor solução devido aos meus trabalhos daí e daqui, quanto a rever lugares adorados e amigos tão adorados quanto os lugares, sei esperar porque em grande parte minha vida não tem sido outra coisa. Estou abraçando vocês nesta lembrança viva e que sabe de fato querer. Me satisfaço por agora com a minha única e única filosofia de brasileiro, paciência.

Resta responder uma pergunta besta de você: se seu estudo sobre poesia nordestina sai mesmo na *R.N.* Ora essa está claro que sai e foi recebido de braços abertos. Não sairá agora em dezembro, pra não repetir muito os mesmos nomes e não dar impressão de pobreza de colaboradores. Eu mesmo que sou obrigado, só sairei em algumas críticas,[310] também vou parar porque este último número estava demais de mim,[311] culpa aliás do Alcântara que à última hora me obrigou ao "Amor e medo" que saiu tão apressado. Em 1932 estamos com ideia de publicar a revista bimestralmente. Você não imagina em que acúmulo de colaboração estamos agora. Toda a gente já percebeu mesmo que a revista vale a pena e se sente com prazer de colaborar nela, é o nosso gostinho.

Germaninha morreu sim. No Rio, onde estava com o filhinho e isolada do marido que tinha sido expulso do Brasil, parece que por causa duns ataques ao Brasil que mandou pra jornais argentinos. Mas isso não sei bem. Fazia muito que não me dava com eles mais, o Vignale é uma besta de brigão safado. Germaninha mandou me pedir os temas que eu tinha inéditos do Bumba-meu-boi daí do R.G. do N. pra ela cantar e fazer um bailado em Buenos Aires, dando os temas pra algum compositor argentino musicar.[312] Está claro que recusei e disse com toda a franqueza porquê. Porque o merda do argentino, sem nos

---

310 O número 4 da *Revista Nova* (dez. 1931) trouxe, na seção Notas, cinco resenhas de MA, focalizando *Cantigas de quando eu era pequenina* (Ceição de Barros Barreto), *Os três sargentos* (Aldo Nay/João Fernando de Almeida Prado), *Ingenuidade* (Emílio Moura), *Breve curso de análise musical* (Furio Franceschini) e *Mundéu* (Mário Peixoto).

311 A *Revista Nova* (n. 3, 15 set. 1931) traz dois longos textos de MA: o ensaio "Amor e medo" (p. 437-469) e a resenha enfocando os *Estudos* de Tristão de Ataíde (p. 485-497).

312 Vivendo na Argentina com Pedro Juan Vignale, Germana Bittencourt escreve carta a MA em 12 de setembro de 1930. Deseja realizar um concerto "só de música negra de candomblé", promover a representação do "Congo" que Vignale pretendia "reconstruir", "atualizando o mito primitivo", e "dar um concerto inteiro do Bumba". Pede, assim, para o último dos projetos, a colaboração de MA: "não tenho que [sic] oito temas e você teria que me mandar os outros".

conhecer ia estragar a documentação e porque minha trabalheira inda estava inédita e eu não havia de estragá-la dando assim sem mais nem menos. Brigaram comigo e mandei-os às favas. Com a morte de Germaninha está claro revivi nosso tempo de camaradagem e sofri. Não tinha nem uma raiva contra ela e nem era possível ter contra aquela pluma doidivanas. Até escrevi comemorando a coitadinha da morta.[313]

Bom, isto é carta ou testamento? Me abrace. Aqui vai lembrança pra tanta gente minha e um beijo no pezinho do Fernando Luís. Me esqueci do seu *Código civil e comercial de S. Paulo*. Tomo nota numa papeleta e depois damanhã compro e mando. Mais abraço.

Mário.

Não releio.

CARTA DATADA: "S.PAULO, 11-XI-31"; DATILOSCRITO, FITA PRETA; AUTÓGRAFO A TINTA PRETA E A LÁPIS PRETO; PAPEL JORNAL, 1 FOLHA; 32,7 x 22,3 CM; RASGAMENTO NAS BORDAS.

---

313 Na crônica "Germana Bittencourt", em 14 de outubro, MA recorda-se do primeiro encontro com a cantora, em São Paulo: "fomos descendo pela rua Quinze, ela fumando. E ornamentava tão escandalosamente toda a rua, que ninguém não passava sem mirá-la, voltar o rosto, imaginando. Estavam todos enganados, e Germaninha se preocupava apenas com o concerto que viera dar aqui". Nessa ocasião, desejando promover um "programa que tivesse grande interesse nacional", MA pontua um encaminhamento artístico: "Nasceu dessa noite uma primeira espécie de destino, cantora de obras folclóricas, que a levou a Buenos Aires onde se casou [com Pedro Juan Vignale]. ("Germana Bittencourt". In: *Música, doce música*. São Paulo: Martins/MEC, 1976, p. 188-190.)

5 de janeiro de 1932.

Mário.

Roupa linda, seu Mário. Nando ficou espelhando que parecia um imperador do Divino. Apesar dos meus argumentos pesados a roupa fica para a crisma. Todos nós mandamos mil agradecimentos a você e o pedido para transmitir à sua tia a admiração coletiva da "gens" cascuda. Fernando Luís está com 9 quilos e tantos. Um sólido bicho alegre e malcriado que é uma graça.

FOBÓ

Forrobodó, fungangá, suvacada são sinônimos sulistas do fobó. É o baile de quinta subclasse, baile com harmônio ou violão acompanhando saxofone. Agora o saxofone matou a clarineta que era o instrumento rei dos fobós. Quando há saxofone não há harmônio e este está morrendo morrendo. Raramente aparece e mesmo assim lá nos fobós desconhecidos, fora da cidade.
Fobó não quer dizer samba, como parece pensar Catulo da Paixão Carioca. Em fobó só se dança o xote, o tango (sambinha, choro, tanquinho) e a "carioca" que é o *ragtime*. Tentei há tempos aprender os nomes mas ouvia apenas o cidadão perguntar à cidadã: – vamos dançar isto... Está pronto? Já sabe o que é fobó, baile popular onde não se dança o coco nem se canta... Aí pelo Sul ou nas suas viagens você encontrou a palavra "cuba" como sinônimo de feiticeiro? Por falar em macumba, muito obrigado pelo *Código*.

Todos abraçam você e se tiver aparecido algum artigo seu sobre Fujita[314] mande um exemplar para mim. Teria muita curiosidade de "ver" sua opinião. Estou tão cansadinho das vitrolas cariocas...
Mande a bênção do Fernando Luís e abrace o pai do mesmo...

Carta datada: "5-1º 32", sem assinatura; datiloscrito, fita preta; papel creme; 27,5 x 12,0; 1 folha; Nota MA a grafite: "Milhor citar todo o trecho, dizendo:/ 'Duma carta de Luís da Câmara Cascudo:"; cruzetas eliminado assuntos da carta. Original na Série Manuscritos Mário de Andrade: *Dicionário musical brasileiro*.

---

314 Fujita Tsuguharu (1886-1968), pintor japonês que desenvolveu sua trajetória artística na França.

Fernando Luís em pose de estúdio.

93 (MA)

São Paulo, 16 de fevereiro de 1932.

Cascudinho,

bom dia. Antes de mais nada uma explicação. Eu tinha prometido que a *R.N.* principiava publicando seu estudo sobre poesia popular neste número de fevereiro e você vai ler o número sem o seu trabalho iniciado. Não houve nenhum desleixo nem ingratidão. O fato é que resolvêramos dedicar grande parte do número a Lampeão, com um artigo do Antônio Bento sobre um romanceiro de Lampeão (esse na parte de Etnografia) e mais numerosíssimos excertos de jornais. O número já ia ficar enorme, e por isso resolvi deixar pro número seguinte o começo do seu estudo. Sucedeu porém que tudo pronto e o Antônio Bento roeu a corda à última hora. Fomos obrigados a retirar o resto da contribuição lampeônica pra que saísse com o artigo do Antônio Bento, próximo número, e encher o vazio com coisas das que estavam aqui como sobras. Não quis iniciar o seu trabalho que teria então que ser interrompido no próximo número pra não deixar descomunalmente desenvolvida a parte etnográfica já com a continuação dos estudos do Amadeusinho[315] e mais o "Romanceiro de Lampeão".[316] Por isso só no número de junho deste ano principiará o estudo de você, está entendido? Não zangue não, que é política de economia das coisas mais úteis, tanto mais que agora a bimestralidade da revista nos aperta um bocado a respeito de coisas boas.

Você me pergunta se já escutei empregarem a palavra "cuba" por "feiticeiro". Nunca. Mas você já pensou em Cubatão, "antiga Cubatra" pelo que refere d'Alincourt em 1818? Não conheço a etimologia de Cubatão, mas a palavra brasílica não é, nem vem no Teodoro Sampaio. Teschauer dá "cuba": homem forte, poderoso. Mas este padre frequentemente interpreta mal os textos que cita, e me parece que é o caso no texto de Benício que ele cita. Figueiredo copia Teschauer. Você já pensou em "cuba" por "cubano"? da mesma forma como falamos "um japão" por japonês, "um china" por chinês? Neste número da *R.N.* que você está recebendo, você verá um texto português do séc. XVII em que vem "calvino" por "calvinista". Talvez por aí você possa pegar alguma coisa. Você andou lidando com pajelança paraense, pelo que me contou numa

---

315 Amadeu Amaral publica, na seção Etnografia da *Revista Nova*, "Superstições do povo paulista". A parte inicial sai no terceiro número (15 set. 1931), a segunda, no quarto número (15 dez. 1931), a terceira, no quinto (15 fev. 1932).

316 O estudo de MA, assinado com o pseudônimo Leocádio Pereira, na *Revista Nova* (n. 4, 15 dez. 1931), focaliza o "romance", versos entoados pelo cantador nordestino, "forma solista por excelência, poesia historiada, relatando fatos do dia". No artigo, o olhar do estudioso do folclore recai sobre os "casos e heróis do cangaço [que] interessam muito particularmente trovadores e ouvintes nordestinos". O "Romanceiro de Lampeão" seria destinado, em 1942, a *O baile das quatro artes* (São Paulo: Livraria Martins, [1942]).

carta, e se a expressão é de lá, sei que tem influência cubana na pajelança paraense. Isto é, deduzo isto, do encontro de vozes de feitiçaria afro-cubana (inexistentes na macumba) na pajelança paraense. Esta concomitância de palavras de feitiçaria em Cuba e no Pará, não me parece absolutamente provir de mera coincidência de falas africanas importadas em boca de escravo, e sim de muito boa importação recente de pessoal afro-cubano, ou seja na marinhagem, ou pro sorvedouro da Madeira-Mamoré e da borracha, que foi a chama que povoou de barbadianos e barbadices Belém e a parte meridional da Amazônia. É só o que posso lembrar pra você resolver. Não sei nada de certo, e desculpe a ignorância que não te ajuda.

E aí vai o que escrevinhei em dez minutos sobre o Fujita que pouco ou nada me interessa e está vendendo quadros a 40 contos e desenhos a cinco!!! Parece que no Rio compraram dois quadros! Americano é besta mesmo.

Ciao. Mando a bênça pro afilhado e pra vocês todos o abraço e a saudade mais fraternos deste, não sei o quê, franqueza, deste sempre

Mário.

CARTA DATADA: "S.PAULO, 16-II-32"; DATILOSCRITO, FITA PRETA; AUTÓGRAFO A TINTA PRETA E A LÁPIS PRETO; PAPEL JORNAL, 1 FOLHA; 31,6 × 22,8 CM; RASGAMENTO NA BORDA INFERIOR; 3 FUROS DE ARQUIVAMENTO NA BORDA ESQUERDA.

94 (LCC)

Mário.

    Escrevo às pressas para pedir-lhe um obséquio de identificar na indicação inclusa onde é que se vende o tal sal que meu pai precisa urgentemente. Aqui as farmácias vendem abusivamente e a porção que trouxe de Recife está se esgotando rapidamente. Agradeceremos muitíssimo se o querido "compadre" tiver a bondade de enviar-nos uns[317] cincoenta gramas deste sal e, artigo primeiro e indispensável, o preço que é para ficarmos comprando aí e reembolsarmos o prestadio "compadre".
    Creia que muito e muito agradeceremos pois se trata do condimento único que meu pai usa em sua alimentação.
    Sobre o Fujita, bem. O resto do poética estou conforme.
    Ads.
    Seu
        Luís.

2 de março de 1932.

CARTA DATADA: "2/3/32"; DATILOSCRITO, FITA AZUL; AUTÓGRAFO A TINTA PRETA; PAPEL BRANCO; 1 FOLHA; 19,0 × 12,5 CM; 2 FUROS DE ARQUIVAMENTO; BORDA INFERIOR RASGADA.

---

317 Na carta: "umas".

14 de março de 1932.

"Compadre" Mário.

 Mandei pelo outro correio uma apressada cartinha pedindo um sal para papai e enviando uma[318] foto do Nando, seu ilustre[319] afilhado e dono desta casa outrora livre. Peço que você não esqueça o sal e especialmente o endereço e respectiva nota porque já não tem graça nenhuma ficar eu eternamente devedor nas duas espécies, moral e material.
 O Dioclécio D. Duarte[320] (rua Haddock Lobo, 195. Rio de Janeiro.) está ultimando uma empresa editora e fez questão de sacudir o *Poética sertaneja* à rua. Digo faz questão porque não lhe pedi nada e antes o desanimei poderosamente e nada obtive quanto à desistência de seu propósito sedutor. Como a *Revista Nova* inda não anunciou nem iniciou a publicação, pelas razões que você mandou, creio não haver quebra de solidariedade mental pedindo o envio do original para o endereço acima. E você fica com mais este título de dívida de minha parte, a hospedagem da poética com todas as honras duma acolhida tipo "pôlista" do bom. E um berro de puro orgulho brasileiro pela atitude paulistana! Vocês continuam sendo a mais citável das glórias brasileiras. Agora a gente aqui do Norte cita vocês com a decisão entusiasmada com que contava a história daquele povo que num desfiladeiro sustentou o embate de cem mil persas. Se é mentira corra por conta de Trono Pompeu.[321] Verdade é que São Paulo manterá a justiça do lema, NON DUCOR, DUCO...[322] e eu junto, à cinema, FOR EVER.
 E você, pelo amor de Ci, mãe nossa, não deixe de vir botar a mão no ombro do Fernando Luís este ano. Quero o bicho crismado e com aquela roupinha maravilhosa que o faz lustroso e faiscante como São Jorge matando o dragão.
 Um abraço deste seu
   fiel e seguro amigo
     Cascudo.

CARTA DATADA: "14-3-32."; DATILOSCRITO, FITA AZUL; PAPEL BRANCO, TIMBRADO: "VIA AÉROPOSTALE"; 1 FOLHA; 26,9 x 20,2 CM; 2 FUROS DE ARQUIVAMENTO; RASGAMENTO NA BORDA DIREITA.

---

318 Na carta: "um".

319 Na carta: "grande" (rasurado).

320 Dioclécio Dantas Duarte (1894-?), político e escritor norte-rio-grandense; diretor de *A República* (1919-1920), órgão do Partido Republicano Federal. Exerceu mandatos de Ministro da Justiça (1920-1922), assim como de deputado estadual e federal. No período do Estado Novo, atuou no Instituto Nacional do Sal. Disponível em: <www.camara.gov.br/internet/infdoc/Publicacoes/html/pdf/QFQv2.pdf>). Publicou em 1919 o ensaio *Uma página do Brasil*.

321 Trogo Pompeu, historiador romano da Gália que viveu, provavelmente, no tempo do imperador Augusto (63 a.C. a 14 d.C.).

322 "Não sou conduzido; conduzo", divisa no brasão de armas do município de São Paulo, criada por J. Wasth Rodrigues. (Hilton Federici, *Símbolos paulistas: estudo histórico-heráldico*. São Paulo: Conselho Estadual de Artes e Ciências Humanas, 1980, p. 75.)

96 (MA)

São Paulo, 26 de março de 1932.

Compadre Cascudo,

assim que recebi o pedido do sal pra meu amigo e seu pai, larguei da vida, corri na botica mais perfeita da terra e busquei o sal. Não tinha em casa mas no mesmo dia procurou, no mesmo dia despachou um vidro cujo defeito que achei, quando fui buscar o certificado de registro, foi ser pequeno demais. Isso de certo durará quando muito um mês. O preço de tudo, sal e despacho foi

Dedicatória a Mário: "Ao bondoso padrinho / o meu instantaneo / Fernando Luis".

a ninharia duns dez mil-réis e uns níqueis que seriam objeto dum rompimento absoluto das nossas felizes relações se daí viessem. Mais e muito mais você tem, não o direito, mas o dever de exigir de mim, por tudo quanto já tem sido nossa perfeita camaradagem que cada vez mais se estreita. Duma atração mútua para camaradagem pouco distou. Depois insensivelmente de camaradagem pra cordialíssimo prazer de dois seres juntos passamos insensivelmente. E insensivelmente fomos passando disso pra essa coisa mais magnífica e rara em que a palavra amigo não tem mais o sentido quotidiano em que todos a empregamos mas já vem de raízes inamovíveis. Veja bem, mandando o sal, não tive a mínima intenção de corresponder a um favor mais antigo. Este existe, mas eu não pago. Uma hospedagem se paga, mas não se paga o sorriso com que sua mãe me olhava, as conversas de seu pai, e todo o resto que foi essa casa pra mim. Hoje nem tenho mais a impressão do favor que existiu, lembro isso tudo como uma exigência de meu próprio ser, isto é, sou da família. E o Fernando veio coroar tudo, como uma perfeição.

Deixemos de bobagens pois. Contei o preço por uma necessidade elementar de nossa própria mútua confiança, e agora pra meu governo, mande dizer como quer que mande remessa maior do sal, se se pode mandar 5 vidros duma vez, se não tem perigo de deterioração mandando quantidade, quanto dura um vidro em uso, e se já chegou o mandado.

Fiquei triste com a perda da poética pra *R.N.* mas a razão é perfeitamente justa. Vou mandar a *Poética* pro Dioclécio Duarte, e você fica em dívida de alguma interessantíssima colaboração pra parte etnográfica da revista.

E agora ciao, que este sábado de aleluia é o primeiro dia aproveitado da semana. Tomei umas autovacinas que me botaram de cama com um febrão mas sem importância maior que febrão. Já estou escorreito outra vez e a reação era esperada. Infelizmente a alta inda vai demorar talvez por mais um mês, ando caceteado de doença, companheiro. Quanto à ida pro Nordeste no fim do ano, só se Deus dispuser o contrário, está tudo preparado, até o dinheiro da viagem reservado, e rendendo juros na Caixa Econômica.

Já sei de-cor a carinha sapeca do Fernando Luís quem beijo o dedo menos menor do pé esquerdo, no meu ritual de respeito às crianças que sempre tive medo de beijar. Abraços pra todos, uma lembrança carinhosíssima do
Mário.

CARTA DATADA: "S.PAULO, 26-III-32"; DATILOSCRITO, FITA PRETA; AUTÓGRAFO A TINTA PRETA; PAPEL JORNAL, 1 FOLHA; 31,6 x 23,0 CM; 3 FUROS DE ARQUIVAMENTO NA BORDA ESQUERDA (RASGAMENTO).

97 (LCC)

[Natal, ant. 9 de maio de 1932]

Mário.

Sua carta bateu aqui em casa como uma visita íntima. Li para a tribo e emocionou. Fiquei sem saber que dizer a V. depois de tantas trabalheiras que lhe tenho dado e receber a ordem de inda sacar... Vamos bem e o Nando terá o seu primeiro aniversário no dia 9 de maio. Está forte, grande, alegre e com meia dúzia de dentes cor de rosário branco. Uma lindeza de menino...
Junto uma coisa para *R.N.* que não sei se servirá. É trabalho que tem a originalidade de ser pouquíssimo batido. Versa sobre as moléstias de dom Pedro II.[323] Fiz uma revista em várias leituras e peças sisudas. Nem pude batizar a peça e você, em caso de sair a coisa, ponha lá um nome que lhe pareça expressivo e besta.
Espero que Deus traga você aqui em fim do ano. Crismaremos o Fernando Luís e comeremos vários bolos de macaxeira feitos pela Clotildes que se recomenda a você. Minha mulher pergunta se você recebeu uma carta que ela escreveu agradecendo o lindo traje de pajem imperial que o "padrim Mário" mandou de Sân Pálo. E que tal a carinha do bicho? Instantâneo, seu Mário. Instantâneo, o guri é lindíssimo, palavra de coruja.
Lembranças aos nossos. Papai abraça-o e muito agradece o sal. Quando precisarmos aí você terá encomenda a preço... barato.
Um abraço deste seu
        Luís.

CARTA SEM DATA; DATILOSCRITO, FITA AZUL; PAPEL BRANCO, BORDA SUPERIOR PICOTADA; 1 FOLHA; 25,9 × 18,3 CM; 2 FUROS DE ARQUIVAMENTO. NOTA MA A GRAFITE, NO VERSO: "CASCUDINHO".

---

[323] "O corpo do Imperador", artigo no oitavo número da *Revista Nova* (15 dez.).

98 (MA)

São Paulo, 11 de maio de 1932.

Cascudinho.

　Não me esqueci absolutamente do dia do nosso Fernando Luís e passei o dia 8 me lembrando a toda hora dele, como será ele (além da fotografia...), a pureza irreal dos piazotes dum ano. Mas [ilegível] não [pude] ser inteiramente feliz porque nem a imagem da criança que me vinha desses nortes se libertava das assombrações atrozes da terra em seca onde ele para. E é verdade que ando cortado de inquietações com os telegramas e cartas que me vêm daí. Sim, todas as terras como todos os homens têm os seus castigos, mas a gente precisa mesmo de se restringir, isso é humano, e o que sofre mais são os castigos que caem sobre o que a gente quer mais bem. E as minhas preocupações agora com a seca aí são constantes e dolorosas. Que a pureza divina de Fernando Luís, ainda todo poderoso porque não viveu, acalme as cóleras e impiedosos mandados de Deus, e chova sobre a terra do Nordeste pela graça desse menino.
　Quanto a nós, nos abracemos todos em torno de Fernando Luís, fecho definitivo da nossa vida em comum.
　M.

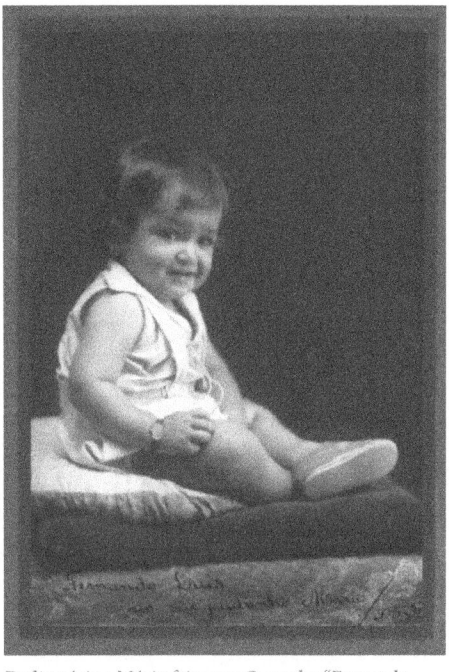

Dedicatória a Mário feita por Cascudo: "Fernando Luís / ao seu padrinho Mário / 9.5.32".

CARTA DATADA: "S.PAULO 11-V-32"; AUTÓGRAFO A TINTA PRETA; PAPEL CREME, TIMBRADO: "VIA AÉROPOSTALE"; 2 FOLHAS; 20,4 x 13,7 CM; F.1: RASGAMENTO POR OXIDAÇÃO DA TINTA; F.2: RASGAMENTO NA BORDA INFERIOR.

No verso da foto, letra de Mário: "Natal / Lagoa Sêca / 15-XII-28".

99 (LCC)

[25 jul.? 1932]

Mário.
Vamos indo bem. O endereço do meu amigo é 125, rua General Câmara, Rio.
    Nandinho lembra-se.
    Abs
            Cascudo

Bilhete-postal assinado: "Cascudo"; autógrafo a tinta preta; papel branco, pautado; 8,7 x 13,4 cm.

Mário.

    Recebi sua carta-bilhete de 19 de dezembro. Carta bem triste e lógica mas demasiado curta para minha ansiedade. Não há alteração possível para que não compreenda seu coração cheio de sangue e de revolta. Tudo quanto em mim existe de claro e de humano, de raciocínio e de razão, grita solidariedade antecipada à veemência de sua acusação. Você nada precisa dizer, informar sobre o cerco contra São Paulo, forma única de asfixiar o pensamento da Lei n'alma brasileira. Desta luta São Paulo reinvidicou mais um título – o de ser sinônimo da dignidade coletiva, da vergonha unânime, da honra nacional da Pátria. Você não precisa explicar coisa alguma. Nós, os seus amigos, é que temos a obrigação de historiar para você a nossa conduta, o que fizemos, sofremos e pensamos enquanto durava o saque na terra paulista.[324]

    Eis porque não tive surpresa com o tamanho de sua carta. Eu é que devo escrever-lhe longamente porque nem um minuto desejo possuir forma de homem consciente com a pecha de me haver solidarizado com as patrulhas que assaltaram S. Paulo para que uma minoria vivesse estrangulando todas as vidas que independem do credo hediondo, unilateral e cínico em que vivemos. Você precisa ficar sabendo de tudo. Eis porque escrevo este relatório confidencial e sincero. Depois mande sua palavra de julgamento.

---

324 "A Revolução foi um crime hediondo", protesta MA em carta a Carlos Drummond de Andrade, em 6 de novembro de 1932, extenso documento testemunhal acerca da "Revolução Constitucionalista". O movimento armado irrompe em 9 de julho por conta da demora de Getúlio Vargas em fundamentar um regime constitucional e pela inépcia das interventorias em São Paulo. Mesmo estando os paulistas em desvantagem numérica, o conflito estendeu-se até 1º de outubro, quando o general Góis Monteiro e os representantes da Força Pública decidem capitular, antes que o exército governista chegasse à capital. Para MA, buscando compreender o movimento, "era um povo inteiro que se levantava [...] tanto bastaram dois anos de abatimento, a nojenta ocupação gaúcha de 30 e a não menos nojenta avança nordestina em seguida, pra tornar um povo que se vendera à ambição do ganho e aos prazeres da sua civilização numa raça homogênea, dotada de coragem coletiva, capaz de guerra e sacrifício". O depoimento epistolar de MA ainda esmiúça a participação do proletariado, da pequena burguesia, dos comunistas, do interventor paulista Pedro de Toledo, relatando a sua escolha pela atuação indireta no conflito bélico: "Ergui o Conservatório que, como entidade paulista, eu julgava impossibilitado de neutralidade. Organizei, na ausência do Diretor, a reunião da Congregação. Propus a entrega de dez contos ao Governo, fez-se a entrega do prédio à Cruz Vermelha, e as alunas trabalharam sempre na confecção de coisas pra hospital ou pra soldados. O acaso e os projetos de viagem me tinham feito ajuntar uns bons cobres, quase dez contos, dei tudo. Ouro dei tudo. [...] Roupa, inda estou me refazendo do desfalque [...]. Os amigos me chamavam pra Liga de Defesa Paulista, me entreguei a eles. [...] o que mandaram eu fiz. Alistamento, censura de correio militar, serviço informativo, folhetos de propaganda, comunicados do S.E.O., escritos pro Jornal das Trincheiras". Esse engajamento possível ao intelectual fazia-o sentir-se dolorosamente "patriota" e "patrioteiro": "Agora eu sou paulista. Não sinto o Brasil, mais, e ainda não readquiri a minha internacionalidade [...]. E minha pátria é São Paulo". No front, Isidoro Dias Lopes, Coronel Euclides de Oliveira Figueiredo e o General Bertoldo Klinger mal sustentavam o perímetro do Estado contra a ofensiva do Governo Federal. O porto de Santos estava bloqueado, improvisavam-se recursos bélicos. Era impossível vencer somente com intenção apaixonada e as palavras de ordem "Tudo pela Constituição". Finda a "Guerra de São Paulo", MA mostrava-se desnorteado: "Este é o castigo de viver sempre apaixonadamente [...], que é o sentido da minha vida. No momento, eu faria tudo, daria tudo pra São Paulo se separar do Brasil. Não meço consequências, não tenho doutrinas, apenas continuo entregue à unanimidade, apaixonadamente entregue. [...] Me desinteressei por completo de mim [...]. Você perceberá que ainda estou desarrazoado". (Mário de Andrade e Carlos Drummond de Andrade, *Carlos & Mário*. Organização e notas de Carlos Drummond de Andrade e Silviano Santiago. Rio de Janeiro: Bem-Te-Vi, 2002, p. 424-425;427-428.)

Nós vivemos aqui num regime de asfixia e de pressão integrais. Não há um jornal independente. Eram quatro mas só resta o órgão oficial e reaparecerá *O Jornal* diário do chefe de Polícia, espécie mulata e cretina dum João Alberto despudorado e aproveitador. Na tarde de 5 de julho de 1932 *A Tarde*, diário que você colaborava e eu, foi empastelado pelos elementos do chefe de Polícia, João Café Filho[325] e o interventor Capitão tenente Bertino Dutra da Silva,[326] declarou oficialmente que *A Tarde* havia sido empastelada pelos próprios redatores e os homens que rebentaram a folha continuam passeando sem uma ave-maria de penitência.

Mal rompeu o movimento paulista o ambiente tornou-se irrespirável. Você precisa saber que a situação no interior do Estado é a seguinte. Não há um só outubrista que tem eleitorado nem simpatia comparáveis aos velhos e moços chefes do P.R.F. e especialmente a dissidência que acompanha a figura moça e varonil do Des. Silvino Bezerra, irmão de José Augusto e inimigo do dr. Juvenal Lamartine. Os prefeitos nomeados pelos outubristas são insignificâncias sem eficácia nem repercussão. Têm, entretanto, as armas, a demissão, a cadeia e os cargos para amigos e inimigos. Toda a população do Estado foi desarmada em outubro de 1930. Não há armas em todo sertão. Tenha bem em vista este ponto. Não há uma panelinha administrativa no interior que possa orgulhar-se de popularidade. Só reúne os empregados públicos e dependentes. O comércio, os pequenos agricultores, as classes mais ou menos letradas, são consideradas suspeitas e postas de lado. Isto se dá de ponta a ponta. A exceção única era Dinarte Mariz, prefeito revolucionário de Caicó que era apoiado por todos os elementos. Dinarte foi um dos primeiros demitidos quando o Clube 3 de outubro pôde fazer o atual marinheiro interventor do Estado. Começou para nós o domínio da chibata e da loucura financeira. O interventor irmanado com o chefe de polícia, multiplicou os empregos para seus apaniguados e uma série de infâmias foi serenamente positivada, dia a dia.

São Paulo monopolizou as simpatias imediatas. As insígnias, as recusas de assinar telegramas de solidariedade ao Ditador, as recusas de falar em público, de ir em comissão a palácio oferecer o sangue para defender Miguel Costa ou Dulcídio Cardoso foram a pedra de toque. A Associação Comercial (que protestará ante o Ditador e Ministros contra o empastelamento da *Tarde* no dia simbólico de 5 de julho), o Instituto da Ordem dos Advogados, A Sociedade de Medicina, enfim as associações que sintetizavam a inteligência, o trabalho e a coragem, foram postas no índex porque, preliminarmente, jamais fizeram parte de movimentos contra a Ideia que São Paulo defendia com o sangue duma mocidade eterna.

---

325 João Café Filho (1899-1970), político norte-rio-grandense que, após a Revolução de 1930, passou a ocupar o posto de Chefe de Polícia no Rio Grande do Norte. Em 1934, elege-se deputado. Entre agosto de 1954 e novembro de 1955, será o presidente da República, em decorrência da morte de Getúlio Vargas, de quem era vice.

326 Bertino Dutra da Silva, interventor federal no Rio Grande do Norte, entre 11 de junho de 1932 e 2 de agosto de 1933. Nesse período teve como substitutos Ezequias Pegado Cortez (diretor-geral do Departamento da Fazenda) e o tenente Sérgio Bezerra Marinho. Disponível em: <www.planalto.gov.br/Infger_07/governadores/GOV-RN.htm>.

Os rádios, o serviço de informação clandestina espalhado em mimeógrafos, a teima com que centenas de homens de maior expressão social passavam até madrugada em derredor dos rádios, a opinião diária contra a ditadura, os foguetes atirados por mão misteriosa toda vez que São Paulo esbarrondava um ataque getulista, as inscrições nas paredes vivando Klinger[327] e São Paulo (São Paulo passou a São Pedro. Ele é que abrirá ao Brasil as portas da Lei e da Justiça) indignaram os próceres da corrida sobre o magro tesouro estadual.

Bruscamente iniciaram o que *A República* chamou a repressão ao surto perrespista. O des. Silvino Bezerra, o ex-senador Elói de Sousa,[328] altos comerciantes, prefeitos, o comandante e seis oficiais do Regimento Policial Militar foram postos na cadeia. Todos nós ficamos vigiados e marcados para o primeiro motivo. O facão dos cortes ergueu-se sobre a cabeça dos que não tinham outro meio de dar o pão à mulher e ao filho. O capitão que seguira comandando a companhia policial contra São Paulo foi destituído, posto do Q.S. (quadro especial) por ser partidário paulista e esperar ocasião para se passar para o lado constitucionalista. Este capitão é Severino Elias, ex-ajudante de ordens de José Augusto.[329] Depois de um mês e tanto de prisão os homens foram soltos. A princípio nem a família podia visitá-los e posteriormente podia visitá-los mas não devia falar. Silvino Bezerra estava doente e passou horrores graças à facilidade com que protestava contra tudo. Até o pão era revisto e um pacote de roupa branca despertava pavores que contivesse dinamite. O Interventor mandou fazer vários e caricatos inquéritos que nada apuraram. Soltou os homens e passou doze a treze oficiais para o Q.S. Dois majores, inclusive o comandante Jacinto Torres, três capitães e os outros primeiros e segundos tenentes. Quem tinha menor tempo de serviço tinha 11 anos. E, com uma penada, desprezando tudo que neste mundo representa Lei, suprimiu o Q.S. e pôs na rua, sem pão, sem lar, sem meio de vida, todos os treze oficiais apontados como paulistas. Isto sem forma de direito porque não houve processo regular, não houve sentença, não houve acusação jurídica. Deram baixa nos sargentos suspeitos de paulistismo e criaram uma Guarda Cívica para espiar todos nós e exibir revólveres do tamanho de metralhadoras. Em cada município foi criada uma guarda cívica mirim porque o Regimento não inspira muita confiança e... está desarmado e sem munição. Como era de prever são os prefeitos que chefiam a tal guarda cívica nomeada a dedo e sem escrúpulos maiores. Tire as conclusões sobre a segurança, vida e tranquilidade de quatro quintos da população que não reza pela cartilha Café & Bertino...

Todos os seus amigos aqui souberam cumprir um dever elementar de guardar fidelidade aos ideais que sua grande terra simbolizou e representará

---

327 Bertoldo Klinger (1884-1969), militar gaúcho, aderente à causa paulista. Com a derrota da Revolução de 1932, foi afastado do Exército.

328 Elói Castriciano de Sousa (1873-1959), político, jornalista e escritor, nascido no Recife; entre outras legislaturas, cumpriu mandatos de senador (1914-1927; 1935-1937) e de deputado federal (1927 a 1930).

329 Na carta: "e de Lamartine" (rasura e supressão).

sempre. Uns estavam no Rio, outros aí mesmo em S. Paulo, vivendo horas fortes. Muitas vezes ouvimo-lhes a voz entusiástica pelo rádio. O general Pereira de Vasconcelos, que consideramos patrício e o coronel Luís Lobo, estes é que são verdadeiramente o Rio Grande do Norte. E estão ambos em Lisboa exilados.

O Rio Grande do Norte não alistou nem um titulado, nem um comerciante, nem um homem que tivesse nome. O Atheneu que tem cento e tantos alunos deu apenas dois. Na passeata com que festejaram *a paz* nenhum aluno compareceu... Os efetivos enviados foram arrebanhados pelos prefeitos, sob insistências de chefe de polícia e interventor, entre os flagelados que trabalhavam nas rodovias. Gente que marchou sem conhecimento de causa e visando lucro diário... e ai de mim, as possibilidades do saque ritual que enriqueceu muita gente. Mas não podiam adivinhar. Suponho que o saque lhes foi acenado, sime oficialmente, como estímulo ao patriotismo.

Basta, para você ter uma ideia do ambiente, que lhe conte o seguinte. O orçamento anterior era de 9 mil contos e agora pulou para 13... O Conselho Consultivo recusou-o DUAS VEZES em dois pareceres sucessivos. Nem por isto valeu. O interventor interino mandou-o vigorar, desprezando as considerações do Conselho. O Bertino Dutra que deverá chegar do Rio no próximo dia 4 ou 5 telegrafara mandando promulgar o orçamento porque o Conselho *era somente para consulta*. Graças a este ato, de 5 dias atrás, já fecharam duas fábricas de mosaico, uma de móveis, duas de sabão e vai fechar um grande curtume e uma fábrica de estopa. Os trabalhadores é que irão para rua... E viva o 3 de outubro, o general Manuel Rabelo e todos esses socialistas de escama grossa...

A minha situação pessoal é esta. Moramos, os velhos[330] e nós, na avenida Junqueira Aires 393 porque os credores nos tomaram a 596[331] na Jundiaí. Moramos em casa muito boa, seja dita a verdade. É um bangalô na principal rua da cidade, aquela que sobe para a cidade alta. Nesta casa há sempre o "quarto de seu doutô Máro". Na sala pompeia o retrato do Macunaíma, com uma cruz de prata deste tamanho debaixo da moldura, com a inscrição PRO MERITIS. Agora pus-lhe dois capacetes de aço como *tenents*. Continuo como professor interino de história, ganhando 500$. À disposição da pena do interventor que demite catedráticos quanto mais interinos. Posto à margem dos ganhos por ser pôlista e perrepista (em Natal porque em S. Paulo era democrata) faço milagres para viver porque a vida se encarece e eu não tenho aumento financeiro para acompanhar os preços. Cada dia devo diminuir os gastos, privando-me de hábitos velhos, inclusive de comprar livros...

Fernando Luís está bem. Forte, são, alegre. Não posso nem devo aceitar meu Pai nem outro homem debaixo do sol como padrinho do Nando. Será você dentro de 1933 ou de 3333. Só mão paulista segura o ombro de meu Filho na hora em que ele receba o óleo santo. Se você não mais o quiser

---

330 Na carta: "pais" (rasurado).

331 Na carta: "684" (rasurado).

é que nada poderei fazer para obrigá-lo. Creio que não há motivo mental e moral para semelhante ato de sua parte contra esta família que sempre teve e tem você na conta de filho. E todos nós, seus amigos daqui, continuamos dignos de você. Temos umas duas deserções dolorosas mas só pessoalmente direi. A melhor recomendação atual é ser paulista. Passou por aqui um ator cômico chamado Valdomiro Lobo. Nem lhe digo as aclamações que este homem recebeu. Basta dizer que em Mossoró obrigaram-no a vivar São Paulo em plena luta. Foi parar 24 horas na cadeia mas foram presas também uma vintena de homens graúdos e ilustres que o acompanharam até as grades e aí ficaram. Valdomiro escreveu-me de Fortaleza encantado com as honras que recebe por ser paulista. Escusado é dizer que a gente governamental não gosta dessas manobras. Mas essa gente não é a população. É apenas a FORÇA... que passará.

    Fico esperando. Ciao. Bênção ao Nando.

Luís.

4 de janeiro de 1933.

Estou veraneando na praia de Areia Preta. Todos mandam lembranças. Veja se me pode mandar uma medalha paulista do movimento constitucionalista.

Carta datada: "3 de janeiro [...] 4-1-33."; datiloscrito, fita preta; autógrafo a grafite; papel branco, filigrana; 4 folhas; 21,5 x 16,5 cm; 2 furos de arquivamento; marca de grampo.

101 (MA)

São Paulo, 12 de fevereiro de 1933.

Meu querido amigo,

   bom, agora não se passará mais nem um dia sem que escreva alguma coisa a você. Recebi sua carta que me comoveu profundamente, acredite. Por tudo o que ela respira de verdade e de amizade, me comoveu sim. E o fato de termos coincidido em nossas orientações e desejos no caso da guerra civil, sempre é enormemente confortante.
  Não sei o que lhe conte, e mesmo, é tanta coisa a contar, tanta a explicar, e tantas coisinhas a distinguir, que sempre me caem os braços quando pretendo narrar a algum amigo de fora o que foi isto aqui e o que fui eu. Vamos deixar isso pra algum dia em que estivermos juntos, é melhor. Está claro que não desisto desse dia, seja ele aqui, o menos provável, seja aí, o não apenas provável, mas quase certo. O "quase" vai apenas na conta de Deus.
  Deixe-me só lhe dizer que São Paulo já me parece que volta aos poucos à noção de si mesmo. Cada qual já se sente mais seguro de si, do seu destino, da sua força latente, e com isso aquela amargura dos primeiros tempos de após armistício vai desaparecendo, a inquietação não é tamanha, os ódios já não são mais eruptivos, os ares já têm esteadas de amabilidade.
  Com tudo isso o bom-senso vai voltando. Os sentimentos de vingança, as raivas contra os brasileiros, já se amansam num apenas desamor. É exatamente isso, estamos num período de desamor ao brasileiro, manifestado por todos os sintomas do desamor, ironia, indiferença, crítica fria, caçoada sem maldade, e em principal aquela curiosidade sem esperança que a gente tem por exemplo por uma vaca de duas cabeças, um bezerro de três pernas, qualquer espécie de monstruosidade enfim.
  Mas note bem, a maioria desses sentimentos se manifesta em relação aos brasileiros que invadiram o Estado. Pros brasileiros dos outros Estados o desamor se manifesta apenas pela indiferença e pela crítica fria. Já é um bom passo que permite à maioria dos paulistas já estabelecer distinções no seu separatismo social (não falo do político), quero dizer, naquilo em que nos sentimos afastados dos outros brasileiros pela atitude pró ou contra nós que estes assumiram. Em toda e qualquer conversa a respeito de brasileiros, já vem sempre a frase do "distingamos", em que se ressalva tais homens, tal Estado, tal grupo.
  Quanto aos brasileiros daqui, está claro que a não ser os paulistas de imoralidade supercivilizada e que traem por isso a retrogradação patriótica estaduana em que nos depôs a revolução, é natural que os observemos com a ironia, o sarcasmo, a curiosidade contra o monstro que eles bem merecem. Você compreenderá que é espantoso um, o caso existe, um doutor alagoano, formado em Direito pelo Recife, com seus trinta e tantos anos já, e que

No verso da foto, letra de
Mário: "Redinha (Natal) /
30-XII-28 / Crilada".

vem iniciar a vida empregado nos Correios, vendendo selo. Positivamente uma monstruosidade dessas não é inferior à vaca de duas cabeças, não acha mesmo? Tanto mais a nós, paulistas, seres destinados desde a infância, com uma concepção positivamente outra do trabalho e da aventura.

  Mas não é apenas o separatismo social que diminui rápido, o político também, mais inteligente, mais razoável, já procura suas soluções. A principal destas é o federalismo, e essa etapa que me parece também a única solução pra esta pátria "tão despatriada",[332] vai encontrando adeptos até entre os mais intransigentes separatistas. Também isso contribui pra nos acalmar muito porque renova a esperança.

  Se dou estas indicações todas pra você é porque imagino com elas lhe ser agradável, como elas me são agradáveis a mim.

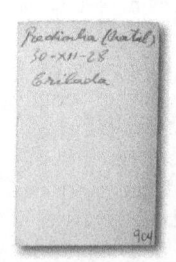

---

332 Alusão a verso de "Louvação da Tarde" (*Remate de Males*, 1930): "[...] Nada/ Matutarei mais sem medida, ôh tarde,/ Do que esta pátria tão despatriada!".

Você me pede uma medalha comemorativa do movimento constitucionalista, ela já está aqui, destinada a você. Estou hesitando porém mandá-la pelo correio. Sei de fonte limpa que os ditatoriais embirram com os distintivos da guerra civil, *et pour cause*, e fazem tudo pra que não se espalhem. E o correio aqui está exclusivamente controlado por ditatoriais. Roubam tudo, e positivamente não tenho o mínimo prazer em dar pra eles mais uma medalha com que se enfunem. Se achar algum portador mandarei já a medalha, ou mesmo, se você a quiser sujeitar às aventuras do correio mande dizer, que a enviarei assim mesmo. A própria polícia aqui (pernambucana) e o gaúcho (em todos os maus sentidos) do interventor,[333] não sabem o que fazer. Ora proíbem a venda dos distintivos, dão buscas até nas casas particulares apontadas por ter esses distintivos, ora permitem a venda outra vez – nada impedindo aliás que até a fábrica de cofres de aço Nascimento tenha lançado um cofrinho Capacete-de-Aço, que é uma gostosura de lindeza e se vende a vinte mil-réis. Vou comprar um pro meu Fernando Luís, que eu mesmo levarei um dia, Deus queira que já cheio.

    Me entristeceu dolorosamente a notícia que você me deu de terem perdido a chacra da avenida Jundiaí. Imagino que isso deve ter sido um golpe rude pra sua mãe e pra seu pai e sinceramente sofri com eles. Sei que não mereciam essa malvadeza e tanto por ser homem justo como por ser amigo, compartilhei da vossa apoquentação. Mas lhes posso garantir que não o meu admirável quarto da avenida Jundiaí é que me atraía pra abusar da hospedagem de vocês, e sim vocês mesmos. Quando aí for, na casa em que vocês estejam, é que irei pedir hospedagem. Sempre há-de haver um alpendre, um galpão, um sótão, onde eu fique, e sempre será quarto de rei pra mim, bem acomodado, incomparavelmente acomodado na amizade de vocês. Mas também é certo que não aceitarei nenhuma hospedagem que seja pra tirar quem quer que seja do seu cômodo. Tenho a esperança que vocês saibam sempre me receber pelo que eu sou, não filho pródigo que se exige tratado com o melhor quarto, mas filho ou irmão simplesmente, que em qualquer parte estará bem, contanto que esteja no coração de todos.

    Até breve. Me escreva decidindo como quer que faça com a medalha. Pretendo este ano terminar os estudos sobre o livro do Nordeste, e escrevê-lo no ano que vem. Então é que cacetearei você com perguntas e mais perguntas. Lembranças e abraços pra todos, pra seu pai, pra sua mãe, pra sua mulher, pras meninas, que aliás já devem estar mocetonas bonitas, como prometiam. O meu carinho mais terno pro Fernando Luís, e pra você um abraço de perfeita amizade e gratidão do
Mário.

CARTA DATADA: "S.PAULO, 12-II-33"; DATILOSCRITO, FITA PRETA; AUTÓGRAFO A TINTA PRETA; PAPEL VERDE; 1 FOLHA; 32,7 × 21,8 CM; F.1: RASGAMENTO NA BORDA ESQUERDA E RASGAMENTO POR OXIDAÇÃO DA TINTA.

---

333 Entre março de 1933 e outubro de 1935, assumiu a interventoria federal do Rio Grande do Norte Mário Leopoldo Pereira da Câmara.

393 – Junqueira Aires
Natal, 2 de março de 1933.

Mário mano.

    Fui obrigado a mandar esta resposta via aérea porque meu Pai dirige uma carta à fábrica de cofres Nascimento, pedindo que V. se encarregue de fazer chegar ao destino pela forma mais rápida. Parece que meu Pai quer ser o distribuidor dos "Capacetes de Aço" no Rio G. do Norte. Fico certo que V. porá a diligência que sempre teve para com esta sua família potiguar.
    Fiquei tranquilo depois de sua carta, lida várias vezes e para vários auditórios sequiosos de informações paulistas. Nem V. pensa o que vem a ser uma notícia paulista de boa fonte. Nós não acreditamos em jornais e é sem preço uma palavra que aclare o mistério em que se debate o caso paulista, caso de todos os homens dignos. Raul Laranjeira[334] está aqui e deu um concerto aclamadíssimo. Só porque se espalhou que ele era Capacete de Aço... Convive com os natalenses melhores e ficou meio assombrado encontrando, em todos eles, os símbolos do protesto paulista contra a estupidez armada de chicote e esporas tinintes. Será uma testemunha real do ambiente entusiástico em que vive a Ideia Paulista.
    Nossa casa tem um quarto do Mário. Nem se pensa ao contrário. Fernando Luís, o Nando, como lhe chamo, está ótimo. É forte, vivo e álacre. V. vai gostar muito dele. Fundou-se (o Governo) um Instituto de Música do Rio Grande do Norte. Fui nomeado professor de História da Música e adotarei seu *Compêndio*.[335] Se V. tiver um livrinho outro que me ajude, mande. Eu tenho o Combarieu, um *Dicionário* de Fétis[336] e alguns livros do Valdemar de Almeida (ensina piano e é o diretor) que são ótimos mas versam apenas sobre Beethoven e Chopin.
    Pelo correio terrestre mando uma conversa maior.
    Não mande a medalha. Já possuo uma. Guarde-a para entrega pessoal.
    Abençoe o Nando. Todos o abraçam.
    Seu
    Luís da C. Cascudo.

393 – Junqueira Aires.

    CARTA DATADA: "NATAL- 2-3-933."; DATILOSCRITO, FITA PRETA; AUTÓGRAFO A TINTA PRETA; PAPEL BRANCO, TIMBRADO: "VIA AÉROPOSTALE"; 1 FOLHA; 26,5 x 19,2 CM; 2 FUROS DE ARQUIVAMENTO.

---

334 Raul Laranjeira, violinista a quem MA dedica artigo em 23 de outubro de 1928, no *Diário Nacional* ("Raul Laranjeira").

335 *Compêndio de história da música* (São Paulo: L.G. Miranda, 1933).

336 François-Joseph Fétis (1784-1871), compositor e musicólogo belga, autor da *História geral da música* (1869--1876, 5 v.) e do *Dicionário das palavras que habitualmente se adotam em música* (Trad. portuguesa de José Ernesto d'Almeida, 1858).

103 (LCC)

Junqueira Aires – 393
Natal, 13 de março de 1933.

Mário.

Junto envio o programa do primeiro ano de História da Música no nosso Instituto que o Governo acaba de criar.[337] O livro que recomendei foi o seu compêndio mas não se encontra por aqui e eu não sei o endereço do editor Chiarato. As melhores livrarias daqui são: Livraria Cosmopolita (Fortunato Aranha); Livraria América (Pedro Urquiza), ambas na rua Dr. Barata. V. podia dizer ao editor que oferecesse livros a estas firmas que já me pediram endereço e não as pude dar. Tenho 35 alunas. No 2º e 3º anos de História da Música (8º e 9º anos do Instituto) adotei mais dois livros seus: o *Ensaio sobre música brasileira* e as *Modinhas imperiais*. No programa do 3º ano há 15 pontos sobre Música Brasileira e um ponto sobre Villa-Lobos. Ora eu conheço de Villa apenas os sonetos musicados, *A lenda do caboclo*, uma seresta, *A mariposa na luz* (para violino. Ouvi pela Paulina de Ambrósio[338]) e alguns números da *Prole de bebê*.[339] Cascavilhei entre meus papéis uns estudos seus mais não os achei. Encontrei apenas o ensaio sobre as rondas infantis onde V. estuda a influência portuguesa.[340] Nesse particular do Villa V. é que me vai valer. Há mesmo um ponto no 3º programa que assim se enuncia: Música Brasileira. A explicação Mário de Andrade. Imagine V. as audácias frias em que me meto...

O Instituto de Música do Rio Grande do Norte terá professores honorários exclusivamente brasileiros. Em abril V. será eleito pela Congregação para esta classe. V. e o Raul Laranjeira que muito nos ajudou e já deu dois concertos aplaudidíssimos. Ele fala torrencialmente sobre V. O Valdemar de Almeida já se alistou na fila dos seus admiradores e anda suspirando para que V. venha apadrinhar o Nando e apadrinhar a ele Valdemar, dando-lhes explicações e conselhos. Nós todos estamos animados pelo sucesso. Mais de 1[8]0[341] matrículas e

---

[337] Entre seus guardados, MA conservou recorte jornalístico, assinado por LCC, sem data e sem local de publicação, dando a conhecer, em termos oficiais, o "Programa do 1º ano de História da Música" no Instituto de Música do Rio Grande do Norte.

[338] Paulina d'Ambrósio (1890-1976), professora e violonista nascida em São Paulo, apresentou-se na Semana de Arte Moderna. Colaborou com Villa-Lobos, "que a considerava sua violinista predileta, e que lhe dedicou [...] diversas composições". (Marcos Antonio Marcondes (Ed.), *Enciclopédia da música brasileira*. Erudita folclórica popular, op. cit.)

[339] Série de três solos para piano, de Heitor Villa-Lobos, composta em 1918, 1921 e 1926.

[340] A comunicação "Influência portuguesa nas rodas infantis do Brasil (Memória enviada ao Congresso Internacional de Arte Popular de Praga)" foi publicada, em duas partes, no *Diário Nacional*, em 18 e 19 de maio de 1929. Posteriormente, será inserida em *Música, doce Música* (1933/1934), no tópico "I – Música de Cabeça".

[341] Suposição de número parcialmente suprimido por furo de arquivamento.

uma frequência de 95%... Já temos três pianos, um ¼ de cauda, Dorner, ótimo, que Valdemar vendeu por 10 contos e dois velhos para o ensaio. Os outros cursos são: – violoncelo, contrabaixo, violino e viola e instrumentos de sopro. Há o canto orfeônico, duas adjuntas de pianos e dos cinco professores, quatro mantêm cursos de teoria musical além do instrumento ensinado. Esquecia-me de dizer que há a classe de instrumentos de sopro. Os profs. são: Valdemar (piano e direção), Babine (violoncelo e contrab.), Antônio Paulino de Andrade (instrumentos de sopro), eu e José Monteiro Galvão (violino e viola). As adjuntas são Ana Maria Cico e Lígia Bezerra de Melo.

    Nós todos estamos ansiosos que V. venha até Natal. Mil planos se delinearam todos derredor de sua vinda. Vá dispondo as coisas para vir em dezembro, nas férias. Nandinho manda um beijo e pede que V. o abençoe. Todos de casa o abraçam. Seu
    Cascudinho.

Eu creio que melhor seria V. escrever aí um programa (fácil para mim) de 15 pontos de Música Brasileira e mandar para mim. Adotaria no último ano em Hist. da Música (9°).

Valdemar pede que V. mande algum regimento em forma paulista para o ensino do canto orfeônico.

<small>Carta datada: "Natal. 13-3-33"; datiloscrito, fita preta; autógrafo a tinta preta; papel branco, filigrana; 1 folha; 21,3 x 16,4 cm; 2 furos de arquivamento.</small>

104 (MA)

26 de março de 1933.

Cascudinho.

  Estou escrevendo com uma caneta-tinteiro com uma tinta gorda infame, mas no momento não temos outra, companheiro. Porque me acho num parque, ao Sol, gozando esta maravilha de manhã. Mas sua carta requer resposta imediata. Seu curso de História: vou falar com o Chiarato, aliás agora, Luís Miranda, também pernambucano, pra que mande pras livrarias daí alguns exemplares de *Compêndio*, 2ª edição. O seu exemplar segue registrado amanhã ou depois.[342] Aliás a mudança é pouca: algumas frases mais claras, uma língua menos agressiva, índice, discoteca e quase que só. Menos erros de impressão e um erro de concordância na advertência que é tipo-mãe e bem meu, paciência.[343] Também quem não suber que eu sei isso só mandando naquela parte. – Seu programa está bom mas talvez um bocado excessivo pra aluno. Não será talvez marcar passo obrigar a gentinha a decorar nomes de instrumentos indianos ou china? Acho também que pra melhor ordem da exposição ficaria bom fazer de sétimo ponto ao ponto seis, e do ponto sexto ao que vem como sétimo. Como só no 3º ano você falará sobre o Villa, temos tempo. Aliás este ano mesmo você e o Valdemar receberão aí o meu *Música, doce música* em que reúno o que de mais útil terei dito sobre o homem. O homem não que só merece xingação, o artista. – Vou ver se interesso os compositores daqui pra mandarem peças orfeônicas pro Valdemar. Acho aliás que vocês oficialmente deviam de entrar em relações com alguma casa de músicas, o Miranda, por ex. pras exigências daí. Posso servir de conselheiro, se quiserem, e mandar o que interessa mais. Há livros primários de canto orfeônico, do Fabiano Lozano, do João Gomes Júnior, muito úteis e bastante nacionais. Minha opinião é que vocês deviam desenvolver ao máximo o canto orfeônico mas de caráter nacional. É a forma primeira e última da música. – Se me lem-

---

[342] O *Compêndio de história da música*, na biblioteca de LCC, mostra a dedicatória: "A/Luís da Câmara Cascudo,/ carinhosamente/ o/ Mário de Andrade/ S. Paulo/ III 1933". No final de 1928, MA também havia ofertado ao amigo outro livro, talvez entregue em mãos, na viagem a Natal, o *Ensaio sobre música brasileira* (São Paulo: I. Chiarato & Cia., 1928): "A/ Luís da Câmara Cascudo/ batuta força-viva nossa,/ com admiração/ e carinhosamente/ o/ Mário de Andrade/ S. Paulo 17/XI/28". Nesse exemplar, com notas de leitura, LCC colou, na p. 4, uma reprodução do retrato de MA.

[343] O *Compêndio da história da música* apresenta, nas primeiras páginas, as "Observações para utilização prática do livro", onde se lê: "Usou-se a maiúscula pra distinguir os termos técnicos, principalmente na primeira vez em que aparecem no livro./ As datas foram eliminadas o mais possível, pra não embaraçar a leitura. Datas de nascimento e morte dos compositores, estão colocadas na Discoteca./ O estudante que não compreender a significação de tal palavra técnica, ou o sentido em que ela vem empregada no livro, recorrerá ao Índice Alfabético, onde certos termos estão seguidos dum esclarecimento de significado". Na página correspondente às abreviaturas relacionadas à "Discoteca", o autor adverte: "(A Companhia Victor, ianque, é a mesma Gramophone de França, e His Master's Voice da Inglaterra). A razão destas distinções desagradáveis está em que nem todos os discos é possível designar por um título só, cada ramo da Companhia possuindo suas gravações particulares, e mesmo exclusivas".

brar, em casa, acrescentarei a esta carta a direção do Luís Miranda. – Assim que recebi sua carta anterior levei a de seu pai aos Cofres Nascimento. Ficaram de responder, responderam? – Não é de todo impossível que eu pule até aí no fim do ano ou no princípio do ano que vem. Contanto que seja dentro da Constituição... Não que eu tenha fé em Constituições, mas o chamado regime da lei dá liberdade às minhas bocagens. Estou vendo se este ano acabo os estudos pra *Pancada do ganzá*. Você, com esquecimento *nenhum*, precisa me pedir ao Eduardo Medeiros, ou ao Valdemar, a música exata da modinha *Praieira*, que é da autoria daquele[344]. Não sei se a botarei no livro, mas careço dela pra meu governo e estudo. Aliás modifiquei um tanto a concepção primitiva do livro que está mais fácil, mais simples, menos cientificamente pretensiosa. Mas não quero ficar engasgado nele mais e o ano que vem, suceda o que suceder, escrevo o livro. Também por isso me fica bem útil ir até aí no fim do ano. Precisava da melodia de alguns romances, tanto dos tradicionais como dos de agora. Mas sertanejos de preferência a litorâneos. Da Paraíba trouxe as melodias ou alguns romances contemporâneos e são linhas admiráveis, muito originais tanto no arabesco como nas escalas estilizadas. Cocos tenho bastantes; me falta é mesmo romances, toadas sertanejas, aboios, coisa longe da influência nem sempre salubre do mar. Diga ao Valdemar que se por acaso conseguir alguma coisa que me ajude por gratuita e amorosa camaradagem, registre a coisa, versos, musical, lugar do cantador (seja erudito ou de povo), nome dele etc. e me mande de presente. Era um ajutório enorme.

  E agora basta que inda tenho outras cartas pra responder. Lembrança pra todos, da sua casa e do Conservatório. E pro Laranjeira se ainda parar nessa terra de Deus. Terra e não homens, porque também por aí, incongruentemente os há de Deus e do Diabo.

  Um beijo no pezinho do Nando.
  E o grande abraço do
  sempre
  Mário

L.G. Miranda
Avenida São João, 36
S. Paulo

Carta datada: "26-III-33"; autógrafo a tinta preta; papel branco, quadriculado, bordas arredondadas; 2 folhas; 21,5 x 15,3 cm; rasgamento no centro, na dobra do papel; marca de furos.

---

344 "A serenata do pescador – Praieira", poema de Otoniel Menezes (1895-1969), musicado por Eduardo Medeiros (1886-1961).

105 (MA)

São Paulo, 22 de maio de 1933.

Cascudinho.

    A você, historiador, deve ser mais ou menos incompreensível que eu não seja guardador de datas. Tanto mais que já fui historiador, aliás forçado, de música. Mas a verdade é essa; e mesmo tendo aqui sobre a secretária um papelzinho solto com a data aniversária de alguns afilhados mais queridos, a do Fernando Luís, que lá está, me passou despercebida por esta vez.
    Também se lhe contar minhas agruras destes últimos 30 dias você compreenderá tudo melhor. Afinal uma doencinha que eu cultivava desde os últimos tempos do ano passado resolveu contar quem era e nos fins do mês passado o médico diagnosticou nefrite, nome que só devia ser de alguma rainha do Egito. E por causa da rainha fui obrigado a largar de tudo, em pleno ano escolar, e ir gemer de angústia no fundo duma cama de fazenda, desde 20 e tantos do mês passado. Cama dia e noite. Descanso forçado, indigno, mal-dormido, com a ideia em S. Paulo, nos trabalhos, no ganha-pão. Ainda não sei se, chegado ontem da fazenda, vim bom dos rins. Mas devo estar bom, as dores desapareceram, não incho, apesar da cama ter me deixado com um corpanzil chocho de Baco velho. Mas devo fazer mais exames pra definir a situação da doença. Bom ou doente ainda, estou é corroído de neurastenia, com tanta ânsia de desarranjo na vida, gastos enormes, exames de laboratório, alunos atrasados, sem ganhar e as dívidas se inflando do lado do mal-estar, o diabo!
    Cheguei ontem da fazenda e arranjando a papelada, abrindo cartas etc. dei com uma nota aqui de pedido pra você e me lembrei do Fernando Luís que devia estar de aniversário. Fui conferir e vi que a data já se passara bem. Vocês perdoem este atribulado e descansem, que torcer pela felicidade do Fernando Luís, abençoá-lo com o que eu tenho de ainda puro e não amargo em mim, isso é de todos os dias, sentimento que está naquela permanência ardente com que a gente ama todos os dias, todas as horas, mãe, mulher, filho, amigo, mesmo sem dar atenção.
    O pedido talvez [de amargue], mas é indispensável e não creio que me utilize do que, porém, quero arquivar. Você terá a bondade de me arranjar o número de 13 de outubro de 1932, de 25, 26, 27 até 31 do mesmo mês, do jornal *A República*, de Natal. Vendo o jornal você logo perceberá porque desejo esse número de 13 de outubro. O Alcântara Machado já o possui, mas eu não, e faz parte indispensável do meu arquivo sobre a revolução paulista.

Vocês receberam a minha *Hist. da Música*, 2ª edição, que mandei pra você e pro Conservatório? E ciao. Meu abraço carinhoso em seus pais, lembrança pra sua mulher, um carinho puríssimo pro Fernando Luís.

E o abraço verdadeiro do
sempre
Mário.

CARTA DATADA: "S.PAULO 22-V-33"; AUTÓGRAFO A TINTA PRETA; PAPEL CREME, TIMBRADO: "VIA AÉROPOSTALE"; 2 FOLHAS; 20,4 X 13,7 CM; F.2: RASGAMENTO POR OXIDAÇÃO DA TINTA.

24 de maio de 1933.

Mário.

Aí junto tem você o Nandinho com seus dois anos. Saiu com a cara amarrada. Ficou meio feio. E ele é uma pura maravilha de lindeza. Abençoe *el niño* e marque a viagem, seu pôlista. Aqui vamos indo como a Deus é mercê. O Governo vai apanhando fragorosamente perdendo em todos os municípios e mentindo sisudamente para o Rio. Até hoje estamos com a maioria de 1987[345] votos... sobre a chapa interventorial. Municípios, como Patu, eles tiveram 3 votos contra 280!... apesar de tudo isto os prefeitos dos municípios continuam governando mesmo expulsos moralmente pelas urnas. O tenente--interventor nem se fala. Firme nos 4.000$ com todos os riscos de impopularidade. Só não ganhamos pelo duplo porque não deixaram alistar senão a grei do Governo. E as eleições correram calmas porque o chefe de polícia foi licenciado e um capitão-tenente, Paulo Mário, genro do Ministro da marinha,[346] assumiu a chefia e deu liberdade. Mas no dia 6 Elói de Sousa, diretor da *Razão*, foi deportado para Recife onde se encontra. Tal é o ambiente. Paciência... E aí? Às vezes, para não perder o costume dos dias convulsos da M.M.D.C. escuto S. Paulo pelo rádio. Quase sempre é pancada no general-interventor. E a chapa-única? Eleita?

Agora um obséquio e daqueles guaçus. Estou trabalhando na minha tese sobre o Homem Americano, origem e desenvolvimento político e social. Tese besta como V. vê pelo acaciano enunciado. Preciso muito e urgentemente duma conferência que Rivet disse aí em S. Paulo no Instituto Histórico. Não sei se a revista do Instituto publicou. Sei é que o *Estado de S. Paulo* publicou a conferência nos números de 4, 6 e 7 de setembro de 1928.[347]

Como é? Será possível Você pôr o prestígio em foco e cavar esses números do *Estado* para mim? Tente e avise o resultado.

Recebi a *História da música*. Ótima. Valdemar comprou um exemplar e está lendo, muito interessado e tomando notas assombrado com a dis-

---

345 "1698" (rasurado).

346 "guerra" (rasurado).

347 Paul Rivet (1876-1958), antropólogo francês, pesquisador da cultura indígena da América do Sul. MA manteve em seu arquivo três recortes de jornal, sem data, nos quais se lê o artigo "As origens do homem americano" em três partes [I], (Continuação) e (Conclusão). No primeiro deles, o autor baliza o assunto: "O problema da origem do homem americano tem sido frequentemente mal-apresentado./ O primeiro erro de fato foi o de admitir-se, em princípio, a unidade da raça americana. A uniformidade do aspecto exterior do índio pode dar a ilusão de uma unidade fundamental [...] O segundo erro, a meu ver, foi de não se precisarem, com o cuidado indispensável, as condições em que se pôde fazer o povoamento da América". Rivet publicou, em 1943, livro com o mesmo título do artigo.

coteca no livro e a cultura no quengo do Macunaíma. Nem quero dizer o que faremos quando V. riscar aqui.

     Mamãe, papai, Cotinha, minha mulher se recomendam afetuosamente. Cotinha promete um bolo de macaxeira imenso e saboroso. Abençoe o Fernando Luís e abrace o pai do mesmo, seu
          Luís.

Peço que V. avise pelo aéreo se puder ou não arranjar os *Estados* porque estou com a tese parada.

CARTA DATADA: "24-5-933."; DATILOSCRITO, FITA PRETA; AUTÓGRAFO A TINTA PRETA E A LÁPIS; PAPEL BRANCO, FILIGRANA; 1 FOLHA; 21,2 x 16,5 CM; 2 FUROS DE ARQUIVAMENTO.

107 (LCC)

5 de junho de 1933.

Mário do coração pôlista.

V. já deve ter recebido o retrato do Nandinho, uma[348] foto bem feio mas o único que ele deixou apanhar no seu segundo aniversário. Recebemos as explicações e bem as compreendemos. V. tem bastante prestígio para independer de explicar-se sobre a ausência da bênção que eu sinto sempre vinda daí sobre a cabecinha do meu piá.

Falei ao Otoniel Menezes sobre os números atrasados d'*A República* e pedi logo a coleção do mês de outubro de 1932. Creio que será melhor.

Você não precisa dar nem um passo sobre uma conferência do Rivet que apareceu no *Estado de S. Paulo* e que lhe pedi em carta aérea. Já me arranjei porque descobri coisa quase igual por aqui.

O que espero receber na volta do correio aéreo é o endereço do Plínio Salgado. Ele mandou mas perdi e preciso escrever ao homem. Não esqueça, Mário, desse pedido e mande logo que possa. Quanto mais rápido melhor.

Aqui... Nem é bom falar. O governo vinga-se da derrota criando um ambiente irrespirável. Você deve ter lido nos jornais. Nunca fomos tão falados. Seu irmão foi eleito, não?

Um forte abraço deste seu

Cascudinho.

P.S. Não esqueça que em dezembro você deve riscar por aqui.

Na foto, letra de Cascudo: "Nando aos / 2 anos / 9/5/33".

CARTA DATADA: "5-6-33."; DATILOSCRITO, FITA PRETA; PAPEL BRANCO, TIMBRADO: "VIA AÉROPOSTALE"; 1 FOLHA; 26,6 x 19,2 CM; 2 FUROS DE ARQUIVAMENTO. NOTA MA A GRAFITE, NO ANVERSO: "PLÍNIO SALGADO/ AV. BRIG. LUIZ ANTÔNIO, 12".

---

348 Na carta: "um".

108 (LCC)

14 de abril de 1934.

Natal.

Mário do coração pôlista.

 Que separatismo que nada, eu estava meio assombrado do seu silêncio. Cartinhas de cinco linhas, chochas, rápidas, bisnetas daquelas que recebia no Tirol, relatórios de leituras, planos e confidências. Ciúmes. Puro ciúme. Agora lua de mel serena. Passei os olhos no *Belazarte* e li o *Música, doce Música* de que gostei imenso.[349] Estou citando de cor. Toda a música de cabeça é ótima e decisiva. A explicação do Beethovismo de Brahms, o gregoriano, tanto que reler. A parte de registo deliciosa. Especialmente sobre o *Amazonas* de Villa, a *Sonatina* de Lourenço Fernandez e o estudo sobre o padre José Maurício, o melhor e mais lógico de todos como nitidez e segurança e acabando com a lenda da influência de Bach.[350] A pancadaria creio ser justa. Escrevi onze tiras sobre você e mandei hoje para o *Boletim de Ariel*, na mesma data e correio que esta carta. Deverá sair logo. Fiz uma corrida por todos os livros, tiques, recordações, louvamento do prestígio, até ressuscitei a "Semana de Arte Moderna" para lembrar a *Pauliceia desvairada* e a posterior carta a Graça Aranha. Não sei se você g o s t a r á...[351]
 Todos os da tribo abraçam o nambiquara[352] ausente. Cotinha está cobrando sem cerimoniosamente o presente que você prometeu para ela sob pena de não fazer pudim de macaxeira. Fernando Luís, o dom Nandinho, ou Nando, está ótimo e você vai ficar orgulhoso pela melomania dele... aos três anos que fará a 9 de maio próximo. Pelo amor de DEUS não adie a viagem e venha mesmo. Só me serve para padrinho você e quero aproveitar enquanto você é brasileiro. Depois que ficar solamente paulista mudar-me-ei para o Rio para ficar mais perto do inimigo. Abraços de papai, mamãe, Cotinha, Bibi e recomendações de minha mulher. Abençoe o Nando e abrace este seu imutável
   Cascudinho.

CARTA DATADA: "14-4-34./NATAL."; DATILOSCRITO, FITA PRETA; PAPEL CREME; 1 FOLHA; 25,8 x 20,4 CM; 2 FUROS DE ARQUIVAMENTO.

349 *Música, doce música* (São Paulo: L.G. Miranda, 1933/1934), exemplar com notas de leitura de LCC e dedicatória do autor: "Ao/ Luís da Câmara Cascudo/ com a amizade velha / do/ Mário de Andrade/ S. Paulo/ 1934". O livro, versando sobre "temas e artistas que os estudantes de música devem matutar" ("Introdução"), divide-se em três partes: I – "Música de cabeça/ Folclore"; II – "Música de coração"; III – "Música de pancadaria".

350 LCC particulariza, na carta, na primeira parte ("Música de cabeça") de *Música, doce música*, os estudos "Reação contra Wagner" (1924) e "Crítica do gregoriano" (1926); na segunda parte do livro, "Música de coração", lembra-se dos textos "VI – Amazonas" (25-IX-1930) [de "Villa-Lobos *versus* Villa-Lobos – I a VII", "Lourenço Fernandez (Sonatina)" (1931) e "Padre José Maurício" (1930).

351 "Mário de Andrade", síntese biobibliográfica, em *Boletim de Ariel*, Rio de Janeiro, ano III, n. 9, jun. 1934 (V. Anexos).

352 Na carta: "manbiquara".

109 (MA)

São Paulo, 10 de maio de 1934.

Cascudinho,

ontem foi o dia do Fernando Luís, não me esqueci. Não telegrafei porque não sei ser sintético. Fui no bonde pra cidade pensando no que mandava falar no telegrama, não achei nada de bom, ficava curto, não ficava este carinho que não é apenas imenso, mas multilateral, feito de tudo o que um coração violentamente multifário e amante que nem o meu pode desejar pra uma pessoa adorada. E o Fernando Luís está feito calunga desta adoração. Por tudo. É meu afilhado, antes de mais nada, e essa noção apenas destrói o mais. Mas é ainda filho do Cascudinho. É neto de dona Ana. Em seguida vem que é potiguar. Em seguida vêm os retratinhos dele, que eu gosto tanto. O que será, meu Deus! o que será na vida? Então fico desejando, quero isto, quero aquilo, quero tanta coisa pra ele. E fico então maravilhado, porque realmente que adoração mais admirável é a minha que espontaneamente, na máxima sinceridade e verdade, chega a desejar mais pro afilhado do que pra si mesmo!... Não sei, mas me parece que quando a gente chega a esse estado sublime de desprendimento, isso é amor e desse amor se morre...

Recebi sua carta, muito obrigado pelo que me fala dos livros novos. Não sei se já lhe contei que estou vivendo em pleno Nordeste. Pois é, me pus este ano escrevendo afinal o *Na pancada do ganzá*. Me dediquei exclusivamente a ele e a coisa vai indo. Mas muito mais lentamente do que eu imaginava. Realmente é um livro dificílimo de escrever. Me atrapalho um bocado no excesso de notas que andei tomando ao acaso das leituras, me tomam centenas de hesitações, de dúvidas, de desgarros, é o diabo. Só tenho prontos até agora, cinco meses de trabalhos, os Congos e os Maracatus. Assim já tenho agora a certeza que o livro me tomará no mínimo uns dois anos. Confesso que isso me assusta um bocado, mas o que que hei-de fazer, não só a arquitetura é enorme como o tempo é pouco.

Você exige desta vez a minha ida no fim do ano pra aí. Pois confesso que, embora seja absolutamente certo que irei logo, a viagem marcada pro fim deste ano está amolecendo muito. Mas você há-de me fazer justiça. Não pense que é desejo de não ir, nem mesmo que seja a dificuldade material de viagem que me amolece. Mas é que eu desejava ir levando o meu livro pronto, ou pelo menos pronto nas suas partes mais essenciais, danças dramáticas e danças puras, cocos principalmente. Porque minha viagem, minhas viagens, minhas férias todas deste mundo, hélas! já não podem ser férias... puras. São trabalhos outros, e delas tenho sempre que tirar algum benefício que afinal das contas é menos meu que humano. E isso pro seu espírito há-de justificar na certa o que eu estou dizendo. Não só tenho que fazer essa viagem pro Nordeste pra crismar o Nando e pra matar saudades, mas tenho que aproveitar também pra fins etnográficos. Principalmente folclóricos, nos assuntos a que me dediquei. E por isso é que quero estar com o material principal já pronto, porque assim irei pesquisar não apenas o já sabido como procurar o que falta, encher as lacunas, que são muitas, do livro. Inda mais, nunca eu publicaria esse livro, sem o "assentiment des grands héliotropes",[353] você e uns poucos mais que conhecem a matéria e poderão evitar os possíveis erros, e serão na certa numerosos, que eu fizer, pois que não vivo aí e por mais que estude o Nordeste nos livros, não sou daí, não tenho o uso diuturno daí, aquela familiaridade íntima que saberá dizer cortantemente o certo. Ora a viagem marcada, diante do passo lerdo da construção, ficou meio sim, meio não. Você sabe que uma viagem dessas não apenas fica dispendiosa, mas implica em licenças e perdas grandes aqui, sobretudo nesta época de vacas magras em que os alunos arranjam qualquer pretexto, eles ou os pais, pra abandonar o estudo ou procurar professores mais baratos. Não posso viajar este ano e depois marcar nova viagem pro fim do ano que vem. Por tudo isso inda não posso garantir a você que vá na certa este ano, não sei de nada ainda. Mas ou este ou no fim do ano que vem, a viagem é certa e então nos abraçaremos. Acabou o papel!

Está claro que eu não iria nunca daqui sem levar algum presente pra Cotinha, mas de-repente me bateu a ideia de que de-certo prometi algum determinado e me esqueci qual é! Cotinha que mande dizer qual é. Ai saudade! bolo de macaxeira! Nunca mais tive igual... Nunca mais chupei cajus... Vida injusta!

CARTA DATADA: "S.PAULO, 10-V-34"; SEM ASSINATURA; DATILOSCRITO, FITA PRETA; AUTÓGRAFO A TINTA PRETA; PAPEL VERDE; 1 FOLHA; 27,0 × 21,7 CM.

---

[353] Verso final de "Oraison du soir" de Arthur Rimbaud: "Je pisse vers les cieux bruns, très haut et très loin/ Avec l'assentiment des grands héliotropes". ("Eu mijo para os céus cinzentos, alto e largo,/ Com a plena aprovação dos curvos girassóis". V. Arthur Rimbaud, *Poesia completa*. Trad. Ivo Barroso. 2. ed. revista. Rio de Janeiro: Topbooks, 1995.)

110 (MA)

São Paulo, 18 de junho de 1934.

Cascudinho e tanto,

li, reli, adorei, te adorei, o artigo de *Ariel*. Não agradeço, mano, eu te amo. Eu carecia assim de alguém, de alguém que me estimasse, me quisesse muito bem, mas não fosse dessa terrível piedade dos ditirambos elogiásticos sem nexo, que me fizesse um minuto o exame de consciência de mim. Eu mesmo era impossível. Além da excessiva compreensão individualista e desumana que cada qual tem de si mesmo, de seus gestos e obra, inda havia o excessivo aperto desta vida rápida que levo, que me torna extremamente incapaz de parar um bocado refletindo sobre o passado. O passado em mim não é um elemento de experiência, é uma aparência desagradável de contradição. Não dá experiência, dá fadiga e enjoo. O que tem de melhor no seu escrito foi isso, você pôde recompilar sem fazer passado, fez retrato e pude me contemplar. O retrato, você é retratista bom, está muitíssimo parecido e ponhamos que regularmente favorecido, o que vai em conta, não da amizade, o que era insulto, mas em conta de perfeita compreensão que entre nós existe, e que de dois literatos que se escrevinhavam cartas, acabou fazendo esta amizade de hoje, mais que admirável, verdadeiramente necessária pra mim. Foi isso o que você me fez com o seu retrato, um exame de consciência que eu mesmo seria incapaz de fazer, e de que estava carecendo mesmo. Em principal notei isto: estava um bocado perdendo consciência de mim, de meu destino, não sei bem, mas estava ficando, sim, ficando célebre. Nunca tive imprensa tão boa como com o *Belazarte*,[354] e de repente me surpreendi com estes perversos seres humanos que estavam me virando medalhão. Não é isso não minha íntima realidade, você nas entrelinhas provou bem, minha realidade é muito outra, dum antiacadêmico pesquisador, e utilizando desse profundamente humano dom que é a faculdade de errar. Só isso me deu um alívio tamanho que você nem imagina. Foi um benefício enorme, e que devo exclusivamente a você. E lhe devo também outro favor enorme: uma nova faculdade de compreensão dos novos, que o excessivo rebuscamento de mim me estava fazendo perder. Estou outro, estou mocinho, estou virgem, numa vibração nova danada. E até entusiasmado de mim, num entusiasmo novo, que o perene entusiasmo em que vivo me fazia não notar mais. Você me deixou profundamente generoso e profundamente humano, com o seu escrito, isso é que é. E lhe sou comoventemente grato. Agora estou de novo com

---

[354] No ano da publicação de *Belazarte*, MA acompanhou a recepção crítica do livro, conservando em seu arquivo as resenhas de Sérgio Milliet (*Plateia*, 23 abr.), Plínio Barreto (*O Estado de S. Paulo*, 16 maio), Agripino Grieco (*Diário de S. Paulo*, 21 maio; *O Brasil que estuda*, jun.), Rosário Fusco (*Literatura*, 20 jun.), Lívio Xavier (*Diário da Noite*, São Paulo, dez.), A. Pereira Alves (*El Comercio*, Cuba, 2 dez.) e de Odorico Tavares (*Diário da Tarde*, Pernambuco, [s.d.]).

capacidade de compreender melhor seu filho. Agora o Fernando Luís que eu de tanto amar estava fazendo meu filho também, virou meu pai, a mocidade manda... Agora não vou mais escrever pra você, pra Roquette Pinto,[355] pra Manuel Bandeira, pra mim, pra celebridade conquistada, mas pro Fernando Luís, e pros outros muito fernandinhos da vida e pra celebridade a justificar. Você está vendo que o meu exame de consciência que você fez causou em mim um choque profundo. Deus lhe pague.

Recebeu minha carta última? Como vão todos? Meus trabalhos parados. Tive que escrever uns artigos pra revistas extra, e ganhar algum dinheiro pra gastar nestas férias. Isso tomou meu tempo todo. Tive que fazer duas conferências, uma ainda não pronunciada, mas a 7 futuro no Rio, tive que ler as *Cartas* dos Jesuítas, coisa que ainda *confiteor*,[356] não fizera! E com isso a *Pancada do ganzá* cessou de bater. Agora parto pro Rio, descansar, fazer conferência e curar uma tosse filha-da-mãe. Volto a 15 de julho e os trabalhos recomeçarão. Me abrace em toda essa gente inesquecível de sua casa, me lembre aos natalenses meus amigos. Me beije o Fernando Luís por mim e aguarde só este acochado abraço do sempre.

Mário.

Me chamaram pra almoçar, não releio.

CARTA DATADA: "S. PAULO, 18-VI-34"; DATILOSCRITO, FITA PRETA; AUTÓGRAFO A GRAFITE; PAPEL VERDE; 1 FOLHA; 27,0 x 21,7 CM.

---

355 Edgar Roquette-Pinto (1884-1954), antropólogo carioca. Em crônica no *Diário Nacional*, em julho de 1930, MA traça um perfil do amigo: "[...] Tem altura de brasileiro, afabilidade nordestina e uma ignorância de si mesmo tão admirável que a gente fica perfeitamente bem junto dele. É um companheiro que nos outorga o direito do "não sei", coisa rara que dá pra alma da gente um sabor (sabor)?, um sabor, sim, de honestidade, gostosíssimo. ("Roquette Pinto". In: *Táxi e crônicas no* Diário Nacional, op. cit., p. 223.) Em 1933, Roquette-Pinto havia publicado os *Ensaios de antropologia brasiliana*.

356 "Confesso-me" (latim).

111 (LCC)

14 de julho (data besta)
greve dos correios e tele.

Mário do coração brasileiro.

  Fiquei contente por V. ter gostado da[357] foto. Deu aquilo. Eu nem sequer sabia que você estava dentro do foco. Daí o encanto lendo sua carta sobre a parecença do instantâneo. Velhos anos que tenho vontade de escrever sobre V. um ensaio sem caráter, sem função nenhuma. Apenas registros, anedotas, críticas, desabafos, trechos de cartas, planos, coisas. Nada de plano para "explicar" o mais inexplicável dos macunaímas tabatingueras. Creio que daria bem. Aquela crônica no *Ariel* foi um diagrama de percurso. Eu queria (ou irei) andar em cima dos riscos que você aprovou porque não se recordava da justeza deles.
  Fernando Luís continua ótimo. Sabe as letras e as notas musicais. Canta o que quer e dança quando quer. É forte e sadio de alma e muitíssimo malcriado. Digo eu que é a bênção rebelde do padrinho "pôlista" que dá ao piá potiguara aqueles pruridos de esquerdismo doméstico.
  Li uma notícia sobre sua fala no Conservatório. Música dos feitiços.[358] Que pena não ouvir tudo. Deus me fará rico para que eu tenha essas orgias de audição e vista.
  Peço a você encarecidamente procurar aí nas livrarias de S. Paulo um livro do Paim Vieira sobre *Organização profissional* (corporativismo, etc) e mandar o bicho com a urgência que eu lhe merecer. Estou lendo nesta direção e preciso imenso deste livro que não achei por aqui.[359]

---

357 Na carta: "do".

358 MA conservou em seu arquivo o recorte de *O Diário de São Paulo*, de 8 de junho de 1934, noticiando a conferência de MA, "Música de feitiçaria no Brasil", realizada no dia anterior, no Conservatório Dramático e Musical de São Paulo. O texto jornalístico sintetiza a palestra: a feitiçaria nordestina em contraponto à macumba no Rio de Janeiro e à superstição europeizada de "São Paulo para o sul"; o trabalho de coleta dos documentos folclóricos; a análise do material, melodias gravadas em disco e apresentadas ao público; a experiência pessoal de MA no Catimbó de dona Plastina: "[...] Em Natal [...] teve o cuidado inicial de se pôr em contato com feiticeiros de catimbó, achando dois sem dificuldades. [...] O prof. Mário de Andrade, que ali fora para observar e estudar, descreve então que, na última sexta-feira do ano, resolveu 'fechar o corpo' [...]".

359 *Organização profissional (corporativismo) e representação de classes* (São Paulo: Empresa Gráfica da Revista dos Tribunais, 1933), livro de Paim Vieira, na biblioteca de LCC. A p. 4 do volume abrigou o recado de MA: "Cascudinho./ Aqui vai. Em que leituras você está metido companheiro! Cuidado com a mudança da viração! Você não estará fazendo o barco de você perder tempo?.../ Como vai o meu Fernando Luís? Gostei muito de sabê-lo malcriado e difícil. Sinal de inteligência. Aliás como deixaria de ser inteligente, de tal Nordeste, de tal pai e... com tal padrinho!/ Abraços pra todos /Mário/ (Acuse recebimento)". Como amostragem dos vetores ideológicos do livro, vale recuperar, na p. 20, o traço e a cruzeta feitos por LCC, colocando em evidência o seguinte trecho: "Na luta que se travou entre as classes obreiras e capitalistas, cujas proporções já apavora o mundo e que tem como causa a injusta repartição dos lucros do trabalho, entre ambas; dos quais o capitalismo chama para si a parte do leão e dá ao operário a parte do mosquito, a Igreja não combate esta ou aquela classe, ela combate o erro.// Pergunta-se frequentemente de que lado é que a Igreja está: se do lado do operário, se do lado do capitalista.// A resposta é simples: nem de um nem de outro, porque está do lado da Razão, do lado da Justiça".

Agora abraços e beijos. Os segundos do Nando, a quem mostro a cara sisuda do padrinho para que o curumim não se assombre com o papai-número-dois que não quer vir ao Norte ver o afilhado. Deixe de ser *impresso*, seu semita.

Todos os desta sua casa se fazem lembrar naquele estilo circunspecto da carta às icamiabas saudosíssimas. Ciao.

       Cascudo.

393- Junqueira Aires. Natal.

CARTA DATADA: "14 DE JULHO (DATA BESTA)/ GREVE DOS CORREIOS E TELE."; DATILOSCRITO, FITA PRETA; AUTÓGRAFO A TINTA PRETA; PAPEL BRANCO, TIMBRADO: "CORREIO AEREO"; 1 FOLHA; 26,5 x 20,3 CM; 2 FUROS DE ARQUIVAMENTO.

20 de outubro de 1934.

Mário, querido, do coração bolchevista.

O livro do Paim que você mandou é uma maravilha de síntese e de documentação. Nunca li coisa que se semelhasse com tal livro. É completo, sob muitos aspectos e nem italianos e franceses escreveram trabalho igual. Creia.

Estou batendo um ensaio sobre o catimbó para o primeiro congresso afro-brasileiro que se reunirá em Recife em 11-15 de novembro próximo.[360] Você é que faria comunicações espantosas.

E a viagem ao Norte? Já pensou nela? Fernando Luís já o conhece bem e fará acolhimento digno e íntimo mas está assombrado com a distância entre o padrinho e a cerimônia da crisma. Com três anos e cinco meses está ele aguardando a horinha dos óleos rituais e da primeira bênção solene. Então? Está dispondo as coisas para a arrancada para esta sua Natal? Todos nós estamos com muitas saudades suas e pedimos diminuir o mais possível a dilação entre a promessa e a realização.

Cotinha promete-lhe farto bolo de macaxeira e eu pretendo assombrá--lo de erudição.

O Sousa Lima,[361] amigo do Valdemar de Almeida e seu, caiu do céu por descuido aqui e deu um concerto. Junto o programa.[362] Tocou umas oito horas para mim. Recordou coisas velhas de amizade comum, inclusive a conferência do Mário no Automóvel Clube, com fox-trot e Debussy.

Que homem, seu Mário. Que encanto e acima de tudo, que patife de governo que não ambienta tal criatura que poderia irradiar energia e trabalho e está vivendo nessa vidinha amargosa de concertos incertos com pagamentos suados e pechititinhos.

Você recebeu meu *Viajando o sertão?*[363]

---

[360] "Notas sobre o catimbó" integrará o segundo tomo de *Novos estudos afro-brasileiros* (1937), que reúne comunicações apresentadas no I Congresso Afro-brasileiro do Recife, livro prefaciado por Artur Ramos. (Zila Mamede, *Luís da Câmara Cascudo*: 50 anos de vida intelectual 1918/1968, op. cit., p. 565. v. 1, parte 2.)

[361] João de Sousa Lima (1898-1982), pianista, regente e compositor nascido em São Paulo.

[362] O programa do "Concerto Sousa Lima", no Theatro Carlos Gomes, de Natal, no sábado, 13 de outubro de 1934, às 21 horas, indica a execução das seguintes obras: "Sonata ao luar" (Beethoven), "Estudos sinfônicos" (Schumann), "Valsa elegante" e "Microbinho" (dança brasileira) (Francisco Mignone); "Moto perpétuo" (Weber-Ganz), "Valsa do bailado 'Naila'" (Léo Délibes-Dohnányi), "Balada em sol menor", "Noturno", "Grande valsa" (Chopin), "Rêve d'amour" (Liszt) e "Campanella" (Liszt-Busoni). Informa-se ainda que Sousa Lima executou sua apresentação no "piano de cauda 'Dorner' do Instituto de Música do R. G. do Norte". LCC, à margem inferior do folheto, registra: "Não deu 'extras'" (Arquivo Mário de Andrade, Série Programas musicais, teatrais, de dança, literomusicais e literários brasileiros e estrangeiros, IEB-USP).

[363] Em 1934, LCC fez editar o opúsculo *Viajando o sertão* (Natal: Imprensa Oficial), obra na qual relata o périplo pelo Rio Grande do Norte e Paraíba, realizado "da madrugada de 16 à manhã de 29 de maio, 1.307 quilômetros: 837 de automóvel, 40 de auto de linha, 38 de trem, 30 de canoa, 2 de rebocador e 360 de hidroavião". MA conservou

Abrace daí e abençoe convenientemente o Nandinho e receba um acocho deste seu

                Cascudinho.

Escreva logo e vá pensando nas malas.

  Carta datada: "20-10-34."; datiloscrito, fita preta; papel branco, borda superior picotada; 1 folha; 19,7 x 15,7 cm; 2 furos de arquivamento.

---

dois exemplares do livro. Um deles, com dedicatória: "Ao querido Mário um acocho do LUÍS DA CÂMARA CASCUDO [impresso]" e notas de estudo; o outro volume

113 (MA)

São Paulo, 10 de novembro de 1934.

Olha,

Cascudinho,

desta vez vou lhe escrever uma coisa muito séria: Você fica proibido de me chamar mais uma vez aí pro Nordeste. Não posso mais, esses chamados me fazem mal. Por tudo quanto eu sou de sincero, acredite que não é só você e sua gente que adoro mesmo, mas adoro esse Nordeste muito, onde vivi dias dos mais felizes dos mais completos da minha vida, tanta coisa que está vivendo de memória viva, sanguínea, pulsante dentro de mim. Não é apenas memória nem saudade, é um verdadeiro *longing* que me puxa, que me atrai, não mais violentamente porque a violência no caso é inútil, eu não posso ir! Mas que é pior, que é de me deixar irrespirável, irritado de mim, inquieto de minha vida e inda mais ineficaz: me puxa devagar, com malvadeza de dia a dia, de hora em hora, um desejo de gota de água, um chamado de pernilongo nhen-hen-hem-nhen-hen-hem-nhen-hen-hem, é de estourar. Não estou fazendo metáfora não, é verdade mesmo. E é tão verdade que vou lhe confessar sem vergonha o que me sucedeu com esta sua carta. Passei cinco dias no Rio, onde fui escutar um concerto que me interessava, e vai, quando chego em S. Paulo, encontro duas cartas duma vez com o mesmo assunto, com as mesmas palavras, você me chamando pro Nordeste, Ademar Vidal me chamando pro Nordeste.[364] E ainda por cima a carta do secretário do Congresso Afro-brasileiro de Recife agradecendo a memória que eu enviara,[365] e me recordando o desejo imenso

---

foi primeiramente oferecido a Magalhães Carvalho: "mando-lhe o livro. Não li o artigo sobre os caminhos. Agradeceria recebendo-o. Cordialmente/ Cascudo".

364 Em 20 de agosto, de João Pessoa, Ademar Vidal perguntava a MA: "você vem ou não no fim do ano? Mande-me dizer a respeito alguma certeza". Em 17 de outubro, retoma o assunto: "Como é que você tem coragem de mandar dizer-me que só vem ao Norte em fins de 935? Isso é brincadeira?" (Arquivo MA, IEB-USP). MA responde a Ademar no mesmo dia em que se dirigia ao amigo de Natal: "Sua carta desta vez é injusta. Eu já lhe tinha escrito que este ano era impossível ir pro Nordeste. Aliás acabo de escrever também pro Cascudinho no sentido em que esta vai. Olha Ademar, eu vou fazer um pedido pra você, pelo amor de Deus, não me chame mais pro Nordeste [...]. Eu vou, vou de amor, irei mesmo porque tenho fatalmente de ir [...] Mas, faz favor! não me chame assim, pra não me deixar mais no estado de desespero em que fiquei, lendo no mesmo dia e momento as cartas do Cascudinho e de você me chamando. Eu já disse que vou e vou mesmo [...]".(Ademar Vidal, *Mário de Andrade e o Nordeste*, op. cit., p. 41-42.)

365 José Valadares, em 25 de outubro, agradece a MA o envio do estudo "A calunga do Maracatu" para integrar os Anais do Congresso (*Estudos afro-brasileiros*: trabalhos apresentados ao 1º Congresso afro-brasileiro reunido no Recife em 1934. Prefácio de Roquette-Pinto. Rio de Janeiro: Ariel, 1935-1937). Em 20 de setembro o secretário tinha endereçado a MA carta-convite para o encontro que deveria ocorrer entre 11 e 15 de novembro no Recife. O evento tencionava "reunir estudos sobre influência africana no desenvolvimento cultural do Brasil, e problemas de relações de raça em nosso país". Enumera também os desdobramentos culturais do congresso: "constará de uma exposição de objetos de seitas afro-brasileiras, outra de desenhos e pinturas fixando aspectos da vida africana no Brasil. [...] De toques em terreiros de Babalorixás do Recife e da leitura e discussão dos trabalhos que forem enviados [...]". (Arquivo Mário de Andrade, Série

que eu tinha tido de ir ao congresso, como pretexto de ir pro Nordeste... Fiquei, fiquei que meus olhos se encheram de lágrimas, isso não se faz. Vocês não estão reparando que vocês me martirizam assim? Então se eu não vou, por acaso vocês podem imaginar que é porque não quero ir! É positivamente decididamente insofismavelmente irremediavelmente porque não posso ir. E a sua carta ainda era a mais carrasca, me acenando com o Nando, que eu amo, que é meu também, que eu ainda não vi, não olhei, não peguei, não gostei, isso não se faz. Olha Cascudinho, eu vou. Eu disse que vou vou mesmo. Agora a viagem está marcada pra novembro de ano que vem. Eu vou mas não me chame mais. Eu vou, não é pra cumprir minha palavra que vou; vou porque tenho de ir, não é por causa de livro a fazer, nem de nada, vou porque tenho de ver o Nordeste de novo, vou por fatalidade, porque não poderei deixar de ver o Nordeste outra vez, porque vocês mesmo não me chamando me puxam, porque estou vivendo pensando nos amigos daí, nos dias daí, no gosto que senti aí, vou por feitiçaria, por sortilégio dessa terra. O Nordeste marcou em mim, na minha vida, na minha obra, sim tudo isso prova muito, mas não prova nada diante das infantilidades em que eu vivo aqui por causa dessa encantada viagem que fiz e me deixou assim. Às vezes, sim, chego a me arrepender de ter ido. Você me entenderá, sem zangar. Me arrependo por causa desta espécie de despaisado que fiquei. Não pense que sou besta de estar fazendo madrigais não, nem chegarei nunca a lhe mentir que só gosto do Nordeste. Até, sob o ponto-de-vista gostoso, acho que nada existe no Nordeste igual à gostosura de Belém. Mas não é Belém que eu vivo, é o Nordeste, e a minha família aqui poderia lhe contar as arrebentações intempestivas que tenho às vezes aqui contra a minha vida, contra o clima e a vida paulistanas, que no entanto entendo igualmente, e a que me adapto mais ou menos. Mas não vou lhe desfiar as minhas infantilidades, como ainda a de domingo último que me fez puxar conversa com um operário, que logo vi que era nordestino (era sergipano) e ficamos os dois fraternais, nos contando as coisas que aí vivemos. É pândego até, porque no momento parecíamos dois sergipanos da mesma Itabaiana donde ele era!

Bom, eu espero que você me compreenda esta carta sentida. Não faça mais assim, eu lhe peço com toda a força da nossa amizade, porque isso realmente me faz mal. Mas eu vou.

Um abraço pro Nando, um abraço pra todos, outro pra você, ciao.
Mário.

Carta datada: "S.Paulo, 10-XI-34"; datiloscrito, fita preta; autógrafo a roxo; papel verde; 1 folha; 27,0 x 21,7 cm.

Correspondência, IEB-USP.) José Lins do Rego, em um postal comemorativo do "1º Congresso Afro-brasileiro/ Pernambuco/ Ano de 1934" escreve a MA, em 19 de novembro, de Alagoas: "você devia ter vindo a este congresso. Sentimos a sua falta". Marcos Antonio de Moraes (Org.). *"Tudo está tão bom, tão gostoso..."*. In: *Postais a Mário de Andrade*. São Paulo: Edusp/Hucitec, 1993, p. 204-205.)

114 (MA)

São Paulo, 1 de março de 1935.

Meu querido Cascudinho,

então não se escreve mais pra este polista com saudade? nem ao menos você está carecendo aí de algum livro hitlerofachisticocamisavêrdico pra mandar pedir e eu ter o gosto de receber letra sua! Será que nem pra isso o Fachismo serve mais!

Recebi o retratinho do meu grande afilhado querido, que delícia que ele está, não? que risadinha mais simpática está dando, é uma maravilha! Aliás como deixaria de ser uma maravilha, quem irá pra dentro do mundo nascido dum tão potiguar quão ilustre Câmara Cascudo, e apadrinhado dum não menos goianá e ilustrezinho Morais Andrade! Deus o leve, Deus o traga, como na cantiga do Fandango, Deus o ponha no píncaro das grandezas humanas, força, virtude e clarividência.

Já estou me preparando prá viagem do fim de ano. Tenho escrito muito do meu livro, pelo menos dum dos volumes, o que trata das danças dramáticas. Estou acaba não acaba o estudo sobre o Fandango justamente, e ainda este março quero ver se dou o basta nas danças dramáticas todas com exceção do Bumba, que esse me dará trabalho creio que para uns três meses, a documentação é muito grande. Depois farei logo o estudo sobre Música Cantada, indicando as relações da poética e da música nordestinas, constâncias melódicas, formas, etc. Talvez um estudo sobre romanceiro, mas isto ainda não sei. A propósito, sempre venho esperando aquele livro de você sobre a poesia popular nordestina que já esteve aqui em minhas mãos, e você mandou pedir outra vez. Como é? publica-se ou não se publica? Tenho enorme precisão dele, e só tomei uma ou outra rara nota do que li, que me era útil no momento, deixando pra me documentar no livro, quando este saísse. E até agora? Me conte alguma coisa sobre, e se tem alguma cópia sobressalente me mande de presente, ou de emprestado.

E me salve, faz favor. Você me contou que eu prometera qualquer coisa a Cotinha, que eu, com esta minha cabeça me esqueci o que é! Me mande dizer o que é, por favor, pra que eu não falte à promessa. E só de falar em Cotinha, fiquei com água na boca imaginando no bolo de macaxeira, ai, só em dezembro!...

E me lembre à sua gente todinha, dona Ana tão querida sempre, seu pai, sua mulher, Cotinha, e o meu afilhado querido. Ensine ele a me querer bem desde já, não se esqueça, que eu daqui já vou querendo de tal forma que nem sei!

E este seu abraço muito irmão do
Mário.

Carta datada: "S. Paulo, 1:III:35"; datiloscrito, fita preta; autógrafo a tinta preta; papel verde; 1 folha; 27,0 x 21,7 cm.

Fernando Luís.
Dedicatória no verso: "Fernando Luis /ao seu querido e difícil padrinho / Mário de Andrade. / Natal / Praia de Areia Preta 3/2/35."

115 (LCC)

Natal, 2 de março de 1935
393 – Junqueira Aires.

Mário amigo.

Por mais estranho que pareça a você não tenho outro jeito senão pedir-lhe que me ajude. Estou batendo um ensainho sobre Stradelli[366] e outro sobre Maximiliano Alexandre Felipe "Prinz zu Wied", que nos visitou em 1815 –16 –17 em missão científica e escreveu o magnífico *Reise nach Brasilien* (eu li em versão francesa).[367] Sobre este zu Wied-Neuwied é que peço sua paciente intervenção. Evidentemente o homem não teve culpa de nascer príncipe. Creio que você não pode ter tempo para o que lhe peço mas arranjará com o milheiro de amigos daí. Trata-se do seguinte: preciso, até 20 de março, de notas genealógicas sobre este Wied que nasceu a 23 de setembro de 1782 e morreu a 3 de fevereiro de 1867. Só um *Almanaque de Gotha*[368] dá remédio ao caso. Você não descobrirá alguém para copiar? Desejo saber se o homem casou, com quem, quando, se teve filhos e a descendência "inteirinha" dele até hoje. Que horror! Mas também não tenho a quem pedir senão ao compadre. Nesta nota deverá vir o parentesco dele com um Príncipe de Wied que foi Rei da Albânia, há poucos anos. O *Almanaque de Gotha* dá tudo, inclusive os endereços que preciso para caçar detalhes e fotos com a família.
Recebeu um instantâneo de Fernando Luís, o Nando?
Apiede-se e arranje uma vítima para copiar a genealogia dos Wied. Tanto mais completa melhor.
Lembre-me aos nossos daí.
Seu
        Cascudinho.

Um abraço no grande Sousa Lima e respeitos à mamãe.[369]

CARTA DATADA: "NATAL 2-3-35"; AUTÓGRAFO A TINTA PRETA; PAPEL BRANCO, TIMBRADO: "CORREIO AEREO"; 1 FOLHA; 26,6 x 20,8 CM; 2 FUROS DE ARQUIVAMENTO; RASGAMENTO NA BORDA ESQUERDA.

---

366 Ermanno Stradelli (1852-1926), estudioso de etnografia brasileira, nascido na Itália.

367 Maximiliano Alexandre Felipe de Wied-Neuwied (1782-1867). Segundo LCC, o militar da Prússia renana, interessado em História Natural, esteve no Brasil entre julho de 1815 e maio de 1817. Parou nas províncias do Rio de Janeiro, do Espírito Santo e da Bahia, seguindo até à fronteira de Minas Gerais. Na Europa, publicou "a minuciosa narrativa da viagem e [...] registros científicos". (*Antologia do folclore brasileiro*. São Paulo: Martins, [1965], p. 74. v. 1.)

368 Almanaque editado pela primeira vez em 1763, no ducado alemão de Gotha, configurando linhagens aristocráticas.

369 Na carta: "mme."

116 (LCC)

25 de março de 1935
Rio de Janeiro
Av. Passos nº 7.

Mário querido.

    Imagine que estou arriscado a não ir a S. Paulo o que é o cúmulo porque você constituía uma das grandes explicações de minha jornada. O adiamento do Congresso Algodoeiro transformou minha comissão e já recebi instruções para estudar aqui outra coisa. Todo meu desejo era ir ver você e matar saudades compridas. Enfim, vou tentar um jeito qualquer.
    Recebeu uma minha extraordinária carta pedindo quase uma cópia do *Almanaque de Gotha*? Já não é preciso. Arranjei as notas aqui. Que notícias me dá? Que faz? O Yan de Almeida Prado,[370] meu companheiro de Biblioteca Nacional, deu-me notícias de sua vida e trabalhos. Mas não basta. Eu queria era vê-lo e cobrar um retrato irmão daquele que está com o Jorge de Lima.
    Lembre-me aos seus.
    Abraços deste
    seu
    Luís da Câmara Cascudo

Av. Passos 7.
Paris Palácio Hotel. Rio.

CARTA DATADA: "25-3-35"; AUTÓGRAFO A TINTA PRETA; PAPEL BRANCO, TIMBRADO: "PAA VIA PANAIR"; 2 FOLHAS; 20,4 × 12,9 CM; 2 FUROS DE ARQUIVAMENTO.

---

[370] João Fernando (Yan) de Almeida Prado (1898-1987), bibliófilo e historiador paulista.

117 (LCC)

4 de maio de 1935.
Av. Passos, 7.
Rio de Janeiro.

Pôlista marista.
    Anauê!...

    Chegando aqui encontrei uma carta aérea de papai pedindo sementes de verduras e hortaliças paulistanas. Não posso, evidentemente, senhor Diretor,[371] satisfazer ao meu querido papai e requeiro que você me acuda na emergência, mandando, diretamente para Natal, sementes de xuxu, pepino, couve-flor, pimentão grande (verde, vermelho e amarelo) e demais excelências da horta (sem alegria). Tenha a santa e completa paciência mas se você escapou do *Almanaque de Ghota* não "deve" escapar deste outro pedido uma vez que os interesses são mais altos, pessoais e gostosos. Anauê. Não esqueça, seu Mário. Se o papai (!) ficar sem as sementes a culpa será exclusivamente sua e eu jamais voltarei a São Baulo e Pôlo e se o fizer é para arranchar-me em sua bonita casa e não mais sair.
    Um respeitoso beijo em minha doce mamãe paulista e meus respeitos à mana e demais senhoras da casa.
    Não esqueça as sementes. Um beijo no Sousa Lima e uma saudação ao Yan de Almeida Prado *et sa suite.*
    Com os meus cumprimentos
        Cascudinho.

CARTA DATADA: "4 DE MAIO DE 1935."; DATILOSCRITO, FITA PRETA; PAPEL BRANCO; 2 FOLHAS; 22,1 x 16,4 CM; 2 FUROS DE ARQUIVAMENTO. NOTA MA A GRAFITE NO ANVERSO: "LUÍS DA CÂMARA CASCUDO/ AV. JUNQUEIRA AIRES, 393/ NATAL – R. GRANDE DO NORTE".

---

[371] Nomeado chefe da Divisão de Expansão Cultural e diretor do Departamento de Cultura de São Paulo em 30 de maio de 1935, MA troca a vida literária pela concretização de um projeto democrático de cultura que havia articulado com Paulo Duarte, a pedido do prefeito Fábio Prado. Optava, dessa maneira, por embebedar-se de "ações, de iniciativas, de trabalhos objetivos, de luta pela cultura", como confidencia ao jovem jornalista carioca Murilo Miranda em 11 de novembro de 1936. (*Cartas a Murilo Miranda (1934/1945)*. Org. e notas de Raúl Antelo. Rio de Janeiro: Nova Fronteira, 1981, p. 39.) MA permanece no cargo até junho de 1938, momento da mudança da política municipal.

São Paulo, 17 de julho de 1935.

Cascudinho,

        positivamente desisto de lhe dizer palavras de sofrimento e de conforto, pela morte do coronel Cascudo. Quase quotidianamente tenho pensado em escrever pra você, desde que sube do desastre, mas meus braços caem logo sem vontade, e me fico amargando pelas deficiências da escritura, pelos seus imprescindíveis lugares-comuns de língua de todos e não dum só. E eu queria me dizer sozinho, menos aliás no que eu sofri por mim, que também queria um enorme bem a esse velho admirável, do que no desejo de compartir com você e os seus do sofrimento novo, acarinhá-los em tudo o que o meu coração tem de mais espontâneo, de mais impulsivo, e é tão ardente, tão sincero no momento. Mas é melhor nem falar... Embora eu parecesse ausente nestes tempos, basta que você relembre toda a felicidade do que tem sido o nosso convívio, pra imaginar que também neste momento eu não estava ausente, estava silencioso, isso sim. Mas pensava muito, pensava mesmo sem a menor procura de pensar, como a naturalidade espontânea do meu ser, em você, em dona Ana, em todos.

    E isso é realmente uma prova absoluta de amor, porque nem bem você partiu daqui, minha vida foi tomada num turbilhão novo que a dominou completamente. Eu bem contara a você que estava prestes a arrebentar aqui a minha nomeação para chefe duma das divisões dum Departamento de Cultura e Recreação, que a Prefeitura de S. Paulo estava pra criar. Ora de repente fui chamado, e tive o choque dum convite inesperado, não só me titulavam no meu cargo já decidido, como me convidavam pra Diretor de todo o Departamento a se criar. De maneira que, vinda a nomeação, a 30 de maio, não só me vi na Chefia da minha Divisão, mas com o serviço apenasmente quadruplicado, como Diretor-geral, orientador, sistematizador, e o diabo, de todas as quatro divisões do Departamento.[372] Você imaginará bem, que conhece S. Paulo, o horror de trabalho e preocupações novas, que isso está me dando. Tive que largar de tudo, pra criar todo um organismo, de que, praticamente, não estava nada feito, a não ser a Biblioteca Municipal. E aliás antes ela não estivesse feita, porque justamente a sua reorganização, está tão difícil que você não imagina. Mudei de mundo, Cascudinho, mudei de ser. Aos poucos hei-de lhe ir contando tudo o que fizermos aqui, e você aos poucos há-de se ir acomodando com um novo amigo, que se será sempre o mesmo na força e convicção das suas afeições,

---

[372] Na estruturação do Departamento de Cultura, além da Divisão de Expansão Cultural que coube a MA, funcionaram outras quatro divisões: Documentação Histórica e Social; Biblioteca; Educação e Recreios; Turismo e Divertimentos Públicos.

mudou do idealista mais ou menos disponível dos últimos tempos, pra um homem de ação, rijo, decisório, mexendo com homens e as eternas intrigas e preguiças humanas. Já tenho outras coragens e outros prazeres. Já adquiri o gosto de vencer as dificuldades, e o meu próprio dó da humanidade vai mudando de caráter, não partindo mais das ideias, mas do contato dos homens. Ia dizer da lama... Na realidade as ideias não enganam, mesmo as partidas de puras ideologias sedentárias. Mas o contato da lama traz equilíbrios diferentes às reações da piedade. Fica, por assim dizer, uma piedade mais impiedosa, que tem todos os riscos de se esquecer da caridade cristã. É lógico: diante de cinco pretendentes a um único lugar, todos necessitadíssimos, idôneos, e nas mesmas condições de desgraça e direitos adquiridos, você tem mesmo que decidir. E a caridade cristã se manifesta uma vez pelo escolhido, enquanto o dever frio e impiedoso, se manifesta quatro vezes, com os preteridos. E neste desequilíbrio de exercício, a caridade emagrece, pouco alimentada, e você vai adquirindo aquela cegueira inflexível com que é simbolizada a Fortuna. Estou imaginando que é terrível a gente se apropriar assim, terrestremente, de certas qualidades de Deus...

    Este é o seu amigo de agora. E este amigo, novo na maneira de se manifestar, não esqueceu no entanto nunca, o sofrimento de você e dos seus. O que quer dizer que pra você, continuo o mesmo, no momento, mais carinhoso que nunca, mandando as lembranças de sempre carinhosíssimas a dona Ana e todos, um beijo de adoração ao afilhadinho, e a você o abraço mais amigo do sempre,
    Mário.

CARTA DATADA: "S. PAULO, 17-VII-35"; DATILOSCRITO, FITA PRETA; AUTÓGRAFO A TINTA PRETA; PAPEL VERDE; 1 FOLHA; 27,0 x 21,7 CM; RASGAMENTO NA BORDA ESQUERDA (FURO DE ARQUIVAMENTO).

14 de fevereiro de 1936.
Natal.

Meu caro Mário.

Junto encontrará você a sua revista em Natal. É minha e do Valdemar de Almeida, seu "íntimo". O pedido fora para você abrir a revisteca com duas parolagens. Não foi possível. Distribuímo-la no dia 11 p.p. Você nos faria uma caridade escrevendo qualquer coisa para o outro número e mandando, com licença da palavra, um clichê. Não se zangue. Nós não podemos comprar e o clichê é indispensável. Veja se gosta da revista. À página 4 estará a famosa decisão da congregação criando a "Sala Mário de Andrade".[373] A placa já chegou de Recife. É bonitinha como quê. Mande coisas e proteja o Instituto.

Recebi o seu convite que é maravilhoso mas me apanhou numa hora de danação do Fausto. Imagine que o original está com o amável Schmidt[374] e este afirma ter devolvido embora não apresente prova. Dez vezes escrevi pedindo o original e agora um amigo no Rio está tratando de ver se obtém o tal livreco. Desta forma também perdi o meu ensaio sobre Wied-Neuwied.[375] Se não receber resposta do Rio até o fim da semana pergunto a você se não servirá um estudo que tenho sobre a couvade? É tema universal e de minha parte "tento" uma explicação. Responda.

Preciso que você "requisite" do Instituto de Biologia de São Paulo o livro do dr. Couto de Magalhães, *Monografia brasileira de peixes fluviais*. Tenho uma louca necessidade desse trabalho e você é o caminho único.

Peço beijar a mão da minha querida mamãe paulista. Não deixe de ir beijar a mão dela, seu peste. E um afetuoso cumprimento à sua mana e minha que espero em Deus já não seja sua secretária.

Idem ao mano merovíngeo e aos do meu conhecimento. Onde anda o Sousa Lima? Queríamos, Vavá e eu, mandar revista para ele e não sabemos se está em Sân Pôlo ou em Tânger. Esclareça.

Escreva logo. Responda caso couvade e mande os *Peixes fluviais* do

---

[373] O primeiro número de *Som*/Sociedade de Cultura Musical do Rio Grande do Norte (Natal, 11 jul. 1936) historia, na p. 4, na coluna Curriculum: "Na última congregação de Professores do Instituto de Música do Rio Grande do Norte, no dia 1º de junho [...] o dr. Câmara Cascudo, lente de História da Música, propôs que se denominasse de Mário de Andrade o salão onde leciona História da Música. [...] Todas as propostas foram aceitas unanimente [...]".

[374] Augusto Frederico Schmidt (1906-1965), poeta e editor.

[375] Extraviada, a obra *O príncipe Maximiliano de Wied-Neuwied* só reaparecerá em 1976, no Rio de Janeiro, editada nesse mesmo ano pela editora carioca Kosmos. (V. notícia sobre o livro, assinada por José Carlos Barreiro em: Marcos Silva (Org.), *Dicionário crítico Câmara Cascudo*. São Paulo: Perspectiva, 2003, p. 247-250.) Dois pequenos trechos de *Viagem ao Brasil* de Wied-Neuwied, "O bodoque" e "O giacacuá dos Botocudos baianos", participam da *Antologia do folclore brasileiro*, de LCC.

Couto de Magalhães.
    Seu
    Cascudinho

393 – Junqueira Aires.

CARTA DATADA: 14-11-36./ NATAL."; DATILOSCRITO, FITA PRETA; AUTÓGRAFO A TINTA PRETA; PAPEL BRANCO, TIMBRADO: "PRO REGE SAEPE, PRO PATRIA SEMPER", FILIGRANA; 1 FOLHA; 22,2 x 16,5 CM.

120 (LCC)

7 de abril de 1936.

Mário querido.

  Você não tem tempo para escrever-me. É natural até que esqueça o envio das publicações do seu departamento,[376] seu peste.
  Venho pedir-lhe uma informação que encareço você respondê-la por avião. Quando vão, em que dia, comemorar o centenário do Carlos Gomes, aí em S. Paulo? Há uma controvérsia áspera e o humilde Instituto de Música que deseja solenizar, com várias coisas bonitas, a data, não sabe como escolhê-la. Fui encarregado de perguntar ao Mário de Andrade, tuixáua de ciências. O Valdemar de Almeida está com planos e trabalhos iniciados, orfeão de 1000 vozes, dois concertos, duas conferências, orquestra, etc. Tudo depende da resposta do Macunaíma. Responda, bestão querido.
  E, outra coisa, não haverá para canto orfeônico alguma coisa do Tonico de Campinas? O Hino Acadêmico, por exemplo? Se existir, você fará uma obra de caridade enviando um exemplarzinho destinado às goelas potiguares.
  Peço lembrar-me à senhora sua Mãe a quem beijo a mão. Meus recados à ilustre maninha, secretária dedicada a quem você explora capitalisticamente e faça-me presente a todos os demais, dr. Moraes Andrade e senhora e amigos dessa sua generosa casa.
  Pelas cinco chagas não esqueça o que lhe peço. E como tudo aqui é difícil e só pode caminhar a passo, dê uma velocidade que lhe merecer este seu velho
  Cascudinho.

393- Junqueira Aires.
Natal.

  CARTA DATADA: "7-4-936."; DATILOSCRITO, FITA PRETA; AUTÓGRAFO A TINTA PRETA; PAPEL BRANCO, TIMBRADO: "AIR FRANCE BRASIL"; 1 FOLHA; 19,9 x 13,6 CM. NOTA MA A GRAFITE NO ANVERSO: "11 DE JULHO" E TRECHO SUBLINHADO NA CARTA, A LÁPIS VERMELHO: "ORFEÃO [...] RESPOSTA".

---

376 O memorialista Paulo Duarte sintetiza a importância da *Revista do Arquivo* que, a partir do número 12, "passou a ser órgão do Departamento de Cultura". O periódico "mudava completamente de feição, dirigida por Mário de Andrade, tendo Sérgio Milliet como secretário. Desde então foi um crescendo [...]. O último número dirigido por Mário de Andrade, o volume 46, publicava já a letra S das nomenclaturas das ruas de São Paulo e publicava artigos e ensaios etnológicos, sociológicos [...] estudos de folclore e muitos outros trabalhos de alto interesse cultural. Contava esse volume cerca de 500 páginas!". (Paulo Duarte, *Mário de Andrade por ele mesmo*. 2. ed. São Paulo: Hucitec/Prefeitura do Município de São Paulo/Secretaria Municipal de Cultura, 1985, p. 96.)

121 (MA)

São Paulo, 15 de abril de 1936.

Cascudito,

vou lhe escrever duas linhas roubadas. Ah, você nem imagina o que está sendo minha vida, uma ferocidade deslumbrante, um delírio, um turbilhão sublime, um trabalho incessante, dia e noite, noite e dia, me esqueci já da minha língua literária, a humanidade me fez até voltar a uma língua menos pessoal, já me esqueci completamente de mim, não sou, sou um departamento da Prefeitura municipal de S. Paulo. Me apaixonei completamente. Também a coisa não era pra menos, bateu uma aura de progresso neste município sofrido, veio um Prefeito que topa com as coisas de cultura também, incrível! e me chamaram pra dirigir a coisa, imagine só, numa terra em que tudo está por fazer! Tou fazendo. Sim, vem de quando em quando a malinconia bater neste coração meladíssimo de amor, e sofro, sofro doído das amizades, dos prazeres não mais cultivados com livre acesso de amor, mas a verdade é que continuo amando, amando em grosso e miudinho, todos e cada qual, amando o afilhadinho de Natal, amando o pai dele, a mãe dele, a vovozinha dele, as companheirinhas de casa e tudo, tudo sem cessar. Cessa a escritura mas não cessa o amor. Até chego agora a pedir pra você esperar mais um bocadinho pra crisma do nosso Fernando Luís. É que me veio na telha a possibilidade, este ano não, mas o ano que vem, de dar um pulo até aí gravar discos populares. Se arranjar a verba vou, se não arranjar, pedirei tristonhamente a alguém que você me indique aí pra me representar na crisma e não atrasarei mais a justa vinda das bênçãos espirituais sobre quem tanto quero bem.

Nosso assunto: a data certa do centenário é 11 de julho. Não tem peça orfeônica de Carlos Gomes que eu conheça. Mandei copiar com urgência um *Hino triunfal* raro e bem bonito que temos aqui e está sendo ensaiado pelo Coral Paulistano que criei. Gostei do plano das comemorações. Eu aqui, imagine que ainda não sei o que vou fazer, a não ser um ano de execuções permanente de Carlos Gomes, e talvez um número especial da *Revista do Arquivo*, ou parte desta, dedicada a ele. Imaginei uma comemoração verdadeiramente batuta, mas que soçobrou pelo custo. A gravação do *Guarani*, da *Fosca* e duma seleção de mais 18 discos das outras óperas. Tudo caiu por terra, ante a dinheirama de mil contos pedidos pela Columbia. Ora, tenho coisas por enquanto mais úteis a fazer e deixei esse propósito de lado.

Estão me chamando pra janta e preciso ir. Já são 19 e 30 e às 20 e 30 justamente tenho que fazer a inauguração do Curso de Etnografia que instituí pelo Departamento.[377] Aliás, com um sucesso inesperado, perto de

---

[377] Curso ministrado por Dina Lévi-Strauss (pesquisadora assistente no Musée de L'Homme, Paris), entre abril e outubro de 1936, para ensinar a "colher cientificamente nossos costumes, nossas tradições populares, nossos carac-

setenta alunos! Ontem inauguramos a Biblioteca Infantil que está uma delícia e até o fim do mês inda inaugurare[mos] a Rádio Escola. Bem ciao. Um abraço no Fernando Luís deste padrinho ingratíssimo, outro em você, outro em dona Ana, e recomendação carinhosíssima a todos os mais. Do
  Mário.

Nem reli!

CARTA DATADA: "S.PAULO, 15-IV-36"; DATILOSCRITO FITA PRETA, AUTÓGRAFO A GRAFITE; PAPEL CREME, TIMBRADO: "VIA AÉROPOSTALE"; 1 FOLHA; 27,3 x 20,3 CM; RASGAMENTO NA BORDA ESQUERDA (FURO DE ARQUIVAMENTO).

teres raciais", nas palavras proferidas por MA no discurso de abertura. (Carlos Sandroni, *Mário contra Macunaíma*. Rio de Janeiro: Vértice, 1988, p. 122.) O curso de extensão universitária, "realizado em bases eminentemente práticas, teve como intenção principal formar folcloristas para trabalhos de campo". (Mário de Andrade, "Folclore". In: Rubens Borba de Moraes e William Berrien (Orgs.), *Manual bibliográfico de estudos brasileiros*. Rio de Janeiro: Gráfica Editora Souza, 1949, p. 290.)

122 (LCC)

Mário.

Natal, 24 de julho de 1936.

  Pelo correio terrestre enviei um exemplar da nossa revista *Som*, órgão da sociedade de cultura musical. Para ela é que eu havia pedido algumas linhas iniciais do "primeiro musicógrafo brasileiro". Entende-se que você não deve negar-fogo para o outro número. Nós, Valdemar de Almeida e eu, desejamos fazer uma revista séria e sem mundanidades. Eis porque contamos com sua boa vontade. Neste julho será a inauguração da "Sala Mário de Andrade" no Instituto de Música. A placa já chegou e é bonita como quê.
  Tenho a fazer-lhe um pedido e para ele peço sua atenção e a máxima urgência pois meu trabalho está parado na esperança de uma resposta sua. Trata-se da *Monografia brasileira de peixes fluviais*, livro do dr. Couto de Magalhães, do Instituto de Biologia de São Paulo. Sonho eu que você consiga um exemplar e o envie para mim com as pressas que este pedido lhe merecer.
  Creio que o meu trabalho sobre a couvade servirá melhor que o perdido estudo sobre a poética sertaneja. A couvade trata desses aspectos curiosos e a documentação americanista é regular. De mais a mais dou uma orientação minha, isto é, a epigênese, explicação que julgo razoável e... pessoal. Decida.
  Mais uma vez peço interessar-se pelo livro do Couto de Magalhães.
  Onde anda Sousa Lima? Tânger? Pequim? Você podia mandar o endereço do João Barreiras, aquele seu ex-aluno, pianista e crítico musical não sei de que jornal pôlista?
  Ciao. Abraços e mande a preguiçosa bênção ao Fernando Luís.
  Seu
    Cascudinho.

P.S. para a mamãe paulista.

Querida mamãe de São Paulo.

  Não a tenho esquecido nem os seus desta casa. Recordo com carinho toda sua hospitalidade e sonho voltar à sua casa, tão generosa e acolhedora para mim. Minha mãe e mulher e o netinho recomendam-se. Rogo lembrar-me à querida maninha que espero em Deus não seja mais secretária do Mário, esse explorador do trabalho fraternal e mau pagador. Também uma saudação para a senhora Moraes e Andrade e seu ilustre esposo, o deputado gentilíssimo.

Se o Mário jantar em casa, peço, mamãe, que dê um forte puxavante d'orelhas nele, lembrando um prometido retrato, há seis anos. Mande uma bênção a este seu muito afeiçoado filho – Luís.

Carta datada: "Natal 24-7-36."; datiloscrito, fita preta; papel branco, timbrado: "AIR FRANCE BRASIL"; 2 folhas; 19,6 x 13,6 cm. PS: carta à mãe de MA, Maria Luísa de Moraes Andrade.

123 (MA)

São Paulo, 31 de julho de 1936.

Cascudinho.

Aqui vai o livro.[378]
O escrito sobre a couvade não preenche bem a finalidade da *Rev. do Arquivo* que é em principal composta de ciência interessadamente brasileira. Aqui no Departamento estamos combatendo a ciência livresca que não traz documentação nova e prática, brasileira. Basta lhe contar que instituímos um "curso de etnografia *prática*" pra ensinar o pessoalzinho como se recolhe e se estuda os documentos etnográficos. Se você não conseguir o livro, o que é um verdadeiro desastre, não podia refazer a parte essencial? O estudo sobre a poética nordestina, dando exemplos inéditos, colhidos por você. Só em *último* caso aceito a couvade que em *última* análise também nos interessa à etnografia ameríndia.

A revista é do meu coração. Ajudo sim. Que clichê vocês querem? Mande já escolhido e preferido, que irá imediatamente. Vou escrever qualquer coisa.[379]

E é só. Abraços. Abraços, abraços abraços pro Valdemar, pra nossa família e o grande abraço padrinho pro piá querido, quando verei? quando apadrinharei? Quem sabe se no ano que vem? É quase certo.

E pra você, seu mano,
a lembrança completa do
Mário.

CARTA DATADA: "S.PAULO 31-7-36."; AUTÓGRAFO A TINTA PRETA; PAPEL BRANCO, FILIGRANA, TIMBRADO: "PREFEITURA DO MUNICÍPIO DE S. PAULO/ DEPARTAMENTO MUNICIPAL DE CULTURA"; 1 FOLHA; 30,5 x 20,7 CM.

---

378 *Monografia brasileira de peixes fluviais* "por Agenor Couto de Magalhães (chefe da seção de caça e pesca da diretoria de Indústria animal de S. Paulo" (São Paulo: Graphicars, 1931), obra na biblioteca de LCC com apontamentos de leitura e a observação na p. 11: "Luís da Câmara Cascudo/ 19 de agosto de 1936"; na p. 264 (a última) ainda se lê: "oferta de Mário de Andrade/ recebida – 19-8-36".

379 MA oferece para o segundo número de *Som* o artigo "A música brasileira", no qual enumera compositores irmanados pela "identidade de processos de criação que os reúne no que verdadeiramente e sem exagero se poderá chamar de 'escola nacional'". O texto, no segundo número da revista, vem precedido de apresentação não assinada: "[...] Grande amigo do Rio Grande do Norte, que visitou em 1929, Mário de Andrade é um dedicado elemento de simpatia do Instituto de Música que lhe homenageou o nome, dando-a a uma das salas de seu edifício./ A presente colaboração, especial, privativa e direta para *Som*, indica o grau de solidariedade cultural que a nossa revista está conquistando entre os leitores cultos do Brasil" (p. 2). (V. Anexos.) Uma outra colaboração de MA sairia no terceiro número: "São Paulo e a tradição brasileira".

124 (LCC)

Na foto, dedicatória de Cascudo a Mário: "Fernando Luis / ao padrinho / Macunaíma. / Natal – setembro – 1936".

Na foto, a data: "15-9-36". No verso, dedicatória de Cascudo a Mário: "Fernando Luis / ao seu Padrinho / Macunaíma".

Natal, 14 de outubro de 1936.

Mário, bestão querido.

  Recebi carta e plaquete que já lera na *Revista do Arquivo Municipal*. Quase ótimo, seu internacionalista. No ponto de vista educacional é uma maravilha positiva. Depois, coragem, seu mano, para dizer aquilo em S. Paulo. Gostei, francamente. E você dirá o mesmo do Stradelli "batido" aqui na província?[380]
  Na madrugada de 13 corrente fiquei papai pela segunda vez. Nasceu a linda Ana Maria. Uma teteia. Dália vai bem e o Fernando Luís não larga o

---

[380] *Em memória de Stradelli* (Manaus: Livraria Clássica, 1936), opúsculo "mandado editar pelo Governo do Estado do Amazonas", dedicado ao Conde italiano Ermanno Stradelli (1852-1926), "fidalgo, doutor em direito, explorador nato, etnógrafo espontâneo" (p. 5), falecido em um leprosário em Manaus. O exemplar oferecido a MA traz dedicatória: "Ao Mário, mano ocupado, afetuosamente, seu Cascudinho/ 15 – VIII – 36".

berço, rondando e explicando a vinda por um avião. Hoje levou, para a mana brincar, o maior bicho que ele possui, um elefante. Naturalmente a mana não olhou para o animalejo. Fernando discursou dizendo – não sei de que esta menina gosta. Imagine que ela não gosta de elefante...

Mando dois instantâneos para que você veja o tamanho e a beleza do meu Nando.

Recebi, há dias, um ofício do sr. Milliet, solicitando colaboração o que muito me desvaneceu e animou.[381] A oferta caiu do céu por descuido. Mando a couvade para ver se serve. Em caso de servir (só tenho este original) peço você mandar ter todo cuidado na revisão, especialmente nas citações e notas manuscritas. Terei umas separatas, seu mano?

Escrevi hoje ao *Diário da Manhã* pedindo um *Anuário* pois vale a pena você ter o volume. Tem várias coisas interessantes. O meu trabalho é curioso porque traz depoimentos atuais sobre o índio. Os outros Estados que disputam o nascimento do Camarão não têm essa tradição.[382] Acochos. Lembre-me a mamãe, aos manos *et sa suite*. Seu
 Cascudinho.

CARTA DATADA: "NATAL, 14-10-36."; DATILOSCRITO, FITA PRETA; AUTÓGRAFO A TINTA PRETA; PAPEL BRANCO, TIMBRADO: "SOM"; 1 FOLHA; 24,5 x 21,5 CM.

---

381 No ofício de 16 setembro de 1936, Sérgio Milliet, "secretário" do Departamento de Cultura, ligado à Divisão de Documentação Histórica e Social, comunica a LCC o envio de exemplar da *Revista do Arquivo*, "órgão que se destina a vulgarização de documentos antigos do município e bem assim de trabalhos sobre história, sociologia, etnografia, folclore e outros correlatos". Elabora, então, o convite para participar do periódico: "Esta publicação está já no seu terceiro ano de publicidade, é bem distribuída e tem sido elogiada pela imprensa e por intelectuais./ No intuito de a tornar cada vez mais interessante, esta redação resolveu enriquecer o seu corpo de colaboradores com vários outros nomes nacionais, tendo a honra de solicitar a sua coadjuvação./ Desejaríamos que o ilustre escritor nos escrevesse um trabalho sobre assunto de sua especialidade e que se enquadrasse no programa da nossa revista, ficando desde já entendido não haver limitação para o número de páginas./ Essa colaboração deverá ser original e especialmente escrita para a revista, pois esta só publica trabalhos absolutamente inéditos./ A título de mera gratificação, retribuiremos cada trabalho à razão de cem mil réis, o que faremos mediante a entrega dos originais [...] Certo da sua brilhante cooperação, [...]".

382 Em 1932, LCC publicou, sobre o tema, "A tradição popular norte-rio-grandense sobre D. Antonio Felipe Camarão", na *Revista do Instituto Histórico e Geográfico*, do Rio Grande do Norte (29/31). Em 1935, retoma o assunto, sob o mesmo título, no *Anuário de Pernambuco*, periódico no acervo de MA. Nesse artigo, o autor apresenta-se como membro do "Instituto Histórico Brasileiro e da Sociedade Capistrano de Abreu". (V. tb. Zila Mamede, *Luís da Câmara Cascudo: 50 anos de vida intelectual 1918/1968*, op. cit., p. 121. v. 1, parte 1.) *O Anuário de Pernambuco*, "Suplemento" dos *Diário da Manhã* e *Diário da Tarde*, iniciado em 1934, figura, em 1935, como "resumo estatístico e descritivo das atividades pernambucanas em seus vários aspectos". No *Anuário* para 1936, exemplar que também esteve nas mãos de MA, um artigo de Ebenezer Cavalcante, "Um escritor do Brasil", ao louvar Humberto de Campos, toca no modernismo ("o grito de restauração nacional") e sua vertente nacionalista ("respira-se o Brasil nas nossas letras contemporâneas"). Nesse momento, vem à baila o poema de MA, "Enfibraturas do Ipiranga" de *Pauliceia desvairada*.

125 (MA)

São Paulo, 23 de outubro de 1936.

Cascudinho.

recebi a couvade e recebi sobretudo a figurinha do Nando, que maravilha! Foi um reboliço na minha casa de gente com propensão pra avós, mamãe, minha tia, eu, isso ficamos gemendo de entusiasmo – Mamãe, será que se pode comprar uma roupinha pra ele pela fotografia. Tem cinco anos. – Pode Mário. – Mas quero o que houver de mais fino. – Tá claro, Mário, sossegue. Irá o que houver de mais fino nesta cidade de S. Paulo. É engraçado... sempre na perspectiva de ir pra aí, vou comprando brinquedos pro Nando. Brinquedinhos, besteira. Depois envelhecem, dou pros priminhos da idade. Agora não: o Nando está tão querido, tão lindo, que vão os presentes jogados sozinhos nas ondas do mar. E a couvade? Tá bem bom. Sairá no número de janeiro, com a inauguração do "Arquivo etnográfico" da revista.[383] Quanto à separata, ainda não posso lhe garantir. Do outro trabalhão eu dava na certa, era pedir demais. Mas este é menor e desde tempo que venho brigando com o Sérgio Milliet secretário da *Revista*, e seu organizador financeiro, por causa disso. Eu quero dar separatas, ele objeta que não, causa do preço. Aliás aqui vai separata junto, mas o caso é outro: paguei do meu bolso e aliás só pela obrigação em que estava de distribuir o trabalho pras alunas diplomandas. Em todo caso, em qualquer caso você terá quantas revistas quiser pra distribuir. Ciao acabou a folha e o bloco! Vou mandar buscar outro bloco, mas acabo mesmo a carta aqui que tou com pressa. Fale de mim pro Nando e Deus abençoe a filha nova pela qual vão mais abraços pra você, sua dona, nossa mãe e todos.
Mário.

Cascudo. Acabo de ver que já mandei a separata Cultura Musical[384] pra você. Recebeu? meu Deus que vida minha estou penando atrapalhada atrapalhada!...

CARTA DATADA: "S. PAULO 23-10-36"; AUTÓGRAFO A TINTA PRETA E VERMELHA; PAPEL CREME, FILIGRANA, TIMBRADO: "PREFEITURA DO MUNICÍPIO DE S. PAULO/ DEPARTAMENTO MUNICIPAL DE CULTURA"; 1 FOLHA; 30,5 x 20,7 CM; RASGAMENTO NA BORDA INFERIOR.

---

383 "Uma interpretação da couvade" de LCC aborda o "resguardo tomado pelo índio, durante ou depois do parto da mulher", constatando esse costume também em outras culturas. *Revista do Arquivo Municipal*, v. 3, n. 29, São Paulo, nov. 1936.

384 "Cultura musical/ (Oração de Paraninfo)". *Revista do Arquivo Municipal*, XXVI, São Paulo, 1936. Na separata, a folha de rosto informa: "[...] Oração de paraninfo dos diplomandos de 1935, do Conservatório Dramático e Musical de São Paulo".

Fernando Luís.

126 (LCC)

Mário, bons – 12 meses de 1937.

  As Festas do Fernando Luís chegaram aqui justamente no dia ritual e deram uma alegria doida ao piá. Naturalmente o presente foi mais festejado embora eu o haja arrecadado para livrá-lo da inevitável destruição. Ontem Nandinho veio dizer-me que informasse o padrinho para não mandar brinquedo-de-corda porque só servia para o Pai e não para ele. Veja que atrevimento... A roupinha andou de mão em mão, gabada, cotejada e guardada como se fora manto de papo de tucano. Só nos dias de gala é que Nandinho se meterá na farpela pôlista e fará figuração de importância. Todos nós mandamos um cordialíssimo abraço para a mamãe paulista, manos e mana, desejando todas as felicidades em 1937 e que o Macunaíma não esqueça de pagar os vencimentos da mana-secretária. A Ana Maria está uma maravilha. Bonita... Nem posso contar.
  Sobre os assuntos feios, aí vão as conversas. Peço a V. enviar dez números da revista da couvade a esses dez nomes que envio incluso, cada um seu exemplar. É uma questão econômica, seu Mário, porque a expedição feita aí não será por minha conta e eu tenho que mandar a revista a esses dez camaradas. Mande dizer se está disposto a mandar as revistas para que eles a recebam. Quanto a mim pode enviar o número que puder. Poderei distribuir a revista com leitores da China, Japão e Coreia.
  Hoje, dia dos Santos Reis, vou à Limpa, ouvir o Fandango e lembrar V. por aqui, com o Antônio Bento que nunca mais deu notícias, o Jiguê.
  Bem. Ciao. Não esqueça as revistas para os dez e para mim. Fernando Luís manda vários beijos para a mamãe de S. Paulo que é vó e o tio-padrinho, além de tios circunjacentes. Lembre-me a todos para que não sonhem ter eu esquecido o que recebi aí.
  Bem. Vou tocar para a Limpa. No dia de Reis o Fandango é de dia e a Chegança de noite e haverá também "Boi" e Congos mas em tal distância que desanimei.
  Abraços e afetuosos murros deste seu
  Cascudinho.

6 de janeiro de 1937.

  C<small>ARTA DATADA</small>: "6-1-37"; <small>DATILOSCRITO, FITA ROXA; AUTÓGRAFO A TINTA PRETA; PAPEL BRANCO, TIMBRADO</small>: "PRO REGE SAEPE, PRO PATRIA SEMPER"; 1 <small>FOLHA</small>; 22,1 x 16,5 <small>CM</small>.

127 (LCC)

Natal, 23 de fevereiro de 1937.

Mário.

  Recebi ontem sua carta. Creio que as revistas devem chegar amanhã. Por uma infelicidade notável perdi a relação das pessoas para as quais V. mandou a revista. Se ainda possuir a relação mande uma cópia. Recebeu o *Anuário de Pernambuco*? Recebeu um trabalheco meu sobre o brasão holandês no Rio Grande do Norte?[385]
  V. tanto tem insistido sobre a técnica da poesia sertaneja que quase me disponho a reincetar a batalha para fazer outro ensaio. Mas continuo vacilando... Para quê? Quem publica? Tanto esforço aqui, tanta leitura a fazer e reler e anotar... E afinal, ineditismo. Vale a pena? V. tem algum plano para um trabalho dessa espécie? Se o tem mande uma palavra para que me ponha em campo. Mesmo assim o livrinho estará pronto lá para fins de abril ou maio. Agora tenho apenas as noites livres e cada vez mais Natal é parco em livros úteis. Lembre-se que meus livros, em 3/4, estão em caixotes, no fundo dum escritório comercial porque a casa que ocupo não os cabe. Fico meio acovardado quando me lembro que terei de rebater tanta folha, tanto "verso", cotejar, pensar, resumir, explicar, esquemar, observar e mais burradas inúteis e pecaminosas enquanto um quilo de café custa 2$800 e há uma montanha dele ardendo em Santos.
  Pode ser que V. vivendo na praça, esteja vendo qualquer coisa de aproveitável nesses três ou quatro meses de guerras com a poética sertaneja. Se é para fazer-me trabalhar, seu Peste, vá para as profundas do inferno com suas tentações diabólicas. Tenho mais de seis livros gloriosos e aguardando imortalidade. V. já leu Montaigne? Veja aí o capítulo XXX do 1º volume dos *Ensaios*. Trata sobre canibais. Traduzi esse capítulo com o título de "Montaigne e o índio brasileiro", porque é sobre o índio brasileiro que escreveu o sieur de Montaigne.[386] Tenho uns comentários tão eruditos [que][387] fiquei arrepiado quando os terminei. Estão, de amores um cravo. E que lucro, mesmo simbólico, tenho tido dessa obstinação de jumento? Estou emburrado. Ciao. Fernando manda um beijo para a vovó de S. Paulo e para você um murro.

---

[385] *O brasão holandês do Rio Grande do Norte*: uma tentativa de interpretação (Natal: Imprensa Oficial, 1936), opúsculo de catorze páginas presente na biblioteca de MA, com dedicatória do autor: "Ao Macunaíma, Capei". O estudo de LCC procura compreender o significado da ema no brasão potiguar, imagem determinada por Maurício de Nassau em 1639.

[386] Em outubro de 1939, LCC divulga "Montaigne" no periódico paulista *Cadernos da Hora Presente*. A tradução do capítulo "Des canibales" dos *Ensaios* de Montaigne seria publicada sob o selo da mesma revista, em janeiro de 1940, acrescida de "Prefácio".

[387] Na carta: "chega".

Interessa a V. possuir a música de um dos nossos mais velhos "romances" herdados de Portugal, o romance da "Infanta" que Garret transcreveu? Se interessa mandarei uma cópia. Valdemar está copiando modinhas e escrevendo "acompanhamentos". Está também tomando notas para uma história da música por aqui. Eu já voltei a dar aulas no Instituto, na Sala Mário de Andrade. Eu também sou contramestre, como se diz nas Cheganças.

Adeus. Vou jantar. Amanhã tenho que examinar 162 guris no Atheneu. Responda dez linhas em cima das perguntas, seu Nanape.

Ah! Terminei os *Peixes em idioma tupi*...[388] Nem lhe digo.

Até a vista em alemão.

Cascudinho.

Diga à minha mamãe paulista que breve mandarei uma amostrinha fotográfica da nova neta potiguara, a linda Ana Maria.
Recebeu *Som?*...

Carta datada: "NATAL 23-2-37."; datiloscrito, fita preta; autógrafo a tinta preta; papel branco, timbrado: "AIR FRANCE BRASIL"; 1 folha; 27,4 x 20,0 cm.

---

388 O estudo "Peixe no idioma tupi" será divulgado na *Revista Marítima Brasileira*, no número de nov.-dez. 1938.

128 (MA)

São Paulo, 21 de abril de 1937.

  Cascudinho, vamos a ver se ainda respondo a todos os itens da sua carta de 27. Mas primeiro eu. Seu impossível, onde foi que saíram os trabalhos de Koch-Grünberg, "danças Mascaradas dos índios dos altos rios Japurá e Negro", "Primórdios da Arte na Floresta Virgem" e o "Desenho entre os Homens Primitivos"? Mande só a indicação bibliográfica mas bem certinha. NÃO ESQUEÇA, SEU LEVIANO ESQUECEDOR; quanto ao *Anuário de Pernambuco*, desisto. Mandaram outro exemplar e outra vez errado, que vão àquela parte. Mas não te darei a honra salientíssima de ler o trabalho de você. Erudição no Brasil é engano, questão de ilusão de ótica, e ninguém saberá que vou passar sem vos ler, sábio entre aeroplanos. "O sábio entre os aeroplanos" bom título pra uma poesia, que jamais farei. Uma vez fiz outro título assim: "A Vênus entre os eucaliptus", este comecei a escrever depois desisti. Desistir cá no sentido sulino, seu porco, não ria da gente.

  Não prometo, não posso prometer nada a respeito do seu estudo sobre poética nordestina, você é que está na obrigação moral de fazer o estudo, de refazer o livro e de o mandar pra mim. Obrigação moral por quê? nem não sei. Mas dum trabalho desses, alentado e ilustre, darei separata (não conte pra ninguém por amor de!...) de cem exemplares. Se quiser vender, venda.

  Então, seu homunculus, você imaginava que eu não conhecia o tal capítulo de Montaigne, hein! Não só o capítulo mas saiba que Montaigne foi um dos alimentos quotidianos da minha puberdade. Muito tempo fui cético, e em grande parte pela grande companhia. Só depois com o maior Epicuro, os cínicos e principalmente as doutrinas dos Mestre de Chá é que adquiri o... a... enfim o ângulo com que encaro a vida e me deu felicidade.[389]

  Está claro, está claríssimo que vocês estão na obrigação de me mandarem a melodia do romance da Infanta. E mais melodias, seu Valdemar. Por sinal que outro dia me apresentaram com um sargento expulso das milícias nacionais, que também se chamava Valdemar e também era potiguar. Gostei dele e falamos bem nossas saudades. Se me mandarem a melodia e melodias, prometo um artigo pra *Som*, senão não.

---

[389] Em carta de 14 de setembro de 1940 a ex-aluna e amiga Oneyda Alvarenga, MA retomaria a base filosófica de sua atitude vital, em suas leituras de mocidade: "Filósofos mesmo, li poucos. Os sistemas não conseguiam me interessar, principalmente os modernos que me fatigavam pavorosamente. Só Montaigne que aliás é mais moralista que exatamente filosófico. Li Platão quase todo, talvez todo, e bastante Aristóteles. Pra meu uso só quem me interessou foi Epicuro, de que sabia as doutrinas mas não li. E quando me caíram nas mãos os chineses, Confúcio me caceteou, Lao-Tsé me deslumbrou. E o deslumbramento continuou pelo Zenismo e principalmente as doutrinas dos Mestres do Chá. Epicuro, Lao-Tsé e os Mestres do Chá formam a atitude transcendente da minha vida". (Mário de Andrade e Oneyda Alvarenga, *Cartas*. São Paulo: Duas Cidades, 1983, p. 271.)

E recebeu o convite pro Congresso da Língua Nacional Cantada?[390] Está aí. Deixe a poética nordestina pra depois, mas não me deixe sem alguma comunicação sobre a pronúncia potiguar, seria absurdo a falta de comparecimento do Rio Grande do Norte no Congresso e nos Anais. Vou mandar convite oficial ao Estado seu. Arranje com ele pra mandar você como representante, que aqui a hospedagem quem paga é o Departamento. E não me deixe sem alguma colaboração norte-rio-grandense pros Anais, que já tenho asseguradas as de Pará, Ceará, Paraíba, Pernambuco, Alagoas, Bahia, Rio de Janeiro, São Paulo, Rio Grande do Sul e só. Me mande dizer se conhece alguém no Mato Grosso, em Goiás, no Maranhão e em Minas a quem possa convidar também.

Beije o Nando por mim e respeitos à senhorita dona Ana Maria. E abraços aos mais do mano velho e sempre,

Mário.

CARTA DATADA: "S. PAULO, 21-IV-37"; DATILOSCRITO, FITA PRETA; AUTÓGRAFO A GRAFITE; PAPEL VERDE; 1 FOLHA; 27,0 x 21,7 CM; NOTA LCC: "RESPONDI A 11-5-37, REGISTO".

---

390 "Este ano realizo um Congresso da Língua Nacional Cantada", conta Mário de Andrade, em carta de 23 de fevereiro, ao escritor português José Osório de Oliveira. "Procuro fixar as bases da dicção do canto brasileiro. O Departamento de Cultura fará o anteprojeto que será discutido e aprovado pelo Congresso entre filólogos e profissionais do canto. Creio que a coisa vai se tornar bem interessante e que sairemos do Congresso mais ou menos fixados de como deva ser a pronúncia das palavras da língua, quando transportadas pro canto." (Arnaldo Saraiva, *O modernismo brasileiro e o modernismo português*: subsídios para o seu estudo e para a história das suas relações. São Paulo: Editora da Unicamp, 2004, p. 120.) Esse evento foi realizado entre 7 e 14 de julho, no Teatro Municipal de São Paulo, reunindo um grande número de estudiosos da língua, da música e compositores. Discutiu-se, em sessões plenárias, o "Anteprojeto de Língua Padrão" (fundamentado na pronúncia carioca). Do encontro resultou o volume *Anais do Primeiro Congresso da Língua Nacional Cantada*, publicação do Departamento de Cultura, em 1938.

Natal, 9 de maio de 1937 (aniversário de Fernando Luís)

M a c u n a í m a.

Suicide seu encarregado de expediente. Parece que não mandou as revistas da "couvade" para as celebridades cujos endereços torno a enviar na esperança de que V. providencie, seu aquele. Mando a música da "Bela Infanta" e V. pague para o *Som*.

Koch-Grünberg: As danças mascaradas, "Die Maskentänze der Indianer des Oberen Rio Negro und Japurá" em *Archivus für Anthropologie*. Vol. IV, Braunschweig, 1906. Os "primórdios da Arte, etc" é edição de Ernst Wasmuth A. G. Berlin. 1906. O "desenho" só sei do "Südamerikanische Felszeichnungen" idem, Ernst Wasmuth A.G. Berlim. 1907. Está respondido.

A "poética sertaneja" será para as férias querendo Deus. A Língua Cantada é tentadora mas não há meios do ir pôlistar aí em Lopes Chaves. O Governo local, convidado, mandará, se mandar, algum filhinho-de-papai ou um deputado ilustre do Rio que achará uma graça enorme em vossêis. A escolha de Valdemar de Almeida ou minha é tão problemática como um bilhete de loteria premiado. A Diretoria Geral de Estatística da República, não sei se é bem o nome, uma repartição austera e cabulosa que existe no Rio de Janeiro, deu uma amostra dos convites intencionais. Convidou o Governo daqui para uma Conferência Nacional de Estatística em tais termos, com tais e delicadas exigências de conhecimentos que só pôde ser nomeado quem devia ir e quem realmente foi, o Anfilóquio Câmara. Pode ser que você ache jeito de repetir a façanha para o Vavá de Almeida ou moi. Nun xi xabe...

Ah, falta a letra da "Bela Infanta". Em Almeida Garret está com seu verdadeiro título. Sílvio Romero coligiu à p. 11, com o nome de "O conº de Alberto" (*Contos populares do Brasil*) e a Bela Infanta se chama "dona Sylvana". Noutras versões é "Fanty", corrutela evidente de Infanta, como na minha cópia que perdi com o livro confiado ao sr. poeta Schmidt editor e católico. Só arranjarei outra cópia quando a velha que deu a primeira volte do sertão o que fará em agosto. De cor repito os primeiros versos que dão justamente para você cantar a solfa:

Chorava a Bela Infanta
No fundo da camarinha,
Perguntou-lhe Rei seu pai: –
De que chora, filha minha?

Só me lembro desse pedacinho. Na solfa repete os dois últimos versos. Valdemar está fazendo um acalanto desse tema que é delicioso e monótono.

Seria possível arranjar aí no departamento um exemplar do trabalho do padre Serafim Leite,[391] o que foi premiado em concurso? Eu não quero furtar o exemplar do Instituto e lembrei-me de apelar para você, bestão querido.

Bom adeus e fraternidade. Meus respeitos aos seus, beijo na mão da minha mamãe paulista e da mana-secretária em quem lastimo correr sangue de gente da espécie desse Macunaíma, anunciador de "crianças proletárias" e outras coisas à la Barbusse,[392] o sinistro defunto.

Outra vez, adeus. Vavá recomenda-se e eu abraço-o com toda efusão e abundância de sinceridade.

  Seu velho   Cascudo.

CARTA DATADA: "NATAL, 9 DE MAIO DE 1937"; DATILOSCRITO, AUTÓGRAFO A FITA PRETA; PAPEL CREME; 1 FOLHA; 29,9 x 20,4 CM; MARCA DE OXIDAÇÃO DE CLIPE, NO VERSO; RASGAMENTO. NOTA MA A LÁPIS VERMELHO, SUBLINHANDO, À MARGEM, O PARÁGRAFO "SERIA POSSÍVEL [...] QUERIDO". ORIGINAL NA SÉRIE MANUSCRITOS MÁRIO DE ANDRADE: *PEÇAS LÍRICAS*.

---

391 O religioso e historiador português Serafim Leite (1890-1960) devotou-se ao estudo dos jesuítas; publicou a *História da Companhia de Jesus no Brasil*, em 10 volumes, entre 1930-1950. Em 1935, seu estudo *Jesuítas na vila de São Paulo* (séc XVI) recebeu o primeiro prêmio de história, em São Paulo, e foi publicado no ano seguinte pelo Departamento de Cultura.

392 Henri Barbusse (1873-1935), escritor francês devotado à causa comunista.

130 (LCC)

[Natal, ant. 9 de junho de 1937]

Velho Mário.

  Pelo correio terrestre mandei duas[393] fotos do Fernando Luís. Uma para a vovó-paulista e outra[394] para o padrinho-macunaíma.
  Este bilhete é curto porque é desagradável. Trata-se do seguinte. Minha situação aqui é asfixiante e besta. Ganho uma miséria como professor e as dez pessoas de família que sustento não podem esperar pão de outra parte. Nada posso nem devo solicitar ao governo e o mesmo à oposição. Venho pedir-lhe que V. "persona gratíssima" em São Paulo consiga de algum jornal daí uma colaboração remunerada para este seu companheiro. Até 100$ mensais servir-me-ão para o leite de Ana Maria. Poderei dar artigos de divulgação histórica, folclórica, bibliográfica, curiosidades, etc. Creia que será um obséquio sério. Estou no regime deficitário e perigoso. Tenho a certeza que é difícil o que peço mas não impossível. Não preciso explicar-me mais. Bilhete desagradável, não?
  Espero sua resposta. Seu velho
        Cascudinho.

Fernando Luís.
Dedicatória a Mário: "Macunaíma paiangáua / erê catú, tupana rupi / Fernando Luis / 9-V-37".
No verso: "Natal 9-V-37 / sexto-aniversário".

CARTA SEM DATA: "CASCUDINHO"; DATILOSCRITO, FITA PRETA; AUTÓGRAFO A TINTA PRETA; PAPEL BRANCO; 2 FOLHAS; 21,2 × 13,6 CM. NOTA MA A GRAFITE, NO ANVERSO: "SAUERBRONN".

---

393 Na carta: "dois".
394 Na carta: "outro".

131 (MA)

São Paulo, 9 de junho de 1937.

Cascudinho

sua carta me deixou numa aflição horrível. Você ter me vindo pedir qualquer serviço pra ganhar me doeu completamente porque sei você não fazia isso se não estivesse em forte apuro. Você foi sempre, dentre os amigos que tenho por aí tudo, um dos poucos que, não sendo ricos, nunca me pediram coisa nenhuma. Aliás o próprio tom de sua carta, uma seriedade angustiada, acabaram por me acabar. Dei imediatamente passos da maneira que podia dar. Onde você se engana é em imaginar que eu seja "persona gratíssima" aqui no meu meio. Isso é, agora, mais ou menos sou sim "persona gratíssima", mas não "persona importantíssima". Não tem dúvida que já gostam um pouco de mim, mas gostam... de pé atrás, como só se pode gostar dum indivíduo "muito culto", "muito inteligente" como dizem "mas é uma pena!...". Este "é uma pena" sei que se refere bocoriamente às minhas maluquices de futurista, mas creio que no interior os adverte da minha independência. Mas vamos ao caso:

O único arranco que posso dar é quanto ao *Estado de S. Paulo*. Nos outros jornais não tenho positivamente possibilidade de conseguir coisa nenhuma. E vivem mais ou menos no expediente, quase todos pagando com muita irregularidade. Mas sou amigo íntimo do Sérgio Milliet e ele amigo íntimo de Léo Vaz,[395] secretário do jornal. O Léo Vaz aceitou por ele, mas não pôde decidir, pois o caso necessita anuência do diretor do jornal, e indicou o deputado Paulo Duarte,[396] como de suficiente influência pra conseguir a coisa. Vou falar com o Paulo Duarte que é bastante meu amigo, e lhe escreverei assim que obtenha reposta. Deus queira venha boa, porque eu te quero um bem sincero.

Dei ainda providências quanto à minha (*hélas*, enquanto for diretor do D. de C.) *Revista do Arquivo*. Você me faça dois artigos por ano a duzentos mil-réis cada um. Você compreende, sei, mais não posso encomendar, porque monotonizaria a revista. Prefiro trabalhos sobre folclore. E, apesar da tristeza não ser momento bom para rispidez, você vai me permitir, duma vez por todas, que fale com franqueza sobre os seus artigos. Geralmente não gosto abertamente deles, e agora careço dizer por quê. Você aliás deve ter notado isso porque nunca deixei de pôr um ar de vago ao falar em trabalhos de você. Minhas cartas, nesse sentido, sempre foram com algumas reticências, que no entanto,

---

[395] Leonel Vaz de Barros (1890–1973), escritor e jornalista que atuou em São Paulo na *Folha da Noite*, no *Diário da Noite* e em *O Estado de S. Paulo*, onde chegou a ocupar o posto de redator-chefe e diretor. Publicou, entre outros livros, *O professor Jeremias* (1920) e *O burrico Lúcio* (1951).

[396] Paulo Duarte (1899-1984), político e jornalista paulistano, ocupou entre 1934 e 1937 cadeira de deputado na Assembleia Legislativa de São Paulo, época em que também era o chefe de gabinete do prefeito Paulo Prado.

jamais existiram quando eu te incitava a trabalhar e dava deixas sobre assuntos em que você podia produzir obras de real valor. Porque não terei sido totalmente franco? Meu Deus! nem sei bem... Um pouco de fadiga, um pouco medo de ferir você porque sinto você um bocado vaidoso, talvez erre. Mas nunca deixei de considerar o valor de você e a sua inteligência. Minha convicção é que você vale muito mais de que o que já produziu. Há nos trabalhos de você dois erros que em assuntos técnicos, me parecem fundamentais, a falta de paciência e o desprezo da medida. Me explico. O desprezo da medida, aliás, em grande parte deriva da nossa pobreza de bibliografia. Vou dar exemplos do seu descomedimento: a sua monografia sobre o Conde d'Eu.

Mas franqueza, por que você atacou um assunto tão desimportante, uma figura de nenhum alcance fundamental pra pesquisar tantos dados e dadinhos sobre ela! E depois reincidiu com o Stradelli. Por que em vez do Stradelli você não pegou o Von den Steinen, o Koch Grünberg, tão mais fundamentais. Por que em vez do príncipe vazio você não pegou a Nísia Floresta cheia, não esgarafunchou, não analisou, não descreveu ela? Está claro que se já nós tivéssemos 20 volumes sobre Varnhagen, outros tantos sobre Nóbrega, 300 volumes sobre Bernardo de Vasconcelos e outros tantos sobre Pedro I ou José Bonifácio e assim fosse a nossa bibliografia: então sim, se compreendia a dedicação por um príncipe vazio.[397] Mas você não mediu os pesos e lá veio um livro trabalhado mas de alcance quase nenhum.

Outro exemplo ainda mais típico? A sua "Uma interpretação da couvade". Veja bem o nome do artigo. Quem lê pressupõe logo que você vai dar de-fato *uma*, isto é, *mais uma* interpretação *nova* da couvade. O *"uma"* aí define psicologicamente o caráter monográfico do assunto. Vai-se ver, não passa dum trabalho de vulgarização do já existente. Sei bem que muitíssima gente não sabe dessa interpretação da couvade, mas, se a revista comporta também (quando não temos outra coisa) artigos de vulgarização, pelo próprio caráter que estamos nos esforçando para lhe dar e que já a tornou de conhecimento e citação universal, *"uma"* interpretação, implica valor monográfico. Veja a cambiante, se você intitulasse o trabalho "A interpretação", "Interpretação", ou "Interpretações da couvade". Imediatamente o leitor se ambientava. Espera aí: não estou negando valor ao seu trabalho e se percebe por ele o comprido das suas leituras. Mas ainda esta mesma riqueza de leitura implicava maiores largas ao seu conhecimento. Mas você se meteu logo em quê? em Etnografia, onde positivamente não se pode fazer muita novidade vivendo em Natal ou S. Paulo. Veja o descomedimento: qualquer individuinho que passar dois meses com os Tapirapés, mesmo falho e escrevendo cinco páginas fará coisa de maior interesse etnográfico. Agora: em Natal como S. Paulo urbanos também se pode fazer obra importante de

---

397 No amplo arrolamento de nomes, MA se lembra dos etnólogos/antropólogos alemães Theodor Koch-Grünberg (1872-1924) e Karl von den Steinen (1855-1929), estudiosos da cultura indígena da América do Sul; de Nísia Floresta Augusta (Dionísia Gonçalves Pinto, 1810-1885), escritora norte-rio-grandense; do historiador paulista Francisco Adolfo de Varnhagen (1816-1878); de Bernardo Pereira de Vasconcelos (1795-1850), político e escritor nascido em Minas Gerais; do primeiro Imperador do Brasil, D. Pedro I (1798-1834); e de José Bonifácio de Andrada e Silva (1763-1838), o cognominado "Patriarca da Independência" brasileira.

etnógrafo. Mas neste caso será obra da paciência, controle, comparação, análise, multifariedade e enfim síntese, do gênero *Vida e morte do bandeirante* do Alcântara Machado.[398] Por que não *Vida e morte do índio?*... Repare: eu também tive minhas audácias etnográficas anunciando um livro sobre a "Música dos Brasis".[399] Mas faz oito anos que, sem pesquisar isso diretamente, esbocei o livro que é complexo, e venho colhendo documentação livresca. Já tenho várias centenas, se não for milheiro, de fichas, do assunto ou convergentes pro assunto. Mas nem penso em escrever o livro! Falta o duplo. Mas, pra falar tudo, pois que estou no domínio do desagradável que porei todo nesta carta pra acabar, ainda digo mais: Me parece que você mesmo se tornou *dupe*[400] da "uma interpretação"... Pelo menos parece provar isso a lista de magnos conspícuos a quem você nos fez mandar o artigo e mandamos. Que poderiam eles colher de novo no seu estudo? Franqueza: creio que nada. Veja o descomedimento.

Agora provo a falta de paciência.

Mário em frente ao túmulo de Nísia Floresta.
No verso: "Tumulo / de Nísia / Floresta / R. G. do Norte".

---

398 José de Alcântara Machado de Oliveira (1875-1941), político, professor e historiador, eleito para a Academia Brasileira de Letras em 1931. De 1935 ao golpe de Getúlio Vargas em 1937, instituindo Estado Novo, o autor de *Vida e morte de bandeirante* (1929) ocupou cadeira no Senado Federal.

399 "A música dos Brasis", ou seja, o estudo da música ameríndia, constitui um dossiê de manuscritos, no Arquivo Mário de Andrade (IEB-USP). Compõe-se de expressiva documentação erudita (obtida em livros de viajantes estrangeiros como Spix e Martius e Jean de Léry) e popular (quadrinhas), carta do antropólogo Roquette Pinto, assim como de cantigas ("quatro cantos terenas") recolhidas por MA de um informante indígena, Huaquidí Gaturamo. (V. Flávio Rodrigo Penteado, "Mário de Andrade polígrafo". *Anais do IX Congresso da Associação de Pesquisadores de Crítica Genética*: processo de criação e interações (Vitória, 2008). Org. José Cirillo e Angela Grando, p. 107-112.) A segunda edição do *Compêndio de história da música* (1933) de MA anunciava, entre os livros "em preparo", *A música dos Brasis*.

400 "[Tornar-se] vítima de logro" (francês).

É engraçado: você teve uma paciência enorme em colher dados sobre o Stradelli, se carteou com toda a gente, esperou, esperou; você teve uma paciência difícil em colher todas aquelas citações e referências bibliográficas sobre a couvade, logo, você tem paciência. Mas seu desprezo da medida faz com que até agora não tivesse paciência pra escrever, senão um livro, pelo menos uma monografia de tema especializado, sobre folclore ao menos do R. Grande do Norte, pra não dizer Nordeste. Exemplo típico é o seu artigo monográfico sobre os Catimbós. Quando sube que você publicara isso fiquei egoisticamente gelado. Chi! pronto! o Cascudinho esgotou o assunto. O estudo sobre Catimbós que pretendo fazer está matado na cabeça. Só me sossegava um pouco o caso da música. Bem, mas fui ler o seu estudo, que matou nada! tenho de uns dias de convivência escassa com catimbozeiros uma série de dados muito mais larga e observações muito mais profundas, sem vaidade. E o egoísta desapareceu pra renascer o amigo. Fiquei num tal estado de irritação pela sua falta de paciência e leviandade de colheita de documentação, que disse palavras duras, te esculhambei mesmo, pra um amigo comum que também quer muito bem você, o Luís Saia.[401] Ele que está se metendo também em folclore (científico, sério, pertencente ao grupinho de pesquisadores que estou formando aqui, com o Curso de Etnografia e agora com a Sociedade de Etnografia e Folclore) ele concordou logo com o jeito anticientífico do estudo de você, a ausência de dados sobre como foram colhidos os dados, de quem etc. Mas vi que ficou meio sarapantado de eu dizer que sabia aquilo tudo já e bem mais. Então pra não parecer[402] abusivo de minha vaidade, esperei uns dias e disfarçadamente mostrei pra ele tudo quanto já ajuntei de notas minhas e fichário a respeito de Catimbós. Entregou os pontos. Agora, se um dia escrever sobre Catimbós, num estudo com *princípio, meio e fim*, e não assim ao léu do assunto como você fez, este alemão que quase não saiu de Berlim para escrever sobre a girafa, fará por certo coisa mais fundamental que você. Mas a culpa será de você.

Meu sempre querido e velho amigo Cascudinho, já desabafei tudo o que, pressentia, mais dia menos dia tinha que desabafar. Estou que nem se fala de tanto trabalho. Mas comecei esta carta no Departamento, e aqui em casa mais de hora estou roubando dos trabalhos urgentes pra te escrever esta carta difícil.

Fica você entendido: quero dois estudos por ano pra *Revista do Arquivo*, e pago duzentos paus cada. Não precisam ser de 40 páginas de revista não. Mas precisam ser fundamentais, estudados sério, com paciência, sem leviandade de colheita e exposição de dados.

---

401 Em 6 de abril de 1937, MA, assistente técnico do Serviço do Patrimônio Histórico e Artístico Nacional (SPHAN), escreve ao diretor do organismo no Rio de Janeiro, Rodrigo Mello Franco de Andrade, sugerindo a contratação de Luís Saia, que no ano anterior tinha concluído o curso de Etnografia e Folclore: "[...] um rapaz bastante inteligente, estudante de engenharia, dedicado à arquitetura tradicional, não passadista [...]". (Lélia Coelho Frota (Org.), *Mário de Andrade*: cartas de trabalho. Correspondência com Rodrigo Mello Franco de Andrade. 1936-1945. Brasília: MEC/ SPHAN/ PRÓMEMÓRIA, 1981, p. 65.) Juntos, MA e Saia promovem o recenseamento inicial das construções históricas do estado de São Paulo. No início de 1938, Saia é incumbido por MA para chefiar a Missão de Pesquisas Folclóricas do Departamento de Cultura, na viagem ao Norte e Nordeste, a qual recolheria material etnográfico e gravaria documentação folclórica para a Discoteca Pública.

402 Na carta: "aparecer".

Sei que você pode fazer isso e mais. Você tem a riqueza folclórica aí passando na rua a qualquer hora. Você tem todos os seus conhecidos e amigos do seu Estado e Nordeste pra pedir informações. Você precisa um bocado mais descer dessa rede em que você passa o tempo inteiro lendo até dormir. Não faça escritos ao vai-vem da rede, faça escritos caídos das bocas e dos hábitos que você foi buscar na casa, no mocambo, no antro, na festança, na plantação, no cais, no boteco do povo. Abandone esse ânimo aristocrático que você tem e enfim jogue todas as cartas na mesa, as cartas de seu valor pessoal que conheço e afianço, em estudos mais necessários e profundos. Disso é que eu quero como Diretor, e exijo como amigo, pra minha revista que está sendo citada na Áustria, na França, nos Estados Unidos e mais.

E não zangue comigo. Talvez nunca eu esteja tão perto de você como nesta carta triste. O seu caso, o seu pedido me amargaram por demais. O seu pedido me matraca na lembrança e o que puder farei. Não fique agradecido. Ainda é egoísmo fazer, porque meu Deus! faço por mim. Porque isso de estar bem colocado no meu emprego, de ganhar meu dinheirinho certo, pensando em você, não me dá mais prazer nenhum. E desque recebi sua carta, é certo que você não me sai da lembrança.

Um abraço fidelíssimo do
      Mário.

Irei crismar Fernando Luís no fim deste ano.
Acabo de receber os retratos. Mamãe se derreteu completamente. Eu, upa! Um beijo pra esse outro eu.

Carta datada: "S. Paulo 9-6-37."; datiloscrito, fita preta; autógrafo a tinta preta; papel verde; 3 folha; 27,1 x 21,7 cm; f.1: rasgamento nas bordas direita e superior.

Natal, 18 de junho de 19[3]7.

Mário.

    Recebi ontem seu telegrama e hoje sua carta. Comoveram-me profundamente o interesse, a pressa, a agonia com que você sentiu minha "crise". Não pretendi fazer experiência em sua sensibilidade mesmo porque só a você me dirigi. A "crise", entretanto passou. Era tristeza, desânimo, apatia, solidão. Caiu-me a pedra no pé e o meu berro instintivo e natural foi para você. Deduza daí a confiança, a certeza, a lealdade em que tenho nossa velha amizade. A "crise" está passando. Existem os motivos exteriores mas o essencial era a força íntima de suportá-los e esta me ia faltando. Voltei a andar, num andarzinho balançado e capenga, mas vou andando. Deus lhe pague pela sua atitude fraternal e generosa. Restituída a calma, lealmente, não sou capaz de escrever coisa alguma depois de sua carta. Nem para o *Estado de S. Paulo* nem para a *Revista*. É uma situação inteiramente nova para mim e careço de tempos para voltar à tona e consertar a respiração. Venho pedir-lhe, numa confissão ultra-amistosa, para desobrigar-me do que é para mim materialmente intransponível. Saiu um termo besta mas não tenho outro. Também ir defender meus livros seria autoelogio e não tenho vaidade desse tamanho. Melhor é calar. Tenho a impressão de que você sempre me teve como uma força em potencial, uma grandeza *in being*. É um elogio mas é sincero. Julgou-me pelo que eu seria capaz e nunca pelo que fiz. Não só se deduz pelos doze anos que você esperou para dizer-me, assim como pelo silêncio anterior. Não posso escrever uma só palavra justificativa de tudo quanto tenho publicado. Seria endossar a vaidade denunciada por você. E não há compensação de ordem alguma para nós dois um entendimento "literário" depois da lealdade de sua confissão... ou auto de fé.
    Espero firmemente que você, desta vez, cumpra fielmente o prometido e venha até Natal no fim deste ano. Estarei em julho numa casa onde terei um quarto ótimo para você. Vá dispondo os negócios para não ficar preso e adiar a viagem ou o voo para Natal. Será uma grande alegria para todos nós e para o Nando que só conhece o Macunaíma pelo retrato favorecido que possuímos. Nem uma cara nova, sendo mais velha, você mandou, com os presentes do príncipe, para ele. Bem. Lembre-me à mamãe paulista, à mana, a todos os seus. Afetuoso e longo abraço deste seu velho
                      Cascudo.

<small>Carta datada: "NATAL-18-6-27."; datiloscrito, fita preta; autógrafo a grafite; papel branco; 1 folha; 29,9 x 20,5 cm. [Cópia no acervo de Câmara Cascudo] 1 folha, papel creme, datiloscrito, cópia carbono, 29,9 x 20,6 cm. Nota LCC riscando o "27" da data e colocando acima a lápis azul "37".</small>

133 (LCC)

Natal – (Rua da Conceição-565) – 11 de dezembro de 1937.

Mário.

Carta recebida, lida e compreendida. Caso encerrado. Passamos adiante. Estou morando numa casinha razoável, velha e confortável. Tem um apartamento independente, duas salinhas, quarto de banho e entrada livre. Aí sacudi a livrarada e denominei-o como sendo seu. Fico esperando a promessa e comigo o Nando que aguarda também o padrinho. Informo que, em princípios de janeiro e até 12 ou 15 ficarei no Rio. Nesta última data deverei voar de regresso. Fui convidado pelo Liceu Literário Português para fazer falação na inauguração da nova sede. Se você desse um salto até Guanabara então combinaríamos tudo, inclusive a linda possibilidade de uma volta dos dois pelo CONDOR ou PANAIR. Então?

Meu livro sobre a poética tradicional está pronto e cresceu como um músculo uterino. Chama-se *Vaqueiros e cantadores* e sairá na Globo, na coleção que o Josué de Castro[403] dirige. Já fechei o contrato.[404] Tomei o atrevimento de enfrentar vários casos musicais e resolvê-los de forma que você, inevitavelmente, reincide na carta desaforada e fraternal. Incluí muitos trechos musicais porque ninguém se lembrou de documentar a cantoria sertaneja com as solfas, indicando as curiosidades e anomalias. Você é brutalmente citado, seu mano... Só não houve remédio foi para explicar a falta de acompanhamento DURANTE o canto do desafio e sim nos intervalos, com acordes, e entre um cantador e outros, com alguns compassos, noutro ritmo e que chamam baião ou rojão. Andei batendo livros e, na forma do costume, incomodando Paris, Berlim, Lisboa, Madeira, etc. Nada de antecedentes. Todos os cantos de improvisação são acompanhados durante o verso. Há voz e há música instrumental. No Nordeste não há. Hoje recebi uma informação de Funchal onde há desafio em quadras, como no velho sertão de outrora. Nada que se pareça com os nossos cantadores. Enfim, depois de citar canto amebeu e outras sublimidades, calei-me. Que me diz você sobre o *causo*? Em Minas, S. Paulo e Rio Grande do Sul o desafio é acompanhado durante o canto. Constituímos uma curiosa exceção. E de onde teria vindo esse processo? O canto aqui funciona como declamação, quase sem

---

403 Josué de Castro (1908-1969), médico e professor nascido no Recife. Entre 1935 e 1938 lecionou Antropologia na Universidade do Distrito Federal (Rio de Janeiro). Publicou, entre outros livros, *O problema da alimentação no Brasil* (1933), *Documentário do Nordeste* (1937), *Geografia da fome* (1946).

404 *Vaqueiros e cantadores*: folclore poético do sertão de Pernambuco, Paraíba, Rio Grande do Norte e Ceará (Porto Alegre: Edição da Livraria do Globo, 1939), obra na qual LCC reúne o que lhe foi "possível salvar da memória e das leituras para o estudo sereno do Folclore Brasileiro" (p. 7). MA conservou em sua biblioteca dois exemplares do livro. O primeiro exibe dedicatória: "Ao velho Macunaíma,/ afetuosamente, este livro/ de vozes sertanejas,/ seu, Cascudo/ Natal. XII de 1939"; o segundo acolheu suas anotações de leitura.

solfa. Este pontinho fixei mais ou menos mas não foi possível articular a ausência de acompanhamento. É uma criação regional?

Desejava que você ajudasse um musicógrafo de Funchal (redação d'*O Jornal*, rua dos Ferreiros – 42, Ilha da Madeira. Portugal) de nome Carlos Santos. Esse esforçadíssimo homem gastou dez anos catando músicas da Madeira, estudando-as e agora publica um volume, documentado, ilustrado, cheio de solfas bonitas, trazendo todo o folclore madeirense, pelo menos em suas linhas essenciais. Publicou o livro por sua conta e não conhece gente no Brasil. Tem pavor da honestidade dos livreiros que não respondem cartas nem informam a marcha da venda. Sonha o Carlos Santos uma casa honesta que se encarregue de distribuir seu livro pelo mercado brasileiro, especialmente nas capitais sulistas, mediante comissão razoável. Você conhece alguém nestas condições no Rio e S. Paulo? Vou mandar seu nome para que você receba um exemplar... esperando algumas linhas de registo. E ainda seria possível você mandar para mim alguns nomes de críticos musicais dignos de uma oferta do livro? Creio que muito lhe agradecerei.

Tenho outros planos. Um estudo sobre os mitos das águas brasileiras serve para a *Revista do Arquivo*? Um sobre Jurupari? Anhanga? O falso Tupã? Meu livreco sobre Montaigne e o indígena brasileiro sai aí em S. Paulo, na Cultura Brasileira. Será para breve-breve, diz-me o sr. Galeão Coutinho,[405] diretor literário da mesma.

Estou deixando mestre Koch-Grünberg para você, seu empata--abraço. Responda e disponha do velho compadre.

Cascudo.

Não seria possível eu possuir o livro de Lévi-Strauss[406] sobre antropologia assim como os *Vocábulos* do Pero de Castilho?[407]

<small>Carta datada: "Natal – [...] 11-XII-1937."; datiloscrito, fita preta; autógrafo a tinta preta; papel branco, timbrado: "CORREIO AEREO"; 1 folha; 26,6 x 20,3 cm. Nota MA a tinta vermelha, sublinhando: "Rua da Conceição – 565".</small>

---

405 Galeão Coutinho (1897-1951), poeta e ficcionista nascido em Minas Gerais, atuante no jornalismo de São Paulo.

406 Trata-se, provavelmente, das *Instruções práticas para pesquisas de antropologia física e cultural*, de Dina Lévi--Strauss, obra publicada pelo Departamento de Cultura em 1936.

407 Provável menção ao livro de Plínio Ayrosa, *Nomes das partes do corpo humano pela língua do Brasil, de Pero de Castilho*: texto tupi-português e português-tupi (São Paulo: Revista dos Tribunais, 1937).

134 (MA)

São Paulo, 16 de dezembro de 1937.

Cascudinho

recebi sua carta agorinha mesmo e já respondo, num relance, pro morde mandar os livros pedidos. Vão mais dois, se aguente.

Os assuntos propostos pra *Rev. do Arquivo* são muito bons. Destrinche o "falso Tupã" se for capaz ou escreva sobre o Jurupari ou sobre qualquer dos mais temas, escolha você mesmo.

Me admirei de você não ter recebido os livros. Já estou cansando. Não sei aliás se me canso por causa do correio ou do serviço. O serviço garante que o seu nome está na lista dos mandáveis e eu vejo que está mesmo. Haveria um contínuo ou quarto-escriturário aqui com raiva de você aí? parece difícil. O melhor é mesmo assim, tudo o que você não receber, pedir pra mim. E a revista vai recebendo pelo menos essa?

Caso do homem de Funchal. Franqueza não tenho livraria que recomendar. Comigo todas têm sido, quando não desonestas, pelo menos totalmente indiferentes. Prestar contas, não prestam mesmo. A gente é que tem de obrigar os coisas a prestar contas. Fazem exceção, apenas mais ou menos, a Globo de Porto Alegre e o José Olímpio do Rio, que não é muito diligente. Insista com o homem pra mandar um livro pra mim[408] e alguns, dois ou três, pra Sociedade de Etnografia e Folclore, de S. Paulo. Mesma direção – rua Lopes Chaves, 546. A Sociedade tem sede, mas estamos mudando. Vamos pro Trocadero, ex-câmara municipal, instalações luxosíssimas! O que me desagrada. Mas ficamos com ótimo salão de conferências.

Estarei no Rio na época lembrada, me avise com antecedência. Beije o Nando e lembrança pra todos. E este cascudo do seu

Mário.

CARTA DATADA: "S. PAULO, 16-12-37"; AUTÓGRAFO A TINTA PRETA; PAPEL CREME, TIMBRADO "PREFEITURA DO MUNICÍPIO DE S. PAULO/ DEPARTAMENTO DE CULTURA", 1 FOLHA; 30,5 x 20,9 CM.

---

[408] Na biblioteca de MA consta apenas a edição de *Trovas e bailados da Ilha*: estudos do folclore musical da Madeira, com dedicatória: "Ao Dr. Mário de Andrade/ Oferta do/ [impresso/carimbo] "Secretariado da Propaganda Nacional Lisboa-Portugal Seção Brasileira". Esse livro de Carlos M. Santos é a "Edição da Delegação de Turismo da Madeira", publicada em 1942, na Tipografia Esperança, em Funchal. O autor, apresentado no volume como membro do "Instituto Português de Arqueologia, História e Etnografia do Centro de Cultura Musical do Rio Grande do Norte", já havia assinado outra obra sobre o tema, os *Tocares e cantares da Ilha*: estudo do folclore musical da Madeira.

135 (LCC)

Natal 21 [jun. 1938][409]

Espero sua indispensável colaboração urgente nossa revista musical.
Cascudo.

> TELEGRAMA ASSINADO: "CASCUDO"; IMPRESSO "DEPARTAMENTO DOS CORREIOS E TELEGRAPHOS"; 21,0 x 22,4 CM; RASGAMENTO NAS BORDAS DIREITA E SUPERIOR; CARIMBO.

---

409 Nesse ano, sai do prelo o opúsculo de LCC *O Doutor Barata*: político, democrata e jornalista (Bahia: Imprensa Oficial do Estado), remetido a MA, com o oferecimento: "Ao Mário de Andrade, com um abraço deste seu LUÍS DA CÂMARA CASCUDO [impresso]/ Não há revisão!".

136 (LCC)

Natal, 20 de agosto de 1939.

Mário do Catete.[410]

  A triste notícia de que um meu saci estava doente fez-me voar para Natal, sem fazer despedidas. Ao Renato de Almeida[411] encarreguei de telefonar a V. contando a viagem inopinada e transmitindo o abraço. Desconfio que Renato, *el porteño*, haja esquecido o recado e V. esteja perguntando se esqueci a velha e boa educação dada pelos meus velhos papais e acrescida pela mamãe paulista.
  Pelo sim e pelo não mando aqui meu abraço e aqui fico à espera de que V. se lembre de mim.
  Afetuosamente.
  Cascudo.

CARTA DATADA: "NATAL, 20-8-39."; DATILOSCRITO, FITA PRETA; PAPEL BRANCO, BORDA SUPERIOR PICOTADA, FILIGRANA; 1 FOLHA; 24,2 x 20,1 CM.

---

410 Em 1939, LCC recebe os *Namoros com a medicina* (Porto Alegre: Edição da Livraria do Globo, 1939), com dedicatória: "A/ Luís da Câmara Cascudo/ lembrança amiga/ do/ Mário de Andrade/ Rio/ 1939". O volume congrega os ensaios "Terapêutica musical" e "Medicina dos excretos", este suscitando, na p. 123, nota de LCC: "José Mariano Filho contava-me que um sertanejo com prisão de ventre pedia ao médico, a ele narrador, dois purgantes. Um pra abalar e outro pra puxar!...". No volume, conserva-se ainda o bilhete (7,2 x 11,4 cm) do secretário de MA, colado na última página, comunicando a mudança do escritor que, então, deixava o apartamento 46 do Edifício Minas Gerais, na Rua Santo Amaro, 5, esquina da rua do Catete, no Rio de Janeiro, para a casa em Santa Teresa: "S. Paulo, 30--6-40/ Sr. Luís da Câmara Cascudo/ Comunico-lhe que o prof. Mário de Andrade mudou-se para Ladeira de Santa Tereza, 106. Rio de Janeiro./ Cordialmente, [assinatura]/ José Bento Faria Ferraz/ Secretário-Particular".

411 Renato Almeida (1895-1981), folclorista e musicólogo baiano radicado no Rio de Janeiro. Publicou, em 1922, *História da música brasileira*.

137 (MA)

São Paulo, 15 de janeiro de 1940.

Cascudinho velho.

Aí vai, cheia de rabugice, sem a menor concessão de camaradagem e apenas reconhecendo a força do batuta, a opinião do "distinto e acatado crítico".
Como vai? Lhe escrevo de mala pronta, embarcando pra aquele Rio que ambos achamos inviável outra vez viver nele. Estive um mês e pico por estas remansosas terras paulistas, ah como se vive mais cheiamente na província. Adoro o Rio e vou pra lá quase desesperado. Aliás, já agora, creio que viverei em eterna contradição. Enquanto viver no Rio só pensarei em voltar pra S. Paulo, mas se vier de novo definitivo pra cá morrerei de saudades e desejos do Rio. Tenho duas faces, dois destinos. Prefiro, está claro, o destino mais profundo que me deseja em São Paulo, mas... mas o outro lado é tão gostoso!
Agora vou apenas com a decisão firme de continuar um romance ilegível, complicado e pau que interrompi com a guerra. Fiquei tão desolado, tão irritado com a estupidez humana que não tive coragem de continuar nada de sério. Agora, descansado e mais forte estou disposto a continuar, apenas convencido que a ilusão talvez seja a única coisa que ainda se pode salvar deste caos humano.[412] Guardarei a ilusão de que ainda trabalho e só.
Bem: parolagens. Vamos ao mais sério que é esta saudade funda que mando pra todos os seus, este carinho devagarzinho que não se esquece de ninguém daí, nem do Nando, especialmente não dele pra quem irão todas as bênçãos divinas.
    Ciao com abraço
        Mário.

CARTA DATADA: "S. PAULO 15-I-40"; AUTÓGRAFO A TINTA PRETA; PAPEL BRANCO; 1 FOLHA; 22,0 x 16,1 CM; BORDA ESQUERDA IRREGULAR, RASGAMENTOS POR OXIDAÇÃO DA TINTA.

---

[412] Trata-se do romance interrompido *Quatro pessoas*. Em 3 de julho de 1940, MA confidenciava à aluna Oneyda Alvarenga: "quando começou a arrancada alemã fiquei envergonhado de estar 0 escrevendo romance fazendo crochê sobre a psicologia de 4 pessoas e parei tudo". (Mário de Andrade e Oneyda Alvarenga, *Cartas*, op. cit., p. 234.) V. edição crítica de *Quatro pessoas*, realizada por Maria Zélia Galvão de Almeida (Belo Horizonte: Itatiaia, 1985).

Fernando Luís.

Natal, 17 de outubro de 1940.

Mário.

  Ontem, no Museu de Arte Moderna, na Feira Internacional de New York, houve uma Hora de Música Brasileira. Burle Marx[413] regeu música do Villa (ouvi o *Choro* nº 4), a orquestra de Romeu Silva[414] tocou. Vadico[415] bateu um "choro", sem nome, em sol menor, para piano, que só me lembrou Ernesto Nazaré,[416] aliás executado em três outros "choros" ótimos pelo Romeu e orques[tra].[417] O encanto é que, quando menos espero, Cândido Botelho[418] canta a *Toada pra você*.[419] Era nossa canção de guerra, durante anos. V. Antônio Bento e eu, numa desafinação notável, berrávamos a "toada", com acompanhamento do "poeta". Não me era possível deixar de gritar essa saudadezinha morna, gostosa, de tempo velho. E aí vai.
  Seu
  Cascudo
Rua da Conceição, 565.

<small>Carta datada: "Natal, 17-X-1940."; datiloscrito, fita preta; autógrafo a tinta preta; cartão branco, timbrado: "RIO GRANDE DO NORTE/ TRIBUNAL DE APELAÇÃO/ GABINETE DO SECRETARIO"; 10,9 x 13,6 cm.</small>

---

413 Walter Burle Marx (1902- 1990), regente, pianista e professor, nascido em São Paulo. "Em 1940, organizou espetáculos de música brasileira (erudita e popular) no Museu de Arte Moderna, de Washington, quando se apresentaram como solistas Bidu Saião e Artur Rubinstein [...], este executando obras de Villa-Lobos." (V. Marcos Antonio Marcondes (Ed.), *Enciclopédia da música brasileira*. Erudita folclórica popular, op. cit.)

414 Romeu Silva (1893-1958), regente e compositor carioca.

415 Osvaldo Gogliano (1910-1962), instrumentista e regente nascido em São Paulo. Em 1940, nos Estados Unidos, gravou transmissões para o Brasil na National Broadcasting Corporation. (V. Marcos Antonio Marcondes (Ed.), *Enciclopédia da música brasileira*. Erudita folclórica popular, op. cit.).

416 Ernesto Nazaré (1863-1934), compositor e instrumentista nascido no Rio de Janeiro. Para MA, o autor de "Odeon" (1910) e "Apanhei-te cavaquinho" (1915) é "compositor admirável" e "nacionalmente falando, ele está entre os maiores que tivemos; e no gênero de música a que se dedicou, a dança urbana feita pra dançar, ele se eleva à altura de João Strauss". (Mário de Andrade, *Música e jornalismo*. Diário de São Paulo. Org. Paulo Castagna. São Paulo: Hucitec, 1993, p. 134.)

417 Na carta: "orques-/ O encanto".

418 Cândido de Arruda Botelho (1907-1955), tenor paulistano.

419 Trata-se, certamente, da composição de 1928, para canto e piano, de autoria de Lorenzo Fernandez, baseada no poema "Rondó pra você" (*Clã do jabuti*) de Mário de Andrade.

139 (MA)

São Paulo, 28 de fevereiro de 1941.

Cascudinho.

Aqui lhe mando uma coisa péssima, malfeita e malpublicada, cheia de leviandades intelectuais, defeitos de estilo e erros de revisão que o leitor inteligente... etc.[420]

Recebi um cartão seu lá por outubro passado, que guardei até agora, esperando tempo de bonança pra responder. É que estava atravessando uma crise danada que só se acabou com esta minha vinda definitiva pra S. Paulo, onde estou de novo e espero que pra sempre nesta sua casa da sua Lopes Chaves, 546.

Penso em trabalhar um pouco e ser mais perfeito na província. Me mande notícias mais pormenorizadas de você e do que está fazendo. E como vai sua gente? Me mande um retrato do Fernando Luís atual, quero ver como está o herdeiro. Um bom abraço amigo deste seu
Mário.

MENSAGEM DATADA "S. PAULO 28-II-41", NA PÁGINA DE ROSTO DA PLAQUETE *A EXPRESSÃO MUSICAL DOS ESTADOS UNIDOS* (RIO DE JANEIRO: INSTITUTO BRASIL-ESTADOS UNIDOS, 1940).

---

[420] "A expressão musical dos Estados Unidos", conferência de MA proferida em 12 de dezembro de 1940, no Rio de Janeiro, a convite do Instituto Brasil-Estados Unidos, seria, depois de aparecer em plaquete na Série Lições da Vida Americana (Instituto Brasil-Estados Unidos, 1940), incluída na segunda edição de *Música, doce música* (1963), preparada por Oneyda Alvarenga. (Oneyda Alvarenga, *Mário de Andrade, um pouco*. Rio de Janeiro: José Olympio/ SCET-CEC, 1974, p. 67). A plaquete enviada a LCC recebe de MA a correção de erros tipográficos a lápis preto.

140 (LCC)

Natal, 1 de abril de 1941.

Mário.

    Já tinha lido sua conferência, dada por uma pessoa do gabinete da interventoria aqui. Não sei como a houve. Não encontrei leviandade, pelo menos não a pude sintonizar. Muita originalidade e várias coisas novas e agilmente ditas. A explicação do "coro" por influência religiosa é ótima. Escapole da negromania que não deu resultados idênticos onde fora decisiva, no Haiti, por exemplo. Conversa-se depois.
    Fiquei, há tempos, esperando por essa sua atitude embora ignore os motivos. Quando estivemos com o Renato Almeida você falou na "mentalidade de estouro" e, a 2.400 quilômetros, aguardei o papouco. Se esse ano for ao Rio farei umas economias para ir vê-lo aí na Lopes chaves, o ambiente que não se disassocia das velhas lembranças. Ontem estive com o Jorge Fernandes, coitado, velho, doente, triste, que se arrasta num empreguinho. Como sempre você saiu em cena, com planos de uma visita, caju, fandango e boi-calemba.
    Agora, se me permite, aqui está um "caso". Estou, como você sabe, traduzindo para a "Brasiliana" daí, o *Travels in Brazil* de Henry Koster[421] que é ainda o melhor livro que se escreveu sobre o Nordeste, como documentação, amplitude e honestidade.[422] Vez por outra, nas anotações, esbarro com uma dificuldade. Uma delas é a identificação do instrumento musical que ele (em 1810) encontra pelo interior de Pernambuco e acompanhando cantos nas festas religiosas em Poço da Panela (arredores do Recife) e que chama *guitar*. Espanhóis e italianos traduzem "violão" mas acho que o violão não estava nesse tempo dominando pelo interior e sim a "viola", tocada e usada em toda a parte. Aqui pelo interior do Rio G. do Norte, Ceará e Paraíba, a fama mais velha dos musicistas é que eles foram tocadores de viola. O violão vem depois. Verdade é que Mawe fala em violão, nesse tempo, em Minas. Mas o tradutor de Mawe, J.B.B. Eyriès, é calamitoso, como vi no que ele fez com Wied-Newied. Pus uma notinha contando a dificuldade mas quero ouvir você. Imagine que Koster, descrevendo um jantar no sertão pernambucano, põe um escravo tocando *bag-pipes* (Three negroes with bag-pipes attempted). A gaita de foles seria apenas cômica. Bati outra notinha e como o próprio Koster fala "I think I never heard

---
[421] Henry Koster (c. 1793-1820), português de ascendência inglesa que chegou ao Brasil em 1809, radicando-se em Pernambuco como senhor de engenho. Em 1816 publicou, em Londres, *Travels in Brazil*, narrativa de viagem a cavalo pelo interior de Pernambuco ao Ceará. Para LCC, Koster "é o melhor e mais autorizado informante estrangeiro sobre o Nordeste do Brasil". (*Antologia do folclore brasileiro*. São Paulo: Martins, [1965], p. 67. v. 1.)

[422] *Viagens ao Nordeste do Brasil* (*Travels in Brazil*), tradução e notas de LCC, publicada em 1942 pela Editora Nacional de São Paulo.

so bad an attempt at producing harmonious sounds as the CHARAMELEIROS made" sugeri a simples charamela, a gaitinha que é negra até debaixo d'água e tão viva ainda. E você, que me diz?

    Meus respeitos a todos. E um abraço do seu velho
                          Cascudo.

Rua da Conceição, 565.

CARTA DATADA: "NATAL, 1 DE ABRIL DE 1941."; DATILOSCRITO, FITA PRETA; PAPEL BRANCO, FILIGRANA; 1 FOLHA; 28,2 x 21,5 CM; MANCHA ROSADA NO VERSO.

141 (MA)

São Paulo, 29 de abril de 1941.

Cascudinho

estou lhe escrevendo mais por via da amizade que outra coisa, que não devia escrever a ninguém, ir pra cama, dormir três dias e três noites, depois mudar de nome e mandar esta vida nem sei onde. Não é crise mais, é coisa muita, e coisa difícil que não consigo fazer. Devo estar muito cansado ainda e o verdadeiro seria fazenda com um mês sem pensamento nem gente (oh! os intelectuais!).

Seus mitos: ótimos.[423] Já tinha lido nos *Anais*.[424] A respeito do Negrinho do Pastoreio, o Augusto Meyer escreveu recentemente dois artigos que formam um ensaio de grande interesse. Não sei exatamente onde saíram, que li os dois em manuscrito, se no *Jornal*, no *Diário de Notícias* ou na *Revista do Brasil*. Mas é fácil você mandar perguntar a ele, Instituto do Livro, Biblioteca Nacional – se é que os não tem ainda.

Quanto às suas consultas o caso da *bag-pipe* estou de acordo. No outro, fracasso. Esse caso da viola brasileira acho tão complicado que ainda não me animei a estudar a coisa. Tenho, ajuntada, alguma documentação bibliográfica, puras fichas sem estudo.[425] De maneira que sou incapaz de lhe dar um conselho seguro. Tanto mais que o excesso de ocupações do momento não me permite absolutamente me entregar a esse estudo. É certo que no começo do séc. XIX também se chamava ao violão de "viola" no Brasil. Von Martius, Von Weech o provam definitivamente e... a *Viola de Lereno* anterior.[426] Mas se não me engano é Schlichthorst que pela mesma época já fala francamente na viola de 12 cordas, que positivamente já não é a guitarra espanhola. É só o que lembro assim com minha péssima memória e meto a viola no saco pra não sair besteira que te engane.

Não é promessa, é juramento essa ideia de sua carta de, vindo ao Rio, vir a S. Paulo também. Faça desta sua casa tudo o que quiser só me dará

---

[423] Seis mitos gaúchos: Angoera, Carbúnculo, Casa de Mbororé, Mãe do Ouro, Negrinho do Pastoreio, Zaoris; separata dos *Anais do III Congresso Sul-rio-grandense de História e Geografia* (Porto Alegre: Of. Gráf. da Livraria do Globo, 1940). Obra no acervo bibliográfico de MA, com dedicatória: "Ao Mário, afetuosamente LUÍS DA CÂMARA CASCUDO [impresso]".

[424] *Anais do III Congresso Sul-rio-grandense de História e Geografia*: comemorativo ao bicentenário da colonização de Porto Alegre/ Instituto Histórico e Geográfico do Rio Grande do Sul. (Porto Alegre: Prefeitura Municipal de Porto Alegre, 1940. 5 v.). O estudo de LCC encontra-se no volume 4.

[425] O verbete "Viola" do manuscrito do Musical Brasileiro no IEB-USP testemunha o grande interesse de Mário pelo tema. (Mário de Andrade, *Dicionário musical brasileiro*, op. cit., p. 557-560.)

[426] Obra de Domingos Caldas Barbosa (1783-1800), poeta nascido no Rio de Janeiro.

alegria e à minha mãe. E terá toda a liberdade possível e imaginável: chave pra entrar a qualquer hora, mesa e sala pra receber os seus amigos todos, que serão nossos.

E é só por hoje. Aqui lhe mando um trabalhinho que gosto.[427] Se suber coisas mais antigas a respeito, me avise.

E ciao amigo velho. Lembranças pra todos daí. Me comovi lembrando o Jorge Fernandes, que saudades!... Um grande abraço deste sempre

Mário

CARTA DATADA: "SÃO PAULO, 29-IV-41"; AUTÓGRAFO A TINTA PRETA; PAPEL BRANCO; 1 FOLHA; 30,0 x 22,1 CM; RASGAMENTO POR OXIDAÇÃO DA TINTA.

---

427 Trata-se, possivelmente, de separata de "A nau catarineta", estudo de folclore na *Revista do Arquivo do Municipal*, São Paulo, n. LXXIII, 1941. O exemplar oferecido a LCC acolheu correções do autor e dedicatória: "Ao Cascudinho/ deste seu amigo/ Mário/ S.Paulo 1941".

142 (LCC)

Rua Silva Jardim-3
Rio de Janeiro, 28 de julho de 1941.
Mário velho amigo.

    Apesar de todas as vontades, não me é possível ir ver você em S. Paulo. Os trabalhos do Conselho Nacional de Geografia se encerraram anteontem mas se abre um novo ciclo de encargos, as encomendas oficiais e particulares, engolindo tempo e força. Lastimo furiosamente essa trapalhada porque, além do mais, desejava consultar uns livros que V. tem e que me fariam mercê, como se dizia nas precatórias antigas.
    Aqui tenho conversado com seus amigos, ambiente onde você fatalmente aparece, com todas as honras de citação e carinho. Espero voltar para Natal a 9 de agosto.
    Seria possível a você descobrir em S. Paulo o endereço do Belmonte?[428] Belmonte desenhista, historiador, cronista y muchas cósas más? Desejava escrever ao Belmonte sobre uns desenhos mas não tenho, ou melhor, perdi, o endereço que me havia mandado há tempos. Se você enviar para aqui inda melhor será.
    Um forte abraço de visita deste seu
                Cascudo.

CARTA DATADA: "RIO DE JANEIRO, 28-7-41."; DATILOSCRITO, FITA PRETA; PAPEL BRANCO, TIMBRADO: "SOCIEDADE BRASILEIRA DE FOLK-LORE", FILIGRANA; 1 FOLHA; 31,1 X 21,5 CM.

---

428 Benedito Carneiro Bastos Barreto (1896-1947), desenhista e caricaturista nascido em São Paulo.

143 (LCC)

4 de agosto de 1941.

Macunaíma.

  Vontade não falta para vaspear[429] até S. Paulo mas a doença de minha Any dissolveu todos os planos. Já está melhor mas não penso em retardar a volta. Você, que é um tio amorudo, pode deduzir de minha afetuosidade derramada e paternal. Ontem, até duas da madrugada, estive ouvindo Mignone, com Sá Pereira,[430] Renato Almeida[431] e o americano prêmio Guiomar Novaes. Você esteve presente e findamos cantando o hino, com todo cerimonial. Transferi para Mignone minhas manias de Ravel.[432] Fiquei encantado com aquela música matinal e animadora, viva e álacre, substituindo todos os harmônios.[433]
  Muito grato pela direção do difícil Belmonte a quem preciso escrever para ver se consigo umas ilustrações para um livrinho que estou maginando. Volto para Natal no dia 9 e o Renato Almeida está convencido de que irá em fins de dezembro até janeiro, no ciclo do Natal, assistir autos e musicalerias. E você, quando se decide? E o retrato? Lembre-me aos seus, a quem tanto devo inesquecivelmente. Ti abraço, bestão querido!
  Cascudo.

CARTA DATADA: "4-8-41"; DATILOSCRITO, FITA PRETA; AUTÓGRAFO A GRAFITE; PAPEL BRANCO, BORDA SUPERIOR PICOTADA; 1 FOLHA; 20,1 × 15,3 CM.

---

429 Neologismo: tomar o avião da Vasp, a Viação Aérea de São Paulo, fundada em 1933 e atuante até 2005.

430 Francisco Mignone (1897-1986) e Antonio de Sá Pereira (1888-1966), compositores ligados de amizade a MA.

431 Em carta de 26 de julho a MA, Renato Almeida conta: "O Cascudo está aqui e é sempre uma alegria os dia que o tenho perto de mim, matando saudade e proseando infindavelmente. Você é assunto obrigatório e diário do bate-papo da gente".

432 Maurice Ravel (1875-1937), compositor francês.

433 Na carta: "hormônios".

Natal, 19 de outubro de 1941.

Mário, velhão querido.

A demora em responder sua carta é devido ao Henry Koster cuja versão, anotação, terminei, depois de ano e meio, e sacudi as quase 600 páginas para a "Brasiliana" paulista, no avião de quarta-feira passada. Ufa! Nunca mais me meto a tradutor. Vou enfrentar agora o Melo Morais Filho numa reedição que a Briguiet fará, anotada e atualizada por mim.[434] Depois virá a *Etnografia tradicional do Brasil*, para a livraria Martins, de S. Paulo.[435] Como vê, estou na brecha, batendo...

Sobre a excelente *esquisse*[436] Geografia religiosa do Brasil, falaremos depois. É a marcação, em linhas gerais, quase um master plan para os estudos na espécie. Do "cuba" encontrei várias passagens nos cantadores. "Sou cuba, sou feiticeiro, disfarço qualquer engano". Na acepção de feiticeiro, Rodolfo Garcia registara em 1913 no seu *Dicionário de brasileirismo*. Ouvi "cuba" de cantadores paraibanos e norte-rio-grandenses, especialmente Zé Rogério, que cantou o verso acima. Agora vamos conversar sobre a Sociedade Brasileira de Folclore e seus planos apocalípticos.[437] Piauí fundou já uma associação nos moldes da nossa, bem fácil, bem simples, bem antiburocrática e limpa de pedantismo e falação besta. Queria eu bater aí às portas paulistas mas me dizem que não há nada em S. Paulo parecido com associação de estudo etnográfico ou folclórico por ter falecido a que você fundou, falecido ou entrado em colapso prolongado.[438] O nosso plano aqui é o grupo, 3, 5, 7, 9, 11, etc elementos reunidos na casa de um sócio. Eleito o presidente este designa seus auxiliares e a ata só existe quando há alguma coisa

---

434 *Festas e tradições populares do Brasil* [1901], do baiano Alexandre José de Mello Moraes Filho (1844-1919), em edição anotada por LCC, sairá do prelo em 1946, no Rio de Janeiro, pela Briguiet. Para LCC, o historiador destaca-se pelo "ininterrupto labor tradicionalista, ressuscitando as festas populares, explicando-as e revivendo-as fielmente. Figuras, costumes, tipos da rua e cenas do passado, serenatas, cantigas, foram seus motivos prediletos. Essa dedicação salvou do esquecimento e da deturpação grande material folclórico". (*Antologia do folclore brasileiro*, op. cit., p. 245. v. 1.)

435 Não se tem notícia de obra de LCC com esse título. Vale recuperar, nesta correspondência, a mensagem de MA, em 6 de agosto de 1929, na qual se vislumbra outro projeto do amigo potiguar, a *Etnografia tradicional do Nordeste brasileiro*, obra igualmente não levada a cabo.

436 "Esboço, bosquejo" (francês).

437 Em 7 de maio desse ano, *A República* de Natal divulga os Estatutos da Sociedade Brasileira de Folclore, que tem na presidência LCC. O artigo primeiro desse documento caracteriza os caminhos da Sociedade: "destina-se a pesquisa, estudo e sistematização do Folclore local e nacional, recolhendo e analisando todas as manifestações da ciência popular, relacionadas com essa disciplina".

438 Os Estatutos da Sociedade de Etnografia e Folclore receberam a aprovação em assembleia de 20 de maio de 1937, quando foram eleitos Mário de Andrade como presidente e Dina Lévi-Strauss como 1ª secretária. A sociedade publicou em outubro desse ano o número inicial do *Boletim da Sociedade de Etnografia e Folclore*, mensal até fevereiro de 1937; depois, tirou ainda mais dois números: o sexto, em março de 1938, e o sétimo e último, em janeiro de 1939. (Lélia Gontijo Soarese Suzana Luz, *Mário de Andrade e a Sociedade de Etnografia e Folclore*, 1936-1939. Rio de Janeiro: Funarte/ Instituto Nacional do Folclore/ Secretaria Municipal de Cultura de São Paulo, 1983.)

de valioso para registo. Começa-se pelo arquivamento, em espécie, livros, revistas ou jornais, da bibliografia existente. Não sendo possível, apenas se fará a notação, com detalhes, editor, datas, páginas, assunto, etc. Idem, registo, por cópia, de autos populares, tradições características, toponímia que seja de origem popular, etc. Enfim, quase tudo quanto você começou a fazer aí, incluindo inquéritos. As reuniões são mensais para... conversar, acertar passeios, planos de publicação. Essa é a parte estratosférica. A outra é a seguinte: – apelo ao Governo para dispensar de toda e qualquer despesa as representações de caráter popular; criação de sociedades típicas, entre pessoas do povo, para manter os autos populares, revendo-se, sem deformar, os textos, e fixar suas representações dentro das épocas tradicionais. Pequena subvenção para a sociedade e esta dará uma certa parte às sociedades mirins que fazem os autos populares. Independência total quanto à organização, 90% quanto à orientação, 100% quanto às despesas, relativamente à nossa Sociedade Brasileira de Folclore que apenas regista as suas maninhas para os efeitos de permuta de notas, músicas, inquéritos, etc. Depois, com o esforço de todos, virá a publicação, digna do nome, com trabalhos honestinhos e seriozinhos. Sem aproveitação literária. Sonho? Não tanto. Aqui possuímos duas sociedades de gente humilde, com pátios próprios para ensaios, e que já o fazem, do Fandango e Congos, respectivamente, sem impostos e com a licença gratuita. Teremos uma pequena subvenção que garantirá a existência desses autos. Quem sabe que não seja possível determinar, junto a um editor pouco inteligente (os inteligentes, como sabe, não sabem dessas coisas) a fundação de biblioteca de Folclore, com reedições de Sílvio Romero,[439] Macedo Soares, Vale Cabral, pelo menos a reunião de estudos dispersos nas revistas e sempre preciosos? Você é sócio-fundador dessa nossa sociedade. Pergunto o que pode fazer aí em Sân Pôlo? Um grupment... zinho de 5, 7, 9, 11 amigos não seria possível, em sua ou na casa dum camarada e começarmos animando uns aos outros para a publicação comum? O Artur Ramos[440] ofereceu-me a revista da Sociedade de Etnologia que ele fundou no Rio. Que me diz, Macunaíma? Depois lhe falarei sobre o Círculo Pan-Americano de Folclore, outra maluquice minha, que está grudando gente desde o Canadá até Argentina e tem sido falado em revistas universitárias americanas e rádios. Tudo isso é feito sem que me esqueça de você. Do quanto você é capaz de fazer, além do ótimo que fez e faz. Aprenda a escrever carta comprida, seu bilheteiro. Ciao.
Cascudo.

CARTA DATADA: "NATAL, 19-X-1941."; DATILOSCRITO; 2 FOLHAS; ORIGINAL NA SÉRIE MANUSCRITOS MÁRIO DE ANDRADE.

---

439 Em 1954, LCC prepararia as edições anotadas dos *Cantos populares do Brasil [1883]* e dos *Contos populares do Brasil [1885]*, ilustradas por Santa Rosa, pela editora carioca José Olympio. Para o organizador dos volumes, o estudos de folclore deviam a Romero "as primeiras coleções de cantos e contos, as explicações iniciais das escolas que surgiam, cabendo-lhe a glória de haver enfrentado a indiferença e a ignorância, defendendo-o com a veemência entusiasta que lhe era uma constante psicológica". (*Antologia do folclore brasileiro*. São Paulo: Martins, [1965], p. 286. v. 1.)

440 Artur Ramos (1903-1949), médico e antropólogo, publicou, em 1935, *O folclore negro do Brasil*.

145 (MA)

São Paulo, 24 de novembro de 1941.

Cascudinho,

desta vez, vai, mas é bilhete mesmo. Gostei de ser sócio-fundador da Sociedade Brasileira de Folclore. A daqui não está morta nem viva, está em estado de beatificação, por causa do safado do Nicanor Miranda[441] que não procedeu com interesse. Agora parto pra uma fazenda dia 27 e fico lá uns quinze dias. Na volta vou dar uns passos pra acabar com este estado de coisas e fazer qualquer vida entre nós que possa se amigar com a sociedade de você.

Aqui lhe mando um artigo meu em que falo de você.[442] Breve lhe mando minhas *Poesias*[443] que estão sai não sai. Você não acusou *Música do Brasil* onde pus um destrinchamento desses problemas de Cheganças, não recebeu? É possível pois a editora Guaíra fez o diabo,[444] não mandou o livro pras pessoas que pedi, não distribuiu direito nem sequer no Rio e S. Paulo, o diabo! Bom, não devo esquecer que [isto][445] é bilhete. Te abraço comprido.
Mário.

CARTA DATADA: "S. PAULO, 24-XI-41"; AUTÓGRAFO A TINTA PRETA; PAPEL CREME, FILIGRANA; 1 FOLHA; 26,9 x 19,9 CM; RASGAMENTO NO CANTO INFERIOR DIREITO.

---

441 O professor paulista Nicanor Miranda (1907-1992), responsável pela Divisão de Educação e Recreios no Departamento de Cultura de São Paulo, na gestão Mário de Andrade, deixou obras importantes no campo da recreação infantil, como *Técnica do jogo infantil organizado* e os *210 jogos infantis*.

442 Desafio brasileiro, *O Estado de S. Paulo*, 23 nov. 1941 (V. Anexos).

443 *Poesias* sai do prelo da Livraria Martins de São Paulo em novembro de 1941, de acordo com o colofão da obra.

444 *Música do Brasil* (Curitiba/São Paulo: Editora Guaíra, 1941), obra presente na biblioteca de LCC, com anotações de leitura.

445 Trecho rasgado.

Mário amigo.

 Recebi o bilhete e o artigo. Não vi o ensaio sobre Música, que muito útil me seria porque escrevi várias notas, ultimamente, sobre Cheganças e mesmo agora estão sendo ensaiados todos os autos populares aqui, desde o Fandango até o Bumba meu Boi, passando pelos Congos e Chegança. Vamos assim mexendo.
 "Bati" uma explicação sobre seus argumentos e mandei para o *Diário de Notícias*.[446]
 Estou passando umas semanas na praia de Areia Preta e espero ter o Renato Almeida ainda neste dezembro. Fico esperando que a Sociedade de Folclore desça do altar e viva com a gente, humanamente.
 Um abração do seu –
      Cascudo.

10 de dezembro de 1941.

CARTA DATADA: "10-XII-41."; DATILOSCRITO, FITA PRETA; AUTÓGRAFO A TINTA PRETA; PAPEL BRANCO, TIMBRADO: "INSTITUTO BRASILEIRO DE GEOGRAFIA E ESTATÍSTICA", FILIGRANA; 1 FOLHA; 21,7 × 16,2 CM.

---

446 Desafio africano, *Diário de Notícias*, Rio de Janeiro, 28 dez. 1941 (V. Anexos).

147 (LCC)

Mário.

Aí junto encontrará V. cópia dos "animais fabulosos do Norte", publicado em 1921, há 21 anos...[447] Não tive tempo para reler e atualizar esse trabalhinho de outrora, apenas denunciando minha velha dedicação ao folclore.
Entreguei ao editor José Olímpio o *Geografia dos mitos brasileiros*[448] onde os bichos fabulosos tiveram campo bastante para escaramuçar e bramir. Nem queira V. saber o número recenseado, com depoimentos, cotejos, etc. V. indo ao Rio, como faz sempre, podia olhar o original no José Olímpio, e ver as alterações. Se aproveitar o que lhe mando, não esqueça de citar o ano da divulgação para eximir o provinciano das responsabilidades pelas besteiras mais sensíveis.
Lembranças para todos. Não recebi o seu "música brasileira".
Fernando Luís é primeiranista. Usa farda e é forte.
Um abraço do seu velho -
Cascudo.
Natal
16 de abril de 1942.

CARTA DATADA: "NATAL/ 16-4-42"; DATILOSCRITO, FITA PRETA; AUTÓGRAFO A TINTA PRETA; PAPEL BRANCO, TIMBRADO: "INSTITUTO BRASILEIRO DE GEOGRAFIA E ESTATÍSTICA", FILIGRANA; 1 FOLHA; 21,7 × 16,2 CM.

---

447 Estudo inicialmente impresso na *Revista do Centro Polimático do Rio Grande do Norte*, em 1921. (Zila Mamede, *Luís da Câmara Cascudo*: 50 anos de vida intelectual, op. cit., p. 117. v. 1, parte 1.)

448 Obra publicada em 1947, no Rio de Janeiro, pela José Olympio, na Coleção Documentos Brasileiros.

148 (MA)

São Paulo, 6 de junho de 1942.

Cascudete velho de guerra,

     enfim tive notícias de Natal por amigos chegados e sube que a situação aí não é tão difícil pros Brasileiros como pintavam aqui, me sosseguei. Esta vai às pressas. Meus Deus! Como sempre... Você nem imagina que vida tenho levado, inteiramente disperso em obrigações de circunstância e de ganhar o esquivo pão quotidiano. Hoje devo fazer uma conferência na Fac. de Direito sobre o Movimento Modernista. Vai ser impressa e lhe mandarei um exemplar.[449] Não sei se lhe mandei é a sobre a música dos Estados Unidos que vai aqui pro Valdemar de Almeida. Se não mandei avise pra eu postar uma pra você.[450] Recebi sua carta e a cópia do artigo, Deus lhe pague. E como vai a sua sociedade de folclore. A daqui quem disse se mexer? E eu não tenho tempo nem asas mais, me morri.
     Ciao com o abraço mano do
Mário.

CARTA DATADA: "S.PAULO, 6-VI-42"; AUTÓGRAFO A TINTA PRETA; PAPEL CREME, FILIGRANA; 1 FOLHA; 26,1 x 20,5 CM; RASGAMENTO NA BORDA ESQUERDA.

---

449 *O movimento modernista* (Rio de Janeiro: Casa do Estudante do Brasil, 1942), exemplar da plaquete, com dedicatória: "A Luís da Câmara Cascudo,/ lembrança do/ Mário/ S. Paulo, 42".

450 V. mensagem de MA a LCC, em 28 de fevereiro de 1941, remetendo a separata de "A expressão musical dos Estados Unidos" (1940).

149 (MA)

S.Paulo, 27 de julho de 1942.

Cascudete amigo e confrade

pela Sociedade Brasileira de Fol**K**-Lore (!fiche!) de que acabo de receber os Estatutos.[451] Muito bons, é isso mesmo, coisa simples, nada de emproamentos, trabalho subterrâneo preparando futuros melhores. Outro dia isso mesmo eu falava aqui pra uns antigos companheiros da nossa Sociedade de Etnografia e Folclore, faz cinco anos evanouida.[452] Quando me lembrei de a fundar e propus a fundação, no chá de fim de curso oferecido à professora Mme. Lévi-Strauss, até o nome que eu lembrei era mais adequado, "Clube". Mas logo nos dias seguintes o casal Lévi-Strauss[453] propunha substituição pra "Sociedade", porque clube dava ideia depreciativa. Repliquei que "depreciativa" dava não, mas de coisa mais camarada, com obrigações técnicas menos pesadas, com obrigação de vida menos quotidiana, e era isso mesmo que eu queria, conhecendo o ambiente e o número exíguo de folcloristas de verdade aqui. No fundo, possivelmente me roncava este remorso de eu mesmo, afinal das contas, não passar, como não passo, de um amador. Bom, mas retrucaram que assim ficava mais difícil ligação com as "sociedades" estrangeiras, que logo o plano primeiro era concorrer ao Congresso Internacional de Folclore com trabalhos cartográficos e, pra encurtar, o batismo deles venceu.

Depois foi aquela desgraça: sociedade norte-americana com milionário protegendo por detrás, só que sem o milionário. Ainda enquanto estive aqui, mesmo sem pretensões a milionaridade, fazia a Prefeitura cair com uns cobrinhos, dava sede, imprimia boletim etc. Mas quando me jogaram fora (com devassa de inhapa), ainda imaginamos que a coisa podia continuar protegida, inventando pra presidente da SEF o Nicanor Miranda, gostoso de folclore, alto funcionário do Dep. de Cultura e amigo particular do diretor novo.[454] O Nicanor é um anjo, gosto dele pessoalmente, mas é muito vaidoso e no caso tem procedido muito e sempre mal. Gostou do título, aceitou, mas meio ressabiado porque é muito inteligente e consciente de suas próprias possibilidades. Ainda tentou

---

[451] *Sociedade Brasileira de Folk-lore* (Pedibus tardus, Tenax cursu), plaquete, (Natal: Oficinas do D.E.I.P., 1942, 14 p.). (Exemplar no acervo de LCC.)

[452] Neologismo, a partir do verbo francês "s'évanouir" (desmaiar).

[453] Dina e Claude Lévi-Strauss (1908-2009). O antropólogo integrava a "missão" de professores franceses que orientava os rumos intelectuais da Faculdade de Filosofia da Universidade de São Paulo, criada em 1934. No *Boletim da Sociedade de Etnografia e Folclore*, Lévi-Strauss fez imprimir seus trabalhos "Os índios Kadiveu" e "Algumas bonecas Carajá".

[454] Francisco Páti (1898-1970), jornalista e escritor paulista.

no princípio reunir a sociedade pra cerimônia da posse dele, mas não apareceu ninguém!⁴⁵⁵ Aqui também entra uma alta frequência que dá certa razão a ele. Se os sócios aceitaram e combinaram que fosse o Nicanor o presidente novo, só o fizeram por conveniência (da Sociedade) mas não tinham confiança no homem e muitos antipatizavam francamente com ele. Mas o Nicanor que tinha razão de se sentir e mesmo mostrar magoado por não aparecer ninguém a uma reunião (ninguém ou um ou dois, não sei), o certo é que nunca mais não marcou reunião, até hoje não tomou posse e tudo está nisso! Não está certo. Ou devia desistir do cargo em circular, ou marcar reunião nova pra ao menos se demitir. E o que é pior, procurada a SEF por um Ralph Boggs,⁴⁵⁶ por exemplo, e consequentemente ele, presidente, bancou presidente com o homem, mesmo sem ser empossado, e o que é pior, aceitou um título honorífico norte-americano de folclore! Ora somos muito poucos e, voltado a S. Paulo, três anos e pico depois, não tive ânimo pra reprincipiar a coisa. Ainda cheguei a falar com vários (que aceitaram), chegamos até a imaginar uma fusão com a Sociedade de Sociologia que também sobrevive no mesmo estado de evanouissamento, mas acabei desistindo. Agora estou com comichões outra vez, mas vamos fazer coisa muito outra: creio em principal no meu Clube (sic) de Folclore com dias de encontro (não: reuniões) na minha casa. Talvez... Se a coisa eu tiver mesmo coragem de fazer, nos ajuntaremos com a SBF de vocês. Desta darei notícia na Introdução da parte sobre "Folclore" do futuro *Handbook of Brazilian Studies* que sai no ano que vem.⁴⁵⁷ Se você tiver coragem pra mandar de avião algumas atividades já realizadas de vocês, incluirei. Mas precisa urgência *because* entrego meu trabalho em setembro, data marcada.⁴⁵⁸

---

455 *O Estado de S. Paulo*, em 28 de agosto de 1938, noticia a cerimônia de posse da nova diretoria da Sociedade de Etnografia e Folclore, ocorrida "na última terça-feira [23] [...] no Trocadero, à Praça Ramos de Azevedo, 4". Elegem-se Nicanor Miranda, presidente, e Mário Wagner da Cunha, primeiro-secretário. O jornal transcreve a alocução de posse do novo orientador do grupo: "No momento em que [a SEF] se viu privada do seu primeiro-presidente, Mário de Andrade, aquele que foi, por excelência, o seu inspirador, o seu guia e o seu animador, [...] aceitamos [substituí-lo], não porque nos julgássemos capazes de tamanha empresa, mas porque contamos convosco [...] pela necessidade urgente de realizar uma 'campanha de compreensão' em prol do Folclore, do seu valor intrínseco, das suas relações com a antropologia, a sociologia, a filosofia e os estudos humanos". No discurso, Nicanor Miranda, constatando que no Brasil vigorava a "incompreensão profunda" do "valor científico" e do "extraordinário valor social" do Folclore, explicita as diretrizes da associação: "Essa 'campanha de compreensão' – que consistirá tanto no prosseguimento ininterrupto e entusiástico dos trabalhos até agora realizados (conferências, pesquisas, palestras, comunicações e debates), como no esclarecimento dos poderes constituídos, dos órgãos de publicidade e de opinião pública sobre o valor da Etnografia e do Folclore – deve ser o objetivo capital, o programa básico da nossa sociedade." (Arquivo Mário de Andrade, Matérias Extraídas de Periódicos, IEB-USP.)

456 Ralph Steele Boggs (1901-1994), folclorista estadunidense. Fundou em 1939, na Universidade da Carolina do Norte, um dos primeiros programas de folclore no âmbito acadêmico nos Estados Unidos. (Disponível em: <http://www.flheritage.com/preservation/folklife/awardDetails.cfm?id=14>.

457 O ensaio "Folclore" de MA será publicado em 1949 no *Manual bibliográfico de estudos brasileiros* (Rio de Janeiro: Gráfica Editora Souza), volume sob a direção de Rubens Borba de Moraes ("Subdiretor dos Serviços Bibliotecários da ONU") e William Berrien ("Professor da Universidade de Harvard").

458 MA, em "Folclore", historia, em um extenso parágrafo, o grupo de estudos folclóricos capitaneado pelo amigo, recuperando informações da correspondência: "em abril de 1941, o Prof. Luís da Câmara Cascudo fundou no Rio Grande do Norte a Sociedade Brasileira de Folclore, sob constituição bastante simples e elástica, e que por isso mesmo já tem desenvolvido boa atuação. A Sociedade tem como princípio estimular a fundação de núcleos congêneres em todos os estados do país, núcleos que, a ela unidos, formam uma corrente destinada a estimular e proteger as manifestações populares locais de cunho folclórico, bem como a realizar pesquisas de campo e estudos

Aqui lhe vai meu filhinho novo.[459] Abraço velho pra você com todos, me lembre ao Jorge e Deus abençoe o Fernando Luís. Veja se tem coragem pra me mandar uma fotografia atual dele, está com onze anos! Um mocinho...
Mário.

CARTA DATADA: "S.PAULO, 27-VII-42"; AUTÓGRAFO A TINTA PRETA; PAPEL CREME, FILIGRANA; 2 FOLHAS; 26,6 x 20,7 CM; RASGAMENTO NAS BORDAS ESQUERDA E INFERIOR.

---

de ordem monográfica. Graças à atividade e prestígio do Prof. Luís da Câmara Cascudo já se organizaram núcleos da Sociedade Brasileira de Folclore nos estados do Piauí, Paraíba, Alagoas, Sergipe, Mato Grosso, Goiás, Rio Grande do Sul e Rio de Janeiro. Já é importante o trabalho de pesquisas e colheita documental realizado pela Sociedade no Rio Grande do Norte, bem como ter ela conseguido das autoridades do estado dispensa de quaisquer ônus para os grupos populares que realizam festas anuais de Natal e Reis, Carnaval, São João etc. Como era de esperar, a libertação desses grupos do excessivo controle policial e do pagamento de taxas de licença estaduais e municipais proibitivas já provocou no estado do Rio Grande do Norte um reflorescimento vivo dos bailados e cerimônias populares de fim de ano". (*Manual bibliográfico de estudos brasileiros*, op. cit., p. 292.)

459 Trata-se, possivelmente, da *Pequena história da música* (São Paulo: Martins. 1942. Coleção A Marcha do Espírito), obra não localizada pela pesquisa no acervo de LCC.

Natal, 13 de agosto de 1942.

Mário velho.

Nem se discute. Funde o Clube Paulista de Folclore aí em sua casa, no estilo da SBF, conversa, plano, gratuidade e trabalho pegando de galho. Funde e avise para ficarmos misturados com toda essa gente derramada pelo Brasil. Não há explicação para S. Paulo não ter sua voz gritante e influente. E logo V. fixado na Pauliceia... Funde o Clube, homem de Deus.
A Sociedade Brasileira de Folclore fez o seguinte:
Animou a fundação da
Sociedade Piauiense de Folclore (Teresina),
Idem Paraibana em João Pessoa,
Idem Alagoana em Maceió,
Idem Sergipana em Aracajú,
Idem Mato Grossense em Cuiabá,
Idem Goiana em Goiânia,
Idem sul-rio-grandense em Porto Alegre,
e este mês, fundar-se-á a Sociedade Fluminense de Folclore em Niterói.
A Interventoria Federal e a Prefeitura de Natal e todas as dos Interior dispensaram das licenças regulares para exibição de festas de caráter popular, autos, etc, todo e qualquer dinheiro em espécie.
A SBF conseguiu animar e fundar a
Federação dos Folguedos Tradicionais (sede rua da Borborema, presidente Joaquim Caldas Moreira). A Federação reúne grupos ou sociedades que representam todos os autos tradicionais. Tem uma espécie de *estadium*. Fandango, Boi-calemba, Lapinhas, Congos, Chegança, tudo foi levado a público em dezembro passado e os ensaios continuam, uma vez por mês. Todos esses autos estão livres da morte por esquecimento.
A SBF está recolhendo a letra e a música de todos esses autos para publicar em volume, sem comentários (apenas notas explicativas) como material para estudo. O estudo seria diagnóstico. Melhor é fornecer tudo às partes.
Mantenho a seção "Etnografia & Folclore" no *Diário de Notícias*, do Rio.
Estão em "catucação" Sociedades em vários Estados... inclusive S. Paulo com Mário de Andrade, *el guarpo*!
Estamos tentando interessar um editor pouco inteligente (os editores inteligentes são dolorosamente surdos) para criar uma biblioteca do Folclore Brasileiro, traduzindo, reeditando, reunindo trabalhos esparsos de Vale Cabral, Macedo Soares, Sílvio Romero, etc., publicando originais, inquéritos nacionais sobre mitos, superstições, etnografia.

No verso da foto, letra de Mário: "Pastoril / (ensaio) / Natal / 24-XII-28".

É plano a coleta de uma série de "histórias infantis", uma ou duas em cada Estado, editadas por todos nós.

Aqui em Natal o dr. Manuel Vilaça está escrevendo um volume sobre folclore médico, isto é, na parte referente à pediatria. Outro esculápio, o Ricardo Barreto, estuda tabus de alimentação entre os loucos. Ricardo é diretor do Hospício de Alienados que aqui se chama Asilo. Esses assuntos foram escolhidos pela SBF. Outro médico, Milton Ribeiro Dantas (diretor do Hospital de Tuberculosos) está fazendo o mesmo no tocante à tisiologia. Valdemar de Almeida recolhe modinhas populares e seus acompanhamentos típicos de sereneiros. Eu mastigo uma *Etnografia tradicional do Brasil*, com vagar e teima, amor e medo.

Por aqui é o que há.

Funde o Clube, Mário. Nada de muita gente, ata, discurso, moção e telegrama. Conversa. Inicie o registo da bibliografia paulista folclórica e etnográfica, relação de autos populares pelos municípios (estes na ordem da antiguidade). V. sabe bem de tudo. Funde o Clube. Se o fundar inclua logo na *cadena folclórica da SBF*.

V. não podia dar uma notinha sobre o nosso folheto? Nada de meu nome. Divulgaria o processo e podia haver certa curiosidade.

Lembre-me a todos. Fernando Luís manda um acocho. Está forte, moreno e sacudido que só se vendo. Diz, às vezes, que o padrinho é uma peste. O Pai, aqui, p'ra nós, concorda.

Receba o afeto
       Cascudo.

Vou ler o livro que me mandou. Parece bem vivo e serelepe. Acabei uma *História do Rio G. do Norte* que sairá este ano.[460]

Carta datada: "Natal–13-8-1942."; datiloscrito, fita preta; papel branco; 1 folha; 27,1 x 20,1 cm; 2 furos de arquivamento.

---

460 LCC publicará sua *História do Rio Grande do Norte* apenas em 1955, no Rio de Janeiro, sob a chancela do Ministério da Educação e Cultura, Serviço de Documentação. Em 1939, contudo, já havia divulgado *Governo do Rio Grande do Norte*: cronologia dos capitães-mores, presidentes provinciais, governadores republicanos e interventores federais, de 1897 a 1939 (Natal: Livraria Cosmopolita).

151 (MA)

São Paulo, 3 de janeiro de 1943.

Cascudinho, meu amigo velho,

  você nem pode imaginar a comoção cariciosa que tive recebendo o retratinho do Fernando Luís. Está um homem! Também já lá vão doze anos e meio, tantos casos, tantas recordações, tanto desejo de ver e carinho acumulado... Acredito que você não podia me dar maior lembrança de fim de ano. Eu quero muito bem, mas até um bem intenso que me surpreende a esse menino. Parece que quanto mais a idade avança mais ela tem pressa de amar, no egoísmo de aproveitar o quanto possível o que resta de vida. Que Deus proteja Fernando Luís com a clarividência dele e a intensidade do meu bem-querer.
  Estava mesmo querendo escrever a você a respeito daquele impresso que você me mandou. Não pense que botei o seu pedido de banda sem mais aquela. Andei procurando e não achei nada que fosse mais tipicamente paulista. Não fui menino a quem contassem estórias, só me lembro do "Capineiro de meu Pai" e assim mesmo porque tenho ele em versão... nordestina! Nunca me preocupei com os contos, não é jardim meu e não posso vir em seu auxílio.
  E é só por hoje. Nossa recordação muito carinhosa a todos os seus e aos amigos natalenses. A você com Fernando Luís meu melhor abraço amigo.
  Mário.

CARTA DATADA: "NATAL–1-8-1942."; AUTÓGRAFO A TINTA PRETA; PAPEL CREME, FILIGRANA; 1 FOLHA; 26,1 x 20,6; RASGAMENTO NA BORDA ESQUERDA.

Rua da Conceição, 565
Natal, 13 de abril de 1943.

Amigo Mário de Andrade.

  Já acabei a trapalhada dos "contos" e agora grudei-me com as danças dramáticas ou autos populares brasileiros. Por aqui foi impossível obter-se o seu estudo sobre os "Congos" publicado na *Lanterna Verde*.[461] Também no Rio de Janeiro houve a mesma impossibilidade. Li no exemplar do Renato. Não é dispensável, entretanto, esse ensaio. Venho solicitar sua generosa intervenção para o seguinte. A Sociedade Brasileira de Folclore pagará uma cópia do "Congos", a ser enviada via aérea. Você muito nos ajudaria se mandasse copiar o "Congos", em papel de avião e sacudisse para mim, dizendo quanto deveríamos enviar, na volta do correio, em cruzeiros. Temos uma pequena subvenção. Dará para "cobrir" o orçamento que você fizer. Encareço uma certa urgência para não parar aqui os estudinhos na espécie.
  Os "contos" me fizeram cabelo branco. Arranjei 100, alguns tirado do Sílvio Romero (1), Lindolfo Gomes, Silva Campos e Rodrigues de Carvalho (1) e Gustavo Barroso, José Carvalho, Manoel Ambrósio. 80% registro de narrativas, com os nomes dos narradores, velhos, velhas, meninos, etc.[462] Um encanto. Naturalmente o comentário saiu abaixo do que poderia ser feito. Moro na província e é atrevimento dedicar-me a esses estudos que exigem confronto. Mas fácil seria o romance ou a crítica, bem pedante e superior. Mas a gente nunca é assim, é-se invariavelmente assado, ensinava Eça. E é mesmo. Como vão os seus? E você que faz? Eu não leio jornais e daí andar atrasado com as atividades dos amigos. Uma calamidade.
  Não esqueça o "Congos". Um abraço deste seu-
Cascudo.[463]

CARTA DATADA: "NATAL -13-4-43."; DATILOSCRITO, FITA PRETA; PAPEL BRANCO; 1 FOLHA; 26,1 x 20,1 CM.

---

461 "Os congos", estudo de MA divulgado em fevereiro de 1935, no segundo número da revista carioca *Lanterna Verde, Boletim da Sociedade Felipe d'Oliveira*, focalizando aspectos históricos e significados culturais dessa dança folclórica de raiz africana.

462 Referência à elaboração de *Contos tradicionais do Brasil*, editados no Rio de Janeiro, em 1946, pela Americ--Edit, na Coleção Joaquim Nabuco. Os cem contos, alguns deles ouvidos dos próprios familiares (pai, mãe, tia, filho), outros tantos provenientes de informantes diversos e de fonte erudita (Sílvio Romero, Lindolfo Gomes, entre outros), foram separados por LCC em doze categorias: "Contos de encantamento", "Contos de exemplo", "Contos de animais", "Facécias", "Contos religiosos", "Contos etiológicos", "Demônio logrado", "Contos de adivinhação", "Natureza denunciante", "Contos acumulativos", "Ciclo da morte" e "Tradição".

463 Em 1943, MA envia a LCC *Os filhos da Candinha* (São Paulo: Martins, 1943), reunião de crônicas de natureza literária, com a dedicatória: "Ao Cascudinho/ do seu amigo/ Mário de Andrade/ S. Paulo, 9/VIII/43". No final da crônica da p. 121, "Guaxinim do banhado/ (1929)", o leitor potiguar testemunha as circunstâncias da criação do texto: "Foi escrito em Natal. Dei o tema, descrevendo a cena de pescaria".

153 (LCC)

Fernando Luís.

Ao querido Macunaíma;

    Reconhece o Fernando Luís nesse pescador, procurando a cobra encantada na lagoa de Estremoz?
    Abraços do
               Luís da Câmara Cascudo

Natal
Janeiro. 1944.

BILHETE DATADO: "NATAL/ JANEIRO. 1944."; AUTÓGRAFO A TINTA VERDE; SUPORTE: FOTO DE FERNANDO LUÍS; 11,5 x 17,6 CM.

154 (MA)

São Paulo, Carnaval [22 de fevereiro] de 1944.

Cascudo, meu velho,

como que tu vai? e o meu afilhado? Me mande sempre fotografias dele pra eu sentir ele crescer. E com que ternura, que carinho...

Estou escrevendo só pra lhe mandar um artigo meu em que discordo de você.[464] Tenho aliás citado com frequência você nos meus artigos. Mas como é pra elogiar, ou me apoiar em você, descuido de enviar. Mas como este discorda, eu mesmo mando, pra nào fazerem intriga.

Aliás estive outro dia na Livraria Martins e ele me mostrou as provas da sua antologia folclórica, vai sair um livrão nos dois sentidos. Estive compulsando o seu trabalho. Franqueza: é excelente. Quanta gente agora vai bancar o "científico" citando as fontes através do canal que você lhes abriu... Vai ser uma inundação e gozaremos com os afogados.

Um abraço afetuoso pra todos os amigos e "parentes" daí. A bênção de Deus sobre o Fernando Luís e mais este abraço particular,
 seu mano,
 Mário.

CARTA DATADA: "S.PAULO, CARNAVAL DE 44"; AUTÓGRAFO A TINTA PRETA; PAPEL CREME, FILIGRANA; 1 FOLHA; 27,5 X 21,5 CM; DOIS FUROS DE ARQUIVAMENTO NA BORDA ESQUERDA. NOTA LCC, A LÁPIS AZUL: "RECEBIDO/ A 28-2-44".

---

464 No último parágrafo do artigo "O cantador", na coluna Mundo Musical da *Folha da Manhã* de São Paulo, em 6 de janeiro, MA adverte os leitores: "Nas notas que acaso fizer seguir, não tenho intenção de fazer nenhum estudo sistemático do cantador, sua vida e sua arte. A bibliografia dele é bastante rica, e escolho pra lembrar o que escreveram Leonardo Mota, Chagas Batista, Gustavo Barroso, Rodrigues de Carvalho e especialmente Luís da Câmara Cascudo que estudou o cantador em páginas esplêndidas, nos seus *Vaqueiros e cantadores*. Páginas indispensáveis. A eles mando o leitor que deseje conhecer mais sistematicamente o assunto". No artigo seguinte da série prevista, em 13 de janeiro, "Notas sobre o cantador nordestino", MA expressa a divergência mencionada na carta: "Câmara Cascudo nos seus *Vaqueiros e cantadores* diz que 'bola é cabeça, tino, inteligência' pro cantador. Sim, a nossa frase--feita 'não ter tento na bola' pra indicar os pobres de espírito quer dizer isso, mas eu imagino que na terminologia sempre confusa do cantador, 'bola' é qualquer coisa mais do que isso". Em 17 de fevereiro, MA volta a discordar de LCC no artigo "O canto do cantador". (Mário de Andrade, *Vida do cantador*. Ed. crítica de Raimunda de Brito Batista. Belo Horizonte: Villa Rica, 1993, p. 69; 72.)

155 (LCC)

Natal, 22 de fevereiro de 1944.

Mário amigo.

Gostei muito de um seu artigo na *Folha da Manhã* sobre o "Canto do cantador".[465] Espero que seja uma série e apareça em livro, melhor e maior na bibliografia especial.

Vamos conversar sobre uns reparos seus aos *Vaqueiros e cantadores*.[466] Dava resultado se fosse aí na Lopes Chaves ou aqui na rua da Conceição. Não é possível.

Fiquei curioso de ver sua interpretação às p. 142-147 do livro. Voz dura e canto monótono tiveram sua explicação, minha, há sete anos.

Continuo ouvindo cantadores do sertão e coqueiros das praias e dos brejos. São diversos mas não estão em discussão as dessemelhanças.

Na página 146 disse o que pensava no assunto. A monotonia do canto sertanejo decorre de ser um acessório, um detalhe no processo da improvisação ou repetição do texto decorado. O desenho é pobre atende-se ao ritmo da métrica, do recitativo, único centro de interesse. A força de invenção, liberta das obrigações do "bonito" melódico, atua exclusivamente na nitidez e felicidade das narrativas. "O desenho musical se desenvolve automaticamente, por impulsão do ritmo poético ou por sua única necessidade declamatória". Escrevia assim há sete anos, p. 145 do *Vaqueiros e cantadores*.

Há, naturalmente essa explicação e outras para essa monotonia. Todos os rapsodistas foram assim. Nada exclui, mestre Mário, que o canto seja monótono. Tem razão de ser monótono. Razão fisiológica. Razão psicológica. Razão técnica. Razão tradicional. Quatro razões para ser e estar sendo monótono.

Em janeiro deste 1944 ouvi cantador em Jardim do Seridó. Não posso alterar o que escrevi em 1937. Certinho, Mário amigo.

Não sei se você se interessou por uma singularidade no cantador sertanejo. É o único a cantar sem acompanhamento. Violas e rabecas tocam quando ele se cala. Não conheço, noutros folclores, exemplo parecido. É mais um argumento, e poderoso, para essa onipotência da narrativa sobre a música. Esse silêncio eviden-

---

465 No início do artigo, MA explora a diferença de opinião: "Luís da Câmara Cascudo, nos seus *Vaqueiros e cantadores*, não sei bem por quê, passa uma enorme descompostura na voz e na maneira de cantar dos cantadores nordestinos. Embora ele conheça dez vezes mais o assunto que eu, não creio tenha muita razão, pois pude escutar numerosos cantadores no Nordeste e nada percebi de 'voz dura, hirta, sem maleabilidade, sem floreios, sem suavidade' nem várias outras expressões com que o meu amigo potiguar xingou os cantadores em geral. [...] O cantador tem naturalmente uma voz aberta, mais desgastada pelo álcool que pela falta de empostação [...]". (Mário de Andrade, *Vida do cantador*, op. cit., p. 86.)

466 MA em 11 de fevereiro de 1940 já havia dialogado com o livro na resenha "Vaqueiros e cantadores" no *Diário de Notícias* do Rio de Janeiro. O artigo seria, primeiro, reproduzido parcialmente nos *Cadernos da Hora Presente* (São Paulo, v. 5-9, mar. 1940) e posteriormente fixado em *O empalhador de passarinho*, edição póstuma, em 1946, dentro do plano das *Obras completas* de MA.

Renato Almeida e Câmara Cascudo.
Dedicatória de Renato Almeida a Mário: "Ao querido Mário, / pelo Cascudinho e / por mim, afetuosamente, Renato / Rio, Agosto, 41".

cia o afastamento de mais um centro de interesse que desviaria, do auditório e das atenções pessoais do cantador, o sentido da narrativa, do desafio ou do romance.

      Como você sabe, gregos, romanos, cantadores medievais, todos cantavam com acompanhamento instrumental, ao mesmo tempo. E ainda hoje, quando vemos, nos palcos, os falsos sertanejos cantando "desafios" ouvimos acompanhamento imediato. Esse pormenor os afasta, irremediavelmente, do sertão nordestino. No litoral e brejos, os ganzás soam, ininterruptos. E há refrão, dança, movimento do coqueiro, andando, rodando, virando, pulando, como Chico Antônio que você ouviu no Bom Jardim. O cantador sertanejo canta imóvel. Não canta coco. Não há refrão. Não há coro. Ainda esses fatores positivam a unidade do canto e da música na fidelidade aos processos das "gestas", canto de ação, sem paisagem, canto de valentes, de brigas, de lutas de touros, vaquejadas, caçadas de onças, derrubas de novilhos, enfim, como já disse, "voz livre dentro de um canto livre".

      A voz do cantador sertanejo acho-a sem maleabilidade porque ele não tem os recursos acessórios dos coqueiros e sambistas. Não há muita "solfa" nem invenção. As modificações pessoais restringem-se ao ritmo ou à maneira de finalizar o canto, sempre nasal, boca fechada, no princípio ou fim de uma determinada sílaba, *ad libitum*[467]. Não há variedade melódica que determine essas acomodações sucessivas. Os coqueiros findam mais alto. Os cantadores mais baixo. Para eles, você bem sabe, a música, a "solfa", como dizem, nada vale. Cantam, com a mesma solfa colcheias, carretilhas e martelos. O auditório, sertanejo ou qualquer auditório para um cantador, só presta atenção, só *bota cuidado*, na história que ele está contando.

Daí a monotonia e a voz que não precisou jamais tornar-se doce porque jamais entoou uma modinha, sacudiu um coco ou entrou numa roda de zambê, de palma de mão, fruta praieira, no tempo do caju.

Tive a impressão de que você julgou esse juízo, a esta *crítica inaceitável* filhinha amada de duas mamães: – ignorância dos processos velhos dos rapsodistas, e reminiscência pessoal do bel canto.

Penso que o primeiro não deve estar muito certo, ou inteiramente certo. *Vaqueiros e cantadores*, páginas citadas, denunciam algumas leituras nesse rumo. O segundo, aqui dou depoimento melancólico, é o inverso, justa e verdadeiramente.

Ouvi a Ópera (de quem sou inimigo natural) em 1922. Já estava, de dentro para fora, um sertanejo *finito*, na acepção de Papini.[468] Em vez de carregar nos ouvidos Puccini e Verdi para o pé da viola, fiz o contrário, sem querer, mas é a viola quem vive no meu ouvido e não o recamo pucciniano.

Dessa minha tragédia de não entender nem respeitar música de ópera, música operária, como dizia a pobre Germaninha Bittencourt, é testemunha um amigo de nós ambos, Renato Almeida. Como esse bel canto influiria para eu achar feio ou bonito a solfa sertaneja, ouvida muitíssimo antes? Aqui estão, velho Macunaíma, minhas conversas. Imagino como deverei ser enxergado por quem não terá autoridade, interesse e honestidade como você possui... Fiquei e ficarei aqui justamente cascavilhando e anotando toda essa literatura oral, renunciando a tudo que uma ambição humana e idiota pudesse coçar a imaginação, pensando reunir e salvar da colaboração deformadora o que será deformado pelo tempo.

Lembre-me aos seus. Um abraço deste seu velho-
Luís da Câmara Cascudo.

Carta datada: "Natal, 22-2-44."; datiloscrito, fita preta; autógrafo a tinta verde; papel branco; 3 folhas; 28,0 x 20,2 cm; rasgamento na borda direita da folha 3.

---

467 "À vontade" (latim).

468 O escritor italiano Giovanni Papini (1881-1956), no último parágrafo de sua prosa autobiográfica *Um homem acabado* (*L'uomo finito*, 1912), "desordenado desabafo em cinquenta capítulos", dirige-se ao leitor: "Apresento-me aos vossos olhos frios com todas as minhas dores, as minhas esperanças e as minhas fraquezas. Não peço piedade, nem indulgência, nem louvores, nem consolações, mas apenas três ou quatro horas da vossa vida. E, se depois de me haverdes ouvido, a despeito de meus propósitos, julgardes que eu seja na verdade um homem acabado, devereis ao menos confessar que estou acabado, porque quis começar muitas coisas e que não sou mais nada, porque quis ser tudo". (São Paulo: Clube do Livro, 1945, p. 207; "Giovanni Papini", apresentação da tradução em português (de autoria não declinada) de Cândido Mota Filho.)

29 de fevereiro de 1944.

Mário velho.

    Gostei da carta. Era desnecessária moralmente. Nós somos do tempo da *Pauliceia desvairada*. Há mais de vinte anos. Anzol entorta para dividir um do outro. Naturalmente não somos padre e sacristão para viver rosnando "amém" quando o outro diz qualquer coisa. Mas o resto é inoperante. Para os Estados Unidos já escrevi seu nome umas 30 vezes em lugar do meu. Perguntam coisas do Folclore Musical, alheio ao geral e sim às características, aos elementos típicos, às constantes, e vou dizendo que você é o Macunaíma de sempre. Anteontem fiz o mesmo para um cara de New York que pedia bibliografia musical.

    Já tinha lido, logo dois, o artigo. Mandaram logo. Um de S. Paulo. No mesmo dia, pelo carimbo do correio. Outro do Rio. Li e escrevi, logo-logo, uma carta para você. Mas a carta não ia. Ia se você escrevesse para mim. Então a conversa tomava jeito e "tensão". Mando aí junta. Veja a data. Quase velha.

    Gostou da *Antologia do folclore brasileiro*?[469] Fiz o mínimo de "efeito" pessoal. Poucas notas. Apenas para tentar o interesse coletivo. A ideia primeira era reunir mortos e vivos. Ficava muito volumoso. Vão os mortos. Lembra-se que lhe pedi seu estudo sobre "Congos"? Era para o tal.[470] O outro seria sobre a Nau catarineta.[471] Se o editor quiser topar a parada, faremos um segundo tomo. Acho perigoso porque os "folcloristas" brasileiros são três ou quatro e os "folcloristas oficiais" são uns quarenta. Dava em briga. Eu não quero brigar. Sou o único a não brigar nem mesmo quando se trata da suprema tentação exibicionista de discutir escolas. Queria que você lesse minha classificação do conto popular

---

469 *Antologia do folclore brasileiro* (São Paulo: Livraria Martins Editora, 1944), obra na qual LCC se propõe a "apresentar os aspectos mais vivos do povo brasileiro através de quatro séculos, numa observação a cada um dos elementos étnicos formadores./ Para essa galeria, foram chamados os [autores] mortos, os precursores, os curiosos, os veteranos do FOLCLORE. Passam eles com suas intuições, suas explicações, aposentadas ou consagradas no Tempo [...]" ("Prefácio", p. 11). No exemplar presente na biblioteca de MA, não há dedicatória ou anotações de leitura.

470 A segunda edição da *Antologia do folclore brasileiro* (São Paulo: Martins, 1956) passará a acolher "Os congos" de MA. Seguindo o projeto editorial, LCC apõe ao estudo uma pequena biobibliografia do amigo: "Mário de Andrade/ 1893-1945/ Mário Raul de Moraes Andrade nasceu em S. Paulo a 9 de outubro de 1893 e faleceu na mesma cidade a 25 de fevereiro de 1945. Professor do Conservatório de Música, trabalhou em várias outras repartições estaduais e federais. Fundou na Prefeitura Municipal de S. Paulo o Departamento de Cultura com a *Revista do Arquivo Municipal*, a Sociedade de Etnografia e Folclore, de inexcedíveis projeções como informação e documentário. Foi o criador e animador do Primeiro Congresso de Língua Nacional Cantada, julho de 1937 (Anais publicados em S. Paulo, 1938). Grande estudioso do Folclore, observador etnográfico insuperável, conhecendo a bibliografia de cada assunto, foi ainda um dos primeiros musicólogos americanos, e sua presença nos estudos do Folclore Brasileiro é diária e sensível. Seus trabalhos ainda não estão totalmente reunidos em volumes. Ver *Revista do Arquivo Municipal*, CVI, 193-196, S. Paulo, 1946./ Bibliografia [...]" (São Paulo: Martins, 1956, p. 584).

471 "A nau catarineta", estudo de folclore de MA na *Revista do Arquivo Municipal*, São Paulo, v. 73, p. 61-76, jan. 1941.

no *Diário de Notícias*.⁴⁷² Como a adotei em dois livros, gostaria de saber o que lhe pareceu. Mandei retrato do Fernando Luís, grande, forte, nadador, boxeur, pescando a cobra encantada na lagoa de Estremoz. Não recebeu? Eu vou ficar abril no Rio de Janeiro. Curso técnico de Defesa Civil. Desde setembro de 1942 estou enrolado nesse serviço, à disposição da Chefia de Polícia aqui. Se coincidisse um voo seu ao Rio era bom. Abração. Seu velho – Cascudo.

CARTA DATADA: "29-2-44."; DATILOSCRITO, FITA PRETA; PAPEL BRANCO, TIMBRADO: "SOCIEDADE BRASILEIRA DE FOLK-LORE"; 1 FOLHA; 27,9 X 21,7 CM; RASGAMENTO NA BORDA ESQUERDA.

---

472 Em 1943, LCC publica dois artigos intitulados "Contos populares do Brasil" no *Diário de Notícias* do Rio de Janeiro, em 14 e 21 de março. (Zila Mamede, *Luís da Câmara Cascudo: 50 anos de vida intelectual*, op. cit., p. 281--282. v. 1. parte 1.)

157 (LCC)

[Rio de Janeiro, ant. 11 de junho de 1944]

Mario amigo.

  Ainda continuo acompanhando minha mulher na Casa de Saúde São José. Eis porque não me foi dado avistar-me com você.
  Peço sua atenção para essa Confraria de Bibliófilos, obra-prima que mobilizou a arte gráfica brasileira.[473]
  Ficarei aqui até 11 ou 14 de junho.
Abraço do
Luís da Câmara Cascudo.

Bilhete sem data; autógrafo a tinta azul; cartão branco; 7,0 x 11,0 cm. Nota de Terceiros: "8.6429/ Margarida J. Milhel".

---

473 Possível alusão à Sociedade dos Cem Bibliófilos do Brasil, idealizada no Rio de Janeiro pelo empresário Raimundo Ottoni de Castro Maia, a qual teve entre os associados, José E. Mindlin, Walter Moreira Salles, Gilberto Chateaubriand, Francisco Matarazzo Sobrinho, Yolanda Penteado Matarazzo, Roberto Marinho. A Sociedade durou de 1944 a 1969, editando 23 obras de autores brasileiros. (V. Vicente Martinez Barrios, *A modernidade do livro de arte brasileiro*: a Sociedade dos Cem Bibliófilos do Brasil na coleção de obras raras da UnB. 17º Encontro Nacional da Associação Nacional de Pesquisadores em Artes Plásticas, Florianópolis, SC. [Disponível em: http://anpap.org.br/2008/artigos/074.pdf]). Mário de Andrade também figurou na listagem dos participantes da confraria, mas só chegou a ter em mãos as *Memórias póstumas de Brás Cubas*, de Machado de Assis, edição ilustrada por Cândido Portinari, em 1944. O exemplar que lhe cabia, contudo, veio defeituoso, resultando na reclamação do escritor, segundo se depreende da carta que recebe da Sociedade em 2 de setembro de 1944.

158 (LCC)

Natal, 12 de junho de 1944.

Macunaíma querido.

Bem desejei avistar você no Rio de Janeiro. Tive dois meses de batalha contra moléstia e sofrimento pela morte de um cunhado e o sogro, internação de minha mulher na Casa de Saúde. Pelo Renato Almeida recebi suas notícias e depois a carta fraternal que muito me alegrou. No hotel conheci um chileno que é professor na Universidade de Berkeley, Torres Rioseco,[474] muito conversador e encantado por você. Gostei muito do Rioseco.

Se você andar pelos lados da rua 15 de Novembro pergunte ao Martins como vai vivendo a *Antologia do folclore brasileiro* que lhe mereceu simpatia. O Martins anunciara provas para fevereiro e estamos em junho sem elas. Uma curiosidade sua seria agradável para mim.

Felizmente encontrei os filhos em paz e minha mulher está passando bem. Com a casa enlutada, vamos tranquilamente, mas ainda cheios de saudade e mágoa. Em 1935 perdi meu Pai quando eu estava no Rio. Agora é a vez da minha mulher. Uma solidariedade bem triste.

Fiz uma linda viagem. Menos de sete horas para os 2400 quilômetros, num voo sereno, por cima das nuvens. Aqui estou. Lembre-me a todos e vá deixando de esquecer o seu velho e certo amº

Cascudo.

CARTA DATADA: "NATAL, 12-6-44."; DATILOSCRITO, FITA PRETA; PAPEL BRANCO; 1 FOLHA; 32,7 × 22,0 CM.

---

474 Arturo Torres-Rioseco (1897-1971), poeta e ensaísta chileno, professor universitário de literatura hispano--americana nos Estados Unidos. Publicou, entre outros livros, *Precursores del Modernismo* (1925) e *Grandes novelistas de América* (1941). No Brasil, divulgou uma coletânea de suas *Poesias*, traduzidas por onze escritores, entre os quais, Manuel Bandeira, Carlos Drummond de Andrade, Cecília Meireles, Murilo Mendes, Oswald de Andrade, Vinícius de Moraes e Mário de Andrade. Segundo Gabriela Mistral, no prefácio ao volume, "Sobre Arturo Torres--Rioseco", datado de "Petrópolis, agosto de 1944", o escritor veio ao país "com um encargo de categoria: o de preparar a coleção de clássicos brasileiros que se publicará em inglês. [...] deu um curso de 'Conferências sobre literatura hispano-americana'. Durante dois meses, professores, escritores e amigos do nosso idioma foram ao Instituto Brasil-Estados Unidos assistir a umas aulas que foram metódicas sem secura, calorosas sem ênfase e vivas do começo ao fim, como criaturas anímicas". (Arturo Torres-Rioseco, *Poesias*. Porto Alegre: Livraria do Globo, 1945, p. 10.)

159 (MA)

São Paulo, 13 de agosto de 1944.

  Cascudete querido. Não tenho mais papel de avião aqui, só este pedacinho, é domingo, e se não escrever agora não sei quando vou escrever, a semana vai ser cheia, tudo tomado. E lhe escrevo porque agora tenho notícias certas a lhe dar sobre a sua *Antologia de folclore* do Martins. Estou, recebi anteontem, com as segundas provas da edição aqui na mesa, porque me prontifiquei a ler e corrigir. Só estas segundas provas entenda, porque não quero me responsabilizar junto de você, pelo que sair. A última edição da minha *Pequena história da música* saiu infecta quanto a desleixo de impressão, fiquei muito aporrinhado.[475] Quero ver se em quinze dias acabo a leitura das suas provas, puxa que livro enorme, quase seiscentas páginas. Mas que trabalhão útil você fez. Só percorri o índice, quando o livro estava ainda em projeto e o Martins me consultou, achei muito bom. Agora vou ver tudo. Transmita à sua mulher o meu sentimento de solidariedade pela morte do pai dela. Fraca como devia estar, decerto foi um golpe fundo. Mas vejo pela sua carta que ela já está se recobrando da operação que sofreu e desejo que tudo volte breve ou já aos eixos. Como vai nosso Fernando Luís, forte e grande, imagino. Que Deus o abençoe e cumule das felicidades dignas, deste mundo. Com o abraço mais amigo e afetuoso pra todos os seus, do
  Mário.

CARTA DATADA: "S.P.-13-VIII-44"; DATILOSCRITO, FITA PRETA; AUTÓGRAFO A TINTA PRETA; PAPEL DE SEDA, 1 FOLHA; 11,6 x 22,0 CM.

---

475 *Pequena história da música* [*Obras completas* de Mário de Andrade, VIII] (São Paulo: Martins, [s.d.]), com dedicatória, no acervo de LCC: "Ao Luís da Câmara Cascudo,/ deste seu amigo certo,/ Mário de Andrade/ S. Paulo, 16/ VI/44". LCC receberá também nesse ano a terceira edição de *Macunaíma* (Primeira das *Obras completas*. São Paulo: Martins), com o oferecimento: "Ao Luís da Câmara Cascudo, / do seu amigo/ Mário de Andrade/ S.Paulo, 19/X/44".

Anexos

O sr. Mário de Andrade

Luís da Câmara Cascudo

A maior originalidade que posso encontrar no escritor brasileiro é o apresentar-se com o aspecto natural de sua inteligência. Aí vai uma palmatorada em Buffon para quem o estilo era o homem. A desculpa está no tempo do verbo ser. Quando um homem escreve no Brasil disfarça-se. Creio mesmo que desaparece. Isto tudo é tentando o efeito moral, o estouro do magnésio indiscreto e fixador de minutos. Vem daí ter-me dito Monteiro Lobato: "– Ainda escrevo um romance que começa assim – Pum! E o bandido caiu!..."

O sr. Mário de Andrade – como os reclames da emulsão de Scott – começou assim, estourando, bufando, grunindo. Nós estávamos habituados ao concerto a quatro mãos. Repertório. *Norma. Trovador.* Nas salas ricas. *Aída. Boemia.* Gente fidalga. *Rapsódias* de Liszt (somente a segunda) e Chopin (as valsas, em fabordão).

O sr. Mário de Andrade arranjou-se e conseguiu entrar no Teatro onde todo o talento se acoitara madorrando. Aí chegado, pediu e fez encenar algo de si mesmo. A orquestra rompeu a sinfonia. Ou outra coisa. Era Lohengrin. E vem Lohengrin com as armas brancas e a voz máscula de guerreiro cristão. Na indolência do azul pincela de branco o cisne lento. Há um estrado e nele o sr. Mário de Andrade explicando a gênese do drama. De repente, duas pancadas, e a orquestra "sapeca":

– *Maribondo amarelo mordeu*
– *Na capela do ôio, não doeu!...*

E o autor falava neste minuto nos poetas Apollinaire e Gregh.

Toda essa estapafúrdia coisa significa o arrojo deste singular temperamento de artista e criador. A sua coragem cifra-se em apresentar-se como é, sem máscara, e dispensando o amável auxílio das citações. De linha em linha voa o pensamento. Paralelo as imagens sobem. Sistema Blaise Cendrars. E a ideia para ser escrita basta ser pensada. Sistema Paul Fort. Tal é o sr. Mário de Andrade.

Mais dois defeitos. Ri e anda depressa. O Brasil desmente Rabelais e H. Castriciano. "Com quatro séculos o brasileiro só aprendeu a sofrer e assobiar." Disse o último. Erro. Desaprendeu a derradeira virtude. Podia citar Plutarco sobre a flauta, mas dispenso-me.

A verdadeira expressão de talento é a seriedade. É um homem sério. Está vitorioso. Vive rindo. Não leva nada a sério. Está perdido. No Brasil Gwynplaine não chegaria a bacharel.

Andar depressa é outro crime. O talento está na razão inversa da velocidade na marcha. Homem pausado, vagaroso, arriscando o pé na remorada majestade das procissões é o vencedor. Terá o prêmio e as batatas.

O sr. Mário de Andrade é o homem-busca-pé, o foguete, o ele mesmo. Todos nós somos (desde o exmo. sr. Visconde de Porto Seguro) os outros. A imitação vem dos clássicos gregos (não citarei [Reincho] e o Coelho Neto) Egito (idem Maspero) Roma (ele Acd. de Let) até os romances franceses. Nunca, francamente, copiamos, caricaturamos. Os mestres não são Gros ou Manet. Guerras ou audácia. Daumier, Gavarni, Callot, Forain? Jamais. Caran d'Ache, este sim.

Saindo (ou chegando?) para o regionalismo o Sertão desconhecerá o retrato. Exemplo: o sr. Catulo da Paixão Carioca. O primeiro vaqueiro a quem se receitar algo do extraordinário vate, abrirá o queixo até o umbigo.

A excelência do sr. Catulo está em retratar em lâmina Zeiss a caatinga, o entrefecha umbroso dos marmeleiros. Retrata através duma lente. Aumenta e disforma. O sr. Mário de Andrade não aumenta o que vê – fixa. O principal erro do meu pretexto é a crítica vendo o objeto. Com este ambiente de hipérbole as coisas são multiplicadas pela imaginação. O crítico vem e olha. Vai apagando os traços e pondo outros que, segundo ele, ficam melhor. Imaginação x objeto = criação. Crítico = criação – imaginação. Sr. Mário de Andrade x imaginação x audácia = criação x objeto. Tal é o sr. Mário de Andrade.

Agora sua estética. Estética é um lindo nome. Às vezes substitui o pensamento. "Habeas-[corpos]" – para citar Hugo – às vezes a boa memória é tida como inteligência. O sr. Mário de Andrade tem as duas coisas.

Sopremos sobre este pó erudito. A verdade é simples por não ser definida. Para o espírito ágil e a extrema capacidade criadora deste Paulista (com P maiúsculo por causa do sr. Oliveira Viana) a Arte é naturalidade consciente, grafação espontânea dum temperamento através duma sensibilidade. Não é de Zola este período.

Depois das lutas descobriu Malazarte. Malazarte filósofo à Graça Aranha. Malazarte folião a Nordeste brasileiro pede ainda o complemento de Sancho Pança, não o de D. Quixote mas o de Unamuno. Com este companheiro completou-se.

Aí dá-se o inverso. Malazarte é otimista, quase cético e sempre inoportuno como todo conselheiro. Mas alastra o excessivo voo do estilo e de frase. Devíamos ter um stock de Malazartes pendurados aos pés de tantos Ícaros de remígios teimosos sobre mares secos. O seu Malazarte faz viver homens no Teatro de seu Trabalho. Maeterlinck, segundo Papini, é o destro manejador de marionetes metafísicas. Aí está um bolo em Maeterlinck.

O sr. Mário de Andrade deve ser de raros comentadores. O homem espelho para o homem é quase um engano de Carlyle. Nada mais afugenta como um homem. Pelo menos a ideia do homem. Às vezes atrai pelo extremo encanto sugestivo da originalidade e talento.

Tal é o sr. Mário de Andrade.

A IMPRENSA, NATAL, 11 JUN. 1924. [ARQUIVO MÁRIO DE ANDRADE, IEB-USP]

O que eu diria ao sr. Graça Aranha

Luís da Câmara Cascudo

Suponha que o sr. Graça Aranha perguntasse a minha opinião. Não perguntaria. Mas, enfim, suponhamos que o fizesse. Eu, fingindo não o ver, ia dizendo por aqui assim:

Este movimento de arte moderna no Brasil é simplesmente admirável. Pregam tudo e nada explicam. Não há um só trabalho demonstrando a viabilidade artística desse credo. Se alguém, como eu pretende conhecê-lo, foi à custa de muito livro francês e muita tolice italiana.

Entretanto o problema artístico, quero dizer literário, é complicado. Estão cindidos os admiradores da Beleza Nova. Os modernos e os Futuristas. Curioso que não os divida o senso do nosso Brasil (ou pau-Brasil?). Há um grupo dos novos-metros em versos; o outro grupo quer o verso liberto da cesura. Agora é a série das questões. Questão da rima. Questão da *constant rythmique*. Questão do código Vidrak. Questão do elemento podálico. Isso somente em poesia. Em prosa é Marinetti (que já morreu, absolutamente) querendo a revogação dos pontos e vírgulas. É o tema-núcleo-gerador-único. Em música é uma verdadeira academia. Escola Stravinsky de um lado e Poulenc, do outro. Substituamos Stravinsky por Villa-Lobos (incontestavelmente mais natural e coerente). Em escultura é o caso-motivo. O artista deve esculpir o "motivo". *Tout court*. Podre de chic! Em pintura? Francamente aí pingamos ponto. É mais fácil enquadrar um frade erudito, bisbilhoteiro diplomata e finíssimo num fradalhão lascivo e brutal de Gil Vicente, que descobrir o expressionismo pictorial dos modernos, quanto ao tema. O tema é o excitante. Somente. O homem vê um rio e pinta um rato. Está direito. Agora mesmo li um elogio da poesia moderna. O autor que é escandalosamente culto (o sr. Émile Malespine) intitulou-o: Poesia sem lógica, linguagem do inconsciente. E notem, Malespine é ultraviolentamente moderno.

Convenhamos que as ideias associadas de Blaise Cendrars e a prosa rítmica de Gustave Kahn não podem constituir moldes para mim, brasileiro, impulsivo, desigual, romântico, com o sangue cheio de pimenta, de azeite de dendê, de sambas, de choros, de iaiá. O primeiro dever de uma literatura é ter a sua característica. É o nariz. Um país com a literatura tal qual deseja o sr. Graça Aranha é um país incolor. Um país-maria-vai-te-com-as-outras.

Reformas? Em quê? A criação seja espontânea. Fora o mestre literário! Fora o dogma estético. Morra a igrejinha. Abaixo o sino campanudo dos adjetivos álacres. E só, meus amigos. Cair sem pontuação é um desfrute. Um período sem ponto final é um rosto sem olhos.

O modernismo, o verdadeiro como eu tenho feito, é ser independente. Nunca achei um livro bem escrito porque Rui Barbosa achava. Nunca encontrei graça nos lábios convencionalmente alegres.

Acho Paul Fort detestável. Gustave Kahn, um *blagueur* e o sr. Graça Aranha, outro. Blaise Cendrars, Cocteau, [Viété] Guffin, Fernando Gregh, gente de muito espírito, muito espírito mesmo e maior coragem.

Tenha paciência. Não visto roupa feita comprada em Paris porque um cabotino chamado Randall usou. Livro que valha a pena ler é Barbusse, é Latzsko, é Rolland. É Mauclair. É Maurras. Para ler. Para seguir, seguimos nós mesmos. Só o escritor fiel a si mesmo vence. Exemplo:

– A Rússia. Outro exemplo: a França. Um contraexemplo: o Brasil.

Os dois maiores vencedores literários no Brasil foram Catulo da Paixão e Monteiro Lobato.

Desconfio que Paris ainda não *lançou* o modelo por onde saíram Jeca Tatu e Brás Macacão.

Qualquer página é eterna quando traz em si mesmo a vitalidade da criação. Daqui a cinco séculos não há quem saiba onde ficava a redação de *Klaxon*, mas olharão num carinho que somente a arte haloa de pureza, a arribana de madeira onde Euclides da Cunha talhou em bronze algumas cenas explosivas.

Talento não precisa escola. *Homem e a morte* ou *Juca Mulato* viverão. Há neles o sopro duma ideia nova, forte, sadiamente humana e sonora. Tragédia cerebral ou amor de matuto. Qualquer. Eu sou talentista. Teve talento? És um admirado. És cretino? Vai para o inferno com o teu Paris, Europa, França e Bahia.

Em Graça Aranha vive *Canaã*. É o livro mais vendido. *Malazarte* merece um saco de estopa e um pulo no Amazonas.

A *Correspondência* é linda. O prefácio é uma das mais formosas coisas que tenho lido. A *Estética da vida* não entendi tudo. A conferência na Academia lembra a música de Glauco Velasquez – é maravilhosa, pena é que não seja música.

Se eu pudesse aconselhar era isto que diria: Sejam vocês mesmos! Não usem o fraque de Cocteau, a cartola de Kahn e as luvas de Cendrars para que o dito Cendrars, o dito Kahn, o dito Cocteau, não digam de Paris: Vá lá, vistam, usem, isto é nosso.

Não. Francamente, antes a tanga, a moreninha, o moço loiro, Casemiro, e um bombo. Um grande bombo para rir das nossas atitudes de...

E tenho dito!

NOTA:
Isto eu diria se tivesse coragem.
Não tenho. Não digo.[1]

Recorte sem indicação de local e data de publicação. [Arquivo Mário de Andrade, IEB-USP]

---

1 Segundo Humberto Hermenegildo de Araújo, o artigo foi publicado em *A Imprensa*, Natal, 24 ago. 1924. V. *Modernismo anos 20 no Rio Grande do Norte* (Natal: Editora da UFRN, 1995, p. 111).

Atos dos modernos

L. da C. C. [Luís da Câmara Cascudo]

Capítulo I

1 –   O chamado Luís da Câmara Cascudo, que não é nome de lugar, apresentou ao Povo o escriba Jorge Fernandes, homem sabedor e mui reto nas coisas do espírito, dizendo: Ele é Moderno!
2 –   E o Povo não compreendeu o que era Moderno, como nunca soubera o que era Antigo senão no sentido da idade.
3 –   A cidade continuou a sua vida cheia de coisa alguma e os homens o caminho costumado.
4 –   Havia um cenáculo de moços muito amigo das suas posses.
5 –   E as posses era espuma, areia, vento, poeira, um pedaço da Lua e duas cordas de violão – assim se chamava um instrumento de soar sem plectro.
6 –   E esses moços tiveram a ira dentro do coração e bramaram: Nós somos velhos!
7 –   E não desenrolaram o livro da lei para nele saber se a verdade estava com eles.
8 –   E como muitos escribas se disseram Modernos e pouco menos valiam que os Antigos.
9 –   Os moços julgaram o joio pelo trigo e sem perguntar e perquirir a razão das coisas como elas se passam, afirmaram: Levai para longe essa ideia. Ela é filha da Loucura e da Imbecilidade.
10 –   E de loucura e de imbecilidade estava recheado o cenáculo dos moços e dos velhos ciosos de suas posses.
11 –   Um homem de nome Otoniel, da nobre estirpe dos Menezes, recebeu a Fé, e entrou fazendo maravilhas.
12 –   Os de Natal, Jaime Wanderley, de progrênie antiga e boa, Luís Torres, que é pequenino de talhe e alargado de mente, Lopes Júnior e um moço que era doutor em unguentos miraculosos, e mais gentes esforçadas e sadias de inteligência.
13 –   Declararam na sinagoga, nas primeiras páginas: Somos a coragem e a alegria da ideia entre nós.
14 –   E houve confusão e pavor na cidade dos escribas velhos-moços e vice--versa.
15 –   E a guerra estalou, porque outras criaturas de olhos lavados pelo espírito criador resolveram romper com a sinagoga pesada e asfixiante e seguir à sombra das bandeiras novas e agitadas por um sopro de liberdade.

16 – E as armas foram escolhidas a esmo. Os bons combatem com floretes de copo rendilhado e ferem dizendo palavras de carinho. Estes são os que beberam chá quando eram meninos.
17 – Os outros agitam tacapes e uivam palavras de raiva. Esses já possuem o retrato neles mesmos.
18 – E descobriram que as armas pesadas são péssimas e são feitas de papelão.
19 – Os primeiros mártires da Ideia anseiam pela maior glória na luta. E folgam lendo uns hieróglifos pintados contra eles.
20 – Aqueles que são conscientes e sabem ter livros vários de homens diferentes e fazem a guerra contra, não esquecem a necessidade de respeitar a criação alheia, especialmente sincera.
21 – Porque ninguém jurou usar a mesma brida e a História conta a mesma sucessão de combate às primeiras ideias.
22 – Desde os Clássicos aos Românticos. Daí aos Naturalistas, Simbolistas e mais gêneros e rótulos diversos.
23 – E por mais que se diga: Em toda a parte há talento escrevendo e jumento pensando e às vezes é o inverso.
24 – Não acreditam e acusam o escriba Luís da Câmara Cascudo de ter pervertido e envenenado a fonte arquipuríssima onde se dessedentara um bardo Segundo. Wanderley era o nome da família.
25 – E o chamado Luís da Câmara Cascudo aceita a responsabilidade que o orgulha e avisa, a inteira independência dos Modernos, que é assim o nome dado, embora não seja verídico.
26 – E cita o versículo 17 do primeiro capítulo dos Atos dos Apóstolos que também foram modernos em Jerusalém, e sofreram a "crítica" de gente muito sábia, arguta e circunspecta: – *Irmãos, eu sei o que fizestes por ignorância, como também os vossos príncipes.*

Amém

Letras Novas, n. 4-5, Natal, out.-nov. 1925. [Acervo Bibliográfico Mário de Andrade, IEB-USP]

Álvares de Azevedo e os charutos

Luís da Câmara Cascudo

Álvares de Azevedo não teve tempo de ser monótono nos seus duzentos e quarenta e sete meses de vida. Fez uma boêmia respeitosíssima. No mais era um dândi sereno, cantando serenatas e recitando versos nas festas de aniversário. Nascendo no ano da abdicação e morrendo em 1852 conseguiu realizar tanto que não explico a utilidade de certos macróbios literários.

Um seu hábito ficou-me na lembrança. Gostava de fumar. Morrendo moço devia ter agradado aos deuses segundo a frase. Mas é mentira. Não atino pelo agrado divino para César Bórgia e aquele Guido Bardi que Wilde assassinou numa tragédia.

Mas o fumo para Álvares de Azevedo, se contarmos bem os seus temas, é o maior. Não vou citar aqui as páginas de George Sand, Santo Tirso, o cachimbo de Mark Twain, de Maupassant, de Baudelaire, o cigarro de Barrès, de Anatole, de Faguet, de Prévost, que estariam livres do inferno se fosse pecado não fumar. O século XIX era o tempo dos grandes fumantes. No Brasil só não fumava o sr. dom Pedro II. Uns menos e outros mais. O Visconde de Sinimbu fumava um charuto por dia e Paula Nei uns trinta, se a tanto chegasse a paciência de quem os fornecesse. José do Patrocínio até Alcino Guanabara, Bilac e Raimundo Correia, mestre Tobias Barreto, o poeta Castro Alves, Sílvio Romero, toda gente fumava. A iconografia literária portuguesa trazia o cigarro tuberculoso de Eça de Queirós junto à chaminé do Ramalho Ortigão. E para hoje nós sabemos do cachimbo de Einstein, do charuto de Bernardo Shaw, camelot de Satanás, o hábito de Jorge V, do Papa Pio XI, do rei Alberto.

Álvares de Azevedo fumou e soube cantar os charutos. Não o chamo poeta deles para não imobilizá-lo na lista lúgubre do cisne de Recanati, águia de Haia e mais partes.

No "Poema do frade", canto terceiro, há o elogio clangorado e sincero:

"E no meio do mundo prostituto
Só amores guardei ao meu charuto."

A estrofe IX:

"E que viva o fumar que preludia
As visões da cabeça perfumada!
E que viva o charuto regalia!
Viva a trêmula nuvem azulada,
Onde s'embala a virgem vaporosa!
Viva a fumaça lânguida e cheirosa."

Das estrofes IX a XIII o diapasão é o mesmo:

"Oh! meu Deus! como é belo entre a fumaça
No delicioso véu que as anuvia
Ver as formas lascivas da donzela
Entre o véu transparente que esvoaça,
Nadando nesse vaporoso dia
Bailando nua, voluptuosa e bela.

....

E quando aos lábios o charuto finda
E a lânguida visão num beijo passa
E o perfume os cabelos nos repassa,
Como é belo no azul da nuvem linda
Entre vapores madornar... e ainda
A vida renascer noutra fumaça!...."

Aqui está o direito natural do tabagismo. É o verso XVII:

"E o amor muitas vezes aos lábios mente:
Tem cores de maçã e é dentro infecta.
E cinzas nos lábios deixa-nos somente!
Além o seio, o coração corrupto
Que desmentem o sonho do poeta
Só tu não mentes não, ó meu charuto!"

Verlaine ou Baudelaire elogiar o cachimbo não se perdoa. Tiveram eles vícios insubstituíveis e requintados. Perdoa-se a Daudet. Este é que tinha o seu moinho, o sol da Provença e o direito de nodoar o céu claro com fumo. Demais o cachimbo lhe fora dado por Flaubert. A única coisa que eu não usaria presenteada por Flaubert seria uma forca. O cachimbo de Flaubert inda fora comprado por Gautier.

Nas "Ideias íntimas" Álvares de Azevedo lembra Cesário Verde sem as rimas e as pinceladas flamengas nos cais lisboetas. Diga-se de passagem que Cesário Verde fumava. Ia aos três maços de cigarros diários quando estava entediado:

"Eu hoje estou cruel, frenético, exigente,
Nem posso tolerar os livros mais bizarros.
Incrível! Já fumei três maços de cigarros
Consecutivamente."

Álvares de Azevedo narra, sereno e fiel:

"Dei-me agora ao charuto em corpo e alma.
Debalde ali dum canto um beijo implora

> Como a beleza que o Sultão despreza
> Meu cachimbo alemão abandonado."

Fecho os olhos para ver melhor o fim daquela tarde paulista. Há no céu fulvo e negro brusquidões de relâmpago e as grandes manchas da treva sinuosa. Naquele quarto de estudante, longe de mim e dos outros de agora, inicia-se a ameaça dum trabalho noturno:

> "Eu me esquecia...
> Faz-se noite: Traz fogo e dois charutos
> E na mesa do estudo acende a lâmpada."

E quase vejo aquela fina cabeça de homem moço, curvada numa curiosidade para o livro aberto. Que livro? Lobão ou Byron? Perto a luz ensopa de oiro claro o aposento e sobe no ar o fio espiralado da fumaça.

Em "Spleen e charutos" Álvares de Azevedo compara a leviandade da "criatura vaporosa"

> "À leve fumaça de um charuto..."

Raramente o poeta menino adota a divisa do Dom Juan que ele tanto cita, "drink and love". Quase sempre dispensa o vinho e o substitui pelo fumo.

Na conversa embriagada que inicia a *Noite na taverna*, quando um dos convivas quer o "fichtismo na embriaguez" e beber à imaterialidade dela, outro o consola porque se o "vinho acabou-se nos copos, o fumo ondula ainda nos cachimbos" e mudando o brinde, numa mistura impressionante, digna dum Rimbaud, bebe ao "fumo das Antilhas, à imortalidade da alma!"

É no fumo que encontra a sua delícia, não no vinho:

> "Eu durmo e vivo ao sol como um cigano,
> Fumando meu cigarro vaporoso
> Nas noites de verão namoro estrelas
> Sou pobre, sou mendigo, sou ditoso!"

E era mentira. O mendigo tinha casa, candeeiro e livros. Quando não o vitimava o "pesadelo clássico do estudo", abria um dos favoritos, Dante, Byron, Shakespeare e a Bíblia. O charuto acalmava-o e estimulava-o. Huxley dizia que não fumava por ter fumado muito, método inaplicável aos grandes pecadores. Para Álvares de Azevedo, num confronto de vícios amáveis, nenhum vale o charuto:

> "Um mancebo no jogo se descora.
> Outro, bêbado, passa noite e dia,
> Um tolo pela valsa viveria,
> Um passeia a cavalo, outro namora.

Um outro que uma sina má devora,
Faz das vidas alheias zombaria,
Outro toma rapé, um outro espia...
Quantos moços perdidos vejo agora!...

Oh! não proibam, pois, no meu retiro
Do pensamento ao merencório luto
A fumaça gentil por que suspiro,

Numa fumaça a canto d'alma escuto,
Um aroma balsâmico respiro,
Oh! deixai-me fumar o meu charuto!..."

Aqui está, sem tirar nem pôr, o elogio do charuto. Faltava este para a coleção dos singulares. Horácio fez o elogio da mediocridade, Maeterlinck, das abelhas, Virgílio, do mosquito, Ovídio, da palmeira, Favônio, da febre, Sinésios, da calvície, Luciano de Samósata, da mosca, Tobias Barreto, do peru. Álvares de Azevedo bem podia elogiar os charutos. De mais ele possuiu a experiência do uso e a memória do vício. E a própria Sabedoria, ensina o grave Afranius, lido em Aulo Gélio, é filha da Experiência e da Memória. Em "tersa rima" o poeta se decide pelo charuto, depois de emparelhá-lo ao cigarro e cachimbo:

"É belo dentre a cinza ver ardendo
Nas mãos do fumador um bom cigarro
Sentir o fumo em névoas rescendendo...

Do cachimbo alemão no louro barro
Ver a chama vermelha estremecendo,
E até... perdoem-me... respirar-lhe o sarro!

Porém o que há mais doce nesta vida,
O que das mágoas desvanece o luto
E dá som a uma alma empobrecida,
Palavra d'honra, és tu, ó meu charuto!"

Não preciso caracterizar mais. E pensar-se que Álvares de Azevedo fumava o "regalia"... Charuto barato. Se a inspiração fosse proporcional ao tema, que não escreveria ele fumando os charutos do senhor duque de Caxias, charutos que custavam dois mil réis, no tempo em que vintém era dinheiro?...

[Acervo Bibliográfico Mário de Andrade, IEB-USP].

Mário de Andrade

Luís da Câmara Cascudo

O primeiro livro de Mário, *Há uma gota de sangue em cada poema*, é de 1917 e constitui raridade bibliográfica. Livro dos 24 anos. Poesia romântica sobre a guerra de 14. A guerra não, mas o resultado espiritual da guerra. Era o que ele me dizia ser o *comecinho pobre*. E nem assinou. Deu um Mário Sobral em vez do nome.

Pauliceia desvairada é de 1922, escrito de dezembro a dezembro de 1920-21. Nós estamos longe. Ninguém se lembra mais da Semana de Arte Moderna, da *Klaxon*, do furor literário paulista, da repercussão. Também não se disse que *Pauliceia* foi verdadeiramente o índice de todas as atividades e o prefácio virou dogma sistematizador do movimento. Até o comparavam ao de *Cromwell*. Havia muita ingenuidade naquele desvairismo mas o autor mergulhou, brusco, numa livrarada cotejadora. *Pauliceia desvairada* tivera o condão inicial de desarticular a armadura poética e andava identificando peça a peça, mostrando procedência e preço pela tarifa alfandegária. Aquilo que reinava em Rio-S.Paulo era soldo de ano dos armazéns franceses. *Pauliceia* foi uma reação de bom-senso sem pensar que o possuísse.

A escrava que não é Isaura apareceu em 1925 e é a *Pauliceia desvairada* sem a função poética. É o prefácio virado discurso sobre algumas tendências da poesia modernista. Apesar de publicado em 1925 o ensaio é do ano anterior. Saiu logo em janeiro de 1925, inaugurando a era-de-ver para os modernistas. *A escrava* era a Poesia e Mário alinhava a classificação de suas algemas e fórmulas de libertação. Era a substituição da ordem intelectual pela ordem subconsciente, o pan-psiquismo poético, a preconização da rapidez, da síntese, a ideia kodak, o real-expressivo antes do ideal-bonito. Para muitos o *Escrava* era uma inversão demoníaca de todos os venerandos valores poéticos desde Horácio até Bilac. Mário resistiu, sozinho, ao embate porque a *Escrava*, muito gabada, foi pouco entendida. Recordo-me da surpresa dos argentinos quando lhes mandei o livro. Não havia em parte alguma do mundo trabalho semelhante. Era a mais completa de todas as análises da poesia modernista. As tendências, as influências, as opiniões, a dispersão reacionária do movimento que, atacando as escolas, ia fundando uma, tiveram uma palavra de justa e segura compreensão crítica e divulgadora. Havia, naturalmente, deformação inconsciente porque Mário refletia leituras estrangeiras e acomodava-as a si mesmo. Obrigava pernas e braços a tomarem a extensão de sua mentalidade. O ensaio, até hoje, senhores doutores, não encontrou parecença com outro.

Foi em 1926, na *Manhã*, do Rio, a 12 de janeiro, que Mário endereçou a desnorteadora "Carta aberta a Graça Aranha", explicando a discordância entre os dois e fixando a imposição de personalidade pretendida pelo primeiro. Foi outro tempo quente. Graça Aranha, sedutor e envolvente, estava, convencido, possivelmente sem sentir a própria convicção mas enrolado nela, que tinha um papel orientador de suprema importância especialmente para os paulistas, prolatores do modernismo.

Em fevereiro de 1926 sacode o *Losango cáqui*, poeminhas batidos quatro anos antes e ajeitados posteriormente. Vem o "Alto", a "Toada da esquina", a "Parada", fotos do voluntariado militar. É o cabo Machado bandeira-do-Brasil. Neste momento Mário conseguiu um *puzzle* que o orgulhou vários meses. É o "Flamingo", associação de ideias por constelação. A crítica não deu pela brida. Nem olhou o Flamingo.

1926 ainda deu o *Primeiro andar*, contos daqui e d'além. Era no fim do ano e Mário estudava o alemão, lia Freud e trabalhava num romance de exame e cirurgia ao vienense. *Primeiro andar* reúne contos de orientações díspares e opostas. Mário andou sempre em cima ou abaixo do nível. Nunca direitinho nele. Basta ler "Conto do Natal", "Galo que não cantou" e a "História sem data", que ele disse ter sido plagiado do "Avatar" de Théophile Gautier mas, avisado depois do crime, achava o plágio melhor que o original e deixava.

Amar, verbo intransitivo é de 1927. Mário escreveu-o de 1923 a 1924. O romance maciço e compacto assustou muita gente. Foi o mais ignorado dos livros. Um crítico, e dos maiores, disse que aquilo era o elogio de Freud quando parece justamente o inverso. Aplicou-se o método para a educação sexual, somando os resultados e contraproducências que não compensavam a fama. Deste *Amar, verbo intransitivo*, há uma adaptação para o americano com o título de *Fräulein*, por Margaret Richardson Hollingsworth.

No morrer de 1927, Mário publicou *Clã do jabuti*. Roquette Pinto dera-lhe o gosto pela indiaria e o poeta da *Pauliceia*, o romancista alemão do *Amar*, voltou a ler etnólogos, especialmente o claro Koch-Grünberg, no *Vom Roraima zum Orinoco* e *Unter den Naturvolkern Zentral-Brasiliens*, e mesmo os anteriores, von den Steinen, Ehrenreich, Schmidt, Krause, Kanike, posteriores, o padre Colbacchini, o conde de Stradelli. Das aparas de impressão ia ficando muito material aproveitado. *Clã do jabuti* é a explicação de livros sucessivos e antevisão do folclore intelectual de Mário de Andrade. A "Toada do Pai do Mato" é dos índios Parecis e, em Roquette Pinto Mário encontrou, para sentir e popularizar, o "Nozan ná" (fonograma n. 14.597), assim como o episódio da índia camalalô com o Pai do Mato que ela julga ser um ariti. Está a estória do piá que foi para o céu levado por uma andorinha, tema recolhido por Koch-Grünberg. Para não perder as reminiscências modernistas (!) é que Mário juntou ao lado dos "Dois poemas acreanos", de todo o delicioso "Ritmo sincopado", o "Carnaval carioca", sem mais atuação literária, e o "Noturno de Belo Horizonte", o melhor poema como construção espiritual. *Clã do jabuti* pode merecer a frase de Waldo Frank *has reached a goal. A goal is an end. An end can be also a beginning.*

Mário fizera o Norte, numa bandeira que dona Olívia Guedes Penteado dirigia com a magia de sua presença senhorial. Andaram pelo Pará e Amazonas, subiram o rio Madeira até Iquitos. Mário remou no lago Ariri, comeu frutas ásperas e doces, bebeu açaí, conversou no Ver-o-Peso e voltou com um chapéu de palha branco e alarmador. Falou que publicaria um Manual de Viajante Aprendiz, nome lindo mas deu o *Clã do jabuti. An end can be also a beginning*.

Macunaíma é a soma de todos esses fatores. É de meados de 1928 e foi um livro feliz. O Koch-Grünberg não suspeitaria que o herói sem nenhum caráter nasceria do mais característico dos entes tradicionais. Também vivem milhares de recordações pessoais, episódios, anedotas, toponímia rara, o Bom Jardim onde ele ouviu o bumba-meu-boi, conversas com o cantador Chico Antônio, feitiços, pastoris e lapinhas, tudo quanto registrou em dezembro de 1927 e janeiro de 1928 em sua viagem a Natal-Paraíba-Recife.

Macunaíma foi "explicado" de maneiras inúmeras e nenhuma justificável. *Macunaíma* não tem a menor explicação. É um desabafo, uma variação de mil temas, o assunto que nuclearia todas as opiniões, ironias e paradoxos. Mário teve o maior trabalho deste mundo em fazer a confusão geográfica do *Macunaíma* e costurar as estórias gaúchas com as acreanas, as paulistas de Sorocaba com as norte-rio-grandenses de Caicó. Bateu, misturou e serviu. O erudito ficou um horror de tempo procurando identificar os tacos de onde Mário erguera o livro esplêndido.

Do mesmo 1928 é o *Ensaio sobre música brasileira* que não viveria sem a jornada ao Norte. A documentação melódica, em sua proporção maior, sai do Norte e aqui Mário sambou os melhores sambas e gritou entusiasmado nos melhores cocos. É o primeiro ensaio sobre a Música Brasileira feito por quem sabe música e recolhe material por mão própria. A documentária impressa é insignificante porque o *Ensaio sobre música brasileira* é uma revelação de riqueza folclórica. Infinitamente menor que a fantasmagoria rutilante do futuro *Na pancada do ganzá*.

O *Compêndio de história da música* (1929) e sua segunda edição (1933, com discoteca) tem contra si apenas o vocabulário e a sintaxe brasileira do autor. Mesmo atenuada na segunda edição, os graves professores franzem o bico com as irreverências à sisuda gramática de Eduardo Carlos Pereira. Pela primeira vez alguém escreve uma História absolutamente pessoal, estridentemente livre, com uma capacidade de análise e um poder de síntese que o velho Lavignac desconheceu irremediavelmente. Certos capítulos, classicismo romântico, conceito do classicismo, o gregoriano, Brahms, Wagner, os *leaders*, a crítica de Carlos Gomes, são magistrais de nitidez e serenidade. Não há rasto de influência nem traço de esquema erudito. A *História da música* é tão positivamente de Mário como o *Clã do jabuti*. Ele só copiou os nomes próprios e as datas.

Modinhas imperiais (1930) pertencem ao ciclo do folclorismo brasileiro, numa decantação cuidada e pura que honraria um ambiente menos rarefeito que o nosso. O prefácio e as notas dispensam uma bibliografia na espécie.

Remate de Males é do mesmo 1930. É uma recordação da viagem romântica ao Norte e o título já testifica a lembrança persistente da saudade onomástica. Serve para um diagrama de percurso. Ali estão as "Danças", de 1924, e os "Poemas da Amiga", de 1930.

Belazarte (1934), batizado de contos, são trabalhos pensados para a *América Brasileira*, de Elísio de Carvalho, publicados como crônicas em jornais e revistas. O mais novo é de 1929. *Belazarte* é um sonho teimoso que Mário pôde realizar. A unidade mental não foi mantida nem seria possível com a vida dispersa que o autor é obrigado a ter. Os trabalhos de demora, o *Ensaio da música brasileira*, a *História*, *Amar, verbo intransitivo*, o *Macunaíma*, o breve *Na pancada do ganzá*, o mais completo livro de folclore musical que o Brasil terá, não podiam passar sem a literatura lateral, espalhada nos periódicos e reunidas no *Primeiro andar*, *Belazarte* etc.

Seu mais recente trabalho é *Música, doce música*, 1934, coleção de crônicas sobre assuntos musicais, publicados no *Diário Nacional*, em São Paulo. Lembrando os saudosos conceitos do passado, registro: o *Música, doce música* é indispensável na livraria de qualquer músico e de qualquer que suspeite gostar de música. A crítica ao Gregoriano, a reação contra Wagner, com a magnífica exposição do caso Brahms, a influência portuguesa nas danças de roda, talvez a mais forte das influências (tema que Mário mandara para um estudo na exposição de Praga), merecem uma leitura mais segura, assim como as divulgações da música e vida do padre José Maurício, Ernesto Nazareth. Tupinambá, a *Sonatina* de Lourenço Fernandes, as canções do pobre Gallet e o maravilhoso retrato de Germaninha. A "Música de pancadaria" é ultrajusta.

Mário de Andrade andou pelo Nordeste catando temas melódicos de folclores. Passou vinte dias comigo e juntos fizemos, com Antônio Bento de Araújo Lima, Conde do Bom Jardim, uma sensacional viagem de retorno pelo Rio Grande do Norte e Paraíba, em plena seca, desde as salinas de Macau até os taboleiros cinzentos do Catolé do Rocha. Mário anotou tudo, cantigas de cegos, ritmos de marcha, paisagem, tipos, versos, cantoria. Em Natal estudou os autos populares, ouviu o Boi e os Pastoris, chupou caju, assistiu à Chegança e fechou o corpo, num catimbó do Alecrim, com mestre Germano que é protegido por Xaramundi e as Três Meninas da Saia Verde sob cuja égide Mário pôde atravessar todas as águas correntes e paradas, frias e ardentes, arma de fogo não acerta, cachorro perde o faro, faca amolga e guarda-civil fica zarolho para não o enxergar. De tanto andar atrás de Bumba-meu-boi e zambês, pegou um apelido de *Doutor do Boi*, e, nas ruas, os homens do povo apontavam-no sorridentes: *"Aquele é o doutor que veio de São Paulo estudá o Boi..."* E era mesmo. Em Paraíba, e, antes do Bom Jardim, feudo de Antônio Bento, ouviu Chico Antônio cantar o Boi Tungão, as emboladas de ganzá, um desespero de novidade rítmica, um encanto de desenho melódico simples e de inesquecíveis efeitos. Levou para S. Paulo receitas de bolos e orações fortes, alguns quilos de versos, uma coleção de gaitas usadas nos Caboclinhos e creio que um zabumba dum maracatu pernambucano, desses de estourar ouvidos.

Todo este material infinito está sendo inteligentemente aproveitado. A inteligência vai ao par do ciúme com que ele comunica o avanço da empresa. *Na pancada do ganzá* nós teremos uma surpresa para os estudiosos da música brasileira. Vamos ver o contato do brasileiro com os mais distantes povos. Uma frase inteira da *Marselhesa* está nos Congos e a entrada do Boi é inteirinha uma música eslava.

No meio de tudo isto correm anedotas que eu não quero contar. Esse homem dos sete instrumentos, aparentemente desorganizado, é o mais técnico, cauto, disciplinado dos brasileiros. Amigo de dossiê, de livro de nota, de apontamento em caderno próprio, com índice remissivo, catalogando o que lê para achar quando quiser.

Tzara diz que a ausência do método é um método e muito mais simpático. Mário tem o melhor dos métodos, o método da inteligência e da sensibilidade.

Boletim de Ariel, ano III, n. 9, p. 233-235, jun. 1934. [Arquivo Mário de Andrade, IEB-USP].

Desafio africano

Luís da Câmara Cascudo

O prof. Roger Bastide, da Universidade de S. Paulo, publicou em livro alguns de seus estudos. Um desses versa sobre a competição poética, muito comum no Brasil, o desafio, cuja universalidade é sabida. Não vi o volume do erudito prof. Bastide mas recebi o artigo de Mário de Andrade, *O Estado de S. Paulo*, 23-XI-41, comentando, e o comentário mais longo se fundamenta numa minha afirmativa que o prof. Bastide aceitou. Disse eu que não havia n'África o desafio, acompanhado musicalmente, como o vimos no Nordeste do Brasil. Mário de Andrade diz que há. A conversa se inicia porque estou convencido da origem portuguesa, única, do nosso desafio, inexistente entre os ameríndios e negros. Mário ainda revirou a poranduba com certa vontade de fazê-la "desafio". Mas se decidiu pela africanidade. Continuo firmemente convencido do que escrevi no *Vaqueiros e cantadores*, há dois anos. E vou dizer por quê...

Todos os livros que li estudando o negro em seu continente silenciavam a respeito dessa forma intelectual de competição poética. Eram os ores velhos, observadores da terra e da gente preta, nessas regiões, que exportavam o escravo para o Brasil. Livingstone, Cameron, Stanley, Casali, Serpa Pinto, Capello-Ivens, Dias de Carvalho, A. F. Nogueira, Alberto Sarmento etc., fixaram centenas das atividades negras. Não passaria despercebido o desafio, popular em Portugal. Não o registaram porque o desafio não apareceu perto de nenhum deles.

Mário de Andrade argumenta citando Chauvet que lembra o canto alternado dos barqueiros, solo e coro. Cita Landerset Simões que fala não somente nos "tensões" de maldição entre "blufos" (cantadores profissionais d'África portuguesa), como indica mesmo desafios típicos, entre rapazes, durante três dias e três noites. A sra. Curtis registra desafio entre os Zulus, homens de um lado e mulheres do outro, "com assunto obrigatório sobre males e benefícios de casar ou ficar solteiro".

Esses desafios, diversos e não endossando matéria contrária ao que disse, são recentes, incaracterísticos. Figuram como canto de trabalho ou pormenor cerimonial.

Não lhes encontro o caráter de pugna em versos, de luta verdadeira, cantador contra cantador, constituindo eles próprios o cerimonial, o centro de interesses para a curiosidade ambiental. Desafios em que funciona o coro são inteiramente outra coisa. A característica da atividade artística funcional do negro é a dança e, o canto, improvisado ou não, é música para dançar. A dança, tão indispensável para indígenas e pretos africanos, não é uma determinante para as populações do interior do Brasil.

Não há exemplo, em livro africano que tenha lido, de um encontro entre dois *griots*, cantadores profissionais. Mário de Andrade entendeu que eu negara ao negro os poderes da improvisação, fazendo-o eterno decorador. Não é tanto. O grande cantor africano, com maior literatura a respeito, é o *griot*. Este, quase sempre hóspede de magnatas, vive cantando a genealogia e os feitos ilustres da família que o sustenta. É o que chamamos *louvação*. Entre os bascos também havia a "louvação". Sébillot a registrou em quase todas as sete partidas do mundo, como a cantiga do matrimônio, entoada pelos nubentes, padrinhos e convidados. Já estava no Cancioneiro de Cid.

De gente relativamente recente, que visitou e estudou África e africanos, lembro o próprio Geoffrey Gorer no *Africa dances*, do Senegal à Nigéria, sem deparar desafio. Os padres A. Lang e Constantino Tastevin, Professor de Etnologia na Universidade de Paris, viraram os Va-Nianecas de trás para diante, e diante para trás (*La tribu des Na-Nyanekas*, Corbeil, 1937), e não encontram o desafio. Esses Va-Nianecas, do interior de Mossamedes, em Angola, terra da Rainha Ginga, deram escravaria ao Brasil. A sra. Curtis já assistiu a um desafio entre grupos, como em Portugal se faz durante as colheitas, mas o ato parece figurar como participando do protocolo religioso, sem a popularidade e a vastidão do verdadeiro desafio. Antes da sra. Curtis, um grande observador dos Zulus, fixador de sua literatura oral, Dr. Callaway, ("Nursery tales, traditions and histories of the Zulus", 1866), não viu o desafio. Como Heli Chatelain não o encontrava, em 1894, em Luanda, quando estudou o kimbundu.

A revista *Moçambique*, órgão oficial do governo português, tem publicado inúmeras músicas, danças, canções, bailes, cantos de guerra, de caça, de alegria. Nenhum desafio.

Que poderia eu fazer? Depois dessas leituras? Escrevi que o desafio de improvisação, acompanhado musicalmente, como tínhamos no Brasil, não havia n'África. Pelo exposto o prof. Roger Bastide, aceitando minha afirmativa, estava pisando terra segura porque eu a fora examinar e bater por todos os meios.

Se os africanos, não obstante o silêncio de Gorer e de Tastevin, de Jound e dos velhos escritores, têm o desafio, esse será, prática e logicamente, influência decisiva da colônia branca portuguesa e jamais uma criação ou inspiração local. Seria impossível escapar o registro nas fontes bibliográficas que conheço, as velhas, as antigas, as simples. Posso ainda juntar Leo Frobenius. Os drs. H. Back e D. Ermont coligiram vários estudos seus construindo um volume, em francês, que Gallimard editou, agora em sétima edição, *Histoire de la civilisation africaine*, 360 páginas batidas, olhando tudo intensamente, espalhado em 1936. O desafio não apareceu. Douglas C. Fox fez o mesmo. Juntou páginas interessantes de Frobenius e deu um livro norte-americano, *African genesis*, (Stackpole Sons, New York, 1937). Também não encontrei o desafio... O padre A. Lang publicou trinta e sete textos musicais do Va-Nianecas. Nem uma alusão ao desafio...

Que poderia eu fazer em face de tanta gente ilustre negando a existência dessa luta em versos? Alegria maior teria em registrar-lhe a vida e mostrar que a solidariedade negra ao desafio era um encontro de hábitos dentro de sua literatura oral.

Todos os brasileiros que estudaram o negro no Brasil não viram o desafio entre os escravos. Viram danças, cantos, assombros, candomblé, macumba, remédios, mistérios. Desafio, não. Encontraram-no, já brasileiro, sendo Inácio da Catingueira...

Assim, ao brilhante mestre paulista, informo que a frase sobre o desafio africano não foi leviana nem individualmente escolhida. Representou a soma de quanto me foi possível ler, na província e na Biblioteca Nacional, quando vou ao Rio de Janeiro. Um desafio atual nas terras africanas, filmado, gravado. fixado, surgiria para mim como uma assimilação de habilidade dos brancos feita pelo negro. Não era possível que o desafio, querido e tradicional como uma dança ou um canto, deixasse de ser vivido e registado pelos[2] grandes atravessadores do continente negro.

"Desafio africano". 2 folhas, papel jornal, cópia carbono, autógrafo a tinta preta, 20,7 x 20,2 cm. Nota LCC: no final da f. 2, a lápis: "*Diário Notícias/* 28-12-41", 20,7 x 20,2 cm. [Ludovicus – Instituto Câmara Cascudo].

---

2   No artigo: "nos".

Luís da Câmara Cascudo.
López do Paraguai

Mário de Andrade

Eu tenho uma qualidade excelente: gosto muito da História como história, porém não acredito nela. Luís da Câmara Cascudo, no pórtico deste seu livro, cita a metáfora de Estrabão: "História, olho do Tempo"... Ora, estou disposto a aceitar esse "olho" contanto que se reconheça que na frente dele está aquele monóculo afamado de que Eça de Queirós usou e abusou: a fantasia. Ora, verificada a existência do monóculo a gente chega a uma conclusão que se não tem a graça duma pândega de Piolim, é no entanto dum jocoso bem simpático: é que no caso o olho é de vidro, são os documentos, a realidade primeira e tem a insensibilidade vítrea dum registrador, ao passo que o monóculo é que é de carne e osso, ou por outra, daquelas matérias preciosas e transparentes de que é feito o órgão visual. Anatômico e jocoso, não tem dúvida.

Luís da Câmara Cascudo, uma inteligência forte que solariza as dunas do Rio Grande do Norte, reúne neste *López do Paraguai*, o resultado das suas leituras sobre as relações de "El Supremo" com o Brasil. É um livro másculo de divulgação em que sobretudo a morte de López, onde a documentação é dada com simultaneidade eficaz, chega a empolgar a gente. E, concordando com o A., acho também que a figura de López não é digna da renovação panegírica que andam tentando por aí. Agora creio que se deveria estudar com mais atenção sutil a figura psicológica do paraguaio: ela é singularmente interessante e até original. Será mesmo que ele era um idealista? As palavras na boca dum "sanguíneo" não têm sequer a terça parte do significado real que lhes dão os dicionaristas. Os atos são rompantes sem organização. O que me parece é que López, organizado psicologicamente pelo seu temperamento psicológico, era como cérebro uma nebulosa. Não tinha um ideal de grandeza para si e muito menos para a pátria: tinha sonhos, isso sim. Um ideal, por mais maluco sempre será uma organização, cuja base se fixa numa realidade possível. Tirada a simbologia e o elemento cômico que estão apensos ao Dom Quixote, resta no cavaleiro da Triste Figura um ser psicológico de que López me parece o doloroso exemplar humano, isto é, um indivíduo cuja dose de histeria não foi suficiente para [anormalizar], mas que viveu se conduzindo por sonhos confusos de grandeza, a que ele mesmo não tinha a clarividência carecida para organizar e sistematizar. "Morro com a pátria!", López sussurou moribundo.

E no entanto o homem que permite aquela resposta dialética e chocha ao *ultimatum* de Lomas Valentinas, é porque lhe falta no máximo possível a teatralidade. Se a gente põe de lado o ridículo de profecia errada e garretiana que está nas palavras de López moribundo, elas são unicamente uma documentação de sonhador convicto mas confuso. Estas minhas "sensações" de López ainda me ficaram mais vivas com a exposição lépida e firme de Luís da Câmara Cascudo.

Diário Nacional, São Paulo, 25 out. 1927. "Luís da Câmara Cascudo. *López do Paraguai*. Natal: Tip. d'A República, 1927." [Arquivo Mário de Andrade, IEB-USP].

SEPARATISMO PAULISTA

Mário de Andrade

Meu amigo Luís da Câmara Cascudo me sugere que inicie estas colaborações pra *Tarde*, dizendo o que há sobre o falado separatismo paulista. Pois digo com toda a franqueza:

Antes de mais nada carece que todos nós que nos sentimos verdadeiramente brasileiros, tenhamos a coragem de verificar os males que nos abatem ou envergonham. Existe um separatismo paulista. Mas existe, nem mais nem menos como existe um separatismo gaúcho, um separatismo pernambucano. Isto é: mínimo, episódico, mais povoado ou menos povoado conforme as circunstâncias históricas, sem que seja por enquanto uma força nem mesmo regionalmente política. Não se pode nem mesmo chamá-lo de fenômeno social, tanto ele é individualista, tanto é sentimental, tanto corresponde a depressões regionais de momento. E foi por uma depressão regional de momento que os separatistas de S. Paulo conquistaram alguma divulgação de momento; e, se não aplauso, pelo menos uma indiscutível complacência de alguns jornais e de algum público das cidades mais importantes.

A reação paulista contra certos fenômenos estúpidos da Revolução de Outubro, foi muito justa. Eu mesmo a auxiliei nos meus artigos, com a mesma independência brasileira com que defendi aqui o trabalhador rural nordestino, a sua eficiência econômica, o seu valor moral, quando ele foi estupidamente atacado por paulistas. Os fatos políticos do caso paulista, que em si não seriam deprimentes, se não fossem as circunstâncias morais, o palavreado infeliz de certos paredros etc., não podem dar por si mesmos o que foi a corrida sobre S. Paulo. Foi um saque em regra, muito embora de aspecto novo, conquista de posições, e principalmente saque aos empregos públicos no Estado. Aliás, o Rio Grande do Norte, embora em ponto muito menor, é justamente no Nordeste quem pode um bocado avaliar o que se passou aqui, pelo que também aí se passou e felizmente me garantem que já não se passa mais. Veio daí uma reação paulista, lhes garanto que justa, ou pelo menos natural. E dessa reação o verme separatista se aproveitou pra engrossar. Mas tanto essa gordura era artificial que bastaram algumas mudanças políticas, pra que o separatista ficasse parvo, numa disponibilidade boquiaberta, sem púlpito pras suas lamentações.

Desaparecerão com isso? Não acredito, a cabeçudice humana é irremovível. Continuarão existindo sempre brasileiros pobres insultadores de paulistas ricos (a documentação dos separatistas sobre isso é realmente impressionante); continuarão sempre existindo mineiros, goianos, paulistas e turcos vagamente regionais; continuarão sempre existindo separatistas no Sergipe.

A base política do separatismo paulista, ou antes, dos separatistas paulistas, pois que não há nenhuma organização separatista, a base política daqui é econômica, da mesma forma que a gaúcha é étnica. Considero ambas importantemente... pueris. João Pinto da Silva demonstrou recentemente em livro que a gente sul-rio-grandense é mas é de raça paulista, muito mais que de sangue espanhol como ela garganteava. Quanto à argumentação econômica: é tão idiota, diante de tudo o que somos e fomos, dizer que S. Paulo prejudica o Brasil, como dizer que o Brasil prejudica o desenvolvimento de S. Paulo. A concatenação, a interdependência dos fenômenos já é tão formidável que seria absurdo a gente se meter fazendo profecias sobre... o passado! Ora a (no momento, apenas virtual) riqueza de S. Paulo depende tanto do Brasil, como a situação internacional do Brasil tem pelo menos a sua regularidade por causa da riqueza de S. Paulo.

Mas o que mais me irrita em toda esta argumentação basicamente falsa são essas reduções mesquinhas do fenômeno humano a uma questão precária e temporânea de sangue ou de dinheiro. Como se esse prodigiosamente complexo fenômeno social que é uma pátria se reduzisse a uma não permanente circunstância de migrações no passado; como se o conceito filosófico de pátria, se reduzisse a uma não permanente posse de contos de réis no presente!... Pátria é alguma coisa mais que isso, ora pipocas!

É preciso combater os separatistas episódicos do Brasil, como carecemos combater aliás todas as nossas bestíssimas briguinhas de família, raivas despeitadas de manos pobres, orgulhos idiotas de manos ricos. Tudo isso não é Brasil, pelo menos naquilo em que o Brasil é humanidade e poderá ser uma força profunda de inteligência. E podem acreditar os leitores de *Tarde*, separatistas e vaidosistas estão longe da simpatia da infinita maioria dos paulistas, que nos tempos lotéricos de agora só querem mas é trabalhar. E mostrarei, de longe em longe, pra não cansar meu público, que esse trabalho não se reduz a uma conquista de dinheiro.[3]

S. Paulo. 27 agosto [1931]

RECORTE; NOTA MA: "*A TARDE*/NATAL 1-IX-31". [ARQUIVO MÁRIO DE ANDRADE, IEB--USP].

---

3 O manuscrito deste artigo, no Instituto Câmara Cascudo, apresenta rasuras de MA, acatadas na publicação jornalística, bem como a indicação do escritor potiguar: "S. Paulo. 27 agosto". O documento permitiu a recuperação da palavra "temporânea", divulgada na imprensa como "temporária". No verso do manuscrito, lê-se o bilhete autógrafo de Mário (V. carta 88).

A MÚSICA BRASILEIRA

Mário de Andrade

Entre os povos americanos, o brasileiro se caracteriza pela sua acentuada musicalidade. Isso lhe permitiu que, fundindo as diversas influências das raças coloniais, criasse uma música popular que está entre as mais belas e mais ricas das manifestações diferentes.

Já no último quarto do século dezenove essa música popular começava a preocupar a atenção dos nossos compositores eruditos que, como sempre acontece, buscaram nacionalizar a sua obra introduzindo nela, assuntos, melodias e ritmos populares. Esses compositores porém, ainda excessivamente influenciados pela música europeia, não conseguiram criar uma orientação suficientemente característica e original.

Foi realmente neste século vinte que a música erudita nacional começou a se caracterizar mais firmemente. Só então principiaram a aparecer estudos mais completos sobre o nosso folclore musical, o que permitiu aos compositores penetrarem mais intimamente nas tendências e caracteres da música popular brasileira. Com isso lhes foi possível, não apenas se utilizarem de temas rítmico-melódicos nacionais que harmonizavam e instrumentavam à europeia, mas criar uma música que, embora muitas vezes não se utilizando do tema popular, continha um significado nacional muito mais íntimo, pois baseava a sua estrutura em escalas, processos polifônicos, timbres instrumentais diretamente inspirados nos processos musicais do povo.

Quem primeiro se distinguiu por essa maneira nova e mais perfeita de encarar a música nacional foi o grande compositor Villa-Lobos. Dotado duma genialidade exuberante, hoje universalmente conhecida, Villa-Lobos criou uma obra enorme, bastante irregular, mas que representa uma verdadeira bíblia musical da raça brasileira. Muito embora a obra dele reflita fortemente o experimentalismo exasperado que caracteriza a música erudita universal dos dois decênios de 1910 a 1930, ela é uma antologia preciosa dos caracteres nacionais da música brasileira. As suas "Serestas", os seus "Choros", as suas "Cirandas", são realmente criações de primeira ordem, em que se define o Brasil musical.

Em torno de Villa-Lobos, inspirados pela mesma orientação, embora a nenhum se possa chamar de aluno ou imitador desse grande mestre, reuniu-se um grupo brilhante de compositores novos. Embora estes compositores não igualem a Villa-Lobos como genialidade de criação, embora sejam eles valores desiguais: o que importa verificar é a identidade de processos de criação que os reúne no que verdadeiramente e sem exagero se poderá chamar de "escola nacional". O grande músico francês Alfred Cortot, quando recentemente passou pelo

Brasil, ficou sinceramente entusiasmado com esse caráter de "escola nacional" da nossa música erudita, que a limitou dentro duma orientação unida e original.

Dentro desse grupo nacionalista distinguiram-se, entre os contemporâneos de Villa-Lobos, os compositores Luciano Gallet e Lourenço Fernandes.

Esses três artistas formaram no Rio de Janeiro o núcleo irradiador da nova orientação, a que a cidade de São Paulo se reuniu logo, salientando-se pelos seus estudos de musicologia. Com o seu Departamento de Cultura, recentemente criado dentro do organismo municipal, São Paulo deu mesmo início aos primeiros trabalhos de colheita científica do nosso folclore musical, por meio da gravação das cantigas e danças populares em disco e em filme sonoro.

Luciano Gallet, que infelizmente morreu moço e deixando a sua obra de compositor extremamente incompleta, foi um experimentador infatigável. Já Lourenço Fernandes, menos inquieto, menos preocupado com a experiência, está criando uma obra porventura mais duradoura, em que se destacam a criação vocal e a sinfônica. O seu "Batuque", o *Reisado do Pastoreio*, o seu admirável Trio, bem como as canções, formam um acervo que se distingue pela seriedade dos conhecimentos técnicos e pela unidade harmônica de concepção.

A esse grupo cumpre reunir a geração mais nova dos compositores de São Paulo, entre os quais se destacam Camargo Guarnieri e Francisco Mignone,[4] atualmente residindo no Rio de Janeiro, se especializou na criação orquestral. É o nosso maior sinfonista. O seu bailado *Maracatu de Chico Rei*, bem como os seus poemas sinfônicos e concertos para piano, tem momentos duma legítima originalidade e equilíbrio orquestral, duma perfeição digna dum Ravel. Camargo Guarnieri, ainda muito moço, é porventura o temperamento musical mais possante que possuímos, depois de Villa-Lobos. A sua obra, numerosa e desigual, mas sempre duma preciosa originalidade, se valoriza especialmente na música de câmara. A *Sonata para violoncelo*, a ópera bufa em um ato *Malazarte*, o quarteto, os corais, as sonatas para violino e a admirável série das suas canções, são todas obras de muito valor, isentas de qualquer banalidade, denunciando uma força criadora de que tudo é lícito esperar.

A essas figuras principais dever-se-á reunir ainda outros artistas dos outros estados do Brasil. O mineiro Frutuoso Viana, o gaúcho Radamés Gnatalli, ainda o paulista Sousa Lima, para só citar alguns nomes principais, representam uma reserva de mocidade e criação, que liberta a escola musical brasileira de qualquer internacionalismo diletante.

Não tem dúvida alguma que nós também sofremos o reflexo da crise mundial que sofre a música depois da exacerbação de experiência que determinou a obra dum Stravinsky, dum Hindemith, dum Milhaud. Mas a sadia preocupação nacionalista que define a música brasileira contemporânea lhe dá uma reserva de saúde suficiente para libertá-la do diletantismo e da infecundidade.

Som. Órgão da Sociedade de Cultura Musical do Rio Grande do Norte, a. 1, n. 2, p. 2-4, 16 set. 1936. [Acervo Bibliográfico Mário de Andrade, IEB-USP]

---

4   No artigo se lê: "[...] destacam Francisco Mignone, Camargo Guarnieri e Francisco Mignone, [...]".

Vaqueiros e cantadores

Mário de Andrade

A nossa literatura popular, por muitas partes, ainda está para ser estudada. Então o folclore, de qualidade verdadeiramente científica, é de produção miserável entre nós. É por tudo isto, motivo de regozijo o aparecimento do importante livro sobre *Vaqueiros e cantadores*, com que Luís da Câmara Cascudo nos dá a sua primeira contribuição mais sistemática, resultado dos estudos e pesquisas tão pacientes que fez sobre os costumes da nossa gente sertaneja do Nordeste.

Escrito naquela linguagem, tão alerta e pitoresca, a que já nos acostumou o ensaísta potiguar, *Vaqueiros e cantadores* lê-se de uma assentada, com o encanto mais inconsequente da literatura de ficção. E não é qualidade de menor valia, a graça, o apropositado com que Luís da Câmara Cascudo sabe bordar as suas digressões e ensinamentos técnicos, com observações vivazes, anedotas bem caracterizadoras e os recursos vários do seu estilo. Mas a verdade é que um livro, como o que ele acaba de nos dar, disfarça em sua leitura agradável estudos numerosíssimos, pesquisas exaustivas, de uma sinceridade muito honesta, de que raros ainda são capazes entre nós, em assuntos de folclore. E, como soma de tudo isso, *Vaqueiros e cantadores* reúne uma quantidade de informações de primeira mão, referências e verificações de ordem crítica, que o tornam especialmente valioso para o conhecimento da matéria popular brasileira.

Vou discutir, desde logo, certas afirmações encontradas no livro que me pareceram mais dignas de esclarecimento ou menos certas. Assim, não me parece justo que o ensaísta afirme, na página 16: "folclore santificando sempre (sic) os humildes, premiando os justos, os bons, os insultados, castigando inexoravelmente o orgulho, a soberbia, a riqueza inútil (...) empresta às suas personagens a finalidade étnica dos apólogos... etc.". Não creio defensável uma afirmativa tão radical. Sem sequer me referir aos provérbios, nas próprias histórias, romances, xácaras e mais casos em música do folclore universal, há exemplos numerosos de nenhuma preocupação moralista. O folclore é, na verdade, muito mais humano que a restrita ideia moral do Bem; e por isso guarda exemplos de tudo quanto, grandezas como misérias, move a nossa fragílima humanidade.

Também me parece um pouco estreita a definição das cavalhadas da parte central do Brasil (página 72), bem como a sua ligação com as corridas de touros. Desde muito cedo, tanto na península ibérica como no Brasil, as cavalhadas aceitaram uma parte dramatizada, referente às lutas de cristãos e mouros. As cavalhadas que até agora ainda se realizam em Franca (São Paulo) são um exemplo vivo dessa dramatização social ibérica, dos brinquedos e coreografias equestres europeus. E também não me parece que haja uma ligação essencial entre as cavalhadas e corridas de touros. Se por acaso, em algumas festividades mais luxuosas, elas se ligaram (ligação que reconheço de tradição ibérica), não foi por nenhum princípio fatal conceptivo, mas apenas por uma certa e longínqua similaridade que permita, juntando-as, encompridar a festa. Enfim, as mesmas necessidades festivas que fizeram os reisados brasileiros terminarem frequentissimamente pelo bumba-meu-boi, que os encompridava.

A argumentação sobre a data de aparecimento do romance do Boi Surubim, na página 82, não me parece convincente, embora seja muito sugestiva. Da mesma forma afirmar, com algum desperdício de erudição, que o "canto amebeu dos pastores gregos (é a) origem do desafio" (página 142) me parece muito audaz e rápido. É uma dessas afirmações absolutamente improváveis, tão criticamente inúteis como a dos nossos folcloristas que ligam o bumba-meu-boi ao boi Ápis. Nesses terrenos das afirmações meramente associativas, chegaríamos a dizer que as brigas de palco, entre cantoras, por exemplo, tiveram origem nas brigas instrumentais de Apolo. Por que não considerar antes o desafio, tão instintivo, tão encontrável por esse mundo fora, um desses "pensamentos elementares" que podem nascer, independentemente de ligação, em vários pontos diversos da terra? A meu ver, o ensaísta norte-rio-grandense se prende com demasiado escrúpulo a essa tendência perigosa de tudo ligar, através das geografias e das raças, esquecido de que, mais que os movimentos migratórios, são a psicologia individual e as exigências sociais que tornam o homem muito parecido consigo mesmo, seja ele pastor grego ou pastor do sertão nordestino.

Onde, porém, Luís da Câmara Cascudo poderia lembrar uma lei tradicional, é quando (página 256) dá a lenda da luta cantada com o Diabo, sem qualquer advertência crítica, como presa à biografia do cantador Jerônimo do Junqueiro. A lenda é muito mais antiga que isso, e mesmo no Nordeste se repete na biografia de vários cantadores. Do inesquecível cantador Chico Antônio, que represara na voz as quenturas do sol, eu mesmo a ouvi, não só cantada na cantoria, como comentada em conversa, na mais inexplicável sinceridade. Chico Antônio estava absolutamente convencido de que lutara mesmo com o Diabo!

Mas um passo em que o folclorista não me convence de forma alguma é quando (página 213) se alegra de ter descoberto "uma música de quatro ou cinco séculos" atrás, só porque recolheu uma versão da xácara do Chapim de El-Rei. Em que documentos, em que elementos técnicos se baseia o escritor para garantir semelhante vitória arqueológica! Pelo contrário, o pouco que sei quanto à variação melódica dos textos tradicionais cantados, tudo quanto sei sobre a infixidez assombrosa das melodias tradicionais no Brasil, especialmente no Nordeste que é mais musicalmente inventivo, e ainda os argumentos de transformação histórica da música, principalmente quanto à tonalidade e ritmo, me fazem muito céptico preliminarmente sobre a exatidão multissecular dessa música.

Aliás, é mesmo nas suas digressões musicais que Luís da Câmara Cascudo se mostra mais incerto. Assim, ele insiste nessa afirmação, a meu ver absolutamente errônea, de que a nossa música popular afeiçoa mais o modo menor que o maior. Já na página 17 nos informa que "a música dolente, quase sempre em tom menor"; para, na página 80 nos garantir que "os velhíssimos romances do Boi Espácio, do Boi Barroso, do Boi Surubim, da Vaca do Burel foram todos (sic) cantados em tom menor". Ora nenhuma prova o ensaísta nos fornece pra revigorar essas afirmativas. Pelo contrário: a melodia do Boi Surubim que nos mostra está no tom maior! E dos oito documentos musicais sertanejos com que enriqueceu o seu livro, seis estão no modo maior, e apenas dois em menor. Por todos os estudos, pesquisas e estatísticas que tenho feito nesse sentido, posso garantir francamente, e provar, que a nossa única verdadeiramente popular emprega sistematicamente o maior, numa porcentagem assombrosa de vitória sobre o menor. É noutros elementos de construção musical que se deverá procurar a causa da dolência, da espécie de tristeza da nossa música popular. E só em certas manifestações de origem ou fixação semiculta urbana, especialmente a modinha, é que o menor aparece com maior frequência. No povo folclórico, não.

Quanto às considerações musicais da página 91, me parecem também todas elas muito infelizes, principalmente por ter o autor se servido de escritores inteiramente desorientados no seu ângulo de crítica, como Jacquemont, ou incapazes de compreender certas coisas, como Fétis, de que Luís da Câmara Cascudo cita uma opinião quase boçal, por completo desautorizada hoje em dia.

Essas, apenas, as nugas mais salientes que encontrei nos *Vaqueiros e cantadores*. É realmente nada, para um livro de tão copiosa documentação e mais de duzentas e cinquenta páginas de texto. Pra compensar tão diminuto número de afirmações discutíveis, o livro é de uma excelente riqueza de verdades, de documentos importantes, notas críticas e indicações hábeis. Bastaria aliás a paciência, a proficiência e a real firmeza com que o ensaísta conseguiu, na barafunda caótica da nossa terminologia literário-musical, definir, especificar e exemplificar com clareza admirável certas formas e gêneros do canto nordestino, pra que o seu trabalho tivesse um valor excepcional. É um dos livros indispensáveis da nossa literatura folclórica.

DIÁRIO DE NOTÍCIAS, RIO DE JANEIRO, 11 FEV. 1940; TEXTO TRANSCRITO PARCIALMENTE EM CADERNOS DA HORA PRESENTE (SÃO PAULO, V. 5-9, MAR. 1940); INSERIDO EM O EMPALHADOR DE PASSARINHO, EDIÇÃO PÓSTUMA (SÃO PAULO: MARTINS, 1946). (MÁRIO DE ANDRADE. O EMPALHADOR DE PASSARINHO. 3. ED. SÃO PAULO: MARTINS/ INSTITUTO NACIONAL DO LIVRO, 1972, P. 191-194.)

O DESAFIO BRASILEIRO

Mário de Andrade

O Brasil já muito deve ao professor Roger Bastide, da Universidade de São Paulo. A objetividade brasileira que ele deu aos seus estudos, baseada numa largueza de conhecimentos muito rara entre nós, o fez autor de alguns dos mais percucientes estudos de certas manifestações nacionais. Recentemente a coleção do Caderno Azul (*Psicanálise do cafuné*, Editora Guaíra) reuniu alguns dos estudos de estética sociológica com que o ilustre professor vem nos dando interpretações profundas e às vezes insuspeitadas, das nossas expressões artísticas tradicionais. Livro indispensável em qualquer biblioteca de estudos brasileiros.

Um dos capítulos importantes do livro esclarece comparativamente as origens multimilenares dessa competição popular entre dois cantadores, a que chamamos "desafio". Mostra Roger Bastide que "todos os jogos de competição se originam da organização dualística da sociedade primitiva", em que dois grupos, seja oposição de sexos ou de frátrias, "ao se defrontarem levantam-se um contra o outro". "Mas como essa dualidade não impede a cooperação [...] a luta toma a forma de um jogo." Ora, como a arte é uma forma superior de jogo, "sempre que nos encontrarmos diante de uma sociedade dualística, a arte dessa sociedade apresentará, forçosamente, a aparência de uma luta ou de uma justa".

O prof. Roger Bastide apresenta e estuda então o exemplo das lutas poéticas que se realizavam, na estação propícia, entre os grupos dos homens e das mulheres, na China primitiva. E aproveitando-se também de uma deixa de Luís da Câmara Cascudo, que vira nas disputas cantadas dos pastores gregos a imagem mais antiga do nosso desafio, prova ainda, com os estudos de Luís Gernet, que foram exatamente formas dualísticas de sociedade primitiva, na Grécia arcaica, que deram origem aos desafios pastoris dos gregos. "O desafio dos gregos antigos, tal e qual o desafio brasileiro, deve ser ligado, para que se compreenda bem, à existência de uma sociedade dualística em que ritos de união são precedidos de ritos de luta amistosa."

Assim, "o desafio brasileiro, tal como o conhecemos, é um momento de uma longa história. E essa história começa pela justa entre as duas metades antitéticas das sociedades arcaicas. O combate poético é então uma luta coletiva. Mas já vimos que o indivíduo aí desempenha um importante papel, uma vez que a escolha amorosa se faz, dentro das regras exogâmicas, segundo o valor individual dos improvisadores".

E numa exposição magnífica, com exemplos muito bem escolhidos, reconhecendo sempre a intromissão crescente de individualismo nessas lutas poético-musicais de fundamento social, Roger Bastide prova que, no entanto, ainda subsistem substancialmente, no próprio desafio brasileiro, aparentemente uma simples competição artística entre indivíduos, as oposições dualísticas da sociedade, sejam estas de sexos, sejam rivalidades geográficas ou raciais.

Em nota, ainda o prof. Roger Bastide comenta Luís da Câmara Cascudo que até agora foi quem mais desenvolvidamente estudou o desafio brasileiro. Conforme Câmara Cascudo, o desafio é de pura importação ibérica, pois nada encontrou de equiparável a ele entre os ameríndios do Brasil e os negro-africanos. Dando como certas estas afirmações do admirável pesquisador norte-rio-grandense, procura o prof. Roger Bastide explicar semelhante curiosidade. Segundo ele, o desafio teria vindo ao Brasil já como gênero literário perfeitamente definido, não sendo "de espantar, portanto, que os elementos de sangue indígena ou africano, que nele tomavam parte, não tenham sentido a ligação" com seus costumes ancestrais, já perdidos.

Realmente não me recordo de pronto de manifestação ameríndia que se possa equiparar ao princípio de competição já meramente ritual do nosso desafio. E seria abuso, tomar como competição... de longe, os famosos discursos noturnos da nossa indiada, em que na descrição dos feitos, os maiores bazofiavam à vontade e insultavam os seus inimigos a valer. Bem mais aparentáveis ao desafio, embora ainda não convertido a jogo, eram as dialogações de parolagens e insultos, entre o prisioneiro e inimigo e o guerreiro que o matava.

Quanto aos africanos, acho impossível aceitar não haja entre eles o costume de lutas poético-musicais. Luís da Câmara Cascudo chega a afirmar serem os negro-africanos infensos ao improviso ou só se entregarem a este para fazer louvações. E conclui: "o desafio de improviso, acompanhado musicalmente, não há nas terras d'África".

Eu creio que são muito numerosos os exploradores e viajantes que nos contam ser a improvisação textual um dos processos mais tradicionalizados no canto dos negros da África. Dei textos sobre isso, no meu estudo sobre o "Samba rural paulista". Newman White o garante. Geoffrey Gorer também, esclarecendo particularizadamente que o processo mais generalizado de cantar entre os afro-negros é o improviso solista intercalado por estribilho coral. Chauvet também se refere ao improviso do negro africano e André Gide também. E o mais frequente não é de forma alguma a louvação, pois o espírito satírico é uma das características do canto afro-negro. Natalie Curtis estuda justamente isso, ao comentar a canção "Kufamba", por ela colhida, e originária da África portuguesa. Trata-se justamente de uma canção satírica e a seu modo improvisada, pois que "as palavras podem ser substituídas por outras", conforme o que se quer satirizar na pessoa visada. E a folclorista se apoia então no testemunho de Krebbiel, o qual via nas canções satíricas dos negros desta América uma sobrevivência africana.

Mas julgo ser possível descobrir o próprio desafio cantado, na África. Já Chauvet, descrevendo os cantos de improviso, a solo e coro, dos remeiros afronegros, conta que às vezes o solo se distribuía por dois solistas se alternando. Infelizmente mais não diz, que possa esclarecer o nosso problema. Mas o diz Landerset Simões, claramente, para a África portuguesa, descrevendo não só "tensões" de maldizer entre "blufos" (cantadores profissionais) como, noutra passagem da sua *Babel negra* escrevendo textualmente: "cantam durante toda a noite, havendo rapazes que, ao desafio (sic), cantam durante três dias e três noites". Enfim é ainda a sra. Curtis, com sua bem maior ciência, estudando negros bantu's, quem nos relata uma verdadeira reprodução zulu das competições poéticas entre o grupo dos homens e o das mulheres, na estação matrimonial. É verdade que a competição faz aqui parte das cerimônias de casamento de um só par, mas parece incontestavelmente tratar-se de sobrevivência ritual dos matrimônios coletivos de estação, como entre chins e gregos arcaicos. "Na noite anterior ao casamento se realiza uma competição cantada ("a contest of song") entre os homens e as mulheres, divididos em dois grupos para ver que lado aguenta mais tempo". E não me parece inoportuno lembrar que, entre os bascos ibéricos, os "bertsularis" profissionais são especialmente chamados a cantar seus desafios (com assunto obrigatório sobre males e benefícios de casar ou ficar solteiro) nas festas de matrimônio. Por tudo isto tenho como incontestável a existência de competições poético-musicais na África negra, bem como sobrevivências do dualismo sexual de sociedades primitivas entre algumas tribos bantu's e os bascos europeus.

Não tenho a menor pretensão a sociólogo, e justo por isso, a exposição arguta e convincente do prof. Roger Bastide me faz perguntar se não será possível ir ainda mais além, e buscar nas formas irracionais da vida animal as similaridades primeiras do desafio brasileiro... tanto há luta de verdade, não raro seguida da morte de um dos contendores, como a luta já transformada em mero jogo de competição, são encontráveis em diversas sociedades irracionais. As aves se entregam, muitas delas, a verdadeiros torneios esportivos e coreográficos, especialmente na época do cio. E tudo isso culmina justamente na ordem mais desenvolvida dos passeriformes, entre os quais vamos encontrar já, e perfeitamente... tradicionalizado, um legítimo e completo exemplo do desafio brasileiro. Até o desenvolvimento individualístico aí se verifica, pois, como diz Delamain no seu livro célebre, só os passarinhos de vida individual chegam ao canto virtuosístico "car l'esprit de troupeau tue l'artiste"!... pouco mais longe, entre as razões que levam o pássaro ao canto, Delamain reconhece que ao "hino à companheira" se junta a intenção de desafio. Diante da fêmea tímida, os rivais se afrontam pelo canto". Seria necessário citar todo esse delicioso trecho do poeta.

Porque Delamain ainda é bastante poeta, apesar da firmeza das suas observações. Mas se entrarmos pelo seminário dos cientistas, ainda mais assombra a similaridade entre as competições cantadas dos irracionais e o desafio humano, seja este brasileiro, norueguês, zulu, ou esquimó. Nenhum estudioso de zoofonia nega a existência do desafio entre os passeriformes. Nicholson e Koch que, pelo que sei, nos deram em data mais recente o que de mais científico e exemplificativo se fez a respeito também insistem sobre a natureza individualista da virtuosidade entre os passarinhos. Em geral as aves de costumes gregários chegam quando muito ao que eles chamam de "sub-song", sem atingir a "full-song" dos pássaros que se dispõem a conquistar e defender sozinhos o seu território em língua de hoje: o seu espaço vital. O verdadeiro cantor "só poderá suportar junto de si um ou dois rivais, e ficará realmente muito estimulado por esta competição".

Mais inesperadas são as conclusões desses autores sobre a função do canto dos passarinhos. A condição que leva ao mais alto nível de musicalidade virtuosística é o desafio territorial ("territorial challenge"). É assombroso como isso concorda com a guerra em que vivemos, também, aliás, baseada no irracional! Num ponto menos elevado de nível artístico, desaparece, como estimulante da cantoria, o desafio territorial, só permanecendo os três outros estímulos, o anúncio do adulto, a excitação sexual e o bem-estar vital. E só em nível ainda inferior vem as canções de amor, dirigidas mais em segredo à companheira. Não há mais desafio, não há mais competição. E o Inácio da Catingueira emplumado perde o estímulo que o levara a improvisar coisas lindas, na luta social. Poderão me responder que o amor é também social, será. Mas é que no momento, ninguém está mais pensando nisso...

"O desafio brasileiro", matéria extraída de periódico. Nota MA: "*Estado de São Paulo/* 23-XI-41". [Ludovicus – Instituto Câmara Cascudo].

Acordes, contrapontos
Entrecruzamentos biobibliográficos de Cascudo e Mário

Câmara Cascudo

Mário de Andrade

Formação de biblioteca

Do conjunto de retratos de Luís da Câmara Cascudo (1898-1986) e de Mário de Andrade (1893-1945), dois se destacam por trazer em segundo plano estantes recheadas de livros. Cascudo, em 1927, no tempo da fotografia, residindo no casarão da Avenida Jundiaí, no Tirol, em Natal, já reunia, com avidez, os volumes "que, multiplicados, exigiam um cômodo especial".[1] Nesse mesmo ano, Mário, no sobrado de classe média da rua Lopes Chaves, na Barra Funda paulistana, temendo que o piso do primeiro andar cedesse com a livralhada em seu gabinete, mandava fazer "uma biblioteca na saleta de baixo pra passar parte dos livros [...], uma lindezinha [...] com os bancos saindo das próprias estantes".[2] Na década de 1930, quando o escritor de São Paulo posava sorridente para a foto, tendo nas mãos uma luxuosa obra de folclore musical, emerge a confidência, em carta à poeta Yolanda Jordão Breves: "sou bibliófilo e tenho uma paixão doentia pelos exemplares numerados e em bom papel".[3] Fisionomias e gestos fixados nessas imagens parecem traduzir a orgulhosa expressão da posse de valiosos bens culturais. Assim, para além da figuração prosaica do sujeito em ambiente familiar, o que salta aos olhos nos retratos é a vigorosa simbolização do homem de letras brasileiro na primeira metade do século XX, essencialmente autodidata, que logra ascender, por meio da formação livresca, ao universo da erudição.

No censo demográfico de 1920, a capital do Rio Grande do Norte contava com 30.696 habitantes; a Pauliceia, com 579.033.[4] Em Natal, nesse tempo, a família Cascudo vivia certo fausto que duraria até a reviravolta política dos primeiros anos da década de 1930. O patriarca, Francisco Justino de Oliveira Cascudo, sertanejo, provinha de extrato social humilde, mas chega a tenente-coronel da Guarda Nacional e torna-se negociante próspero na cidade litorânea; embicando-se para a vida pública, cumpre o mandato de deputado estadual de 1918 a 1923. Em 1914, fundou o jornal *A Imprensa*, financiando-o até 1927, para que Luís, o filho único, que desde a infância "lia, lia, lia",[5] pudesse dar vazão ao pendor beletrístico. Carlos Augusto de Andrade, o pai de Mário, pela vez dele, abraçou profissões modestas em São Paulo, como a de tipógrafo, pequeno comerciante e "guarda-livros" (contabilista); na juventude, tivera ainda o gosto pelo jornalismo, associando-se à *Folha da Tarde*, *A Gazeta do Povo* e a *O Constituinte*, cujo proprietário, J. A. Leite Moraes, político de família tradicio-

---

1   Luís da Câmara Cascudo, *O tempo e eu*. Natal: Editora da UFRN, 2008, p. 60.

2   Carta de Mário de Andrade a Anita Malfatti, 9 fev. 1927. In: Mário de Andrade, *Cartas a Anita Malfatti (1921--1939)*. Ed. org. por Marta Rossetti Batista. São Paulo: Forense Universitária, 1989, p. 130.

3   Carta de Mário de Andrade a Yolanda Jordão Breves. In: Carlos Drummond de Andrade, Novas cartas de Mário de Andrade (I). *Jornal do Brasil*, Rio de Janeiro, 22 nov. 1983.

4   Cf. Instituto Brasileiro de Geografia e Estatística (IBGE), do Ministério do Planejamento, Orçamento e Gestão. Disponível em: <http://www.ibge.gov.br/seculoxx/arquivos_pdf/populacao/1970/populacao1970ser_03.pdf>. Vinte anos depois, o levantamento demográfico oficial indicava 54.836 habitantes em Natal e em São Paulo, 1.326.261.

5   Luís da Câmara Cascudo, *O tempo e eu*, op. cit., p. 50.

nal e professor da Faculdade de Direito do Largo de São Francisco, viria a ser o seu sogro.⁶

Mário de Andrade recebe, em 1909, sem entusiasmo, o diploma de bacharel em Ciências Humanas e Letras pelo Ginásio Nossa Senhora do Carmo; desmotivado, ainda acompanha, depois, dois meses de aula na Escola de Comércio Álvares Penteado e um ano letivo na Faculdade de Filosofia e Letras de São Paulo, em atividade no Mosteiro de São Bento. Desejando ser concertista, entra, em 1911, no Conservatório Dramático e Musical. Aos "16 anos e muito", deu nele o comichão das letras e artes: "Que mistério, que intuição, que anjo da guarda [...] quando [...] resolvi me dedicar à música, me fez concluir instantaneamente que a música não existe, o que existe era a Arte?... E desde então, [...] assim como estudava piano, não perdia concerto e lia a vida dos músicos, também não perdia exposições plásticas, devorava histórias de arte, me atrapalhava em estéticas mal compreendidas, estudava os escritores e a língua, e, com que sacrifícios nem sei pois vivia de mesada miserável, comprava o meu primeiro quadro!".⁷ Em 1922, pouco antes da Semana de Arte Moderna, na qual tomara parte ativa, Mário torna-se professor no Conservatório. Com a descoberta da arte de vanguarda, na exposição de Anita Malfatti em 1917, a biblioteca do jovem engorda consideravelmente, favorecendo a elaboração da súmula da poética modernista que, em 1925, vem a lume com o título *A escrava que não é Isaura*: "Pra nós brasileiros é uma dificuldade enorme saber exatamente quais as teorias modernistas da Europa e dos Estados Unidos, porque, os livros que tratam delas, não são livros de exportação. É preciso ter essa paciência enorme de mandar buscá-los, catando aqui e além no jardinzinho das capelas artísticas o que há de mais importante e mais útil".⁸

Câmara Cascudo, menino de compleição física e saúde frágeis, por recomendação médica, passa, com a mãe, uma boa temporada no "sertão" do seu estado e da Paraíba, para "enrijar os pulmões". Mais tarde, na capital, "relativamente alfabetizado", adoece "da moléstia livresca"; o pai lhe "comprava tudo. Mandava buscar [livros] longe".⁹ Prepara-se para a carreira de Medicina, ingressando, primeiro, na Faculdade da Bahia, em 1918, depois, transferindo-se para o curso do Rio de Janeiro. Sem vocação, a capital federal lhe oferece outros atrativos, podendo aproximar-se, na livraria Garnier, dos "velhos literatos". Nessa estadia, vai, certamente, bater à porta do festejado escritor acadêmico Coelho Neto; aproxima-se de Rui Barbosa, que o chama, em 1921, de "meu

---

6   Cf. Telê Ancona Lopez, Cronologia [de Mário de Andrade]. *Revista do Instituto de Estudos Brasileiros*. Universidade de São Paulo. São Paulo, n. 36, p. 247-256.

7   Mário de Andrade e Oneyda Alvarenga, *Cartas*. São Paulo: Duas Cidades, 1983, p. 270-271.

8   Carta de Mário de Andrade a Joaquim Inojosa, 28 nov. 1924. In: Joaquim Inojosa, *O movimento modernista em Pernambuco*. Rio de Janeiro: Gráfica Tupi, 1968, p. 339. v. 2.

9   Luís da Câmara Cascudo, *Folclore do Brasil*: pesquisa e notas. Rio de Janeiro/Lisboa: Editora Fundo de Cultura, 1967, p. 247-248.

bom amigo", no retrato com dedicatória.¹⁰ Por outro lado, também não lhe passa despercebido o projeto nacionalista/regionalista de Monteiro Lobato, nem a agitação do primeiro arranque modernista em São Paulo. O Rio de Janeiro cosmopolita, centro do poder e da vida literária, que o censo de 1920 estimava em 1.157.873 habitantes, ainda era, em 1922, para Cascudo, "pobre de boas revistas"; em contrapartida, "S. Paulo, este Leipzig plantada à beira do Tamanduateí", mostrava-se "amplamente servida" nesse quesito: *Vida Moderna, Cigarra*, a futurista *Klaxon* e outras realizam um já sério meio de expressão artística. A *Revista do Brasil* está vitoriosa".¹¹ Abandonando a Medicina, Cascudo, em 1928, se formaria em Direito, no Recife.

A distância, Mário e Cascudo afinam-se, ansiosos por abarcar, tentaculares, cada qual a seu modo, o referencial letrado e artístico do tempo. A correspondência entre eles, iniciada em 1924, nasce, previsivelmente, sob o signo da erudição. O artigo "O sr. Mário de Andrade", com a assinatura de Luís da Câmara Cascudo, estampado em *A Imprensa* em 11 de junho de 1924 e remetido para o escritor paulista, dá a conhecer, tangencialmente, a vasta e heterogênea formação literária do jovem crítico. Em duas curtas colunas, consagradas ao elogio da "originalidade e [...] talento" do autor de *Pauliceia desvairada*, pululam nomes de homens de letras, brasileiros e estrangeiros, de épocas recuadas e de contemporâneos, de perto e de longe, em curiosa combinação: Buffon, Monteiro Lobato, Apolinnaire, Gregh, Blaise Cendrars, Paul Fort, Rabelais, Henrique Castriciano, Plutarco, Visconde de Porto Seguro (Varnhagen), Maspero, Coelho Neto, Catulo da Paixão Carioca, Vitor Hugo, Oliveira Viana, Zola, Graça Aranha, Unamuno, Maeterlinck, Papini, Carlyle... E, de quebra, o texto traz à cena os artistas plásticos Manet, Daumier, Gros, Gavani, Callot, Forain, Caran D'Ache! Diante desses indícios de erudição tão ostensivos, a Mário não escapa que "inteligência viva e eficaz"¹² de Cascudo estava sintonizada com a sua.

A amizade entre Mário e Cascudo consolida-se nas cartas, ao longo de vinte anos (1924-1944), passando das afinidades intelectuais para as desejadas relações familiares de compadrio, sem excluir momentos de tensão. O livro, a experiência de leitura e as balizas do universo cultural atravessam o diálogo epistolar, fornecendo o diapasão da camaradagem construída. A oferta de livros e folhetos de terceiros, bem como de jornais e revistas, leva a reboque a depreciação ou a valorização de determinado ideário artístico ou concepção ideológica, suscitando, eventualmente, debates. Assim, Mário, em 6 de setembro de 1925, promete o envio do "delicioso livro [...] do Osvaldo [de Andrade]", *Pau Brasil*, visto como "poesia genuína no sentido de lirismo". Nessa mesma carta, agradece a Cascudo a remessa do convite para participar do Primeiro Congresso

---

10 V. reprodução da fotografia em Gildson Oliveira, *Câmara Cascudo*: um homem chamado Brasil. Brasília: Brasília Jurídica, 1999, p. 99.

11 Luís da Câmara Cascudo, O mundo literário, *A Imprensa*, Natal, 5 jul. 1922. In: Humberto Hermenegildo de Araújo, *Modernismo anos 20 no Rio Grande do Norte*. Natal: Editora da UFRN, 1995, p. 101.

12 Carta de Mário de Andrade a Luís da Câmara Cascudo, 14 ago. 1924.

Regionalista do Nordeste, organizado, no Recife, por Gilberto Freyre e Odilon Nestor. O "entusiasmo" de Mário em face do programa do evento carrega, contudo, a semente da crítica, pois o missivista se diz, de antemão, "contrário ao regionalismo". Sem a possibilidade de participar do evento, mas imaginando que o amigo interlocutor o pudesse fazer, Mário fornece a ele, de modo enviesado, estrategicamente, argumentos para uma sólida oposição à vertente estética-ideológica que julgava "regionalista regionalizante".

Livros e periódicos caracterizados como objetos de desejo, de formação intelectual e de trabalho, seguem, com frequência, pelo correio. Mário, em diversas oportunidades, atende aos pedidos de Cascudo, leitor sempre alerta às novidades da movimentação editorial paulista. Em 1934, o amigo do Nordeste quer ler a *Organização profissional (corporativismo) e representação de classes*, de Paim Vieira. O volume chega, com a advertência do remetente, na página de rosto: "Em que leituras você está metido companheiro! Cuidado com a mudança da viração! Você não estará fazendo o barco de você perder tempo?...". No mesmo ano, Cascudo deseja também ter em mãos *Em marcha para o socialismo* de Stálin e o *Código de processo civil e comercial de São Paulo*. Tem, 1936, "uma louca necessidade" da *Monografia brasileira de peixes fluviais*, de Couto de Magalhães, impressa pelo Instituto de Biologia paulista. Em 1937, pergunta: "Não seria possível eu possuir o livro de Lévi-Strauss sobre antropologia assim como os Vocábulos do Pero de Castilho?". Desenham-se, nesses pedidos, as pegadas de Câmara Cascudo na vida política regional, na curta atuação como advogado e nas pesquisas etnográficas. Mário, em contrapartida, também se socorre do companheiro; em 1933, por exemplo, precisa de alguns números de *A República*, de Natal, do ano anterior, com notícias da "revolução" constitucionalista, certamente para a sua coleção de documentos e objetos relacionadas ao movimento, hoje conservada no Instituto de Estudos Brasileiros da Universidade de São Paulo.

Livros e ideias em processo

Esses leitores ávidos de (in)formação são também prolíficos produtores de textos. A vida da correspondência entre Mário e Câmara Cascudo espelha, com nitidez, o percurso intelectual dos interlocutores. Livros, textos em jornais e revistas, obras de imaginação ou estudos, trocados entre eles, aguardam a "opinião franca".[13] Em 4 de outubro de 1924, Mário explicita o contrato que preside o diálogo crítico entre amigos: "é lógico que nenhum tem obrigação de aceitar tudo" o que o outro propõe. Afinal, "refletir nunca fez mal pra ninguém". Trabalhos em processo, esmiuçados nas mensagens, demandam a colaboração do interlocutor e garantem à carta o estatuto de memória da criação. As missivas podem também se transformar no testemunho de livros abandonados ou perdidos, como é o caso, respectivamente, das *Crendices e tradições* e da *Poética sertaneja* de Cascudo, ou de *Na pancada*

---

13 Carta de Mário de Andrade a Luís da Câmara Cascudo, 26 jun. 1925.

do ganzá de Mário de Andrade, interrompido com a morte do autor, livro que o etnógrafo potiguar vislumbrava como "o mais completo livro de folclore musical que o Brasil terá".[14]

Se a apreciação crítica encontra amplo espaço nas cartas, também espraia-se na imprensa. A conjunção de dois textos de Câmara Cascudo (o artigo "Mário de Andrade" no *Boletim de Ariel*, em 1934, e a nota biográfica, na segunda edição da *Antologia do folclore brasileiro*, em 1956) compõe uma apurada síntese biobibliográfica do escritor modernista. No periódico carioca, Cascudo passa em revista a obra de Mário, seguindo a cronologia das publicações, recuperando traços biográficos significativos para fixar a imagem do amigo que, em 1924, n'*A Imprensa*, via como "o homem-busca-pé, o foguete, o ele mesmo". Para o crítico, a obra mariodeandradiana andava "sempre em cima ou abaixo do nível. Nunca direitinho nele". Os poemas pacifistas de *Há uma gota de sangue em cada poema* (1917) apresentam-se vazados de dicção "romântica sobre a guerra de 14"; os versos de *Pauliceia desvairada* (1922) conformam o "índice de todas as atividades" da vanguarda e o "Prefácio interessantíssimo" que os antecede, um "dogma sistematizador do movimento"; a poética *A escrava que não é Isaura* (1925) desponta como "a mais completa de todas as análises da poesia modernista"; as "sensações, ideias, alucinações, brincadeiras, liricamente anotadas",[15] previstas em *Losango cáqui* (1926), são definidas como "um *puzzle*"; *Primeiro andar* (1926), "contos de orientações díspares e opostas"; *Amar, verbo intransitivo* (1927), o "idílio" vivido pelo jovem da burguesia paulista e a governanta alemã, imantado por teorias psicanalíticas e apuradas reflexões sociais, evidencia-se como "romance maciço e compacto [que] assustou muita gente"; a experiência lírica do nacionalismo crítico de *Clã do jabuti* (1927) configura-se como a "antevisão do folclore intelectual" do autor; a rapsódia *Macunaíma* (1928), como um livro "que não tem a menor explicação", "um desabafo, uma variação de mil temas, o assunto que nuclearia todas as opiniões, ironias e paradoxos"; o *Ensaio sobre a música brasileira* (1928), "uma revelação de riqueza folclórica"; *Compêndio de história da música* (1929) resulta "absolutamente pessoal, estridentemente livre", que tem "contra si apenas o vocabulário e a sintaxe brasileira do autor"; e, cumprindo à risca a listagem dos livros de Mário, refere-se às *Modinhas imperiais* (1930), com prefácio e notas do musicólogo; aos versos de *Remate de Males* (1930); aos contos *Belazarte* (1934); à *Música, doce música* (1934), obra de crítica, "indispensável na livraria de qualquer músico e de qualquer que suspeite gostar de música". Nesse exaustivo arrolamento levado a cabo por Cascudo, talvez faltasse apenas recuperar, desse período, a intensa colaboração de Mário de Andrade nos periódicos da vanguarda (*Klaxon*, *Estética*, *Terra Roxa*

---

14   Luís da Câmara Cascudo, Mário de Andrade. *Boletim de Ariel*, Rio de Janeiro, ano III, n. 9, p. 234, jun. 1934.

15   "Advertência". *Losango cáqui*. In: Mário de Andrade, *Poesias completas*. Edição crítica de Diléa Zanotto Manfio. Belo Horizonte: Itatiaia/ Edusp, 1987, p. 121.

e Outras Terras, A Revista, Verde, Revista de Antropofagia etc.) e em outros (*Diário Nacional*, de 1927 a 1932; *Revista Nova*, de 1931 a 1932, entre tantos).[16]

As cartas trocadas entre Mário de Andrade e Câmara Cascudo, posteriores ao artigo de 1934 no *Boletim de Ariel*, aludem a outros títulos da bibliografia do escritor paulista; obras não mencionadas na correspondência, com dedicatória de Mário, tiveram acolhida nas estantes de Cascudo. Seguindo-se essas duas fontes, o rol de escritos do autor paulista expande-se: "Cultura musical" (Oração de paraninfo) (1937), incluída postumamente nos *Aspectos da música no Brasil* (1965), "A expressão musical dos Estados Unidos" (1940), que encontrará pouso na segunda edição de *Música, doce música* (1963), a pesquisa de etnografia e musicologia, *Namoros com a medicina* (1939), as *Poesias* (1941), a *Música do Brasil* (1941), *O movimento modernista* (1942), relato testemunhal agregado mais tarde aos *Aspectos da literatura brasileira*, as crônicas de *Os filhos da Candinha* (1943) e a *Pequena história da música* (1944), estes dois últimos, já integrados ao plano das *Obras completas* de Mário de Andrade, pela Editora Martins de São Paulo, projetadas em 20 volumes.

À essa abundante produção, o verbete biográfico dedicado a Mário de Andrade na *Antologia do folclore brasileiro* acrescenta as atividades do escritor no Departamento de Cultura da Prefeitura de São Paulo, entre 1935 e 1938; nesse órgão público, coube ao amigo impulsionar "a *Revista do Arquivo Municipal*, a Sociedade de Etnografia e Folclore, de inexcedíveis projeções como informação e documentário". Também sob auspícios do Departamento, em 1938, a Missão de Pesquisas Folclóricas segue para o Norte e Nordeste "recolhendo documentos, textos, instrumentos, indumentária, objetos, filmes e fotografias referentes às gravações do folclore musical que simultaneamente fazia".[17] Cascudo também documenta no verbete que os trabalhos de Mário "ainda não est[avam] totalmente reunidos em volumes".[18] De fato, após a morte do criador de *Macunaíma*, sua ex-aluna e discípula, Oneyda Alvarenga, mergulhando no acervo do escritor, iniciou a tarefa de divulgação dos estudos de folclore e dos documentos por ele recolhidos, em sua grande maioria, na "viagem etnográfica" ao Nordeste, entre dezembro de 1928 e março de 1929, momento em que se hospedou em casa de Câmara Cascudo, em Natal. Dessa empreitada editorial resultaram os três tomos das *Danças dramáticas do Brasil* (1959), *Música de feitiçaria no Brasil* (1963), *As melodias do boi e outras peças* (1987) e *Os cocos* (1984). *O Dicionário musical brasileiro*, contando com a colaboração de Oneyda, foi levado a termo por Flávia Camargo Toni, em 1989. Em outros domínios, a obra de Mário de Andrade ampliou-se com a edição, em 1945, da pesquisa sobre o pintor e compositor colonial paulista, Padre Jesuíno do Monte

---

16 Cf. o "Índice da produção jornalística de Mário de Andrade (anexo)". In: Telê Ancona Lopez, *Mário de Andrade, cronista na imprensa*. Tese de livre-docência em Literatura Brasileira no Departamento de Letras Clássicas e Vernáculas da Faculdade de Filosofia, Letras e Ciências Humanas da Universidade de São Paulo, 1991.

17 Mário de Andrade, "Folclore". In: Rubens Borba de Moraes e William Berrien. *Manual bibliográfico de estudos brasileiros*. Rio de Janeiro: Gráfica Editora Souza, 1949, p. 290.

18 Luís da Câmara Cascudo, *Antologia do folclore brasileiro*. São Paulo: Martins, 1956, p. 584. v. 2.

Carmelo, para o Serviço do Patrimônio Histórico e Artístico Nacional (SPHAN), do qual o autor era comissionado, e a publicacão de inéditos conservados em seu arquivo, que, juntamente com a biblioteca e coleção de artes visuais, foi transferido em 1968 para o Instituto de Estudos Brasileiros da Universidade de São Paulo. Pesquisas de Telê Ancona Lopez no acervo do escritor trouxeram a lume os textos jornalísticos de *Táxi e crônicas no* Diário Nacional (1976), as crônicas e relatos de viagem de *O turista aprendiz* (1983), as *Entrevistas e depoimentos* (1983), bem como fundamentaram a edição crítica de *Macunaíma* (1978; 1996) e a difusão da prosa ficcional *Balança, Trombeta e Batleship* (1994). Sem pretender aqui exaustividade, pode-se juntar ao rol de obras póstumas de Mário, o romance inacabado *Quatro pessoas* (1985, ed. Maria Zélia Galvão de Almeida), artigos na imprensa em *O banquete* (1989, ed. Jorge Coli e Luiz Dantas), *A vida do cantador* (1993, ed. Raimunda de Brito Batista), *Vida literária* (1993, ed. de Sônia Sachs), *Música e jornalismo*: Diário de S. Paulo (1993, ed. Paulo Castagna) e *Música final* (1998, ed. Jorge Coli).

A substanciosa correspondência de Mário de Andrade, já disseminada em quase trinta volumes, enriquece a bibliografia desse "homem dos sete instrumentos".[19] Os diálogos sustentados por ele com importantes personalidades da cultura brasileira como Manuel Bandeira, Carlos Drummond de Andrade, Cândido Portinari, Alceu Amoroso Lima, Rodrigo Mello Franco Andrade, Anita Malfatti, Pedro Nava, Camargo Guarnieri, entre muitos outros, sinalizam a vitalidade da carta no modernismo, vista por Mário como "forma espiritual de vida em nossa literatura",[20] ou seja, espaço de sociabilidade intelectual e de partilha artística, contemplando tensões e rijos embates.

No ponto de fuga da multifária obra mariodeandradiana, vislumbra-se o projeto nacionalista do escritor, de cunho crítico, "não conformista", que ele se esforça por difundir, determinando um obstinado ânimo pedagógico. Avulta o desígnio de que seus escritos se convertam em matéria para se pensar ou se conhecer o país, a nacionalidade, em clave complexa; sobressai a determinação em deslindar a identidade nacional, fixando-a nas artes, favorecendo o encontro da expressão popular e da erudita e recusando posturas ideológicas conservadoras. A dimensão política da existência, tão marcante nos trabalhos ostensivamente "engajados" dos anos 1940, mostra ainda coerência com o propósito de Mário em "ser útil"; afinal, confessa, em 1934, ao ensaísta português José Osório de Oliveira: "eu posso orgulhosamente dizer que jamais saiu uma palavra pública de mim, meramente jogada pelo prazer inefável de pensar".[21]

A mesma pletora bibliográfica, a dilatada amplitude de interesses intelectuais, o firme propósito de compreensão da cultura e da identidade nacio-

---

19   Id., Mário de Andrade. *Boletim de Ariel*, op. cit., p.235.

20   Mário de Andrade, "Amadeu Amaral". In: *O empalhador de passarinho*. São Paulo: Martins/ Instituto Nacional do Livro, 1972, p. 183.

21   Carta de Mário de Andrade a José Osório de Oliveira, 12 ago. 1934. In: Arnaldo Saraiva, *Modernismo brasileiro e modernismo português*: subsídios para o seu estudo e para a história das suas relações. Campinas: Editora Unicamp, 2004, p. 402.

nal, caracterizam a obra de Luís da Câmara Cascudo. Até 1924, ano do encontro epistolar com Mário, o escritor norte-rio-grandense havia navegado em várias águas. No jornalismo, n'*A Imprensa*, em 1918, nascem o cronista, o historiador e o crítico literário que, em 1921, tem o nome estampado capa de *Alma patrícia* (crítica literária) e, em 1924, de *Joio* (literatura e crítica), mostrando curiosidade pela literatura de conterrâneos e de outras regiões, assim como da "Argentina intelectual". Nas páginas da *Revista do Brasil*, em 1920, o folclorista apura os instrumentos, lançando o olhar sobre o "Aboiador" Joaquim do Riachão; em 1922 e 1923, no mesmo periódico de bandeira nacionalista, Cascudo abordava a tradição oral, em "Jesus Cristo no Sertão", e o mito do Lobisomem, em "Licantropia sertaneja". A correspondência trocada com Mário de Andrade testemunha, em grande medida, a permanência, o aprofundamento e o desdobrar dessas primeiras trilhas.

Até 1939, ano do aparecimento de *Vaqueiros e cantadores*, "um dos livros indispensáveis da nossa literatura folclórica",[22] segundo Mário de Andrade, verifica-se na bibliografia de Cascudo a prevalência da pesquisa erudita no terreno da história (regional, nacional ou estrangeira): *Histórias que o tempo leva...* (Da história do Rio G. do Norte) (1924), *López do Paraguai* (1927), *Conde d'Eu* (1933), *Em memória de Stradelli* (1936), *O Marquês de Olinda e seu tempo, 1793-1870* (1938), *O doutor Barata, político, democrata e jornalista* (1938), livros que denunciam o tributo pago por quem desejava ser reconhecido por seus pares como um pesquisador sério. No mesmo período, outros campos de investigação por ele percorridos, chancelam a proficiência livresca: *Uma interpretação da couvade* (1936), *Os índios conheciam a propriedade privada?* (1936) e *Peixes no idioma tupi* (revisão de notas de Alberto Vasconcelos) (1938). Em viagem oficial pelo interior de seu Estado, em 1934, Cascudo, então professor no Atheneu Norte-Rio-Grandense e chefe provincial do Integralismo, registra aspectos da cultura material e a experiência artística dos homens do interior nordestino, para divulgá-los em artigos, nesse mesmo ano congregados em *Viajando o sertão*; a reportagem cumpre uma incipiente aproximação etnográfica, sob a pele da crônica memorialística, algo presa à ideologia política. Estudos sobre o folclore, em baixo contínuo, vingavam, aqui e ali, em artigos de jornal e revista no Brasil e no exterior.[23]

Atento à orientação intelectual de Câmara Cascudo, refletida nas publicações dele, Mário, na contramão de estudos históricos "de alcance quase nenhum"[24] e de uma postura eminentemente erudita, escudada, de modo exclusivo, em livros e leituras, põe em xeque, na carta de 9 junho de 1937, certo "ânimo aristocrático" do amigo. Analisada no contexto histórico e dentro de uma perspectiva biográfica, a missiva de crua "franqueza" dirigida a Cascu-

---

22 Mário de Andrade, "Vaqueiros e cantadores (11 fev. 1940)". In: *O empalhador de passarinho*, op. cit., p. 194.
23 V. Zila Mamede, *Luís da Câmara Cascudo*: 50 anos de vida intelectual 1918/1968. Bibliografia anotada. Natal: Fundação José Augusto, 1970. v. 1, parte 1.
24 Carta de Mário de Andrade a Luís da Câmara Cascudo, 9 jun. 1937.

do enforma, na realidade, uma das etapas do projeto pedagógico vigente na epistolografia mariodeandradiana, ou seja, aquela fase em que o remetente instaura um curto-circuito na correspondência, suscitando a reflexão do interlocutor, o debate e a eventual superação de posicionamentos estagnados. Em outra direção, a carta documenta as linhas mestras do pensamento do escritor no que tange à definição das diretrizes científicas dos estudos voltados para a apreensão dos "nossos costumes, nossas tradições populares, nossos caracteres raciais",[25] perspectiva teórica e metodológica tributária, em grande medida, das orientações da professora francesa Dina Lévi-Strauss, do Musée de L'Homme parisiense, responsável, em 1936, pelo Curso de Etnografia no Departamento de Cultura. A fundamentação científica nos estudos da cultura do povo equivale, para Mário, à descoberta da estrada real que levaria ao conhecimento aprofundado da identidade brasileira; assim, o eventual descaminho de alguém da estatura intelectual de Câmara Cascudo, afortunado por ter "a riqueza folclórica [...] passando na rua a qualquer hora", equivalia a um irreparável desfalque na produção de saber sobre a expressão popular, circunstância que era preciso a todo o custo evitar. Por isso, talvez, parecesse justo a Mário de Andrade também colocar "todas as cartas na mesa", em uma jogada temerária que poderia desencadear o rompimento definitivo da amizade com Cascudo ou promissoras contribuições culturais.

À margem do enquadramento temporal que define os significados dessa carta e fora da órbita do pensamento crítico de Mário de Andrade, os mencionados livros do historiador Câmara Cascudo guardam, ainda hoje, sua importância, pois beberam em fonte primária (documentos e testemunhos) de valor inequívoco. O historiador não perderá fôlego na bibliografia de Cascudo, avançando com maior apetite na escrita da memória regional, nos seus mais diversos aspectos: *História da Cidade do Natal* (1947), *Os holandeses no Rio Grande do Norte* (1949), *História do Rio Grande do Norte* (1955), *Nomes da terra*: história, geografia e toponímia (1968) etc. A história também estará associada ao memorialismo, para compor minuciosos perfis biográficos em *Vida de Pedro Velho* (1956), *A vida breve de Auta de Souza*, 1876-1901 (1961), *Nosso amigo Castriciano, 1874-1947* (1965). Nas autobiografias, Cascudo assume a inclinação literária e, ao mesmo tempo, torna-se testemunha ocular, matéria para futuros historiadores da cultura: *O tempo e eu* – Memórias (1968), *Pequeno manual do doente aprendiz*: notas e maginações (1969), *Na ronda do tempo*: diário de 1969 (1971), *Ontem* – Memórias (1972). No campo literário, o polígrafo que, no calor da hora modernista, cometeu os seus poemas vincados pelo experimentalismo, investe na ficção em *Canto de muro*: romance de costumes (1959). A atividade jornalística contumaz de Cascudo, ao longo da vida, reafirmará a confluência entre história, memória e expressões artísticas, nas colunas "Ensaios literários", "Notas de história", "Acta diurna", "Biblioteca", entre outras, nos jornais natalenses e alhures.

---

25 Carlos Sandroni, *Mário contra Macunaíma*. São Paulo: Vértice/ Editora Revista dos Tribunais, 1988, p. 122.

Em *Vaqueiros e cantadores*, no âmbito da cultura popular, Câmara Cascudo afirma ter se nutrido da própria lembrança de menino, no "sertão típico, agora desaparecido". De um lado, proeminente, a experiência; de outro, "os livros, opúsculos, manuscritos, confidências [...] vieram reforçar, retocando o 'instantâneo' que meus olhos menino haviam fixado outrora".[26] O livro torna-se, agora, para o pesquisador, material subsidiário, pois, como esclarece no "Prefácio" de *Geografia dos mitos brasileiros* (1947), primeiro "batia kodak fiel e naturalmente" e depois dava voz a "leituras teimosas sempre no rumo de cotejar e esclarecer".[27] No mesmo sentido segue o corte metodológico do *Dicionário de folclore brasileiro* (1954), quando o autor estabelece a sequência das "três fases do estudo folclórico", a saber "colheita, confronto e pesquisa de origem".[28] Na "Informação indispensável" de *Folclore no Brasil* (1967), Cascudo assegura que "não encontr[ou] o folclore nos livros e nas viagens. Não o estud[ou] depois de vê-lo valorizado pelo registo. Encontrava nele as estórias de meu Pai, de minha mãe, da velha Bibi, dos pescadores, rendeiras e cantadores, familiares".[29] O comprometimento com a observação efetiva das manifestações populares reverbera também na resposta de Cascudo ao crítico e pensador católico carioca Alceu Amoroso Lima, em carta de 1951, quando este lhe solicita um ensaio sobre "ranchos das festas joaninas no Pará"; o pesquisador declina da tarefa: "Nunca estive em Belém o que seria indispensável para um estudo mais sereno e sério, nas minhas possibilidades. Poderia dizer alguma coisa a respeito mas era mastigar documentação alheia quando o lógico havia de ser observação pessoal e direta. Muita coisa escapa ao turista ou ao amador do pintoresco e do curioso. Vezes um elemento precioso não é registado por ignorarmos justamente a sua importância".[30]

O folclore, na obra de Mário de Andrade e de Câmara Cascudo, buscava afirmar-se como "ciência", com "seus processos de pesquisa, seus métodos de classificação, sua finalidade [...]".[31] Mário, em 1936, repudia, no trabalho de campo, o amadorismo que produz documentação "mal colhida, anticientífica, deficiente", advogando em favor de uma "orientação prática baseada em normas severamente científicas". Era necessário, para ele, antes de mais nada, "aprend[er] a colher, para depois colher."[32] Em 1941, nos estatutos da Socieda-

---

26 Luís da Câmara Cascudo, "Prefácio". In: *Vaqueiros e cantadores*. Belo Horizonte/ São Paulo: Itatiaia/Edusp, 1984, p. 15. (1. ed., 1939).

27 Id., *Geografia dos mitos brasileiros*. Belo Horizonte/ São Paulo: Itatiaia/Edusp, 1984, p. XXI.

28 Id., "Nota da primeira edição". In: *Dicionário de folclore brasileiro*. Belo Horizonte/ São Paulo: Itatiaia/Edusp, 1988, p. XXIII.

29 Id., *Folclore do Brasil*. Rio de Janeiro: Editora Fundo de Cultura, 1967, p. 248.

30 Carta de Luís da Câmara Cascudo a Alceu Amoroso Lima, 11 fev. 1951. Manuscrito original conservado no Centro Alceu de Amoroso Lima para a Liberdade, Petrópolis (RJ).

31 Luís da Câmara Cascudo, "Prefácio". In: *Antologia do folclore brasileiro*, op. cit., p. 11. v. 1.

32 Mário de Andrade, "A situação etnográfica do Brasil". In: *Mário, Otávio*: cartas de Mário de Andrade a Otávio Dias Leite (1936-1944). Org. Marcos Antonio de Moraes. São Paulo: Oficina do Livro Rubens Borba de Moraes/IEB-USP/Imprensa Oficial, 2006, p. 107-109.

de Brasileira de Folclore, fundada por Cascudo, em uma expressão fluente e chocarreira, o pesquisador desenha os parâmetros do ofício: "[...] Mesmo não publicando a procedência da informação, é aconselhável [...] anotar a data, local e nome do informador, guardando o original. – A virtude máxima do folclorista é a fidelidade. Não admitir a colaboração espontânea, inconsciente e poderosa da própria imaginação ou material obtido [...] – Fixar talqualmente ouviu. [...] – O trabalho inicial do folclorista é o de um fotógrafo sem o recurso dos retoques. – Colhendo música não pretenda facilitar o registro dos compassos modificando o andamento. Não consulte sua estética pessoal. Ouvindo canto popular, vozes nasaladas, processos invisíveis de portamento, terminação, ampliação vocal, registre como for possível, mas informe integralmente sobre o que encontrou. – Não pergunte afirmando. É uma sugestão para a concordância, psicologicamente natural entre a gente do povo. – Nunca aceitar informações de uma só conversa. Tente-se endossá-las com o segundo, e discreto interrogatório. Haverá sempre modificações para melhor. – Cuidado com o riso. Uma gargalhada incontida põe toda uma boiada a perder [...]".[33] Tendo em mente esse postulado, Cascudo dá vazão à sua vultosa obra de estudos folclóricos: *Contos tradicionais do Brasil* (1946), *Geografia dos mitos brasileiros* (1947), *Anúbis e outros ensaios*: mitologia e folclore (1951), *Literatura oral* (1952), *Voz de Nessus*: inicial de um dicionário brasileiro de superstições (1966), *Coisas que o povo diz* (1968), *Locuções tradicionais no Brasil* (1970), entre outros. A produção culmina, em 1954, com o *Dicionário de folclore brasileiro*, obra magna do folclore-etnografia, aumentada nas reedições de 1959, 1972 e 1979.

O interesse pelas manifestações populares atravessa a bibliografia de Câmara Cascudo e de Mário de Andrade, mas cada um procurou definir o sentido da palavra folclore, bem como o seu campo de pesquisa. Mário associa a sua atividade de folclorista à proposta de "conhecer com intimidade a minha gente e proporcionar a poetas e músicos, documentação popular mais farta onde se inspirassem",[34] ou seja, o folclore será visto, prioritariamente, como "um processo de conhecimento"[35] da identidade brasileira. O criador de *Macunaíma* devotou-se, principalmente, ao "estudo de fontes do [...] folclore musical", deixando contribuições enumeradas extensamente por Florestan Fernandes, em "Mário de Andrade e o folclore brasileiro".[36] O estudioso do "Samba rural paulista" intentou apreender, no arte-fazer popular, a persistência de processos e técnicas que poderiam definir a singularidade do nacional: "[o documento musical] se cria sempre dentro de certas normas de compor, de certos processos de cantar, reveste sempre formas determinadas, se manifesta sempre dentro de certas combinações instrumentais,

---

33 Apud Américo de Oliveira Costa, *Viagem ao universo de Câmara Cascudo*. Natal: Fundação José Augusto, p. 71-72.

34 Mário de Andrade, "O samba rural paulista". In: *Aspectos da música brasileira*. 2. ed. São Paulo: Martins/ MEC, 1975, p. 145.

35 Id., "Folclore". In: Ibid., p. 286.

36 Florestan Fernandes, *O folclore em questão*. São Paulo: Hucitec, 1978, p. 147-168.

contém sempre certo número de constâncias melódicas, motivos rítmicos, tendências tonais, maneiras de cadenciar, que todos já são tradicionais, já perfeitamente anônimos e autóctones, às vezes peculiares, e sempre característicos do brasileiro".[37]

Câmara Cascudo vê o folclore como "patrimônio de tradições que se transmite oralmente e é defendido e conservado pelo costume", "patrimônio" que é "milenar e contemporâneo".[38] Procura observar a dimensão universalista dos eventos culturais, na medida que manifestações localizadas "na vida cotidiana do povo brasileiro" podem ser captadas em outros "continentes, raças e momentos da história".[39] Nesse sentido, em síntese, vislumbra o "universalismo no regional".[40] A hipótese enforma toda uma produção bibliográfica na qual o autor faz convergir observação dos fatos/motivos folclóricos e imersão erudita, nos livros e periódicos especializados, em busca de elementos de comparação para determinar identificações. Cascudo, na mencionada carta de fevereiro de 1951 a Alceu Amoroso Lima, deslinda o seu trabalho cotidiano de pesquisador: "Estou [...] muito metido nesses estudos de literatura oral e popular, literatura comparada, novelística, coisas latinas, árabes, indianas, pesquisas, caçadas atrás de uma estória, de um gesto, de um hábito em que farejo mil anos de vida obstinada. [...] estou convencido da importância basilar desses estudos, dessas pesquisas, dessa sistemática porque o homem é mantido no seu clima normal de pensamento, de ação, de raciocínio, de decisão psicológica como uma consequência, uma soma, um resultado dessa cultura secular em que se forma, nutre e vive. A cultura literária, de escola, de educação, aparece como decoração, muros, torres, mosaico, mas o solo, o fundamento, as formas radiculares, atoladas no chão milenar, vêm dessas conversas, dessas estórias, desses pensamentos determinantes da própria mentalidade popular e, consequentemente, do poderoso e inarredável folk-ways".

A noção de "contemporaneidade no milênio"[41] também orienta os trabalhos de Câmara Cascudo ligados ao registro e análise de elementos da cultura material brasileira. Em sua vasta obra etnográfica vigora a interdisciplinaridade, com afluência da história, da sociologia e do folclore: *Meleagro*: pesquisas do catimbó e notas da magia branca no Brasil (1951), *Jangada*: uma pesquisa etnográfica (1957), *Jangadeiros* (1957), *Superstições e costumes*: pesquisas e notas de etnografia brasileira (1958), *Rede de dormir*: uma pesquisa etnográfica (1959), *A carnaúba* (1964), *Made in África*: pesquisas e notas (1965), *A vaquejada nordestina e sua origem* (1966), *Mouros, franceses e judeus*: três presenças no Brasil (1967), *História da alimentação no Brasil* (1967-8), *Prelúdio da cachaça*: etnologia, história e sociologia da aguardente no Brasil (1968), *Ensaios de etnografia*

---

37 Mário de Andrade, "Folclore", op. cit., p. 298.
38 Luís da Câmara Cascudo, *Folclore do Brasil*, op. cit., p. 9.
39 Id., "Anubis e outros ensaios" [Prefácio]. In: *Superstição no Brasil*. Belo Horizonte: Itatiaia, 1985, p. 13.
40 Ibid.
41 Ibid.

brasileira: pesquisas na cultura popular do Brasil (1971), *Civilização e cultura*: pesquisas e notas de etnografia geral (1973), *História de nossos gestos* (1976).[42]

Mário de Andrade considerava Câmara Cascudo "uma crônica viva das tradições norte-rio-grandense",[43] "uma inteligência forte".[44] Cascudo, encontrava em Mário o "grande estudioso do folclore, observador etnográfico insuperável".[45] Correspondentes profícuos, estenderam largas redes de sociabilidade, desejosos de compartilhar ideias, informações e projetos. Vocações universitárias, Mário chega a ensinar Filosofia e História da Arte na Universidade do Distrito Federal [Rio de Janeiro] (1938-1939); Cascudo, Etnografia Geral (1955-1963) e Direito Internacional (1966) na Universidade Federal do Rio Grande do Norte. Ambos assumiram projetos editoriais grandiosos: o escritor paulista, o *Dicionário musical brasileiro* e o *Na pancada do ganzá*, não concluídos; o pesquisador potiguar, o *Dicionário de folclore brasileiro*, que se avolumava a cada nova edição. Polígrafos e fecundos, legaram obras incontornáveis para o estudo da cultura nacional, nas mais diversas áreas das ciências humanas; obras instigantes que, pela seriedade com que foram pensadas, pedem (re)leitura, muito embora, em nosso tempo, as noções de "folclore" e de "cultura popular" tenham passado por profundas revisões. Mário e Cascudo viveram entre livros, jornais, revistas, cartas e fichas de pesquisa (muitas!), devotados à reflexão sobre a realidade brasileira, transformando erudição em conhecimento.

Marcos Antonio de Moraes
Instituto de Estudos Brasileiros, USP

---

42   Para conferir as indicações editoriais da caudalosa obra de Luís da Câmara Cascudo, cf. os três volumes da "Bibliografia anotada" (1918-1968) de Zila Mamede (op. cit.), *Luís da Câmara Cascudo*: bibliografia comentada (1968-1995), de Vânia Gico (Natal: Editora da UFRN, 1996), e *Dicionário crítico Câmara Cascudo*, organizado por Marcos Silva (São Paulo: Perspectiva/Fundação José Augusto/Editora da UFRN/FFLCH-USP/Fapesp, 2003).

43   Mário de Andrade, Natal, 24 de janeiro. *Diário Nacional*, São Paulo, 9 mar. 1929. In: Mário de Andrade, *O turista aprendiz*. 2. ed. Estabelecimento de texto, introdução e notas de Telê Ancona Lopez. São Paulo: Duas Cidades, 1983.

44   Id., Luís da Câmara Cascudo. López do Paraguai [resenha]. *Diário Nacional*, São Paulo, 25 out. 1927. Livros e Livrinhos.

45   Luís da Câmara Cascudo, *Antologia do folclore brasileiro*, op. cit., p. 585. v. 2.

Créditos das Imagens

Instituto de Estudos Brasileiros (IEB) – Universidade de São Paulo

Imagens das páginas 37, 43, 49, 61, 65, 115, 119, 121, 129, 133, 134, 137, 138, 150, 154, 156, 158, 159, 164, 168, 173, 176, 192, 194, 200, 209, 225, 230, 233, 234, 242, 253, 266, 280, 281, 283, 291, 294, 304, 323, 327, 330, 370.

Acervo Ludovicus – Instituto Câmara Cascudo

Imagem da página 370.